# WILLIAM SHAKESPEARE

# 等音节格律诗新译

## 莎士比亚（选集）

俞步凡◎译

上海外语教育出版社
外教社 SHANGHAI FOREIGN LANGUAGE EDUCATION PRESS

**图书在版编目(CIP)数据**

等音节格律诗新译莎士比亚(选集)/(英)威廉·莎士比亚著;俞步凡译.
—上海:上海外语教育出版社,2021
ISBN 978 – 7 – 5446 – 6244 – 4

I. ①等… II. ①威… ②俞… III. ①诗集—英国—中世纪
IV. ①I561.23

中国版本图书馆CIP数据核字(2020)第040764号

**出版发行:** 上海外语教育出版社
　　　　　　(上海外国语大学内)　邮编:200083
**电　　话:** 021-65425300(总机)
**电子邮箱:** bookinfo@sflep.com.cn
**网　　址:** http://www.sflep.com
**责任编辑:** 李振荣

**印　　刷:** 上海中华商务联合印刷有限公司
**开　　本:** 635×965　1/16　印张 31.75　插页 6　字数 498千字
**版　　次:** 2021 年 10月第 1版　　2021 年 10月第 1次印刷
**书　　号:** ISBN 978-7-5446-6244-4
**定　　价:** 128.00 元

本版图书如有印装质量问题,可向本社调换
质量服务热线:4008-213-263　电子邮箱:editorial@sflep.com

**《罗密欧与朱丽叶》**

罗密欧与朱丽叶在神甫和乳母帮助下幽会成婚。

——弗兰克·迪克西爵士（Sir Frank Dicksee, 1853-1928, 英国画家）

**《仲夏夜之梦》**

仙后提泰妮亚睡着时被滴迷眼魔液，待睁眼就爱上被变驴头的织工波顿。

——亨利·兰德塞尔爵士（Sir Henry Landseer，1802–1873，英国画家，皇家美院院士）

## 《威尼斯商人》

鲍西娅宣判：

商人身上肉，一磅割于你，

法律有明文，法庭判允许。

——艾弗里尔·伯利（Averil Burleigh，1883-1949，英国画家）

**《哈姆雷特》**

哈姆雷特安排演哑剧，验证僭王毒杀王兄篡位夺权属实。

——丹尼尔·麦克莱斯（Daniel Maclise，1806–1870，爱尔兰画家）

哈姆雷特严词谴责母后，先王幽灵隐现向儿劝止。

——亨利·福塞利（Henry Fuseli，1741–1825，英国浪漫主义画家，
　　皇家学院院士）

**《奥赛罗》**

奥赛罗讲述自己坎坷与奋斗的经历，戴斯德蒙娜听着极感崇敬而生情。

——约翰·吉尔伯特爵士（Sir John Gilbert，1817–1890，英国画家）

ROMEO AND JULIET                     ACT I SCENE V

My lips, two blushing pilgrims, ready stand
To smooth that rough touch with a tender kiss.
JULIET   Good pilgrim, you do wrong your hand too much,
Which mannerly devotion shows in this;
For saints have hands that pilgrims' hands do touch,
And palm to palm is holy palmers' kiss.
ROMEO   Have not saints lips, and holy palmers too?
JULIET   Ay, pilgrim, lips that they must use in prayer.
ROMEO   O! then, dear saint, let lips do what hands do;
They pray, grant thou, lest faith turn to despair.
JULIET Saints do not move, though grant for prayers' sake.
ROMEO   Then move not, while my prayers'effect I take.
Thus from my lips, by thine, my sin is purg'd.
[Kissing her.]
JULIET   Then have my lips the sin that they have took.
ROMEO   Sin from my lips? O trespass sweetly urg'd!
Give me my sin again.
JULIET        You kiss by the book.
NURSE  Madam, your mother craves a word with you.
ROMEO  What is her mother?
NURSE        Marry, bachelor,
Her mother is the lady of the house,
And a good lady, and a wise, and virtuous:
I nurs'd her daughter, that you talk'd withal;
I tell you he that can lay hold of her
Shall have the chinks.
ROMEO        Is she a Capulet?
O dear account! My life is my foe's debt.


A MIDSUMMER-NIGHT'S DREAM          ACT II SCENE I

DEMETRIUS    I will not stay thy questions: let me go;
Or, if thou follow me, do not believe
But I shall do thee mischief in the wood.
HELENA Ay, in the temple, in the town, the field,
You do me mischief. Fie, Demetrius!
Your wrongs do set a scandal on my sex.
We cannot fight for love, as men may do;
We should be woo'd and were not made to woo.
[Exit DEMETRIUS.]
I'll follow thee and make a heaven of hell,
To die upon the hand I love so well. [Exit.]
OBERON    Fare thee well, nymph: ere he do leave this grove,
Thou shalt fly him, and he shall seek thy love.

Re-enter PUCK.

Hast thou the flower there? Welcome, wanderer.

PUCK  Ay, there it is.

OBERON            I pray thee, give it me.

I know a bank whereon the wild thyme blows,

Where oxlips and the nodding violet grows

Quite over-canopied with luscious woodbine,

With sweet musk-roses, and with eglantine:

There sleeps Titania some time of the night,

Lull'd in these flowers with dances and delight;

And there the snake throws her enamell'd skin,

Weed wide enough to wrap a fairy in:

And with the juice of this I'll streak her eyes,

And make her full of hateful fantasies.

Take thou some of it, and seek through this grove:

A sweet Athenian lady is in love

With a disdainful youth: anoint his eyes;

But do it when the next thing he espies

May be the lady. Thou shalt know the man

By the Athenian garments he hath on.

Effect it with some care, that he may prove

More fond on her than she upon her love.

And look thou meet me ere the first cock crow.

PUCK  Fear not, my lord, your servant shall do so.

[Exeunt.]


## THE MERCHANT OF VENICE                    ACT IV SCENE I

PORTIA    A pound of that same merchant's flesh is thine:

The court awards it, and the law doth give it.

SHYLOCK    Most rightful judge!

PORTIA    And you must cut this flesh from off his breast:

The law allows it, and the court awards it.

SHYLOCK    Most learned judge! A sentence! Come, prepare!

PORTIA    Tarry a little; there is something else.

This bond doth give thee here no jot of blood;

The words expressly are 'a pound of flesh:'

Then take thy bond, take thou thy pound of flesh;

But, in the cutting it, if thou dost shed

One drop of Christian blood, thy lands and goods

Are, by the laws of Venice, confiscate

Unto the state of Venice.

GRATIANO    O upright judge! Mark, Jew: O learned judge!

SHYLOCK    Is that the law?

PORTIA            Thyself shalt see the act:

For, as thou urgest justice, be assured

Thou shalt have justice, more than thou desir'st.
GRATIANO  O learned judge! Mark, Jew: a learned judge!
SHYLOCK  I take this offer then: pay the bond thrice
  And let the Christian go.
BASSANIO     Here is the money.
PORTIA    Soft!
  The Jew shall have all justice; soft! no haste: —
  He shall have nothing but the penalty.
GRATIANO    O Jew! an upright judge, a learned judge!
PORTIA    Therefore prepare thee to cut off the flesh.
  Shed thou no blood; nor cut thou less, nor more,
  But just a pound of flesh: if thou tak'st more,
  Or less, than a just pound, be it but so much
  As makes it light or heavy in the substance,
  Or the division of the twentieth part
  Of one poor scruple, nay, if the scale do turn
  But in the estimation of a hair,
  Thou diest and all thy goods are confiscate.


## THE TRAGEDY OF HAMLET             ACT III SCENE I

HAMLET    To be, or not to be: that is the question:
Whether 'tis nobler in the mind to suffer
The slings and arrows of outrageous fortune,
Or to take arms against a sea of troubles,
And by opposing end them? To die: to sleep;
Nor more; and, by a sleep to say we end
The heart-ache and the thousand natural shocks
That flesh is heir to, 'tis a consummation
Dvoutly to be wish'd. To die, to sleep;
To sleep: perchance to dream: ay, there's the rub;
For in that sleep of death what dreams may come
When we have shuffled off this mortal coil,
Must give us pause. There's the respect
That makes calamity of so long life;
For who would bear the whips and scorns of time,
The oppressor's wrong, the proud man's contumely,
The pangs of dispriz'd love, the law's delay,
The insolence of office, and the spurns
That patient merit of the unworthy takes,
When he himself might his quietus make
With a bare bodkin? who would fardels bear,
To grunt and sweat under a weary life,
But that the dread of something after death,
The undiscover'd country from whose bourn
No traveller returns, puzzles the will,

And makes us rather bear those ills we have
Than fly to others that we know not of?
Thus conscience does make cowards of us all;
And thus the native hue of resolution
Is sicklied o'er with the pale cast of thought,
And enterprises of great pith and moment
With this regard their currents turn awry,
And lose the name of action. Soft you now!
The fair Ophelia! Nymph, in thy orisons
Be all my sins remember'd.


## OTHELLO                    ACT I SCENE II

BRABANTIO    Down with him thief!
                    [They draw on both sides.]
IAGO    You, Roderigo! come sir, I am for you.
OTHELLO    Keep up your bright swords, for the dew will rust them.
    Good signior, you shall more command with years
    Than with your weapons.
BRABANTIO    O thou foul thief! where hast thou stow'd my daughter?
    Damn'd as thou art, thou hast enchanted her;
    For I'll refer me to all things of sense,
    If she in chains of magic were not bound,
    Whether a maid so tender, fair, and happy,
    So opposite to marriage that she shunn'd
    The wealthy curled darlings of our nation,
    Would ever have, to incur a general mock,
    Run from her guardage to the sooty bosom
    Of such a thing as thou; to fear, not to delight.
    Judge me the world, if 'tis not gross in sense
    That thou hast practis'd on her with foul charms,
    Abus'd her delicate youth with drugs or minerals
    That weaken motion: I'll have 't disputed on;
    'Tis probable, and palpable to thinking.
    I therefore apprehend and do attach thee
    For an abuser of the world, a practiser
    Of arts inhibited and out of warrant.
    Lay hold upon him: if he do resist,
    Subdue him at his peril.
OTHELLO    Hold your hands,
    Both you of my inclining, and the rest:
    Were it my cue to fight, I should have known it
    Without a prompter. Where will you that I go
    To answer this your charge?
BRABANTO    To prison; till fit time

# 目　录

简评俞步凡的莎士比亚等音节格律诗汉译

罗密欧与朱丽叶 ------------------------------------ 1

仲夏夜之梦 ---------------------------------------- 101

威尼斯商人 ---------------------------------------- 173

丹麦王子哈姆雷特之悲剧 ---------------------------- 259

奥赛罗 -------------------------------------------- 389

后记

# 简评俞步凡的莎士比亚等音节格律诗汉译

## 万培德

　　莎士比亚介绍到中国的历史，已逾百年。莎著是欧洲文艺复兴人文主义的一大顶峰，对人性的深刻阐发，高如崇山，深如大海，是一个永恒的论题。世界各国的莎学研究，一直十分活跃。莎著在我国长期受到国人的推崇，莎著翻译也高居翻译文学之冠。莎士比亚是诗人，他的传世之作，除了诗篇之外，多为数量庞大的诗剧。莎氏诗剧以十音节句无韵格律写成，汉语翻译家长期以来无法把莎剧英语格律诗译成相应的汉语格律诗，以致莎氏诗剧汉译一直处于"将就"状态，好像无法既保持莎剧诗体原貌又把它融入炎黄文化。

　　早期翻译莎剧是采取汉语古体诗词形式，如七言韵诗，长短句散曲，那是把英诗"全盘汉化"，以致面目全非，只能称之为改译。后来梁实秋、朱生豪干脆用白话散文体翻译，译本的广泛流传，对中国读者了解莎氏的艺术和西方的人文主义，有很大的贡献。但是，把诗体译成散文体，终究不理想。尤其是莎剧英诗的语言，一旦变成汉语散文，原著诗体语言的凝练和意境，不复存在，损失很大。

　　孙大雨从上个世纪二十年代开始，尝试用语顿对应重音的方法翻译莎剧。他认为，白话散文诗可用音组（即词组）作为语顿对应英诗的音步，复制原诗的格律。他的这种译法，比单纯散文体译法进了一步，所以译家多有仿效。但从汉译英诗的实际作品中，很难看出这个效果。此中原因是，汉语中的语顿和英语中的重音，没有必然的对等关系。

　　语顿就是拍子，就是重音顿挫的地方，句读强调的地方。汉语诗里的抑扬顿挫、英语诗里的重读音节，都有讲究。

汉语是声调语言，普通话以四声表现语音的抑扬顿挫。汉语的重音没有固定位置，可以根据需要，想强调什么，可以随意地把重音放在任何一个字上（即任何一个声调上），叫作逻辑重音。汉语语顿，只在固定的音节数即字数上起到音律作用。

英语是重音语言，每个词的重音有固定的位置。英语诗的格律，体现于诗句中的词的重音分布。诗句一旦音节数目有了规定，重音分布成音步，就安排出了多姿多彩的格律。莎剧诗是十音节句，重音分布成五音步，便成了十音节五音步的格律诗。它虽然无韵，可是格律鲜明，是一种无韵格律诗。

汉语散文诗是靠押韵连接散句成诗。如果翻译莎剧，只用无韵的、非等音节的散句，再把散句按照诗的样子分行排列，那么，样子像诗，终究称不上是诗。后来使用语顿对应重音的方法翻译，但汉语译文中的语顿，却不能可靠地显示英文原文的重音，产生原著的格律节奏感。故而，语顿对应重音的翻译方法，还是不能体现原著格律诗的面貌。卞之琳用无韵散文诗译的《哈姆雷特》被认为是最好的语顿对音步的译本。但是，他在前言中也不得不说："如果读者不感到是诗体，不妨就当散文读。"

难道莎剧汉译就真的无法体现原文的无韵格律吗？不是。俞步凡根据他对汉语和英语的语言文字学和语音学的比较研究，发现翻译莎诗关键在于"等音节"，首创了"等音节格律英诗汉译"的方法，一举解决了汉译莎诗长期存在的不能反映原文莎诗的等音节格律问题，完成了汉译莎诗和原文莎诗形式上的统一，使汉译能更忠实地反映英诗原貌。

诗的格律，不论中外，关键体现于音节的数目和排列。汉语诗的字数的规定就是音节规定。莎剧无韵诗总体上是十字句，即十音节一行，在此基础上安排固定的重音数，形成格律。俞的莎诗汉译也用十字句，十音节一行，语顿根据汉字的抑扬顿挫自然形成节奏，显示出格律。它的效果恰如京剧的十字句唱词，大致格律为三三四，也可以安排为四三三（即七三），或三四三（即三七），或五五（即二三二三）等等。这样，不押韵也成格律，也成诗体，做到了与莎剧无韵诗格律相吻合，差别只在于英语是重音音步格律，汉译则是语调抑扬顿挫的格律，但都有节奏，都成格律。

不同语言各有特点，形成自然的差别。英语汉语各有各的格律形式，无法强求一致，也不必强求一致。但是，莎剧无韵格律诗的汉译，至此便得到了一种解决方法。形式得到了解决，诗句文字的凝练和意境，也就能更真实地体现原著的内容和精神。事实证明，两个戏剧大国的语言文字原本就是可转换的，东西两大文明本质上是存在可融性的。

把莎氏诗剧原文等音节格律诗，译成散文、散文诗，既不讲等音节也不讲格律，是一种阉割原文的译法。出现这个问题的根本原因是对汉文化本身的认识发生了偏差。"五四"强烈反对传统，甚至要"禁汉语，灭汉字"，反古诗古文。它片面提倡白话诗文，视格律为束缚思想自由的桎梏，要"文废骈，诗废律，去对仗"。在这个思想环境里，自由体散文诗，一枝独秀，大行其道。其实，古诗绝句等的平仄对仗固然过于严格，但民间诗词还是既保有汉语音律的传统性，平仄对仗，又已比较宽松自由。至今大量存在、广泛流传、朗朗上口的古诗和民间传统特色的诗词、民歌、戏曲唱词、童谣、谚语、谜语、绕口令等，以及有关天气的谚语，很多依然是以格律形式表达的，很多都是无韵的格律诗。即便说是顺口溜，也都具有诗之所以为诗的基本元素，所以也可以说都是格律很强的文学作品。事实上，散文句式的诗，几乎不见于口头流传，原因就是没有格律不上口，难于流传。

　　另外，汉语自由体散文诗的兴起，同盲目模仿西方自由体诗也有关系。当时提倡自由体散文诗，造成一种印象，好像只有散文诗才是自由思想的载体，才是正道，称之为"新诗"，格律诗则被称为"旧体诗"。但这是倡导白话文运动中的歧道。翻译莎士比亚进入二十年代，早年用五言、七言及词曲等完全古体诗词译莎著，已成译史陈迹，不再有人问津，要译诗只会想到新体诗。但实践业已证明，散文诗是勉强的诗体，它没有在中华文化传统里扎根，没有中华文化传统土壤赋予的生命力，只能流行于部分文人之间。看看民间的白话文新诗，仍旧继承着汉语传统格律诗形式，白话与文言的传统血脉相通，实属一体，这是不以散文诗人的意志为转移的客观事实。

　　汉语格律和声韵是以字为本位，白话文运动中的过激派否定字本位，主张词本位。现代散文诗着眼于用词，创语顿对音步的译法，也是从词的概念引申出来的理论与实践，本质上是否定汉字的传统音律本位意义的。结果，自由体散文诗始终存在一个格律问题。可以说，散文诗难以称其为诗，用散文诗译莎剧的无韵格律诗，也难免碰壁。

　　西方文化与炎黄文化形式有差别，这是人类文化的多元性，十分宝贵，但两者本质上是相通的，是具有统一性的。差别与统一，须要去研究、认识、掌握。首先要看到莎剧是十音节句无韵格律诗。原文既然是十音节等音节句，汉译也以十音节即十字句为最佳选择。俞步凡翻译莎剧，所用十字句等音节译法使得莎士比亚诗剧和炎黄文化达到了最佳的融合状态，雄辩地证明在世界文化中，炎黄文化大乃有容，有容乃大，正是它的博大精深，使它得以绵延五千年而永葆无限生命力。

　　俞步凡是有语言文字实践和语音学理论修养的。他首创"等音节格律诗"翻译莎士比亚，忠实地反映了莎士比亚原著诗体结构的原貌。他解决了英诗汉译的一个结构形式问题，为改进英诗的内容翻译创造了条件，为达到英诗汉译形式与内容的统一开辟了一条正确的途径。

## 《罗密欧与朱丽叶》简介

维罗纳两世仇之家的儿女罗密欧与朱丽叶一见钟情，不顾家庭私仇誓结连理；朱丽叶的乳娘很同情她，私下给予支持，让他们两人去修道院举行了婚礼。

罗密欧偶遇朱丽叶堂兄，受挑衅与他决斗，罗密欧将他刺死。公爵判处罗密欧免死但要流放。朱丽叶大为伤心，当晚罗密欧被逐前，在乳娘帮助下，两人幽会度过新婚一夜，凌晨罗密欧出走曼多亚。

这时却逢贵族青年巴黎斯来求婚，朱丽叶父亲非常满意，表示同意，逼迫朱丽叶立即成婚；连乳娘也劝朱丽叶，罗密欧既已远去，就同意眼前婚姻算了。朱丽叶急去向神父求告。神父设计，让她服假死药，会被即送坟墓，同时派另一修士赶去通知罗密欧马上来接朱丽叶秘密私奔。

朱丽叶同意与巴黎斯结婚，当晚服药。第二天要举行婚礼，结果发现朱丽叶已服毒自杀，婚礼变成丧礼，尸体移置墓室，等日后入殓。但不料那位赶往曼多亚报信的修士半途路阻，罗密欧未能得到报信，故对神父的搭救安排一无所知，却获确切传闻朱丽叶被逼婚而自杀已入葬。罗密欧悲愤之下买毒药赶回，潜入朱丽叶墓室，正遇巴黎斯在献花，于是决斗杀死巴黎斯，即吞毒死于朱丽叶身旁。朱丽叶药过醒来，见罗密欧已死，也就拿起罗密欧佩刀自戕同死。

两仇家从此悲剧中醒悟，消除积怨，铸立罗密欧与朱丽叶金塑像永志警戒。

# 罗密欧与朱丽叶
## Romeo and Juliet
### (1594年)

**剧中人物**

| | | |
|---|---|---|
| 埃斯卡勒斯 | Escalus | 维罗纳公爵。 |
| 巴黎斯 | Paris | 青年贵族，公爵的亲戚。 |
| 蒙塔古 | Montague | |
| 卡普莱特 | Capulet | } 两仇家的家长。 |

卡普莱特的叔父。

| | | |
|---|---|---|
| 罗密欧 | Romeo | 蒙塔古之子。 |
| 默库休 | Mercutio | 公爵的亲戚 |
| 班伏留 | Benvolio | 蒙塔古的外甥 } 罗密欧的朋友。 |
| 提伯特 | Tybalt | 卡普莱特之侄。 |
| 劳伦斯神父 | Friar Laurence | 圣芳济教士。 |
| 约翰神父 | Friar John | 与劳伦斯同门的教士。 |
| 鲍尔萨泽 | Balthasar | 罗密欧的仆人。 |
| 桑普森 | Sampson | |
| 格雷高里 | Gregory | } 卡普莱特的仆人。 |
| 彼得 | Peter | 朱丽叶乳母的仆人。 |
| 亚伯拉罕 | Abraham | 蒙塔古的仆人。 |

卖药人。

乐师三人。

默库休的童仆。

巴黎斯的童仆。

| | | |
|---|---|---|
| 蒙塔古夫人 | Lady Montague。 | |
| 卡普莱特夫人 | Lady Capulet。 | |
| 朱丽叶 | Juliet | 卡普莱特之女。 |

朱丽叶乳母。

维罗纳市民，两家男女族人，假面舞者，卫士，巡丁及侍从等。

致辞人。

**地点：维罗纳；曼多亚。**

# 序　诗

致辞人上。

致辞人　两仇家，俱望族，显赫名声，
　　　　繁华城维罗纳，一同居住，
　　　　世代恨不甘休，新起纷争，
　　　　两族怨互仇杀，白手血污。
　　　　前世冤，胎中结，彼此债孽，
　　　　降一对恋人儿，酿成情殇，
　　　　仇中爱，命悲戚，双双殒灭，
　　　　却也将先辈们，纷争埋葬。
　　　　生死恋俱殉情，动地惊天，
　　　　两仇家父母间，无端嫌隙，
　　　　儿女亡结局惨，方告休免。
　　　　演绎成两小时，此剧本戏，
　　　　先交代这几句，提纲挈领，
　　　　请各位再耐心，端详细听。

# 第一幕

第一场：维罗纳。一广场。
　　　　桑普森与格雷高里持剑盾上。

桑普森　格雷高里，我说，咱可不能背黑煤。

格雷高里　当然，要不然咱就成煤黑子，尽叫人差使。

桑普森　我说，惹恼咱了，就拔剑分说。

格雷高里　当然，只要活着，就得挺直脖子做人。

桑普森　我的剑可不认人，看谁敢惹恼我。

格雷高里　不过，要激得你动手可也是不容易。

桑普森　连蒙塔古家的狗，我一见就动火。

格雷高里　动火就动手，放胆量，站定不动。而你
　　　　啊，你动总是要开溜。

桑普森　他们家的狗，我一见就站定不动。见了蒙塔古家的人，

不论男女，我就占着墙根边不动，不让道。①

格雷高里　那正说明你是个不中用的奴才，最懦弱的人才给挤到
　　　　靠墙边。

桑普森　也不错，那是女人，弱不中用，总是沿着墙边走。所以
　　　　我总是把蒙塔古家的男人拉开墙根边，把女人推到墙根去。

格雷高里　争吵是我们两家主人之间和我们男人们之间的事。

桑普森　那都是一回事，我都要使出狠劲儿，我揍过他们家的男
　　　　人，对他们的女人也不手软，我非割了他娘儿们的头不可。

格雷高里　割娘儿们的头？

桑普森　哦，娘儿们头②，下头啊，我说的头你该是也懂嘛。

格雷高里　她们尝到味道，可没得说了。

桑普森　我那个一挺起来她们可也就来劲儿了，尝到我那肉棍儿
　　　　滋味可不是吹的。

格雷高里　幸亏你不是条鱼，要是鱼，你准是臭咸鱼干。把家伙
　　　　拿手上了，瞧，两个蒙塔古家的人过来了。

　　　　**亚伯拉罕和鲍尔萨泽上。**

桑普森　我剑已出鞘。上吧，我在你身后护着你。

格雷高里　怎么！你转身想溜啊？

桑普森　你放心，我才不会溜呢。

格雷高里　哼，我可不放心你呢！

桑普森　让他们先动手好了。论起理儿来我们好占上风。

格雷高里　我走过去瞪他们一眼，看他们怎么样。

桑普森　行，瞧他们有没有胆。我向他们咬大拇指，看他们认不
　　　　认这侮辱。

亚伯拉罕　你向我们咬拇指吗？先生。

桑普森　我是咬我的大拇指嘛，先生。

亚伯拉罕　你是对我们咬大拇指吗？先生。

桑普森　[向格雷高里旁白。]我说是，法律上我们是否占理儿？

格雷高里　[向桑普森旁白。]不行。

① 道两旁没有人行道，街心有泥，遇人抢占靠墙边走是夺上风的举动。
② 原文maidenhead处女（膜），构自maiden处女+head头，但此head是词
　缀-hood（身份，状态）的变体，说话人无知，拆字面作"头"解。

桑普森　不，先生，我不是对着你们咬大拇指，我不过是咬我的
　　　大拇指，先生。

格雷高里　你想找事吗？先生。

亚伯拉罕　找事儿！不，先生。

桑普森　你想找事儿，我奉陪你，先生。我家主人手下的人，我
　　　干干你可是不赖。

亚伯拉罕　不见得。

桑普森　那好，先生。

格雷高里　[向桑普森旁白。]说，就是不赖，有咱家主人的族人
　　　呢，亲自来这儿了。

桑普森　就是比你不赖，怎么样！

亚伯拉罕　你谎言！

桑普森　拔剑，是男子汉的！格雷高里，记住使出你杀手锏。
　　　　　　　　　　　　　　　　　　　　　　[互斗。]

　　　班伏留上。

班伏留　散开，蠢材！
　　　收起剑，都不知干得何事！[打落他们的剑。]
　　　提伯特上。

提伯特　啊！蠢蛋们斗殴你也参与？
　　　过来，班伏留，也值你该死。

班伏留　我只在劝架，收起你的剑，
　　　快帮我劝解开平息争执。

提伯特　什么！拔剑谈和？我恨此言！
　　　如恨地狱、蒙塔古家和你。
　　　看剑，你懦夫！[相格斗。]
　　　两家各有若干人上，加入打斗；一群市民持棍棒戟矛上。

众市民　棒打，矛戳，打，打！打死他们！
　　　揍卡普莱特家！打蒙塔古家！
　　　卡普莱特着睡袍偕卡普莱特夫人上。

卡普莱特　何事闹争斗？给我剑来，喂！

卡普莱特夫人　拐杖！拿拐杖！何必要使剑？

卡普莱特　我必使剑！老蒙塔古来了，
　　　让我去，他在挥剑对着我。

**蒙塔古与蒙塔古夫人上。**

蒙塔古　恶贼卡普莱特！别拉我，让我去。

蒙塔古夫人　不许你迈一步径自寻仇。

**公爵率侍从上。**

公爵　臣民犯法纪，我邦治安乱。

　　　争吵行械斗邻里血相溅，——

　　　径自若罔闻？贱民犹畜生！

　　　狠毒满腔火意欲来喷血，

　　　殷红泉流涌作水灭怒焰。

　　　为免严惩处，速将持凶器

　　　弃离血腥手扔掷在地上。

　　　静听本公爵震怒作裁决，

　　　三次聚斗殴仅为不顺言，

　　　老卡普莱特并你蒙塔古，

　　　再三滋生事扰乱街安宁，

　　　挑起维罗纳众多老居民。

　　　放下其尊严抛下其拐杖，

　　　举起老朽手操起锈矛枪，

　　　和平遭破坏须解宿怨恨。

　　　如若再骚扰街市无安宁，

　　　要拿汝性命赎罪保和平。

　　　现临此情事余人皆退下，

　　　卡普莱特你随我走一遭，

　　　而你蒙塔古午后来见我。

　　　对于本案情听候有宣判，

　　　就在自由村公共审判厅。

　　　再告速散去，违者杀无赦！

　　　　　　　　［除蒙塔古、蒙塔古夫人及班伏留外均下。］

蒙塔古　是谁人将旧恨挑起新仇？

　　　事发时你已在？侄儿你说！

班伏留　您仇家与您家已有数仆人，

　　　我来前在此地打作一团。

　　　我拔剑恰正要调解双方，

　　　提伯特手执剑风火赶来，

　　　直朝我吐狂言不堪入耳，
　　　挥舞剑在头顶呼呼作声，
　　　劈得风也笑他装腔作势，
　　　他剑来我剑去互不相让，
　　　聚众人乱哄哄各帮各边，
　　　还全靠公爵到喝令散开。
蒙塔古夫人　哦罗密欧呢？你今日见他否？
　　　真幸运他并未参与斗殴。
班伏留　伯母，荣耀日高升自东方，
　　　熠熠金光探窗前有一时，
　　　我内心觉烦躁外出走走，
　　　来到了城西边枫树密林，
　　　一清早但见弟兄罗密欧，
　　　枫叶下独徘徊我便上前，
　　　他发现我来了立即回避，
　　　侧身向林深处隐蔽而去。
　　　我想想我自己心境无趣，
　　　谅必他也同我一般情绪，
　　　心事重须独处不便打扰，
　　　他避我我乐得自顾自去。
蒙塔古　多日来一清早有人见他，
　　　泪涔涔朝露上添洒泪珠，
　　　长叹息云雾上呼加云雾。
　　　等太阳一跃出欢耀众生，
　　　极远地那东方曙光升起，
　　　黎明神床幔帐渐次掀开。
　　　我的儿心事重愁见光亮，
　　　溜回家径自躲室内关起，
　　　闭门户锁窗外明媚天光，
　　　为自己造成个孤独黑夜，
　　　心情怪脾气恶不祥之兆，
　　　须规劝善开导根除烦恼。
班伏留　尊伯父您可知烦恼根由？
蒙塔古　不清楚，我问他他也不说。

班伏留　您曾否想方法探讯于他？

蒙塔古　我自己和朋友都问究竟，

　　　　他独自情感深肚里工夫，

　　　　视我作局外人守口如瓶，

　　　　致令我全不知个中情由。

　　　　恰好似一花苞未有展瓣，

　　　　正等待煦风吹吹开新叶，

　　　　向太阳贡献出娇贵美艳，

　　　　却先遭恶毛虫咬啮侵害。

　　　　其悲哀何根源一旦知晓，

　　　　我们便可治他对症下药。

班伏留　瞧他正来了，您且待一边，

　　　　我问他心事，肯否对我言。

蒙塔古　但愿你有功，听得真心话，

　　　　好吧，夫人，我们走，别见他。

　　　　　　　　　　　　　　　　　　　[蒙塔古偕夫人下。]

　　　罗密欧上。

班伏留　早晨好，兄弟。

罗密欧　　　　　这时还算早？

班伏留　才敲九点。

罗密欧　　　　　啊！人愁时间长，

　　　　急忙离去者可是我父亲？

班伏留　正是。何所愁，罗密欧，时难挨？

罗密欧　所难者催促时间我无能。

班伏留　为爱情？

罗密欧　嗜——

班伏留　爱情？

罗密欧　我钟情却得不到她爱情。

班伏留　哎是呀！说爱情如许温情，

　　　　进行中却艰难以至残忍。

罗密欧　爱情呀！是昏眼迷茫懵懂，

　　　　无需眼看清楚只凭乱冲。

　　　　用晚餐在何处？哎哟！打架？

　　　　不必讲我早知内中全情。

　　　　　说根由为世仇更其为爱，
　　　　　于是乎闹中爱！爱中又恨！
　　　　　一切事凭空起哦了无痕。
　　　　　沉重哦轻浮！庄严是虚妄！
　　　　　形正规乱频出道貌岸然！
　　　　　羽如铅、亮冒烟、冰冷火焰！
　　　　　病健康、醒睡眠、名不实符。
　　　　　我欲望求情爱只见空无。
　　　　　岂不可笑?

班伏留　　　　　　不，吾弟，我要哭。
罗密欧　好人哭什么?
班伏留　你心善却受苦。
罗密欧　这便是哦爱情误。
　　　　　自悲哀压得我心头沉重，
　　　　　你同情反令我更觉沉痛。
　　　　　你对我表诚心深切爱友，
　　　　　我只觉更忧心愁上加愁。
　　　　　叹息吹起一蓬烟是爱情，
　　　　　情人眼里净如星光亮晶晶，
　　　　　情人失意苦泪汹汹汇大海，
　　　　　另外是什么? 最智慧之疯狂，
　　　　　溃舌的蜜糖，噎喉的苦况。
　　　　　再见，吾兄。[欲去。]

班伏留　　　　　　慢，你孤行一意，
　　　　　就此而去对我便不仗义。
罗密欧　我!不由自已，我不在这里，
　　　　　这已非罗密欧，他在别地。
班伏留　老实告诉我，你爱的是谁?
罗密欧　哦!忍痛告诉你?
班伏留　　　　　　哪来痛苦!
　　　　　只说谁便罢了。
罗密欧　那无异令病人下遗嘱,
　　　　　这话啊使病人无比痛苦!
　　　　　我心痛，吾兄，我爱一美女。

班伏留　我一猜便猜中你是恋爱。

罗密欧　好个神箭手！她是我心爱。

班伏留　好目标，好吾弟最配击中。

罗密欧　你这下没中。丘比特①之箭
　　　　未能射中她，因她如狄安②，
　　　　自洁身持贞操坚如甲胄，
　　　　爱神箭同儿戏爱心不受，
　　　　不受羁，爱情话甜言蜜语，
　　　　不青睐，投目光情意灼灼，
　　　　她美貌亦贫如洗何富有，
　　　　甲天下归天去黄土一抔③。

班伏留　难道她立誓终身不谈嫁？

罗密欧　立誓保洁身不惧荒年华，
　　　　美貌须矜持宁可任枯萎，
　　　　美容绝后继无怨亦无悔。
　　　　太美太智慧美慧一尤物，
　　　　刻意求天福陷我于痛苦。
　　　　她已决绝爱明立有誓言，
　　　　我讲活人话实如死一般。

班伏留　听我话，忘掉吧，别再想她。

罗密欧　啊！教我如何不念不想她。

班伏留　教双眼有自由看看别处，
　　　　看别处，也有美人。

罗密欧　　　　看别个，
　　　　越多看越觉她倾城无比，
　　　　幸吻得黑面具美人娇额，
　　　　令我等想联翩面遮美丽。
　　　　忽然间蒙失明永不忘怀，
　　　　明眼时看世界何等宝贵。

---

① Cupid, 罗马神话中的爱神，一裸体双翅美男孩，手持弓箭，心被其箭穿
　 者即成爱心。
② Dian，狄安娜Diana的昵称，罗马神话中的月亮和狩猎女神。
③ 指绝色丽人不婚嫁无后，再美也属枉然。

引我见一美人绝代佳丽，
只令我更忆起我的人儿，
岂能美美过她绝代佳丽？
与你说再见，教我怎忘怀！
班伏留　我言若虚妄，我死还欠债。　　[同下。]

## 第二场：同前。一街道。
　　**卡普莱特、巴黎斯及仆人上。**
卡普莱特　蒙塔古已同我立下保证，
　　维治安共负责我看不难，
　　我辈人上年纪应处平和。
巴黎斯　您二位所公认德高望重，
　　遗憾事已长久彼此不睦。
　　但老伯，我求婚，意下如何？
卡普莱特　我只能再奉告前已说过，
　　我小女孩儿家不谙世事，
　　论年龄还不满十四足岁。
　　再须等两夏季花谢叶黄，
　　待成熟才做得出阁新娘。
巴黎斯　比她小已做世上妈妈好。
卡普莱特　早结果早凋谢过早不好。
　　这世上我无望只剩小女，
　　我一切只有她唯一指望。
　　要求婚，巴黎斯，赢她芳心，
　　我说话得看她肯与不肯。
　　只要她选中谁个能同意，
　　我这里自然是毫无异议。
　　今夜晚我例行宴请来宾，
　　广邀集我所好满堂客人，
　　你也是受邀者其中一位，
　　蒙赏光如来临筵席生辉。
　　今夜晚你犹见群星降世，
　　敝寒舍去黑夜天光宣示。
　　年轻人怀舒畅鼓舞欢欣，

恰情似暖人心四月来临，
随残冬已告罄。如此有欢情，
花蕾丛娇艳女今夜尽兴，
在我家置身于声色其中，
一个个任挑选凭你情钟。
我小女也可算数一数二，
虽也说看彼此相似乃尔。
来，跟我走。[对仆人授一纸。]你，这就去城里，
维罗纳走一遭朋友亲戚，
按名单上门邀一一请到，
来我家恭迎候欢宴通宵。

　　　　　　　　　　[卡普莱特与巴黎斯下。]

仆人　　要去找的这些人的名字，都写在这纸上！常言说写些个也
　　　就是臭鞋匠用尺量，裁缝师傅撑楦头，渔夫画笔来钓鱼，画
　　　师用网刷，轮着我奉派去找的这些个人，他们的名儿全在这
　　　里。可是我不知写字的人在这上头写的都是什么名儿。我还
　　　得找个识字的人瞧瞧才行。嘿倒正好，说找人人就来。

**班伏留与罗密欧上。**

班伏留　哦吾弟，一把火烧灭另把火，
　　　一处痛可由另剧痛给掩掉，
　　　转晕头换个方向再转悠，
　　　绝望生心痛别当回事就治好；
　　　教你眼双双染上新眼疾，
　　　烂眼睛醒醍痼疾无踪迹。
罗密欧　你的车前草治病颇有效。
班伏留　你治什么病?
罗密欧　　　　　　治你胫骨伤。
班伏留　嗨罗密欧，你疯啦?
罗密欧　没疯，但羁押苦甚于人疯，
　　　关在牢没得吃忍饥挨饿，
　　　遭鞭打受刑罚；哦——晚安，朋友。
仆人　天主保佑晚安。请问先生识字吧?
罗密欧　噢，只识得我自己苦命运。
仆人　　这个许是您不看书也能认得。可要请问您能识得这眼见的

东西？

罗密欧　自然，只须我懂话又懂字。

仆人　敢情您实在，天主保佑常乐！〔递上。〕

罗密欧　且看看，朋友，我识得。

　　　　马提诺先生暨夫人及诸位令爱；安赛尔美伯爵及诸位
　　　　令妹；孀居之维诺鲁维奥夫人；帕拉森西奥先生及诸
　　　　位令侄女；迈丘西奥及其令弟瓦伦廷；卡普莱特尊叔
　　　　父暨婶母及诸位贤妹；罗瑟琳贤侄女；丽维娅；瓦伦
　　　　西奥先生及其令弟提伯特；路西奥及活泼的海伦娜。

　　好一群贤士名媛！邀他们去哪里？

仆人　去家里。

罗密欧　在哪里？

仆人　在我们家里吃晚饭。

罗密欧　谁的家？

仆人　我主人家。

罗密欧　那当然是你主人家，不用问。

仆人　您不用问，我来告诉您。我家主人便是那有财有势的卡普
　　　莱特，要是您不是蒙塔古家的人，也请过来喝杯酒。天主保
　　　佑您常乐！

　　　　　　　　　　　　　　　　　　　　　　　〔下。〕

班伏留　历久盛卡普莱特举宴会，
　　　　你爱恋美人罗瑟琳也赴宴。
　　　　维罗纳名媛佳丽齐汇集，
　　　　你去看，睁开双眼除成见，
　　　　可比较我指容貌谁最佳，
　　　　我担保你那天鹅是乌鸦。

罗密欧　我的眼虔诚信实目光锐，
　　　　竟看错就叫眼泪变焰火！
　　　　火浸水齐头没顶淹不灭，
　　　　烈火烧叛道说谎不得活！
　　　　太阳鉴无女美过我所爱，
　　　　唯一她开天辟地美人来。

班伏留　只就你情人眼里说她美，
　　　　左看右看你所见只一位，

　　　　水晶须过天平秤来较量。
　　　　我要指点让你瞧某姑娘，
　　　　全宴会耀人眼四射光艳，
　　　　压倒群芳你那位不起眼。
罗密欧　我要去，不看你说那美人，
　　　　只欣赏自己心中有自认。　　[同下。]


**第三场：同前。卡普莱特家中一室。**
　　　　**卡普莱特夫人及乳母上。**
卡普莱特夫人　奶妈，孩儿呢？唤她来见我。
乳母　依我十二岁童贞来发誓——
　　　　我已喊过，喂，羔羊！喂，小鸟！
　　　　主呀！孩子在哪儿？喂，朱丽叶！
　　　　**朱丽叶上。**
朱丽叶　什么事！谁叫我?
乳母　你母亲。
朱丽叶　　　　　　　妈，我在这儿，
　　　　您什么事?
卡普莱特夫人　有事呢。奶妈你出去一会儿，
　　　　我们说个事。哦不，你回来，
　　　　我想起，也该让你来听听，
　　　　你知道，孩儿年纪已不小。
乳母　没错儿，时辰年月记得清。
卡普莱特夫人　已快十四岁。
乳母　　　　　　　我牙十四颗来打赌——
　　　　说也惨我只掉剩四颗牙——
　　　　她不满十四岁。离收获节
　　　　还有多久?
卡普莱特夫人　　　　两星期零几天。
乳母　不多也不少，不先也不后，
　　　　收获节一到她就十四岁。
　　　　苏姗和她是同岁——愿天主
　　　　安息基督徒灵魂！——苏姗她
　　　　已去见天主。我命不配有，

　　如我说，收获节夜十四岁，
　　她满十四岁，我哦记得清，
　　地震距现在已有十一年，
　　当年她断奶我永世不忘怀。
　　那年正是这一天，我乳头
　　涂苦艾，人坐鸽棚墙根下，
　　正在晒太阳，老爷和您那天
　　都在曼多亚，瞧我记性好。——
　　可是我说过，乳头有苦艾，
　　她一尝到苦，苦了小可怜，
　　瞧着乳头憋得慌哭翻天！
　　忽然鸽棚劲摇晃，啊不好，
　　闪念不能听吩咐等再跑，
　　拔腿快逃。
　　那日到如今已过十一年，
　　那时间她已能够站，岂止站，
　　我发誓，还能晃晃悠悠跑。
　　她正前一天额头跌破了，
　　我男人——天主已护他灵魂！
　　一个快乐人——把她抱起身，
　　"没啥，"他说道，"仆面跌一跤？
　　等你懂事了就要仰面倒。
　　你好不好，朱丽？"嗨，我圣母，
　　小东西不再哭，答应一声"好"。
　　这笑话如今眼看成事了！
　　我敢说我要能活上一千年，
　　我也永不忘他说"你好不好，朱丽？"
　　小东西不再哭答应一声"好"。
卡普莱特夫人　行了行了，你别再啰嗦了。
乳母　是，太太。可我要笑禁不住，
　　一想起她停了哭答应"好"！
　　可是我敢说她额上跌个包，
　　疙瘩大如小公鸡那卵蛋，
　　这一跟头跌得她哭凄惨，

　　　　"没啥，"老公说，"仆面跌一跤？
　　　　等你懂事了就要仰面倒。
　　　　你好不好，朱丽？"止哭她说"好"。
朱丽叶　奶妈请就止口吧，我说你。
乳母　好，我不说了，天主保佑你！
　　　　你是我奶大最可爱小宝贝，
　　　　我要活到看你成婚配，
　　　　了我心愿。
卡普莱特夫人　是呀说的是，正要谈婚事，
　　　　女儿朱丽叶，听好告诉我，
　　　　谈婚论嫁事你是何主意？
朱丽叶　我做梦也未曾想这荣耀。
乳母　知荣耀！全赖是我奶你大，
　　　　是我乳头喂得你好聪明。
卡普莱特夫人　正经谈婚事，在此维罗纳，
　　　　名望大小姐，年龄没你大，
　　　　都已做妈妈。我也记得清，
　　　　在你这年龄已是你母亲，
　　　　如今你还守闺阁；说干脆，
　　　　英俊巴黎斯向你来求婚。
乳母　好郎君，小姐！小姐，郎君好，
　　　　天下数第一——一个好郎君。
卡普莱特夫人　夏天维罗纳未有这好花。
乳母　他呀是好花，顶真是好花。
卡普莱特夫人　说说看？喜不喜欢这绅士？
　　　　就今晚举行宴会能见他；
　　　　细看年轻巴黎斯美图画，
　　　　笔生花笔笔妙写他脸上；
　　　　最侗傸英俊潇洒有相貌，
　　　　五官正高矮胖瘦恰正好；
　　　　美男脸高深莫测奥秘处，
　　　　眼角边微妙诠释来显露。
　　　　有情人弥足珍贵爱情卷，
　　　　可宝爱相得益彰配封面；

鱼水情如鱼得水大活络，

一起乐鱼活水活美生活；

众人眼金玉情书称荣耀，

配金饰装帧书籍藏珍宝；

他所有你也有份共拥有，

靠着他你有身价脸不丢。

乳母　不掉价！妻仗夫贵还更大。

卡普莱特夫人　回答我，巴黎斯你中意否？

朱丽叶　我看看，是否有情再定夺。

只恐怕儿的眼光看不深，

全靠得母亲你说获允准。

**一仆人上。**

仆人　夫人，宾客已到齐，筵席已摆好，您跟小姐请入席吧。厨房里大家在埋怨奶妈，什么都乱糟糟的。我得去伺候客人；请您这就过去。

卡普莱特夫人　我们走，朱丽叶，伯爵正等着。

乳母　走，孩子，夜夜良宵天天乐。　[同下。]

**第四场：同前。一街道。**

**罗密欧、默库休、班伏留偕戴假面者、**

**持火炬者及其他五六人上。**

罗密欧　行啊！我们，拿套话作借口，

抑或不道歉昂首直朝前？

班伏留　这乃是虚文俗套早过时，

全不必来个蒙眼丘比特，

身背着一张花漆鞑靼弓①，

不过是草秸假人②唬娘们；

也无需序幕登场背台词，

战兢兢结巴跟随提词人，

① 爱神丘比特Cupid盲目射爱箭，中箭穿心者即爱情心相印。此处参加舞会者扮爱神携玩具弓。鞑靼弓为上唇形弓，较欧人的下唇形弓美观。

② crow-keeper，庄稼地驱鸟的麦秸假人，即如我国之稻草人。

　　　　　　任由他看作我们什么样，
　　　　　　咱只管舞他一场就走人。
罗密欧　我并无好兴致；给我火炬，
　　　　　　我要光明照内心黑暗驱。
默库休　不，好罗密欧，务必共跳舞。
罗密欧　不，真不想跳；你们有舞鞋，
　　　　　　脚步轻快，我灵魂重如铅，
　　　　　　身子沉重钉地面不动弹。
默库休　丘比特翅膀，恋人你借得，
　　　　　　高飞翔，庸人地界便远离。
罗密欧　我遭他爱之箭穿痛太甚，
　　　　　　已不能借助他轻翼飞翔，
　　　　　　束缚住飞不出愁云惨雾，
　　　　　　被爱情沉重压只好沉沦。
默库休　爱情中任沉沦身负重压，
　　　　　　未免就摧残掉温柔之情。
罗密欧　爱情者温柔情？其实狂野，
　　　　　　太狂暴太粗野，芒刺在背。
默库休　爱情暴虐你，你也暴虐它，
　　　　　　它刺你，你刺它，打倒爱情。
　　　　　　给我这面具，罩上我丑脸，

　　　　　　　　　　　　　　　　　　　　　　　　　［戴上面具。］

　　　　　　丑面具遮丑面！何须在乎
　　　　　　好奇人专注看我这尊容？
　　　　　　由鬼脸去脸红替我遮羞。
班伏留　来，敲门入；一进去就投入，
　　　　　　手舞之足蹈之蹦达尽兴。
罗密欧　我举火，任由这些浪荡子，
　　　　　　乱脚踢踏无知觉灯心草，①
　　　　　　我这里正琢磨古老谚语：
　　　　　　只做蜡烛台睁眼一旁站，

─────────────

① 伊丽莎白时代地板无地毯，铺洒灯心草以利跳舞。

赌博无公正我站壁上观。

默库休　呔，站住，似警官发警号！
　　　　你好比陷泥淖一匹困马①，——
　　　　恕我渎犯——落爱阱遭没顶，
　　　　快来吧，别再虚抛好时光！

罗密欧　不，夜无光。

默库休　　　　　　我意思时延宕，
　　　　如白昼点亮，尽浪费火光。
　　　　我们是好意，一会就明了，
　　　　无需多啰嗦，去了就知道。

罗密欧　去舞会本意不坏，怕只怕
　　　　就此去有不妥。

默库休　　　　　　怎讲此话？

罗密欧　我昨晚做一梦。

默库休　　　　　　我也做梦。

罗密欧　梦见什么？

默库休　常呓语是说梦。

罗密欧　床上梦呓或吐露心真迹。

默库休　哦我知道，春梦婆光顾你。

班伏留　春梦婆是谁？

默库休　她是仙子接生婆，来在此，
　　　　小不点不起眼只及郡长
　　　　戒指上玛瑙宝石一般大。
　　　　如蚂蚁小马匹拖她车，
　　　　乘人睡时翻越鼻梁快驰骋；
　　　　轮辐条长脚蜘蛛腿来做，
　　　　车篷子蚱蜢翅翼巧制作，
　　　　挽索绳最小蜘蛛网丝做，
　　　　马轭圈如水月光好制作，
　　　　马鞭蟋蟀骨，鞭梢游丝做，
　　　　马车夫，小小一只灰蚊虫，

----

① 此是比喻，但也是舞会上的游戏，竞拉一匹木橇马。

小不及懒婆娘指甲缝里
挑剔出的胖蛆儿一半大，
她车身一只榛子空壳壳，
全由松鼠和蛀虫合制作，
自古仙车是他们专工匠。
这模样她便夜夜驾车跑，
穿过情人脑情人梦情爱，
官吏膝上过做梦卑屈膝，
讼师手上过做梦讨讼费，
娘们唇上过做梦热亲嘴，
可那春梦婆厌恶她们吐，
尽吐甜气息，罚生嘴泡疮。
有时节驱车驰过廷臣鼻，
廷臣梦中得朝觐获升迁。
又拔下猪尾巴毛什一税，
撩拨睡中牧师鼻，痒搔搔，
便做梦梦中再领高俸禄。
又驰过某位将军粗脖颈，
将军在梦中劲砍敌脑壳，
做梦破工事、设埋伏，梦见
西班牙宝剑；狂饮又狂欢；
忽耳闻击鼓声梦惊醒，
受惊骂咧咧，翻身又再睡。
依旧还是这仙姑春梦婆，
在夜间捧起马鬃结成辫，
又将邋遢女臭发缠绞结，
烘成块，一旦梳解凶兆现。
这妖婆趁人姑娘仰天睡，
压上身教唆怎样来怀胎；
教姑娘多生多产成妇人。
又是她——

罗密欧　　　　得了得了！默库休！
痴人说梦。

默库休　　　　我正是在说梦，

　　我不过痴狂脑袋痴狂语，
　　全都是胡话乱话虚空话。
　　虚无物轻如空气随风飘，
　　更比风吹不稳固不可测，
　　适才投向北寒冻胸怀抱，
　　转眼翻脸不认人掉头跑，
　　径奔南方向雨露滋润面。

班伏留　你讲这阵风，吹跑咱自己；
　　　　晚宴已快过我们太迟了。

罗密欧　我怕还太早，心中有预感。
　　　　见星象悬空中厄运高照，
　　　　有凶兆事要发生日子到，
　　　　就今夜狂欢宴大限来临，
　　　　我命舛人猥琐胸闷气塞，
　　　　恶惩戒躲不过夭折结束。
　　　　但不过我命途天主掌舵，
　　　　扬我风帆！英雄好汉们，上！

班伏留　敲鼓！　[同下。]


**第五场：同前。卡普莱特家一厅堂。**
　　　　**乐师在候。仆人持餐巾上。**

仆人甲　钵盘哪里去了，怎么不来收拾掉盘碟？他叫得是个端钵
　　　　盘老手，却不愿干这盘碟活儿！不愿擦擦洗洗揩揩！

仆人乙　老怪人家，活儿都落在一两个人的手里，自己又洗不干
　　　　净，这才真糟糕！

仆人甲　把小凳子拿走，搬开这橱柜，小心盘子别砸了。好伙
　　　　计，留一块杏仁酥给我。再谢谢你去叫那管门的让苏姗·格
　　　　林斯通和内尔进来。安东尼！钵盘！

仆人乙　唉，伙计，知道了。

仆人甲　大厅里在找你，叫你，要你，寻你！

仆人丙　我们可没有分身术呀。

仆人乙　好嘞，伙计们，卖点力气干，谁命活得长一切就归谁。

　　　　　　　　　　　　　　　　　　　　　[皆退至后方。]

卡普莱特、朱丽叶、提伯特、乳母及仆人
自一方上，假面舞者自另一方上，相遇。

卡普莱特　欢迎诸位！女士们脚趾上
　　　　不长鸡眼，与你们舞一番。
　　　　哈，女士们，难道说可有谁
　　　　不愿跳舞？若有谁在犹豫，
　　　　我敢打赌，有鸡眼！我说中了？
　　　　欢迎诸位！先生们，我也曾
　　　　戴过假面，还记得，悄声儿
　　　　凑近美女耳边，讨得喜欢。
　　　　往事已过，过去哉，过去哉！
　　　　今日无任欢迎诸位来！奏乐。
　　　　站开腾地方，姑娘跳起来！

　　　　　　　　　　　　　　　　　[奏乐，跳舞。]

　　　　更多掌灯，小子们，桌叠起，
　　　　熄掉炉火，这屋里已太热。
　　　　啊好小子，尽兴玩，玩尽兴，
　　　　卡普莱特族弟兄，请坐下，
　　　　跳舞不宜，你与我有年纪；
　　　　你我上回跳假面到如今，
　　　　已是何年？
卡普莱特族人　　　　少说也有三十年。
卡普莱特　不对，没有这么久，没有吧！
　　　　该是在卢森修结婚那年，
　　　　还不到五旬节，算算年头，
　　　　二十五年前，你我跳假面。
卡普莱特族人　不止不止，他儿子已经有
　　　　三十岁，老兄！
卡普莱特　　　　　你乱讲什么！
　　　　他儿子两年前才刚成年。
罗密欧　[问一仆人。]那小姐正扶着骑士手的，
　　　　她是何人？
仆人　不知道，先生。
罗密欧　满堂火炬哦，耀眼不及她，

　　　　她皎然悬挂在黑夜面颊，
　　　　如黑人坠耳珠璀璨辉煌；
　　　　太美丽不宜佩尘俗世上。
　　　　她随着女伴们周旋翩跹，
　　　　如白鸽兀自在群鸦中间。
　　　　待舞罢我上前粗手仰慕，
　　　　握一握她玉手忝得惠顾。
　　　　我此前曾有爱？昏眼无有！
　　　　只今晚才获见绝世佳尤。
提伯特　听他言蒙塔古家无疑，
　　　　取我剑来，孩儿！呔，这奴才，
　　　　来在此戴假面奇形恶状，
　　　　径直闯轻蔑我庄严盛会！
　　　　凭我祖与家声在此咒说，
　　　　杀死他算不得是我罪过。
卡普莱特　我贤侄为何故如此气愤！
提伯特　禀伯父，蒙塔古他是仇人，
　　　　这贼人来在此叵测捣乱，
　　　　存心坏我们盛宴于今晚。
卡普莱特　小子罗密欧？
提伯特　　　　　　正是，坏种罗密欧。
卡普莱特　别生气，吾贤侄，由他去吧。
　　　　看行为倒还算中规中矩，
　　　　说实在维罗纳都在夸奖，
　　　　他算得好青年持重端正。
　　　　就算是能给我全城财富，
　　　　也不愿在我家予他毁损。
　　　　因此故须忍耐不必理他，
　　　　这便是我意思望你尊重，
　　　　心平定显和气收敛怒容，
　　　　勿败兴搅坏了宴会盛况。
提伯特　不成，这小子也来做宾客，
　　　　岂能容得他。
卡普莱特　　　　　　务必忍让点。

　　　　　哦！你小子不可，得要忍让，
　　　　　这儿主人，算是你还是我？
　　　　　你竟不容人！天主保佑我！
　　　　　你当我宾客面要造我反，
　　　　　你想要硬出头充当好汉！
提伯特　　不，伯父，那是耻辱。
卡普莱特　　　　　　　　得啦，得啦，
　　　　　你孩子——真不晓利害关系？——
　　　　　你一闹知道否，——后果不堪！
　　　　　你竟敢在此时与我作对，
　　　　　你这个冒失鬼何有心计！
　　　　　给我太平点。——掌灯！多掌灯！——
　　　　　你闭嘴，别丢脸！玩个痛快！
提伯特　　是可忍孰不可忍！强压怒火，
　　　　　气得我浑身肉抖无话可说。
　　　　　今日里且退避由他抖擞，
　　　　　小得逞大苦头有他伺候。[下。]
罗密欧　　[向朱丽叶。]敢情我一双手粗俗亵渎
　　　　　你神龛，且容我诚表罪愆；
　　　　　双唇羞赧颜朝圣乞情愫，
　　　　　我轻吻偿粗手缘悭一面。
朱丽叶　　朝圣客莫怪你握手粗俗，
　　　　　这已然表示你至诚至信，
　　　　　圣徒手本应许朝圣感触，
　　　　　手对掌掌对心便是圣吻。
罗密欧　　圣徒与朝圣双唇岂无用？
朱丽叶　　有用，朝圣客，双唇祈祷神。
罗密欧　　啊亲敬爱圣徒，唇吻胜手动。
　　　　　双唇求应允诚信方守信。
朱丽叶　　圣徒不为动有求但必应。
罗密欧　　那么请别动，我求我受领。
　　　　　双唇对双唇我罪洗清洁。[吻她。]
朱丽叶　　可是你负罪沾于我嘴里。
罗密欧　　我嘴有罪？你怨尤真甜美！

　　　　我罪就还与我。

朱丽叶　　　　吻人还占理！

乳母　小姐，你娘正找你要说话。

罗密欧　谁是她母亲？

乳母　　　　　嗳，这小爷，

　　　　她的妈就是本宅女主人，

　　　　好太太宽厚精明又贤惠，

　　　　我奶她女儿跟你讲话人，

　　　　告诉你谁有能耐娶到她，

　　　　就发财了。

罗密欧　　　　她，卡普莱特家？

　　　　呀气数！我生死落敌手下。

班伏留　好走啦，盛会也已近尾声。

罗密欧　哦我也怕，心躁动更不宁。

卡普莱特　不，先生们，不必急于离去。

　　　　尚备茶点菲酌恭请诸位。

　　　　**[有人对他耳语。]** 定要走么？那就敬谢诸位了。

　　　　铭感大家，尊敬的先生们，

　　　　晚安！照明！好，我们去睡吧。

　　　　**[对一族人。]** 啊！我说小子，确实已不早，

　　　　是该安歇了。

　　　　　　　　　　　　**[除朱丽叶与乳母外，俱下。]**

朱丽叶　你来，奶妈，那位先生是谁？

乳母　老提伯里奥他儿子，继承人。

朱丽叶　现在出门去，那人是谁？

乳母　哦，那个，我想是小伙皮特鲁乔。

朱丽叶　跟随后不跳舞的那人呢？

乳母　不熟悉。

朱丽叶　快去问，什么名。——他若已婚，

　　　　那我坟墓便将是我喜床。

乳母　名是罗密欧，蒙塔古家人，

　　　　是你们大仇家的独生子。

朱丽叶　倾心我所爱来自没世恨！

　　　　相识原不该何必心相印！

　　　已见我情爱预兆不吉利，
　　　我爱却落与世家大仇敌。
乳母　你说什么？
朱丽叶　　　　　　刚才学来歌词儿，
　　　跳舞人教我的。　　　　　　［内呼，"朱丽叶！"］
乳母　来啦，来啦！——
　　　客人已散尽，好，我们走吧。

　　　　　　　　　　　　　　　　　　　［同下。］


# 序　诗

　　**致辞人上。**
致辞人　旧温情现今已寿终正寝，
　　　新爱恋猛居上引发顷刻；
　　　原姑娘曾诱人颠倒神魂，
　　　但一比朱丽叶顿时失色。
　　　罗密欧堕新爱也被她爱，
　　　互倾慕心神迷俊男倩女。
　　　但他要向仇人钟情诉哀，
　　　钓饵爱她也吞心诚悦取。
　　　只仇家不得行光明正大，
　　　何能表他爱意山盟海誓，
　　　痴情她情愈深愈难抒发，
　　　与新欢何地容相会何时；
　　　但爱情是伟力相期荏苒，
　　　苦中苦以盼得甜而更甜。

　　　　　　　　　　　　　　　　　　　［下。］

# 第二幕

第一场：维罗纳。卡普莱特家花园墙外一小巷。
　　　罗密欧上。

罗 密 欧　人至此心也到岂能离去？
　　　　笨身躯转回去寻我爱心。[攀墙入内。]
　　　　**班伏留与默库休上。**

班伏留　罗密欧！吾弟罗密欧！

默库休　　　　　真有他的，
　　　　敢情他溜回家去睡大觉。

班伏留　他走这边翻进这花园墙，
　　　　喊他，好默库休。

默库休　　　　　不，我要念咒。
　　　　罗密欧！花痴疯子！神经病！
　　　　哈口气化身出现深叹息，
　　　　诗一句我便满意只须念。
　　　　喊"哎哟！"再说love，dove①两押韵，
　　　　稍美言我那贪嘴维纳斯，
　　　　给她瞎儿子起个好诨名，
　　　　小亚当丘比特一箭射得准，
　　　　射中国王便爱上乞丐女②。
　　　　听不见，他没声息无动静；
　　　　这死猴，待我招回他灵魂，
　　　　一召唤眼前现出你原形，
　　　　凭借罗瑟琳③晶亮眼一双，
　　　　宽广高额头猩红热嘴唇，
　　　　纤巧一对足，两条腿秀灵灵，

---

① love爱，dove鸽。
② 英国歌谣传唱的国王Cophetua不近女色，但偶遇一流浪女却爱而不舍娶为后，相伴终老。
③ 此Rosaline即卡普莱特族女，罗密欧原来相思所爱，故而去潜入聚宴欲与相会，但一见朱丽叶立即爱情转移。

　　　　颤颤摇摇动抖抖肥股美。

班伏留　他若听见你，会对你生气。

默库休　他对这个不生气，要生气，
　　　　让他情人那圈儿如精灵，
　　　　与众不同竖得硬直挺挺，
　　　　直等她咒它倒下弄它平。
　　　　这未免恶作剧，可是我这里，
　　　　说得过去很仗义，只就是
　　　　搬用他情人名义咒他起。

班伏留　要得，他一定深藏树林里，
　　　　黑夜湿漉漉与之好做伴，
　　　　爱情是盲目，最是夜暗处。

默库休　爱情若盲目情箭不中鹄。
　　　　现在他定然傍坐欧楂树①，
　　　　直盼得他的情人一只果，
　　　　娘儿们咯咯笑，笑称它骚货。
　　　　她是货，一只货配罗密欧！
　　　　塞你大硬梨入她张口货！
　　　　晚安，罗密欧，我要去睡了，
　　　　土地当床铺硬冷我不要，
　　　　好，咱走吧？

班伏留　　　　　走吧，他躲着咱，
　　　　咱何苦来着，何必再找他！[同下。]


第二场：同前。卡普莱特家花园。
　　　　罗密欧上。

罗密欧　未受过伤，讥笑别人有疤。

　　　　　　　　　　　[朱丽叶自上②出现于窗前。]

　　　　小声！窗那边透出有光亮？
　　　　那边东方，朱丽叶是太阳！

------

① 此处所说欧楂果、硬梨都是英人指男女阴物、阳物。
② 戏台后上方有隔层，表示楼窗、楼台、城头等。

太阳明晃升隐去月妒忌，
你是月侍女远比月美丽，
月儿面对你气得脸发白。
既是嫉妒你你便不须理，
卸去这身惨绿色贞女衣，
只配愚人穿尽速快丢弃！
你是我意中人，哦！我的爱，
哦！我爱她定知。
她说话欲言又止有何妨？
她眼睛在说话，我快回答；
勿鲁莽，她并非在对我讲：
满天明星亮晶晶有两颗，
忙事暂离去，央求她两眼，
替补空位代闪耀等回归。
彼此何妨眼是星、星是眼？
她脸放光辉羞煞满天星，
星如白昼点起灯全失色。
她双眼穿越长空放光亮，
鸟儿感觉夜已过歌鸣唱。
瞧她香腮多俏丽！衬纤手，
我哦！愿做一手套戴她手，
抚她腮相厮磨。

朱丽叶　　　　　　　　　　哎也！

罗密欧　　　　　　　　　说话了。

说话吧！光明天使下凡间，
黑夜放光明高悬我头顶，
展翅从天降报信有消息。
尘世众生瞪眼出神望，
惊望无所措手足倒退去，
瞻望天使驾白云缓缓飞，
凌空翱翔漫天游旷神怡。

朱丽叶　罗密欧呀罗密欧！怎么偏是你？
否认你父亲，抛弃你的姓，
若不然，做我爱人发誓定，

　　　　　我便不做卡普莱特家中人。
罗密欧　[旁白。]我是听下去还是接话讲？
朱丽叶　全是你姓名成为我敌人，
　　　　　你归你自己，无关蒙塔古。
　　　　　什么蒙塔古？非脚亦非手，
　　　　　胳膊、脸蛋全不是，没关系，
　　　　　不属你个人，那就改名吧，
　　　　　姓名算什么？花儿叫玫瑰，
　　　　　换个名，一样美丽一样香。
　　　　　罗密欧如果不叫罗密欧，
　　　　　依然故我保持其优秀。
　　　　　名头无所谓，不叫罗密欧，
　　　　　将我全拿去偿你那姓名，
　　　　　不名一文。
罗密欧　　　　　听你话我照办。
　　　　　只须叫我爱，即便重洗礼，
　　　　　重命名，永不再叫罗密欧。
朱丽叶　你是什么人，身躲黑暗中，
　　　　　偷听人家私密语？
罗密欧　　　　　　姓甚名谁，
　　　　　我已不知如何说我是谁，
　　　　　自恨我姓名，女神我心爱，
　　　　　一说我姓名就成你仇敌，
　　　　　不曾用笔写也得撕粉碎。
朱丽叶　你话进我耳说词不及百，
　　　　　不明只听音就知你是谁，
　　　　　不就蒙塔古家罗密欧？
罗密欧　全不是，美人儿，你都不喜欢。
朱丽叶　你怎样来这里，说为什么？
　　　　　高高花园墙，难爬又危险，
　　　　　此地要你命，不想你是谁？
　　　　　万一我家人发现你在此！
罗密欧　爱情插翅膀助我越高墙，
　　　　　垒石挡不住爱情有力量，

　　　　　有爱就有胆胆大能包天，
　　　　　纵来你家人岂能阻拦我！
朱丽叶　他们一见你就要你的命。
罗密欧　啊哈！你的眼有力量强过
　　　　　你家二十剑；你眼有温柔，
　　　　　我必克敌意信心增百倍。
朱丽叶　我决不让人看见你在此。
罗密欧　黑夜遮掩我别人看不见；
　　　　　只须你爱我看见又何妨。
　　　　　宁可招人恨死我，也强似
　　　　　苟延残喘得不到你的爱。
朱丽叶　是谁指点你上我这儿来？
罗密欧　是爱神激励我，寻踪来此，
　　　　　他指点我路径，借予眼睛，
　　　　　我虽非舟舵手，必也追你，
　　　　　追你航远海外，望断天涯，
　　　　　我也要寻你宝，万死不辞。
朱丽叶　幸亏这黑夜幕遮住我脸，
　　　　　免人见我处女羞红满面，
　　　　　今夜间我私语让你听去。
　　　　　我诚愿守礼教绝情所言，
　　　　　但终究弃礼教说声再见！
　　　　　你真心挚爱我？知你说"会"，
　　　　　我且信你口说，你如发誓，
　　　　　也未必吐真言；情人伪誓
　　　　　皆人知，天神也要看笑话。
　　　　　哦温馨罗密欧！实言你真爱！
　　　　　到手我你若想毫不费力，
　　　　　我皱眉起怒容弃绝于你，
　　　　　任你追，但不可，切切不可。
　　　　　英俊蒙塔古，坦陈了我痴心，
　　　　　别因此以为我太过轻佻，
　　　　　我爱心请相信更有实证，
　　　　　直呈心不须装故作冷面。

我这里可伪装搭架作势，
却不防我心思被你窥听，
爱情真真激情还请原谅，
不可视我委身出于轻狂，
怪黑夜泄露我情曲衷肠。

罗密欧　美人儿，凭天遥望我起誓，
银月儿弯弯挂在果树梢，——

朱丽叶　哦！不须对月起誓，月无常，
行一周有变化盈亏圆缺，
你的爱或也许一样有变。

罗密欧　指何我起誓？

朱丽叶　　　　　全然不起誓。
要起誓凭你美身美心田，
那是我倾心崇拜大偶像，
我便相信你。

罗密欧　　　　　若我衷心爱——

朱丽叶　哦别发誓，我虽然喜欢你，
私订终身却不愿在今夜，
过于仓促太草率太突然，
电光一闪等不及人张口
说惊叹，光已不见。好，晚安！
爱情蓓蕾夏日风劲吹熟，
我们下次见面时花绽开。
晚安，晚安！甜安歇降临你，
你心我心心相印情合一。

罗密欧　哦不给点满足就走么？

朱丽叶　今夜里你想要何许满足？

罗密欧　你尚未誓衷情与我交结。

朱丽叶　我誓言你未求我已给你。
依你说既如此就算未结。

罗密欧　要收回你誓言？爱人，何故？

朱丽叶　为向你表慷慨许给一次。
但眼下我所有仅此而已，
我慷慨如海洋广阔无垠，

　　　　我爱情似海深，允你愈多，
　　　　我自有也愈多，皆无穷境。［乳母内喊。］
　　　　屋里人在叫我，再见，爱心。
　　　　来了，好奶妈！亲爱蒙塔古，
　　　　请放心，你稍等，我就回来。［自上方下。］
罗密欧　幸福哦幸福夜！怕只怕
　　　　这夜里全都是做梦一场，
　　　　如此事恁美好未必是真。
　　　　**朱丽叶自上重现。**
朱丽叶　话三句，亲爱罗密欧，才真说
　　　　再见了。若爱我你心纯正，
　　　　立决心论婚嫁，那就明日，
　　　　我设法派一人赶去你处，
　　　　回告我行婚礼何地何时；
　　　　我便就将命运托付与你，
　　　　身伴你心贴你走遍天际。
乳母　　［内喊。］小姐！
朱丽叶　等一下，就来了。——你若心不良，
　　　　我则请你，——
乳母　　［在内。］小姐！
朱丽叶　　　　　　　等一下，就来。——
　　　　罢手停缠绵，我自独哀愁；
　　　　明日我派人。
罗密欧　　　　　　我心花怒放，——
朱丽叶　一千次祝晚安！［自上方下。］
罗密欧　无你光芒时千百倍黑暗。
　　　　会情人如顽童抛离书本，
　　　　别情人如顽童上学没劲。

　　　　　　　　　　　　　　　　　　　　　　［欲退。］

　　　　**朱丽叶又自上方出现。**
朱丽叶　嘘！罗密欧，嘘！就如豢鹰人，
　　　　便把这头鹰呼唤回来。
　　　　不可高声叫只得低声唤，

否则要冲破艾科神①洞穴，
她嗓音比我呼声更嘶哑，
声声唤我亲爱的罗密欧。

罗密欧　是我灵魂儿呼叫我名字，
夜间情人声银铃般甜蜜，
双耳如聆听最柔美音乐！

朱丽叶　罗密欧！

罗密欧　　　　我的爱！

朱丽叶　　　　说定明日几点时，
派人来找你？

罗密欧　　　　九点正好了。

朱丽叶　一言为定。简直要等二十年，
我已忘为何故唤你回来。

罗密欧　我就站此地听你慢慢想。

朱丽叶　让你站定不离去，我宁可
永忘记，只记爱你在一起。

罗密欧　我也站这里让你记不起。
除此外忘记还有自己家。

朱丽叶　天快亮，要你就走又不愿，
就譬如女孩手中一只鸟，
让它飞飞跳跳挺好玩，
倒像可怜囚徒手铐脚镣上，
一根丝线给拴住又飞回，
爱妒舍不得放她自由飞。

罗密欧　我心甘做你鸟。

朱丽叶　　　　甜心，我也是，
虽我太爱你会要送你命。
再见，再见吧！离别心苦又甜，
说到天亮还在说再见。[下。]

罗密欧　睡下闭你眼平和进你胸，

① Echo，希腊神话中的山林女神，因眷恋美少年不成，憔悴而死，化为山谷回声。

我也入安眠香甜游梦中。
我要对神父倾诉我心意，
求告他相助艳遇之心仪。［下。］

### 第三场：劳伦斯神父的斋堂。
　　　劳伦斯神父携一篮子上。

劳伦斯神父　　灰白晨笑送皱眉苦面夜，
　　　　曦光显照耀东方云层揭，
　　　　暗色鳞斑云蹒跚如醉汉，
　　　　太阳神赤轮追赶便溃散。
　　　　趁现在太阳火眼未大睁，
　　　　大地未唤醒夜露湿湴湴，
　　　　在此间寻觅香花与异草，
　　　　盛满这柳条篮子趁一早。
　　　　看大地万物之母亦坟墓，
　　　　葬身处身生之处是一处。
　　　　哺育着无数儿女各种样，
　　　　我们吮吸在大自然胸膛。
　　　　许许多多无其数用无穷，
　　　　或类似但观实际全不同。
　　　　花草林木土石类各质料，
　　　　哦！蕴藏造化伟力好奇妙。
　　　　无一样不足道无有存在理，
　　　　对大地各有贡献与裨益。
　　　　但凡物也是并非十全美，
　　　　有转换本性丧失情谬悖。
　　　　不善其用时也会成其祸，
　　　　若反之祸恶也会成善果。
　　　　这株小花未含苞待放时，
　　　　毒性药性足可以把病治。
　　　　将其一嗅闻气味贯全身，
　　　　只一尝肢体木然麻痹心。
　　　　二者既好也坏竞角逐，
　　　　人与草木善也恶性同属。

恶乖张无抑制恣睢横行，
瞬息间侵蚀掉植物尽净。
**罗密欧上。**

罗密欧　早安，神父！

劳伦斯神父　　　　　天主祝福你！
何故大清早亲切来致礼？
孩子，你这样一早便起身，
一定有事不称心烦你神。
老年人多忧愁难阖睡眼，
忧虑多自然是少有安眠。
年轻人体壮实头脑无繁累，
四脚朝天床上摊呼呼睡。
看起来你起早令我确信，
必定是有烦恼惊扰忧心。
如若非，我此猜绝不瞎撞，
我们的罗密欧一宿未上床。

罗密欧　猜对了，可比安眠更甜蜜。

劳伦斯神父　天主恕罪！与罗瑟琳密幽会？

罗密欧　和罗瑟琳，我的好神父，不！
那名儿使我痛苦我已忘。

劳伦斯神父　真是好孩子；那你在何处？

罗密欧　不待你再问我这就告诉，
我参与我仇家一起筵席，
不意间我被一人所伤及，
那人也被我所伤，现双方
要靠你的丹方来治伤。
我已无有恨，神父，决无恨！
只求你助我也为助仇人。

劳伦斯神父　好孩子，说明白，无需拐弯，
忏悔谜，赦罪也同谜一般。

罗密欧　明白说，我已对卡普莱特
大家族之女钟情难割舍。
我情深于她她也爱慕我，
两情相悦只待你礼合撮。

　　　　何时何地又如何我二人
　　　　誓言互定情，以遂心相印。
　　　　让我边走边叙述，但求你
　　　　允我俩即于今日行婚礼。
劳伦斯神父　圣芳济！忽生巨变何其大！
　　　　罗瑟琳，你对她也曾心爱煞，
　　　　转眼你丢弃？年轻人的爱，
　　　　非出之肺腑，只凭看人才。
　　　　耶稣马利亚！眼泪何其多，
　　　　你为罗瑟琳哭得面颊瘦，
　　　　多少情爱泪盐水空流掉，
　　　　欲念特轻飘眷恋无味道！
　　　　阳光未晒去冲天你怨气，
　　　　老耳我尚听呻吟你叹息。
　　　　瞧！你的脸庞双颊仍遗存
　　　　此番先前泪痕迹未洗尽。
　　　　你若并非面目变在作伪，
　　　　你为罗瑟琳须应感失悔。
　　　　变心否？有句老话你记取：
　　　　薄幸男莫要怪得负心女。
罗密欧　你常责备我我爱罗瑟琳。
劳伦斯神父　我弟子，因你无爱只情痴。
罗密欧　你命我埋葬爱情。
劳伦斯神父　　　　　勿求新恋，
　　　　是叫你勿埋旧情觅新欢。
罗密欧　请你别埋怨我现在求情爱，
　　　　两相情真爱，真爱分不开；
　　　　前一位非如此。
劳伦斯神父　　　　　哦！她深知，
　　　　你之爱仅背诵滥调陈词。
　　　　好，随我来，薄情的年轻人，
　　　　我仍须帮助你给以领引，
　　　　你也许这姻缘天长地久，
　　　　两冤家从此弃绝前宿仇。

罗密欧　哦！我们走吧，我心极焦躁。

劳伦斯神父　理智不鲁莽，鲁莽防跌跤。

[同下。]

## 第四场：同前。一街道。

### 班伏留与默库休上。

默库休　罗密欧鬼东西去了哪里？
　　　　他一宿没回家？

班伏留　没有回家，我问过他家人。

默库休　嫩脸狠心肠娘儿们，那个
　　　　罗瑟琳害得他好苦，他准发了疯。

班伏留　老卡普莱特家亲戚提伯特，
　　　　给他父亲家送去一封信。

默库休　挑战书，保证是。

班伏留　罗密欧会答覆。

默库休　会写字的人都能写回信。

班伏留　不，他会对付写信人，来挑战，便敢应战。

默库休　哎呀！可怜的罗密欧，他已经死了。给白脸黑眼珠的娘
　　　　儿们戳死了。一首情歌刺穿了他耳朵，盲目的丘比特一箭当
　　　　胸射碎了他的心，他还能打得过提伯特么？

班伏留　嚯，提伯特算什么？

默库休　我可以告诉你，他可不是一只寻常的提贝特猫①。哦，
　　　　他可是个礼数周到的人。他和人斗起剑来，真像是按照点
　　　　乐谱唱歌一样，遵守时间、间距和规则，让你休止就按拍休
　　　　止，数一二，数到三的时候，剑已抵到你的胸膛，刺到哪颗
　　　　丝纽扣就是那个纽扣，是决斗家，决斗的行家，第一家族的
　　　　一流绅士，决斗法典首先一二理由的绅士。啊！向前交叉
　　　　步，致命一剑！弓箭步反刺一剑！送终一剑！

班伏留　那什么？

默库休　这些个脓包，古里古怪，嘤嘤嚅嚅，装腔作势，胡思乱

---

① 《列那狐的故事》（*Reynard the Fox*）中的猫名Tybert，与提伯特Tybalt近
　　音，故云。

想，说话好耍些个时髦新词儿！——"天主啊，一个顶呱呱的好剑客！——一个彪形大汉！一个胡搅蛮缠的捣乱高手。"——我说爷们儿老祖宗呵，咱遇上这些个绿头苍蝇，也算是倒上八辈子大霉了。这些赶时髦的龟孙子，说话摆出几个法文词儿，什么原谅我：pardonnez-mois，好，好：bons，bons！赶时髦，爱新奇，坐着个旧板凳都会要嫌不舒服了。

**罗密欧上。**

班伏留　罗密欧来了，罗密欧来了！

默库休　去掉了"罗"密欧他的"肉"，就瘪成咸鱼干①似的。啊你这一身强健肉呀，肉强健，怎么就变成个瘪瘪的咸鱼干了！现在他一门心思在想着彼特拉克②的诗篇；萝拉比起他的小姐来只算得是个厨房丫头了，可是她好运气，她有一个更能写诗的情郎来赞颂他。狄多只好算得是个哭涕多、多哭啼的邋遢婆娘了。克娄巴特拉只算得是吉卜赛女郎。海伦与希罗只好算是娼妓贱货；提斯柏的眼睛，灰色是灰色的，好看，但是也不配相提并论。罗密欧先生bon jour（早安）！你穿的是法国人的宽松裤，因此对你说一句法国话作应酬。你昨晚玩花招把我们给骗苦了。

罗密欧　二位早安。我昨晚哪里骗过你们了？

默库休　你溜掉了，先生，溜了，把我们给撇脑后了，还不是把

---

① 原文是鱼卵roe，是罗密欧Romeo名字首音节的谐音，取笑他一夜未睡憔悴如咸鱼；译文权以"罗、肉"谐音。

② 此段所提的几个人名依次作注——Petrarch，1304-1374，意大利诗人，对情人萝拉Laura作十四行爱情诗多首，人文主义主要代表；狄多Dido，迦太基女王，因与埃涅阿斯Aeneas爱情失败而自杀。Dido与邋遢婆娘dowdy音近而借义；克娄巴特拉Cleopatra，69-30BC，埃及女王，貌美，恺撒的情妇，与安东尼结婚，安东尼溃败后，欲勾引屋大维，未遂，以毒蛇自杀。吉卜赛人来自埃及，故云；海伦Helen，希腊神话中斯巴达王梅内莱厄斯Menelaus的美妻，被特洛伊王子巴黎斯Paris拐走而爆发特洛伊战争；希罗Hero，希腊神话中的女祭司，情人渡海与她相会溺死，她也投海自尽；提斯柏Thisbe与皮拉摩斯Pyramus是希腊神话中的一对情人，在一次约会中后者误以为前者已被狮子吞食，即自杀，后来前者发现后者尸体，便也自杀。

我们给撇了、骗了？①

罗密欧　对不起，好默库休，我正有要紧事呢。遇上事情了呢，
　　　　我也就难免失礼呀。

默库休　那就是说，你遇上的事儿只好让你弯腰屈膝了。

罗密欧　你的意思是——鞠躬。

默库休　给你说个正着。

罗密欧　你说词儿真够礼貌。

默库休　当然了，我是极讲礼数，礼数至极②。

罗密欧　堪称礼数之花。

默库休　没错儿。

罗密欧　那么，我的这双鞋上可不是也有花呢！

默库休　说得好。那就劳你把嘴皮子耍下去。直到把你的鞋子底儿
　　　　磨穿，那就让你的嘴皮子也成没帮没底的笑话了。

罗密欧　哦，笑话无聊！浅薄无聊之极。

默库休　你来吧，好班伏留，我玩不过他。

罗密欧　赶快抽马鞭踢马刺，不然我要宣布胜利属于我。

默库休　不，如果你的才智只是跑野马追赶野鹅，我可是赶不上，
　　　　服了。因为你的一项才智的野鹅比我五项才智还绰绰有余。
　　　　说这野鹅嘛，我总能跟得上你吧？

罗密欧　你凭什么也赶不上我，除了争着做笨鹅。

默库休　你这么挖苦人，我咬你的耳朵。

罗密欧　不，好野鹅，别咬我。

默库休　你的才智是只很酸的酸苹果，是一道顶浓的苹果酱。

罗密欧　那么和烤鹅一起吃很好吧？

默库休　啊！你的小智真像是一块羔羊皮，一英寸窄可以扯到四
　　　　十五英寸宽。

罗密欧　说"宽"，我就宽宽扯一下，"宽"字加上鹅，证明你
　　　　是只名气挺大的大笨鹅。

默库休　呵，这比为了爱情长吁短叹不是更好些么？你这会儿有

---

① 原文是slip开溜，也作"伪币"解，故双关为"骗"。

② 原文此句及下句用pink这一多义词，可解作：极至，石竹花，粉红，等
　　等，此处用其多义互耍嘴皮。

说有笑的，你现在是罗密欧了，你现在恢复到你本来面目了，不管你是自然本性还是故意做作。因为一个一把鼻涕一把眼泪的情人，实在就是一个大傻瓜，伸长舌头东舔西舔想把他的那根棍儿往洞眼儿里头塞。

班伏留  别说啦，别说啦。

默库休  你想要我违背我本性不再说下去。

班伏留  看你是又得说个没完没了呢。

默库休  啊！你错了，我正要长话短说，因为我的话已深入进到底了，不存心再想往深捣鼓进去，很有乐子了。

罗密欧  说乐子，乐子就到。

**乳母及彼得上。**

默库休  乐子，乐子。

班伏留  两个，两个，一雌，一雄。

乳母  彼得！

彼得  在！

乳母  拿我扇子来，彼得。

默库休  好彼得，给她遮脸。因为她的扇子比她的脸要好看些。

乳母  主保佑先生们早安。

默库休  主保佑你老大娘晚安。

乳母  是晚安的时候吗？

默库休  一点不错，告诉你，日晷上那只下流的手这会儿正摸着正午那一点。

乳母  去你的！你是什么人！

罗密欧  这位大娘，他是个天主造就的、他却又不知自重的人。

乳母  正说得好，"不知自重"，是不是？——各位，你们谁能告诉我哪儿去找到那个后生叫罗密欧的？

罗密欧  我能告诉你。不过，后生罗密欧比起你要找的那个恐怕要老上一点。我就叫罗密欧，最年轻的了，因为要是错了，那没有更错的了。

乳母  你说得好。

默库休  着呀！最错也好么？理解的高招，不错，有道理，有道理。

乳母  要说就你是，先生，我有私人话儿跟你说。

班伏留  她是要请他吃晚饭。

默库休　一个老鸨，一个老鸨，一个老鸨！猎儿有咯①！

罗密欧　你发现什么有咯？

默库休　不是野鸡，先生，除非是斋期馅饼里的那种野鸡，没吃完之前就陈腐，闻到霉烂味了。

　　[唱。]

　　　　　　　　一只老野鸡呵老野鸡，

　　　　　　　　斋期中好美味；

　　　　　　　　二十条汉子也吃不掉老野鸡，

　　　　　　　　没等吃完已长霉。

　　罗密欧，你要不要到你父亲家里？我们要到那边去吃饭。

罗密欧　我这就去。

默库休　[唱。]再见，老姐儿；再见，

　　姐儿，姐儿，姐儿。②

　　　　　　　　　　　　　　[默库休与班伏留下。]


乳母　好吧，再见！请问先生，那家伙是什么人，开口没正经话？

罗密欧　那位先生，奶妈，就是爱自说自话。他一分钟也呆不住，话特别多，比听人家给他讲一个月的话还要多。

乳母　要想调戏我怎么着！老娘我可不是好惹的人，别仗着他身强力壮，这种人二十个上来也个个挺不住，就算对付不了，我一叫就来人摆平他。下流胚！我可不是那种跟人打情骂俏的女人，不是跟无赖汉混混儿的人。[向彼得。]你在一旁倒是好！听凭人家把老娘欺负也不吭声！

彼得　我没觉着有谁欺负你来着。要有谁胆敢欺负，我立刻拔剑不客气，你放心好了。我出手可从来不比人慢，只要是吵架值得吵一架，理儿又是在咱这一边的话。

乳母　噢，主在上，气得我浑身发抖了。混账下流胚！对不起，先生，让我跟你说句话儿。刚才我说了，我家小姐叫我来找你，她叫我说的什么话可不能告诉你。不过可以讲一件事，

────────

① 原文So ho！原是猎人发现猎物的呼叫，译作"有咯"。

② 一首民谣的引句，这里讽喻乳母是娼妓密姐。

要是像大家所说，你逗着我家小姐只不过做一场春梦，那可是最恶劣的行为。小姐年轻，你要骗了她，那可真是哪家的姑娘都是对不起了，那真是卑鄙恶劣透顶的行为。

罗密欧　奶妈，请代我致意你家小姐，我可以向你发誓，——

乳母　好心肠！千真万确，我去如实告诉她。主呀！主呀！她知道了，一定会高兴喜欢了。

罗密欧　你告诉她什么呢，奶妈？你还没有听我说话呢。

乳母　我要告诉她，先生，你郑重起誓，依我看这就是够正人君子了。

罗密欧　请她出来，
　　　　设法今午后与我来相会，
　　　　劳伦斯神父斋堂做忏悔，
　　　　然后行婚礼。这是酬劳你。

乳母　不，真是，先生，一文钱也不能收。

罗密欧　别推托，收下了。

乳母　今日午后，先生？好，她一定来。

罗密欧　斋堂院墙后请你略稍等
　　　　我有人来见你，就这小时，
　　　　带给你有一捆绳索软梯，
　　　　借此梯我攀登幸福端顶，
　　　　成就我就在这秘密夜色。
　　　　再会吧！你忠心我必酬谢，
　　　　再会吧！请代我问候小姐。

乳母　天主保佑！你听我说，先生。

罗密欧　还有什么，亲爱好奶妈？

乳母　你的人可靠吗？你须仔细，
　　　　两人有秘密三人没秘密。

罗密欧　我保证我的人坚如钢铁。

乳母　好，先生，我家小姐实在是最可爱的好姑娘——主呀主！——那时间她还是一个多嘴的小丫头，——哦！城里有个贵族，叫巴黎斯的，很想把她弄到手。可是你瞧，小姐看他还不如看只癞蛤蟆。我有时候也要对小姐不高兴，说是那巴黎斯可比谁都不赖呢。可是我跟你说吧，我这样讲的时候，小姐气呀气得脸发白像块白布。罗丝玛丽花和你名字罗密欧是不是同样字母开头的?

罗密欧　是的,奶妈。这有什么关系呢?都是R字母开头的。

乳母　啊!真开玩笑啦!那是"噜噜噜噜"狗的名字①。R是代表
　　　那个——不对。我晓得是用另外一个字母开头的,说起你,
　　　她把你和罗丝玛丽花联在一起。她倒是说过一句什么来着,
　　　我念都不会念,反正是你听了一定会挺高兴。

罗密欧　请你代我向你家小姐致意。

乳母　好,替你说一千遍。[罗密欧下。]彼得!

彼得　有!

乳母　前面带路,快些走。　　[同下。]

## 第五场:同前。卡普莱特家花园。

朱丽叶上。

朱丽叶　我差遣奶妈去时正九点,
　　　原答应半小时即可回转,
　　　或许是未遇他;不会的吧。
　　　噢!她腿不太好,行路不便。
　　　恋爱使者应快捷如思念,
　　　比阳光照耀上山坡驱逐
　　　阴影还要快十倍;犹如是
　　　爱神车飞鸽拉牵,丘比特
　　　临风扇翅膀。太阳已是
　　　上颠峰,九点延至现十二,
　　　足足三小时她未见回。
　　　如若是火热情年轻血腾,
　　　她行动必迅速疾如球滚。
　　　她如飞送去我肺腑爱心,
　　　他也回我。
　　　但年老行动迟犹如病人,
　　　手脚慢如铅沉重木迟钝。
　　　乳母与彼得上。

①R是卷舌音,这里指如狗的噜噜声。

哦主呀！来了，好奶妈，何消息？
遇见他否？叫你用人走开。

乳母　彼得，先去门外。[**彼得下。**]

朱丽叶　亲爱好奶妈，主啊！为何忧愁？
哪怕坏消息，也请快快讲。
若是好，美音乐也要被耽误，
何愁苦，叫我看你这模样。

乳母　我累苦了，稍让我喘口气。
嗨，骨头疼！跑得我好苦！

朱丽叶　我骨头愿给你，你消息给我。
哎呀，你快讲，好好奶妈，讲呀。

乳母　天哪，急啥？一口气也等不及？
我上气不接下气你没见？

朱丽叶　你有气向我说喘不过气，
你哪里是上气不接下气？
分明是你故意卖我关子。
你托词还要比消息更长，
消息是好？是坏？快回答呀！
好坏都讲让我好自定夺，
告诉我呀情况好还是坏？

乳母　　好吧，你挑选可真是够糊涂，你不知道怎样挑选一个男
人。罗密欧，不行，不该选中他。他可是虽然脸长得比别人
好看，腿也长得比别人样子好，手呀，脚呀，个头呀，那也
是甭说的了，无人比得上他呀。他并不是挺彬彬有礼，可我
敢说，他温柔得像一头羔羊。你做你的事去吧，姑娘，敬奉
天主吧。怎么！家里开过饭了吗？

朱丽叶　没有，没有。你说的我已知道。
结婚事说起么？他怎么说？

乳母　主呀！头疼，我怎么头疼了！
疼欲裂要碎成二十块了。
我脊背，我背面，我的背疼！
都是你忍心差，差我颠簸，
叫我去，去找死，东奔西走。

朱丽叶　害得你不好受我真抱歉。

好好好奶妈，爱人说什么？

乳母　你的爱人说的，像个诚实真君子，挺和善，又英俊，我还
　　　保证，是个好德性的人，——你的妈妈呢？

朱丽叶　我母亲在哪里！在里边呀。

　　　还能在哪里？你话好奇怪：
　　　"你爱人说，像个正人君子，
　　　你妈在哪里？"

乳母　　　　　　　敬爱的圣母呀！
　　　性急得竟这样？好吧，没辙，
　　　这就算骨酸痛敷上药膏，
　　　自此后你自己送信去吧！

朱丽叶　别缠了！罗密欧到底说什么？

乳母　你今日得允准忏悔去吗？

朱丽叶　去呀。

乳母　那你赶紧去劳伦斯神父斋堂，
　　　有丈夫等你去做他妻子。
　　　这一下眼见你脸红起来，
　　　你所闻好消息叫你红脸。
　　　我还要去别处，你去斋堂，
　　　我去拿梯子你爱人要爬梯，
　　　天一黑你爱人要爬鸟窠。
　　　为了你我老命不辞辛苦，
　　　可今晚你肩承重重担负。
　　　去，我去吃饭，你去斋堂。

朱丽叶　幸运有大福！好奶妈，再见。[同下。]

**第六场：同前。劳伦斯神父斋堂。**

　　　**劳伦斯神父及罗密欧上。**

劳伦斯神父　天也笑嘉许你神圣结合，
　　　望日后勿承受烦恼之苦！

罗密欧　阿门，阿门！日后再有烦恼，
　　　也不抵我有片刻情欢欣，
　　　请允我见着她倾折我心。
　　　求你神圣嘱我俩同携手，

　　　　　我爱情不怕死神致死地，
　　　　　只须我呼她是我的爱人。
劳伦斯神父　　狂热开始结局还是狂，
　　　　　火药与火得意吻一瞬间
　　　　　立刻炸光。甜蜜再甜蜜，
　　　　　甜得发腻舌头重变麻木，
　　　　　吃甜吃腻就势必胃口倒。
　　　　　温文情爱方见得久长远，
　　　　　急匆、拖沓，两结果无圆满。
　　　　**朱丽叶上。**
　　　　　小姐来了，步轻盈身飘行，
　　　　　永不磨损脚下面路石坚，
　　　　　夏日炎热情荡漾游丝飞，
　　　　　爱人踩丝丝不断情未了，
　　　　　幻妄情爱飘飘然魂逍遥。
朱丽叶　　听我来忏悔，神父，您晚安。
劳伦斯神父　　罗密欧代我二人谢谢你，孩子。
朱丽叶　　也问他安，不然他礼过多。
罗密欧　　啊！朱丽叶，若你是欢欣激情，
　　　　　如我一般洋溢，你甜嘴儿
　　　　　如我叙吐你心中蕴芳香，
　　　　　弥漫充盈四周围，话语
　　　　　如音乐甜美美幻做映象，
　　　　　你我相遇应是缘有欢乐。
朱丽叶　　诚信，比言语更实际可靠，
　　　　　只须夸是实质，无需华丽，
　　　　　乞丐才数得尽，尽其所有；
　　　　　我真情富充溢，在我胸中，
　　　　　无记数及到我一半富足。
劳伦斯神父　　来，随我来行简洁礼仪。
　　　　　教会未将二人结合一起，
　　　　　便不可二人厮守双双相依。〔同下。〕

# 第三幕

**第一场：维罗纳。一广场。**
　　**默库休、班伏留、侍者及仆从等上。**
班伏留　我请你，好默库休，回去吧，
　　　天气热，卡普莱特家里人，
　　　都出来，一遇上不免一场
　　　又恶斗；这天气血旺易上火。
默库休　你就像是那么一种家伙，一跨进酒店门，冲我把剑啪地
　　　往桌上一搁，说着："愿天主保佑别让我用上你。"可等到
　　　两杯下肚，他没来由就拿起剑来跟酒保耍酒疯了。
班伏留　我难道是这种人吗？
默库休　算啦，算啦，你的脾气，意大利谁也没有你大，动不动
　　　就生气，一生气就动手。
班伏留　动手怎么样？
默库休　哈，要是两个人都像你，碰到了一起，结果一个也别想
　　　活，两败俱伤都活不了。你呀，嗨，你是人家胡须比你多长
　　　一根少长一根也要争不罢休。你看见别人嘎啦嘎啦咬榛子就
　　　会动火要吵架，只为你自己的眼睛是榛子色的；眼睛颜色，
　　　又关你什么事，触犯你什么啦？要吵架！你的脑袋，像鸡蛋
　　　里总是裹的蛋黄、蛋白一样，满脑子也都总是吵架的念头；
　　　你不是同人吵架，脑袋给打得像敲碎了臭鸡蛋似的吗！人家
　　　在街上咳一声嗽，惊醒了你的狗睡着晒太阳，你也要跟人家
　　　吵。你跟人家裁缝也大吵，只为他复活节以前穿上一件新背
　　　心了，是吗？还跟一个人吵，只为他用旧鞋带系新鞋了，是
　　　吗？可现在竟亏你讲得出叫我别跟人家吵架呢！
班伏留　我要是像你说的这样爱吵架，我一时半刻早就把我这条
　　　老命送掉了。
默库休　你这条命！你也要命啊！
班伏留　小心脑袋，卡普莱特家的人来了。
默库休　我脑袋不怕他，连脚跟都不怕他。
　　　**提伯特及其他人等上。**
提伯特　紧跟我，我来跟他讲。二位，

晚安！有话与你们一人说。

默库休　只和我们一人说一句话？

　　　　还来点什么吧，一句话加一拳！

提伯特　要是你给我机会，先生，我当然愿意奉陪。

默库休　不给你机会，你不能找个机会？

提伯特　默库休，你陪罗密欧给他做伴乱闯，——

默库休　乱唱！怎么！你把我们当作沿街卖唱？你要是把我们看
　　　　作沿街卖唱的，那我倒要请你听听不太好听的了。就是我的
　　　　弦弓，拉一拉就叫你跳起舞来。混账！沿街卖唱！

班伏留　在此地人来往不便多讲，

　　　　须找个僻静地好生谈谈，

　　　　要不然，别怄气早点滚开，

　　　　在此地惹人眼众目睽睽。

默库休　人长眼就要看但看无妨，

　　　　我绝不动一步媚人悦，我。

　　　　**罗密欧上。**

提伯特　好，先毋躁，先生，我有人来。

默库休　此人若是穿的你家服，嘿，

　　　　绞死我；领去决斗场，他才

　　　　跟你走，这就你所说是"人"来。

提伯特　罗密欧，我怀恨于你，才用

　　　　这称呼加于你，——你这坏种。

罗密欧　提伯特，有理由你我友爱，

　　　　如此称施挑衅我也不火，

　　　　我并非坏种一个如你称；

　　　　不解我何许人，再见请便。

提伯特　小子，你对我不善，花言语

　　　　少废话，且由剑来说分明。

罗密欧　我重申从未曾伤害于你，

　　　　你我之有情你似未明白，

　　　　须了解我有理怀你情义，

　　　　好卡普莱特，我尊重你姓氏，

　　　　亲同自己。请以和为贵吧。

默库休　啊！低声下气怯懦卑鄙，
　　　　只武力才可以洗清耻辱。[拔剑。]
　　　　捉鼠猫提伯特，敢上吗？

提伯特　你对我想怎样？

默库休　你这只猫王，猫有九条命，我只需你一条命；还有八条
　　　　命暂留你再算账。快拔你的剑来，否则莫怪我先下手为强，
　　　　我这剑就要直临到你耳边。

提伯特　[拔剑。]这就奉陪。

罗密欧　好默库休，收起你的剑。

默库休　来，来吧，请使劲。

　　　　　　　　　　　　　　　　[二人互斗。]

罗密欧　拔剑，班伏留，打落二人剑。
　　　　二位，何必如此，快停手吧！
　　　　提伯特、默库休，公爵有命令，
　　　　维罗纳街头不准有斗殴。

　　　　　　　　　　　　　　　[罗密欧置身二人中间。]

　　　　住手，提伯特，好默库休！

　　　[提伯特从罗密欧臂下刺中默库休。提伯特及其仆从下。]

默库休　　　　　　　我受伤了。
　　　　你两家都该死，我已完了。
　　　　他走掉，未曾受伤。

班伏留　　　　　　　啊，你受伤了？

默库休　哎呀，擦伤，擦伤，也够了呀！
　　　　我的童儿？小子，快去找医生。

　　　　　　　　　　　　　　　　[童仆下。]

罗密欧　撑住了，好汉，伤势不算重。

默库休　不，没有一口井深，也没有教堂门宽，可也就够受了，
　　　　要命了。你明天要是找我，我已经进坟墓了。我清楚，我命
　　　　已经不保。你们两家都是该死！混账东西，一条狗，一只耗
　　　　子，一只猫，都要了人的命！一个讲屁话，一个流氓，一个
　　　　恶棍，打起架来也要搬书本本，套数学公式！谁叫你插到
　　　　我们两人中间来？都是你一挡，给他从你胳臂腋下偷刺我一
　　　　剑。

罗密欧　我是好意啊！

默库休　　把我扶进屋去，班伏留。
　　　　我头晕。该倒霉你们两家！
　　　　两家害我喂了蛆，我吃苦，
　　　　吃大苦头，——你们两家！
　　　　　　　　　　[班伏留扶默库休下。]
罗密欧　　他绅士，大公爵至亲亲人，
　　　　我的友好好朋友，伤势致命，
　　　　是我故，我名声也受玷污，
　　　　提伯特要受毁谤，这提伯特，
　　　　只刚才一小时做我亲人；
　　　　哦甜蜜的朱丽叶，你美貌
　　　　使我弱无勇气，失掉锋刃。
　　**班伏留重上。**
班伏留　　罗密欧，罗密欧！勇敢默库休，
　　　　死了。撒手离人世，他英灵
　　　　升上天，未免英年太早逝。
罗密欧　　今日里这一场突发灾祸，
　　　　恐引起继续有严重后果。
　　**提伯特重上。**
班伏留　　提伯特你凶残，又来了。
罗密欧　　他胜利模样儿骄傲张狂！
　　　　默库休一去世，我顾不得
　　　　亲戚情，仇冒火引领我吧！
　　　　提伯特，你刚才骂我咒我，
　　　　须即刻收回去，默库休已经
　　　　命归天，尚未曾远离我们，
　　　　等着你拿灵魂陪伴于他，
　　　　你、我，或二人同归尽跟他一起。
提伯特　　你小子，刚才与他同在此，
　　　　该你陪他去。
罗密欧　　　　　　看这剑有定夺。
　　　　　　　　　　[二人相斗。提伯特倒下。]
班伏留　　罗密欧！快，快跑！
　　　　众人来了，提伯特已刺死。

　　　别愣站，公爵会判你死刑！
　　　你被逮，命完蛋！快跑，快跑！
罗密欧　啊！我厄运难逃。
班伏留　　　　干吗还傻呆？

[罗密欧下。]

　　民众等上。
民众甲　杀死提伯特的凶手人呢？
　　　杀死默库休的人逃哪里？
班伏留　躺的提伯特。
民众甲　　　　你，先生，跟我走。
　　　以公爵之名，令你服从我。
　　受护卫的公爵及蒙塔古、卡普莱特偕妻及其他人等上。
公爵　这场斗肇事凶手在哪里？
班伏留　公爵在上！这场恶斗之不幸，
　　　在下我全了然向您禀告，
　　　地上躺是凶手，罗密欧所惩，
　　　凶手凶杀您亲属默库休。
卡普莱特夫人　提伯特侄儿，哦我兄弟之子，
　　　哦公爵，我侄儿！丈夫！血债哦！
　　　是我亲人，公爵您须明鉴，
　　　蒙塔古家人必须偿血债；
　　　侄儿呀侄儿！
公爵　班伏留，这凶杀谁先动手？
班伏留　是提伯特，已被罗密欧惩处。
　　　罗密欧同他善言相劝，
　　　争吵无聊，不惹你生恶气，
　　　和颜悦色低声下气赔礼，
　　　更打躬屈膝。提伯特却是
　　　不理睬，意气盛不肯罢休，
　　　举起剑斜刺里出手袭击，
　　　刺向勇敢默库休当胸口。
　　　默库休也怒起出剑相向，
　　　轻蔑一挡挡开对手来袭，
　　　一剑向提伯特反刺过去；

罗密欧高声叫"朋友，住手！
朋友，散开！"嘴喊话身敏捷，
即上前阻击掉双方凶器，
插入二人间用身来挡开。
此当口提伯特自他臂下，
偷袭体壮默库休一暗剑，
提伯特即拔腿逃跑而去。
稍时又回转来找罗密欧，
罗密欧被寻衅复仇心起，
两人一触即发互斗一气。
我未及排解，蛮横提伯特
已被杀；罗密欧逃即因此。
上述皆实情，有虚愿受死。

卡普莱特夫人　他是蒙塔古家里亲属，
别听他伪证，凶手他袒护。
他二十人参与此次凶杀，
二十人害一命罪孽重大。
你公爵须秉公，我求公正，
罗密欧杀提伯特，罗密欧须抵命。

公爵　罗密欧杀他，他杀默库休，
默库休丧命谁应偿其仇？

蒙塔古　公爵，决非默库休之友罗密欧，
他错在未按法律来追究
死刑提伯特。

公爵　　　　　　他以此罪尤，
我立即押他离境驱逐走。
你两家互世仇牵连及我，
害我亲属血泊中也倒卧。
我须给你们应有之惩罚，
你们应忏悔我受害之大。
我不听谁恳求与辩解词，
悲情泪我也不枉法徇私，
一概无效。罗密欧必须快跑，
不然被抓住他命定不保。

此尸首马上抬走，听我令，
宽恕凶手即鼓励杀人害命。

## 第二场：同前。卡普莱特家花园。
### 朱丽叶上。

朱丽叶　火脚骏马呀你们快飞奔，
迅去福泊斯①催其快将息，
如费顿②鞭策你们去西方，
让云盖满天暗夜快降临。
密展帷帐来成全恋爱夜，
别让人窥见私密，罗密欧
静悄悄投怀抱无人知晓！
情人间爱心炽颠倒鸾凤，
尽任春意。爱情若是盲目，
暗夜更相宜；来吧温情夜，
甚端庄玄衣娘娘一身黑，
教我为博胜赌败自甘愿，
互将纯洁童贞宝齐奉献，
遮其黑袍裹住我羞怯怯
绯红脸。奇异爱遂成大胆，
真诚爱无愧色羞耻非也。
来，黑夜！来，罗密欧！夜之白天！
你驾御黑夜翅膀迅飞来，
比乌鸦背上新雪还更白。
来，温柔夜，来，可爱黑面夜，
把罗密欧给我，等他死时，
他身躯化作繁星点点，
缀满着夜空如此美观，
以致世人都爱恋你黑夜，

---

① Phoebus, 希腊神话中的太阳和诗歌音乐之神。
② Phaethon, 希腊罗马神话中的太阳神赫利俄斯Helios之子，驾其父的太阳车狂奔，险撞世界燃烧，幸宙斯Zeus霹雳将其击毙，世界免遭毁灭。

不崇拜耀眼夺目大太阳。
哦！我购下了爱情巨华厦，
但未进住，虽然我售自身，
却未被享有。白昼长厌烦，
恰如孩子在节日之前夜，
有了新衣却不能立即穿，
正焦急等待。哦奶妈来了！
**乳母携绳上。**
她有消息。只说名字罗密欧，
便如同天上奏响美乐音。奶妈，
有何消息？这是什么，绳子，
罗密欧叫带的么？

乳母　　　　　　　哎，哎，绳子。[掷于地。]

朱丽叶　啊，什么消息？你为何扭手？

乳母　唉！完了，他死了！死了，死了！
不得了啦！小姐，我们完了！
不得了！他完了，给杀了！死了！

朱丽叶　上天会这样狠心？

乳母　　　　　　　罗密欧会，
上天不会。哦！罗密欧，罗密欧！
谁能想有这种事？罗密欧！

朱丽叶　你是何恶魔如此折磨我？
这该是地狱折磨有此事。
罗密欧自杀么？你只说"是"，
只一"是"，便成剧毒之毒，
便毒过鸡头蛇眼之歹毒①。
若说"是"，我也不久于人世。
或是双眼闭使你回答"是"。
他若被杀，说"是"，否则"不"。
简单答决定我祸还是福。

———————

① cockatrice，传说中的鸡身蛇尾怪物，其目光可以致命，也指《圣经》中
所说的毒蛇。

乳母　我看见那伤口，亲眼看见，
　　　主保佑！这儿，宽宽的胸膛，
　　　可怜的尸体，流血的尸体，
　　　惨白白如灰，一摊摊血污
　　　成血块，看得我昏厥过去！
朱丽叶　我心碎了吧！——全完了，碎了！
　　　关进牢，眼睛天日永不见！
　　　脏泥身，回大地，一切决绝，
　　　与罗密欧同眠于土穴！
乳母　哦提伯特，提伯特，最温文，
　　　最好友，提伯特！正人君子，
　　　不料我活着眼见你先死！
朱丽叶　什么狂风暴突然逆转吹？
　　　罗密欧被杀，提伯特死了？
　　　表哥我最爱，夫君我也爱！
　　　恐怖号角鸣宣告末日临！
　　　这二人既死谁还活在世？
乳母　提伯特已去，罗密欧放逐。
朱丽叶　主呀！是罗密欧杀提伯特？
乳母　是呀，是呀，哎呀呀，是这样！
朱丽叶　啊毒蛇心，藏于似花脸面！
　　　恶龙在优雅洞府于此处？
　　　美貌一暴君！天使般邪魔！
　　　乌鸦披鸽羽！羔羊狠如狼！
　　　神圣之外貌鄙恶之实质！
　　　内外恰相反貌神不相合。
　　　万恶伪圣徒，体面歹毒人！
　　　哦造物主！你地狱所打造，
　　　将恶魔之魂收藏入如此
　　　天堂般煌煌漂亮肉体中？
　　　哪本书内容竟有此恶毒，
　　　装潢得这样考究？欺骗哦！
　　　住这般堂皇宫殿。
乳母　　　　　　　靠不住，

　　　　男人是无诚无信全无赖，
　　　　发伪誓背信弃义伪怀二心，
　　　　喂！用人在哪里？快拿酒来，
　　　　苦恼悲哀愁催我越衰老，
　　　　辱没吧罗密欧！
朱丽叶　　　　　　你起这誓愿，
　　　　你舌长泡疮。辱没他不该，
　　　　耻辱也耻于上他额眉梢。
　　　　那是王位处只适于君临，
　　　　天下尊荣宝座。我方才
　　　　骂他，哦我也岂非同禽兽！
乳母　他杀你表兄，你还说他好？
朱丽叶　我怎可恶语相加对丈夫？
　　　　啊！可怜夫君，谁还美言你，
　　　　我做妻三小时就来诋毁你？
　　　　然而，杀我表兄，岂非坏人么？
　　　　或许表兄坏人要杀夫君。
　　　　回去，愚蠢泪，回向来处去，
　　　　你泪珠本应该献予悲哀，
　　　　你却错把它给予了喜悦，
　　　　丈夫活着，是提伯特已死，
　　　　提伯特不死他要杀我夫。
　　　　可慰藉呵，我何故要流泪？
　　　　有坏话甚于提伯特被杀，
　　　　更令我欲死，合该我忘记。
　　　　可惜啊！已铭刻于我记忆，
　　　　如罪犯不能够忘怀行罪，
　　　　"提伯特杀死，罗密欧放逐！"
　　　　"放逐"，这"放逐"一语，更甚于
　　　　杀提伯特一万；提伯特死，
　　　　若仅此，也够悲惨，若再是，
　　　　祸不单行，必得有其他事，
　　　　祸殃联袂而至，现却无有。
　　　　她不说"提伯特死了"，你父亲，

　　　　或你母亲，不，是双亲死了，
　　　　也引起人情之常苦哀悼？
　　　　可是提伯特死只跟随
　　　　"罗密欧放逐"！若说父母、
　　　　提伯特、罗密欧、朱丽叶都杀、
　　　　都死了，也不及"罗密欧放逐"！
　　　　此话杀伤力无穷无尽，
　　　　没有词句更表示那悲哀。——
　　　　我的父母亲在哪里，奶妈？
乳母　正抚提伯特尸首痛哭呢，
　　　　你去吗？我这就领你过去。
朱丽叶　父母洗他伤口，等流够
　　　　我洒泪给放逐的罗密欧。
　　　　收起绳子，可怜你也失望，
　　　　你我一样，因罗密欧流放。
　　　　他靠你来至我床有大路，
　　　　可我到死是处女寡妇。
　　　　我上新床，来，奶妈，给长绳，
　　　　为罗密欧我童贞献死神！
乳母　快进房，我能找罗密欧来
　　　　安慰你，我知道他在哪里；
　　　　听我说，你罗密欧今夜间
　　　　来此，他在劳伦斯神父那里。
朱丽叶　噢！给他真骑士这指环，
　　　　叫他速来作一次告别礼。[同下。]


第三场：同前。劳伦斯神父的斋堂。
　　　　劳伦斯神父上。
劳伦斯神父　罗密欧，出来，你出来，受惊人，
　　　　苦难跟着你才华不离去，
　　　　令你与坎坷结下不解缘。
　　　　罗密欧上。
罗密欧　神父，有消息？公爵怎么判？
　　　　有何悲哀又要来结交我，

　　　　我竟不知道？

劳伦斯神父　来，我的好孩子：

　　　　你与苦难友来往已太多，

　　　　我来报告你公爵有裁判。

罗密欧　公爵之判不轻于死刑吧？

劳伦斯神父　他手下留情只作温和判，

　　　　不判你死刑，裁定你放逐。

罗密欧　啊！放逐！慈悲些，判"死刑"吧，

　　　　我看流亡比死刑更可怕，

　　　　更甚于死刑，不要说"放逐"。

劳伦斯神父　你只逐出维罗纳之境，

　　　　须耐心，因为世界很宽广。

罗密欧　维罗纳城墙外便无世界，

　　　　只有炼狱、苦刑和阴曹，

　　　　从此放逐便逐出这世界。

　　　　流亡世界便是死，而放逐，

　　　　是死刑之误称，称为放逐，

　　　　等于用金斧砍下我脑袋，

　　　　不过夺命一击报以笑脸。

劳伦斯神父　啊！罪过，罪过！鲁莽负恩呀！

　　　　你按法律应处死，公爵

　　　　心善，袒护你于法律擦边，

　　　　改可怕死刑为放逐，恩典

　　　　之大，宽容你你竟不领情。

罗密欧　是酷刑，非恩典。在此朱丽叶，

　　　　此就是天堂，此地猫和狗，

　　　　小老鼠，每样无价值之物，

　　　　活在此天堂都能瞻仰她，

　　　　罗密欧却不能。腐尸上的

　　　　苍蝇倒比罗密欧有格外

　　　　尊荣地位，都可以触及到

　　　　朱丽叶她玉手，从她唇间，

　　　　窃取天堂之幸福，双嘴唇，

　　　　含娇羞樱红纯净永贞洁，

　　　　自恰如亦是罪过衾闭吻。
　　　　苍蝇有幸倒称得自由人，
　　　　我外走一流徒，你还能说
　　　　远放逐并非是如判死刑？
　　　　你未调好毒药，刀未磨快，
　　　　不致人以速死，遂变此手段，
　　　　放逐以致死，不是一样？
　　　　啊神父！只有在地狱才用
　　　　这词大号叫。你神职良心，
　　　　听取人忏悔可赦免其罪，
　　　　声称我朋友你如何可以
　　　　也用"放逐"一词宰割我？
劳伦斯神父　你糊涂疯了，听我一句话。
罗密欧　哦！你是不过还说放逐话。
劳伦斯神父　我给你盔甲，此词可抵拒。
　　　　智慧护卫你，困境有甘乳，
　　　　放逐就一词，但说又何妨。
罗密欧　还是要"放逐"！智慧说何用！
　　　　除非智慧能做出个朱丽叶，
　　　　迁移一座城，撤销公爵判，
　　　　另无助益，无用处，不必说。
劳伦斯神父　哦！那我看见疯人无耳朵。
罗密欧　聪明不长眼，何必疯有耳？
劳伦斯神父　你处境让我来对你谈谈。
罗密欧　非亲身感受无法与谈说。
　　　　你如我年轻，又爱朱丽叶，
　　　　结婚才一时，杀了提伯特，
　　　　如我痴情深，如我遭放逐，
　　　　你才可能讲，自揪自头发，
　　　　倒在地上，如我现在这样，
　　　　自己量自身挖掘一墓穴。[内响叩门声。]
劳伦斯神父　敲门了，好罗密欧，起来藏身。
罗密欧　我不，除非伤心叹息如
　　　　迷雾，遮蔽我于寻人者眼目。[叩门声。]

劳伦斯神父　听，敲得急！是谁？罗密欧起来。

[叩门声。]

　　进我书房去。来啦！主啊！

　　这样任性！我来啦，我就来！[叩门声。]

　　敲门这么急？谁啊？什么事？

乳母　[**自内**。]让我进来，告诉有差事。小姐朱丽叶她差我来。

劳伦斯神父　那欢迎。

　　**乳母上。**

乳母　啊神父！告诉我，神父，

　　我家小姐姑爷呢？罗密欧呢？

劳伦斯神父　泪眼醉，倒下了，躺在地上。

乳母　哦！他和我家小姐一模样，

　　一个模样！

劳伦斯神父　　哦命运同悲惨！

　　处境可怜！小姐也躺下了：

　　哭一阵泣一阵泣一阵哭一阵。

　　起来，起来，站挺了，男子汉，

　　为朱丽叶，为她，挺立起来，

　　伤心得如此模样干什么！？

罗密欧　奶妈！

乳母　哎姑爷！好了，人总有一死。

罗密欧　你说朱丽叶？她是怎样啊？

　　她不把我看作是杀人犯，

　　我现在用她最近亲缘血

　　玷污了我们的燕尔新婚？

　　她在哪里？现在怎样？我的

　　秘密，妻对情中断怎么说？

乳母　她不说，先生，只是哭呀哭。

　　一会倒在床，一会又跳起，

　　叫声提伯特，又喊罗密欧。

　　再一会又倒下。

罗密欧　　　　　这个名儿，

　　恰似一管枪瞄准对她射，

　　射杀她，也是我手真该死，

　　　　杀害她亲人。哦神父！告诉我，
　　　　我的名是在我身哪一处？
　　　　找出来，告诉我，将它砍了
　　　　可恨这躯体！[拔剑。]
劳伦斯神父　　　收起你绝望手。
　　　　你可是男子汉？看你似乎
　　　　女人流泪，你行为胡狂乱，
　　　　如禽兽全无一点理智明，
　　　　既男人又不像样之女流，
　　　　既男又女如丑陋之畜类！
　　　　你真使我感诧异，说实在，
　　　　我原想你不致如此失态。
　　　　你杀提伯特？又要自杀么？
　　　　你竟用这万劫不复手段
　　　　又要杀相依为命你爱妻？
　　　　何必恨生不逢时怨天尤地？
　　　　既活命，与天与地来共事，
　　　　活一世怎可失于一瞬间。
　　　　呸呸！枉有仪表、爱情、智慧。
　　　　如高利贷守财奴无出息，
　　　　用当不该用，无限之可惜，
　　　　原本外表相称，爱情、智慧
　　　　均缺失，只剩个蜡像躯壳，
　　　　游离开了男子汉威英武。
　　　　诚挚之爱陡变伪誓，足以
　　　　杀死你誓言爱护深情人。
　　　　你才智为仪表爱情生辉，
　　　　悲哉原来你言行全不一，
　　　　恰如笨拙兵走火持弹药，
　　　　因自己无知自食其恶果，
　　　　只炸得粉身碎骨无救处。
　　　　咄！起来，你的朱丽叶活着，
　　　　你汉子为她刚才真急死。
　　　　你乃幸运：提伯特要杀你，

你杀了提伯特，又是幸运；
死刑峻法对你网开一面，
改判作流放，这便是幸运。
一连串好幸运降于你身，
幸福穿盛装向你频献媚，
惜乎如倔拗乖戾之女流，
横眉对着你好运与情人，
当心当心，如此难免屈死。
去，按原约定，去看你爱人，
攀登她卧房，令她得慰藉。
但不可迟延至布岗时辰，
那时你就无法去曼多亚。
你躲那边，等我们找时机，
宣布你婚姻，两家促和好，
求公爵恩准特赦，召你回，
以二十万倍欢庆好心情，
消除你离去时哀悲伤。
奶妈，先代我致意于小姐，
去催她全家人趁早安眠，
遭遇巨悲伤也该早歇息。
罗密欧随后到。

乳母　主啊！我愿整夜在此听你
　　　德言教诲。哦！到底有学问。
　　　主啊！我告诉小姐，你就来。

罗密欧　好吧，准备听爱人责骂我。

乳母　先生，这戒指她叫我给你。
　　　你快点，先生，时间已不早。[下。]

罗密欧　这又让我重获深深慰藉。

劳伦斯神父　去吧，晚安，命运在此一举。
　　　趁警卫布岗前快走，否则
　　　只好等天亮化装再离去。
　　　你先在曼多亚安下身，我
　　　找到你仆人，一有好消息，
　　　我会及时叫他传信给你。

> 让我握你手，很晚了，再见。

罗密欧　若非喜悦之喜悦在召唤，
　　　　与你匆匆别深觉心伤感。
　　　　再见！［下。］


**第四场：同前。卡普莱特家一室。**
　　　　**卡普莱特、卡普莱特夫人及巴黎斯上。**

卡普莱特　先生，舍间事已发生不幸至极，
　　　　我这里未得及劝导女儿，
　　　　你知她与表兄相互友爱，
　　　　提伯特这孩儿我也喜欢，
　　　　没奈何人一世有生有死。
　　　　天已经深夜晚儿也不下楼。
　　　　实言告，非你在我原不久待，
　　　　此前一小时我应上床睡。

巴黎斯　此时间悲伤极不便求婚，
　　　　夫人，代我致意你女儿，晚安。

卡普莱特夫人　明一早我即会听她意思，
　　　　今夜晚她闭门独自懊恼。

卡普莱特　巴黎斯伯爵，我竭力奉献
　　　　小女情爱予你，想她也会
　　　　听从我意愿，谅不必疑虑。
　　　　夫人，你睡前不妨看看她，
　　　　将贤婿巴黎斯爱慕告知，
　　　　嘱咐她，听清了，星期三，哦——
　　　　慢！今天星期几？

巴黎斯　　　　　　星期一，老伯。

卡普莱特　星期一！啊呀！星期三过于
　　　　匆促，那星期四吧，告诉她，
　　　　她要与尊贵爵士行婚礼。
　　　　你可是来得及准备妥帖，
　　　　不嫌匆忙？不需铺张，邀请
　　　　友好一二，提伯特才遇害，
　　　　若我们大举庆贺引多疑，

　　　　被认为我辈等未上心事。
　　　　故拟请半打朋友算完婚。
　　　　不过，你以为如何星期四？
巴黎斯　老伯，我但愿星期四即明天。
卡普莱特　好，放心吧，那就星期四了。
　　　　你睡前要去看看朱丽叶，
　　　　这婚庆让她有准备，夫人。
　　　　再见，伯爵。掌灯去我寝室！
　　　　哦天呀，时间已经这么晚，
　　　　不一会可说就是早晨了，
　　　　晚安！　[同下。]

**第五场：同前。朱丽叶寝室。**
　　　**罗密欧与朱丽叶上。**
朱丽叶　你要走么？还未到天亮时，
　　　　你惊闻鸟鸣是夜莺，夜莺
　　　　每夜栖那石榴树在歌唱，
　　　　并非是云雀，你神不必慌，
　　　　相信我，我的爱人，是夜莺。
罗密欧　是云雀来报晓，不是夜莺。
　　　　看，爱人呀，那恶意晨曦光，
　　　　已镶嵌远东方云边上。
　　　　夜烛早燃尽，白昼正欢跃
　　　　要轻轻登上云雾那山巅，
　　　　我必得走可求生，留则死。
朱丽叶　那光不是晨曦，我知道，我。
　　　　那是太阳照流星发尾光，
　　　　为你今夜当火炬照路程，
　　　　路照亮送你去到曼多亚。
　　　　再留一会吧，不要着急走。
罗密欧　让我被逮捕，让我被处死，
　　　　只消你愿意，我也心甘愿。
　　　　说那灰白非晨光惺忪眼，

是辛西娅①眉宇映惨淡光，
也并非云雀在我们头顶
歌唱响苍穹，我是多愿意
还留下，不离开。来，死神来，
欢迎！只要朱丽叶叫我在，
哦，我灵魂？天未亮，再谈谈！

朱丽叶　天亮了，天亮了，快，快离开。
在唱得难听刺耳是云雀，
音粗涩噪声厌不再动听。
有人赞云雀歌婉转愉悦，
这一只却不然，在叫离别，
有人说云雀眼蛤蟆换过②，
噢！但愿它歌唱也交换，
它声音我俩拥抱将分离，
晨歌催，即起程，离开此地，
啊！现在天色愈亮，你走吧。

罗密欧　天愈亮你我两人愈悲伤。

　　　**乳母上。**

乳母　小姐！

朱丽叶　奶妈！

乳母　你母亲要到你这里来；
天快亮，小心了，得注意。[下。]

朱丽叶　那窗，阳光进来，让命出去。

罗密欧　再见，再见！再吻，我下去了。

　　　　　　　　　　　　　　　　　　**[翻窗。]**

朱丽叶　就这样走了？夫君，爱人，
情侣，我每天每时等你消息，
等一分钟就等于是几天，
啊，如此算来要等变老人，
我方才能盼望见得罗密欧。

————————

① Cynthia，希腊罗马神话中的月亮和狩猎女神，即维纳斯。
② 蛤蟆眼大而亮，云雀眼小，传说是彼此换了眼睛之故。

罗密欧　再见！
　　　　只要有机会，我决不放弃，
　　　　向你传达我问候、我情意。
朱丽叶　哦！你想我们还能见面么?
罗密欧　一定能。这许愁苦必定是
　　　　我俩来日见，甜蜜有回忆。
朱丽叶　主啊！我灵魂有预感不祥，
　　　　你现在在下面我看见你，
　　　　仿佛是坟墓底一具尸首，
　　　　非我眼不清便是你苍白。
罗密欧　在我，爱人，望着你也伤悲，
　　　　苦忧伤血也干，再会！再会！[下。]
朱丽叶　命运呀！人说你反复无常，
　　　　如若是，又为何恒久要与
　　　　忠贞名誉在一起? 命无常，
　　　　我希望他此去不会久长，
　　　　送他早回。
卡普莱特夫人　[在内。]女儿啊，起来了吗?
朱丽叶　谁呀? 是母亲吧? 你不曾睡，
　　　　还是这样早就已起身了?
　　　　何大事早遣母亲来此?
　　　　**卡普莱特夫人上。**
卡普莱特夫人　你怎么啦，朱丽叶！
朱丽叶　　　　　母亲，我感不适。
卡普莱特夫人
　　　　还在为表兄事伤心流泪?
　　　　你用泪要将他墓中唤醒?
　　　　似这样也不能起死回生。
　　　　不必哭，有悲足以表示爱，
　　　　悲过分只表示你无理性。
朱丽叶　还让我痛心损失落泪吧。
卡普莱特夫人　损失再痛，哭又哭不回来。
朱丽叶　　　　　痛感大损失，
　　　　我无法不哭失去我亲人。

卡普莱特夫人　好孩子，不必为他死多流泪，
　　　　恶人杀他还活着才伤心。
朱丽叶　谁恶人，母亲？
卡普莱特夫人　　就是那恶人罗密欧。
朱丽叶　[**旁白**。]恶人与他远相距何千里！
　　　　主饶恕他！我为此而伤心，
　　　　再无人如像他令我伤心。
卡普莱特夫人　就因为那恶凶手还活着。
朱丽叶　啊，母亲，我伸手抓不到他，
　　　　但愿能亲手为表兄报仇！
卡普莱特夫人　我们会报仇的，不用担心。
　　　　不要哭了。我派人去曼多亚，
　　　　这个亡命流徙活在那边，
　　　　让人给他尝那么一点点，
　　　　立叫他与提伯特做伴去，
　　　　这样做定让你称心如意。
朱丽叶　说真的，对罗密欧永不会
　　　　心满足，除非我见他——死——
　　　　我心为死一亲人而烦恼，
　　　　母亲，你如果找到一个人，
　　　　带上毒药，我要亲手调制，
　　　　罗密欧接服后即刻安然
　　　　死睡去。哦我心有多厌恶，
　　　　一提到他名，恨不能去那边，
　　　　在他身发泄我爱提伯特
　　　　有亲情，是他杀死我表兄。
卡普莱特夫人　预备好了毒药，我找人去。
　　　　现在，孩子，好消息告诉你。
朱丽叶　愁苦中听好消息，太好了，
　　　　什么消息，我的母亲大人？
卡普莱特夫人　好，好，你好父亲做主，孩子，
　　　　年轻贵族漂亮绅士，伯爵
　　　　巴黎斯，在圣彼得教堂里，
　　　　让你做快乐幸福新娘子。

朱丽叶　我凭圣彼得教堂、圣彼得
　　　　起誓，他不能娶我做新娘，
　　　　何其仓促，要我嫁人，做我
　　　　丈夫竟还未向我来求婚。
　　　　母亲，求你告诉父亲大人，
　　　　我不出嫁；硬要嫁，我发誓，
　　　　宁嫁你知我所恨罗密欧，便罢，
　　　　也不嫁巴黎斯。说甚消息！
卡普莱特夫人　你父亲来了，自己和他说，
　　　　看他会不会听你依你话。
　　　　**卡普莱特与乳母上。**
卡普莱特　太阳西下时蒙蒙落细露，
　　　　因我侄儿遭不测惨陨落，
　　　　大雨滂沱。
　　　　怎么，好孩子，像个喷水泉，
　　　　哭成泪人儿? 眼泪流不止?
　　　　身子弱小心了，犹如船、海，
　　　　犹如风。你的双眼可称海，
　　　　泪水潮汐在涨落，身是船，
　　　　驶在咸海洋，风是你叹息，
　　　　随你泪水流，风涛互激荡。
　　　　快静止，不然如船你身体，
　　　　狂颠簸要摧毁。你哦，夫人！
　　　　已曾告诉她有个好主意?
卡普莱特夫人　说了，她不肯，谢谢你好意，
　　　　愿这傻丫头嫁到坟墓去！
卡普莱特　慢！讲仔细，仔细点讲，夫人。
　　　　怎么不肯? 不感激父母亲?
　　　　她这样蠢丫头，我们苦心
　　　　找到如此体面绅士做新郎?
　　　　不感到是福气? 居然不称心！
朱丽叶　我不喜欢，对双亲是感激，
　　　　讨厌之人我绝对不愿意；
　　　　讨厌归讨厌感激归感激。

卡普莱特　什么！呵！强嘴了！成什么话？
　　　　"福气""感激"，而"我可不感激"。
　　　　"不是福气"，你个小贱人。
　　　　不用你感激，不要你欢喜，
　　　　这身贱骨给我养好，星期四，
　　　　同巴黎斯圣彼得教堂去，
　　　　不去我把你装木笼抬了去。
　　　　好不要脸，脸发青的死鬼！
　　　　蜡黄脸贱货！
卡普莱特夫人　　呀，呀！你疯了吗？
朱丽叶　好父亲，我这里跪下求你，
　　　　耐心听你女儿再说几句。
卡普莱特　该死的小贱人，不孝逆畜！
　　　　只告诉你星期四去教堂，
　　　　否则永远别让我见到你。
　　　　别说了，不听你，不用回答。
　　　　我手痒着呢。——夫人，当年我们
　　　　嫌命薄，主只给我们一个
　　　　孩子，看现在一个也嫌多。
　　　　她这一个也成孽债，好不
　　　　羞耻，贱东西！
乳母　　　　　　　天主呀，保佑她！
　　　　老爷，你可不该这样骂她。
卡普莱特　怎么不该？妇人之见，给我
　　　　闭嘴！你们婆婆妈妈去吧！
乳母　我没有说错。
卡普莱特　　　　不用你多嘴！
乳母　不让讲话？
卡普莱特　　　　　别说了，蠢婆子，
　　　　婆婆妈妈喝你自个酒去，
　　　　我这里不要听。
卡普莱特夫人　　别火气大。
卡普莱特　主呀！可把我气疯了。
　　　　日日夜夜无时无刻，独个儿

　　　　和人处，只想着给她找个
　　　　好人家，现在总算找到了，
　　　　门第高贵一绅士，
　　　　有产业年纪轻轻好教养，
　　　　还据说有才艺，品貌齐全，
　　　　天造地设好姻缘，何处觅！
　　　　偏偏你傻呆丫头不懂事，
　　　　木头人不如，鸿运高照来，
　　　　居然胡说"不结婚""我不爱"，
　　　　"我年纪还小""求你原谅我"。
　　　　要是决心不嫁人那就算，
　　　　放你去，不在这家一起过，
　　　　想想好细考虑，我说话算话。
　　　　星期四，手揣心窝盘算算，
　　　　要做我女儿，嫁与我朋友；
　　　　要不是，上吊，要饭，街头饿殍，
　　　　随你，与我无干，永不认你。
　　　　我这里财产无有你的份。
　　　　是真话，你想想，我不反悔。[下。]
朱丽叶　上天不发一点慈悲于我，
　　　　闭眼不看我心底苦楚么？
　　　　哦好妈妈呀！不要丢弃我。
　　　　将婚事暂缓一月、一星期，
　　　　如不然，就把我的新婚床
　　　　安在提伯特幽暗睡墓地。
卡普莱特夫人　别对我讲，我没话跟你说。
　　　　随便你去，我可管不了你。[下。]
朱丽叶　哦主呀！哦奶妈！怎么办啊？
　　　　我夫君在世上我有天誓，
　　　　我如何收回天誓在人世，
　　　　除非夫君离人世从天上
　　　　送还我！想想出出主意吧！
　　　　啊！啊！上天也会要作弄我
　　　　如此一个无依傍弱女子？

　　　　说呀！你没有一句开窍话？
　　　　给安慰，奶妈？
乳母　　　　　　　　这是安慰，罗密欧
　　　　正在流亡。无论如何不敢
　　　　再回转来援助相救于你，
　　　　如回来，也只能偷偷摸摸。
　　　　看眼下，事情已到这地步，
　　　　我想最好还是嫁伯爵，
　　　　哦！一位可敬绅士。
　　　　罗密欧及得他一块抹布。
　　　　小姐，就是鹰眼也不及他
　　　　巴黎斯的眼碧绿，锐利好看。
　　　　你这第二个夫君，是幸运，
　　　　好过第一个；即便是不好，
　　　　第一个已死，或与死无异，
　　　　他活着你又享用他不着。
朱丽叶　你是心里话？
乳母　　　　　　都是灵魂话，
　　　　不然就受诅咒。
朱丽叶　　　　　阿门！
乳母　　　　　　　　怎么！
朱丽叶　好，你给我已有很大安慰，
　　　　进去，告诉我母亲，我得罪
　　　　父亲，我马上就到劳伦斯
　　　　斋堂去，作忏悔请求赦罪。
乳母　好，我说去，你这就聪明了。[下。]
朱丽叶　老魔鬼！最奸恶的魔鬼哦！
　　　　是罪过劝说我背信弃义，
　　　　污蔑语咒夫君翻转舌头，
　　　　曾经满口赞扬，何堪比较
　　　　天地之别？去吧，这馊主意，
　　　　从此后你我不再一条心。
　　　　我去找神父求他想办法，
　　　　若无法可想，我还可自杀。[下。]

# 第四幕

第一场：维罗纳。劳伦斯神父斋堂。
　　　劳伦斯神父与巴黎斯上。

劳伦斯神父　星期四，先生？时间来不及。

巴黎斯　我岳父卡普莱特心急定，
　　　　可我也是巴不得早一点。

劳伦斯神父　你说不知道小姐本人意，
　　　　这事我看就不妥，不周全。

巴黎斯　提伯特一死她过度哭伤心，
　　　　我不宜多表言爱慕之心，
　　　　一家全是泪，爱神也难笑。
　　　　神父知晓，她父亲怕意外，
　　　　女儿悲，伤心极，难以自持；
　　　　父亲急，灵机动，赶早成婚，
　　　　以免她整日里泪水洗面，
　　　　独自个空房内难免伤感，
　　　　有伴侣方解得伤心悲愁。
　　　　现在您谅也解仓促缘故。

劳伦斯神父　[旁白。]但我知这件事必得延缓。
　　　　看，先生，小姐她自来本斋堂。

　　　　**朱丽叶上。**

巴黎斯　来得巧我的小姐我的妻！

朱丽叶　我做妻时才这样说，先生。

巴黎斯　那一定，爱人，就这星期四。

朱丽叶　要来总会来。

劳伦斯神父　　　　此话当然。

巴黎斯　你是来为向神父忏悔吧？

朱丽叶　回此话意思要向你忏悔。

巴黎斯　别向他否认你衷心爱我。

朱丽叶　可向你承认说我爱是他。

巴黎斯　这就好，我知你正是爱我。

朱丽叶　果真是，背你面承认比之

当面承认，其代价更巨大。

巴黎斯　可怜人，你面容泪损太甚。

朱丽叶　泪水无大损我容颜，此前
　　　　因怨恨早丑陋已不堪。

巴黎斯　你错怪，这话对不起你美貌。

朱丽叶　并非错怪，先生，俱是事实。
　　　　我所讲是指我脸面而言。

巴黎斯　你面是我的，是你错怪它。

朱丽叶　这也是，面已不属我自己。
　　　　现时你有工夫么？神父，
　　　　还是晚祷时我再来无妨？

劳伦斯神父　我现在有工夫，忧愁孩子。
　　　　伯爵，敬请须要你暂离开。

巴黎斯　凭主，不敢打扰你们祈祷！
　　　　朱丽叶，星期四早晨我来
　　　　接你；告辞，请受神圣一吻。[下。]

朱丽叶　哦！关门！关上了门，你陪我
　　　　同哭：无望，无救，无可挽回！

劳伦斯神父　啊朱丽叶，我已知你苦情，
　　　　费心计想不出万全之策。
　　　　听说星期四与伯爵完婚，
　　　　约已定不允许时刻拖延。

朱丽叶　神父，不必讲你已闻此事，
　　　　只须你告诉我如何阻止。
　　　　如果你智慧也无法可想，
　　　　你只好赞同我决断明智：
　　　　我只得这把刀当场了断。
　　　　主联我心与罗密欧，你牵
　　　　我们手，与罗密欧手联手。
　　　　若再与另一人去缔婚约，
　　　　或我心竟叛逆转归别人，
　　　　既如此，我心手一同诛戮。
　　　　所以靠你神父经验经久，

　　　　求你给我指点，否则请看，
　　　　走投无路只靠这血腥刀，
　　　　来仲裁，裁定我穷途末路。
　　　　凭你经年历练可予托付，
　　　　竟也未能解决我这难题，
　　　　不必为难言，我情愿一死，
　　　　如果你讲不出一个良策。
劳伦斯神父　且慢，孩子，我有一线希望，
　　　　只恐怕要实行手段激烈，
　　　　与所要避免同样有危险。
　　　　如果不愿嫁巴黎斯伯爵，
　　　　宁愿选坚决意寻死自杀，
　　　　也就不得不一试孤注掷，
　　　　比之宁可死而不受耻辱，
　　　　则冒死或可逃脱而不死，
　　　　你若敢，我教你解救方法。
朱丽叶　啊！要我嫁巴黎斯我宁可
　　　　城门上塔楼纵身往下跳，
　　　　我行走盗贼剪径之路途，
　　　　或驱入毒蛇熊罴猛兽地，
　　　　或夜间关我尸骨堆里去，
　　　　满地死人骨声响呼啦啦，
　　　　尸臭闷熏中只见黄骷髅，
　　　　或将我下到新掘墓穴中，
　　　　卷裹入死尸殓服当寝衣。
　　　　任何事毛骨悚然听闻说，
　　　　我能经受住无惧无迟疑，
　　　　做得个爱情忠贞好妻子。
劳伦斯神父　那就好，快乐无愁回家去，
　　　　欣然嫁巴黎斯，明日星期三，
　　　　明日夜你须一人单独睡，
　　　　闺房里不叫奶妈与同寝；
　　　　上床以后便取出这小瓶，

服下瓶中经精馏迷药水。
一股冷气即透过你血脉，
只觉昏沉沉心跳脉搏停，
似血停停归停却仍流循；
无体温断呼吸确定死象，
面颊嘴唇玫瑰红退血色
变灰白，眼睑垂下瞑目死，
生命白昼之窗户永关闭；
全身各部不能动失自如，
不觉温柔变僵冷成尸体；
此状态无异真死实假死，
维持假死状四十二小时，
过时醒转来如经甜蜜睡。
等新郎清晨前来呼唤你，
迎你来起床发现你竟死。
这之后——按照习俗必照办——
盛装殓无盖棺材来盛载，
车运至卡普莱特祖墓地，
安置在同一坟茔空穴里。
此时你死睡眠尚未醒，
我传书计划告知罗密欧，
他赶紧回转此地来找我，
也看到你正醒于当天夜，
罗密欧即带你去曼多亚。
这计划摆脱当前你耻辱，
只要你咬紧牙关挺过去，
万不可胆怯恐惧女流气。

朱丽叶　我行，我行！噢！不要说恐惧！

劳伦斯神父　拿好，去吧；坚强点，有信心。
我会派一修士送信速去
曼多亚，你夫君配合知默契。

朱丽叶　爱，生力量！有力量可得救。
再会，敬爱我神父！[同下。]

第二场：同前。卡普莱特家大厅。
　　　　卡普莱特、卡普莱特夫人、乳母及仆人等上。

卡普莱特　按名单众宾客邀请齐来。[仆人下。]
　　　　你，请二十个技高老厨师。

仆人乙　老爷放心，没一个是生手，
　　　　我会试试他们舔手指。

卡普莱特　舔指头啥意思?

仆人乙　哈！不会舔自己手指头的一定是生手，不
　　　　舔手指头的我一个也不要他来。

卡普莱特　好，去吧！[仆人乙下。]
　　　　这一次我全充分准备齐。
　　　　孩子找劳伦斯神父去咯?

乳母　是，是的。

卡普莱特　好，倒或许能对她有开导，
　　　　真是倔强不乖的女孩子。

乳母　看，忏悔好很高兴回来了。

　　　　朱丽叶上。

卡普莱特　怎么啦，强丫头，荡到哪儿去了?

朱丽叶　我不听爸的话，忤逆不孝，
　　　　去忏悔自己有罪过。
　　　　我已知悔过，劳伦斯神父，
　　　　教导我向爸下跪求宽恕，
　　　　请爸爸原谅，请您原谅吧。[下跪。]
　　　　从今后我全听爸您的话。

卡普莱特　请伯爵过来，这事告诉他。
　　　　这婚姻改在明早就举行。

朱丽叶　在劳伦斯斋堂上少年
　　　　伯爵，他不违反礼法规矩，
　　　　我也向他表示过我爱意。

卡普莱特　哈，我真高兴，很好，起来吧，
　　　　本应如此，我要见见伯爵。
　　　　对啦，我说，就请他过来吧，
　　　　谢主啊！这位可敬修道士，
　　　　我们全城人都会感激他。

朱丽叶　奶妈，陪我进寝室去吧，帮我
　　　拣挑选一下饰物和衣服，
　　　看看适合明天穿戴有哪些?
卡普莱特夫人　不着急，等星期四再说吧。
卡普莱特　去，奶妈，就去;明天上教堂。

　　　　　　　　　　　　[朱丽叶与乳母下。]

卡普莱特夫人　我们现在怕已经来不及,
　　　天要黑了。
卡普莱特　　　　啐!我这就动手,
　　　一切都张罗就绪，我担保,
　　　夫人去帮朱丽叶快打点。
　　　今夜我不睡，让我一个人,
　　　我来做回管家婆，你睡吧。
　　　人都走了，好吧，我自己到
　　　巴黎斯伯爵那里去准备好
　　　明天事。我心大大感轻松,
　　　孩子倔强心终于得回转![各下。]


第三场：同前。朱丽叶寝室。
　　　朱丽叶与乳母上。
朱丽叶　噢，这衣服最合适，好奶妈,
　　　今夜你让我一人在卧房,
　　　我要一个人多多做祈祷,
　　　要感动上天也对我内心笑,
　　　你晓得，我有烦恼和罪过。
　　　卡普莱特夫人上。
卡普莱特夫人　哟，好忙活哦?要我帮忙否?
朱丽叶　不要，母亲，明天之用已选好。
　　　所需事经我准备均停当。
　　　请你让我一个人在房里,
　　　让奶妈今晚陪你一整夜。
　　　儿晓得这事来得很仓促,
　　　一定劳你多忙碌。
卡普莱特夫人　晚安。

早上床，你已很累，早歇息。

[卡普莱特夫人与乳母下。]

朱丽叶　再见了！何时再见主知晓。
　　　　一阵冷与惧血脉全身透，
　　　　简直要凝冻通体生命热，
　　　　要叫她们回转来护慰我：
　　　　奶妈？叫来何用！
　　　　我惨相必独自方能扮演，
　　　　来，药瓶。
　　　　这药若无效如何可是好？
　　　　非结婚不可逃脱明早上？
　　　　不，不，由这来阻止，放这里。

[置匕首于旁。]

　　　　万一真毒药是那修道士
　　　　狡狯诱服下置我于死地，
　　　　以免牵扯他大失其体面，
　　　　是他暗中先主婚罗密欧？
　　　　虽怕此一着，想想不至于，
　　　　向来公认他好好一圣徒，
　　　　我不可这般卑劣起疑惑。
　　　　如果放我入坟墓，罗密欧
　　　　赶不及营救我便已醒来，
　　　　那如何是好？这就好可怕！
　　　　地窟里无空洞不透气，
　　　　岂非我的罗密欧赶到时，
　　　　却发现我已活活被闷死？
　　　　即使不幸中万幸得存活，
　　　　黑夜与死之惧足可想见，
　　　　再加坟地阴曹鬼蜮森森，
　　　　廓窟中古尸棺重重叠叠，
　　　　数百年来埋尸处处充塞，
　　　　都是我的祖先骸骨堆积；
　　　　血腥提伯特入土才不久，
　　　　裹尸布下腐烂臭。据传说，

夜深时分群游魂齐出没，
哎呀呀！醒过早，岂不令我
必得污秽闻恶臭熏难熬，
曼德拉拔出土凄厉鬼叫①，
活人耳听得都怕要发疯，
啊！我醒来我也会要癫狂；
恐惧包围我，魂吓不附体，
狂乱间祖先骨殖甩舞起；
烂尸提伯特拖出尸衣来？
发疯如此会否捡祖宗骨，
作棍棒狠敲击我脑迸裂？
看哦！好像是表兄鬼魂来，
身负剑伤追寻着刺死他的
罗密欧。站住，提伯特，站住！
罗密欧，我就为你喝下这。

[倒在帘后的床上。]

**第四场：同前。卡普莱特家厅堂。**
**　　卡普莱特夫人与乳母上。**
卡普莱特夫人　奶妈，拿钥匙取点香料来。
乳母　点心房里要枣子，要榅桲。
　　　**卡普莱特上。**
卡普莱特　来，加紧，加紧！鸡叫二遍了，
　　　晚钟已打过，这是三点钟。
　　　关照烤肉饼，好安吉莉卡②。
　　　不要省钱。
乳母　　　　　　去，去，婆婆妈妈
　　　不是你，去睡，你，明天撑不住，
　　　整夜你不睡。

———————

① 曼德拉mandrake，一年生毒性草本植物，传说丛生地原是绞刑架所在
　处，死者灵魂附生，拔出土时发凄厉鬼叫，闻者发狂或死，故常用狗拽
　绳拖出土。
② Angelica，卡普莱特夫人的名字。

卡普莱特　不，不妨事，以前也熬通宵；
　　　都是小事情，从没吃不消。
卡普莱特夫人　是呀，你年轻时厮混女人，
　　　如今可注意不许你熬夜。
　　　　　　　[卡普莱特夫人与乳母下。]
卡普莱特　醋坛子，醋坛子！
　　**三四个仆人携烤肉叉、木柴、篮子上。**
　　　　　　　喂，伙计，
　　做什么？
仆人甲　给厨师的，老爷，不知道做什么。
卡普莱特　赶紧，快。[仆人甲下。]喂，木柴要干一点。
　　问彼得，哪里干柴他知道。
仆人乙　我有头脑，老爷，自己会拣。
　　这种事不用麻烦彼得了。[下。]
卡普莱特　哼，只会说，混蛋小杂种，哈！
　　你就是个木头人。哟，天亮了！
　　伯爵要来了，乐队也要来，
　　他说好了的。[内奏乐声。]听到他来了。
　　奶妈！夫人！喂，嗨！我说，奶妈！
　　**乳母重上。**
　　去叫醒朱丽叶，催她打扮好。
　　我去迎巴黎斯，嗨，赶紧了。
　　赶快啦，新郎官已经来了。
　　赶快，我说。[下。]

**第五场：同前。朱丽叶卧房。**
　　**乳母上。**
乳母　小姐！嗨小姐！朱丽叶，快；还睡着呢，她。
　　嗨，小羊羔！小姐！这懒丫头！
　　嗨，小姐，小心肝儿，新娘子！
　　嗨，没声音？现在还贪点睡，
　　睡的这星期，今晚可睡不成，
　　巴黎斯伯爵可要折腾了，
　　你睡不成了呢；主饶恕我，

阿门，她可真睡得好熟呀！
一定得喊醒她。小姐，小姐，小姐！
嗨，让伯爵到你房捉你起来，
准会吓起你，还叫不醒么？
怎么，打扮好了！穿衣服躺着！
我得叫醒你，小姐，小姐，小姐！
哎呀！啊！来人哪，小姐死啦！
啊！我小姐死了，我还活呀！
拿酒来呀！救命，老爷，太太！
　　**卡普莱特夫人上。**

卡普莱特夫人　吵什么呀？
乳母　　　　　　啊，苦日子呀！
卡普莱特夫人　出什么事啦？
乳母　　　　　　看，看！不得了！
卡普莱特夫人　哎呀，哎呀！孩子，我的命呀！
　　醒醒，睁眼呀，我和你一起去！
　　救命，救命！来人！
　　**卡普莱特上。**

卡普莱特　真丢人！朱丽叶出来，她丈夫来了。
乳母　她死啦！没气啦！好惨啊！
卡普莱特夫人　好惨啊！她死啦，死啦，死啦！
卡普莱特　啊！我看看！啊！冰凉了！完了！
　　血停了，手脚硬了！断气了！
　　生命早已完，丝毫没气息。
　　死亡降临她，如天降严霜，
　　美丽鲜花冰冻死田野上。
乳母　哦好伤心！
卡普莱特夫人　　　哦好惨啊！
卡普莱特　死神夺走孩子，我只哀号；
　　舌头僵住了，我已无话说。
　　**劳伦斯神父与巴黎斯及乐师等上。**
劳伦斯神父　来，新娘准备好上教堂吗？
卡普莱特　准备好去，可永不再回来。

哦贤婿！你新婚日这前夜，
死神已和你妻睡一起。
她躺在那里，花开已花落，
死神做我婿，死神继承我，
女儿被他娶，我也快要死。
生命与财产一切归它去！

巴黎斯　望眼欲穿望天明来迎见，
竟然是这幅景象让我瞧？

卡普莱特夫人　可咒，不幸，倒运，可恨这天！
时间永无止此时最悲惨，
长程远行中此时到终点！
极惨惨极呵可爱我孩儿，
她是我唯一喜悦与慰藉，
残忍死神一下子抓她走！

乳母　啊苦！苦啊，好苦啊苦日子！
最最伤心日最最苦日子！
我从来、从来不曾经历过。
啊天哪，天哪可恨这日子！
从未见白天有这黑暗过，
啊苦好苦啊苦日子！

巴黎斯　被骗拆散了，受辱受害了！
被你这卑鄙死神耍弄了，
残忍哦残忍，叫你全打翻！
哦爱！哦命！无命哦爱也死！

卡普莱特　蔑视，伤害，嫉恨，牺牲，宰割！
时间惨淡，为何故现在来，
来毁灭，毁灭我们这盛典？
孩子啊！我的灵魂，不是孩子！
你死了！死了！啊我儿死了！
我快乐随我儿一起埋葬！

劳伦斯神父　安静吧！可羞哭闹无补益，
事情已遭不测，上天把你
分离了美好新娘，天所有

　　　　　　一切美好给予美好小姐，
　　　　　　你拥有她不能永离死亡；
　　　　　　天才保有她永久之生命，
　　　　　　她幸福才是你最大希望，
　　　　　　她有幸福也便是你天堂。
　　　　　　这时都在哭，哭她得幸福
　　　　　　去了云端上高高天堂么？
　　　　　　啊！似这爱，爱你儿如此害，
　　　　　　眼见她幸福，你却在发疯。
　　　　　　婚姻不美满幸福不久长，
　　　　　　可是她死而有福最美满。
　　　　　　揩干泪安放你的迷迭香
　　　　　　在她美好尸体上，按规矩，
　　　　　　盛装抬至教堂去妥安放。
　　　　　　天性虽痴迷令我等悲哀，
　　　　　　而天性之泪作理性之欢快。
卡普莱特　　一切准备原是为了喜庆，
　　　　　　忽然转都作了丧事用场，
　　　　　　我们器乐成了阴郁丧钟，
　　　　　　我们喜事宴席变成丧席，
　　　　　　我们吉庆喜乐变成哀乐，
　　　　　　我们新娘鲜花变成陪葬，
　　　　　　一切之一切陡转向反面。
劳伦斯神父　　先生，进去吧，夫人也随去，
　　　　　　巴黎斯爵士请回；每一位
　　　　　　准备送美丽死者去坟墓，
　　　　　　众天神对逆施行皆不悦，
　　　　　　勿违天意更免招大灾孽。

　　　　　[卡普莱特、卡普莱特夫人、巴黎斯及神父撒迷迭香于朱丽
　　　　　　　　　　　　　　　　　　叶身上，同下。]

乐师甲　　也好，我们收起笛子走路。
乳母　　好弟兄，收起吧，收起吧，要知道，这下子事可惨呀。
　　　　　[下。]

乐师甲　啊，没错儿，笛这匣子破惨了，也该整修下子才行哦①。
　　　　**彼得上。**

彼得　各位乐师，各位！奏"心中乐"，
　　　　"心中乐"：要我活下去，请奏
　　　　"心中乐"。

乐师甲　为什么是"心中乐"？

彼得　　啊！各位乐师，因为我的心里在唱着"我的心充满悲
　　　　哀"。哦奏点快乐的悲哀，安慰安慰我。

乐师乙　我们才不奏哀乐，现在不是奏乐的时候。

彼得　你们不奏咯？

众乐师　不奏。

彼得　那我就给你们点干脆的。

乐师甲　给我们什么？

彼得　不给钱，干脆说，给好看！
　　　　骂你们卖唱要饭！

乐师甲　那我称你伺候人狗奴才。

彼得　　那我就把奴才的刀架在你头上，我可不受侮辱，我叫你们
　　　　"来"，我叫你们"罚"，可听出我这谱了么？

乐师甲　你re我们，fa我们，算你懂我们谱。

乐师乙　请你收起刀，那是你没招数了，你嘴理亏。

彼得　　对，那就看我嘴厉害！我收起匕首，用铁嘴骂你们没有招
　　　　架还手之力。回答我男子汉的问题：
　　　　　　　　极度深悲痛，伤人心，
　　　　　　　　哀怨萦绕胸，添人愁，
　　　　　　　　奏乐伴她歌，银铃吟——
　　　　什么叫"银铃吟"？为什么"奏乐伴她歌，银铃吟"？肠弦
　　　　线西蒙，你说说看？

乐师甲　那是，先生，银铃般的声音甜蜜清脆。

彼得　哦嚛！三弦琴休，你说说看？

---

① 原文上句的"事"和此句的"匣子"都是case，是双关语，寓意封建婚姻
　的惨事该"整修"一下了。本译在上句加"这下子"以与"这匣子"谐
　音。

乐师乙　　"银铃吟"，我说是因为乐师都是为了听众听得高兴赏
　　　　银钱才奏乐。
彼得　　也出色哦！那么你音栓詹姆斯说说看？
乐师丙　　说实话，我不知道怎么讲。
彼得　　噢！你原来只是唱唱歌的。我来替你说了吧，"奏乐伴她
　　　　歌银铃吟"，因为乐师始终赚不到金子：
　　　　　　　奏乐伴她歌，银铃吟，
　　　　　　　迅即助人乐，解烦忧。
　　　　　　　　　　　　　　　　[下。]
乐师甲　　这个家伙好可恶！
乐师乙　　该死的奴才！来，我们慢回去，等送殡人
　　　　到齐，我们奏乐吃他一顿再走。
　　　　　　　　　　　　　　　　[同下。]

# 第五幕

第一场：曼多亚。一街道。
　　　　罗密欧上。
罗密欧　　我若信睡梦中所见幻象，
　　　　梦幻见即预兆喜讯来临。
　　　　胸中主显愉悦身居宝座，
　　　　整日里好精神并非习见，
　　　　提升我心欢乐飘飘欲仙。
　　　　我梦见爱人来见我已死；——
　　　　怪异梦人已死却在思念，——
　　　　热烈吻呼进了鲜活生命，
　　　　我复活成君王那般得意。
　　　　哦我啊！多甜蜜拥抱爱情，
　　　　尚只是爱之影就已浓烈！
　　　　鲍尔萨泽着马靴上。
　　　　维罗纳来消息！怎么样啊？
　　　　神父信有捎来，鲍尔萨泽？

　　　我爱妻可好么？我父也好？
　　　朱丽叶很好吧？我要再问；
　　　唯只要她安好，一切都好。
鲍尔萨泽　她平安，一切好一切无恙；
　　　她的身长眠于卡普①之墓，
　　　她灵魂随天使依然鲜活；
　　　我见她下葬于家族墓室，
　　　我立即驰马来特予报告，
　　　哦恕我带给你是这噩耗，
　　　因是你派我的职责，先生。
罗密欧　真如此？那命运不可相信！
　　　你知我住何处拿纸笔墨水，
　　　雇马两匹在今夜就动身。
鲍尔萨泽　我暂请先生你须持镇定：
　　　你脸色苍白紧张，内心里
　　　预兆恐不祥。
罗密欧　　　　　啐，你不晓事；
　　　快快去，吩咐事急速办来；
　　　神父处未给你任何信件？
鲍尔萨泽　没有，好主人。
罗密欧　　　　　没关系，你去吧。
　　　雇马匹我随后即来找你。

　　　　　　　　　　　[鲍尔萨泽下。]

　　　好，朱丽叶，今晚我睡你身旁，
　　　想想看何办法：罪恶念头！
　　　多么快你进入绝望人心里。
　　　我想起有一个卖药之人，
　　　他就在邻旁住，近日见他
　　　眉额皱只穿得破衣褴褛，
　　　在那厢采草药面容消瘦，
　　　贫穷人苦磨得形销骨立；

---

① 卡普莱特的缩略称呼。

店铺前冷清清吊只大龟，
还挂有经剥制鳄鱼标本，
再有是鱼类皮奇形怪状；
货架上稀落落空匣放置，
绿瓦罐，尿泡囊，发霉种子，
剩余的包扎绳，玫瑰花儿饼，
随意放到处丢装点门面。
眼观他寒碜样曾经也想过，
我知晓曼多亚有卖毒药，
被逮住严刑法立即处死，
需毒药现向他不妨可买。
这念头今日哦成我预兆，
此穷人一定会卖药予我，
我记得就是他这栋房子，
今天是休息日穷铺也关门。
哎嘿，喂！药铺老板！
**卖药人上。**

卖药人　谁高声叫?
罗密欧　老板请过来，我看你穷苦，
请拿着这是金币四十元，
给我点剧毒药一服致命；
毒性烈扩散快血走全身，
厌世人一吞下即刻倒毙，
发作猛全身毒立止呼吸，
就恰如火炮药一经点燃，
从炮膛轰然间爆发一般。

卖药人　如这样致命药我有置备，
曼多亚法律严售毒判死刑。

罗密欧　似你这穷苦样还怕死么?
饥寒迫面颊瘦苦相摆出，
你两眼寒酸光饿得可怜，
你肩背破衣衫形同乞丐；
这世界这法律于你无益，
论法律决不会助你富裕，

　　　　不顾法不受穷这钱拿去。

卖药人　是穷困，非我心，答应于你。

罗密欧　我钱付你穷困，非你良心。

卖药人　将此药投进了任何饮料，
　　　　喝下去纵然你有人二十，
　　　　强体力也立即全都丢命。

罗密欧　这金子是你的，在这世界，
　　　　其肮脏谋害人酷烈程度，
　　　　远胜过卖毒人；是我卖毒，
　　　　害的你，非你卖毒害的我。
　　　　再见了，买点吃，养养身子。
　　　　好，兴奋剂非毒药随一起，
　　　　朱丽叶坟上去藉重于你。

　　　　　　　　　　［同下。］


**第二场：维罗纳。劳伦斯神父斋堂。**
　　　**约翰神父上。**

约翰神父　圣方济修道士！喂，师兄。
　　　　**劳伦斯神父上。**

劳伦斯神父　听声音是约翰找我有事。
　　　　你来自曼多亚，罗密欧怎样？
　　　　他若有信就给我立刻展阅。

约翰神父　我找了师兄弟赤脚上路，①
　　　　是同门好兄弟可作旅伴，
　　　　正其时他城中访问病人，
　　　　到处找好容易将他找到。
　　　　这城中发疫病管制严厉，②
　　　　被怀疑我们俩同在一起，
　　　　门封闭禁屋内不许外出，

———————————

① 圣芳济修道士不得单独外出，照例须有另一修道士陪伴，并且均须是赤脚托钵僧。
② 中古黑死病瘟疫极为恐怖，一经发现疫情，患者家即予门窗钉死封闭，加以隔绝。莎士比亚时代的伦敦也常有发生。

　　　　于是我曼多亚未能成行。

劳伦斯神父　那是谁将我信送达罗密欧？

约翰神父　我无法信送达，原信在此，
　　　　也无法将此信速还于你；
　　　　以防瘟疫病散布传染。

劳伦斯神父　命运多舛！我的好兄弟，
　　　　这封信非等闲，危急万分，
　　　　一延误出大事忽视不得，
　　　　太危险。约翰神父，快走吧。
　　　　找一根铁棍棒带在身边，
　　　　去我斋堂。

约翰神父　弟兄，我给你取来。[下。]

劳伦斯神父　我现在必独自去到坟墓，
　　　　三小时美丽朱丽叶要醒来，
　　　　她一定责怪我未能告诉
　　　　罗密欧这许计谋。我必得
　　　　再写信去曼多亚，罗密欧
　　　　赶来前，斋堂安顿她暂栖身；
　　　　可怜活尸竟关进死尸坟！[下。]


第三场：同前。卡普莱特家坟墓地。
　　　　巴黎斯及童仆携鲜花、香水、火炬上。

巴黎斯　火炬给我，童儿，去，立一旁；
　　　　灭火把，不愿让人看见我。
　　　　你到紫杉树下躺着去，
　　　　耳朵贴地听，遍地墓坑多，
　　　　在此坟场无有人来走动。
　　　　土坎坷，如有脚步踉跄响，
　　　　一听到，向我招呼吹口哨，
　　　　发信号我知晓有人来了。
　　　　鲜花给我；去，照我吩咐做。

童仆　[旁白。]一个人站墓地，有点害怕，
　　　　我不得不在这里试胆量。[退后。]

巴黎斯　人儿花一般，鲜花再添上，

惨啊，土和石竟是你床幔；
我来每晚洒香水在你床，
或者以悲痛眼泪来补换：
我要为你一直来致葬礼，
夜夜来献花给你哭哭啼。

　　　　　　[童仆响哨声。]

童儿发警告，有人过来了。
什么人该死的夜顾这里，
搅扰我在此真情致哀礼？
怎么！举火炬？——夜黑，暂掩蔽。[退后。]
**罗密欧与鲍尔萨泽持火炬、锹锄等上。**

罗密欧　把鹤嘴锄、铁棍全都给我，
　　　这信拿去，等天一亮你就
　　　赶紧送去亲手交给我父亲。
　　　火炬给我；告诫你当心小命，
　　　无论听见、看见什么，站一旁，
　　　万不可干预妨碍我行径。
　　　我为何进入死者之寝地，
　　　是为了与我爱妻见一面，
　　　一定要取下她戴在她手指
　　　一枚戒指，宝贵物我意有
　　　宝贵之用途①。你就快走开，
　　　如果你好奇，胆敢转身来，
　　　再窥探我还要做些什么，
　　　苍天见，我把你撕个粉碎，
　　　抛你肢体于饥饿这坟地。
　　　此时间我心境已变狂野，
　　　比之饿虎与海啸还凶猛，
　　　毫无情，蛮横厉害千百倍。
鲍尔萨泽　先生，决不扰乱，我走开。
罗密欧　这才够朋友。给钱你拿去，

――――――――

① 取戒指是罗密欧打发走童仆的随口托词。

　　　　过上好日子。再见，好孩子。

鲍尔萨泽　[旁白。]虽如此，我还是躲在附近。
　　　　面容令我怕，所说不敢信。
　　　　　　　　　　　　　[退后。]

罗密欧　可恨你这饕餮胃，死亡肚，
　　　　世间最宝贵人儿你吞食，
　　　　我这就撬开你的烂嘴巴，
　　　　　　　　　　　　[撬开墓门。]
　　　　横下我心，索性让你饱餍！

巴黎斯　就这被放逐骄横蒙塔古，
　　　　我爱人表兄是他杀，据说
　　　　我的美人儿因此悲伤死，
　　　　现在无耻来欲作何勾当，
　　　　掘坟要盗墓，我就抓住他。——
　　　　　　　　　　　　　[上前。]
　　　　住手你罪犯，万恶蒙塔古，
　　　　人已死你手里，还不罢休？
　　　　正好抓住你负案恶歹徒，
　　　　束手就擒跟我走服死刑。

罗密欧　我是死无疑，因此来这里。
　　　　好青年，不要挑衅绝望人，
　　　　走你路离我去，想想死者，
　　　　你也该胆寒。年轻的朋友，
　　　　请不要逼迫我再次犯罪，
　　　　我已经不起激怒，走你路！
　　　　天啊，我爱护你胜于自己，
　　　　我来此只为结束我自己。
　　　　别逗留，走吧，留命对人说，
　　　　是狂人发慈悲让你逃脱。

巴黎斯　我才不听你这番鬼话，
　　　　我要逮捕你这个杀人犯。

罗密欧　非要激怒我？那便罢，小子！
　　　　　　　　　　　　　[格斗。]

童仆　喔天哪！斗剑了，我去报警。[下。]

巴黎斯　　[倒下。]哦，我中剑了！——你若有仁慈，
　　　　　开墓放我在朱丽叶身边。[死。]
罗密欧　　好，结束。让我看看这张脸：
　　　　　高贵伯爵巴黎斯，默库休
　　　　　亲属。骑马一路上，是仆人
　　　　　说来还是我幻想？心中想，
　　　　　告诉我是巴黎斯原要娶
　　　　　朱丽叶，这样说么？还是我
　　　　　做梦？或错乱，一听朱丽叶，
　　　　　乱想会这样？把手给我吧！
　　　　　你我都是恶命运簿上人，
　　　　　葬你在辉煌之墓中，坟墓？
　　　　　哦不！塔窗①，已杀的年轻人，
　　　　　为朱丽叶在此，她的美貌
　　　　　使墓窟变成华光聚宴厅；
　　　　　死人，躺在此，被死人②所葬。

　　　　　　　　　　　　　　　　[将巴黎斯置于墓内。]

　　　　　人临终常觉有一阵兴奋，
　　　　　伴护人称之为回光返照，
　　　　　我怎么可称是回光返照？
　　　　　我的爱我的妻哦！死神
　　　　　吸尽净甜甜蜜蜜你气息，
　　　　　但并无力量摧毁你美貌，
　　　　　你美貌依旧，没有被征服，
　　　　　双唇面颊润依然红美艳，
　　　　　死亡灰白并未能来占据。
　　　　　身裹血殓衣躺那里，提伯特？
　　　　　我杀你你还是受惠的呀！
　　　　　此手杀你就要杀他自己，
　　　　　敌人岂非与你我双作对？

--------

① 教堂尖塔开的窗上引光照，此处比喻墓窟。
② 此"死人"，罗密欧指自己，因为他决心自杀，故称。

宽恕我，老兄！亲爱朱丽叶！
你还是这样美丽？难道是
虚无的死神也是情种，而
枯瘦可怖的巨怪将你藏
幽暗里迫使你做它情妇？
怕有此事我要与你一起，
永不离此间冥幽灵府殿，
不离这里，这里，我留这里，
与蛆虫和你的侍婢为伍；
哦这里！是我永久安息地，
摆脱不吉利星相凶桎梏，
去掉这俗骨凡胎。眼睛看，
看你一看！臂，抱你一抱，唇，
气息门，合法吻，向那死神，
独占一切订我永久契约！
来，厉害向导，来，苦味领路！
你绝命的领港，现即刻把
我厌倦舟冲上粉碎一切的
巉岩！为爱人，干杯！[饮药。]哦，卖药人
不骗我，药力快，一吻就死。[死。]
　　　**劳伦斯神父提灯笼、持铁棍、铲自墓地另一端上。**

劳伦斯神父　圣芳济保佑！我这双老脚今晚在坟地磕碰多少回！
　　是谁？

鲍尔萨泽　这儿，我是你的朋友、熟人。

劳伦斯神父　祝福你！告诉我，好朋友，
　　那什么火炬，枉照着蛆虫
　　和窟窿眼的骷髅？据我看，
　　火光是在卡普家墓窟里。

鲍尔萨泽　正是，神父，你所爱我主人，
　　他在那边。

劳伦斯神父　　　是何人？

鲍尔萨泽　　　　　　罗密欧。

劳伦斯神父　来此已多久？

鲍尔萨泽　　　　足有半小时。

劳伦斯神父　与我一同进墓去。

鲍尔萨泽　　　　　我不敢，神父。
　　　　主人不知道我并没走开，
　　　　他严厉警告小心要我命，
　　　　如果我逗留看他做什么。

劳伦斯神父　你别动；我自独去，却担心，
　　　　啊！我深怕事情糟已不济。

鲍尔萨泽　我刚才紫杉树下睡着时，
　　　　梦中见主人与人在格斗，
　　　　我主人杀死对手①。

劳伦斯神父　　　　　[趋前。]罗密欧！
　　　　啊不好！怎么是血迹斑斑，
　　　　在这石窟入门处石头上？
　　　　谁人剑扔这里，锋刃血染，
　　　　发生什么事，在此安息地？[进墓。]
　　　　罗密欧！啊面色死白！还有谁？
　　　　啊，是巴黎斯！倒在血泊中？
　　　　凶时辰凄惨意外已造成。
　　　　小姐动了。[朱丽叶苏醒。]

朱丽叶　哦，善心神父！夫君在哪里？
　　　　我记得很清楚该在何地，
　　　　就是这里。我的罗密欧呢？[内喧声。]

劳伦斯神父　听见人来了。小姐快离开
　　　　瘟疫、昏睡、俱死亡这墓穴，
　　　　我们功败垂成已无回天力，
　　　　事与愿违；快，赶快离开。
　　　　你丈夫已经死在你怀里，
　　　　巴黎斯也已死。来，我安排
　　　　你暂去修道院进姐妹会，
　　　　此非说话时，巡丁就要来。
　　　　好朱丽叶，走。——[喧声又起。]我不可稍待。

---

① 鲍尔萨泽并未睡，因不敢违命于主人，故将暗中窥见的事实推托为梦境。

朱丽叶　去，你尽管走，我还不离开。
[劳伦斯神父下。]
　　这什么？杯子，握在爱人手。
　　我懂了，服毒尽，他自殒命。
　　啊，全喝尽，不留点我继你
　　步后尘！我吻你双唇，或许
　　遗毒留嘴角让我吮一吮，
　　可与你相伴相行一同去。[吻。]
　　双唇仍温暖。
巡丁甲　[在内。]领路，童儿，哪里？
朱丽叶　人来了？须赶快，正好这匕首，
[抓取罗密欧随佩匕首。]
　　我作刀鞘身中锈，[自刺。]让我死。
[倒在罗密欧身上死去。]
　　巡丁、官吏携巴黎斯的童仆上。
童仆　就是这儿，有火把亮着呢。
巡丁甲　地上有血，搜查这处墓地，
　　去，你几个，发现人即拘捕。
[巡丁数人下。]
　　景象惨！伯爵被杀躺地上，
　　朱丽叶在淌血，有体温，刚刚
　　才死；她已死两天葬在此！
　　去报公爵，快跑至卡普莱特家，
　　也喊蒙塔古家人；再搜查：
[巡丁若干又下。]
　　眼看这惨状死人一地躺，
　　到底何原因酿成惨屠戮，
　　不究底未可揭晓其真相。
　　巡丁数人携鲍尔萨泽上。
巡丁乙　这是罗密欧仆人，他在墓地。
巡丁甲　看住他，待等公爵来审问。
　　巡丁数人携劳伦斯神父上。
巡丁丙　有一神父，发抖，哀叹，哭泣，
　　我们从他手拿下锄和锤，

他从墓地旁走出刚发现。

巡丁甲　系重大嫌犯，看住这神父。

　　**公爵及随从等上。**

公爵　这一大早发生什么事故，
　　　令我等，不得睡个安稳觉？

　　**卡普莱特、卡普莱特夫人及其他人等上。**

卡普莱特　又是何事，一片喧嚣吆喝？

卡普莱特夫人　街上人都喊叫罗密欧，
　　　又叫朱丽叶，又叫巴黎斯，
　　　奔走告，急跑向我家墓地。

公爵　出什么可怕事震撼人听闻？

巡丁甲　罗密欧死了，朱丽叶早已死，
　　　却有体温，刚被杀。

公爵　快搜查，看凶案究竟何故。

巡丁甲　有一神父，还有被害人罗密欧
　　　一童仆，手持工具用于撬开
　　　死者墓门。

卡普莱特　哦老天！——哦我妻！看女儿淌血！
　　　这匕首插错地方！——看，刀鞘
　　　还在蒙塔古小子背上——
　　　刀插错在我家女儿胸膛。

卡普莱特夫人　哎呀！死亡惨象敲响丧钟，
　　　紧唤我这老人好进坟墓。

　　**蒙塔古及其他人等上。**

公爵　来，蒙塔古，你起得很早，
　　　看你儿子倒下得还更早。

蒙塔古　啊！殿下，我妻夜里也死去，
　　　为儿流放，悲痛极殒绝命，
　　　有灾祸再打击我这残年？

公爵　你看就明白。

蒙塔古　啊，你这不孝子，你怎能叫
　　　我白发父送殡儿你先走？

公爵　暂闭嘴，莫尽说哀恸言语，
　　　要把事可疑处询问明白，

　　　　再弄清何缘故从头至尾，
　　　　再领头与你们放声一哭，
　　　　再老命一起拼同仇敌忾，
　　　　再让不幸服从于有忍耐。
　　　　现将嫌疑人犯带上来。
劳伦斯神父　我嫌疑最大，可做却最小。
　　　　只因是地点时间最起疑，
　　　　凄惨凶杀案对我最不利。
　　　　我站此，须控诉也须辩护，
　　　　我有自谴责，也有自原谅。
公爵　即刻说一切你所知。
劳伦斯神父　长话短说，我余生短促，
　　　　来不及细说事冗长烦琐。
　　　　罗密欧死那边，是朱丽叶丈夫，
　　　　她，死那里，罗密欧忠贞妻。
　　　　婚礼我主持，二人秘密结婚日，
　　　　提伯特死于格斗末日时。
　　　　新郎判流放驱逐出城境，
　　　　朱丽叶为他悲，非念提伯特。
　　　　为解她悲悲戚戚苦忧愁，
　　　　你将她强迫许配与伯爵
　　　　巴黎斯，没奈何她来求我。
　　　　形容慌憔悴，要我想法子，
　　　　决不愿另再有二次婚嫁；
　　　　要不然她宁可死在我斋堂。
　　　　我只得，——想办法，稍懂医道，——
　　　　给一种假死药，睡如死亡。
　　　　效应验她睡去无异死象；
　　　　此同时，发信急催罗密欧，
　　　　关照他情急迫今夜赶来
　　　　相助她暂厝处救将出墓。
　　　　药效尽时间过人就苏醒，
　　　　不预料传信人约翰神父，
　　　　昨晚上旅途中遇故滞阻；

人连信同回转时不待我，
按时间她要醒孤注一掷，
我须去独自个接她出坟，
暂迎她安排在我的斋堂，
等时机再致信于罗密欧。
但是，等我来到，——前几分钟，
她醒来，——高贵巴黎斯并与
忠诚罗密欧横尸于非命。
她醒了，我催她赶快离开，
此天命难违只得认领受。
恰这时闻喧声我惊离墓室，
她绝望横下心不肯随我走；
看情形她定是自杀无疑。
我所知尽这些。有关婚姻事，
她奶妈一清二楚全知情。
此不幸若是我疏误一时，
愿偿以我老命，请求及早
予结束，按照最严之法律。

公爵　　我一向认你为有道之士。
罗密欧仆人呢？有何说法？

鲍尔萨泽　我传朱丽叶死讯与主人，
他急速从曼多亚赶来此地。
就在此地，就在同一墓地，
他有信催我转交他父亲。
威胁我不得窥视他行动
在墓室，逗留不走便没命。

公爵　　你把信先给我，让我一阅。
伯爵童仆报警者，在哪里？
你主人到这里所为何事？

童仆　　主人带鲜花撒于小姐墓，
随即令站远，我只好遵命。
随着有人持火炬打开墓门，
随后主人拔剑与他相斗，
随即我跑来报告巡警官。

公爵　此信足证神父言系事实，
　　　其恋情之过程及其死讯，
　　　信写明他向贫苦卖药人
　　　买毒药，来与朱丽叶同归去。
　　　两家仇人呢？——卡普莱特！蒙塔古！
　　　你们两相仇所得何惩罚，
　　　上天以爱情夺你两家福；
　　　我对此不睦疏于有防范，
　　　失去两亲眷：全都受惩处。
卡普莱特　噢，蒙塔古兄！允我握你手，
　　　这算是我给女儿之聘礼，
　　　别无他求。
蒙塔古　我可予你更多，
　　　我要给她塑一纯金金像，
　　　只须教维罗纳众所周知，
　　　永不再有一座像，犹如她
　　　朱丽叶爱情忠贞之辉煌。
卡普莱特　罗密欧也在她旁边塑金身，
　　　将仇恨化作这微小牺牲！
公爵　清晨临带来平静而凄凉，
　　　太阳也忧愁脸面不愿露；
　　　从今往后讲此事记胸膛，
　　　既有受惩罚也有得宽恕；
　　　无有故事更痛心更伤神，
　　　罗密欧与朱丽叶情永存。

　　　　　　　　　　　[同下。]

## 《仲夏夜之梦》简介

雅典公爵忒修斯与战胜而掳得的亚马孙女王希波吕塔即将举行婚礼，这时却逢贵族伊吉斯来告状，说他的女儿赫米娅不听他的话，不肯嫁给他中意的狄米特留斯，自由恋爱要嫁另一人莱桑德。而狄米特留斯也正想娶赫米娅。赫米娅不爱狄米特留斯，因为他曾追求另一姑娘海伦娜又将她抛弃，海伦娜仍疯狂地爱着他。可是雅典法律规定，女儿婚嫁违父命者处死或终生做尼姑。公爵接受伊吉斯的状告。

赫米娅和莱桑德决定私奔，相约在森林某处会面。赫米娅和海伦娜是密友，竟把私奔的事告诉了她；海伦娜想讨好狄米特留斯，把这事说给他听了。狄米特留斯立刻去追赫米娅，海伦娜则追着狄米特留斯。四人所到森林之处，正是仙王奥布朗与仙后提泰妮娅选在这片林地邀一班工匠和小仙排演节目之地，庆祝忒修斯与希波吕塔结婚时作献演，节目是《皮剌摩斯与提斯柏》。仙后提泰尼娅偷换到了一个印度小童儿，仙王奥布朗也喜欢，想要来做他的童儿，仙后不肯，正闹矛盾。仙王命小精灵普克摘取三色堇魔液，仙后睡着时，滴入她眼，当她醒来看见谁就会疯狂爱恋谁。参加演戏扮演皮剌摩斯的织工波顿被普克恶作剧变成驴头，仙后醒来正是看见他，便狂热地爱上了驴头人身的波顿，小童儿便跟随了仙王。

普克也在森林另一边把魔水滴在莱桑德和狄米特留斯睡眼上，他们醒来都看见海伦娜，就一同争相爱上海伦娜，为此要决斗。赫米娅就被抛弃了。

仙王得了小童，便解除魔法，令去掉织工的驴头，恢复波顿原貌；仙后仍是仙王之妻；莱桑德也恢复与赫米娅的互爱，狄米特留斯于是就与海伦娜永修旧好。

早晨来临，忒修斯公爵与希波吕塔的盛大婚礼开始；一夜梦幻过去，伊吉斯看到赫米娅与海伦娜各有情人莱桑德与狄米特留斯，也就同意了。仙王主持节目献演，悲剧则成为儆戒，反衬着三对情侣成婚的喜剧；仙界人间复归太平。

# 仲夏夜之梦

（1595年）

## 剧中人物

| 忒修斯 | Theseus | 雅典公爵。 |
|---|---|---|
| 伊吉斯 | Egeus | 赫米娅之父。 |
| 莱桑德 | Lysander | |
| 狄米特留斯 | Demetrius | 同恋赫米娅。 |
| 菲劳斯特莱特 | Philostrate | 忒修斯的宴乐总管。 |
| 昆斯 | Quince（木楔） | 木匠，戏中戏饰念开场白之人。 |
| 波顿 | Bottom（线团） | 织工，戏中戏饰皮剌摩斯。 |
| 斯纳格 | Snug（简洁） | 细木工，戏中戏饰狮子。 |
| 弗鲁特 | Flute（笛子） | 修风箱者，戏中戏饰提斯柏。 |
| 斯诺特 | Snout（壶嘴） | 补锅匠，戏中戏饰墙。 |
| 斯塔弗林 | Starveling | （瘦鬼裁缝）戏中戏饰月光。 |
| 希波吕塔 | Hippolyta | 亚马孙女王，忒修斯的未婚妻。 |
| 赫米娅 | Hermia | 伊吉斯之女，恋莱桑德。 |
| 海伦娜 | Helena | 恋狄米特留斯。 |
| 奥布朗 | Oberon | 仙王。 |
| 提泰妮娅 | Titania | 仙后。 |
| 普克 | Puck | 促狭鬼，又名好人罗宾。 |
| 豆花 | Pease-Blossom | |
| 蛛网 | Cobweb | |
| 飞蛾 | Moth | 小仙。 |
| 芥子 | Mustard-Seed | |

其他侍奉仙王、仙后的小仙。忒修斯及希波吕塔的侍从。

**地点：雅典及附近的森林。**

# 第一幕

**第一场：雅典。忒修斯宫中。**
　　**忒修斯、希波吕塔①、菲劳斯特莱特及随从上。**
忒修斯　美丽的希波吕塔，现在我们
　　　　婚期已临近，四天幸福日，
　　　　便可见新月，但是唉！我觉得，
　　　　旧月消逝慢，耽延我希望，
　　　　像个老不死后母或寡妇，
　　　　不住消蚀一青年之财富。
希波吕塔　四个白昼会很快变黑夜，
　　　　四黑夜也在梦中迅消逝：
　　　　届时月儿像银色一弯弓，
　　　　新月弯弯在天上俯临视
　　　　咱婚礼美良宵。
忒修斯　去，菲劳斯特莱特，
　　　　雅典青年鼓欢快擂激情，
　　　　唤醒活泼泼旺旺好精神。
　　　　把忧愁赶到它的坟墓去，
　　　　惨白脸不宜参与新婚礼。
　　　　　　　　[菲劳斯特莱特下。]
　　　　希波吕塔，我提剑向你求婚，
　　　　用威力自侵凌赢你芳心；
　　　　但此番换用另调子，豪华、
　　　　夸耀与狂欢，盛宴行婚礼。
　　　　**伊吉斯、赫米娅、莱桑德、狄米特留斯上。**
伊吉斯　威名忒修斯公爵，祝快乐！
忒修斯　谢谢，好伊吉斯，有何事?
伊吉斯　我一腔烦恼，特来控诉
　　　　我的孩子，我女儿赫米娅。

---

① 忒修斯是希腊神话中的英雄，远征亚马孙Amazon，掳女王希波吕塔娶为
　妻；亚马孙，相传黑海边一民族，妇女皆高大强悍善战。

　　　　　站前来，狄米特留斯；尊贵殿下，
　　　　　此人我同意与她成婚配。
　　　　　站前来，莱桑德；我的恩主，
　　　　　这个人，把我孩子勾引坏。
　　　　　你，你，莱桑德，给她写情诗，
　　　　　与她交换信物私定情，
　　　　　窗前月下你虚伪来唱起
　　　　　多情诗篇，你给她用发编的
　　　　　手镯、戒指、装饰物，小玩意儿
　　　　　小玩具，不值钱的还有花球、
　　　　　糖果，这些对稚嫩少女
　　　　　皆有力是手段。你靠欺诈，
　　　　　偷去我的女儿心，煽惑她，
　　　　　变得不顺从，忤逆顽抗我。
　　　　　所以，我的恩主：如果她
　　　　　不当大人面答应嫁狄米特留斯，
　　　　　我请求运用雅典自古有
　　　　　法权力，既属是我女，我可
　　　　　随意处置她，她要么嫁给
　　　　　这位先生，要不然我叫她
　　　　　就去死。按照我们古律法，
　　　　　明确无误有成文此规定。
忒修斯　赫米娅，你怎么说？要听话，
　　　　　美姑娘。对于你，你的父亲
　　　　　是神明，父亲赋予你美貌，
　　　　　你就像，确实，他在软蜡上
　　　　　按下之钤记，蜡质一人形，
　　　　　他可保有你，也可销毁你。
　　　　　狄米特留斯很好一绅士。
赫米娅　莱桑德也是。
忒修斯　　　　　　自然他也是。
　　　　　但，他未得你父亲之应承，
　　　　　相比之下不值你所爱。

赫米娅　但愿父亲能以我眼光看。

忒修斯　实在你应依你父眼光看。

赫米娅　我请求大人对我能宽恕。
　　　　我不知何力量使我大胆，
　　　　也不顾合乎贞淑之女德，
　　　　竟在此场所申述我衷情；
　　　　但我请询问大人，我坚拒
　　　　嫁与狄米特留斯，有何
　　　　罪恶之后果降临我头上。

忒修斯　或受死，或发誓永远决绝
　　　　与男人有来往。因此故，
　　　　美丽赫米娅，须问你意愿，
　　　　顾及你青春，细审你情感，
　　　　乃父替选择，你若不顺从，
　　　　你就要披起尼姑之道服，
　　　　永远被关在阴森庵院里，
　　　　终生做修道院中一尼姑，
　　　　只黯然吟诵圣歌对冷月。
　　　　能如此压抑她们之感情，
　　　　坚忍受贞女之生涯，固然
　　　　堪称天量之福缘；但玫瑰，
　　　　应被采摘原是福，究比
　　　　孤赏自生灭更多人情趣。

赫米娅　我宁可如此自生灭，大人，
　　　　也不愿处女身断送给予
　　　　先生这一位，我灵魂不允
　　　　心甘愿强迫婚姻领受他。

忒修斯　慢慢去想吧，下回新月时，——
　　　　我和我爱人两心贴相印
　　　　百年好永结良缘那一日，——
　　　　待到那一天你或准备死，
　　　　因为你，父亲意愿不顺从，
　　　　你不肯嫁给狄米特留斯，

　　　　如若不然就得在狄安娜①
　　　　神坛前终生不嫁誓守戒。
狄米特留斯　悔悟吧，甜心赫米娅。而你
　　　　莱桑德，弃你邪念心归我。
莱桑德　你有其父爱，狄米特留斯，
　　　　我有赫米娅爱心，你娶其父吧。
伊吉斯　无礼莱桑德！他不错，得我爱，
　　　　我爱便可送与他我所爱，
　　　　我的赫米娅，这是我权利，
　　　　将她配与他狄米特留斯。
莱桑德　大人，我门第与他一般高，
　　　　我钱一样多，爱却比他深；
　　　　我各种境况即便不超过，
　　　　也不输于他狄米特留斯。
　　　　比这些更值得我夸耀者，
　　　　美丽赫米娅爱的可是我。
　　　　那为何我不可享我权利?
　　　　狄米特留斯，我当面说，
　　　　他调情奈达之女海伦娜，
　　　　勾引得手她娇美好女郎，
　　　　痴心恋着他，恰如拜偶像，
　　　　魂迷他这个缺德负心汉。
忒修斯　须承认我也闻如许闲话，
　　　　本想与狄米特留斯应谈及，
　　　　但因我私事太忙，忘提起。
　　　　狄米特留斯那就来；也来，
　　　　你伊吉斯，二人都跟我来，
　　　　有些私人话权作善劝诫。
　　　　你，好赫米娅，乖乖多体谅
　　　　为父者良苦用心，要不然，
　　　　雅典严律法决不轻饶你，

---

① Diana，罗马神话中的月亮及狩猎女神。

　　我们也不可从轻发落你，
　　不免处死，或发誓抱独身。
　　来，希波吕塔，可好，我的爱？
　　狄米特留斯、伊吉斯，一起来，
　　我有事烦劳你们帮助做，
　　即我此婚事，还要同商量，
　　都与你们诸事宜有相关。

　　　　　　[忒修斯、希波吕塔、伊吉斯、
　　　　　　　　狄米特留斯及随从等下。]

莱桑德　哎。我的爱！你脸苍白？
　　　　你蔷薇怎么凋谢这样快？
赫米娅　多般因为缺雨露，但其实，
　　　　我泪滔滔流足可给滋润。
莱桑德　可真是！以我曾经读到的
　　　　或曾听到的故事或历史，
　　　　真正爱情道路从不平坦；
　　　　不是说双方门第不相当，——
赫米娅　唉！太高贵，不屈就低贱人。
莱桑德　再不然就是年龄太悬殊，——
赫米娅　哦不行！太老不配美青春。
莱桑德　或者就是靠亲友代选择，——
赫米娅　可怕！凭别人眼光选爱人。
莱桑德　再不然即使两情相喜悦，
　　　　遇战乱、死亡、疾病而遭难，
　　　　便使姻缘短如声虚如影，
　　　　倏忽即无犹如是梦中情，
　　　　疾速又如漆黑夜闪电过，
　　　　刹那展现既上天又入地，
　　　　在人们不及说"快看"之际，
　　　　黑暗张大嘴一口吞将去，
　　　　光明事骤变混沌总难免。
赫米娅　如若是，真情人，总受磨难，
　　　　那也就天注定，命运中事，
　　　　我们该鼓勇气，迎受苦难，

        因那是情场中，不免折磨，
        恰似梦，患愁思，又如叹息、
        似愿望与眼泪，爱恨相随。

莱桑德　说得对，赫米娅，再听我说。
        我有位孀姑母，富有寡妇，
        家产丰极富有，却无儿女，
        她住家离雅典七哩之遥。
        她视我如己出，认是独子，
        在那边，赫米娅，你我成婚，
        雅典法律再严峻，已遥远，
        鞭长莫及我二人。你情真，
        就明夜潜逃出你父家屋，
        城外一哩地林中我等你，
        就是我曾遇你同海伦娜，
        我三人一同过五朔节日[①]，
        那地方，我等你。

赫米娅　我的好莱桑德！
        我发誓，凭丘比特最强弓，
        凭他那镶金镞的最利箭，
        凭着维纳斯群鸽之纯朴，
        凭灵魂福佑爱情之宝物，
        凭迦太基女王身，烈火焚，
        扬帆离去特洛伊负心人，
        凭男人所做一切违誓言，——
        比女人所叙诉说超甚远，——
        就在那你曾相约同一地，
        我明日定来与你会一起。

莱桑德　守约，爱人。看，海伦娜来了。
       **海伦娜上。**

赫米娅　上帝保佑美丽海伦娜！去哪里？

---

① 即五月一日的春天节，英国古俗乡间举行庆祝，早起以露盥身采花唱歌
  游戏跳舞。

海伦娜　　你说我美丽？收回这美丽。
　　　　　狄米特留斯爱你美，哦幸运貌美！
　　　　　你眼明北斗指路！你音美，
　　　　　比牧童欣闻百灵更动听，
　　　　　时值山楂吐蓓蕾、麦穗青。
　　　　　疾病传人，哦美貌若也传，
　　　　　但愿你美丽让我给传染，
　　　　　我耳染声音，眼如你眼，
　　　　　曼妙你美音传上我舌尖，
　　　　　除却狄米特留斯，世上我孑遗，
　　　　　我愿全捐弃，只须化身你。
　　　　　啊！你眼波教我吧，何手段，
　　　　　操纵狄米特留斯心弦颤。
赫米娅　　我向他皱眉，他爱我如故。
海伦娜　　愿我微笑学得你皱眉有术。
赫米娅　　我骂他，他仍报我以爱情。
海伦娜　　愿我祈祷也如此动他心灵。
赫米娅　　我越厌恶他，却追我更紧。
海伦娜　　我越恋着他，他讨厌我越狠。
赫米娅　　他发痴，海伦娜，不在我错。
海伦娜　　不，是你美貌错，愿那错属于我。
赫米娅　　放心吧，与他不再见永不理。
　　　　　莱桑德与我从此将逃离，
　　　　　当我未遇见莱桑德之前，
　　　　　我看雅典就是天堂人间，
　　　　　啊，我爱人有魔力惊人巨，
　　　　　竟能把天堂变成如地狱。
莱桑德　　海伦，我们心腹事告诉你，
　　　　　明日夜福柏①映在水镜里，
　　　　　显出她银色洁净娇颜面，
　　　　　露珠装点缀青青草叶片，——

---

① Phoebe，希腊神话中的月神。

恰正是掩护情人私奔时，——
我们逃出雅典城，走了事。

赫米娅  就那树林里，时常你和我，
在暗澹樱草地一起躺卧，
心中柔情衷曲彼此吐露，
我的莱桑德与我幽会处；
从那里我们永将别雅典，
去寻新朋友，人生更新鲜。
再见，好友，为我们勤祷告；
狄米特留斯幸运你得到！
守约，莱桑德，明日深夜前。
忍饥我们眼，憋住暂不见。

莱桑德  行，我的赫米娅。——[赫米娅下。]再见，海伦娜；
狄米特留斯，他恋你如你恋他！

[下。]

海伦娜  有的人比别人就是得意！
全雅典说我是如她美丽；
但何用？狄米特留斯不承认，
他不管众人有如何公论，
如他对赫米娅痴迷眼波，
我痴迷他才智，犹如我错。
卑微情热恋昏，不入心中，
皆美好视缺点，无足轻重。
看爱人不用眼，只凭情感，
丘比特生翅膀，画成瞎眼。
故爱情心判断，并无正当，
没眼睛尽忙乱，空有翅膀。
故常说情爱人，总像孩童，
选对象无头脑，常被瞒哄。
乃顽童发假誓，当作游戏，
故爱情这小厮，处处受欺。
狄米特留斯未曾见赫米娅眼，
发誓如下雹，唯我他眷恋。
这阵雹赫米娅热力来烤，

前誓言他化了，都溶解掉。

我去传赫米娅逃走消息，

明夜晚他一定林中追袭，

我通报，他领情，定有酬谢，

我所付巨代价，绝非不屑，

这样做我有意补偿心痛，

使我能再聆接他的音容。

[下。]

**第二场：同前。昆斯家中一室。**

　　**昆斯、斯格纳、波顿、弗鲁特，斯诺特及斯塔弗林上。**

昆斯　　我们全班人都齐么？

波顿　　你最好整个儿点名，按名单一个一个点。

昆斯　　每个人在这单子上。全雅典都承认，这班人最合适在公爵
　　　　跟公爵夫人他俩结婚之夜，献演一出小戏。

波顿　　首先，好彼得·昆斯说说这戏讲的什么，再把扮戏人的名
　　　　字念出来，再按着头绪来演。

昆斯　　好，咱们的戏名叫《最可悲的喜剧，以及皮剌摩斯和提斯
　　　　柏的最悲惨之死》①。

波顿　　是一部很好的作品，我肯定说，非常有趣。现在，好彼得·
　　　　昆斯，照着名单把角儿的名字念出来吧。列位，大家站开。

昆斯　　点到谁的名儿就喊到。织工尼克·波顿。

波顿　　到。说我扮演什么角色，再顺序叫下去。

昆斯　　你，尼克·波顿，派定演皮剌摩斯。

波顿　　皮剌摩斯什么人？是个情郎，还是个霸王？

昆斯　　一个情郎，为了爱情而自杀，顶英勇的。

波顿　　把戏演得逼真了，准叫人落泪。要是我演起来的话，让观
　　　　众当心自己的眼睛，我要他们泪如雨下，我一定保管它演个

---

① 皮剌摩斯与提斯柏（Pyramus and Thisbe），希腊神话故事，见奥维德《变
　　形记》。故事讲巴比伦一对情人的悲剧：美少女提斯柏与皮剌摩斯是一对
　　热恋情人，但父母反对，便私行幽会。女先至，见一狮正嗜牛，乃惊惶逸
　　去，匆匆遗丢外衣；狮攫取之，沾染了血迹；男后至发现此衣，以为女已
　　遭不测，悲痛之极遂自刎；女返，见男尸身，也自杀而死。

凄凄切切。叫下面的角色吧。可是我的性格最适宜于演暴君。我能扮演赫拉克勒斯，非常拿手，或者是什么鲁莽狂暴的角色。

> 地动山摇
> 魂魄儿出窍
> 环锁震掉
> 牢门打开；
> 太阳车飞
> 遥远光辉
> 造而又毁
> 命运神呆。①

此乃真高超！现在喊别的演员。这是赫拉克勒斯的神气，一个暴君神气；一个情郎可就要凄惨些才是。

昆斯　弗朗西斯·弗鲁特，修风箱的。

弗鲁特　到，彼得·昆斯。

昆斯　你就扮演提斯柏。

弗鲁特　提斯柏什么人？游侠骑士？

昆斯　那是皮剌摩斯爱上的姑娘。

弗鲁特　哦，不，别让我扮女人，我都要长胡子的人了。

波顿　我可以遮起脸，让我演提斯柏好了。我可是尽能细声细气说话，"提斯妮，提斯妮！""啊，皮剌摩斯，奴的情哥哥，是你的提斯柏，你的亲亲密密美姑娘！"

昆斯　不，不，你一定得演皮剌摩斯，而你，弗鲁特，你演提斯柏。

波顿　好，叫下面。

昆斯　罗宾·斯塔弗林，裁缝。

斯塔弗林　到，彼得·昆斯。

昆斯　罗宾·斯塔弗林，你扮提斯柏的母亲。汤姆·斯诺特，补锅匠。

斯诺特　到，彼得·昆斯。

---

① 此歌词或是随意取自旧戏，什么意思也不明。这些角色有的语无伦次，比如提斯柏说成"提斯妮"等等。

昆斯　你，扮皮刺摩斯的父亲；我自己，扮提斯柏的父亲；细木工斯纳格，你扮那头狮子。我看，就这样，这戏就派定了。

斯诺特　狮子的台词你写好了吗？要是写好了，请你就给我，因为我背得慢。

昆斯　你不用准备，因为只是吼叫几声就行了。

波顿　让我也演狮子吧，我会吼叫，吼得让人听着都觉得舒服；我会吼叫，我会让公爵要说，"叫他再吼几声，叫他再吼几声。"

昆斯　要是你吼叫得太凶，会惊吓了公爵夫人和各位太太小姐们，吓得她们都要尖声叫呢，那准会要把咱们都吊死呢。

众人　那会把咱们都吊死，我们这些娘养的儿子一个也逃不了。

波顿　朋友们，我承认，要是你把女客们给吓坏了，她们一切都不顾，会把我们都绞死。但是我们可以把声音压住，压得高高的，吼得就像一只吃奶的乳鸽那么温柔，就像一只夜莺①。

昆斯　你只能演皮刺摩斯，因为皮刺摩斯是个讨人喜欢的小白脸，就像你在夏天可以看到的那种漂亮人，一个顶可爱的绅士气派的人，所以一定要你演皮刺摩斯。

波顿　行，我就演这个了。胡子挂什么最好呢？

昆斯　噢，你随便好了。

波顿　我就挂你秸秆色的胡子吧，你那橘黄色的胡子，你那紫红色的胡子，要么，挂你那法国金币色②那黄橙橙胡子。

昆斯　王冠金黄币，黄了，光了；法国人多是风流病秃子光头顶老头，你就光脸光脑袋上台吧。诸位，这是你们的台词，我请求你们，恳求你们，要求你们，在明天晚上要背出来。乘月色到城外一里地的宫廷森林里，咱们碰头，在那儿我们练习彩排。如果，要是在城里会聚，就会有人把我们给跟踪上，我们的计划就给泄露了。现在我要去开一张演这出戏需

---

① 波顿讲话多有讹词讹语，词不达意。

② "法国金币色"原文：French-crown-colour，crown意：王冠、头、顶；金币是金黄色的，下文昆斯用crown的双关义指法国人多患花柳病（花柳病也叫法国病）；掉毛发成秃子，用了"光顶"的词义，译文添"黄""光"权取谐音。

要的道具清单。请你们大家可别失信误事。

波顿　　我们一定守信碰头。在那里排练起来可以更放胆来荤
　　　　的①。大伙卖力辛苦点，要干好。再会了。

昆斯　咱在公爵橡树②下面见。

波顿　行了，可务必不许爽约。

　　　　　　　　　　　　　　　　　　　　　　　　［同下。］

# 第二幕

**第一场：雅典附近森林。**
　　　一小仙自一边上，普克自另一边上。

普克　喂，精灵！你游荡哪里？

小仙　　　　越溪谷，翻山岭，
　　　　　　披树丛，斩荆棘，
　　　　　　穿围场，过园庭，
　　　　　　蹈火烈，赴水急，
　　　　　　随心云游走四方，
　　　　　　迅轻捷，赛月光③，
　　　　　　专为仙后尽服务，
　　　　　　草仙环，洒满清清露④，
　　　　　　亭亭樱草是她近侍卫，
　　　　　　斑斓金袍耀点缀⑤；
　　　　　　小仙来敬赠鲜红玉，

---

① 此处原文we may rehearse more obscenely，obscenely猥亵的，莎氏时代演
　　剧多猥亵语。

② 官廷森林内必指定一橡树为"公爵橡树"，系英俗。

③ 按古埃及托勒密（Ptolemy）天动说：月及群星均围绕地球而转。

④ 原文：to dew herorbs upon the green，是指一种"仙环"，fairy ring。原
　　野草地常有环状斑纹，传说仙女跳舞所形成，其实是一种真菌，可食用
　　的小皮伞菌。

⑤ 指伊丽莎白女王的侍卫队，遴选世家子弟五十人，有相貌身魁梧，服装
　　镶金边、缀珠玉。

　　　　　　内馨藏，缕缕香馥郁：
　　我要在这里觅甘露，
　　每株樱草上垂挂一珍珠。
　　傻傻精灵再会吧，我去了，
　　仙后随同众小仙就来到。

普克　大仙王今夜来此大欢宴，
　　仙后来千万别让他看见；
　　奥布朗今日脾气挺暴躁，
　　他因为王后固执颇着恼；
　　她偷得可爱印度小王子①，
　　从未有这样靓仔作随侍；
　　奥布朗嫉妒也要这小孩，
　　野林充卫队唤唤一听差；
　　她偏要留住可爱这孩童，
　　她给他戴上花冠作爱宠。
　　二人要不见，每逢一见面，
　　无论在森林草地清泉边，
　　或是星光夜，定吵不开交，
　　吓得小仙钻橡壳齐躲掉。

小仙　我除非看错你个头和体形，
　　否则必是捣蛋鬼一精灵，
　　名叫罗宾好人的，是你吧。
　　撇去乳脂皮都把村姑吓，
　　推小磨，村妇忙得喘呼呼，
　　搅乳桶奶油再也搅不出，
　　时不时使得酿酒不起酵，
　　夜行人，你引迷路还好笑？
　　只要叫你好大仙好普克，
　　就给好运道，做个帮忙者，
　　都是你吧？

普克　　　　　你小仙说没错，

---

① 传说仙女常以丑婴掉包民间可爱婴儿。

我就是夜游者①，好不快活。

奥布朗我说笑话逗他笑，

我扮一匹马，滚壮好肥膘，

活脱小马驹发情嘶嘶嬉；

有时我藏饶舌妇酒杯里，

化身作烤沙果般一模样，

她喝酒时我向她嘴一撞，

麦酒直朝她扁瘪颈皮泼。

还有爱讲感伤事老太婆，

把我当个三角凳坐我身，

我一滑溜跌她个屁股蹲儿②，

口喊"要死③"猛咳呛，成一团；

引得满堂彩后仰又前翻；

乐忘形含着涕泪来赌咒，

不曾有更比欢快这时候，

哦让开，小仙，奥布朗来了。

小仙　咱仙后也来了！他走才好！

**奥布朗及随从自一边上，提泰妮娅及随从自另一边上。**

奥布朗　骄傲提泰妮娅，月下又相遇。

提泰妮娅　嘿，嫉妒奥布朗，小仙们快走开：

我有誓不上他床不作伴。

奥布朗　且慢，泼妇！我不是你丈夫？

提泰妮娅　那么说我必是你尊夫人，

但是我知道，你溜出仙境，

化身柯林整天坐，吹芦笛，

唱起情歌向风骚菲莉达④，

---

① 普克Puck，莎氏时代此u发长音若"普"。Puck并非专名，是一种民间传
说小鬼类名，常为人做好事，但也好作弄开玩笑，故可叫"促狭鬼"，
也叫"罗宾好人"Robin Goodfellow。

② 墩儿，墩押阴韵，儿轻声无韵；故屁股蹲儿与上句的身叶韵。

③ "要死"，原文tailor，若译"裁缝"，索解不通。tailor另有一义为方言
"丧钟声"，本译从此，作呼喊倒霉意，转译"要死"。

④ 柯林Corin和菲莉达Phillida，都是牧歌中习见的情人名。

　　　　　调情求爱，你为何来在此，
　　　　　打从那迢迢印度草原上？
　　　　　想必那高傲亚马孙女王，
　　　　　你那着靴情妇英武爱人，
　　　　　她要嫁给忒修斯，你于是
　　　　　来祝他们床笫欢早结果。
奥布朗　你可是真无耻，提泰妮娅，
　　　　　把我牵连希波吕塔毁名誉。
　　　　　明知我知晓你爱忒修斯？
　　　　　不是你朦胧夜，诱使他离弃
　　　　　掠获到手佩丽古娜①？
　　　　　又使他遗弃美丽伊葛梨
　　　　　连同爱丽亚邓、安提奥巴？
提泰妮娅　这都是因嫉妒制造谣言。
　　　　　自从仲夏之初，无论山上、
　　　　　山谷、森林或草地，石砌底
　　　　　清泉边，长满芦荟水溪畔，
　　　　　或是海滨沙滩上齐聚集，
　　　　　徐徐和风伴我们小环舞，
　　　　　你总来吵闹搅乱我兴致。
　　　　　和风对我们不理它吹奏，
　　　　　遂起报复、吸摄海气毒雾，
　　　　　一齐降至陆地上，使条条
　　　　　小河水激荡膨胀大泛滥，
　　　　　淹没了大地农田一片片，
　　　　　耕牛傻曳木轭，农夫枉自
　　　　　白淌汗，青青谷未抽穗，
　　　　　便告腐烂了。空空羊圈栏，
　　　　　处处出露在大地汪洋中，

---

① Perigouna，及以下的Aegle，Ariadne，Antiopa，都是忒修斯情人，先后
　　为其所弃，源出普鲁塔克（Plutarch，?46–120，古希腊传记作家）所著
　　《希腊罗马英豪列传》。

乌鸦饱餐死羊群长得肥，
舞场草坪上一片泥泞地，
绿地迷宫般奇异幽曲径，
无人走，杂草丛生不辨认。
这里人们所指望过冬天，
但如今夜夜不闻颂歌声。
月亮女神掌潮汐便发怒，
气得脸惨白，空中满潮气，
害得人罹患疾病风湿症。
这季候不正天怒反常态，
冰雪霜凌降落在鲜红色
玫瑰怀抱里，年迈的
冬季神薄薄冰冠脑袋上，
镶一串鲜艳芬芳夏季花，
是嘲讽真好笑。春季、夏季、
丰收好秋季，严酷寒冬季，
变得乱穿衣，世界全迷蒙，
分不清东西南北冷与热。
这恶果全由你我纷争起，
来自你我互反目，我们是
这一切灾祸产生之根源。

奥布朗　那全是为你，就该你弥补。
提泰妮娅为何顶撞她的
奥布朗？我只要小小一换儿，
来做我侍童。

提泰妮娅　　　你死了心吧。
全仙境买不去我这孩子。
他母亲乃是我的一信徒，
每每在印度芬芳黑夜里，
她就常在我身边亲密谈，
陪我在海神金黄沙滩上，
数点海面上来往满载船，
见船帆胀怀孕便油然笑，
被大风吹起了鼓鼓肚皮，

她迈着娇滴滴轻盈步伐，
这就是，——"怀上了"我这小侍者，——
模仿那帆船样航驶陆上，
是给我去取什物再回来，
就好像满载货远航回返。
但是她凡人，死于产下儿，
为她故我来抚养这孩子，
为她故我决不会将他弃。

奥布朗　这森林你准备，耽搁多久？

提泰妮娅　也许到忒修斯，结婚以后
如你肯与我们，耐心共舞，
看月下共作乐，便可回去，
否则我不打扰，你快躲开。

奥布朗　把孩子给我，我便跟你去。

提泰妮娅　拿你仙国换，我都不会要。
走吧小仙，再多留要争吵。

［提泰妮娅及随从等下。］

奥布朗　好，走你的，你这样侮辱我，
你出森林前教你吃苦头。
我的好普克，过来，记得否，
有一次我正坐在海岬上，
看见美人鱼骑在海豚背，
听她唱，歌声曼妙而婉转，
汹涌海也变得风平浪静，
好多星飞离星座似发疯，
来听海女美乐声。

普克　　　　我还记得。

奥布朗　正是那时我看见，你没见，
飞翔在冷月和地球之间，
全副武装丘比特瞄准了
西方宝座上，一位童贞女，
用劲射出了他的爱之箭，
真好像射穿爱心十万颗。
但见小儿丘比特似火箭，

射而熄灭在皎洁水月光。
一尘不染那童真女王心，
处女纯思念无所动于衷。
我思寻丘比特箭落何方，
见落在西方一朵小花上，
原白色乳一般，现因情伤
成紫色，女郎唤它"三色堇"。
去摘花，指给你的那一株，
取花汁点在不论男或女，
睡者眼皮上，醒来见谁，
爱上第一个疯狂恋不舍。
就去摘那株，快去取给我，
巨鲸游去半哩前即回来。

普克　我可四十分钟内飞来去，
地球绕一圈。[下。]

奥布朗　　　　　　　　花汁一得到，
便等着提泰妮娅要入睡，
把汁浆滴在她的眼皮上，
她醒来睁眼看见第一物，
无论狮、熊、还是狼、还是牛，
或者顽皮猴，或者好事猿，
她都要灵魂钟情死追求；
我还能另用草药解魔力，
解除她蒙眼昏视还真相，
但要令她把小童先给我。
谁来了？我拿眼看，看不见，
让我且耳听他们谈什么。

**狄米特留斯上，海伦娜随其后。**

狄米特留斯　我不爱你，你就别追求我。
莱桑德同赫米娅在哪里？
一个我要杀，一个可真是
害死我。你告诉我已逃进
森林中，在此等得好焦急，
因为不曾见我的赫米娅。

　　　　　滚！你走开，不许再跟着我。

海伦娜　　是你吸引我，铁石心肠你。

　　　　　但你吸的不是铁，我的心
　　　　　坚贞如钢，你若无吸引力，
　　　　　我也就不会有力再追你。

狄米特留斯　　引诱你？我有好话对你么？

　　　　　我不是明白告诉你了么，
　　　　　我不爱，也是不能爱你呀？

海伦娜　　即便是那样，我也更爱你。

　　　　　我是一条狗，狄米特留斯，
　　　　　越打我，越向你摇尾乞怜。
　　　　　把我当狗待，踢打我，冷落我，
　　　　　不理我，只要容我跟随你，
　　　　　虽然我不配，要求你的爱，
　　　　　仅如狗对待我，对我已是
　　　　　十分之可贵；在你爱情中，
　　　　　我的地位连狗都不如么？

狄米特留斯　　别过分惹起我厌恶恼恨，

　　　　　我是一见你就感头胀痛。

海伦娜　　在我是见不着你心要痛。

狄米特留斯　　你实在太不顾自己脸面，

　　　　　擅离城，将自己交给一个
　　　　　不爱你的人，不想想你的
　　　　　贞操多宝贵，就趁黑夜里，
　　　　　你在这回顾无人荒凉地，
　　　　　无耻纠缠诱惑我，不肯歇。

海伦娜　　你有德性我安心，就在此，

　　　　　一见你脸黑夜就没有了，
　　　　　因此我不觉得是在夜里；
　　　　　这树林也不乏有人陪我，
　　　　　我心中你才是整个世界，
　　　　　全世界都已在陪伴于我，
　　　　　怎能说我只是孤独一人？

狄米特留斯　　我可要逃开你，藏入丛林，

　　　　　便任凭野兽来将你处置。

海伦娜　野兽凶也不及你心凶狠，
　　　　你逃就逃，故事随就变换：
　　　　阿波罗在逃，达芙妮在追；①
　　　　鸽子追鹰隼，温柔小牝鹿
　　　　在追猛虎，弱者追，强者逃，
　　　　怯弱追勇敢再勇也没用。

狄米特留斯　我不跟你多啰唆，让我走；
　　　　你再追着我，你可别以为
　　　　我不会在这林中欺负你。

海伦娜　唉，在庙堂，在城里，在四野，
　　　　你都欺负我。呸。狄米特留斯！
　　　　这德行你是虐待我女性。
　　　　不像男子汉，爱情作争斗，
　　　　我们被追求，非去诱追求。

　　　　　　　　　　[狄米特留斯下。]

　　　　我要追你去地狱变天宫，
　　　　情愿死在钟爱人你手中。[下。]

奥布朗　再会，姑娘；不等他出林地，
　　　　你会逃避他，他要反追你。

　　　　　　**普克重上。**

　　　　你已采了花？欢迎，浪荡人。

普克　哎，在那边。

奥布朗　　　　请你就都给我。
　　　　我知麝香草长满在彼岸，
　　　　还有莲心草盈盈紫罗兰，
　　　　忍冬芬芳香，上覆如华盖，
　　　　馥郁白玫瑰蔷薇遍野外：
　　　　提泰妮娅来，夜时睡那边，
　　　　柔舞轻歌吟抚慰她安眠；
　　　　花蛇在那里斑斓旧皮蜕，

────────────

① 奥维德《变形记》载：太阳神阿波罗追逐女神达芙妮，把她变成桂树。

小仙作服装裹身衣袖肥。
我要把花汁滴上她眼睛，
令她满胸中幻生乱爱情。
余下再带上林中去访寻，
雅典矫少女被弃于情人，
遇那薄幸郎涂抹他双眼；
务必要做到醒时他所见，
定是那女郎，你能找到他，
身着雅典服，装束颇典雅
仔细小心做，使他对女郎，
比女郎对他更加爱发狂。
鸡叫头遍前你要来见我。

普克　主人莫担心，仆人定能做。

[同下。]

## 第二场：林中另一处。

**提泰妮娅及随从等上。**

提泰妮娅　来，跳个环舞唱首神仙歌；
然后一分钟余三分之一
全走开，有的去把白玫瑰
花苞里的蛀虫杀，有的去，
都捉蝙蝠割用它的翅膀皮，
给小仙做衣裳，有的去把
夜枭赶，勿惊伶俐我小仙，
现在唱我睡，各做事我休息。

**小仙唱**

一

双舌尖的花斑蛇，
披箭刺猬，别出现；
水蝾、蛇蜥别作恶；
勿近仙后她身边。
夜莺唱出美旋律，
伴着我们催眠曲，
睡吧睡吧去睡眠，睡吧睡吧睡眠去；

勿伤害，

无妖无怪

走近女王她身边，

祝你好睡说再见。

二

张网蜘蛛莫过来，

长脚蛛儿别织丝！

黑甲虫也快走开，

蠕虫蜗牛别惹事。

夜莺唱出美旋律……

众小仙　走吧走吧，事完了。

　　　　留下一个站放哨。

　　　　　　[众小仙下，提泰妮娅睡。]

　　　　奥布朗上，挤花汁滴提泰妮娅眼皮上。

奥布朗　待你醒来睁开眼，

　　　　你的爱人立刻见，

　　　　是爱是忧皆是缘；

　　　　不管狸、熊还是猫，

　　　　花豹、硬鬃野猪豪，

　　　　醒时张眼看清了，

　　　　是好是歹是运道，

　　　　污秽卑微遇糟糕。

　　　　　　　　[下。]

　　　　莱桑德与赫米娅上。

莱桑德　好人，林中走疲惫，你要晕倒，

　　　　说实话我已经迷失路途，

　　　　休息吧，赫米娅，如你想要，

　　　　等一下，天就亮，会觉舒服。

赫米娅　好的，莱桑德，你找个地方睡，

　　　　我可以把头搁在这草堆。

莱桑德　这草堆可供我俩共枕眠，

　　　　一心一床两胸怀一信念。

赫米娅　不，好莱桑德，亲爱的，为我

　　　　睡远些，不要挨挤一起卧。

莱桑德　啊，爱人，理解我心地纯洁，
　　　　情侣所言语情侣能理解。
　　　　我是说我心你心连一起，
　　　　两心连一起，信心无歧异，
　　　　两心胸，有盟誓锁链不分。
　　　　这便是两胸怀一片忠贞。
　　　　那就勿拒绝我睡你身边，
　　　　我这样，赫米娅，不怀欺骗。
赫米娅　莱桑德你真是能言善辩。
　　　　赫米娅若说莱桑德在骗人，
　　　　我不会竟如此伤害我自尊，
　　　　但是我好友，为爱为礼貌，
　　　　还是在稍远地方去睡觉，
　　　　隔离有分时，就有好言语，
　　　　美言未婚少男少女真规矩。
　　　　稍远好，甜心朋友，睡好觉，
　　　　愿爱永不变直到命终了。
莱桑德　你美祈祷，我说阿门，阿门。
　　　　此生就完结，若我有二心！

　　　　　　　　　　　　[退稍远处。]

　　　　这里我床，祝好睡好休息！
赫米娅　各留半舒适共享尽心意！

　　　　　　　　　　　　[二人入睡。]

　　　　　　　普克上

普克　我已走遍这森林，
　　　未见一个雅典人，
　　　在他两眼将证明，
　　　此花汁液激爱情。
　　　夜里寂静是何人？
　　　雅典衣服穿一身。
　　　主人所说就是他，
　　　欺负雅典美娇娃。
　　　姑娘也在睡得香，
　　　潮湿龌龊草地上，

佳人不敢睡靠近
这个无心无肝薄情人。
　　　　　　[挤花液滴在莱桑德眼睑上。]
坏东西，在你眼上
倾注神魔大力量。
一醒睁眼不自禁，
爱情乱你安睡心，
你醒我已走远方，
这就去见奥布朗。
　　　　　　　[下。]
**狄米特留斯与海伦娜跑上。**

海伦娜　站住，杀我吧，亲爱狄米特留斯。

狄米特留斯　你走开，我真给你要缠死。

海伦娜　啊！你丢我黑夜里？别不顾。

狄米特留斯　滚，你自寻苦吃，我走我路。
　　　　　　　[狄米特留斯下。]

海伦娜　哦！我痴心在追赶，快要断气，
　　　我越求告，他对我越无礼。
　　　赫米娅在哪里都享幸福，
　　　因她有一对诱人眼媚妩，
　　　她眼何以亮？非因含泪多，
　　　如若是，我眼泪比她更常流。
　　　不，不，是我像头熊长得丑，
　　　野兽遇见我也要被吓走。
　　　狄米特留斯见我就避开，
　　　像是躲妖精，也就不奇怪。
　　　我的坏镜子怎拿我的眼
　　　跟赫米娅黑亮眼齐并见？
　　　啊这是谁？莱桑德！躺地上！
　　　死了？睡着了？没血没有伤。
　　　莱桑德好友，没死，醒醒吧。

莱桑德　[醒。]亲爱我为你愿把火海下。
　　　造物主高手腕剔透玲珑，
　　　海伦娜，看见你心透你胸。

　　　　狄米特留斯呢？哦！提这名，
　　　　真该受我一剑送他命。
海伦娜　　别说，莱桑德，不要这样说。
　　　　他爱你赫米娅，难道有错？
　　　　赫米娅爱的你，你该满足。
莱桑德　　我满足她赫米娅！我才不，
　　　　我后悔与她光阴共虚度。
　　　　非是赫米娅，我爱海伦娜，
　　　　谁不愿换得白鸽弃乌鸦①？
　　　　男人意志靠理性来支配，
　　　　理性说你这女郎更可贵。
　　　　生长物成熟之期到季候，
　　　　我理性，年轻之故尚不够。
　　　　现在我智慧，已增长向顶点，
　　　　理性便引我走在意志前。
　　　　引我到你眼，阅书你双珠，
　　　　最丰富爱情故事爱情书。
海伦娜　　我何以生受这尖刻讽嘲？
　　　　在你手还要被无故讥笑？
　　　　觉不够，还不够，年轻美男，
　　　　我未有，从未有，他是永远
　　　　不对我有好眼，狄米特留斯，
　　　　仍不够讥嘲讽，我的不是？
　　　　说真的，欺负人，你太负人。
　　　　你假意实讥讪向我求婚。
　　　　可现在我再会；原来一向
　　　　把你当上流人士有教养。
　　　　哎呀呀，一女人，遭到拒绝，
　　　　还要被另一个揶揄戏谑！
　　　　　　　　　　　　　　［下。］
莱桑德　　她未见赫米娅，赫米娅你安眠，

────────────

① 赫米娅肤色较海伦娜为黑，此处白鸽指海伦娜，乌鸦指赫米娅。

　　　　永勿近莱桑德他的身边。
　　　　因就像吃甜食过多贪嘴，
　　　　使肠胃觉厌恶反生腻味。
　　　　又像是拒邪教异端胡诌，
　　　　受骗人终反悟痛心疾首，
　　　　你便是我腻甜又信邪说，
　　　　招人恨，我最恨，恨你最多！
　　　　倾我全力爱与精神，矢志
　　　　来尊崇海伦娜，做她骑士。[下。]
赫米娅　[醒。]救我，莱桑德，救我！我胸前
　　　　这毒蛇你快赶开驱危险，
　　　　哎呀，可怜！我噩梦在神游，
　　　　莱桑德，你看我吓得发抖。
　　　　像有一条蛇把我心吞掉，
　　　　你却坐看它残害，一旁笑。
　　　　莱桑德！怎么！——莱桑德！走了？
　　　　好人！听不见？不语自走掉？
　　　　啊！你在哪里？听见吗？说呀！
　　　　为爱，说话！我晕了，我害怕。
　　　　不！我知道你已不在近旁
　　　　寻不到你时，我便一命亡！

　　　　　　　　　　　　　　　[下。]


# 第三幕

**第一场：森林。提泰妮娅卧睡。**
　　波顿、昆斯、斯诺特、斯塔弗林、弗鲁特、斯纳格上。
波顿　咱都到齐了？
昆斯　好，好，正是给咱排戏好地方。这草地做舞台，这山楂树
　　　就是咱的后台。咱来认真演一下，就像当着公爵面前一个
　　　样。
波顿　彼得·昆斯，——

昆斯　怎么样，波顿伙计？

波顿　这《皮剌摩斯和提斯柏》剧本里，有几个地方准难叫人满意。第一，皮剌摩斯拔剑结果掉自己，这可是女士们通不过的。你说对不对？

斯诺特　天哪，这可真的不行。

斯塔弗林　我说。从总的来看，这一节略去得了。

波顿　不必，我有一个好法子。给我编一段开场白，这段开场白大致这么说，咱的剑是不伤人的，皮剌摩斯并非真的自杀了；最好再讲得确切一点，告诉她们，我，皮剌摩斯，并非皮剌摩斯，而是织工波顿。这么一来，她们就不会吓着了。

昆斯　好，我们就添这么一段开场白的诗，可以写成歌谣八六体①。

波顿　不，再加两个音节，写成"八八体"的吧。

斯诺特　女士们看见狮子不给吓着吗？

斯塔弗林　肯定害怕，我敢说。

波顿　诸位，你们要好好想一想，把一头狮子带到女士们中间，——神灵保佑咱们！——这可是有多可怕哦。一头活狮子，世上没有比这更可怕的禽兽了②。咱们可得考虑考虑。

斯诺特　那么说，还得再写一段开场白，说明他可不是真的一头狮子。

波顿　不，你得把他叫什么名儿说出来，他的半个脸也得在狮子头颈下露出来。他自己得露些脸说话，说些有效莫果的话，"女士们"，或是"尊敬的女士们"，"我希望你们"或是说，"我要请你们"，或是说，"我求你们，不用害怕，不用发抖，我拿命担保，要是你们想，来在这儿我真的是一头狮子，那我可命好苦。不，我才不是这样的东西，我是人，跟别的人们一样的人。"说到这儿就可以把自个儿的名字报上来，爽爽快快说给他们听自己是细木工匠斯纳格。

---

① 一句八音节一句六音节，如此诗行相间的诗体，即称"歌谣体"。

② 原文wild-fowl，野禽，应是野兽。波顿说话常颠三倒四，词不达意，此处译文作"禽兽"。下文的"有效莫果"，原文是same defect：同样无果，也是误用词，应是same effect：同样效果。

昆斯　好，就这样办。但是还有两件难事：就是，要把月光引进屋里来。因为，你们晓得的，皮剌摩斯跟提斯柏是在月光下相会的。

斯纳格　我们演戏的那晚上有月亮吗？

波顿　拿历本，拿历本！查看历书上有没月亮，有没月亮。

昆斯　有的，那晚有月亮。

波顿　啊，那你就行啦，把大厅上的一扇窗打开，月亮就会从窗口照进来啦。

昆斯　对了，要不然就得叫个人举着树枝打着灯笼进来，说明他是扮演或是代表月光的。那么，还有一件事：我们在大厅里，一定要有一堵墙。因为故事上说的，皮剌摩斯和提斯柏是隔着墙透着一条墙缝谈话的。

斯纳格　你可不能把一堵墙搬进来哦，你说呢，波顿？

波顿　总得什么人扮堵墙头，让他身上涂着些黏土，或什么石灰，或是些个灰泥浑身，表示是一堵墙。让他把手指举起着这么个样儿，皮剌摩斯跟提斯柏在手指缝里可以私谈了。

昆斯　如此这样的话，那么一切都成了。来，个个老娘们的儿子，都坐下，练练念你们台词。皮剌摩斯，你开头，你说完之后，就走那树丛后去。就这样，一个个按照上一个人的尾白提示，赶紧接上去。

**普克自后上。**

普克　啥个乡巴佬乱糟糟来胡闹，
　　　在仙后卧榻旁敢聒噪？
　　　怎么！预备演戏，可要看一看，
　　　碰得巧，我也上场演一演。

昆斯　说呀，皮剌摩斯。——提斯柏，站前。

波顿　*提斯柏，花儿盛开花儿香，——*

昆斯　花香味，花香味。

波顿　　　——花儿开得香。
　　　　　你吐气也香最爱提斯柏。
　　　　　听，声音！你在这儿等一下。
　　　　　稍待会我就来再会你。[下。]

普克　从没见这样的皮剌摩斯！[下。]

弗鲁特　轮到我啦?

昆斯　　是，没错，该你了。你要明白，他去看看什么声音，就要
　　　　回来。

弗鲁特　　最白百合花皮刺摩斯好灿烂，

　　　　　颜色像殷红玫瑰枝头高高挂，

　　　　　最可爱犹太人最活泼一青年，

　　　　　最忠实永不知疲惫一匹马，

　　　　　皮刺摩斯来相会宁尼坟①。

昆斯　　"尼奴斯坟"，老弟。唉，还没到你说这句话的时候呢，
　　　　这是你回答皮刺摩斯的话，你把你的台词一下子全说了，也
　　　　不管尾白下面衔不衔接。皮刺摩斯，进来呀，你接的尾白自
　　　　己给过掉了。你接词的尾白地方应该是"永不知疲惫"②。

弗鲁特　噢! ——*最忠实永不知疲惫一匹马。*

　　　　**普克重上，波顿戴驴头相随。**

波顿　　*美丽提斯柏，我一心忠于你。*

昆斯　　啊怪了!啊可怕!出鬼啦。

　　　　啊，诸位!快逃! ——救命! [**众丑下。**]

普克　　我跟随你们，领你们团团转，

　　　　穿荆棘丛林涉泥洼，

　　　　一会我变马，一会变猎犬，

　　　　又变猪，无头熊，还变火花，

　　　　我嘶，我吠，我吼，我噪，我烧，

　　　　马、犬、猪、熊、火，样样变得了。[**下。**]

波顿　　为何他们逃了?定是他们耍诡计，叫我害怕。

　　　　**斯诺特重上。**

斯诺特　哦波顿，你变了，看你成啥样?

波顿　　你见了什么?见你自己蠢驴头，是不是? [**斯诺特下。**]

　　　　**昆斯又上。**

---

① 原文Ninny，此处是Ninus尼奴斯之误。尼奴斯是古亚述王，相传是首都
　尼尼微Nineveh的创建者。ninny解释"笨蛋，傻瓜"，是(a)n inn(ocent)误
　分音节加昵称尾缀-y的讹词，此处故意与尼奴斯相混淆。

② 那时演员所得脚本只是自己角色的台词，不包括其它演员的台词。但会
　注出本角色应衔接前角色的最末句的词，即只给出尾白。

昆斯　天哪，波顿！天哪！你变了。[下。]

波顿　看出他们鬼把戏，把我当头驴，想着法儿来糊弄我。可是我就偏不离开这地方，看他们怎么办。我就在这儿走来走去，还要唱，让他们听着，我可是一点也不害怕。

> 雄山乌一身都是黑，
> 光嘴巴是橘黄，
> 画眉声音真优美，
> 鹪鹩细声唱。

提泰妮娅　[醒。]什么天使唤醒我在花床?

波顿

> 金翅雀、麻雀、百灵鸟，
> 唱灰溜是布谷，
> 布谷咕咕，叫得人心恼，
> 却没人敢说不。①

　　真是哟，谁有兴致同这么只蠢鸟斗口舌? 即使"布谷布谷"骂乌龟，谁又高兴同他争辩他瞎说呢?

提泰妮娅　我请你柔心人再唱下去。

> 听你歌我两耳听得陶醉，
> 你形体迷住了我眼睛，
> 你美德有大力我已不自禁，
> 一见便爱你我发誓自内心。

波顿　我觉得，小姐，你说的欠缺些理由。虽说，老实讲，现如今这年头理性跟爱情很难合得一起。更可惜的是，诚实好邻居并不出力撮合双方成朋友，不，有时候我也适当这么说说笑话哩。

提泰妮娅　你可真是既聪明又貌美。

波顿　不，都不，如果我有足够的聪明离开这树林，那就很够我受用了。

提泰妮娅　不要想走出这座树林去，

> 你留这里，不允你许不许。

---

① 杜鹃，拟声称布谷鸟cuckoo，据信雌杜鹃性喜易偶，故妻有外遇之夫被称"乌龟"cuckold，这词源自cuckoo。又认为妻之不贞，命运使然，是天数，做乌龟则活该，不敢说不。

　　　　我并非普通寻常一神仙，
　　　　夏天永远听从我随身边；
　　　　我是真爱你，你就跟我走，
　　　　我供你许多小仙听伺候，
　　　　都能从深海给你获珠宝，
　　　　都唱着让你花床睡好觉，
　　　　都由我洗你身上尘俗味，
　　　　你也像神仙飘忽天上飞。
　　　　豌豆花！蜘蛛网！蛾子，芥子！
　　　　　　四小仙上。

豌豆花　　在此。
蜘蛛网　　　我在。
蛾子　　　　　　我在。
芥子　　　　　　　　我在。
四仙　　　　　　　　　　差去何方？
提泰妮娅　恭恭敬敬侍候好这先生，
　　　　陪伴他高高兴兴乐舞蹈；
　　　　杏子、草莓都供他不缺少，
　　　　青绿无花果、桑葚、紫葡萄；
　　　　偷得野蜂蜜囊儿手灵巧。
　　　　剪下蜂股蜜即可蜡烛造，
　　　　萤火虫小眼珠亮给点着，
　　　　晨兴夜卧带去我情火燎；
　　　　要把彩蝶粉翅儿去采好，
　　　　从他睡眼把月光扇除掉；
　　　　来小仙，向他鞠躬礼数到。
豌豆花　凡人，好！
蜘蛛网　好！
蛾子　好！
芥子　好！
波顿　我衷心请诸位多担待，容我请问诸位大名。
蜘蛛网　蜘蛛网。
波顿　愿以后常受指教，好贵人蜘蛛网。若逢我有手指割破，定来唠叨打搅你①。诚实贵人，你的大名？

豌豆花　豌豆花。

波顿　请向令堂豆荚夫人，令尊豆壳大人多多致意。好豌豆花贵
　　人，我以后也愿常常领教。你的大名，我请问，贵人？

芥子　芥子。

波顿　好芥子贵人，我了解你是位忍辱风霜的人。那块恃强凌弱
　　的大牛肉曾经把你本家好多人都吞去了。不瞒你说，你的族
　　人令我洒过不少的泪。以后也请多多指教，好芥子贵人。

提泰妮娅　来，伺候他，领他去我闺房。
　　我看今宵月儿呀饮泪眼；
　　她一哭花儿全都泪汪汪，
　　哀悼女贞操又有被人破。
　　我爱领入来闭嘴声勿作。

[众下。]


**第二场：林中另一处。**
　　**奥布朗上。**

奥布朗　不知道提泰妮娅醒没有，
　　她一睁开眼所见是什么，
　　就要爱，爱得死去又活来，
　　我使者已来到。
　　**普克上。**
　　好啊精灵狂！
　　今夜魔林何游乐来举行？

普克　我的女主人爱上一妖精。
　　在她的幽秘圣洁卧室旁，
　　正值她甜蜜梦里睡得香，
　　来一群下流蠢汉手艺人，
　　在雅典地头摆摊把饭混；
　　聚集起，有出戏，要来排练，
　　预备在忒修斯婚日献演。

---

① 据称蛛丝能止血。

　　　这无聊一群里最蠢傻子，
　　　摊戏份扮演个皮剌摩斯，
　　　一退场他走近一丛矮树，
　　　我乘机上前去将他捉住，
　　　将驴头扣到他头上。
　　　提斯柏念尾白，他上场，
　　　这活宝一出现，众人丢魂：
　　　像大雁骤发现蹑行猎人，
　　　又像是灰鸦儿正处群聚，
　　　忽听得枪声响轰然飞去，
　　　乱聒噪四散逃扫掠天空，
　　　见怪物都逃命惊陷惶恐；
　　　又因咱舞步震，他们震倒，
　　　叫雅典快救命："他杀人了！"。
　　　没头脑一惊吓越发糊涂，
　　　那些物无知觉也来欺侮，
　　　荆棘丛乱抓扯他们衣裳，
　　　断袖的丢帽的吊挂枝上。
　　　我驱逐失魂人逃逸散失，
　　　留变样挺可爱皮剌摩斯；
　　　恰逢提泰妮娅静眼醒来，
　　　捧驴头奇巧事她没命爱。
奥布朗　这比我所策划还要奇妙。
　　　但那个雅典人可曾找到，
　　　我嘱咐把爱液滴上他眼？
普克　趁他睡我找到，——使命办完，——
　　　雅典女就正在她的身旁，
　　　她令他醒来时睁眼一亮。
　　　**狄米特留斯与赫米娅上。**
奥布朗　躲起来，雅典人那个就是。
普克　那女的，正是她，男的不是。
狄米特留斯　啊！如此爱你，你为何鄙弃？
　　　刻毒话你应留与你死敌。
赫米娅　现不过，我是骂，更狠在后，

　　　　　你是咎由自取让我咒。
　　　　　你若承莱桑德睡时加害，
　　　　　血既漫过鞋，索性浸膝盖，
　　　　　把我也杀。
　　　　　太阳对白昼可靠永无亏，
　　　　　尚不及对我他心诚。他会
　　　　　乘赫米娅睡时溜走？我宁信
　　　　　地球凿透窟窿月亮爬进，
　　　　　对头出洞跟那端她兄长①
　　　　　日中来捣乱，惹他不欢畅。
　　　　　定是你把他杀；杀人凶徒，
　　　　　才如你一脸惨白，杀气可怖。
狄米特留斯　被杀之神情，才如我这般，
　　　　　你残忍把我心已给刺穿；
　　　　　你这凶手却依然满面荣光。
　　　　　像金星天边闪着耀眼光芒。
赫米娅　与我的莱桑德，这何干？他，
　　　　　在哪里？好狄米特留斯，把他还给我吧？
狄米特留斯　我宁可丢他尸首给我猎狗。
赫米娅　滚，恶狗！滚！令我不能忍受，
　　　　　即便我女人心。你杀了他？
　　　　　从此你是算不得男人啦！
　　　　　哦说一回实话吧，可怜我，
　　　　　她醒时你不敢与他对搏，
　　　　　他睡时你杀他？哦好英勇！
　　　　　蛇，毒蛇，岂有如此不中用？
　　　　　毒蛇所干的，它的那个舌，
　　　　　真还赶不上如你这恶蛇。
狄米特留斯　你发这脾气真是没来由，
　　　　　莱桑德流血，我何罪之有！
　　　　　他呀没有死，告诉你实话。

_____

① 据信太阳和月亮是兄和妹。

赫米娅　那快告诉我他是好着吗?

狄米特留斯　告诉你，什么好处你给我?

赫米娅　可给好处你，永不再见我。
　　　　离开你，看不见你这死样，
　　　　死活不管他，我可你别想。[下。]

狄米特留斯　她盛怒之下我无需跟她去，
　　　　故我宜歇在此稍安心绪。
　　　　压胸越来越沉重悲哀情，
　　　　睡无眠欠下悲哀债不轻；
　　　　眼下总算尚可以偿一点，
　　　　我且留在此等他来还钱。
　　　　　　　　　　[卧下，睡。]

奥布朗　你做的什么? 你铸成大错，
　　　　将爱液滴在真情人眼窝；
　　　　这一错，忠实者将要变心，
　　　　未使无情汉变成钟情人。

普克　守信只一个，命运定一世，
　　　　变心毁盟誓百万还不止。

奥布朗　钻进树林去赶得比风快，
　　　　雅典海伦娜林中找出来。
　　　　容颜变憔悴，她患相思疾，
　　　　精神耗心血，痴情长叹息，
　　　　施幻象，你便引她来这里，
　　　　她一来，我就将他视眼迷。

普克　我去，我去，瞧我本事。
　　　　疾速快赛过鞑靼人箭矢①。
　　　　　　　　　　[下。]

奥布朗　　花儿色紫红，
　　　　　丘比特飞箭射中。
　　　　　你侵入她的眼眸，
　　　　　见他爱人心仪谋，

————————

① 鞑靼人善骑射。

　　　　　　　让她光艳耀眼睛，
　　　　　　　有如天边亮金星；
　　　　　　　醒来见她在身边，
　　　　　　　你便乞求她爱怜。

　　**普克重上。**

普克　　　　向仙王我来报告，
　　　　　　　海伦娜已经带到，
　　　　　　　那少年是我错认，
　　　　　　　正乞求情人酬金①。
　　　　　　　要看那痴愚表演？
　　　　　　　这些人呀傻可怜！

奥布朗　　　站开点，他们闹声，
　　　　　　　狄米特留斯要吵醒。

普克　　　　那是两男追一女，
　　　　　　　玩这把戏真有趣；
　　　　　　　事情来得越离奇，
　　　　　　　越是让我觉满意。

　　**莱桑德与海伦娜上。**

莱桑德　你何故把我求婚当嘲讽？
　　　　　　　嘲讽讥笑决不会泪涟涟。
　　　　　　　瞧我起誓我流泪，多真情，
　　　　　　　如此所起誓必是忠诚言。
　　　　　　　既然我忠诚所示有证明，
　　　　　　　你为何还认我是非正经？

海伦娜　你施狡猾计越做越明了。
　　　　　　　两真言互抨击，圣言自争！
　　　　　　　曾誓赫米娅，现就抛弃掉？
　　　　　　　两誓均秤衡，无一称情衡，
　　　　　　　誓言你对她和我称一番，
　　　　　　　两相等，那便虚无如谣言。

莱桑德　我当初向她起誓是糊涂。

───────────

① 原文Pleading for a lover's fee，fee酬金，此处喻指报以爱情，获得情分。

海伦娜　　现在抛弃她我看更错误。

莱桑德　　狄米特留斯爱她不爱你。

狄米特留斯　[醒。]哦海伦！女神，圣洁美天仙！
　　　　我的爱，有何媲美你的眼？
　　　　水晶也浑浊。啊丰满双唇，
　　　　甜美两颗红樱桃，诱人吻。
　　　　当你举起白玉手，托罗斯<sup>①</sup>
　　　　高山顶东风吹，白雪也似
　　　　乌鸦黑变黯然。哦！让我亲，
　　　　洁白女王我幸福你为准。

海伦娜　　啊可恶！该死！看你们想要
　　　　为自己开心拿我来取笑。
　　　　如果你们有教养知礼仪，
　　　　就不会这样把人来调戏。
　　　　知你们恨我，你们恨就恨，
　　　　何必还联起手来戏弄人？
　　　　你们若男子汉，模样倒像，
　　　　实不该如此对待少女郎；
　　　　用赌咒发誓过誉我才貌，
　　　　其实内心憎恨我，很知道。
　　　　你们是情敌，争爱赫米娅，
　　　　现在又对手嘲弄海伦娜。
　　　　看似大丈夫男子汉，行为
　　　　硬逼使可怜少女哀流泪，
　　　　你们倒是笑！高贵者天性，
　　　　决不冒犯贞洁女之纯净，
　　　　寻开心扰人灵魂无安宁。

莱桑德　　你不善，狄米特留斯，别如此，
　　　　你爱赫米娅，你知我也知。
　　　　这儿，我一片善意与诚心，
　　　　宁放弃赫米娅有我情分。

————————

① Taurus，土耳其南部东西走向的山脉。

　　　　　而你对海伦娜情让我吧，
　　　　　我爱她，至死不渝我爱她。
海伦娜　从未见嘲弄人这多废话。
狄米特留斯　莱桑德，留你赫米娅，我不要，
　　　　　要说曾有爱，现在已打消。
　　　　　我对她天涯过客仅只是，
　　　　　对海伦我是归家一浪子，
　　　　　从此安居。
莱桑德　海伦可不这样。
狄米特留斯　真理你不知，不要说愚妄。
　　　　　否则你偿付不起犯过失。
　　　　　看，你爱人来了，那边就是。

　　　　　**赫米娅上。**

赫米娅　黑夜使双目失去眼功能，
　　　　　但耳朵却变得格外聆听。
　　　　　它给视觉上带来有损伤，
　　　　　听觉上给予加倍得补偿。
　　　　　我眼未能见到你莱桑德，
　　　　　多谢耳朵我寻声来这儿。
　　　　　你怎么能忍心离我而去?
莱桑德　爱情迫人走，有何好犹豫?
赫米娅　什么爱迫使莱桑德离开我?
莱桑德　莱桑德爱人不准被诱惑，
　　　　　美丽海伦娜照得夜通亮，
　　　　　赛过所有亮闪耀明星光。
　　　　　为何你追我? 你还不明白，
　　　　　因我憎恶你才把你丢开?
赫米娅　你说的非真话，不是这样。
海伦娜　瞧! 原来她也是他们一党。
　　　　　现在我看穿三人串一起，
　　　　　假情意设骗局把我调戏。
　　　　　欺人赫米娅! 无情义这女子!
　　　　　你算计、设阴谋，同这两人

莱桑德　走开，你这黑丑！①

狄米特留斯　　　　　不，不，他……

　　你不要虚，想溜，假意"来，来"，

　　其实你不敢，懦夫，滚吧你！

莱桑德　[**向赫米娅**。]走开，你这猫，缠人！你放手，

　　小心我把你毒蛇般甩开。

赫米娅　你怎么变得这样凶暴了？

　　亲爱，——

莱桑德　　　　　亲爱你！滚，病骶子，滚！

　　滚吧，害人毒药！好可恨，滚！

赫米娅　你不是玩笑吧？

海伦娜　　　　　正是，你也是。

莱桑德　狄米特留斯，对你话我守信。

狄米特留斯　很愿你言有据，因我看出

　　微言据，拘缚你②，你言难信。

莱桑德　什么！难道是我伤害杀死她？

　　我虽恨她，可不愿伤害她。

赫米娅　你！还想加害我更甚于憎恨？

　　恨我！为何？奇闻？我的爱！

　　我非赫米娅？你非莱桑德？

　　我现在和以前一样美。

　　昨晚你爱我，昨夜又弃我。

　　啊，离弃我，——哦，上帝不准！——

　　存心要离弃我？

莱桑德　　　　哎，命担保，

　　我是再也不想要见到你。

　　别指望，勿疑勿问别疑问。

　　的的确确无疑问，非玩笑，

　　我爱海伦娜，厌恨你。

---

① 原文Ethiop，埃塞俄比亚人。赫米娅肤色较海伦娜为黑，第二幕第二场末尾有莱桑德乌鸦换白鸽之语，也是指此意。

② 前"有据"及此"微言据"之"据"原文都是bond，前是契约意，后是拘束意，双关语。

赫米娅　　啊！你骗子！花苞蛀虫你！
　　　　你是偷爱贼！你这是夜来
　　　　偷走我的爱人心？
海伦娜　　　　　　好，好呀！
　　　　真无礼，女人羞耻全不顾，
　　　　毫不难为情？怎么！你要从
　　　　我温良舌头逼出不忍话？
　　　　呸！装啥真，供人弄小玩偶！
赫米娅　　玩偶！噢，哈，是这样玩把戏。
　　　　现在我看出，她是在比较
　　　　我俩身材，她自夸自身高，
　　　　凭她高身段，高高夸身段，
　　　　肯定凭身高，将他迷惑住。
　　　　丑化我长得又矮又是小，
　　　　在他心目中你变高贵了？
　　　　我矮么，你这花枝五月柱①？
　　　　说，我有多矮？我还没矮到
　　　　够不着指甲剜你眼珠子。
海伦娜　　先生们，虽然嘲弄我，还请
　　　　你们别让她伤害我。我是
　　　　从不撒泼，毫无泼悍本领，
　　　　我是个地道的怯懦女孩，
　　　　别让她打我。你们别以为，
　　　　她比我矮，我人比她高些，
　　　　我打得过她。
赫米娅　　　　　　矮！听，又说了。
海伦娜　　好赫米娅，不要对我这样
　　　　凶呀。我一向爱你，赫米娅，
　　　　不说你坏话，没有亏待你；
　　　　只除了为爱狄米特留斯，

_____

① Maypole，王朔节花柱，庆祝五朔节时围绕此柱舞蹈、游戏，也比喻称细
　长个子。

告诉他你私来这树林里。
他追你，我追他，为了爱情，
但是他骂我，威吓要打我，
踢我，还简直要杀我，如果
现在你让我静悄悄走开，
带着愚蠢荒唐自回雅典，
不再追着你，让我就走吧。
你看我真有多痴又多傻。

赫米娅　哦，你走吧。谁还拦你不成？

海伦娜　一颗痴情心，被我丢脑后。

赫米娅　什么！对莱桑德？

海伦娜　　　　　　对狄米特留斯。

莱桑德　不用怕，她不会伤害你，海伦娜。

狄米特留斯　不，先生，即便帮她，也不会。

海伦娜　啊！当她发起怒来可凶狠。
　　在校就是只出名凶雌狐，
　　别看她个儿矮小，可厉害。

赫米娅　"矮"，又是！张口就是"矮"呀"小"！
　　你们怎么尽让她侮辱我？
　　我要收拾她。

莱桑德　　　　你滚，矮东西；
　　小个儿，没发育，你这小念珠，
　　你这小橡果。

狄米特留斯　　　你过于热心啦，
　　她不屑于你帮助献殷勤；
　　让她去，再甭提她海伦娜。
　　她不需你帮助，你若有心
　　向她示点爱，你就小心了，
　　你要付代价。

莱桑德　　　　她已不扯我；
　　现在跟我来，你敢来一试，
　　看咱谁有权配占海伦娜。

狄米特留斯　跟你走！不，肩并肩，一道走。

　　　　　　[莱桑德与狄米特留斯下。]

赫米娅　　你，小姐，事情都是你引起，
　　　　　你，别逃呀。
海伦娜　　　　你，我可不相信，
　　　　不情愿与你坏人在一起。
　　　　打起架你动手也我厉害，
　　　　我腿比你长逃得比你快。〔下。〕
赫米娅　我不知说什么好，真是怪。〔下。〕
奥布朗　都是你疏忽，老是犯错。
　　　　否则就是你有意捉弄人。
普克　相信我，仙王，是我弄错了
　　　　你不是跟我说我得认清
　　　　是穿雅典衣服的那个人？
　　　　这看来我干事没出毛病，
　　　　我滴花汁在雅典人眼睛，
　　　　看到这结果我倒挺快活，
　　　　他们闹腾得有趣再不过。
奥布朗　你看两情人寻地去决斗，
　　　　罗宾赶快把夜色遮足够，
　　　　冥河黑水般浓雾盖星空，
　　　　夜天星光全遮住不留孔，
　　　　再引导汹汹情敌迷失路，
　　　　令二人歧途岔开不相晤。
　　　　有时你说话模仿莱桑德，
　　　　听得狄米特留斯心火惹。
　　　　又学狄米特留斯破口骂，
　　　　似这样令二人各相下。
　　　　直到死一般的睡眠带着
　　　　蝙蝠翅铅重腿爬上面额，
　　　　这时药滴在莱桑德眼上，
　　　　这药液有奇功效力特强，
　　　　定能把所有错误解除掉，
　　　　眼前忽明亮不再似睡觉，
　　　　清醒看全是假戏，非实情，
　　　　一场虚梦空飘渺呈幻景。

　　　　然后诸情人挽手回雅典，
　　　　和好归如初至死也不变。
　　　　我差你去做这事，我还要
　　　　向王后印度童儿去索讨。
　　　　然后我解除她眼上梦幻，
　　　　不见那魔怪一切归平安。
普克　仙王啊，这事要做须赶快，
　　　　黑夜飞龙要割碎浓云彩，
　　　　曙光女神星照耀在天边，
　　　　晨曦到，游鬼四处都看见，
　　　　成群回坟墓去，众冤魂
　　　　十字路口水底沉埋葬身①。
　　　　都已经回到他们生蛆床，
　　　　怕白昼出丑显露怪模样，
　　　　一向不愿与光明相照面，
　　　　务必与黑脸之夜永为伴。
奥布朗　而我们系属另类大精灵，
　　　　我与晨曦之爱人好游兴，
　　　　如同林居人共游遍山林，
　　　　观看着火红天庭之东门。
　　　　照射尼普顿②灿烂好阳光。
　　　　将他咸蓝大海水变金黄。
　　　　这些且莫管，要快勿迟延，
　　　　我们把事天明前要办完。
　　　　　　　　[奥布朗下。]
普克　　　　上下跑，上下跑，
　　　　　　我引他们上下跑
　　　　　　城乡人人见我怕，
　　　　　　小仙引领跑上下。

────────────

① 自杀者皆葬于十字路口，俾不得安宁，任人践踏。投河者因未接受葬仪
　亦受诅咒而游魂百年。
② Neptune，罗马神话中的海神。

有人来。

**莱桑德重上。**

莱桑德　骄傲狄米特留斯在何处？说话。

普克　这里，恶徒！你在何处？出剑呀。

莱桑德　我就与你厮杀。

普克　　　　　　　随我来吧。

　　　去平坦地。

　　　　　　　　　［莱桑德随声而下。］

**狄米特留斯重上。**

狄米特留斯　　　莱桑德！还有话。

　　　你逃了，胆小鬼，是想逃吧？

　　　说！树丛后？你往哪里躲呀？

普克　你懦夫！你对天星在夸口，

　　　对着树丛说你想要决斗，

　　　光说，不来？来，懦夫，来，小子。

　　　我用棍来打你，实在不值，

　　　拔剑厮杀你。

狄米特留斯　　　　呀，你在此处？

普克　随声来吧，此地决斗不作数。

　　　　　　　　　　　　［同下。］

**莱桑德重上。**

莱桑德　他在前面跑，激我跟上前，

　　　等我跟上去，他人又不见，

　　　这恶棍脚劲比我更厉害，

　　　等我赶上去他又急跑开，

　　　将我丢在坎坷地黑暗里，

　　　在此就歇息。［卧。］白日我等你！

　　　只需日升灰亮照我一照，

　　　我让狄米特留斯就领教。［睡。］

**普克与狄米特留斯重上。**

普克　哈！哈！哈！懦夫，你为何不来？

狄米特留斯　等着我，看你敢，我很明白，

　　　你前面跑，到处躲躲闪闪，

　　　不敢站下，不敢与我照面。

你现在何处？

普克　　　　　　　我在此，来吧。

狄米特留斯　不，戏弄我，你要付大代价，

　　　　只要白日里我能见你面。

　　　　现在去你的，我觉太疲倦，

　　　　只得冷泥床放平我身体，

　　　　白昼来临小心我就找你。

　　　　　　　　　　　　　　　［卧下睡。］

**海伦娜上。**

海伦娜　哦疲惫夜！夜冗长，真无趣。

　　　　减你时辰！东方明可欣喜！

　　　　藉你晨光让我回雅典去，

　　　　无聊伴侣讨厌我遭鄙弃。

　　　　睡眠，你时或闭上悲伤眼，

　　　　求摆脱我境遇不嫌短暂。　　　［卧下睡。］

普克　　　　只三个？再添一，

　　　　二二成双便凑齐。

　　　　她来了，愁容怒，

　　　　顽童爱神戏玩忽，

　　　　惹得姑娘疯癫苦。

**赫米娅重上。**

赫米娅　从未如此倦，从无如此愁，

　　　　浑身沾露水，荆棘扯衣破，

　　　　我不能更向前爬再行走，

　　　　想前行只怨腿酸痛脚脖。

　　　　就在此处歇一歇等天明，

　　　　天佑莱桑德，若是真拼命！

　　　　　　　　　　　　　　　［卧下睡。］

普克　　　睡地上

　　　好香。

　　　我添你

　　　眼睑皮

　　温柔情人药水滴。

　　　　**［挤草药汁于莱桑德眼上。］**

　　　　你醒眼

　　　　得见

　　　　真欢喜

　　　　爱至极

昔日爱人来眼际。

有句俗话说人服，

对，各人自有各人福，

待你一醒便有数：

　　　　杰克娶吉尔①，

　　　　相配没错儿；

公马又配得好母马，

皆大欢喜吧。

［下。］

# 第四幕

**第一场：林中。**

　　莱桑德、狄米特留斯、海伦娜与赫米娅卧睡。

　　提泰妮娅与波顿上，众小仙随侍，奥布朗在后隐上。

提泰妮娅　来啊，在这花床上你坐下，

　　　　且让我抚摩你可爱两腮，

　　　　你柔情头上插玫瑰香花，

　　　　吻你美丽大耳朵，我的乖。

波顿　豌豆花呢？

豌豆花　这儿。

波顿　搔我头，豌豆花，蛛网仙子呢？

蛛网　这儿。

波顿　蜘蛛网仙子，好贵人，拿好您的刀，给我把那蓟草叶尖上
　　的红屁股蜜蜂杀死。然后，好贵人，给我把蜜囊儿取来。动
　　手可别太性急，贵人。而且，好贵人，小心别弄破了蜜囊

---

① 杰克Jack，吉尔Jill，乡间男女常见名。

　　　儿。我可不愿看你叫蜂蜜给糊住，贵人。芥子贵人在何处?
芥子　这儿。
波顿　把您小手儿给我，芥子贵人。请不必多礼了，好贵人。
芥子　有何吩咐?
波顿　　无有，好贵人，只是去帮忙英武蛛网给我挠挠痒。我该理
　　　发了，贵人，因为我觉得脸上毛乎乎的。我是头娇嫩敏感驴
　　　儿，觉得毛发痒痒的，不搔不挠可不行。
提泰妮娅　你要听听音乐吗，我的甜蜜人儿?
波顿　我的耳朵很能欣赏音乐;给咱来点火钳骨板①吧。
提泰妮娅　再有，爱人，你想吃点什么?
波顿　　正好，来干草一束，你们那个上好的干燕麦，我也嚼两
　　　口，我很想吃一捆干草，好干草，甜干草，美味无比。
提泰妮娅　我有一小仙，胆子大敢搜索
　　　松鼠储藏窝新鲜榛栗子。
波顿　我宁愿要一两把干豌豆。但是谢谢您，请您别教手下人惊
　　　扰我，这会儿我真想睡上一个好觉呢。
提泰妮娅　你睡吧，把你抱在我怀里，
　　　小仙们，走开，各处散去吧。

　　　　　　　　　　　　　　　　　　　[众小仙下。]

　　　旋花儿缠绕可爱金银花，
　　　娇弱常春藤也如此卷绕
　　　榆树大粗干。啊!我是多么
　　　爱着你，我是多么疼爱你!

　　　　　　　　　　　　　　　　　　　[同入睡。]

　　　普克上。
奥布朗　[上前。]欢迎，好罗宾。
　　　见这好情景?
　　　我真开始怜悯她这般痴爱。
　　　刚才在树后我恰遇见她，
　　　为这个愚蠢货采摘香花，

_____
① The tongs and bones，旧时乡间乐器，火钳上系铁片等作响，骨片夹于手
　指间碰击作声。

我骂她，跟她发火吵一架。
因为她用新鲜香花做成
一顶冠，戴在那蓬发额上；
原来在嫩蕊上晶莹饱满，
恰如同降东方明珠露水，
如今却含在那艳丽花眼，
盈盈欲泣泪悲悼自受辱。
我尽情责骂她，在她婉词
请求我息怒气求饶之时，
我趁机向她索，索要换儿；
她爽快便给我，派她小仙，
把孩儿奉送到了我寝宫。
现在我既有了这个孩子，
要解除她眼上可憎迷惑。
好普克，你去把雅典村夫
他头上已经变形的，
头盖揭下，待他们醒来时
让大家齐动身返回雅典。
这一夜所发生一切事情，
只当是做噩梦困扰一场。
但首先我要去解救仙后。

　　　　　　　　　　[以草药点她眼。]

　　　　　你须回复你原先，
　　　　　见你原先你所见。
　　　　　戴安①花苞力量大，
　　　　　胜过丘比特之花。
　　提泰妮娅我王后快醒醒。
提泰妮娅　哦奥布朗！我见什么幻景！
　　我好像爱上了一头驴子。
奥布朗　你爱人在那里。

─────────

① Dian，即戴安娜，罗马神话中的贞洁女神。下文的"丘比特之花"，即
　　指三色堇魔液花。

提泰妮娅　　　　　　　怎会有这等事？
　　啊！我现在真怕看他脸。
奥布朗　莫做声。罗宾，去除这个头。
　　提泰妮娅，喊奏乐，比睡更能够
　　把这五人之感官全麻醉。
提泰妮娅　奏乐啊！音乐！奏响催眠调。[乐起。]
普克　你醒来用你自己蠢眼瞧。
奥布朗　奏响音乐！[稍停，乐起。]来，王后手揽起，
　　来跳舞震动这片睡人地。
　　现在如初重修好我与你，
　　一同去忒修斯公爵府邸，
　　明夜半宫廷欢舞乐心齐；
　　祝大家生活无量丰盛喜，
　　要与忒修斯情人在这里，
　　终成眷属庆幸福行婚礼。
普克　仙王你请注意听，
　　　　听得清晨有百灵。
奥布朗　那么，仙后，请肃穆，
　　　　黑夜踪影可追逐；
　　　　我们旅行环地球，
　　　　快过月光忽悠悠。
提泰妮娅　夫君我们飞一路，
　　　　今夜之事请告诉
　　　　怎么我会在这里
　　　　同些凡人睡一起。

　　　　　　　　　　　　　　[同下。内作号角声。]
　　忒修斯、希波吕塔、伊吉斯及侍从等上。
忒修斯　你们去一人，去找森林官；
　　　　五月节仪式我们已遵行，
　　　　现在时还早不过清晨间，
　　　　我爱人猎犬音乐须倾听。
　　　　放猎犬西山谷，唆使快跑；
　　　　快快跑，我说，找来森林官。
　　　　美丽王后，我们须上山顶，

听听猎犬一片高吠声，
同与山谷回声互相应。

希波吕塔　我曾与赫拉克勒斯、卡德摩斯①
　　　　一起用斯巴达犬猎野猪，
　　　　我从未听见过英勇吠声。
　　　　因为是除了林谷之外，
　　　　天空、泉水及附近所有地，
　　　　回应成一片谐和美吼声，
　　　　从未听得美妙轰隆雷霆鸣。

忒修斯　我的猎犬斯巴达全纯种，
　　　　那样的下颚，那样沙黄色，
　　　　悬两耳足可挥去晨朝露，
　　　　弯弯膝，颈垂如塞萨利②公牛；
　　　　腿不快，吠声合调如铃铛③
　　　　一个低一个。无论克里特、
　　　　斯巴达、塞萨利一概无有
　　　　这一队更好听猎犬吠声
　　　　可鉴别。但小声！是何仙女？

伊吉斯　殿下，这是我女儿在此眠，
　　　　这是莱桑德，这是狄米特留斯，
　　　　这是老奈达之女海伦娜；
　　　　我诧异他们怎么全在此。

忒修斯　无疑是他们清早就起身，
　　　　守礼五月节，闻及我们意，
　　　　特赶来参加我们这典礼。
　　　　但是伊吉斯，赫米娅不是
　　　　良人作答复选定今日吗？

伊吉斯　正是，殿下。

忒修斯　去，叫猎人吹号令他们醒。

————————

① Hercules，Cadmus，希腊神话中的英雄。
② Thessalia，希腊东北部一地区。
③ 那时重视猎犬吠声而据以选编列队。

　　　　[内号角声，呼啸声。莱桑德、狄米特留斯、赫米娅与海伦
　　　　　　　　　　　　　　　　　　　　娜均醒，惊起。]
　　　　早安朋友们。情人节已过了。
　　　　这林鸟才只开始配对么?
莱桑德　殿下，恕罪。[与其他人均下跪。]
忒修斯　　　　　请大家都站起。
　　　　我只知冤家情敌你二人，
　　　　怎么会变得如此互融洽，
　　　　仇隙中毫无一点有猜忌，
　　　　不怕与仇人共睡起伤害?
莱桑德　殿下，我只能含糊回答，
　　　　半醒半睡，然而我可发誓，
　　　　说不清楚我如何来这里;
　　　　但是我想，——我是很愿直言，
　　　　认为事实也的确是如此，——
　　　　我是与赫米娅同来此地，
　　　　原打算逃离雅典，就可以
　　　　不再受雅典法律之约束——
伊吉斯　够了，够了，殿下，说得够了。
　　　　我请求法律依法惩办他。
　　　　他们打算私逃，狄米特留斯，
　　　　如此打算欲制服你与我;
　　　　令你得不到她做妻，令我
　　　　无从实现允诺她做你妻。
狄米特留斯　殿下，美丽海伦娜告诉我
　　　　欲逃走，及来树林之用意，
　　　　我盛怒之下追踪来此地，
　　　　美丽海伦娜钟情跟随我。
　　　　但是，好殿下，不知何力量，——
　　　　确是有力量，——我爱赫米娅，
　　　　对她爱眼下却如雪消溶，
　　　　回想起来恰如幼时爱的
　　　　一件小玩具，索然已无味;
　　　　一切怀忠诚，小心趋向往，

我眼睛所见目标及欢乐，
只有海伦娜，对她，我的殿下，
原已有婚约先于赫米娅；
但如患病，美食不想食，
但一旦康复，胃口也恢复，
倾心向往，现在想她爱她，
思慕她，永远忠心归于她。
忒修斯　漂亮情人们，欣喜来相逢，
此事之经过随后我细问。
伊吉斯，你的意志须屈服，
不许久两对情人与我们
进庙堂，永缔良缘于同时。
现在清晨已将过，我计议，
行猎只好暂中止。随我去，
到雅典，三三成双作三对，
我们要盛情举行大宴会。
来，希波吕塔。

　　　　　　　　　**[忒修斯、希波吕塔、伊吉斯及随从等下。]**

狄米特留斯　这等事似微细无从捉摸，
犹如远山云遮雾障中。
赫米娅　我觉这许事两眼不聚拢，
两重幻影两层迭。
海伦娜　　　　　　　我有同感。
我得狄米特留斯，获宝石，
似我的，又不似。
狄米特留斯　　　　能确知
我们真的醒着吗？我似乎
仍是睡着在梦中，你以为
公爵刚在此命令跟他去？
赫米娅　是，还有我父亲。
海伦娜　　　　　　　还有希波吕塔。
莱桑德　确是命我们跟他去庙堂。
狄米特留斯　那么，我们是醒了，跟他去；
那就让我们边走边说梦。**[同下。]**

波顿　　[醒。]该我尾白接词的地方到了，就喊我，我就答话。
　　"最美丽的皮剌摩斯。"嗨！喂！彼得·昆斯！弗鲁特修风
　　箱的！斯诺特补锅的！斯塔弗林！他娘的！都悄悄溜走了，
　　丢下我睡这儿呀！让我看见了个稀奇古怪的事情，我做了一
　　个梦，脑瓜再好使也说不清那是个什么梦。谁要想解释这个
　　梦，那人准是只蠢驴。我看是——没有人能够说得清楚什么
　　梦。我看是，——我早就觉得，——如果有谁想要说我早就
　　觉得是怎么的，那谁就是不折不扣大傻瓜。我的梦究竟是个
　　什么样的梦，没有谁的眼睛曾经听见过，没有谁的耳朵曾经
　　看见过，谁人的手也不能尝什么滋味儿，他的嘴巴不能懂，
　　他的心不能讲。我叫彼得·昆斯来给这梦写首歌儿，题目就
　　叫它做"波顿之梦"，因为它原本就是道不清说不通这梦
　　嘛。我要在演完戏之后，当着公爵大人面，唱这首歌。或
　　者，为了让它更讨人喜欢一点儿，我留着等死后再唱也无
　　妨。[下。]

**第二场：雅典，昆斯家中一室。**
　　**昆斯木楔、弗鲁特笛子、斯诺特壶嘴与斯塔弗林瘦鬼上。**
昆斯木楔　你派人到波顿线团家去了吗？他回来了没有？
斯塔弗林瘦鬼　打听不到他的下落。肯定是他叫鬼给捉去了。
弗鲁特笛子　要是他不回来，那么这出戏就唱不成，没戏了，是
　　不是？
昆斯木楔　那是当然了，全雅典除了他没有一个人能扮演皮剌摩
　　斯。
弗鲁特笛子　谁也演不了，在雅典手艺人中他可算是最灵巧的一
　　个。
昆斯木楔　是啊，数他最棒呢，嗓子特甜，吊起膀子来顶呱呱。
弗鲁特笛子　你说错了，应该说"吊嗓子"。吊膀子，老天哪！
　　像什么话。
　　**斯纳格简洁上。**
斯纳格简洁　诸位，公爵已经从庙堂出来了，还有两三位贵男贵
　　妇也结婚。如果我们的玩意儿能够进行下去，我们大家都
　　可以发迹了。
弗鲁特笛子　哎呀，好蠢的波顿线团！他从此就再也不能拿到六

便士的报酬了；他是准可以一天拿到六便士的。如果说，公爵看他表演皮剌摩斯，不给他每天六便士，我就去上吊。他应该值得拿这报酬的。要么他不演皮剌摩斯，要演就是每天六便士。

**波顿线团上。**

波顿线团　伙计都在哪里？心肝宝贝都在什么地方？

昆斯木楔　波顿线团！啊最幸运的日子！顶吉利的时辰！

波顿线团　诸位，我来讲些怪事儿你们听，但是别问是什么事。因为如果我会告诉你们，我便算不得一个雅典人；我要一字不漏原原本本告诉你们。

昆斯木楔　说来听听，亲爱的波顿线团。

波顿线团　我的事可是一字不说。所有我要告诉你们的，就是公爵已经用过正餐了。赶快把你们的行头打点好，胡须上系根好绳子，鞋子上拴根新带子，立刻在宫门前集合，各人温习熟透自己的台词。总而言之一句话，我们的戏已经准予上演了。无论如何，提斯柏要穿件干净的衬衣；扮狮子的不要剪指甲，因为要伸出来做为狮子的爪子。最要紧的，亲爱的演员们，别吃葱和蒜，因为我们的任务是要谈吐雅气。毫无疑问，他们会说，这真是一出风雅喜剧。不多说了，就走，走，走吧！

[众下。]

# 第五幕

第一场：雅典。忒修斯宫中。

忒修斯、希波吕塔、菲劳斯特莱特及贵族、侍从等上。

希波吕塔　我的忒修斯，恋人讲，真奇怪。

忒修斯　奇怪得不真实，我从不信
　　　这种离奇传说、鬼神玩意儿。
　　　情人与疯子总是头脑热，
　　　想入非非所窥见诸事物，
　　　永不为冷静理智所明察。

　　　　　　疯子、情人、和诗人乃不过
　　　　　　全然是运用想象所造成。
　　　　　　若能看见比地狱更多鬼，
　　　　　　他疯子无疑；情人也一样，
　　　　　　狂妄竟认为埃及人的脸，
　　　　　　美貌如海伦。诗人灵感眼，
　　　　　　狂热一转瞬，就天上人间、
　　　　　　人间天上全看到，诗人笔，
　　　　　　富想象无中生有绘声色，
　　　　　　虚无缥缈给地址有姓名，
　　　　　　无边无际任胡想有魔力。
　　　　　　于是若想看领略有欢乐，
　　　　　　立刻联想到带来欢乐人，
　　　　　　或是在夜间一转念想着
　　　　　　恐惧事物，那便多么容易
　　　　　　灌木丛也就幻化一头熊！

希波吕塔　但是所听说夜间发生事，
　　　　　　及大家心灵同时生变化，
　　　　　　便证明不是幻想中景象，
　　　　　　可坚信却有其事皆真实，
　　　　　　但不过确属离奇而有趣。

忒修斯　情人们来了，兴高采烈样。

**莱桑德、狄米特留斯、赫米娅与海伦娜上。**

　　　　　　恭喜朋友们！愿新婚燕尔
　　　　　　伴你们快乐心！

莱桑德　　　　　　　祝愿你们
　　　　　　更大幸福伴上路上床第！

忒修斯　来吧，我们晚餐后睡觉前，
　　　　　　漫长三小时演出什么剧，
　　　　　　跳个什么舞，如何消磨呢？
　　　　　　我的作乐大臣哪里去了？
　　　　　　准备什么余兴？有何戏剧，
　　　　　　可排遣难挨的焦灼时辰？
　　　　　　叫菲劳斯特莱特。

菲劳斯特莱特　　　　有，伟大忒修斯。

忒修斯　我说，你今晚有什么节目？
　　　什么舞会？什么音乐？若无
　　　一点娱乐，怎打发闲时间？

菲劳斯特莱斯　有清单预备好各种节目，
　　　请大人自选定先看什么。

　　　　　　　　[呈纸单。]

忒修斯　　　"半人半马怪物战，由雅典
　　　　　　一阉人伴奏竖琴作独唱"。
　　　这个我不要，对爱人已说过，
　　　系赞美族人赫拉克勒斯。
　　　　　　　"祭酒神者酗酒滋事狂暴
　　　　　　肢裂歌人特雷斯之始末"。
　　　那是个旧老调，我在上次
　　　征服忒拜凯旋归已演过。
　　　　　　　"三三得九个缪斯神痛悼
　　　　　　学人沦亡于贫困乞讨中"。
　　　那个是犀利尖刻讽刺剧，
　　　与结婚喜事全然不相称。
　　　　　　　"关于年轻皮剌摩斯及其
　　　　　　爱人提斯柏短戏长悲剧"。
　　　可喜又悲哀！冗长又短促！
　　　那等于说冰炽热、雪发烧，
　　　此种矛盾我们如何得调和？

菲劳斯特莱特　殿下，这戏才有十来字长。
　　　是我所曾见最短一出戏。
　　　但我的殿下十个字还嫌多。
　　　太冗长，因全剧没有一字
　　　称恰当，无一演员能称职。
　　　说悲哀，尊贵殿下，也的确，
　　　皮剌摩斯在戏中须自杀，
　　　我看排演时，承认我两眼
　　　噙满泪；但无人，流得比我
　　　更多有忍俊不禁开心泪。

忒修斯　什么人来演这戏？

菲劳斯特莱特　在雅典做手工一群粗人，

　　　　从不知应如何使用头脑，

　　　　现如今为祝贺殿下婚礼，

　　　　才苦苦将戏本背诵牢记。

忒修斯　那就听听看。

菲劳斯特莱特　　　　不，高贵殿下，

　　　　不必烦您耳朵，我已听过，

　　　　没有什么，根本不值一听，

　　　　除非您能欣赏他们诚意，

　　　　为要伺候您他们吃大苦，

　　　　台词硬背诵。

忒修斯　　　　　　我须听听戏。

　　　　凡纯朴与忠诚所做之事，

　　　　都不会有错。去，把他们

　　　　带进来。夫人女士们，请坐。

　　　　　　　　　[菲劳斯特莱特下。]

希波吕塔　我不爱看可怜人勉强做

　　　　吃力事，忠诚失败于表演。

忒修斯　啊，甜心，你不会见这样事。

希波吕塔　他说他们不会演这等戏。

忒修斯　我们嘉奖无功人，更显宽厚。

　　　　拿他们错误我们做笑柄，

　　　　不计较他们那可怜忠诚，

　　　　不见成效白辛劳。

　　　　我所到之处学者们纷纷

　　　　预备好称颂词前来迎接，

　　　　但一见我便颤抖脸发白，

　　　　说词打顿说不成完整句，

　　　　惊慌中熟练词哽咽不出，

　　　　结果呢，哑口无言戛然止，

　　　　等于未对我表欢迎。但我

　　　　相信，甜爱，缄默中我也已

　　　　祝颂领受了，诚惶诚恐间，

　　　　　畏怯表忠诚，不亚于娓娓
　　　　　动听如簧一辩舌空讨好。
　　　　　所以，爱心，据我看，表内心，
　　　　　虽口讷倒是淳朴性情真。
　　　　　**菲劳斯特莱特重上。**

菲劳斯特莱特　启禀大人，开场白已备好。

忒修斯　让他上来。[喇叭高奏花腔。]
　　　　　**昆斯木楔上，念开场白。**

昆斯木楔　　我等若冒犯，本是出好意，
　　　　　请原谅，并非有意要冒犯，
　　　　　真心是好意，前来献薄技，
　　　　　才是我等真目的要开演。
　　　　　可想而知我们来无好心。
　　　　　我们并非存心讨好你各位，
　　　　　才是真意图。不是为你们
　　　　　特此添快乐，你们来要后悔，
　　　　　演员已到齐；等戏一演好，
　　　　　大家一准想知道便知道。

忒修斯　这家伙对句读全不顾。

莱桑德　他读开场白像一匹野马，该停的地方不停，那真是一句好格言，我的殿下：光是说还不成，说得对那才行。

希波吕塔　说真的，他像小孩子学吹笛，只吹出声，可是全不入调。

忒修斯　他这话像是纠缠的一团链锁，没有毛病，但是毫无头绪。下面是谁登场？
　　　　　**皮剌摩斯与提斯柏、墙、月光、狮子上，如演哑剧。**

昆斯木楔　　诸位看场面也许感惊讶，
　　　　　一时感惊讶，真相会明白。
　　　　　此人皮剌摩斯，愿该认识他，
　　　　　这美女子当然是提斯柏。
　　　　　这个人，涂满灰泥是代表
　　　　　一堵墙，两个情人隔墙壁，
　　　　　好可怜，透过墙缝只好
　　　　　悄声细语，无法可想无希奇。

此人提灯笼牵狗、擎树枝，
代月光，以此表示不奇怪，
月光下一双情人不觉耻，
才在尼奴斯①坟地互求爱。
这头怪野兽，名儿叫狮子；
诚信提斯柏夜间先赶到，
见狮吓一跳立即惊跑掉；
手脚慌乱间外衣落地上，
被那恶狮子血口血玷污。
皮刺摩斯随后到好侗傥，
陡见地上提斯柏血衣服，
立即拔出剑，可恨锋利剑，
猛刺进热血沸腾自胸膛；
提斯柏，树下避歇后回转，
抽起剑人已死。其余事项，
狮子、月光、墙和情人一双，
会来在这里慢慢细述畅。

　　[昆斯木楔及皮刺摩斯、提斯柏、狮子、月光同下。]

忒修斯　　我很惊异，狮子也讲话。

狄米特留斯　　殿下勿怀疑。许多蠢驴都讲话，狮子当然也不妨开
　　口讲。

墙　　　　在这出戏中，我扮作墙头，
　　　　我本名叫斯诺特壶嘴口。
　　　　这堵墙，愿你们想象中，
　　　　上面有条缝，或是有孔洞，
　　　　透过墙情人皮刺摩斯、提斯柏，
　　　　常常悄声私密抒情怀。
　　　　这灰、这泥、这石头，都表示
　　　　我站此是那堵墙，算真实，
　　　　这是那墙缝，从右到左边，

---

① Ninus，古亚述国王，创建首都尼尼微Nineveh。他的妻子塞米拉米斯
　　Semiramis，美丽、聪明、淫荡，相传创建巴比伦。

　　　　　　　　惶恐俩情人透缝来交谈。

忒修斯　　灰泥能指望说得好听话？

狄米特留斯　　这是我从未听到过的最有口才的墙头了，我的殿
　　　下。

忒修斯　　皮剌摩斯走近墙根前了，安静！

　　**皮剌摩斯上。**

皮剌摩斯　　啊狰狞夜！啊夜是如此黑！
　　　　　　夜啊，不是白昼就是你！
　　　　　　夜啊！夜啊！漆黑，漆黑，漆黑！
　　　　　　我怕提斯柏约会给忘记。
　　　　　　你这墙，墙啊！甜蜜可爱墙！
　　　　　　站在她父亲和我家园间；
　　　　　　你这墙，墙啊！甜蜜可爱墙！
　　　　　　露条缝让我眼睛来窥探。[墙举叉开手指以示裂缝。]
　　　　　　乔武①保佑你！多谢墙殷勤。
　　　　　　但看见什么？不见提斯柏。
　　　　　　啊墙可恶！看不见我爱心，
　　　　　　诅咒石墙欺骗我太不该！

忒修斯　　墙既然有知觉，我想该回骂几声。

皮剌摩斯　　不，老实讲，大人，他不该。"欺骗我"是提斯柏该
　　　接下去的尾白；她现在就要上场，我就要在墙缝中窥见她。
　　　看见吗，我讲得一点不错，她从那边过来了。

　　**提斯柏上。**

提斯柏　　墙啊！你常常听见我呻吟，
　　　　　　把我和皮剌摩斯两隔离，
　　　　　　我樱唇常把你这石头吻，
　　　　　　灰泥浆把你石头粘一起。

皮剌摩斯　　看见有声音，墙缝裂开来，
　　　　能否得见提斯柏她脸庞，
　　　　提斯柏！

提斯柏　　我的爱！你是我的心肝爱。

_____

① Jove，罗马神话中主宰一切神的主神，即朱庇特Jupiter。

皮剌摩斯　你可猜，我是你漂亮情郎，
　　　　还像里芒德①，我心永不变。
提斯柏　而我像海伦，致死心不变。
皮剌摩斯　沙发勒斯对普罗科勒斯②不及我情专。
提斯柏　我对你就如西发勒斯对普罗克洛斯一般。
皮剌摩斯　啊！隔这讨厌墙洞我接吻。
提斯柏　吻的是墙洞，非是你的唇。
皮剌摩斯　愿去尼努斯坟地共相见？
提斯柏　不顾死我愿去，决不迟延。

　　　　　　　　　　　　［皮剌摩斯与提斯柏下。］

墙　　　　我是墙，我的角色已完毕；
　　　　　既完毕，这堵墙壁就收起。

　　　　　　　　　　　　　　　　　　［下。］

忒修斯　现在两家邻居间的墙倒了。
狄米特留斯　没办法，殿下，墙头总是不声不响专爱偷听。
希波吕塔　这真是蠢极了，我从未听到过。
忒修斯　好戏也就人生之缩影，
　　　　而坏戏用想象作补充，也就坏不到哪里。
希波吕塔　那肯定是你的想象，不会是他们的。
忒修斯　倘若我们想象他们，就像他们想象自己那样，他们就算
　　　　得很不错的人了。两只怪兽登场了，一个是人形，一只是狮
　　　　子。

　　　　**狮子与月光上。**

狮子　　　女士们，你们生性太娇柔，
　　　　　一只小鼠地上爬也要怕，
　　　　　现在看见凶暴狮狂怒吼，
　　　　　多半要吓得发抖掉魂吧。
　　　　　但是请放心，我是木工师

---

① Limander，是 Leander 勒安德耳之讹，希腊神话中传说他每夜泅海会情人
希罗 Hero，后淹死，希罗亦投海而死。
② 沙发勒斯 Shafalus 是西发勒斯 Cephalus 之误，普洛克勒斯 Procrus 是普罗克
丽丝 Procris 之误。罗马神话中西发勒斯为黎明女神奥罗拉 Aurora 所恋，但
他忠于妻普罗克丽丝而拒之。

斯纳格，并非猛雄狮，母狮

也不是。若是真狮狂咆哮

冲这里，我自己也大不妙。

忒修斯　温和好野兽，更有好良心。

狄米特留斯　这是我所见的，大人，最好的野兽了。

莱桑德　说勇气，这狮子只及一狐狸。

忒修斯　不错，论头脑，及得一只鹅。

狄米特留斯　那未必，大人，他勇敢并无头脑能思考，而狐狸倒
　　　　是能把鹅给劫走。

忒修斯　我说这没错，他头脑思考力未必有勇敢，因为鹅劫不走
　　　　狐狸。好了，由他去思考吧，让我们听听这月亮。

月亮　*灯笼角儿弯弯一新月，——*

狄米特留斯　角儿应该戴在他头上①。

忒修斯　他不是新月，所以他的角是藏在里面的。

月亮　*灯笼角儿弯弯一新月；*

　　　　*我自己就像是那月中人。*

忒修斯　这个在戏里是一大错误。

　　　　这个人应该放在灯笼里，否则怎么算是月中人呢?

狄米特留斯　因为有蜡烛，他不敢进去。您瞧，他恼火了。

希波吕塔　我讨厌这月亮了，他该变些样儿才好!

忒修斯　看他那不晓事的样子，大概也是个残月了；但是为了礼
　　　　貌起见，我们还得耐心一点。

莱桑德　说下去，月亮。

月亮　我所要说的是，告诉你们这灯笼就是月亮，我，是月亮中
　　　　的人，这树枝，我的树枝，这狗，我的狗。

狄米特留斯　哦，这些全都在灯笼里面，因为全都是在月亮里
　　　　面。可是，别作声!提斯柏过来了。

　　　　**提斯柏上。**

提斯柏　*这是尼努斯老坟。我爱人呢?*

狮子　[吼。]嚎——。

　　　　　　　　　　　　　　　　　　　　[提斯柏逃下。]

────────

① 俗谓妻不贞，大夫头上出角了。

狄米特留斯　叫得好，狮子。

忒修斯　跑得好，提斯柏。

希波吕塔　照得好，月亮。真的，月光照得真文雅。

　　　　　　　　　　　　　　[狮子撕坏提斯柏衣衫，下。]

忒修斯　撕得好，狮子。

狄米特留斯　皮剌摩斯随后来。

莱桑德　狮子也走掉。

**皮剌摩斯上。**

皮剌摩斯　　美丽月亮，多谢你如阳光；
　　　　　　谢谢你，皓月照得明灿灿，
　　　　　　靠了你，温柔闪耀金光芒，
　　　　　　秀色提斯柏，容我来可餐。
　　　　　　且慢，不好！
　　　　　　惨骑士，瞧，
　　　　　　好凄怆此场地！
　　　　　　你眼看清？
　　　　　　什么事情？
　　　　　　啊宝贝我亲昵！
　　　　　　你披美服，
　　　　　　啊！沾血污！
　　　　　　一齐来，复仇神！
　　　　　　命运神，来，
　　　　　　一切毁坏，
　　　　　　屠杀完，碎粉身！

忒修斯　这种情感加上一个好朋友之死，让人好不悲哀。

希波吕塔　我若不可怜此人，我倒霉！

皮剌摩斯　　啊！苍天，为何你要造猛狮？
　　　　　　让凶恶狮伤害我爱人？
　　　　　　那——活过、爱过——最欢喜、最情痴；
　　　　　　女子中，她最美，佳丽最美人。
　　　　　　泪泉涌尽，
　　　　　　挥剑刺进
　　　　　　皮剌摩斯胸膛；
　　　　　　对这心窝，

　　　　　　激跳心活，
　　　　　　这样死，就这样。[以剑自刺。]
　　　　　　现在我死，
　　　　　　现在我逝，
　　　　　　我灵魂升天了。
　　　　　　舌已无话！
　　　　　　月逃也罢！[月光下。]
　　　　　　已就死，死、死了。[死。]

狄米特留斯　没死，只他一个，只一个不算数。

莱桑德　他死了，哼，比一还都不如，什么也不是。

忒修斯　假如有个外科医生帮忙，他还可复活，成一头驴子。

希波吕塔　月光怎么也走了，
　　　　　提斯柏还没来会情人呢？

忒修斯　她借星光可以见到他。她来了，她悲痛一场，戏也就完
　　　　了。

　　　　**提斯柏重上。**

希波吕塔　我想，对这么个皮剌摩斯宝货，哀伤不必太长，我希
　　　　　望她表现简短些。

狄米特留斯　灰尘一粒动天秤；称得可准。皮剌摩斯和提斯柏，
　　　　　两个谁也不比谁好，一票货。一个是上天看准咱不要嫁他这
　　　　　种男人；一个是上天保佑咱不娶她这种女人。

莱桑德　她那秋波可是已看到他了。

狄米特留斯　她这就哭开了，*哭道：——*

提斯柏　　　我爱，睡了？
　　　　　　宝贝，死了？
　　　　　　皮剌摩斯你起来！
　　　　　　说呀！哑了？
　　　　　　死了！埋了，
　　　　　　美丽眼，土遮盖，
　　　　　　百合唇，
　　　　　　樱桃鼻，
　　　　　　如黄花，他面孔，
　　　　　　消失、全无，
　　　　　　情人哀诉！

他两眼绿如葱。

哦三女仙①，

来我跟前，

双手白，乳一般；

伸手血渍，

拿出剪子，

剪断他生命线。

舌头无言，

来，忠诚剑，

来，血染我胸前；

                    [自戕。]

朋友再会；

提斯柏自毁。

再见，再见，再见。

                    [死。]

忒修斯　月光和狮子留下来埋葬死者。

狄米特留斯　哦，还有墙。

波顿线团　不，我敢奉告；那堵隔开他们两家的墙早已倒了。
　　　　你还是要看收场白呢，还是要听一场两个人跳贝格摩滑稽
　　　　舞②？

忒修斯　请把收场白免了吧。因为你们的戏无需再说什么原谅的
　　　　话，永远不要原谅；因为演员全都死了，都不会再受责骂。真
　　　　的如果写这戏的人自己来扮演皮剌摩斯的吊袜带自己吊死，那
　　　　倒是一出很好的悲剧。说实在的，你们的戏很好，演得也很不
　　　　错。来吧，你们的贝格摩滑稽舞；收场白就算了吧。

                    [跳舞。]

午夜钟声已经敲十二下；

现在差不多情侣都去睡，

正是小仙要出动，我恐怕，

——————————

① 三个女神仙，即三个命运女神Fates：克洛索Clotho，司纺生命线；拉基
　西斯Lachesis，司生命线长度；阿特洛珀斯Atropos，司剪断生命线。

② Bergomask dance，按贝格摩Bergoma系意大利米兰东北一地名，以产小丑
　著称，村人擅跳滑稽舞，故名。

明早睡过时，恰如今晚上
迟睡觉，是给粗俗戏消磨
冗长夜。亲爱朋友去睡吧。
我们结婚礼庆贺十四天，
天天要宴乐，节日要新鲜。[同下。]

**第二场。**
　　普克上。

普克　　　我饿狮在狂咆哮，
　　　　　豺狼向月作长嗥，
　　　　　粗笨农夫酣睡觉，
　　　　　完成一天苦辛劳。
　　　　　现时余火留残红，
　　　　　枭鸟高声在啼叫，
　　　　　传入愁人双耳中，
　　　　　想起死亡已来到。
　　　　　现在已是午夜时，
　　　　　坟冢墓地大张口，
　　　　　处处幽灵有行止，
　　　　　旷野荒径疾奔走。
　　　　　我们小仙跑不停，
　　　　　车旁三形赫卡忒①，
　　　　　避开阳光趋阴影，
　　　　　如逐黑暗梦游贼，
　　　　　开心嬉闹无老鼠，
　　　　　肆意扰乱神圣屋。
　　　　　先拿扫帚派我来，
　　　　　清扫门后多尘埃。
　　　　**奥布朗、提泰妮娅及侍从等上。**

奥布朗　　屋中尚存残火星，

---

① Hecate，希腊神话中的月亮、大地和冥界女神，亦魔法和巫术女神，被形
　容为三首三身。

光辉闪烁仍亮堂；
欢愉跳跃众精灵，
枝头小鸟啁啾唱；
一支小曲跟随我，
又唱又跳好快活。

提泰妮娅　先把歌词熟记牢，
一词一句加音调。
手牵脚踏神仙步，
吟贺此地频祝福。

[歌舞。]

奥布朗　趁着天光未破晓，
屋里小仙乐逍遥。
去到最佳新婚床，
祝福吉利喜呈祥，
新床繁衍多子孙，
永生永世得幸运。
三对新婚结伉俪，
相亲相爱不离弃；
造化不慎留缺憾，
后裔身上无显现；
无瘤无疤无兔唇，
生无不幸无瘢痕；
女儿天生丽质好，
体征无有不祥兆。
圣洁野露取一滴，
小仙个个迈步急，
一个一滴一房间，
宫中平和均洒遍；
祝贺屋宇受庇荫，
永享福禄康宁馨。
快快去，
莫犹豫，
破晓时候来重聚。

[奥布朗、提泰妮娅及随从等下。]

普克 　　　　众小仙，若是有冒犯，
　　　　　　转念想想这，便无憾：
　　　　　　即当幻景现时光，
　　　　　　你们只是睡过场；
　　　　　　浅薄无聊此剧情，
　　　　　　原来不过做一梦。
　　　　　　诸位请勿多怪罪，
　　　　　　若蒙见谅定补回。
　　　　　　普克我是诚实人，
　　　　　　我们如若有幸运，
　　　　　　得免嘘嘘横指责，
　　　　　　不久图报有所得，
　　　　　　否则普克众人骂；
　　　　　　诸位就此再见吧。
　　　　　　朋友赏个脸请鼓掌，
　　　　　　罗宾定会给厚报偿。

　　　　　　　　　　　　　　　[下。]

# 《威尼斯商人》简介

家道中落的威尼斯人巴萨尼奥看中贝尔蒙特的富家嗣女美丽聪颖的鲍西娅，他向好友富商安东尼奥说起此事，愁自己太穷，安东尼奥愿意资助成人之美，但自己财产都是海外几艘航船及货物，暂无现金；他向放债的犹太人夏洛克借高利。安东尼奥侠肝义胆，一向乐于借钱助人从不取利，这就常断夏洛克取高利的财路；平时还对他多有辱骂。现在安东尼奥上门借债三千元，夏洛克对他"大方"，也不取利息，到期还款就是，但若逾期，就割他身上一磅肉。安东尼奥几艘大船货物一变现，大笔财富，不愁区区几千元还不了，就爽快出具借据。

鲍西娅有许多王家求婚者，她父亲去世时留下金、银、铅三只婚约匣，一匣秘藏她的画像，只允许抽彩中此匣者才可娶她。结果是巴萨尼奥中彩，两人本就意合，拟即成婚。

夏洛克独生女杰西卡与贝尔蒙特绅士基督教徒洛伦佐热恋，跟随他私奔了。巴萨尼奥和安东尼奥的朋友葛莱西安诺也来了，他与鲍西娅的侍女尼莉莎准备结婚。众朋友沉浸在欢庆之中，忽然传来噩耗，安东尼奥货船遇海难全数覆没。

夏洛克为女儿事怒不可遏，忽听得安东尼奥破产，高兴异常，债期已过，他就上告公爵，要求依法惩处安东尼奥。鲍西娅立即取出十倍借款交巴萨尼奥及葛莱西安诺赶赴威尼斯替安东尼奥还债。但是夏洛克不要钱，坚持要割肉致其于死地。

鲍西娅与尼莉莎女扮男装，将家里交托给洛伦佐、杰西卡，秘密出走，取得朋友法官与公爵的支持，装扮法官和书记庭审本案。鲍西娅按借据依法允许夏洛克割肉，但也按借据上未写流血，故判决不得流血，割肉一磅，分量不得丝毫有差，否则自抵命。夏洛克不得已想撤诉，也已不许；因按威尼斯法律规定，他犯蓄意谋害罪，必处死刑，家财没收。此时公爵以基督精神给予怜悯，可免处死，命他立据皈依基督教，死后家产全归女儿与女婿。

巴萨尼奥为感法官与书记大恩，要酬以礼金；遭拒，只索要巴萨尼奥与葛莱西安诺两人的婚戒，二人为难，而最终给与。

　　鲍西娅赶先回到贝尔蒙特，巴萨尼奥邀请安东尼奥做客，后到。尼莉莎、鲍西娅发现丈夫都没有了誓死不离身的婚戒，激愤怒责；安东尼奥代为求情，说明原委。两位夫人才同意再补以婚戒。一看，竟就是原来的婚戒，才弄明白法官与书记都是自己的老婆；为此笑闹之中，众朋友正庆贺友谊，同时得悉安东尼奥船并未覆没，均已安然到港，他仍是一大巨富。

# 威尼斯商人
## The Merchant of Venice
### (1596年)

**剧中人物**

| | | |
|---|---|---|
| 威尼斯公爵 | Duke of Venice | |
| 摩洛哥亲王 | Prince of Morocco | 鲍西娅的求婚者。 |
| 阿拉贡亲王 | Prince of Arragon | |
| 安东尼奥 | Antonio | 威尼斯商人。 |
| 巴萨尼奥 | Bassanio | 安东尼奥的朋友。 |
| 葛莱西安诺 | Gratiano | |
| 萨莱尼奥 | Salanio | 安东尼奥和巴萨尼奥的朋友。 |
| 萨拉里诺 | Salarino | |
| 洛伦佐 | Lorenzo | 贝尔蒙特绅士,巴萨尼奥之友;杰西卡的恋人。 |
| 夏洛克 | Shylock | 犹太富商。 |
| 杜伯尔 | Tubal | 犹太人,夏洛克的朋友。 |
| 朗斯洛特·高波 | Launcelot Gobbo | 小丑,夏洛克的朋友。 |
| 老高波 | Old Gobbo | 朗斯洛特·高波的父亲。 |
| 里奥那多 | Leonardo | 巴萨尼奥的仆人。 |
| 鲍尔萨泽 | Balthasar | 鲍西娅的仆人。 |
| 斯丹法诺 | Stephano | |
| 鲍西娅 | Portia | 富家嗣女。 |
| 尼莉莎 | Nerissa | 鲍西娅的侍女。 |
| 杰西卡 | Jessica | 夏洛克的女儿。 |

威尼斯众士绅、法庭官吏、狱吏、鲍西娅家中的仆人及其他侍从。

地点:一部分在威尼斯,一部分在鲍西娅邸宅的贝尔蒙特。

# 第一幕

**第一场：威尼斯，一街道。**
　　安东尼奥、萨拉里诺及萨莱尼奥上。
安东尼奥　说实在，不知我为何忧愁：
　　　　我厌烦，你却说，让你厌烦；
　　　　我怎地心生烦，缘由于何处，
　　　　咎由取何来之，弄不明白，
　　　　须加详察；
　　　　心忧愁已使我变成傻蛋，
　　　　自己也不明白如何是好。
萨拉里诺　你的心如海涛七上八下，
　　　　大航船鼓起帆乘风破浪，——
　　　　也犹如海面上大举赛事，
　　　　也像是显豪华大洋富商，——
　　　　睥睨着小船贩，随波晃荡，
　　　　卑下状如致礼点头哈腰，
　　　　大富贵不理睬扬帆飞驶。
萨拉尼欧　你老兄相信我我若冒险，
　　　　我心情也大半随波颠荡，
　　　　怀希望寄海外也就不免
　　　　要拔草观测验风吹方向，
　　　　查地图找商埠码头港湾，
　　　　凡足以多担心买卖受损，
　　　　问是否有不测多加小心，
　　　　令我忧愁。
萨拉里诺　　　　吹口气凉我汤，
　　　　也令我打寒战，如若想起
　　　　在海上起大风海难遭殃。
　　　　我一看计时间沙漏细流，
　　　　不得不要联想水中浅滩，
　　　　仿佛见我富船沙滩搁浅，
　　　　高桅顶偏斜低低于船肋，

嘴啃泥葬海底。每去教堂，
眼见那石头筑殿堂神圣，
特危险暗礁石不禁想起，
只略微碰一碰航船船舷，
我一船好香料倾泻付流，
涛汹涌披戴走绫罗绸缎。
简言之，一船富价值连城，
转眼间化乌有谁不哀叹？
只一想不测事万一遇上，
必寒心怎能不令人悲伤？
不用说，我清楚安东尼奥，
你想起满船富也绕愁肠。

安东尼奥　不为这，请相信。我运气不错，
我买卖非寄托一船而已，
非一地，非是我全部财富，
也不托这眼前一年命运。
因此故非货物令我忧愁。

萨拉里诺　那必是坠情网。

安东尼奥　　　　不，不！

萨拉里诺　也不是为爱情？那就我们说，
你忧愁是不高兴，你跳跳笑笑
可以说因为你是丝毫不忧愁
而高兴。凭杰奴斯双面神①我起誓：
大自然造人也造有怪人，
有人性乐天永远笑嘻嘻，
鹦鹉见风笛吹手般喜悦，
有人则终日里皱眉蹙额，
涅斯托②说可笑时他也不
稍稍嘴露牙略略笑一笑。

---

① Janus，罗马神话中的门神，头有双面，专司守门户和万物始末。
② Nestor，荷马史诗中的希腊将领，以严肃著称，若说笑话能引他发笑，必
　最可笑无疑。

　　　　巴萨尼奥、洛伦佐及葛莱西安诺上。

萨莱尼奥　你的亲贵巴萨尼奥来了，
　　　　还有葛莱西安诺、洛伦佐。再会，
　　　　更友好来做伴，我等少陪。

萨拉里诺　我本原是要令你高兴无比，
　　　　若不是贵朋友抢先一步。

安东尼奥　我敬重你友谊忠诚之至；
　　　　我看是你另外有事，借此
　　　　机会你就说告辞要走了。

萨拉里诺　你二位早晨好。

巴萨尼奥　二位何时再聚一欢？何时？
　　　　今日你们觉疏远，定要走？

萨拉里诺　一当有空时定来作奉陪。

　　　　　　　　　　［萨拉里诺与萨莱尼奥下。］

洛伦佐　巴萨尼奥，既已找到安东尼奥，
　　　　我们也少陪，等进午餐时，
　　　　一定别忘记何处再会面。

巴萨尼奥　准定不失约。

葛莱西安诺　安东尼奥先生，你脸色不好，
　　　　对于人生事你也太认真，
　　　　认真烦恼购人生反亏损，
　　　　说真的，看你模样变很多。

安东尼奥　我只看人生当人生，葛莱西安诺，
　　　　世界大舞台人人扮演戏，
　　　　我演苦角色。

葛莱西安诺　　　我来扮丑角：
　　　　嘻嘻哈哈到年老添皱纹，
　　　　宁可用酒来温热我肝肠，
　　　　不使愁结冰冷了我心胸。
　　　　一个人为何故满腔热血，
　　　　却终日坐如木老头石雕像？
　　　　何必醒如睡郁郁生气，气出
　　　　黄疸病。我来告诉你，安东尼奥——
　　　　我爱你，因爱你才能说——

有种人其面相死气沉沉，
犹如是死水潭凝滞不动，
装一副严肃相少言寡语。
怀意图向别人显示自己，
有智慧有庄严金口不开，
似在说："我爵士受有神谕，
我开口当不许犬类狂吠！"
哦，我的安东尼奥，我深知，
这样人不说话深得美誉，
美誉聪明。但不过我断言，
一当开口，听闻者就会要骂，
骂他们笨傻瓜。这道理，
待以后我再详谈。现在说，
请勿藉忧郁之名来钓鱼，
沽名钓誉想骗人，骗不成。
来，好洛伦佐，暂且告别，
晚饭后我这忠告再结束。

洛伦佐　　好，暂告别，晚饭时再碰头。
我务必做个哑巴聪明人，
葛莱西安诺不让我说话。

葛莱西安诺　　好，跟我再有两年来做伴，
你将不知自己操何口音。

安东尼奥　　再见。此后我就变善辞令。

葛莱西安诺　　再好没有；干瘪牛舌、老姑娘，
没人会要，静默才能博赞扬。

　　　　　　　　　　　　[葛莱西安诺和洛伦佐同下。]

安东尼奥　　他此话管何用？

巴萨尼奥　　葛莱西安诺说的尽是一大堆废话，在威尼斯他比谁都
能唠叨。他的道理不过好像是两桶麦糠里的两粒麦子，你得
花上一整天的工夫才能找到捡出来，找到了之后又觉得不值
得这样去找。

安东尼奥　　那你告诉我，你发誓秘密
寻找那女人到底是何人，
是你答应今天告诉我啊？

巴萨尼奥　你并非不知道，安东尼奥，
　　　　开销大我都快倾家荡产，
　　　　为的是摆阔气排场豪华。
　　　　我收入甚微薄难以为继；
　　　　现如今不能再这样下去，
　　　　也不必自怨艾。主要忧虑，
　　　　大债务必偿还，摆脱困境，
　　　　皆是我往年时挥霍无度。
　　　　欠最多我对你安东尼奥，
　　　　在钱财在情分多有亏欠。
　　　　你交情尤其深，我才大胆
　　　　去顾忌倾吐出计划盘算，
　　　　所有巨额债如何去偿现。
安东尼奥　好巴萨尼奥，请但说无妨。
　　　　只要你如一向本性诚实，
　　　　行事处身得体面，便放心，
　　　　我钱包、我这人可用之力量，
　　　　一概供你如意可使用。
巴萨尼奥　在我上学时，练射箭若偏失，
　　　　我便要再取一支照样射，
　　　　同方向仔细小心射过去，
　　　　去寻前一支，接连发出共两箭，
　　　　两箭便俱获。提这儿趣事，
　　　　比之我现在也如孩子气，
　　　　我欠你甚多，犹是浪荡子，
　　　　债钱已花尽，如你能照拂，
　　　　再发一支箭，同理同方式，
　　　　射向第一箭，我必无疑问，
　　　　小心看目标，两箭俱找回，
　　　　有赖于孤注一掷第二箭，
　　　　一连谢算是首次借债人。
安东尼奥　你知我为人，时间勿浪费，
　　　　兜着圈子来跟我说情由，
　　　　这样做比之浪费我所有，

　　怀疑我未必出力肯帮助，
　　不相信我诚心，更是不好。
　　凡是我力能及，这你知道，
　　你开口告诉我就是了，
　　我立刻尽力为，但说无妨。
巴萨尼奥　贝尔蒙特有一位富家女，
　　貌美无比，尤其在更卓越
　　品性美。她曾秋波多关我，
　　虽无言，眉目传情我收受。
　　她名叫鲍西娅，比之于
　　加图女、布鲁图妻①，鲍西娅
　　毫无逊色，知佳丽满天下，
　　海风四面吹，名气响四方，
　　声誉赫赫求婚者云集来。
　　她亮发披额犹是金羊毛，
　　考尔考斯滨海②犹如她宅第
　　无数追求者争做伊阿宋。
　　哦我的安东尼奥！我若有
　　财力与他们一同去匹敌，
　　信心很充分足可博一胜，
　　我无疑定能获取此幸运。
安东尼奥　你知道我财产都在海上，
　　无有现钱也未备有现货，
　　现款拿不出，筹措但不妨，
　　试我信用，奔走于威尼斯，
　　不惜借高利，不遗我余力，
　　定供你去贝尔蒙特，见那
　　美艳鲍西娅。走，打听打听，
　　只要有钱借，毫无可犹疑，

---

① 加图Cato，布鲁图Brutus，均古罗马政治家。
② Colchos，黑海古国名，希腊神话的伊阿宋Jason率众英雄赴此来觅取金羊
　毛。

担保凭信用，全以我名义。

[同下。]

**第二场：贝尔蒙特。鲍西娅家中一室。**
　　　　鲍西娅与尼莉莎上。

鲍西娅　说真的，尼莉莎，我区区此身已厌倦了这大千世界。

尼莉莎　是会厌倦的，亲爱的小姐，如果你的不幸和你的财产一样多。依我看，吃得过多过饱的人，跟没东西吃挨饿的人同样要害病的。所以，合乎中庸之道就是幸福不浅了。太富贵，催人早生白发。足衣足食就够了，知足才可以延年益寿。

鲍西娅　你真是金玉良言，而且很善辞令。

尼莉莎　要是善于奉行，那就更好。

鲍西娅　如果做事如同知道什么事是应该做的一样容易，那么小教堂就要变成大教堂了①，穷人的茅草屋早就变成帝王的宫殿了。奉行教规、言行一致的神父才是一个好神父。我教二十人如何行善容易，而教自己成为二十人之一，奉行自己讲的教诲，就难了。头脑的理智可以制定法律来约束血性的情感，但是热情激烈起来就要越过冷酷的戒条。青春的狂热就像一只野兔，要跳过跛脚规劝的藩篱。可是我这大发议论并不切合时尚，无助于选择一个丈夫。哦我呀，哪里谈得到"选择"这个词儿！我既不能选择我所情愿的，也不能拒绝我所不情愿的。一个活生生的女儿，却被过世的父亲的遗嘱所钳制。既不能选择又不能拒绝，尼莉莎，这岂不难煞人也？

尼莉莎　老太爷生前德高望重，大凡有德性之人临终前都有神悟，所以他定下的金银铅三匣抽彩的办法，谁抽中了他所属意的一匣，就算是选中了你。这彩，毫无疑问，若不是你所爱的人，来抽也一定是抽不中的。不过在这些已经到来向你求婚的王孙公子中间，可有哪位你觉得有好感的么？

鲍西娅　请你依次念一遍他们的姓名，你一边念，我一边作出评

————————————

① 小教堂chapel，大教堂church，区别在于chapel附属于大教堂church或学校，而且church有附属教区parish。

述，从我的评述中，你可以衡量我有多少好感。

尼莉莎　这第一个，是那不勒斯亲王。

鲍西娅　啊，那真是一匹宝驹①。因为他不谈别的，只是谈马。而且以自己善于钉马掌算是足以自豪的一项胜人的本领。我很有点疑心他的母亲，这位夫人，跟铁匠曾有私通。

尼莉莎　这下面就是巴拉丁领地享有王权的伯爵。

鲍西娅　他除了皱眉，什么事也不会做，好像在说"你要是不愿意嫁给我，听便"。他听着好笑的故事也不笑。他年轻时候就这样愁眉苦脸，我恐怕他老来要变得跟那位爱哭的哲学家②一样了。我宁愿嫁给嘴含骨头的髑髅，也不嫁他这样的一个人。主保佑我别落在这两个人的手里。

尼莉莎　那位法兰西贵族勒·邦先生，你说怎么样？

鲍莉莎　他也是天主造的，也就算他是个人吧。说实在的，我知道讥笑人是罪过；但是，他，哼！他夸他的马还胜那不勒斯人一筹，皱眉的习惯比巴拉丁伯爵更厉害。他什么都是，就是不是个人。画眉一叫，他立刻雀跃；他会和他的影子比剑。我要是嫁给他，不啻是嫁给了二十个丈夫。如若他瞧不起我，我倒原谅了他，因为即使他爱我爱到发狂，我也永远不会报答他的。

尼莉莎　那英格兰青年男爵福肯布里齐，你怎么说？

鲍西娅　你知道我没和他讲什么话，因为他不懂我的话，我也不懂他的话。他不懂拉丁文、法文，也不懂意大利文。至于我的英语之蹩脚，你都可以上法庭发誓作证呢。他长得很标准相。可是啊！谁高兴和哑巴做手势谈得拢话呀？他的装束多么古怪！我想，他的紧身衣是在意大利买的，那双肥绑腿是在法兰西买的，软帽是在日耳曼买的；他的举手投足，各地的模样都有一点。

尼莉莎　他的邻人，那位苏格兰贵族，你以为如何？

鲍西娅　他很懂睦邻的道理，能礼尚往来。那英格兰人赏了他一记耳光，他就发誓说等有机会，必予奉还。我想那法兰西人

---

① 莎士比亚时代那不勒斯人善于驯马。
② 指古希腊的塞拉克利特Theraclitus；爱笑的是德谟克利特Democritus。

是他的保人，签字担保他必要偿还那记耳光的①。

尼莉莎　那年轻的日耳曼人，撒克逊公爵的侄儿，你喜欢吗？

鲍西娅　早晨清醒的时候，他非常卑鄙，午后喝醉了酒的时候，更加卑鄙。他在最佳状态的时候，称他是一个人还差一截，最坏之时比畜生只稍胜一筹。万一有不幸的事发生，我也希望避开他不要和他在一起。

尼莉莎　如果他愿意抽彩，而又中了彩，你再不肯嫁他，你岂不是要违背老太爷的遗愿了！

鲍西娅　所以啊，为了预防万一不幸起见，我请你把满斟的一杯莱茵葡萄酒放在那没有彩的匣子上面，要是他心里有魔鬼，诱惑摆在他面前，我相信他一定要选那只匣子。我什么都可以接受的话，尼莉莎，也不能嫁个寄生虫老酒鬼。

尼莉莎　你不用怕，小姐，你不会嫁给这些个贵族了，他们已经把自己的决心都告诉我了。他们决定回家，不再向你求婚打扰你；除非是可以用别的法子把你弄到手，不用你父亲订下的抽彩的法子。

鲍西娅　如果我活得像西比拉②那样久，我也愿意像狄安娜终身不嫁，除非是按照我父亲的方法把我娶走。我很庆幸这批求婚的人倒还能这样知趣，这些人当中没有一个不是我但愿他快快离去的，求主让他们一路顺风吧。

尼莉莎　你父亲在世的时候，小姐，你可记得，有一个威尼斯商人，是个文才，又是武将，跟着蒙脱费拉特侯爵来过这里？

鲍西娅　记得，记得，那是巴萨尼奥，我想得起，他是叫这个名字。

尼莉莎　是的，小姐，在我拙笨的眼睛看来，他是所有男人中间，算是最配得上娶一位贤淑的小姐了。

鲍西娅　我很记得他，我记得的，他是值得你这样称赞的。

　　一仆人上。

　　哦，有什么事？

---

① 苏格兰常联合法兰西对付英格兰，故有此说。

② Sibylla，希腊神话中的美女，太阳神阿波罗向她求爱，答应要什么给什么，西比拉拿出一把沙子，说沙子有多少粒，她就要活多少年。狄安娜Diana，罗马神话中的处女神。

仆人　　那四位客人找你，小姐，要向你告别；另外第五位客人，
　　　　摩洛哥亲王差了一个人先来报信，说王爷今天晚上就要到这
　　　　里来了。

鲍西娅　　要是我能竭诚欢迎这第五位客人，就像我欢送那四位客
　　　　人一样，那么我就欢迎他来。他若是有圣徒般的德性，偏偏
　　　　生着一副魔鬼般的脸面，我愿他做我神父听我忏悔，不愿他
　　　　做我的丈夫。来，尼莉莎，前面带路。
　　　　刚刚送走求婚人门关好，又有人来把门敲。〔同下。〕

**第三场：威尼斯。一广场。**
　　　　巴萨尼奥与夏洛克上。

夏洛克　　三千元，是吗？

巴萨尼奥　　对，先生；借三个月。

夏洛克　　就三个月吗？

巴萨尼奥　　这笔钱，我已经告诉你了，安东尼奥会来作保立据。

夏洛克　　安东尼奥来担保，是吗？

巴萨尼奥　　你可以帮助我吗？我就这点要求哦？告诉我你怎么
　　　　样？

夏洛克　　三千元，借三个月，安东尼奥担保。

巴萨尼奥　　就这样，你说吧。

夏洛克　　安东尼奥是个好人。

巴萨尼奥　　难道你听见有人说他不好？

夏洛克　　哦，不，不，不，不。我的意思是说他是个好人，是让
　　　　你了解我是说他有财产有资格。不过，他的财产现在还悬在
　　　　那里呢：他有一艘船航向特里波利斯，另外一艘航向西印度
　　　　群岛，我在里阿尔托①还听说他的第三艘船在墨西哥，第四
　　　　艘驶往英格兰，此外还有别的买卖分散在海外。可是，船
　　　　不过是木板，水手不过是一群人；有旱老鼠，还有水老鼠，
　　　　有陆地强盗，还有海上强盗，——我是说海盗，——还有海
　　　　难危险，风暴，礁石。虽说如此，这人还是很些财产的。
　　　　三千元，我想我可以接受他的借约。

①　Rialto，意大利威尼斯古时的商业区。

巴萨尼奥　你尽可放心。

夏洛克　我可以放心去做。不过，为了要可以放心把债放出去，我还是再考虑考虑吧。我可以和安东尼奥谈谈吗？

巴萨尼奥　不知你愿不愿意和我们吃顿饭？

夏洛克　行呀，去闻闻猪肉味道，吃你们的先知拿撒勒令恶魔附体的猪①。我可以和你们做买卖，和你们谈话，还有和你们散步呀什么的。但是我不能陪你们一起吃东西、喝酒、做祷告。里阿尔托商场上有些什么消息？那边来的是谁？

　　　　安东尼奥上。

巴萨尼奥　这就是安东尼奥先生。

夏洛克　[旁白。]他样子看着像乞怜税吏！

　　　　我恨他因他是基督教徒；

　　　　更恨他大傻蛋胡搅捣乱，

　　　　借出钱不取利这就压低

　　　　我们威尼斯放高利吃债息。

　　　　哪一日我抓他把柄到手，

　　　　要痛快出掉我这口恶气。

　　　　他憎恶我神圣本邦民族，

　　　　商贾云集当众面他辱骂，

　　　　骂我这艰苦营生获暴利，

　　　　他所谓高利盘剥；若饶他，

　　　　我族全倒霉！

巴萨尼奥　　　　　夏洛克，你听见吗？

夏洛克　我正在计算这手上现款，

　　　　单凭我好记性予以估计，

　　　　并不能按足数立时凑齐

　　　　整数三千元。但有啥要紧？

　　　　本族人犹太富翁杜伯尔，

　　　　他可帮我。不过，慢！几个月

　　　　你想借？[向安东尼奥。]天主保佑，好先生；

---

① Nazarite，摩西律法禁止犹太人吃猪肉；拿撒勒先知即耶稣，见《圣经·马太福音8: 28-32》。

　　　　　我们正谈着，尊驾你就到。

安东尼奥　夏洛克，虽然常说我与任何人

　　　　　互通有无，从不讲收利息，

　　　　　但为了有急用助我朋友，

　　　　　可以破例。[向巴萨尼奥。]他是否已知晓，

　　　　　你借多少？

夏洛克　　　　　　　　知道，知道，三千元。

安东尼奥　借三个月。

夏洛克　　我忘了，三个月，你已说过。

　　　　　那就好，你的借据让我瞧瞧；

　　　　　但是曾经听说你借进借出，

　　　　　利息从不计。

安东尼奥　　　　　　　利息我从不计。

夏洛克　　昔日雅各布替舅父拉班牧羊①，——

　　　　　雅各布乃圣祖亚伯拉罕后裔，

　　　　　他靠聪颖母亲为他设计成

　　　　　第三代继承人，是的，第三代，——

安东尼奥　提他怎样？他可曾取利息？

夏洛克　　不，不取利，非你所谓直接

　　　　　取利息，你看雅各布有办法。

　　　　　拉班与商定：生出小羊来，

　　　　　若身有条纹斑杂者，全数

　　　　　归雅各布，作其牧羊有酬劳。

　　　　　晚秋母羊淫动，追逐交公羊，

　　　　　便乘此毛蓬蓬公母传种

　　　　　交合时，这位灵巧牧羊人，

　　　　　剥好几根树棒插在淫浪

　　　　　母羊前，此时刻，精媾所得

　　　　　怀上胎，生下崽均为杂色，

　　　　　杂色羊按规定全归雅各布。

　　　　　此乃原是发财致富之要道，

---

① 见《圣经·创世记25，27》。

他有福有门道，上天所赐，
获利益是福气，只消非偷。
安东尼奥　事属凑巧，雅各布亦应有所得。
实非其人力所能左右者，
赖上天有支配。你提此事，
意在证明取利息属正当？
你的金银是母羊与公羊？
夏洛克　说不清，我只教它快生利，
只如此，先生。
安东尼奥　　　　　巴萨尼奥，你瞧这，
魔鬼引《圣经》来为己辩护。
恶灵魂也生智慧称神圣，
犹如是恶棍扮脸装笑容，
红苹果却透底烂其核心。
啊，奸伪人看外表亦堂皇！
夏洛克　三千元钱，很可观一笔数，
一年中，算算利息三个月。
安东尼奥　好了，夏洛克，也就依你吧？
夏洛克　安东尼奥先生，你曾许多次，
在商场骂我是盘剥取利，
其实讲凡赚钱总有惯例，
我对你只耸肩不语忍受，
忍压迫是我们民族标记。
你骂我叛教者、凶残恶狗，
我犹太宽袍上遭你吐沫，
只因为我善使自己钱财，
你也有求我之日现如今。
行吧，你跑来对我径说，
"夏洛克，我们需钱用"，你说，
你唾沫直唾向我胡须上，
犹如踢野狗把我踢门外，
逐我门坎外，你倒来要钱，
该对你说什么？是否该说，

"要狗钱？怎可能贱狗一条，
借得出三千元？"或者可说，
我应深鞠躬显出奴才腔，
毕恭毕敬低声下气卑怯怯，
就说：——
"好先生，上星期三你唾我，
又那么一天你这么踢我，
又一次骂我狗，蒙你恩典，
我应借给你金钱？"

安东尼奥　　往后去我或许还要骂你，
唾你踢你；你就算借给钱，
此钱并非借给你朋友，——
朋友之间通融些个钱，
哪有须付利钱这道理？——
故不如就借的仇人吧，
若违约就板脸不客气，
照违约罚不误。

夏洛克　　　　瞧你，发啥脾气！
我愿是朋友讨你欢喜，
你对我侮辱，我可全忘记，
你要钱须应急，我来帮你，
不取一文息，你却不听我说，
纯是一片好心意。

安东尼奥　　那是好意。

夏洛克　　　　　向你表我好意，
跟我去找公证，立好借据，
你个人作担保，权作好玩，
借据上有注明须到某日、
某地点、某款项如此等等，
若干钱特写明如果违约，
就得要随我意在你身上
割下肉一磅，以此权充作
借据违约金，代替算罚款。

安东尼奥　也行，可以；我就订此借据，
　　　　我须说这犹太很够交情。
巴萨尼奥　万不可你为我立下此约，
　　　　我不如宁可再继续受穷。
安东尼奥　唉，别怕，老兄，不会受罚，
　　　　不需两个月，就在期满前
　　　　一个月，我可望九倍这钱，
　　　　能归来，准有把握到我手。
夏洛克　哦亚伯拉罕祖宗！这些个
　　　　基督徒何许样人！自刻薄
　　　　尽猜疑他人心胸。倒请问，
　　　　如爽约我强行按约处罚，
　　　　所得物对于我有何用处？
　　　　人身上割下来一磅人肉，
　　　　值啥钱有啥用，它又不是
　　　　羊肉、牛肉可吃肉！我说呀，
　　　　买个欢心、一点友谊交情，
　　　　如愿接受，很好，不愿，拉倒，
　　　　我好意，可别把我误会了。
安东尼奥　行，夏洛克，我立据便是了。
夏洛克　那就去公证人处咱见面，
　　　　告诉他游戏借据如何写，
　　　　我这厢凑足钱款就再来；
　　　　须回家一瞧，奴才看门户，
　　　　毫不知省俭，回头我赶来，
　　　　会同你二位。
安东尼奥　好犹太，去快回。〔夏洛克下。〕
　　　　这希伯来人要变基督徒。
巴萨尼奥　我不喜嘴上好听心歹毒。
安东尼奥　走吧，这事全不必挠心烦，
　　　　我的船一个月后就回返。〔同下。〕

# 第二幕

第一场：贝尔蒙特。鲍西娅家中一室。
　　喇叭吹花腔。摩洛哥亲王率侍从及鲍西娅、尼莉莎与婢仆
　　等同上。

摩洛哥亲王　请勿不喜欢我因肤色，
　　　　骄阳我近邻，赐我黑制服，
　　　　以彰显我是生长它身边。
　　　　引个白皙男打从北方来，
　　　　冰天雪地太阳火融不到，
　　　　让我们割臂验证对你爱，
　　　　最红看谁血，是他还是我。
　　　　告诉你小姐，我有这仪表，
　　　　猛士曾吓退。凭我爱起誓，
　　　　我故土名闺秀爱我容貌，
　　　　我本色决不愿改变，除非
　　　　要为赢得温柔你女王爱。

鲍西娅　择偶事我并非单凭少女
　　　　一双眼睛高骛远好挑剔，
　　　　此外要算数，务须凭摸彩，
　　　　决定我命运，自己无权利，
　　　　自由作选择。我父若生前
　　　　未曾用智慧规定好办法，
　　　　如我上述禀告诸位均有知，
　　　　将我配为人妻则王爷你，
　　　　及诸位前来者，皆有机会
　　　　赢得我爱情。

摩洛哥亲王　　　　如此我很感谢你。
　　　　所以就请你领我去选匣子，
　　　　一试我运气，誓凭这弯刀，——
　　　　曾经手刃一萨非①及三败

---

① Sophy，16–17世纪波斯君王的称号。

苏丹梭罗门的波斯王，——
我瞪眼逼退最狠凶目光，
天下最勇武与我赛胆量，
我敢夺母熊身下幼乳熊，
猛冲向饿狮咆哮攫食时，
只为赢你爱，小姐。可是，唉！
赫拉克勒斯①与赖卡斯，
掷骰子，不如下人运气好，
强者败，弱者胜，运气没准，
大力神反败在仆役之手。
我亦如此，盲命运牵制我，
不如我者反夺得意中人，
我则悲愤死。

鲍西娅　　　　你须靠命运，
或心死根本不必试命运，
或抽彩你发誓万一不中，
以后永不再开口去求婚，
请考虑慎重不提婚姻事。

摩洛哥亲王　决不再提。来，引我碰运气。

鲍西娅　先到教堂去，用过晚餐后，
你不妨试一试。

摩洛哥亲王　　　但愿好运！
我是最有幸还是最不幸！

[喇叭声。众下。]

第二场：威尼斯。一街道。
朗斯洛特·高波上。

朗斯洛特·高波　我从我的犹太主人家里逃跑，我的良心当然
要受谴责。恶魔扯住我臂膀，怂恿我，对我说，"高波，朗
斯洛特·高波，好朗斯洛特，"又是说"好高波"，又是

———————————

① Hercules，希腊罗马神话中的大力神；赖卡斯Lichas是他的仆人。赖卡斯
授赫拉克勒斯着毒衣，死，故称主人死于仆役之手。

说"好朗斯洛特·高波，抬腿，开步，快跑"。我的良心在说，"不行，留神，老实的朗斯洛特，留神，老实的高波。"或者像方才说的，"老实的朗斯洛特·高波，别跑，别跑，要把想逃跑的念头一脚踢开。"好，挺大胆的恶魔要我打起行李："走吧！"这恶魔说，"离开吧！"这恶魔又说，"看在老天爷的份上，鼓起勇气来。"恶魔说，"跑啊。"好，我的良心挽住了我心里的脖子，和我说了一番好话，"我的老实头朋友朗斯洛特，你是忠厚人的儿子，"——或者还不如说是忠厚女人的儿子；——因为，说真的，我的父亲天性有一点不太老实，有一点坏，他有个特别的脾气；——好，我的良心说，"朗斯洛特，别动。""动，"恶魔说。"别动，"我的良心说。"良心呀，"我说，"你说得对。""恶魔呀，"我说，"你说得也不错。"若是听良心的话，我就得留在这犹太主人家里，可他，天主恕我这样说，实在也是个魔鬼。可是，如果要逃离这个犹太人，我就是听了恶魔的话了；可是恶魔，对不住，他本身就是个魔鬼。当然啦，这犹太人是魔鬼的化身。可是凭良心讲一句，这良心劝我留在犹太人家里，也未免太狠心了。还是恶魔的劝告讲得够朋友：我要跑了，恶魔，我的两脚就等你的吩咐；我一定要跑。

**老高波携篮上。**

老高波　小伙子先生，请问一声，到犹太老爷家该怎么走？

朗斯洛特·高波　[旁白。]哦老天！这是我亲爸爸，他两眼是半瞎的，差不多是瞎的，所以认不出我了，我来把他捉弄一番。

老高波　少爷先生，打扰请问到犹太老爷家怎么走？

朗斯洛特·高波　往前到拐弯处向右拐，可是再转弯得向左转，啊可是呢，要再往前走下去，再转弯，左右都不转，曲曲弯弯转下去，就转到那个犹太人的家里了。

老高波　天哪，这路可难找哩！你能否告诉我，有一个叫朗斯洛特住在他家的，现在是否还在他家里？

朗斯洛特·高波　你说的是朗斯洛特少爷吗？[旁白。]看我的吧，现在我要他流眼泪了。你是说朗斯洛特少爷吗？

老高波　不是少爷，先生，是个穷人的孩子。他的父亲，我得实在说，确实是个诚实的穷苦人；可是，谢谢天主，日子过得还可以。

朗斯洛特·高波　好了，他的父亲别管他是什么人，我们谈的是朗斯洛特少爷。

老高波　是你少爷的一位朋友吧，朗斯洛特。

朗斯洛特·高波　对不起，老人家，所以我要问你，你说的是朗斯洛特少爷吗？

老高波　说的就是朗斯洛特，少爷。

朗斯洛特·高波　所以，就是朗斯洛特少爷。你别提朗斯洛特少爷了，老人家，因为这位少爷，——按照命运天数，和这一类星卜算命的说法——讲实话，是死了，换个说法，叫升天吧。

老高波　啊，那可不行！这孩子是我老来的拐杖，唯一的依靠呢。

朗斯洛特·高波　[旁白。]我模样可像一根拐杖，一根柱子，或叫靠山？你认得我吗，老人家？

老高波　哎呀，我认不得你，少爷，只烦你告诉我，我的孩子，——天主保佑他！——究竟是活着还是死了？

朗斯洛特·高波　你认不出我，老人家？

老高波　哎呀，先生，我是个半瞎子，认不出你。

朗斯洛特·高波　真是的，你就算好眼睛，你也不见得认识我。聪明的父亲才能认得他儿子呢。好吧，老人家，我把你儿子的消息告诉你吧。你来给我祝福：真相就要出现，杀了人不能久藏，一个人的儿子可以藏得久，但是结果真相总要大白。

老高波　先生，请你站起来，我知道你肯定不是我的孩子朗斯洛特。

朗斯洛特·高波　我们别再耍把戏了吧，你祝福我吧，我就是朗斯洛特，从前是你的儿子，现在是你的儿子，将来还是你的儿子。

老高波　我不能想象你会是我的儿子。

朗斯洛特·高波　我不知道怎样去想象了，不过我确实是朗斯洛特，在犹太人家里当用人，而且我完全知道你的妻子玛葛蕾就是我母亲。

老高波　她的名字倒真是玛葛蕾。你倘然真的是朗斯洛特，那么你是我的亲生骨肉了。如果是这样，真要感谢天主！瞧！你长了好一大把胡子①！你下巴上的胡子，比我那套车的马儿道宾尾巴上的毛还要多呢。

朗斯洛特·高波　那道宾的尾巴一定像是越长越短了。我上次看见它的时候，我记得，它尾巴上的毛确实比我脸上的毛要多得多呢。

老高波　天哪！你变得多么厉害啊。你跟你的主人还合得来吗？我这里给他带了点礼物。你们现在处得好吗？

朗斯洛特·高波　还好，还好。不过，在我这一边，我决定了要逃走，我要不是逃得远远的，我可不得安生。我的主人真是个不折不扣的犹太人。送他礼物！送他一根上吊的绳子吧。我伺候他，把个身体都饿扁了。你可以用我的肋骨摸出我的每一手指来②。爸爸，你来了我很喜欢，你的礼物送给一位叫巴萨尼奥的大爷吧，他是会赏漂亮的新衣裳给用人穿的。我要是不得服侍他，世界有多么大的地方我就逃多么远。啊难得的好运！这人来了，到他跟前去呀，爸爸，我要是再伺候这个犹太人，我自己也要变成犹太人了。

**巴萨尼奥率里奥那多及其他随从上。**

巴萨尼奥　你就这样办，但是要赶快，晚饭最迟要在五点钟预备好。这几封信派人送去。制服要马上就做。再请葛莱西安诺立刻到我寓所来。

[一仆下。]

朗斯洛特·高波　去见他，爸爸。

老高波　天主保佑老爷！

巴萨尼奥　谢谢你！有什么事？

老高波　这是我的儿子，老爷，一个苦命的孩子，——

朗斯洛特·高波　不是苦命的孩子，老爷，我是那位犹太富佬的跟班。我想要，先生，——我的父亲会说仔细的。——

老高波　不瞒老爷说，他是很想，譬如说吧，伺候——

---

① 朗斯洛特低着头，他父亲摸到的是他的头发，以为是胡子。
② 实是说手指可以数出肋骨。

朗斯洛特·高波　干脆一句话，简单说吧，我原来是伺候犹太人的，可是心里在想，我父亲，他会仔细说的，——

老高波　他的主人和他，老实说吧，很合不来，——

朗斯洛特·高波　简单说吧，事实上确实是这个犹太人待我太刻薄了，所以让我，——我想，我的父亲是个上了年纪的人，他会把实情说给您听的，——

老高波　我带来了一盘鸽子送给老爷用，我想请求老爷一件事，——

朗斯洛特·高波　说干脆，要求的事儿是跟我有关系的。这位诚实的老人家一说，您就明白。不是我啰唆，我这位父亲他老人家，可实在是个穷苦人。

巴萨尼奥　一个人说吧，你想要什么?

朗斯洛特·高波　伺候您，老爷。

老高波　正是这件事，老爷。

巴萨尼奥　我认识你，答应要求便是。
　　　　你主人夏洛克今日说起，
　　　　说的是你，他把你举荐给我。
　　　　不伺候阔犹太，却来追随
　　　　我这个穷绅士，怕不值得。

朗斯洛特·高波　有句俗话，正好由您和我主人夏洛克来平分，您有的是天主的恩惠，他有的是不少的财富。这句老话全句是"有天主恩惠者有财富"。

巴萨尼奥　说得好。老人家，带你儿子，去吧，去向你旧主人告辞，问好我的住址。[向其仆人。]给他一身比别人更好的制服，就去办。

朗斯洛特·高波　父亲，进去吧。我永远也谋不到差使，我不行，我不会说话。哼，[视自手掌。]在意大利不见得有谁生得比我还要命好的一手掌纹，我将来必定要交好运。哈哈，这是一条生命线，这线表明可以有不多几个老婆，哎呀！十五个老婆也算不得什么呀！一个人娶上十一个寡妇、九个姑娘，对一个人来说也不算太多呀。还有逃过三次溺水淹死的危险，有一次差一点在天鹅绒的床边送掉性命，好几次死里逃生！好，要是命运之神是个女的，在这一回事上倒是个好娘们儿哩。爸爸，来，我只眼睛眨一眨的工夫，就向犹太人说再见咯。

[朗斯洛特及老高波同下。]

巴萨尼奥　　好里奥那多，请你要留心，
　　　　这些东西买齐了，整理好，
　　　　赶快就回去，今晚办宴会，
　　　　宴请至交好朋友，你快去。

里奥那多　　我一定尽力给您就去办。

**葛莱西安诺上。**

葛莱西安诺　你家主人呢？

里奥那多　　　　　那边正走着，先生。[下。]

葛莱西安诺　巴萨尼奥先生！——

巴萨尼奥　葛莱西安诺！

葛莱西安诺　我求你一件事。

巴萨尼奥　　　　我会答应你。

葛莱西安诺　你一定不要拒绝我，我一定要陪你到
　　　　贝尔蒙特去。

巴萨尼奥　行啊；可听我说，葛莱西安诺，
　　　　你性野太鲁莽说话随便，
　　　　这原是性率真，好人脾气，
　　　　我们看算不得不妥有错。
　　　　但在人不了解以为放肆，
　　　　故请你要注意性子急时，
　　　　加上点气冷静温文节制，
　　　　要不然太狂放行为不检，
　　　　所去处给人疑我也莽汉，
　　　　落得无望。

葛莱西安诺　　　巴萨尼奥先生，听我说，
　　　　我注意一定装出老成模样，
　　　　话文雅偶然间赌咒一句，
　　　　祈祷书装在口袋里沉着稳重，
　　　　食祷时我低头稍将盖帽
　　　　遮我眼，叹口气，说声“阿门”。
　　　　慎严谨守礼仪行为做规矩，
　　　　形同敬老祖母。若不如此，

　　　　你往后也就将不再信我。

巴萨尼奥　　行，那就看你行动。

葛莱西安诺　不，今晚要除外，你别拿今晚
　　　　不检点责备我。

巴萨尼奥　　　　不，当然不会。
　　　　我还要请你等尽情纵乐，
　　　　因为是有朋友都来助兴，
　　　　率性子齐狂欢。现须再见，
　　　　我有另外事。

葛莱西安诺　我去洛伦佐那里找些人，
　　　　晚饭时会过来到你这边。[同下。]


## 第三场：同前。夏洛克家中一室。

　　　　**杰西卡与朗斯洛特上。**

杰西卡　你这样离我父我很遗憾。
　　　　我家里是地狱你是活泼鬼，
　　　　你活泼消除掉闷气不少，
　　　　可是再会吧，一元钱你拿去。
　　　　朗斯洛特，晚饭时你要见
　　　　洛伦佐，他是你新主之客，
　　　　这封信须秘密交他自己。
　　　　再会了，我不愿让父亲看见
　　　　我和你在说话。

朗斯洛特　　再见！眼泪哽住了我的舌头。最美丽的异教徒，最
　　　　温柔的犹太女郎！若不是一个基督徒小厮跟你母亲私下生的
　　　　你，那就算我有眼无珠。但是，再见！这些眼泪没出息，淹
　　　　没了我男子汉气概。再见吧！

杰西卡　再会，好朗斯洛特。[**朗斯洛特下。**]
　　　　哎，我羞耻做我父亲之女，
　　　　我这是多么大的罪孽哦！
　　　　但只说血统上他是我父，
　　　　实质品格却不是。哦洛伦佐！
　　　　你若不失信我也不迟疑，
　　　　皈依基督教做你心爱妻。[下。]

第四场：同前。一街市。
　　葛莱西安诺、洛伦佐、萨拉里诺及萨莱尼奥同上。

洛伦佐　不，晚饭时咱们就溜出来，
　　到我家去化装，一个小时
　　就都回来。
葛莱西安诺　我们都还没有准备好。
萨拉里诺　我们也没约好擎举火把人。
萨莱尼奥　未准备很糟糕，应有训练，
　　依我看算了吧，不如不办。
洛伦佐　现在才四点，还有两小时
　　可做准备。
　　**朗斯洛特持信上。**
　　　　　　　　朋友朗斯洛特，有消息？
朗斯洛特　请您打开这封信，您就明白了。
洛伦佐　这笔迹我认得，实在秀丽。
　　写这字一双手必定白净，
　　更白净比信纸。
葛莱西安诺　　　　必是情书。
朗斯洛特　告辞了，先生。
洛伦佐　你去哪里？
朗斯洛特　哦，先生，去叫那犹太旧主人，今晚到基督教新主人
　　家吃晚饭。
洛伦佐　慢，这拿着。告诉好杰西卡，
　　悄悄儿你说我决不失约。
　　走，朋友们，[**郎斯洛特下。**]
　　今晚化装舞会准备好了？
　　我已有一个人举着火把。
萨拉里诺　啊，好，我这就立刻去准备。
萨莱尼奥　我也就去。
洛伦佐　　　　　　会葛莱西安诺和我，
　　在葛莱西安诺家，过些时。
萨拉里诺　好，就这么办。
　　　　　　　　　　[萨拉里诺和萨莱尼奥同下。]
葛莱西安诺　那封信是杰西卡，没错吧？

洛伦佐　我须详告你，她已吩咐我，
　　　如何去其父亲家接她走，
　　　她随身卷多少金银珠宝，
　　　又备好一身仆人服装。
　　　犹太父亲若有幸进天堂，
　　　那定是托福其温情女儿，
　　　厄运永不敢再来纠缠她。
　　　除非有借口其父特奸诈，
　　　她是无信仰犹太人之女。
　　　来，与我同去，边走边看信，
　　　美丽杰西卡为我举火炬。[同下。]

**第五场：同前。夏洛克宅屋前。**
　　**夏洛克与朗斯洛特上。**
夏洛克　好，你会看到，你眼见为实，
　　　老夏洛克跟巴萨尼奥不同，——
　　　嘿，杰西卡！——
　　　别馋嘴尽贪吃，
　　　像在家里一样；——嘿，杰西卡！——
　　　睡觉，打鼾，乱糟蹋好衣裳——
　　　嘿，杰西卡，我说！
朗斯洛特　　　　嘿，杰西卡！
夏洛克　谁让你吆喝？我没叫你喊。
朗斯洛特　你常常责备我，不吩咐就呆着不干事。
　　**杰西卡上。**
杰西卡　你叫我？什么事？
夏洛克　有人邀我吃晚饭，杰西卡，
　　　拿好钥匙。可我去干啥？
　　　请我无好事，为要笼络我。
　　　但狠心去一遭，消受他那
　　　基督徒奢侈一顿。我的儿，
　　　看好家。我实在不愿前去，
　　　说不定是出意外，并不吉利，
　　　因昨夜梦见了，我的钱包。

朗斯洛特　　请你先生走吧；我年轻的主人盼望你赏些个什么话
　　呢。

夏洛克　我也盼他呢。

朗斯洛特　　他们已经一起有过商量，我并不愿说你要去看一场假
　　面舞会。不过，你要是看到了，那么上一回黑色星期一①早
　　晨六点钟我流鼻血，总算不是没有原因的了，四年前正赶上
　　是圣灰节星期三的下午。

夏洛克　　啊！假面舞？你听了，杰西卡，
　　　　门窗关关好，若闻敲鼓声，
　　　　歪脖子吹笛刺耳尖怪音，
　　　　别好奇，心痒爬到窗上去，
　　　　探头朝街市乱看乱张望，
　　　　基督徒浪子们扮着花脸过，
　　　　你要把我家耳朵这窗户，
　　　　塞紧了，切莫教轻浮纨绔气，
　　　　进我圣洁屋。凭着雅各布杖
　　　　我发誓，今晚原本不赴宴，
　　　　但是我要去。小子你先走吧，
　　　　说我就到。

朗斯洛特　　我先去，先生。小姐才不听这些唠叨话，
　　　　只要看窗外，
　　　　窗前行过基督徒，
　　　　犹太女郎眼关顾。[**朗斯洛特**下。]

夏洛克　　夏甲的贱奴②，胡说什么，啊？

杰西卡　　他说"再会，小姐"，没说别的。

夏洛克　　傻小子还忠厚，可就真能吃，
　　　　出力如蜗牛，白天睡懒觉，
　　　　本领胜野猫，懒虫我不要，

———————————

① "黑色星期一"即复活节星期一，典出1360年4月13日英王爱德华三世兵临
　　巴黎，天气阴霾奇冷，兵多冻死；流鼻血为不祥之兆。基督教"圣灰节星
　　期三"Ash-Wednesday，纪念耶稣荒野禁食的大斋首日，是四旬斋或称大斋
　　节的第一天，复活节前的第七个星期三，该日有用灰抹额以示忏悔之俗。

② 夏甲是犹太始祖亚伯拉罕之妾，见《圣经·创世记16，21》。

　　　　　　所以辞退掉，让他去帮人，
　　　　　　帮人乱花借债钱。杰西卡，
　　　　　　进去，或许我即刻就回来。
　　　　　　好，要照我吩咐做，门关紧，
　　　　　　"好藏，好找"，藏得好保得牢，
　　　　　　这至理格言千古不会老。[下。]
杰西卡　再见了；如若算我命运好，
　　　　　　我丢老爸你也丢女儿娇。[下。]

## 第六场：威尼斯。

　　　　**葛莱西安诺与萨拉里诺戴假面上。**
葛莱西安诺　正是在此屋檐下，洛伦佐
　　　　　　教我们守这里。
萨拉里诺　　　　　他约时已快到。
葛莱西安诺　他迟到实在是很不像话，
　　　　　　会情人，都要赶在时间前。
萨拉里诺　啊！维纳斯的飞鸽快飞去，
　　　　　　缔结新爱新约比之履行
　　　　　　旧日诺言须迅疾，快十倍！
葛莱西安诺　永远如此。筵席终起身时，
　　　　　　胃口怎比刚坐下还要好？
　　　　　　马儿长途行待到归来时，
　　　　　　提步已疲惫，哪有起程初
　　　　　　疾驰飞奔之动力？世上事，
　　　　　　追求总比享用时兴致烈。
　　　　　　新船下水启远航，多么像
　　　　　　豪华公子骄少年，任由那
　　　　　　轻狂风浪频爱抚狎搂抱！
　　　　　　返航归却成破落一烂船，
　　　　　　历经沧海身浸蚀帆百纳，
　　　　　　风吹恶浪打瘦瘠穷公子！
萨拉里诺　来了，洛伦佐；留话以后说。
　　　　**洛伦佐上。**
洛伦佐　好朋友，我误时久，请见谅，

　　　　实因事难抽身有劳久等。
　　　　二位将来要偷妻讨老婆，
　　　　由我这样任守卫。请来这
　　　　我犹太岳丈家。嘿，屋里谁？
　　　　**杰西卡着男装自上方入。**

杰西卡　你是谁？快快确证告诉我，
　　　　我虽然已经认出你声音。

洛伦佐　洛伦佐，你爱人。

杰西卡　洛伦佐，确实，真是我爱人。
　　　　我能对谁这样爱？现除你，
　　　　洛伦佐，谁知我是属于你？

洛伦佐　上天和你心足证属于我。

杰西卡　来，接住匣子，值得你一接。
　　　　幸而这夜里是我看不见，
　　　　因我已化装很觉难为情。
　　　　爱情是盲目，情人眼睛里
　　　　看不见自己所做荒唐事。
　　　　情人若能见，丘比特看我
　　　　女扮男装也会要羞红脸。

洛伦佐　下来，你必得替我举火把。

杰西卡　什么！要我举明火显丑态？
　　　　本来已羞人不可亮自己。
　　　　爱人，举火把，出头露面事，
　　　　须隐藏才是理。

洛伦佐　　　　　　爱心，已隐面，
　　　　看你一身漂亮衣裳男孩装。
　　　　快快来吧，
　　　　守密夜深沉不久便过去，
　　　　巴萨尼奥等着我们去赴宴。

杰西卡　我把门窗关，还要收拾点
　　　　现钱带身边，立刻来会你。［自上方下。］

葛莱西安诺　举巾为誓，好女非犹太教。

洛伦佐　我若爱她不真心，受诅咒。
　　　　判定有主意，聪明贤淑女，

她是美佳人，我眼认得准，
她为己证明，内心怀衷情，
她确实，聪明美丽心真诚，
我定要将她融入我灵魂。
杰西卡上。
哈，你来了？走，朋友们，快走！
化装舞伴们谅已等许久。

[杰西卡与萨拉里诺下。]

安东尼奥上。
安东尼奥　是谁？
葛莱西安诺　安东尼奥先生！
安东尼奥　啐，啐，葛莱西安诺！人在哪儿？
已九点，朋友都在等你们。
今晚取消化装会风向变，
巴萨尼奥要赶紧去登船，
我派了二十多人找你们。
葛莱西安诺　很高兴，别无他求只盼望，
今夜晚扬帆起锚就出航。[同下。]

第七场：贝尔蒙特。鲍西娅家中一室。
喇叭吹花腔。鲍西娅及摩洛哥亲王各率侍从上。
鲍西娅　去，拉开幔帐，让亲王殿下
细看看几只匣子好定夺，
即请选择。
摩洛哥亲王　第一只，金匣子，字有写明：
选我者必获得众所希求之物。
第二只，银匣子，有字允诺：
选我者必获得尽数应有之物。
第三只，铅匣子，重言冷峻：
选我者务须倾其所有来冒险。
教我如何知怎样才选中？
鲍西娅　有一匣内藏我小像，殿下，
有幸你选中，我便属于你。
摩洛哥亲王　神明指点我来抽彩！看看，

要再把上面字细瞧一遍：
铅匣怎么说来着？
　　　　选我者务须倾其所有来冒险。
倾所有，为何？为铅而冒险？
此匣在唬人，叫人来冒险，
人们总希望冒险得好处，
金贵人不能屈就废渣滓，
我便不为铅罄尽来冒险。
银匣色纯净说些什么呢？
　　　　选我者必获得尽数应有之物。
尽数应有！哦且慢，摩洛哥，
均衡手将价值好生掂量。
自己有估价分量我自知，
尽数当应有，虽说是应有，
惟恐并不能及于这小姐；
不必妄担心我之所应得，
有顾忌便是小看我自己。
尽数我应有！喏，这小姐：
我门第配得拥有她，财富、
仪表、教养，我也都配得过，
尤其爱情上更是我应有。
还逡巡什么，就选这个匣？
不妨须看看金匣说什么：
　　　　选我者必获得众所希求之物。
啊，这就是小姐，天下希求她；
四面八方人踊跃竞追求，
来吻这宝龛顶礼尘世仙，
希坎尼亚荒漠①渺无人烟，
阿拉伯大旷野，如今都已
成为通衢阳光道，众亲王
齐瞻仰鲍西娅，傲慢狂汪洋，

---

① Hyrcanian deserts，亚洲里海之南；莎剧屡有提到，以产猛虎著称。

唾沫天廷面，也未能阻挡
外邦来情郎，情郎跨海过，
如小溪，为看美貌鲍西娅。
三匣有一匣藏她宝画像，
藏于铅匣？一想起这念头，
便是亵渎，即如给她织就
裹尸蜡布下暗墓也嫌俗。
要么，她密藏在这银匣里，
可是比真金低贱至十倍？
哦罪恶念！如此大瑰宝，
不会藏于非黄金匣子里，
英格兰天使形象之金币，
仅不过浮金雕刻硬币外，
但是此天使睡于此金床，
必在里面。给我钥匙，我就
选此匣，但愿由我中头彩！

鲍西娅　给，拿去，王爷，我像若在内，
我便归你。[摩洛哥亲王打开金匣。]

摩洛哥亲王　　哦该死！是什么？
死人骷髅，眼窟窿藏纸卷，
纸卷上面写有字，我念念。
　　　　并非闪亮都是金，
　　　　此话常言记在心。
　　　　卖性命多少尘世人，
　　　　只为看我表面新，
　　　　蠕虫滋生金陵寝。
　　　　你若勇敢又聪敏，
　　　　手脚年轻脑不笨，
　　　　不甘愿只听这声音：
　　　　回见莫再论婚姻。
作罢，心冷白费力，
热情，寒霜，后会有期！
别了，鲍西娅。满腔悲伤情，

便不多礼，失意人走回程。

　　　　　　　　　　　[率侍从下。喇叭吹花腔。]

鲍西娅　轻轻打发了。拉上帐幕，走。

　　涎脸选我者，这样该足够。

　　　　　　　　　　　[同下。]


**第八场：威尼斯。一街道。**

　　萨拉里诺与萨莱尼奥上。


萨拉里诺　嘿，伙计，我见巴萨尼奥启航，

　　葛莱西安诺和他同船走。

　　我知洛伦佐未上他们船。

萨莱尼奥　犹太坏蛋起吆喝见公爵，

　　公爵随他搜巴萨尼奥船。

萨拉里诺　他来晚，船已走。可是有人

　　报告公爵说他们看见了

　　洛伦佐同偕他情人杰西卡，

　　两人驾驶一艘凤尾小划船。

　　还有安东尼奥，也向公爵

　　证明二人未上巴萨尼奥船。

萨莱尼奥　我从未听见过如此叫嚣，

　　犹太狗一路上乱吆喝，

　　狂乱、暴躁，奇丑态怪百出：

　　“我女儿！啊我的钱！啊我女儿！

　　跟基督徒跑了！基督徒，我的

　　金钱啊！公理！法律！金钱！我儿！

　　一整袋、两整袋我金钱呀！

　　两袋钱呀，被我女儿偷走啦！

　　还有珠宝！两颗宝石，珍贵

　　宝石，我儿偷了！公理！姑娘

　　找回来！金钱宝石找，她身上！”

萨拉里诺　哈，威尼斯的孩子都跟他

　　一路叫：他宝石、女儿、金钱呀。

萨莱尼奥　安东尼奥债可别误了期，
　　小心向他来报复。
萨拉里诺　　　　对，你想得不错。
　　昨天和法兰西人闲谈起，
　　他说，——在英法狭小海面上——
　　有一艘满载货物我国船，
　　失事遇海难。这话我一听，
　　立刻警觉安东尼奥船怎样，
　　心但愿非是他的船。
萨莱尼奥　应即告知安东尼奥此消息，
　　不可疾言说，免使他着急。
萨拉里诺　世上无有比他更仁慈的
　　真君子，我见巴萨尼奥与
　　安东尼奥分手时，巴萨尼奥
　　说尽早回，他回答："不着急，
　　别因我令你事草率，巴萨尼奥，
　　须等时机你成熟；犹太人
　　手持有我借据，你别在意，
　　别为此干扰你爱情正事。
　　尽快乐，一门心思去求婚，
　　事关体大，须呈现你精诚，
　　施展全精神以博美人心。"
　　说到此双眼里噙满泪水，
　　别转自己脸，向后面伸过臂，
　　热烈握住了巴萨尼奥手，
　　二人依依不舍这样离别了。
萨莱尼奥　我看他为友人才恋尘世，
　　我们俩快快去找他说说，
　　用点什么打趣事要让他
　　宽解愁心才是好。
萨拉里诺　　　　应当是。[同下。]

第九场：贝尔蒙特。鲍西娅家中一室。

　　　尼莉莎与一仆人上。

尼莉莎　快，快，请快把幔帐就拉开，

　　　阿拉贡亲王已作他宣誓，

　　　马上就要来抽彩选匣子。

　　　**喇叭吹花腔。阿拉贡亲王、鲍西娅及随从上。**

鲍西娅　请看，王爷，匣子就在那边，

　　　你若能选中藏我画像匣，

　　　我与你庄重婚礼即举行，

　　　你若选不中，则无需多言，

　　　请大驾便即刻打道回府。

阿拉贡　我已作宣誓要遵守三件事：

　　　第一，我选哪个匣，决不会

　　　告诉任何人；第二，若失败

　　　不中彩，我这辈子就算数，

　　　再也不会向女郎去求婚；

　　　最后，

　　　我若命运不济选彩不中，

　　　无二话立刻告辞就走人。

鲍西娅　为我贱躯前来此博彩者，

　　　无一位不立誓遵此三条。

阿拉贡　我也这样宣誓，命运助我，

　　　如我心愿！金、银与微贱铅。

　　　　　选我者务须倾其所有来冒险。

　　　我为你来冒险，你须更好看。

　　　金匣怎么说？哈，让我一瞧：

　　　　　选我者必获得众所希求之物。

　　　众所希求！所谓"众"者，系指愚昧

　　　之大众，只知以貌来取人，

　　　光凭信赖痴愚一双眼睛作判断，

　　　不想想内里可能是什么，似小燕，

　　　筑巢于风吹雨打外墙边，

　　　也不问大祸临头灭顶灾。

　　　我不选众人希求是何物，

因为我随波逐流不愿意，
竟然以无知群众与为伍。
噢，那你，你这是白银宝库，
待我来再看你上面格言：
　　　　选我者必获得尽数应有之物。
说得也很好，因为谁能够
妄图鸿运高照，若他没有
货真价实长处只作非分想？
显贵原非无德者可窃取。
哦！但愿那高位、品级、官职，
皆不由舞弊得来，愿荣光显耀
皆属于应得之本分所收益。
如此则多少秃头侍立者，
如此则多少高冠号令者，
如此则俯首听命贱奴种，
从高贵种子中剔除掉，有多少
贤才异能可出落于糟糠，
重给予装潢！好，让我来选：
　　　　选我者必获得尽数应有之物。
我取我所应有。给我这匣钥匙，
将我命运即刻就打开。

　　　　　　　　　[打开银匣。]

鲍西娅　呆滞竟良久，发现是什么。
阿拉贡　这是什么？眯眼傻瓜像，
连带一字纸！令我且一读。
相去太远这和你鲍西娅！
相去太远我所望我应得！
　　　　选我者必获得尽数应有之物。
难道我只配得傻瓜嘴脸？
那是奖给我？再好点也不值？
鲍西娅　犯罪、判罪，两者恰皆事相反，
性质全不同。
阿拉贡　说什么？
　　　　银匣火燃经七遍，

也有七次试判断，
永固方选不失算。
有人求吻追影幻，
幸福也如阴影现，
所知傻瓜镀银面，
此匣银面供一览。
随你娶得共上床，
傻瓜脑袋臭皮囊，
劝君莫再误时光。
在此逡巡我发呆，
越益显得是蠢材。
来求婚，顶个傻瓜蛋，
两颗愚颅带回转。
再见，美人，我守信，
一腔羞愤自艰忍。

[阿拉贡及随从下。]

鲍西娅　灯蛾扑火，别遗恨，
哦，这些个傻瓜自恃拿得稳！
聪明自欺自选择全愚蠢。
尼莉莎　有一句古话说得道理明：
"娶得媳妇跟上吊皆命定。"
鲍西娅　来，拉上幔帐，尼莉莎。

——仆人上。

仆人　小姐呢？
鲍西娅　　　　　　在这里，什么事？
仆人　小姐，门口来一位威尼斯
年轻人，他说是先来报信，
主人随后到，并先致敬意，——
除了一大套口头恭维话，——
还带有价值不菲重礼品。
我从未见曾有过这样的
爱神天使来。盼得四月天，
也未有如他这主人前驱
使者之甜蜜，宣示着富丽

　　　　繁茂暖夏季随后即来临。

鲍西娅　　请你勿再说，我恐怕接着

　　　　你要讲使者便是你本家，

　　　　你犹如天花乱坠加赞美。

　　　　来，来，尼莉莎，我要见识他，

　　　　这一位重礼爱神来专使。

尼莉莎　　愿来者是巴萨尼奥，爱神啊！

　　　　　　　　　　　　　　　　　　　　　［同下。］

# 第三幕

## 第一场：威尼斯。一街道

　　萨莱尼奥与萨拉里诺上。

萨莱尼奥　　现在市场上有什么消息？

萨拉里诺　　哦，他们都在那里说，安东尼奥一艘满载货物的船在
　　　　海峡出事了，这消息没有人否认。遇险地好像是古德温，是
　　　　一处很危险的沙滩，有许多大船在那里葬身尸骨，据说是如
　　　　此；这话恐怕不是传诸长舌妇之口吧。

萨莱尼奥　　但愿传闻是谣言，就如同嚼姜饼的婆娘辣出了眼泪，
　　　　骗邻居相信她是在哭她第三个老公；这些鬼婆娘信口胡说靠
　　　　不住。可是那的确是事实，——不用烦琐，也不必讳言，
　　　　——好安东尼奥，正直人安东尼奥，——哦，有个充分的好
　　　　字眼，能加在他身上，那有多好！——

萨拉里诺　　哦，打住吧。

萨莱尼奥　　啊！怎么说呀？总之是他损失了一艘船。

萨拉里诺　　但愿他是就这么一次损失。

萨莱尼奥　　让我赶快说一声“阿门”，免得让魔鬼打断了我祈
　　　　祷；恶魔扮个犹太人的样子来了。

　　夏洛克上。

　　怎么样，夏洛克！商家们有什么消息？

夏洛克　　你知道的，再没人比你知道得更清楚，我女儿逃走了。

萨拉里诺　　那当然，说我这边呢，我还知道哪个裁缝给她做的翅

膀飞走呢。

萨莱尼奥　我说夏洛克，你这方面，也明知鸟儿已经长成了翅膀，要离开老窝了。

夏洛克　她干出这种事，该下地狱。

萨拉里诺　那当然，假如恶魔来当判官。

夏洛克　我自己的血肉造我反！

萨莱尼奥　你好不害羞，老东西！这把年纪还蠢蠢肉欲动①啊？

夏洛克　我是说我的女儿是我的血肉。

萨拉里诺　你和她比差别可大了，比黑石头跟象牙的差别还大呢，比红葡萄酒和白葡萄酒也差得远哩。不过，告诉我们，你听说没有，安东尼奥海上是否遭损失了？

夏洛克　这又是我一桩倒霉的买卖，这个败家子，这个破落户，不敢在市场上露一露脸，一个乞丐，平常到市场上来，可是神气得很。让他看看他的借据吧，他老是骂我放债重利盘剥；让他看看他的借据吧，他一向是借钱给人家，以为是基督精神；让他看看自己的借据吧。

萨拉里诺　我相信他要是不能按期偿还借款，你一定不会要他的肉；那有什么用处嘛？

夏洛克　可以钓鱼呀，如果不能喂别的，喂我仇恨，至少也可以出出我这口气。他辱骂我，害得我损失好几十万，可笑我亏了本，挖苦我赚了钱，嘲弄我们民族，妨碍我的买卖，离间我的朋友，挑拨我的仇人。为的什么缘故啊？只因为我是一个犹太人。犹太人不长眼么？犹太人不长手，没有五官四肢、感觉、热爱、热情么？不是吃着同样的粮食，受刀枪一样的伤害，同样生病，同样的方法治病，同样的觉得冬冷夏热，和基督徒完全一样的么？你来刺我们一下，我们不同样流血么？你来搔我们痒，我们能不笑么？你若是对我们下毒，我们能不毒死么？你若欺负我们，我们能不报仇么？我们若在别的方面都和你们一样，那么在这一点上也是和你们一样。要是一个犹太人欺负了一个基督徒，基督徒能忍受得了吗？会怎么样？报仇！要是基督徒欺负了犹太人，按照基

---

① 此处"血肉"也指淫欲，"血肉造反"混淆意指"淫欲冲动"。

督徒的榜样，他应该怎么样？也是，报仇！你们教我使坏，我就要实行，我若不按照你们教的回报处置你们，那才怪哩；而且，还得加倍奉还。

　　一仆人上。

仆人　二位先生，我家主人安东尼奥在家里，请二位前去，有话同二位说。

　　杜伯尔上。

萨莱尼奥　又是一个他族里的人来了；再来一个就配成仨了，那第三个除非魔鬼自己变个犹太人。

　　　　　　　　　　　　［萨莱尼奥、萨拉里诺及仆人下。］

夏洛克　怎么样呀，杜伯尔！热那亚有什么消息？你有没有找到我的女儿？

杜伯尔　我到的地方，常常听到人家说起她，可是没能找到她。

夏洛克　嗨，糟糕，糟糕，糟糕！那颗金刚钻也丢了，我在法兰克福出两千块钱买来的！到现在诅咒才真正降落到我们民族的头上，到现在我才感觉到诅咒的厉害。两千块钱啦，还有别的珍贵值钱的，珍贵财宝呀。宁愿我的女儿死，死在我跟前，耳朵上戴珠宝！愿我的女儿在我面前入殓，钱搁在她棺材里！没有他们的下落吗？唉，好吧，这次为找她，不知花了多少钱。你呀——损失之外又加损失！给贼偷走了那么多，又花了这么多钱去找贼，结果还是一无所得，没有能出掉这口怨气。世上的厄运没有不落到我头上的，只有我合该叹气，只有我合该流泪。

杜伯尔　是呀，不过别人也有别人的厄运。安东尼奥，我在热那亚听说到他——

夏洛克　什么？什么？什么？他也倒霉了？他也倒霉了？

杜伯尔　——有一艘特里坡利斯来的大船，在途中触礁。

夏洛克　感谢主！感谢主！是真的吗？真的吗？

杜伯尔　有几个人跟我一起，同船上逃生回来的人谈过话。

夏洛克　谢谢你，好杜伯尔。好消息，好消息！哈哈，在什么地方？在热那亚吗？

杜伯尔　听说，你的女儿在热那亚一晚上就花掉八十块钱。

夏洛克　你简直一刀子戳进我心窝了！再也瞧不见我的金子啦！一下子就是八十块钱！八十块钱哪！

杜伯尔　　有好几个安东尼奥的债主和我同路到威尼斯来的，他们
　　　　肯定他这一次非破产不可。

夏洛克　　我真高兴。这回我要整整他，我要收拾他，我可高兴。

杜伯尔　　有个人给我看一只指环，说是你女儿用这指环同他换了
　　　　一只猴子。

夏洛克　　该死，该死！说这事简直叫我受罪，杜伯尔。那是我的
　　　　蓝玉戒指，是我婚前，我的妻子莉莎送给我的。即使人家拿
　　　　一大群猴子来跟我交换，我也舍不得出手的呀！

杜伯尔　　不过，安东尼奥这下子肯定是毁了。

夏洛克　　对，那是一定，那是一定。去，杜伯尔，先给我拿钱去
　　　　请一位警员，要他在期满的半个月前准备好。他到期不还
　　　　债，我要挖他的心。这样，只要把他从威尼斯铲除，我就可
　　　　有活路，随意做买卖赚钱了。去，去，杜伯尔。咱们在会堂
　　　　里见面，去吧，好杜伯尔，会堂再见，杜伯尔。[各下。]

## 第二场：鲍西娅家中一室。
　　巴萨尼奥、鲍西娅、葛莱西安诺、尼莉莎
　　及侍从等上。

鲍西娅　　请你不心急，暂缓一两天
　　　　再选彩，要不然万一选错，
　　　　便要失去你来相伴，故请忍耐。
　　　　我心中有挂念却非情爱，
　　　　恐有失，失去你，你须明白，
　　　　若嫌恨便不会心相依依。
　　　　怕只怕你或许不解我意，——
　　　　女儿家难启齿只在相思，——
　　　　欲留你相与伴一二月期，
　　　　再冒险看一试由我来教你。
　　　　如何选，选对路，可就违誓，
　　　　违誓言我不愿又恐会落选，
　　　　怕不中又使我重起罪念，
　　　　悔不及，应违誓。最是可恼，
　　　　你双眼透我心将我来分身，
　　　　我一半已归你，另一半也是，

哦不是，我意思，还是我的；
是我的，可毕竟我归你。
唉礼法恶，权主间横隔阻，
竟成你的不许是你的。
那就命运神造孽，非怪我。
我说已太久，为此延时间，
有心拖时久，故意耽搁你，
别让马上你就选。

巴萨尼奥　　　　让我选吧，
现这样提心吊胆活受罪。

鲍西娅　活受罪，巴萨尼奥！你招认，
隐藏在什么奸谋情爱内？

巴萨尼奥　并无奸谋，仅只有疑心罪。
我疑惑何堪以享有爱人，
恐痴心化为徒劳；论奸谋，
其在我雪火不容于爱情。

鲍西娅　哦，怕只怕你所言如上刑，
迫不得一番说辞免痛苦。

巴萨尼奥　饶我命，我的真情便供认。

鲍西娅　从实供便饶你。

巴萨尼奥　　　　从实招来，
我爱你，这便实供我一切。
快乐受刑！施刑人来指点，
竟教我有答案如何免刑：
就让我快试命运匣选看彩。

鲍西娅　那就去！我锁在三匣之一，
你若真爱我，选而必中彩。
尼莉莎，你们大家都站开。
他去选同时间奏乐相伴，
他如败，结局便如同天鹅，
随乐消逝，此比喻更恰当，
将我眼睛比作清流水汪汪，
他葬身于水床。或许中彩，

音乐又如何？就算是忠心
臣民奉君王新加冕奏礼乐，
兴高采烈上下齐欢腾；
也如破晓时天籁悦耳声，
催促郎君醒赶快早起身，
喜乐声中来成亲。他去了，
沉毅镇静，更怀着多情爱，
如少年阿尔喀德斯奋身
救回特洛伊王哭喊着
向海怪献处女，赎救我牺牲①。
四周皆达达尼安②妇人们
哭丧脸愁看英雄何结果。
去吧，赫拉克勒斯！你得活，
我也陪你活，观战愁、愁、愁，
更焦急，比你参战在战斗。

[巴萨尼奥品评彩匣时，歌声起。]

　　我问情爱思绪牵，
　　脑或心间，何芊芊？③
　　　　回答，回答。
　　情爱花蕾开鲜明眼，
　　不再等长大看足餍，
　　娃儿夭折在摇篮。
　　咱且当是丧钟撞，
　　我先撞它，——叮，咚响。

**众和**　　叮，咚响。

**巴萨尼奥**　　外表与内里或是不一致，
世人众多为装饰所蒙蔽。
看法律，腐败龌龊实案情，

① 希腊神话特洛伊Trojan国王之女赫西俄涅Hesione作牺牲祭献海怪，大力神阿尔喀德斯Alcides（即赫拉克勒斯Hercules）斩海怪将女救出。
② Dardanian，即特洛伊。
③ 此三句的末尾词bred，head，nourished，作脚韵都与lead铅同韵，意在暗示。本译均以qiān音字叶韵。

经一番花言巧语给打扮，
还不是罪恶掩盖？看宗教，
异端邪说以虔敬作容貌，
断章取义引经书据圣典，
还不是罪恶隐匿美装饰？
天底下，不会有愚笨坏人
浑不知道貌岸然装外表。
有多少内心懦弱胆小鬼，
如垒沙梯，嘴鼻下还留着
威武须髯如战神、大力神，
揭内里肝胆苍白似腐乳。
这都是摭拾勇猛之唾余，
故作态，人敬畏！还要扮美貌，
全论斤两购脂粉来堆砌。
这形成自然法则之奇妙，
愈轻浮愈涂脂粉而愈重；
金黄发弯弯绕曲如游蛇，
好嬉戏迎风招展飘飘然。
自以为美无比，其实不知
那只是嫁妆奁第二脑袋，
出自于骷髅装饰坟墓中。
巧装饰不过是虚幻海岸，
诱人堕入险海途；美围巾，
印度女遮得颜面；总言之，
浮世真理似是而非，诱陷
大智者。故此眩目华丽黄金贵，
迈达斯①王坚硬食，我不要，
也不要惨白银，公用贱奴
人人使得；而你，朴素重铅，
似令人无所应允感寒伧，

---

① Midas，传说的弗里吉亚Phrygia王向神求得点金术，结果手触到食物也变
　成金，无法进食。

　　　你朴实，永胜浮夸感我心，
　　　我选你吧，愿功德可圆满！

鲍西娅　[旁白。]一切其余闲矫情烟云散：
　　　思想多犹豫失意自愤然，
　　　猜忌而绿眼，恐怖而战栗。
　　　节制狂喜需温情，哦爱你！
　　　大喜须有度，过分则减轻；
　　　幸福感极至，缓作自庆幸，
　　　以免难承受！

巴萨尼奥　发现什么？

　　　　　　　[打开铅匣。]

　　　鲍西娅美肖像！巧夺天工，
　　　如此惟妙惟肖？两眼灵动？
　　　抑或是，映入我眼眸来，
　　　显着有动？一缕香气吹开
　　　樱唇两片，有如这般甜蜜唇，
　　　只合香气来隔开。看头发，
　　　画师充当一蜘蛛，织成了
　　　金丝网捕捉男人心，比之
　　　捕捉蚊蚋更迅疾。两眼睛！——
　　　如何能眼观而画成？瞥一眼
　　　就画好，怕要把他眼迷蒙，
　　　画另一眼要来不及。但是，瞧，
　　　我赞赏用尽美词句尚未能
　　　充分给出画中美妙奇幻像，
　　　幻像又不及真人美。这里
　　　有字卷，替我写着幸运作总评。

　　　　　不凭外表你选到，
　　　　　鸿运反而来高照！
　　　　　机缘既已入怀抱，
　　　　　心满意足勿另找。
　　　　　毕生令你心乐意，
　　　　　接受好命运恭喜你；
　　　　　赶快转身看爱妻，

　　　献婚姻热吻拥一起。
　词热情，美佳丽，恕我大胆，[吻鲍西娅。]
　我奉命与你吻，深情交换；
　在与人竞相争，夺取锦标，
　自以为尽全力，应人眼高，
　只听得热鼓掌，人声齐吼，
　神魂颠倒依然瞧，把握在手；
　喝彩声都不知，为谁赞赏，
　为佳人我站此，却似徜徉；
　眼前见是事实，抑或不是，
　除非你亲自来，口言证实。
鲍西娅　巴萨尼奥公子，瞧我站在此，
　我如我，独自虽我仍自己，
　我本性不存有任何雄心，
　将自己变得更好，而为你，
　愿自己不止三个二十倍，
　再加更美一千倍，财富增
　万倍。
　只为你我要站得高又高，
　我的贤德、美貌、财产、交游，
　充足不胜计，但观我总和，
　却是一无所有，概括而言，
　我不学无术无教养一女孩。
　所幸者，她年岁还不算大，
　还能进学习，更加有幸者，
　她天性不算笨，很能学习；
　所幸之中最幸者，脾气好，
　诚心意交与你，聆听你指教，
　让你做主人、首长而君王。
　我身我一切全都归属你，
　从此皈依你。我适才仍自主，
　华屋主，仆人主，我自女王。
　现在，就在此刻，华屋、仆人、
　我自身，都是你的；我的主人，

　　　　献出我一切，连同这戒指，
　　　　万一你离去，遗失，或送人，
　　　　它征兆，你的爱到此告终，
　　　　我身正，要据此申斥于你。
巴萨尼奥　小姐你，真令我无言以对，
　　　　只热血在血管奔腾陈诉，
　　　　听得我神魂乱已然恍惚，
　　　　恰似有一君王演词动人，
　　　　受群众齐爱戴欢呼雀跃，
　　　　神情奋昂扬激心灵眩惑。
　　　　各样事浑一气茫然一片，
　　　　除欢乐旁乌有如失知觉，
　　　　已有表，不尽表，表不胜表。
　　　　这戒指若一旦离去我指，
　　　　哦！足证巴萨尼奥人已死。
尼莉莎　先生，小姐，我们一旁所见，
　　　　也都同感如愿以偿；此时刻，
　　　　高声祝贺，恭喜先生与小姐！
葛莱西安诺　巴萨尼奥先生，尊贵小姐，
　　　　祝你们尽享有最大幸福。
　　　　我确信必不会夺我快乐，
　　　　你二人举婚礼庄严隆重；
　　　　届时若蒙应允我也行婚礼，
　　　　两对婚姻礼一同庆大禧。
巴萨尼奥　敢情好，望你确实也有妻。
葛莱西安诺　多谢你，你已经让我有妻。
　　　　我双眼，好朋友，锐敏如你，
　　　　你见小姐，我见使女。你在爱
　　　　我则也在爱，马不停蹄，
　　　　不比你进行中迟疑半分。
　　　　你命运靠的是选匣中彩，
　　　　我这里也同样已中头彩。
　　　　我求婚直求得汗流浃背，
　　　　山盟又海誓说得唇舌燥。

　　　总算有回音姑娘已答应，
　　　答应我只要你得到她小姐，
　　　我也就得到她，此言已定，
　　　允诺我心意。

鲍西娅　　　　　　真是吗，尼莉莎？

尼莉莎　是的，小姐；假如你能满意。

巴萨尼奥　葛莱西安诺你是诚意么？

葛莱西安诺　完全诚意。

巴萨尼奥　我们喜筵，你们婚礼，喜上喜。

葛莱西安诺　下个赌，谁先生儿子谁赢一千元。

尼莉莎　什么！还下赌？

葛莱西安诺　不，那玩意，下面不堵不必赌。
　　　瞧，谁来了？洛伦佐与他新娘？
　　　哦！还有威尼斯老朋友萨莱尼奥。

　　　**洛伦佐、杰西卡及萨莱尼奥上。**

巴萨尼奥　洛伦佐、萨莱尼奥，欢迎来这里，
　　　虽然我也是初到此新地，
　　　若我新主人迎客有资格，
　　　亲爱鲍西娅，请允我欢迎
　　　我同乡我好友。

鲍西娅　　　　　　我随也欢迎，
　　　竭诚欢迎各位到。

洛伦佐　多谢厚意，可是我，禀主人，
　　　原是并不想来此见你们，
　　　但途中遇见了萨莱尼奥，
　　　他把我拖住了不由分说，
　　　定要我一同来。

萨莱尼奥　是的，主人，
　　　要他来有缘故，安东尼奥先生
　　　命他来致意。

　　　　　　[给巴萨尼奥一信。]

巴萨尼奥　拆看信之前，
　　　请你告诉我，我朋友可都好。

萨莱尼奥　皆无恙，主人，除非在心里，

　　　　　也并不如意，只是在心里，
　　　　　在信中写一切。
葛莱西安诺　尼莉莎，欢迎客人；须款待。
　　　　　握握手，萨莱尼奥，威尼斯有消息？
　　　　　大商家安东尼奥可好么？
　　　　　他知道我们事成定高兴；
　　　　　我们是伊阿宋，已获金羊毛。
萨莱尼奥　愿你们赢回他失落金羊毛。
鲍西娅　那纸上必写有消息不吉祥，
　　　　　巴萨尼奥已看得脸色变。
　　　　　好朋友逢噩耗，除此以外，
　　　　　无事可促使稳重男子
　　　　　特焦急。怎么，糟而又糟事？
　　　　　求你巴萨尼奥，我是你半个，
　　　　　也自然须我担当你事分一半，
　　　　　不管此信何分说。
巴萨尼奥　　　　　　　亲爱鲍西娅，
　　　　　这信上笔笔写字字惨啊！
　　　　　不忍卒读。我亲爱好小姐，
　　　　　最初时我向你表示情爱，
　　　　　曾坦白禀告，我清白绅士，
　　　　　所积财富奔腾于我血脉，
　　　　　此系事实，但更要再禀小姐，
　　　　　说自己一无所有，还不止，
　　　　　尚有夸口。我对你所说自己
　　　　　一无所有，还应该比这情况
　　　　　说更坏，这实在并非过言，
　　　　　因为我是向朋友借债务，
　　　　　更尤其朋友借他仇人债，
　　　　　全为我需花销。小姐，可看信，
　　　　　这信纸便是我朋友他自身，
　　　　　信上字刀戳伤口全都是，
　　　　　淌鲜血。是真的吗，萨莱尼奥？
　　　　　他货运无一幸免？已全毁？

从的黎波里、墨西哥、英格兰，

从里斯本、巴巴里和印度，

来的船没有一艘逃过那

陷致命暗礁石？

萨莱尼奥　　　　　全毁，先生。

并且即使他眼下有现钱，

去偿还犹太人那笔债款，

犹太人也不收。我从不曾，

见这样人面兽心坏东西，

蓄意害人特贪婪极卑鄙。

他没日夜向公爵紧告状，

声言不予合法解决，就等于

否认国法之存在，二十位

商家及公爵本人，许多位

名望绅士，一齐来善心劝，

宜撤销其歹毒起诉状，可是他，

硬坚持履行借约死咬定。

杰西卡　我在家听他赌咒，族人

杜伯尔与丘斯，说他宁要

安东尼奥一块肉，也不答应

安东尼奥赔欠款二十倍。

我知道，我的主人，如果说，

政府当局法律居然予采纳，

可怜安东尼奥在劫难逃。

鲍西娅　将是你朋友在劫难逃？

巴萨尼奥　我最亲密好朋友，十足的

大好人，善心肠助人为乐，

待人和气讲礼貌，古罗马

侠义肝胆他仍有，意大利

再也找不出如他第二人。

鲍西娅　欠犹太人多少？

巴萨尼奥　全为我，欠下三千元。

鲍西娅　　　　　　　哦这一点？

付他六千元，借据就销毁；

六千再加倍，算它加三倍，
决不使这样的好朋友，
为巴萨尼奥折损一毫毛。
先和我教堂去唤我爱妻，
随后去威尼斯看你朋友；
不可你人睡鲍西娅身边，
心神却不定。金钱可带去，
足够付二十倍这笔小小债。
债还清带朋友也来这里，
尼莉莎和我两人先暂时
如未嫁单身生活一时间。
来，走吧！结婚良辰就今天。
欢迎你众朋友尽情愉快；
有你不容易，我须格外爱。
现让我听听朋友信上写。

巴萨尼奥　　巴萨尼奥挚友如握，弟船只俱遭失事，债主逼迫，家业荡然无存，负犹太人之债约业已违期，履约责罚，殆无生还希望。足下前此欠弟款项，悉数勾销。惟盼弟赴死之前，兄来此临视一面。或足下燕尔情浓，不忍遽别，则亦不复相强，此信置之可也。

鲍西娅　哦爱人，事不宜迟，快走吧！

巴萨尼奥　你既已允准我立即前去，
我必速去速回快马加鞭，
不管疲于奔命，贪闲不许，
经宵不睡早重会惟为盼。[同下。]

**第三场：威尼斯。一街道。**
　　**夏洛克、萨拉里诺、安东尼奥及狱吏上。**
夏洛克　牢头，留心看住，勿讲慈悲话，
放债不取利钱，就是这傻瓜。
牢头，看住他。
安东尼奥　　　听我说，好夏洛克。
夏洛克　履行借据，你别说违约话，

我赌咒发过誓，借据必履行。
这事前你骂我是狗，行啊，
我既是狗你当心我狗牙，
大公爵定讲好会为我做主。
我奇怪，你牢头真是愚蠢，
应他求竟将他带出牢外。

安东尼奥　我请你听我说。

夏洛克　我只懂借据，我不听你说，
我只凭借据，此外不必说。
我不是软心肠流泪傻瓜，
叹息直摇头，任由基督徒
摆布我怜悯。废话我不听，
也无需多话，只知凭借据。

　　　　　　　　　　　　　　　　　[下。]

萨拉里诺　真是一头冥顽不化狗，
人世间居然有。

安东尼奥　　　　　　不去理他。
不用再费唇舌向他去哀求，
他用心要我命，我很明白；
他逼迫人还债，我常助人，
出资救人危急还他钱债，
因此怀恨我。

萨拉里诺　　　　　我敢说公爵
不认此罚款条件竟有效。

安东尼奥　法律规章，公爵将不可以
予否认，外邦人来威尼斯，
与我们同享通商之权利，
法规一否定，邦国法制公正
受质疑，要影响各国贸易
互昌盛。去吧，我深陷悲哀
大损失，人消瘦，看我全身
已无处可割整磅肉，明天
无人肉喂他狠心恶债主。

　　狱官，走吧，求天主，巴萨尼奥
　　来看我替他还债，我死无憾！[同下。]

第四场：贝尔蒙特。鲍西娅家中一室。
　　鲍西娅、尼莉莎、洛伦佐、杰西卡与鲍尔萨泽上。
洛伦佐　夫人，不是我当面奉承你，
　　你有高贵真诚仁爱心，
　　安然忍得郎君新婚别即远离；
　　令人钦佩更显示你毅力。
　　你若知你敬意致予何人，
　　所解救何等正直一君子，
　　我崇敬你丈夫亲密一朋友，
　　我知你一定会自傲无比，
　　超乎你一般善举感喜悦。
鲍西娅　做好事我从未有后失悔，
　　现在也当然。人众以群分，
　　朋友谈心常消遣有相聚，
　　相互心灵为友爱系一起，
　　彼此风格行为与精神，
　　习相近性相同惺惺互相惜。
　　以此故令我想安东尼奥
　　是夫君推心置腹好朋友，
　　这人好定如同我夫君。
　　既如此，我将灵魂相同人，
　　搭救他脱离地狱免残害，
　　我付此代价算得是什么！
　　如此说迹近于自我标榜，
　　因此不说吧，讲讲其他事。
　　洛伦佐，我夫君回来之前，
　　家中所有事交你管照看，
　　特此相拜托。我自己，向天
　　起密誓，终日祈祷与静思，
　　只有尼莉莎与我来相伴，

　　　　　　直到她丈夫以及我夫君
　　　　　　回返家之日。距此二英里①，
　　　　　　一座修道院，我们二人去，
　　　　　　居住在那里。此处事希望你，
　　　　　　向你提此请求勿推托，
　　　　　　我为爱也为实事所必需，
　　　　　　望你能相助。
洛伦佐　　　　　夫人，我尽心愿，
　　　　　　一切吩咐我乐于听从命。
鲍西娅　家人们均已明白我心意，
　　　　　　对待你和杰西卡一视同
　　　　　　主人家巴萨尼奥如对我。
　　　　　　就此来告别，与你说再见。
洛伦佐　愿你心开朗快乐度时光！
杰西卡　愿夫人一切如意心宽畅。
鲍西娅　多谢好意。我同样祝你们
　　　　　　事事能均如意，再见了，杰西卡。
　　　　　　　　　　[杰西卡与洛伦佐同下。]
　　　　　　鲍尔萨泽，
　　　　　　我一向感知你心地真诚，
　　　　　　以后仍这样。拿此一封信，
　　　　　　尽你男子汉勇为之全力，
　　　　　　火速去帕度亚，亲交我表兄
　　　　　　培拉里奥博士收；并注意，
　　　　　　他交你任何信件和衣服，
　　　　　　你须悉数收，立即火速赶，
　　　　　　赶至通向威尼斯那渡口。
　　　　　　好，时间不得浪费，不多言，
　　　　　　你就去吧，我先渡口去候你。
鲍尔萨泽　夫人，我这就尽速快赶去。
　　　　　　　　　　　　　　　　　[下。]

――――――――
① 古罗马英里=1000步或4860英尺。

鲍西娅 来，尼莉莎，我要做一件事，
　　　　你还不知，我们赶去见丈夫，
　　　　他二人想不到。

尼莉莎 　　　　　他们见我们？

鲍西娅 是的，尼莉莎，不过要假装扮，
　　　　必令他们看不出是你我。
　　　　我敢和你打赌，我们二人
　　　　女扮男装，我比你更神气。
　　　　佩起一把剑比你更威武，
　　　　沙起喉咙讲话宛如小青年，
　　　　走路两小步并作一大步，
　　　　男子气概足，出口夸，夸口
　　　　少年吵架打架事，就如同
　　　　小年轻惯吹大牛说大话。
　　　　美妙女郎紧追我谈恋爱，
　　　　我不睬，女郎病相思命呜呼，
　　　　我无法表后悔，一心但愿
　　　　非如此、非我故她们被害死。
　　　　我能编这类谎言二十套，
　　　　人们都会误以为我离学校
　　　　才不过年把多时间。我心中
　　　　种种顽皮恶作剧上千个，
　　　　拿手有好戏。

尼莉莎 　　　　噢我们假扮男装？

鲍西娅 嘿，什么叫假扮，
　　　　小心别人听了去要透风！
　　　　来，全套计划路上告诉你；
　　　　一起上车吧，花园门口去，
　　　　车在等我们，行动快一点，
　　　　今天要赶路二十英里远。[同下。]

**第五场：同前。花园内。**
　　　**朗斯洛特与杰西卡上。**

朗斯洛特 是真的，你知道，父亲的罪过是要在儿女身上得报

应的。所以我老实告诉你说，我很替你担忧。我一向对你有
话直说，所以现在我对这件事也不得不直说。你尽管开心点
吧，看来，说真的，我想你命定了得下地狱。不过还有一线
希望，也许能帮你忙。可是那也不一定，说有希望也是大高
而不妙。

杰西卡　请问你，那是什么希望呢？

朗斯洛特　唉，你可以存有一半的希望，希望你并非是你父亲的
　　　亲生女，你不是犹太人的女儿。

杰西卡　这算什么有希望，真叫大高而不妙。这样的话，我母亲
　　　的罪过又要报应到我身上了。

朗斯洛特　那倒也是，我怕你在父母亲两方面都要受罪，这就好
　　　像我躲开了锡拉岩礁①，你的父亲，又跌进了卡律布狄斯大
　　　旋涡，你的母亲，那，你就要腹背受敌了。

杰西卡　我的丈夫会救我，他让我皈依了基督教。

朗斯洛特　那样的话，他的罪孽更加重了呢。我们本来就有很多
　　　基督徒，再多就要住不下了。现在又让你也成了基督徒，那
　　　猪肉就要涨价，要是我们都吃猪肉，不久要涨价涨得我们买
　　　不起一片熏猪肉了。

杰西卡　朗斯洛特，我要把你说的话都告诉我丈夫。哦，他来
　　　了。

**洛伦佐上。**

洛伦佐　我可要吃起你的醋来了，朗斯洛特，要是你再让我老婆
　　　跟你这么私下里说话。

杰西卡　不怕，你放心好了，洛伦佐。朗斯洛特和我正翻脸着
　　　呢。他老实不客气向我现开销，上天也不会怜悯我，说因为
　　　我是犹太人的女儿。还说是你不是个国家好国民。因为，你
　　　把犹太人改信基督教，成了基督徒，这样就要提高猪肉的价
　　　格。

洛伦佐　政府要问起我来，我比你那个事要好回答；你把黑女人
　　　肚子搞大了，那摩尔人怀上了你的孩子，朗斯洛特。

① Scylla，锡拉岩礁，Charybdis卡律布狄斯大旋涡，意大利墨西拿海峡上的
　两处险境，希腊神话中这里女妖作怪攫取海船水手。

朗斯洛特　那摩尔姑娘一时没理智出的事，那就麻烦了；可如果
　　她本来就不是个正经货，那可就是我反而抬举她了。

洛伦佐　哪个傻瓜都能玩转儿这种话！我看，最聪明乖巧也就只
　　好沉默，哑口无言。只有鹦鹉嘴才受人称道。进去吧，小
　　子，吩咐他们预备吃饭。

朗斯洛特　已经预备好了，先生，他们的肚子也知饥饿呢。

洛伦佐　老天爷，你的嘴总不脱俏皮话！叫他们预备开饭了。

朗斯洛特　都预备好了呢，先生；只消说一声"开饭"戴帽①就
　　行了。

洛伦佐　那你就去料理吧，先生？

朗斯洛特　我可不敢"该玩"戴帽，我知道自己的本职。

洛伦佐　这张利嘴一个机会也不放过。你这点小聪明一下子全要
　　耍出来？我请你呀，知道明白人跟你说的明白话，招呼你的
　　伙伴去，叫他们料理好，菜摆好，我们进来好吃饭。

朗斯洛特　桌子摆好了，先生，菜都端上来，先生。进不进去吃
　　饭，先生，也就悉听尊便。[下。]

洛伦佐　哦思想清楚，言语好精当！
　　　　这傻蛋脑瓜子装得不少
　　　　好字眼。我也知许多傻子，
　　　　论地位都比他高出许多，
　　　　也像他装聪明咬文嚼字，
　　　　正事儿抛开他不管。快活吗，
　　　　杰西卡？好人儿，听你说说，
　　　　喜不喜欢她巴萨尼奥妻？

杰西卡　喜欢得没话说。一点不错，
　　　　巴萨尼奥爷生活知规矩，
　　　　因为有了贤淑娇美这良妻，
　　　　也就在人世间享受天堂福，
　　　　如在世不检点逾越出轨，
　　　　便永远真正天堂不得进。

---

① "开饭"原文用cover料理餐食，此词也有"戴帽"义，被指戴绿帽，故
　　下文有"可不敢'该玩'"之语。

哦两位天神下凡来参赌赛，
竟拿世间两位美女作赌注，
一位是鲍西亚，另外一位
须加注才比配，因这陋世
尚无第二位。

洛伦佐　他娶到好妻子，
犹如你嫁到我这好丈夫。

杰西卡　不，你先得问问我何意思。

洛伦佐　行，行，就让我们先去吃饭吧。

杰西卡　不，趁我胃口好先来赞美你。
不管你将会要讲些什么，
我都乐消化。

洛伦佐　不，留在吃饭时再向我说，

杰西卡　好，你听我说。[同下。]

# 第四幕

**第一场：威尼斯。法庭。**
　　　公爵、众绅士、安东尼奥、巴萨尼奥、葛莱西安诺、萨拉
　　　里诺、萨莱尼奥等上。

公爵　哦安东尼奥呢？

安东尼奥　我在听候，殿下。

公爵　我深深为你觉遗憾，你来庭上
与对质是一个铁石心肠、
无人情无慈悲无耻之徒，
怜悯之心无一点。

安东尼奥　　　　我有闻，
大人你已为我费尽力气，
谆谆规劝他勿把事做得绝情，
可他是坚执拗死不让步，
按法律也无有转圜余地。
我无法逃脱他凶狠恶仇，

　　我只得忍受他残酷报复，
　　心气平横心等施我酷刑。
公爵　来人，传唤犹太人上法庭。
萨拉里诺　他等在门口；他来了，大人。
　　**夏洛克上。**
公爵　人让开，让他站在我面前。
　　夏洛克，众人都想，我也想，
　　你不过使狠毒样子罢了，
　　时间一过了最后你毕竟
　　心肠软发慈悲宽容于人，
　　如同你出人意料冷无情。
　　你现在虽坚持按约惩罚，——
　　割他身不幸商人一磅肉，——
　　你不仅肉刑惩处会放弃，
　　还会因互爱精神感人情，
　　而可能欠款部分有减免。
　　眼看他负损失接二连三，
　　足已使富商人压垮腰折。
　　出之于同情他目前处境，
　　即使是土耳其和鞑靼人，
　　未受过温情礼法之教练，
　　性凶顽情野蛮铁石心肠，
　　也会含同情怜悯他遭遇。
　　大家期待你好回答，犹太人。
夏洛克　我意思曾向你大人禀告过。
　　我凭圣安息日已有起誓，
　　按借据处违约照章行事；
　　你若是不准许，你的城市
　　自由和宪章便将遇危机。
　　你或许要问我，何必宁要
　　臭肉一磅也不要钱三千，
　　对这点我无须另作回答，
　　只告诉这是我脾气，难道说
　　不准这回答？如若我家里，

　　　　　闹起鼠患，我乐意拿一万元
　　　　　灭老鼠，要谁管？不是回答？
　　　　　有人不喜欢张口喘气猪，
　　　　　也有人一见猫咪就讨厌，
　　　　　还有人一听吹风笛哼唧声，
　　　　　忍不住要撒尿，因为感情
　　　　　受喜恶所支配，使之心情
　　　　　或喜欢或厌恶。我就现时间
　　　　　回答你，无甚理由须陈说，
　　　　　为何故不能忍看张嘴猪，
　　　　　为何故讨厌有益无害猫，
　　　　　为何怕听风笛声，皆天性，
　　　　　在自身情不自禁有感触。
　　　　　自出丑招致他人来讨厌，
　　　　　我所以无甚理由要说明。
　　　　　安东尼奥我对他怀厌恨，
　　　　　已长久，因此故不顾自身
　　　　　亏了钱打官司。回答行了吧？
巴萨尼奥　冷酷人你这回答无理由，
　　　　　来为你行为残忍作辩解。
夏洛克　我回答无需要讨得你欢心。
巴萨尼奥　凡是不喜欢就都要人命？
夏洛克　有仇有恨不可以要他命？
巴萨尼奥　初次冒犯不必要积仇怨。
夏洛克　什么！你可愿毒蛇咬你咬两回？
安东尼奥　请不忘你在向犹太人说话。
　　　　　这无异你所站海滩边上，
　　　　　令海潮不要涨平常之高；
　　　　　也无异在质问一头豺狼，
　　　　　为何使母羊痛哀失羊羔；
　　　　　也无异令禁止山上松树
　　　　　随山风阵阵吹摇曳摆动，
　　　　　树颠间生发出簌簌响声；
　　　　　你无能软化世上最硬物，

世上有何物——比他还更硬？——
硬过这犹太心肠！故此请你
不必再费劲，不必再努力，
迅速而简单让我受裁判，
就叫这犹太人如愿以偿。

巴萨尼奥　欠三千，就给你六千吧。

夏洛克　哪怕六千元每元分六份，
分六份再算一元每一份，
也不行，我要按约取赔偿。

公爵　对人不怜悯怎得人怜悯？

夏洛克　我没做错事，裁判怕什么？
你们自己买得奴隶无其数，
如驴狗骡子一般供使唤，
驱使他们做卑贱苦差役，
只因你们钱所买，我请问，
给他们以自由与你们子女
可通婚？何故苦役流苦汗？
可以睡与你一样柔软床，
能给他们也吃肉？你们
定回答："奴隶是我们的！"
从他身上我要割一磅肉，
我自出高价所买得，是我的！
我定要。你若不允就违法！
威尼斯法令便失效。就等着
给我判，我要一磅肉，回答我？

公爵　我已请高学问培拉里奥
博士到本庭；今日他不到，
我有权宣告审判你此案，
暂作延期。

萨拉里诺　　　　　殿下，外面来有
信差在等候，帕度亚博士
那边带信来。

公爵　传信差进来，看是何信件。

巴萨尼奥　放心吧，安东尼奥！好朋友，

　　　　　　不怕我的肉、血、骨头都给
　　　　　　犹太人，不让你为我而滴血。
安东尼奥　我是羊群一病羊，最该死，
　　　　　　烂果子最脆弱最先堕地，
　　　　　　故让我就去死并不足惜。
　　　　　　你应该活下去，巴萨尼奥，
　　　　　　你要活，好给我写墓志铭。
　　　　**尼莉莎扮作律师书记上。**
公爵　你来自帕度亚培拉里奥处？
尼莉莎　是，培拉里奥遣我致意殿下。
　　　　　　　　　　[呈上一信。]
巴萨尼奥　你为何磨刀霍霍竟如此？
夏洛克　为要割取破产人给抵偿物。
葛莱西安诺　狠心犹太，别在鞋底心磨，
　　　　　　要在心灵磨①；任何铁器械，
　　　　　　即如刽子手斧头不及你
　　　　　　嫉恨一半之锋利。求你无用？
夏洛克　不，任你千言万语都无用。
葛莱西安诺　万恶不赦狗，死后下地狱！
　　　　　　让你活在世，实在昧天理。
　　　　　　你简直动摇我心中信仰，
　　　　　　要想起毕达哥拉斯②有言：
　　　　　　畜类之灵魂下世转换成
　　　　　　人形躯壳。你恶狠之本性，
　　　　　　原是狼，因害人被捉吊死，
　　　　　　残暴狼灵魂飞离出绞索，
　　　　　　钻进了你老娘肮脏胎里，
　　　　　　着于你此肉身，你便如狼
　　　　　　贪成性冷无情凶残恶狠！
夏洛克　除非是借据字叫你骂掉，

---

① 原文前sole鞋底，与后soul心、灵魂，同音词。
② Pythagoras, 570–500BC，古希腊数学家、哲学家，创灵魂轮回说。

你大骂内伤肺腑只徒劳，

省省你聪明我说好青年，

免自毁无收拾；我凭法律。

公爵　培拉里奥信，荐一位年轻、

有学问博士来主持本庭，

来了吗？

尼莉莎　　　　　　他就近旁正等候，

听你回话，是否准许他进来。

公爵　无任欢迎，你们去三四人，

恭恭敬敬领他来到本庭，

值此，当庭宣读培拉里奥信。

书记　"公爵台鉴，接奉大札，鄙人适疾方剧，幸有一青年博士

鲍尔萨泽君自罗马来此，探视于舍间。仆遂将犹太人与商

人安东尼奥一案始末缘由悉举以告，遍稽群籍详加研讨。

仆之意见，彼已洞悉。益以彼之学识，精湛渊博，非仆所

及万一，故经仆敦促，已允代趋左右，转达鄙怀。敬祈左

右勿以其年少而忽之，盖如此年少练达之才，实仆生平所

仅见。倘蒙延纳，当知此人之才识非仆所能过誉者也。"

公爵　众悉闻博学培拉里奥函，

已来此者，我想必为博士。

**鲍西娅扮作律师上。**

握手，从培拉里奥老先生处来么？

鲍西娅　正是，殿下。

公爵　　　　　　　竭诚欢迎，请上座。

于本庭所审此案之纷争，

足下谅必已了然于胸吧？

鲍西娅　此案我已全然明了。哪位

是商人，哪位是犹太人？

公爵　安东尼奥，老夏洛克，都上来。

鲍西娅　你叫夏洛克？

夏洛克　　　　　　我名夏洛克。

鲍西娅　你打这官司，倒也很奇怪。

不过须按照威尼斯法律，

你起诉，手续合法可成立。

[向安东尼奥。]你要受他宰割了，是不是？

安东尼奥　他是这样说。

鲍西娅　　　　　　　你承认借据么？

安东尼奥　承认。

鲍西娅　　　　　　　那犹太人须有慈悲。

夏洛克　我干吗要慈悲？你告诉我。

鲍西娅　慈悲之心并非出于勉强。
　　　　它如同甘霖自天降尘世，
　　　　它双重福佑，赐福于受者，
　　　　也同样赐授与施福之人。
　　　　它在威权人之手有威权，
　　　　比皇冠更显出帝王高贵，
　　　　其令牌象征着世俗威权，
　　　　此威权是帝王尊严标志，
　　　　使人民对君王凛然生畏。
　　　　而慈悲高居于令牌之上，
　　　　它深居君王们心灵内里，
　　　　系属于圣主恩不移德性，
　　　　以慈悲制衡于公正，则世俗
　　　　之王权才近于圣恩天主。
　　　　由此看来，犹太人，你所求，
　　　　只在公正，须知即便公正，
　　　　人死后谁也无救；求慈悲，
　　　　应毋忘慈悲行，亦自受教导。
　　　　我所讲这许话在在规劝，
　　　　无需要死坚持法律解决。
　　　　若定坚持，威尼斯严峻法庭，
　　　　须秉公要惩处这个商人。

夏洛克　我做事我承当！只求法律，
　　　　按借据连带惩处要赔偿。

鲍西娅　现在他无钱清偿借款吗？

巴萨尼奥　不，我可以当庭偿还他债款，
　　　　我能够双倍还，若是不行，

还可奉加十倍，再不如约，
可剁我手砍我头剜我心，
若还不行，那就是邪恶行，
压倒公理他在存心害人死，
无视天理，我便求你变通，
法律以小过办成大好事，
不教凶恶魔其恶如愿偿。

鲍西娅　这样做绝不可，无人有权
推翻掉威尼斯法律条令，
这将会树先例后起效尤，
树先例被援引错误无穷，
任坏事继出笼，万不可行。

夏洛克　但以理①裁判，但以理再世！
英才法官我将如何赞美你！

鲍西娅　请你将借据且供我一阅。

夏洛克　在这儿，可敬博士，在这儿。

鲍西娅　夏洛克，他答应付三倍钱。

夏洛克　赌过咒，咒赌过，我向天赌咒，
岂可背违誓罪？全威尼斯
给我也不行。

鲍西娅　　　　　好，按约给赔偿。
按条律规定犹太人有权
从商人胸膛边割肉一磅，
不过还是慈悲吧，且偿付
三倍钱，由我将借据撕毁。

夏洛克　必按借据赔偿后方可撕毁，
看起来你是位英明法官，
作出解释，法律极精通，
道理有十足。你是位法律界
中流砥柱，以法律我命你，
速速裁判，凭灵魂我起誓，

---

① Daniel，《圣经·但以理书》载，希伯来先知，善断案。

　　　巧舌决不能改变既已定
　　　我主意，执行我约惟等看。
安东尼奥　我诚心恳求法庭按借约
　　　立行判决吧。
鲍西娅　　　　　那好，就判了。
　　　你须准备允他剜你胸膛。
夏洛克　啊高贵法官！啊杰出青年！
鲍西娅　按法律此条文务须履行，
　　　该受之惩罚借据写得明，
　　　此约应生效，执行当立即。
夏洛克　棒极！啊聪敏正直好法官！
　　　年轻小后生出手倒老辣！
鲍西娅　那就袒露你胸膛。
夏洛克　　　　哈，"胸膛"，
　　　文字写明，——可不是，大法官？——
　　　"胸膛边"，清清楚楚明文载。
鲍西娅　正如此。要称肉预备得有
　　　秤么？
夏洛克　我已带来了。
鲍西娅　你出钱，夏洛克，请好医生，
　　　止住他伤口，以防流血死。
夏洛克　借据上可有这样写明吗？
鲍西娅　没有这样写，又有何关系？
　　　为怜恤免一死应是在理。
夏洛克　我不知，借约上并无此条。
鲍西娅　商人你，有无话须要说？
安东尼奥　有几句：我这里已有准备，
　　　握你手，永诀了巴萨尼奥！
　　　勿悲伤，我为你落此地步，
　　　命运她已照顾宽大为怀，
　　　依通常循惯例人遭破产，
　　　倾荡光苦日子苟延残喘，
　　　额眉蹙眼眶陷老来贫病；

命运她令我不堪穷来赎苦行，
她如今解脱我无休痛苦。
请替我问候你尊贵夫人，
告诉她安东尼奥这一生，
足以证我爱你，视死如归，
有好评作判断巴萨尼奥，
是知心真朋友；不必懊悔
我损失，他为你债务还清，
勿悲伤我值得偿命一条。
犹太人下狠刀深剜我肉，
只爽快一下子心愿了却。

巴萨尼奥　安东尼奥，我已娶一位妻，
我视爱妻如同是我生命。
但应该说我妻爱加世界，
尚不及得你生命之宝贵，
我失一切都愿意付牺牲
给予恶魔，只要能解救你。

鲍西娅　你夫人若在此恐未见得
感激你，听得这一番你言语。

葛莱西安诺　说我的一位妻，我可立发誓，
我爱她如命，但愿她升天，
去求天改变犹太狗心肠。

尼莉莎　你在背后说那也不打紧，
不然你这话，家闹不太平。

夏洛克　基督教丈夫才这样！我有一小女
宁可嫁与巴拉巴①后代，
也要强过于嫁给基督徒。
　时间别浪费，请你快判决。

鲍西娅　商人胸口肉，一磅割予你，

---

① Barabbas，《圣经·路加福音23：13-25，马太福音27：15-26，马可福音
15：6-15，约翰福音18：39-40》所载一犹太强盗死囚，被释放将十字架
让出而钉死耶稣。

　　　　　符法律有明文，法庭判允许。
夏洛克　判最公正！
鲍西娅　你一定要割他的胸脯肉，
　　　　　法律允准，法庭可照判。
夏洛克　最博学法官！判了！来，准备！
鲍西娅　且慢，还有几句话要交待。
　　　　　借据条约上未写有另给你
　　　　　一滴血，明文写得很清楚，
　　　　　只允许你可割他"一磅肉"；
　　　　　但你刀割时滴出一滴血，
　　　　　基督徒之血，你地产财物，
　　　　　威尼斯有法定，全部充公，
　　　　　归于城邦威尼斯。
葛莱西安诺　好，正直博学法官！瞧犹太人！
夏洛克　有这法律？
鲍西娅　　　　　你自己看条律。
　　　　　你既要法律公正，则一定
　　　　　还你公正法超出你希冀。
葛莱西安诺　啊博学法官！瞧犹太人！
夏洛克　那我只好还是要三倍钱。
　　　　　放走这基督徒。
巴萨尼奥　　　　　钱就在这里。
鲍西娅　慢！
　　　　　犹太人需全公正，慢！不急，——
　　　　　如约得抵偿，此外概无有。
葛莱西安诺　犹太人！法官正直，法官博学！
鲍西娅　那就准备好动手割肉吧。
　　　　　流血不许可，少割或多割，
　　　　　也不准，只许割一磅；如你
　　　　　割多或不足，不是整一磅，
　　　　　割肉分量过秤下来有轻重，
　　　　　即使仅差二十分之一的

　　　斯克鲁普尔①，即使差不过
　　　一根头发丝分量，就把你
　　　抵命判死刑，财产全充公。
葛莱西安诺　但以理再世，真个但以理！
　　　犹太人，不信教，这回逮住你。
鲍西娅　取赔偿！犹太人何故就停手？
夏洛克　算了，给我本钱，放我走吧。
巴萨尼奥　我给你预备好了，在这里。
鲍西娅　他已经当庭拒绝过，只能
　　　依公正履行借据予处分。
葛莱西安诺　我再说但以理，但以理第二！
　　　谢谢犹太人，提醒我此名称。
夏洛克　我连本钱都得不到了吗？
鲍西娅　只许你极冒风险取赔偿，
　　　其余一概无，犹太人。
夏洛克　好，就让恶魔给他占便宜！
　　　无须多费我口舌。
鲍西娅　　　　　　　　犹太人，
　　　且住，法律还对你有处置。
　　　威尼斯有法律明文作规定，
　　　如有外邦人行为被证实，
　　　动用直接或间接之手段，
　　　谋害我任何公民之生命，
　　　查明确有实据者依法办。
　　　被害人可得其财产之半，
　　　另半由官府充公入国库；
　　　被告方之生命应任由公爵
　　　予处分，他人不得多过问。
　　　你眼下此一条款正应对，
　　　特此诉你，事实俱在是铁证，
　　　你间接、实质有直接谋害

---

① scruple，古罗马重量单位，等于1/24盎司。

　　　　这位被告人生命之故意，
　　　　你已触犯我刚才所说之
　　　　法律，你已落入此危险中。
　　　　快跪下，怜悯处置求公爵。
葛莱西安诺　求公爵允你自己去上吊。
　　　　可是你财产悉数要归公，
　　　　连买绳子钱也已没有了，
　　　　所以还须国家来处绞刑。
公爵　让你一观基督精神之不同，
　　　　我不等求情便就饶你命，
　　　　你财产之半归安东尼奥，
　　　　另一半没收充实大国库，
　　　　你若有悔过可以处罚金。
鲍西娅　此涉非关安东尼奥，应归公。
夏洛克　本命一切都拿去，别饶恕，
　　　　夺去我养家活口之根本，
　　　　夺去我生计即夺我生命。
鲍西娅　你对他何宽恕，安东尼奥？
葛莱西安诺　凭天主！送他绳上吊，没别的。
安东尼奥　若公爵并法庭从宽发落，
　　　　宽免他罚没财产之一半，
　　　　我便可满意，他也有能力，
　　　　另外一半归由我代保管，
　　　　等他临终时，可交那先生，
　　　　他已经与他女儿同私奔。
　　　　还有两件事以表谢大恩，
　　　　他须立刻皈依基督教；
　　　　另一点，命他当庭立字据，
　　　　写清楚他死后全部财产
　　　　归他女儿及女婿洛伦佐。
公爵　他必全照办，否则要收回
　　　　我对其赦令，刚才所宣布。
鲍西娅　满意否，犹太人？有无话说？

夏洛克　只好满意。

鲍西娅　　　　　　　书记，写授赠字据。

夏洛克　请你们允许我现在退庭，

　　　　我人觉不适，文契后送达，

　　　　签字定不误。

公爵　　　　　　　走吧，必待签字。

葛莱西安诺　你洗礼须有教父是两个；

　　　　我若当法官，教父需十个①，

　　　　送你上绞架，不送给受洗。[**夏洛克下。**]

公爵　先生，我请你到舍间用餐。

鲍西娅　不胜荣幸，但敬请多原谅，

　　　　今晚我务必赶回帕度亚，

　　　　即刻须动身，恕不奉陪了。

公爵　你无空闲我抱憾未表寸心。

　　　　安东尼奥，感恩这位先生，

　　　　我清楚，这回全靠他救你。

　　　　　　　　[**公爵及诸贵族、侍从等下。**]

巴萨尼奥　最可尊敬先生，我和朋友

　　　　今日全靠你智慧才得以

　　　　大难不死，这一点本该是

　　　　偿还给犹太人钱三千元，

　　　　先敬赠酬劳先生你辛苦。

安东尼奥　感激不尽谢先生大恩德，

　　　　我们将永生永世不忘记。

鲍西娅　做事成圆满便是得报酬，

　　　　我让你得脱险事成圆满，

　　　　所以我本人报酬已得到，

　　　　我心平不希冀钱财酬谢，

　　　　愿二位日后见面认识我。

　　　　谨祝二位好，就此告辞了。

---

① 行洗礼时有教父和教母，此处说要添十个，意指陪审员共十二人，即不
　是让他洗礼，而是判他刑。

巴萨尼奥　亲爱先生，不能不再提要求，
　　　留些物作纪念权当薄礼，
　　　不算酬谢。请应允事两件，
　　　勿拒绝，且当礼轻情义重。
鲍西娅　二位特殷勤却之我不恭。
　　　[向安东尼奥。]你手套给我吧，戴作纪念。
　　　[向巴萨尼奥。]为你厚爱，特取你这戒指；
　　　你别缩手哦；那我不要了，
　　　原想你诚意，不料遭拒绝。
巴萨尼奥　要戒指，好先生？嗨，不值钱。
　　　我未免太显寒碜给这个。
鲍西娅　除这以外我别的不想要，
　　　我现在倒反而更想要它。
巴萨尼奥　这戒指不值钱，但意义重大。
　　　我宁赠威尼斯最贵重戒指，
　　　我为此特意要广告搜罗；
　　　唯独这一点敬请你见谅。
鲍西娅　知道先生了，你口惠实不至。
　　　先教我乞讨，现在我明白，
　　　回头又教我如何被人拒。
巴萨尼奥　好先生，这戒指是我妻所给，
　　　给我戴上时令我发过誓，
　　　永远不卖掉，不送掉，不丢掉。
鲍西娅　许多人为免送礼此推托。
　　　你妻子若不是女人疯癫，
　　　认得清送给我多么值得，
　　　她不会怨恨你永远反目，
　　　仅只为送了我。好吧，祝平安。
　　　　　　　　[鲍西娅与尼莉莎下。]
安东尼奥　巴萨尼奥兄，戒指送她吧，
　　　看功劳与我交情这份上，
　　　重过于你夫人命令吧。
巴萨尼奥　去，葛莱西安诺，追上他们，

给他戒指，还尽力领他回，
来安东尼奥家，快，赶快去！
［葛莱西安诺下。］

来，我现在就陪你到府上，
明一早我和你一齐动身，
到贝尔蒙特。走，安东尼奥。［同下。］

**第二场：同前。一街道。**
　　**鲍西娅与尼莉莎上。**

鲍西娅　　问得犹太人住址，此字据，
　　　　令签字。你我今晚就离开，
　　　　比丈夫赶回家里早一天；
　　　　这字据洛伦佐定受欢迎。
　　　　**葛莱西安诺上。**

葛莱西安诺　好先生，好不容易追上你；
　　　　巴萨尼奥先生重加考虑，
　　　　戒指还是送与你，并邀请
　　　　二位赏光同进餐。

鲍西娅　　　　　吃饭不必了，
　　　　这戒指敬领了，请代致谢。
　　　　一事相烦，你领我小兄弟，
　　　　去老犹太夏洛克他家里。

葛莱西安诺　可以可以。

尼莉莎　　　　　　　先生，有句话说。
　　　　［向鲍西娅旁白。］也试试我能否得他戒指；
　　　　我也令他发过誓永远戴手指。

鲍西娅　　你定可得到；回家听他们，
　　　　指天罚地誓，送了某人家，
　　　　一定要羞辱骂倒他二人。
　　　　去，快！你知我何处等着你。

尼莉莎　　来，好先生，领我去犹太家。

［同下。］

# 第五幕

**第一场：** 贝尔蒙特。鲍西娅家门前大路。
　　　　　洛伦佐与杰西卡上。

洛伦佐　　月皎洁当空照夜色宜人，
　　　　微风徐徐吻树梢寂安然，
　　　　静悄悄，此夜间令我想起，
　　　　特洛伊勒斯攀上特洛伊城墙，
　　　　遥望克瑞西达宿于希腊营帐，
　　　　一声声长叹气①。

杰西卡　　　　　　　夜色宜人，
　　　　提斯柏踏霜路心惊胆战，
　　　　忽看见有狮影在他前面，
　　　　心惶遽迅逃走。②

洛伦佐　　　　　　　夜色宜人，
　　　　狄多手拿柳枝叶站立在
　　　　海岸边，向无垠大海频频
　　　　招情人回迦太基。③

杰西卡　　　　　　　夜色宜人，
　　　　美狄亚采集回春仙药草，
　　　　让伊宋返老还童。④

洛伦佐　　　　　　　夜色宜人，
　　　　犹太富翁家杰西卡私奔，

---

① 希腊神话特洛伊城王子特洛伊勒斯Troilus同希腊少女克瑞西达Cressida是
　一对情人，特洛伊与希腊交战，克瑞西达作为战俘被遣送至希腊营中，
　结果弃前情而嫁与希腊将领；莎氏着此剧。
② 巴比伦一对情人在一次约会中男的皮剌摩斯Pyramus误以为女的提斯柏
　Thisbe已被狮吞食，悲极而自杀，后提斯柏发现，也自杀。
③ 罗马神话载狄多Dido是迦太基建国女王，因坠爱于特洛伊英雄埃尼阿斯
　Aeneas后被弃而自杀；柳枝条是失恋的象征。
④ 希腊神话的伊阿宋Jason率英雄们赴海外觅金羊毛，遇黑海一国公主美狄
　亚，得其助而觅取成功，一起私奔，后又将她遗弃；美狄亚精于巫术，
　炼仙药使伊阿宋老父伊宋Aeson返老还童。

与浪荡情人逃出威尼斯，
　　到贝尔蒙特。
杰西卡　　　　　　夜色宜人，
　　青年洛伦佐发誓对她爱，
　　山盟海誓偷骗去她爱情，
　　可从没真心话。
洛伦佐　　　　　　夜色宜人，
　　美丽杰西卡，像个小泼妇，
　　毁谤她情人，但他不计较。
杰西卡　要是无人来，夜故事讲不完，
　　可是你听！脚步声来人了。
　　**斯丹法诺上。**
洛伦佐　深夜静是何人走步快急？
斯丹法诺　是朋友。
洛伦佐　朋友！谁朋友？朋友叫什么？
斯丹法诺　我叫斯丹法诺，特来报信，
　　小姐天亮前就要赶回到
　　贝尔蒙特，她此番一路来，
　　遇见有十字架下跪祈祷，①
　　祝新婚有幸福。
洛伦佐　　　　　　与谁同来？
斯丹法诺　无人，只有修道士与伴娘。
　　请问我家主人可已回来？
洛伦佐　还没有，我们尚无他消息。
　　一起进屋吧，请你杰西卡，
　　应当预备好郑重有礼仪，
　　迎接我们女主人回家转。
　　**朗斯洛特上。**
朗斯洛特　索拉，索拉！哇哈呵！索拉，索拉！
洛伦佐　谁在叫？
朗斯洛特　索拉！你看见洛伦佐先生吗？洛伦佐先生！索拉，索

---

① 意大利大道旁多有十字架以纪念圣徒或英雄。

　　　　　　拉！

洛伦佐　你别叫，在这里。

朗斯洛特　索拉！在哪里？

洛伦佐　这里。

朗斯洛特　告诉他我主人派送信的来了，吹响号！
　　　　消息可不少，主人天亮前就要回家啦。[下。]

洛伦佐　亲爱的，进屋吧，等他们回来；
　　　　不过也无妨，何必进屋等？
　　　　斯丹法诺好朋友劳驾你，
　　　　进屋宣布说小姐就快到，
　　　　乐队准备好，门外来迎候。[**斯丹法诺下。**]
　　　　看月光静谧如水洒坡上！
　　　　咱俩安坐在这里听奏乐，
　　　　丝丝乐声入耳来，柔和夜，
　　　　美乐声情景谐和最合宜。
　　　　坐吧杰西卡，看天上嵌缀
　　　　金星亮晶晶，璀璨满天宇。
　　　　你看最小一点星在运行，
　　　　轨迹徐徐进，天使般歌吟，①
　　　　永远奉嫩眼天婴在唱和。
　　　　协和音，原应灵魂永不灭，
　　　　只可惜，泥土躯壳是我身，
　　　　灵魂禁内里，难以听得见。
　　　　乐队上。
　　　　哦，来！奏音乐唤醒戴安娜②。
　　　　最美妙音乐倾注任主听。
　　　　音乐迎她回家来。[**乐声起。**]

杰西卡　我听美音乐反而觉凄凉。

洛伦佐　这道理你精神太过专注，
　　　　你若见野兽群任性狂奔，

---

① 故事认为天星运行是有乐声的。
② Diana，希腊罗马神话中的月神。

或若是一小群不羁马驹，
狂野跳仰起脖高声嘶鸣，
这原是有血性刚强落拓，
若是在偶然间听得号角；
或天籁任何声直灌入耳，
就看见齐刷刷一同停步，
凶目光随乐声凝视温顺。
美音乐有伟力，故而诗人
奥非士①据传说能够引动
树石和洪水，世上无凶顽
不驯服其音乐变掉蛮性。
任何人无音乐在其内心，
又不受美音乐和谐感动，
性不良怀奸计叛国害民，
坏事尽做绝，内心黑暗夜，
其感情如鬼蜮一般阴毒，
这种人不可信赖。听音乐。

**鲍西娅与尼莉莎自远处上。**

鲍西娅　我看见有灯火正是厅中，
　　　　小小蜡烛光射亮也挺远！
　　　　世浑浊做善事也见光耀。
尼莉莎　月儿明亮照，烛光便不见。
鲍西娅　如此大荣耀照得小阴暗。
　　　　僭越王登基威严如真王，
　　　　真王一朝临权柄立更迭，
　　　　僭王顿失势，恰如小河水，
　　　　流入海汪洋。音乐声！你听！
尼莉莎　那是家里奏音乐，夫人。
鲍西娅　依我看好事无缘不甚好，
　　　　现在我耳听，美过白昼时。

---

① Orpheus，希腊神话中的诗人和歌手，善弹竖琴，弹奏时猛兽俯首，顽石
点头。

尼莉莎　这夜间更幽静之缘故，夫人。

鲍西娅　乌鸦唱好听一如百灵鸟，
　　　若无两比照，依我看，夜莺
　　　如在白昼间尽情歌唱时，
　　　鹅正嘈杂声混同于一起，
　　　也就不见得胜过鹪鹩噪。
　　　凡事有机缘锦上添花时，
　　　方赢人赞美，美好优绝伦！
　　　安静！月亮正伴恩底弥翁①睡，
　　　不愿被惊醒！[乐声止。]

洛伦佐　　　　　　我没听错，
　　　这正是鲍西娅说话声音。

鲍西娅　他听出是我，如盲人听到了
　　　杜鹃咕咕声。

洛伦佐　　　　　　谨迎接夫人归。

鲍西娅　我们是为丈夫前往祝祷，
　　　但只愿心虔诚祈祷托福。
　　　他们已回么?

洛伦佐　　　　　　还未回来，夫人。
　　　但已有一信差先捎消息，
　　　说是随后也就到。

鲍西娅　进屋，尼莉莎。
　　　对用人须关照，不许言说
　　　我们俩曾离家出走此事;
　　　洛伦佐，杰西卡，也请勿讲。[喇叭声。]

洛伦佐　先生回来了，听见他喇叭响。
　　　我们不多嘴，夫人请放心。

鲍西娅　看夜色仿佛有病之白昼，
　　　只略显如日间些许惨淡，
　　　恰似太阳被遮进在云端。

**巴萨尼奥、安东尼奥、葛莱西安诺及仆从等上。**

---

① Endymion，希腊神话中月神所爱的牧羊青年。

巴萨尼奥　这时来行走不在太阳下，
　　　　同地球另一半也似白昼。

鲍西娅　让我给你光，非是光轻浮①，
　　　　妻子一轻浮丈夫背重负。
　　　　我永绝巴萨尼奥遭如此，
　　　　一切由天主！迎夫君回家转。

巴萨尼奥　谢夫人，也欢迎我朋友。
　　　　请接见这一位安东尼奥，
　　　　我衷心感恩不尽全靠他。

鲍西娅　你本应感恩戴德刻铭心，
　　　　我听闻罹祸不浅他为你。

安东尼奥　也并无不可解脱之祸事。

鲍西娅　我们很欢迎先生你光临，
　　　　仅言辞未尽意真诚感谢，
　　　　故所以恕不多言客套话。

葛莱西安诺　[向尼莉莎。]起誓凭明月，你莫冤枉我，
　　　　真的，我给了法官书记；
　　　　你既看得如此重，我但愿，
　　　　此人去了势阳人变阴人。

鲍西娅　哦怎么吵起来，为的什么事？

葛莱西安诺　金环圈儿不值钱一戒指，
　　　　她给我上面刻有字，就同
　　　　刀子上刀匠刻字一模样，
　　　　那种老套话："爱我毋相弃。"

尼莉莎　你轻巧话怎不讲何价值？
　　　　你对我发过誓，我已给你，
　　　　你须戴指上直到你去世，
　　　　还要戴戒指一同进坟墓。
　　　　纵然不为我也为你重誓，
　　　　务必尊重情悉心来爱护。
　　　　给书记，呸！凭天主做裁判，

————————

① 原文"光"与"轻"是同一词light。

　　　　　　　书记官拿去，脸上不长毛一根。

葛莱西安诺　一到成年人也就长胡须。

尼莉莎　哈，要么女人能够变男人。

葛莱西安诺　举手我发誓给的小青年。

　　　　　　　小个头，干净光鲜大孩子，

　　　　　　　高矮正如你，法官他书记。

　　　　　　　温顺一男孩，指环作酬劳，

　　　　　　　表感激，拒送于心实不忍。

鲍西娅　就是你不对，——老实与你说，——

　　　　　　　你妻首一之礼物轻易弃，

　　　　　　　口说山盟海誓套在你手指，

　　　　　　　忠诚戴你心，肉身此一份。

　　　　　　　我也是，给我情人戒指戴，

　　　　　　　发誓言永不丢。他也正在，

　　　　　　　我敢誓言他不会已丢弃；

　　　　　　　纵然全世界财富都给他，

　　　　　　　也不会摘下指。葛莱西安诺，

　　　　　　　你实在伤透你爱妻忠信。

　　　　　　　这事搁在我，我要气发疯。

巴萨尼奥　[旁白。]啊，我把我左手砍掉为好，

　　　　　　　只说护戒指竟至没了手。

葛莱西安诺　巴萨尼奥兄戒指也送了，

　　　　　　　法官强要去，实在也应该，

　　　　　　　送值得。那孩子，他书记，

　　　　　　　笔头上很出力，他要我的，

　　　　　　　他主仆二人别的都不要，

　　　　　　　就要戒指。

鲍西娅　　　　你给什么戒指，夫君？

　　　　　　　想必不是我给你那一只。

巴萨尼奥　事做错如若允再可撒谎，

　　　　　　　我便否认；但是瞧，我手指，

　　　　　　　已然戒指也没有，没有了。

鲍西娅　虚伪心你没一丝儿真情。

　　　　　　　天哪，我不与你同床共枕，

　　　　　除非见我指环。

尼莉莎　　　　　　　我也不共床，
　　　　　直到见我戒指。

巴萨尼奥　　　　　　心爱鲍西娅，
　　　　　你要知道我戒指给与谁，
　　　　　你要知道我戒指为谁给，
　　　　　要知道为何故我送戒指，
　　　　　非情愿，实在出于不得已，
　　　　　他定要这戒指，别的不要；
　　　　　真诚愿你稍减盛怒心气平。

鲍西娅　你若知道，这戒指多重要，
　　　　　或给你戒指她价值一半，
　　　　　或你自己戴着它觉荣耀，
　　　　　你也就不会随意给送掉。
　　　　　哪会有这般不讲理之人，
　　　　　只要你心诚恳婉言相拒，
　　　　　细说情由晓以理，这枚戒指
　　　　　实在有纪念意义，怎可强要去？
　　　　　尼莉莎她所言教我相信，
　　　　　我以命担保你定给女人。

巴萨尼奥　不，以名誉、灵魂担保，夫人，
　　　　　不是女人，是位法学博士。
　　　　　我给他三千元他也不要，
　　　　　就只要戒指，我当然不肯，
　　　　　他不欢而别。要知道他是
　　　　　救我好朋友性命大恩人，
　　　　　这叫我如何才好，亲爱夫人？
　　　　　不得已我将戒指赠与他，
　　　　　我即惭愧又须礼貌，窘困
　　　　　之下，不容负恩义染污点。
　　　　　万请原谅我，我的好夫人。
　　　　　凭着月夜之明烛，说实话，
　　　　　换于你，我想你也会要我
　　　　　就将这枚戒指送与好博士。

鲍西娅　可不要让博士来我家里，
　　　他已到手我心爱之宝物，
　　　那是你发誓为我必珍爱，
　　　那我就也像你慷慨一番，
　　　他要我所有我概不拒绝，
　　　不拒我这身、丈夫你床头；
　　　总会与相交准定是这样。
　　　你别一夜不在家，必得像
　　　百眼巨人阿耳戈①紧看守，
　　　否则我单独，名誉来担保，
　　　必令博士来做我同床人。
尼莉莎　我这里也要书记睡一起，
　　　撇下我独自时你须小心。
葛莱西安诺　好，你去做，别叫我逮住他，
　　　否则叫他书记字写不成。
安东尼奥　都怪我不好，引你们起争吵。
鲍西娅　先生别难过，我们欢迎你。
巴萨尼奥　鲍西娅，万请恕我一时错，
　　　实出不得已，当着朋友面，
　　　我发誓，让你一对美丽眼，
　　　眼中见我自己，——
鲍西娅　　　　　　　听听你这话！
　　　在我双眼中只见他自己，
　　　一眼有一个，凭你双重人，
　　　来起誓，有何可信。
巴萨尼奥　　　　　　不，听我说，
　　　原谅我错这一回，凭灵魂，
　　　不再失信于你，我起誓。
安东尼奥　我为他幸福抵押我肉身，
　　　亏得有索要指环那个人，
　　　否则我早已死。我敢再立约，

———————

① Argos，希腊神话中百眼巨人，睡时也睁眼警觉守卫。

拿灵魂来抵押，你的夫君，

决不会是有意悖心于你。

**鲍西娅**　那你就作担保，把这给他，

教他比前一个保管更好。

**安东尼奥**　给巴萨尼奥兄，誓爱这戒指。

**巴萨尼奥**　天哪！正是给博士那一只！

**鲍西娅**　是他给我，巴萨尼奥，原谅我，

凭戒指，博士与我睡过觉。

**尼莉莎**　原谅我，亲爱葛莱西安诺，

博士他书记，那个矮小子，

凭这只昨晚同我睡过觉。

**葛莱西安诺**　啊，这正叫大热天修大道，

那大道原已是畅通无阻；

我们未曾享已先做乌龟?

**鲍西娅**　勿说粗话；你们全糊涂，

这封信，有工夫细细来读，

信寄自帕度亚培拉里奥。

信上说鲍西娅就是博士，

尼莉莎书记官，有洛伦佐

做见证：你们前脚走，我们

后脚跟进，值此也刚回来，

尚未进家门。欢迎安东尼奥，

还有更好消息出你意料，

待你看信立刻全明了：

你的三艘大航船货满载，

不意全回来已经泊港湾。

你怎么也不知，这封书信

怎会到的我手里。

**安东尼奥**　　　　　　我傻了。

**巴萨尼奥**　你是博士，我怎么认不出?

**葛莱西安诺**　是你这书记官，令我做乌龟?

**尼莉莎**　哈，书记不存心让你做乌龟，

除非他长得高大成男人。

**巴萨尼奥**　亲爱我博士，一同共床人，

　　　　我不在，你与我妻可睡觉。

安东尼奥　好夫人，你给我性命和生计，

　　　　从信上我确知我的船货，

　　　　已安然全抵港。

鲍西娅　　　　　那么，洛伦佐！

　　　　我书记也带给你有安慰。

尼莉莎　对呀，不收费我送给你们，

　　　　看这里，我给你和杰西卡，

　　　　犹太富翁所具结赠产契，

　　　　他死后全部财产归你们。

洛伦佐　二位好太太，天使施吗哪①，

　　　　赈救饥民。

鲍西娅　　　　　天破晓就快亮，

　　　　想必是你们还不知此事

　　　　详细情，且先一起进屋去，

　　　　有何不明处可再问我们，

　　　　一定可回答保管听满意。

葛莱西安诺　再好也没有，第一要问的，

　　　　我的尼莉莎发誓要回答，

　　　　待等明晚才同房或者是，

　　　　就现在离天亮还有两小时；

　　　　若到天明，愿夜幕快降临，

　　　　博士她书记上床我同寝。

　　　　好，我此生便无所可担忧，

　　　　只当心尼莉莎戒指我别丢。

　　　　　　　　　　　　　　　　　[众下。]

---

① manna，天降的食粮，典出《圣经·出埃及记16：31–35》。

## 《丹麦王子哈姆雷特之悲剧》简介

丹麦王子哈姆雷特在德国威登堡求学，闻父王突然去世，奔丧回国。见叔父克劳迪斯已登位并娶嫂为妻，对此变故他深感悲痛与不满。叔父示爱称侄为儿，母亲仍是王后。哈姆雷特则视此为乱伦，事亦颇有蹊跷。这时先王显灵，向儿诉说自己是被兄弟毒死，篡位夺后，要他报仇。哈姆雷特以父死精神刺激而装疯，暗中观察真相。

佞臣波洛涅斯的女儿莪菲利娅是哈姆雷特的恋人，见哈姆雷特疯了，万分伤心。父亲要她试探是否真疯；哈姆雷特只得疯而不认，舍弃恋人。奸王派与侄子从小一起的朋友以陪护为由，加以试探，也是无效。如此，一直处于一方在寻机复仇、一方则严加防范另怀杀机的紧张生活之中。

哈姆雷特忧思王室之堕落，国运之不振，痛苦与犹豫，徘徊于自杀与复仇的生死之间。

一次，哈姆雷特借戏班来宫廷演戏，他安排演出弑王夺后同样剧情的戏；奸王观而变色，怒喝停演，仓皇离席。如此，先王显灵所言完全证实。王子便痛下决心杀叔为父复仇。

奸王越来越心虚。有一天独自偷偷向神忏悔，哈姆雷特正好走过，拔剑欲杀。但想到此时杀他会将他灵魂送入天堂，只好罢手。

哈姆雷特去母亲寝宫给以劝说，悲愤严词谴责。这时先王显灵，命他勿伤母后。母亲见儿独自向空中讲话，疯癫如此，更觉悲伤。哈姆雷特转为和颜，母子连心毕竟情深。母亲保护着儿子。这时忽觉帷帐后躲有人。哈姆雷特以为是奸王，拔剑隔帷即刺，原来是佞臣波洛涅斯奉命来监视或能偷听到母子真言，就此替死。

莪菲利娅被情人不理，父亲又被情人所杀，发疯死于坠河。

奸王借口王子疯癫杀大臣，遣使押赴英国催缴贡赋，文书则密令英国人杀死他。哈姆雷特将计就计，盗改文书，结果使两个走狗遣使被英国人杀掉，自己半途返回。

　　佞臣有儿莱厄提斯在法国，得悉父死，赶回国，知父被哈姆雷特杀，又逢妹溺亡，立刻找哈姆雷特决斗。奸王阴险嫁祸挑拨，安排给莱厄提斯使用毒剑，并另备毒酒。决斗中哈姆雷特初胜；奸王向他递上一杯酒表示祝贺，王后抢过酒杯一饮而尽，倒毙；莱厄提斯趁机刺哈姆雷特，哈姆雷特夺剑回刺。莱厄提斯毒发死时揭出国王阴谋，哈姆雷特刺杀奸王。

　　哈姆雷特毒发，临死遗命挪威王子福廷布拉斯继位。

# 丹麦王子哈姆雷特之悲剧
## The Tragedy of Danmark, Prince of Hamlet
（1600年）

## 剧中人物

| | | |
|---|---|---|
| 克劳迪斯 | Claudius | 丹麦王。 |
| 哈姆雷特 | Hamlet | 先王之子，今王之侄。 |
| 波洛涅斯 | Polonius | 御前大臣。 |
| 霍雷肖 | Horatio | 哈姆雷特之友。 |
| 莱厄提斯 | Laertes | 波洛涅斯之子。 |
| 沃尔提曼德 | Voltimand | |
| 考内利乌斯 | Cornelius | |
| 罗森克兰兹 | Rosencrantz | 侍臣。 |
| 吉尔登斯腾 | Guildenstern | |
| 奥斯里克 | Osric | |

一近侍。
一教士。

| | | |
|---|---|---|
| 马塞勒斯 | Marcellus | 侍卫官。 |
| 本纳多 | Bernardo | |
| 弗兰西斯科 | Francisco | 卫士。 |
| 雷纳多 | Reynaldo | 波洛涅斯之仆。 |

伶人数名。

| | | |
|---|---|---|
| 小丑两名 | | 掘墓人。 |
| 福廷布拉斯 | Fortinbras | 挪威王子。 |

一挪威上尉。
英格兰使臣。

| | | |
|---|---|---|
| 格特露德 | Gertrude | 丹麦王后，哈姆雷特之母。 |
| 莪菲利娅 | Ophelia | 波洛涅斯之女。 |

贵人、贵妇、校尉、军丁、水手、信使及其他侍从若干。哈姆雷特亡父之鬼魂。

**地点：埃尔辛诺。**

# 第一幕

第一场：埃尔辛诺，宫廷城堡警卫台。

　　　　弗兰西斯科值警于岗位。本纳多上场趋前。

本纳多　什么人？

弗兰西斯科　你先回话，给我站下，口令？

本纳多　吾王万岁！

弗兰西斯科　是本纳多？

本纳多　正是。

弗兰西斯科　你来上岗守时间总是很准。

本纳多　已敲十二点，去睡吧，弗兰西斯科。

弗兰西斯科　谢谢你接班换岗。天真冷，

　　　直冷透我的心。

本纳多　平安无事么？

弗兰西斯科　　　　耗子也没见。

本纳多　祝晚安。

　　　见霍雷肖、马塞勒斯他二人，

　　　你关照速来此与我值勤。

弗兰西斯科　听见像他们。呔！什么人？

　　　**霍雷肖和马塞勒斯上。**

霍雷肖　邦国自己人，

马塞勒斯　　　　丹麦王臣民。

弗兰西斯科　祝君晚安。

马塞勒斯　　　　哦！再见，忠诚军人。

　　　谁接你的班？

弗兰西斯科　　　本纳多接我班。

　　　祝君晚安。[下。]

马塞勒斯　你好，本纳多！

本纳多　　　　　噢，

　　　谁！可是霍雷肖？

霍雷肖　　　　　我凑一个。

本纳多　欢迎，霍雷肖；劳驾，好马塞勒斯。

马塞勒斯　那！那东西今晚可又出现？

本纳多　我还没看见。

马塞勒斯　霍雷肖说咱幻觉看花眼，
　　　　他不信这里哪有死魂灵，
　　　　实可怕你我两次见真切；
　　　　故特地请他到此也站岗，
　　　　与我们共同一起来值夜；
　　　　如若是鬼魂再来现幽灵，
　　　　咱所见他好坐实与它谈。

霍雷肖　啐，啐，哪会出现！

本纳多　　　　　　暂且请坐；
　　　　再向你说情由一番叙述，
　　　　你两耳莫塞听不要不信，
　　　　都两夜亲眼见。

霍雷肖　　　　　　好，都请坐，
　　　　且听听本纳多从头细说。

本纳多　说昨夜里，
　　　　看明星偏北斗西行遥远，
　　　　行将至照亮那一方天际，
　　　　连同我和马塞勒斯两人，
　　　　时闻钟敲一记，——

马塞勒斯　噤声，闭嘴，瞧，它又正来临！

　　　**鬼魂上。**

本纳多　还是一模样，恰似咱先王。

马塞勒斯　你肚有墨水[1]，上前讲，霍雷肖。

本纳多　不像君王么？你瞧，霍雷肖。

霍雷肖　实在像，叫我奇怪又紧张。

本纳多　仿佛要讲话。

马塞勒斯　　　　　快问它，霍雷肖。[2]

霍雷肖　你何物，深夜出现惊扰人，
　　　　俨然像已入土的丹麦王，

───────────────

[1] 传说幽灵鬼怪较能与有文化的人说话。
[2] 传说人鬼对话要人先讲话鬼才开口。

　　　　装作他生前征战威武样、
　　　　径闯荡？天在上，命你快讲话！
马塞勒斯　它恼怒了。
本纳多　　　　　瞧！它迈步去了。
霍雷肖　停下！讲，讲！我命你，讲话！

　　　　　　　　　　　　　　［鬼魂下。］

马塞勒斯　它走了，不肯答腔。
本纳多　瞧你，霍雷肖，身子抖，脸发白！
　　　　真个是幻觉眼花活见鬼？
　　　　还怎么说？
霍雷肖　上帝明鉴，真叫人不敢信，
　　　　若不是身临其境来实证
　　　　亲眼目睹。
马塞勒斯　　　可不是像先王？
霍雷肖　恰如你像是你。
　　　　它身披先王甲胄似上阵，
　　　　犹当年迎战挪威野心王，
　　　　犹也曾横眉怒目吼声震，
　　　　重创那冰上飞橇波兰人。
　　　　奇啊！
马塞勒斯　前两回也似这死寂夜深，
　　　　他阔步经岗哨昂首而行。
霍雷肖　我头脑摸不着颇费思忖，
　　　　但不过依常规大体推测，
　　　　乃预兆我邦国祸有端倪。
马塞勒斯　现在请坐好，谁知谁回答：
　　　　为何我邦国警戒突严峻，
　　　　劳碌众臣民彻夜寝不安；
　　　　为何铸铜炮日日无停歇，
　　　　军械犹不足外邦去购买；
　　　　为何征船工胁迫建船舟，
　　　　苦役整周日礼拜无休息；
　　　　何事要发生驱使人拼命，
　　　　夜以继日干苦汗湿涔涔；

　　　　谁能告诉何缘故？

霍雷肖　　　　　　　我来说，
　　　　至少是有传闻街谈巷议。
　　　　君已见吾先王圣容显灵；
　　　　众所知挪威王福廷布拉斯，
　　　　称霸道起战端寻衅争胜；
　　　　正轮到吾先王哈姆雷特——
　　　　其神勇普天下谁不钦羡——
　　　　宰杀掉老霸王有言在先，
　　　　于章法于情理无可讳忌，
　　　　战败者搭老命并兼国土，
　　　　要沦为被征服赌光输尽。
　　　　吾先王陛下注光明磊落，
　　　　胜者若是彼福廷布拉斯，
　　　　吾国土就归他结果对调；
　　　　原已是立约法有章可循，
　　　　吾先王遂赢他统吃全盘。
　　　　福廷布拉斯他崽子来出头，
　　　　少年狂血气旺无知天地，
　　　　啸聚起亡命徒欲掀波澜，
　　　　兴窜扰起伏于挪威边境，
　　　　管吃喝供驱使磨刀匆匆，
　　　　横了心豁出命铤而走险。
　　　　那便是凭强暴复仇泄恨——
　　　　吾邦国对情势了然在胸——
　　　　看准他要动手夺回失地。
　　　　我应说是他父咎由其先，
　　　　正因此我们要摩拳擦掌，
　　　　全国境急匆匆忙乱纷纷，
　　　　先绸缪早守备警卫森严。
本纳多　我也想仅此故别无他因，
　　　　怪不得凶兆显正相符合，
　　　　披铠甲巡岗哨俨然先王，
　　　　将战事犹吻合往昔如今。

霍雷肖　　明净双眼中落进微尘粒。
　　　　从前大罗马盛极一时代，
　　　　伟人大恺撒遇害瞬息前，
　　　　坟地墓穴空死尸齐游街，
　　　　鬼语声唧啾罗马变阴世，
　　　　露珠含血水天星曳火尾，
　　　　太阳变惨白月亮泪汪汪，
　　　　海神追月随掀浪从天盖①，
　　　　天蚀凄惨惨末日已临头。
　　　　异象频出现人祸天灾连，
　　　　险情凶兆起命数到大限。
　　　　楔子把场开重戏随将来，
　　　　天塌地又陷一发威力骇，
　　　　邦国与万民全体待昭示。
　　　　莫作声，注意！喏，它又回转！
　　　　**鬼魂重上。**
　　　　我前行，不怕它伤人。站住，幽灵！
　　　　你若是通言语能听能讲，
　　　　开口吧！
　　　　如若是有善举必欲施行，
　　　　于我是荣幸于你可安息。
　　　　开口吧！
　　　　如若你对邦国隐情忧患，
　　　　请告知预避险皆大欢欣。
　　　　哦，说吧！
　　　　或然你生前时强取金银，
　　　　掳财宝隐秘藏暗地处处，
　　　　因此上人说你魂儿要逡巡。

　　　　　　　　　　　　　　　　　　　　　　[鸡鸣。]

　　　　开口吧！站住！说话！拦住它，马塞勒斯！
马塞勒斯　非要我用长戟砍它不成？

_____

① 罗马神话中的海神尼普顿Neptune，掌管潮汐随月涨落。

霍雷肖　　看它不肯停，砍吧。

本纳多　　　　　　看招！

霍雷肖　　　　　　看招！

［鬼魂下。］

马塞勒斯　　它走了！

　　　　对付它径施暴犯忌大错，

　　　　瞧它是多威严仪表堂堂，

　　　　恰如风飘渺过刀枪不着，

　　　　凭我等空挥舞徒劳可笑。

本纳多　　它正待说话，恰公鸡报晓。

霍雷肖　　它拔腿惊逃状如罪犯，

　　　　这乃是可怕命召。听人说，

　　　　公鸡整夜里啼叫无休止，

　　　　将脖颈提拔高，昂首挺胸，

　　　　唤醒白昼之神，又发警告，

　　　　野鬼游魂，不论蹈火跳海，

　　　　上天入地，全都丧魂落魄，

　　　　速回本界去了；事实眼见，

　　　　我亲察此物绝无虚妄。

马塞勒斯　　公鸡一啼叫，它即形影消。

　　　　人说年年盼每逢有时节，

　　　　救主诞辰日热闹齐庆贺，

　　　　整夜报通宵公鸡长啼鸣，

　　　　人欢再不见鬼魅敢逍遥，

　　　　安宁得确保星宿无害夜，

　　　　巫婆没了招仙妖不迷人，

　　　　圣洁乐丽时祥和心自豪。

霍雷肖　　我也亲耳闻，不妨但相信。

　　　　看，晨曦已披彩衣映红霞，

　　　　掠晨露远走高高东山上。

　　　　夜岗结束时，听我一句话，

　　　　我命来承当，今夜所见事，

　　　　须禀告哈姆雷特吾小王，

　　　　鬼不语你我，见他定讲话。

　　　　小王须敬爱，尽责无旁贷，
　　　　此事速去报，二位可赞赏？
马塞勒斯　须做尽快做，务必趁一早，
　　　　我知在何处找他最定当。　　[同下。]


## 第二场：城堡内一殿堂。
　　国王、王后、哈姆雷特、波洛涅斯、莱厄提斯、
　　沃尔提曼德、考内利乌斯、众贵人及侍从等上。
国王　哈姆雷特吾王兄适驾崩，
　　　　上下左右泣记忆尚犹新，
　　　　全国心齐一悼念表悲痛。
　　　　蹙额紧锁眉哀思藏心底，
　　　　感情去意气理智细思虑。
　　　　对他深念及沉痛须节哀，
　　　　回首反顾时毋忘咱自己。
　　　　昔日乃嫂氏今之吾王后，
　　　　继国之尚武承王之遗孀。
　　　　上下怀悲壮似又大欣喜，
　　　　一目任笑喜一目哀滴泪。
　　　　欢乐于丧礼悼吟于禧庆，
　　　　快活与伤悲珠两正般比，
　　　　娶之为德配得手称顺遂。
　　　　列位献大智相助有顶力，
　　　　功劳不可没致谢必厚报。
　　　　眼下又多事福廷布拉斯，
　　　　小子无眼力小觑我国势。
　　　　趁我王兄逝见隙欲蠢动，
　　　　妄想吾邦国分崩又离析。
　　　　尽做白日梦以为可乘机，
　　　　蓄意惹是非频频来下表。
　　　　为他父张目，令还其失地，
　　　　不顾有条律，吾兄大手笔，
　　　　早已铁订立。好，此事且暂搁，
　　　　现在谈自己，特来举会议。

事情要对付，文书已备齐，
下书挪威王，小子他叔父，
老王病缠身卧床已不起，
侄事未详悉，嘱他严管束，
不许侄胡闹制止须立即，
不准迫臣民征兵又囤粮。
特此委派你考内利乌斯，
还有一位你沃尔提曼德，
专使去挪威见王下檄文。
面提彼老王勿谓言不预，
权柄以外事尔等勿恣睢，
行动循尺度毋违孤旨意。
再见，衔命速去回藉以表忠诚。

考内利乌斯<br>沃尔提曼德　｝一切遵旨意，以赴尽全力。

国王　孤家无疑虑，衷心祝顺利。——

　　　　　　　　　　[沃尔提曼德和考内利乌斯下。]

我说莱厄提斯，你有何事？
说是有要求，莱厄提斯，是么？
丹麦本王前只要有道理，
说了不白说，莱厄提斯，何事
我未满足你，不遂你心意？
头脑作思量心胸来相依，
嘴上言语出手动付实行，
本王与你父也堪此般比。
你何求，莱厄提斯？

莱厄提斯　　　　　敬畏吾王，
请求下鸿恩允返法兰西，
臣我从彼处特地来丹麦，
于您加冕时大典尽崇敬。
而如今，我已恪尽守尊礼，
心中意，思念再返法兰西，
特来求恩准俯允即回去。

国王　你父可允许？波洛涅斯怎么说？

波洛涅斯　禀吾王，他苦求，唇蔽舌焦，
　　　　煞费心，再三求，迟迟臣未依，
　　　　盖因拗不过勉强说同意，
　　　　我这里也求驾，赐其去吧。
国王　惜你好春光，莱厄提斯，光阴是你的，
　　　尽管发挥你满腹有才艺。
　　　哦我的哈姆雷特，吾侄又吾儿，——
哈姆雷特　[旁白。]亲人愈加亲，愈亲愈不亲。
国王　何故面阴沉乌云散不去？
哈姆雷特　非也，陛下，做儿实炙于灼日①。
王后　好哈姆雷特，掀去你夜色暗衣，
　　　抬眼来喜颜开，悦对丹麦王，
　　　切不要沉下脸低眉垂目，
　　　面朝土寻觅你高贵亡父；
　　　须知晓人有一死平常事，
　　　回自然得永生此途必经。
哈姆雷特　诚然，母后，平常事。
王后　既平常，
　　　你为何偏好像悲状过份？
哈姆雷特　好像，不，母后！我决非"好像"。
　　　　不光黑外装，叫声好亲娘，
　　　　不光是着丧服遵守常礼，
　　　　也不光频喘息长吁短叹，
　　　　不，更不是泪河汩汩淌，
　　　　也不仅眉目间黯然丧神，
　　　　皆不足表白我衷肠肺腑，
　　　　在在好像悲凄凄情戚戚，
　　　　别人家不在乎装模作样，
　　　　我无法来表演身心伤痛，

--------

① 原文前句"吾儿"的"儿"son与此句的"日"sun为同音词，哈姆雷特用
　意是谐音反语相讥。译文权以"做儿""灼日"取音似，反讽做儿如灼
　日难耐。

　　　　着衣装显哀情外表而已。

国王　你真心善，堪赞赏，哈姆雷特，
　　　对你父能如此居丧尽孝。
　　　但须知你父也经历其父亡，
　　　辈辈父亲死，代代都一样。
　　　后人尽孝道，居丧守常规，
　　　悲痛哀悼一时间，情理尽。
　　　戚戚无休止，话就说回来，
　　　性偏仄，不算孝，男儿没气概。
　　　那显示，天命不足气血衰，
　　　心胸情志未磨砺，痴愚呆，
　　　质材长得矮，未加勤栽培。
　　　人生一管窥，岂知浩烟海，
　　　囿于寻常事，凡胎与俗子，
　　　何必心中死顶牛，笨脑袋，
　　　窍不开？呸！行径怪违天，
　　　违自然，违背常态，违死者，
　　　荒谬乖；父辈之死，天道载，
　　　开古第一老祖殁，到如今，
　　　他去世老生常谈不例外，
　　　"何足道哉！"故嘱你，快转弯，
　　　抛弃莫名哀，不忘想想朕，
　　　才是你父亲；晓喻全天下，
　　　朕位授吾儿直接继承者。
　　　为父望其子满腔心热忱，
　　　我爱倾注你，较之最情深，
　　　无逊半毫分。且说你想要
　　　负笈求学去，重赴威登堡，
　　　独门心，一意孤行不念朕。
　　　只愿你，留在此地定下心，
　　　众目深关注眷顾多温情，
　　　世子吾侄儿，当今胜重臣。
王后　莫叫娘恳求变徒劳，哈姆雷特，
　　　望儿在一起，毋去威登堡。

哈姆雷特　儿听从您的话便是，母亲。
国王　哎也也，回答深情又得体，
　　　邦家温馨在一起。吾妻，来吧，
　　　王儿千斤诺，言诚出肺腑，
　　　肝胆照，乐得我心眯眯笑。
　　　贺今日，丹麦上下大吉日，
　　　朕举觞，礼炮巨响云天际。
　　　来欢饮，上天应和唱一起，
　　　轰隆隆霹雳着地滚。来吧！

　　　　　　　　　　　　　[奏乐，除哈姆雷特外皆下。]

哈姆雷特　哦！消溶忒、忒坚实我肉身，
　　　愿稀释蜕变成露水滴沥！
　　　难道永恒之神未立戒律，
　　　不禁止互杀戮，上帝啊上帝！
　　　我所看人世间醉生梦死，
　　　陈腐透厌倦极无聊乏味，
　　　呀呀呸！尽荒园满地废弃，
　　　腐朽凋敝，蒿藜荆棘丛生，
　　　逼仄闷气，怎到得这般田地！
　　　才死两月！不，尚未满两月！
　　　我父辉煌海庇亮，怎堪他萨徒比！①
　　　我父待我母，至爱无巨细，
　　　天风来拂面心犹不舍得，
　　　尽心加呵护，天地见真情！
　　　定要我记忆？唉，母后大欠义，
　　　越吃嘴越馋越馋嘴越吃，
　　　没个底；仅仅不过一个月，
　　　不堪忆：脆弱，你的名字叫女人！
　　　短暂一个月，父王尸未寒，
　　　母后出殡回，丧鞋还未去，

---

① Hyperion，希腊神话太阳神，是最美的男性神祇；satyr，半人马或罗马神
　话中半人半山羊的淫佚山怪。

　　　　泪人儿似奈欧比①，正是她，——
　　　　哦上帝！是她牲畜都不如，
　　　　牲畜还长泣，——她与叔叔行婚礼！
　　　　我父之兄弟，高低不配比，
　　　　恰似我与赫丘利②，不可及。
　　　　面掩辛酸泪矫饰虚情义，
　　　　不待泪眼红肿退，哦不等！
　　　　行动出奇怪迅疾，苟婚配，
　　　　淫巧来引荐，乱伦嬉床头。
　　　　非好事，结局必定不是吉，
　　　　勿说把口闭，吞声心痛碎！

**霍雷肖、马塞勒斯与本纳多上。**

霍雷肖　　请殿下安福！

哈姆雷特　　　　　见到你好高兴，
　　　　霍雷肖，不然我要忘自己。

霍雷肖　　敬我主，我永是您忠仆。

哈姆雷特　　兄台，好友，此称呼换与你。
　　　　何故离开威登堡，霍雷肖？
　　　　哦马塞勒斯？

马塞勒斯　　殿下好，——

哈姆雷特　　见到你真高兴。[向本纳多。]足下好。
　　　　究竟何缘故离开威登堡？

霍雷肖　　我性懒散偷闲惯，禀殿下。

哈姆雷特　　我不听别人家对你恶言，
　　　　更不悦你胡说蒙我视听，
　　　　决不信你前来自作诋毁，
　　　　我知你决非是厌学之辈。
　　　　因何事又来此埃尔辛诺？
　　　　离开前定灌你一醉方休。

霍雷肖　　殿下，我此来为奔丧您父王。

---

① Niobe，希腊神话中一王后，痛失亲人哭成石人还流泪。
② Hercules，希腊罗马神话中的大力神，希腊神话译赫拉克勒斯。

哈姆雷特　莫将话说个反，我的好同学，
　　　　毋宁说是参加母后行婚礼。
霍雷肖　也正好，殿下，巧事凑一道。
哈姆雷特　正俭省，霍雷肖！殡丧用烤肉，
　　　　喜庆席宴请宾客作冷盆。
　　　　我宁可夙仇死敌上天遇，
　　　　也不甘面临这一日，霍雷肖！
　　　　见我父！恍如我父在眼前。
霍雷肖　哪里，殿下？
哈姆雷特　　　　我心中我有见，霍雷肖。
霍雷肖　我见他有一回，实是好君王。
哈姆雷特　好汉大丈夫，终身无挑剔，
　　　　从此见不到像他第二人。
霍雷肖　殿下，特禀告昨夜看见他。
哈姆雷特　看见？谁？
霍雷肖　殿下，看见您父王。
哈姆雷特　　　　看见我父王！
霍雷肖　请先安下心莫要太惊奇。
　　　　待我把此事向您说分明，
　　　　二位都是亲眼见在此地。
　　　　怪事您且听。
哈姆雷特　　　　上帝仁慈，允我听。
霍雷肖　士子此二位两夜在一起，
　　　　马塞勒斯、本纳多一同站岗位，
　　　　夜深人静中二人遇奇事，
　　　　影像不假一如是您亡父，
　　　　从头至脚见全身披铠甲，
　　　　显现在眼前步履有威严，
　　　　来去过三回缓慢而庄重，
　　　　二位惊骇疑瞪目张口呆。
　　　　仅隔一权杖形影在咫尺，
　　　　惊恐万状中身心凝透底，
　　　　无言木鸡立不敢上前去。
　　　　二人心惴怵告以此秘密，

          待等第三夜我与同守卫。
          果然如所述准时来显灵，
          形影全逼真确证系事实。
          亲眼见幽魂先王像无疑，
          他出手更其像。
哈姆雷特          所见在何处？
马塞勒斯  禀殿下，我们警卫高台上。
哈姆雷特  未曾与讲话？
霍雷肖          回殿下，我曾讲，
          可它不答腔。我正暗思忖，
          只见它仿佛举头要张嘴，
          似有动作意思是把话讲。
          时间不凑巧公鸡高声唱，
          一听鸡报晓它忙隐退去，
          瞬消逝，不见了。
哈姆雷特          真是奇也。
霍雷肖  命担保，敬禀殿下俱实话。
          全是岗上见，责任重攸关，
          应作如实纪，敬禀吾殿下。
哈姆雷特  很好，很好，诸位，此事生困扰。
          你们今夜仍站岗？

马塞勒斯 ⎫
本纳多  ⎬          是的，回殿下。

哈姆雷特  披铠甲，你们说？

马塞勒斯 ⎫
本纳多  ⎬          披甲，殿下。

哈姆雷特          从上到下？

马塞勒斯 ⎫
本纳多  ⎬ 回殿下，从头到脚。

哈姆雷特  你们可曾见他脸？
霍雷肖  是啊，殿下，他面甲推额上。
哈姆雷特  那么，他皱眉否？
霍雷肖  他面容显愤怒而更悲哀。
哈姆雷特  苍白还是红？

霍雷肖　不红，很苍白。

哈姆雷特　　　　两眼直盯住你们？

霍雷肖　紧盯住。

哈姆雷特　　　　我若也在就好了。

霍雷肖　那准叫你大吃惊。

哈姆雷特　会的，会的；呆时间很久吗？

霍雷肖　时间不快不慢数到一百。

马塞勒斯 ⎱
本纳多　⎰ 不止，不止。

霍雷肖　我见是这么久。

哈姆雷特　　　　须髯白，是不？

霍雷肖　正是，如他生前我所见。
　　　玄色夹银丝。

哈姆雷特　　　　今晚我守夜。
　　　也许它还来。

霍雷肖　　　　　保证一定会。

哈姆雷特　只要灵显现，见父高贵样，
　　　即使地狱来强令禁通话，
　　　我也必须面对它作问答。
　　　诸位所见勿传扬绝保密，
　　　守口如瓶请依旧不声张。
　　　今夜若有见，无论事好歹，
　　　切莫漏风声，全在心中藏。
　　　情意我深领，报君有来日。
　　　十一二点间，即来高台上，
　　　见汝定无爽。

三人　　　　　　我们效忠于殿下。

哈姆雷特　我们尽爱彼此间，回见。

　　　　　　　　[除哈姆雷特外皆下。]
　　　父亡灵着武装，非同一般！
　　　疑似为告罪状！盼夜降临，
　　　秽恶行将揭露，静听细想，
　　　掀汝纵大地掩，欲盖弥彰。[下。]

**第三场：波洛涅斯家厅堂。**

　　**莱厄提斯与莪菲利娅上。**

莱厄提斯　我的行李已上船，再见吧。
　　　　　好妹妹，遇有顺风来便船，
　　　　　传信也快捷；少闲勿贪睡，
　　　　　常听你讯息。

莪菲利娅　　　　　你不放心我？

莱厄提斯　哈姆雷特这厮，献献小殷勤，
　　　　　趋骛赶时尚，调情想便宜。
　　　　　青春情发期，紫罗兰怒放，
　　　　　早开早谢忽一香，不久长。
　　　　　薄薄情一丝，微微热一分，
　　　　　仅此而已。

莪菲利娅　　　　　仅此而已？

莱厄提斯　　　　　别痴情妄想。
　　　　　人生之成长，不光是筋肉
　　　　　与躯干生发，如神殿扩张，
　　　　　有欲望心灵深处藏邪念，
　　　　　随亦膨胀。他现在似爱你，
　　　　　尚不见欺骗与肮脏，玷污
　　　　　他心肠，但在你，疑惧为要。
　　　　　其贵重，不允他擅自主张，
　　　　　因囿于门第出身份量重，
　　　　　他非同等闲之辈一个样，
　　　　　非自主拣选取舍论妥当，
　　　　　事关涉国家安危与兴旺。
　　　　　其遴选须遵规矩循方圆，
　　　　　国之君自应广听众反映，
　　　　　取信于宗邦。他若讲爱你，
　　　　　勿轻信，你要神志保清醒。
　　　　　看看他身价地位非寻常，
　　　　　听其言综观其行有破绽，
　　　　　不可越决定权在丹麦王。
　　　　　你耳软甜言蜜语当真情，

　　　　拗不过软磨硬缠他不放，
　　　　你意乱开启处女献真宝，
　　　　洁操一旦失，你便喝苦汤。
　　　　别上当，莪菲利娅亲妹子，
　　　　远离开情爱欲念备无患，
　　　　淫欲箭射不中你才无恙。
　　　　对月儿酥胸芬芳袒敞露，
　　　　慎处女便将难免落放荡，
　　　　再节守流短蜚长终难逃。
　　　　此时节含苞未放嫩花蕊，
　　　　春娇儿毛虫生生来咬啮。
　　　　青春湿朝露艳耀于晨光，
　　　　被一阵狂风骤雨便摧折，
　　　　惟只有戒惧提防万全策；
　　　　一旦无依傍春情便作乱。

莪菲利娅　我听从你这番宝贵言训，
　　　　必得收住心。可是好兄长，
　　　　请不要学不端的牧师样，
　　　　光叫我荆棘陡坡去登天，
　　　　自己尽浪荡，浮夸又无赖，
　　　　只顾烟花道上去，逍遥狂，
　　　　毫不检点。

莱厄提斯　　　　　我！你甭管。
　　　　时间耽搁长，父亲已来此。

　　　**波洛涅斯上**

　　　　祝福又祝福，吉利再吉利，
　　　　好事乐凑巧，赐别也二回。

波洛涅斯　言无耻！莱厄提斯，还没走！
　　　　上船，快去！风帆升，已鼓起，
　　　　众人在等候。噢，还须叮嘱你！
　　　　教训加几句，务必要记牢。
　　　　心思有城府，毋多挂嘴上，
　　　　最忌一任想行动背时务。
　　　　与人宜随和，昵俗却不可。

旧朋友经考验知心弥笃，
同利害要拉紧如箍钢索。
切勿将新识者知己相称，
刚见面就大方出手阔绰。
避免与人吵，一当免不掉，
教训他牢记，不敢再惹你。
竖耳多倾听，闭口慎出言，
不嫌人苛责，判断由自己。
服饰考究，问钱囊许可否，
讲贵重忌浮华，切勿糜费。
服装是标志，看衣可知人，
衣衫最挑剔，尤数法兰西，
地位等级高与底，观其衣。
不向人借钱，也别借给人，
借出手，往往钱友两失手，
告贷必折损节俭美德心。
有句话最要紧，自持本真，
恰犹如昼与夜有去有来，
对待人不做假便是真诚。
顺风，嘱愿记我话多长心。

菜厄提斯　父亲大人在上，儿告辞了。

波洛涅斯　时不待我，快去，仆人有候。

菜厄提斯　再见，莪菲利娅，好好记住，
　　　　　我对你说的话。

莪菲利娅　　　　当锁我心底。
　　　　　你自保管好语嘱如钥匙。

菜厄提斯　再见。　　　　　　　　　　[下。]

波洛涅斯　他对你说些什么话，莪菲利娅？

莪菲利娅　回父亲，是说哈姆雷特殿下。

波洛涅斯　啊，尽想美事！
　　　　　他近来多日时辰我知道，
　　　　　与你在私混。而你，你自己，
　　　　　乐意听他话，任由他牵引。
　　　　　若此果是真，——如同人所说，

　　　　劝我须小心，——那我告诉你，
　　　　你未能清醒明白你自身，
　　　　我女儿须有清名才相称，
　　　　你二人是何究竟实话说！
莪菲利娅　他已经，爸爸，好多次情真切，
　　　　向我献真心。
波洛涅斯　真心！呸！你说话太天真。
　　　　从未有经受过险情恶势，
　　　　你相信他对你口吐真心？
莪菲利娅　我不知，父亲大人，该怎样相处。
波洛涅斯　啊，小女真无知，为父教你吧。
　　　　他的话你听进，全当真金银，
　　　　其实都是假，不值半分文。
　　　　你自重，——别听他天花乱坠，——
　　　　否则，你要让我傻瓜也做进。
莪菲利娅　好爸爸，可他求爱真切情，
　　　　光明正大不虚伪。
波洛涅斯　嗨，昏话真切啥，算了算了吧。
莪菲利娅　他的话，诚恳掏心话，好爸爸，
　　　　山盟海誓向天发，贵无价。
波洛涅斯　嗨，撒网抓笨鹬！我清楚。
　　　　热血沸欲火烧灵魂儿飘飘，
　　　　说山盟发海誓舌尖儿打滚，
　　　　情焰冒闪闪光并非旺火，
　　　　随意话出口吹骗我小女娇，
　　　　切不可只见亮就是火，
　　　　少女色，把握牢，勿再向他抛，
　　　　他约会勿听命随叫随到。
　　　　哈姆雷特小王子信他不得，
　　　　毛小子无羁束任性放荡，
　　　　非是你捏得牢。长话短说，
　　　　莪菲利娅，他誓言千万不可听，
　　　　信口说随便讲花言巧语，
　　　　声气美外表帅讨你欢心，

全是些淫嫖客装腔作势，
假正经貌岸然诱你上钩，
全只在更容易将你得手。
从现在话干脆总而言之，
不许你有片刻轻薄无聊，
再与哈姆雷特王子话悄悄，
别放肆关照你须听管束。

莪菲利娅　听命父，就是了。

[同下。]

## 第四场：城堡警卫台。

哈姆雷特、霍雷肖和马塞勒斯上。

哈姆雷特　夜风侵袭人，天冷冰冻寒。

霍雷肖　凛冽苦寒天，切肤痛刺骨。

哈姆雷特　现在几点？

霍雷肖　　　　　似未至十二点。

马塞勒斯　不，已敲过。

霍雷肖　是吗？我怎没听见。这么说，老时间，
已经快要到，鬼魂就要来。

[内号角响，鸣礼炮两声。]

这是怎么，殿下？

哈姆雷特　君王今彻夜行觥闹晚宴，
纵酒行乐，舞疯魔玩癫狂，
在他每呷饮莱因美酒间，
鼓乐军号声，喧嚣给助兴，
喜祝酒乐欢腾。

霍雷肖　　　　　那是成规么？

哈姆雷特　哦，天哪，正是。
但依我看，——我虽本地生长，
早就一向见惯，——却是陋习，
遵守倒不如破除更显明智。
酗酒乐淫不知东西南北，
备遭受诸邦国讥讽谴责。
我们被人指酒鬼，骂脏猪，

硬生生玷污了荣耀名号，
毁伤吾邦如日中天辉煌业。
精髓实抽竭栋梁告折断，
故此往往生某人恶行为，
其本性天生就瑕疵污迹，
那是与生俱来，——罪愆倒未必，
本性非可择，质地原生就，——
他们任膨胀自身有癖好，
时常要冲破理性所羁绊，
或因有嫉强妒胜习惯力，
逞兴以极。这号人我视为
打上了缺点遗憾深烙印，
肇始于命里星相自造化，
使其余美德，即令拔地清高，
无微瑕斑迹，非常人可及，
世人也有众说，毁誉无其数，
全因琐屑乖舛行为失检，
招致质高贵整体受质疑，
辱没自盛名。

霍雷肖　　　　　殿下，看，来了！

**鬼魂上。**

哈姆雷特　求众天使和神差来保佑，
不管你是阴灵救魔鬼惩、
天上紫气来阴曹游魂出，
也不问携有善意或仇冤，
如此来疑似形迹实可究。
我已看出，唤您哈姆雷特，
吾王，吾父！哦，丹麦王，请垂应！
莫叫我气逆困惑，告诉我，
依教规神圣安葬您尸身，
现竟然换去殓衣来游走，
儿等眼见您静卧躺棺中，
如何要破出重石厚椁墓，
您被外抛投，令人疑此意。

　　　　您尸身却要重新披甲胄，
　　　　月影之中来作冥魂游，
　　　　愚如儿辈我，深夜吓懵懂，
　　　　只有胆战心惊喘气儿休，
　　　　令我等不知何所措手足？
　　　　说为何？是何由？须做什么？

　　　　　　　　　　　　[**鬼魂向哈姆雷特招手。**]

霍雷肖　它向你在招手，和它一道去。
　　　　像是有话须要单独一人
　　　　跟你说。
马塞勒斯　　瞧，态度多温和，
　　　　朝向背隐地方频指手；
　　　　可是去不得。
霍雷肖　　　　不，万不可。
哈姆雷特　不肯说话，我只好跟它走。
霍雷肖　不可，殿下。
哈姆雷特　　　为何不，怕什么？
　　　　我看我命不及值针一根；
　　　　灵魂可不灭，存而达永恒，
　　　　既然是如此，那何惧之有？
　　　　又向我招手，跟它走便是。
霍雷肖　它引你入海，不得了，殿下，
　　　　或引上可怕高山巉危岩，
　　　　俯瞰脚底孤峭壁悬深海，
　　　　到那边它换一副骇人相，
　　　　吓得你六神无主浑身颤，
　　　　把你吓疯怎么办？该想想；
　　　　那地方动一动就是走险，
　　　　头晕悬生跳海念，非他故，
　　　　只要看海水似万丈深渊，
　　　　只要听脚下喧啸。
哈姆雷特　还在招我。走吧，我跟你去。
马塞勒斯　您去不得，殿下。
哈姆雷特　　　　你们放手！

霍雷肖　清醒点，去不得！

哈姆雷特　　　　命运呼唤，

　　使我全身根根血管紧绷张，

　　挺坚如尼米亚猛狮①筋腱。

　　　　　　　　　　　　　　　　[鬼魂招手。]

　　还在召唤我。二位放手。

　　　　　　　　　　　　　　　　　[挣脱身。]

　　天在上，谁再阻拦，我叫他变鬼！

　　这就去也！好吧，我跟你走。

　　　　　　　　　　　　　[鬼魂与哈姆雷特同下。]

霍雷肖　他不顾一切，已变得神志错乱。

马塞勒斯　我们跟上，决不听任于他。

霍雷肖　跟上。——这下闯大祸怎得了？

马塞勒斯　丹麦国里必有是非平添乱。

霍雷肖　祝愿上天来引导。

马塞勒斯　　　　不行，咱们跟上去。[同下。]

### 第五场：警卫台另一处。

#### 鬼魂与哈姆雷特上。

哈姆雷特　您领欲何往？请讲，我不再前去。

鬼魂　听我言。

哈姆雷特　　　　我听。

鬼魂　　　　　　我时间有限制。

　　我即刻须返回炼狱硫磺火，

　　径自去受煎熬。②

哈姆雷特　　　　啊，亡灵堪怜！

鬼魂　不必可怜，只须你仔细听我

　　一吐真言。

哈姆雷特　　　　请讲，我洗耳恭听。

_____

① Nemean lion，希腊神话中大力神赫拉克勒斯Hercules在尼米亚赛会上杀死
　　的一头猛狮。

② 指炼狱的净火。

鬼魂　你听后，必得立即报冤仇。

哈姆雷特　报仇？

鬼魂　我是你父之亡灵，

　　　　判定了深夜出现一时间，

　　　　白日里断食悔罪烈火烤。

　　　　只因前生曾有犯罪孽，①

　　　　一定要烧光净尽才算完，

　　　　但不准泄密受禁于监牢。

　　　　现把我前事略讲你一听，

　　　　能叫你热血凝冻丢魂魄，

　　　　眼珠夺眶出似流星坠烟，

　　　　梳顺美须髯忽便纠缠翘，

　　　　毛骨惊怵寒鸡皮起疙瘩，

　　　　发似豪猪怒直竖要冲冠；

　　　　永劫之秘密不得外泄给

　　　　热血人耳。听吧，听，听我诉！

　　　　若你确实爱你父其生前——

哈姆雷特　哦上帝！

鬼魂　惨绝人寰遭谋杀，为他要报仇。

哈姆雷特　谋杀！

鬼魂　卑鄙谋杀，卑鄙无以复加，

　　　　骇听闻，灭人性，恶毒凶残。

哈姆雷特　快说我知道，好插起翅膀，

　　　　心切似情爱，迅捷如闪念，

　　　　迅疾将仇报。

鬼魂　　　　　　你好血气；

　　　　你听若无动于衷，就好比

　　　　忘川②岸莠草，迟钝没救药。

　　　　哈姆雷特你听了，我死因，

　　　　他们造谣诬骗说我憩息

---

① 此指宗教所说世人一般之罪，是泛指，非特指。

② 忘川Lethe，希腊神话冥府一河流，饮其水就全遗忘过去的一切。

　　　　宫苑毒蛇咬，那全是卑劣
　　　　恶谎言，令全丹麦淆视听。
　　　　你年轻热血气豪须知道，
　　　　螫死你父那毒蛇窃王冠
　　　　已戴头上。

哈姆雷特　　　　哦灵性我料到！
　　　　是叔叔！

鬼魂　正是那禽兽乱伦犯天孽，
　　　　谋逆特拿手，诡诈最有工，——
　　　　啊，满头满脑是邪恶，嗜如命，
　　　　巧诱惑！——无耻之尤贪色鬼，
　　　　骗得手貌似贞女吾王后。
　　　　哦，哈姆雷特，她贱人自甘堕！
　　　　我对她情挚爱，醇厚高洁，
　　　　双搀手义结姻百年永好，
　　　　誓言我恪守，是她恩义负，
　　　　竟委身个伧夫鄙陋，质材
　　　　比我何及有！
　　　　美德应坚贞万世不游移，
　　　　无论色鬼扮天神来好逑。
　　　　淫妇即令神明天使相与合，
　　　　天床有极乐依旧不餍足，
　　　　还要另逐臭。
　　　　且住！我似闻清晨有朝气，
　　　　赶紧简单说。我御苑睡卧歇，
　　　　此乃我习惯每日午后时。
　　　　你叔父趁我午睡来施恶，
　　　　一瓶剧毒紫堇液执潜入，
　　　　心狠手辣滴灌进我耳朵。
　　　　药液一溶入毒性即发作，
　　　　药性与人血水火不融和，
　　　　水银如泻地无孔不入走，
　　　　走遍全身路迅至微细角；
　　　　又似酸醋滴牛奶，瞬即馊，

猛袭健康血，舒体本通畅，
顷刻变凝乳，血滞流不动；
随即疱疹发全身，癞疮恶，
光滑肌肤起瘢疣变树皮，
通体疙瘩皱。
便这样，睡梦中，兄弟害我死，
王命、王冠、王后一下全被夺；
俗世罪孽负，命抛黄泉路，
未及受圣餐作忏悔涂膏油，
未能自结算，罪孽载满头，
驱赶上帝跟前清账去低首。
哈姆雷特　哦，可怕！哦，可怕！好可怕哟！
鬼魂　你若有天性，何堪予忍受，
堂堂丹麦王御寝，万不可
被当作藏奸乱伦淫榻卧。
但不过，不管你怎样去对付，
不要玷污你心地，也不可
伤害你母后，天谴她自咎，
胸中生荆棘，心肺在痛戳，
已够她消受。我须即告别！
流萤忙飞舞，黎明要来临，
荧光亮无力渐次隐微弱，
再见！哈姆雷特，毋忘我。　　［下。］
哈姆雷特　哦苍天神祇！哦大地！还有
什么？
有地狱？呔！镇定，镇定，我心！
还有我筋肉，坚挺莫速朽，
绷紧挺直我的身！记着您！
啊，您冤魂，我记忆尚有一席地，
头脑再错乱也要记，记着您！
对啦，头脑记忆要清洗，
一切芜杂无用物都除净。
书中言，本本事，如今往昔，
年少好记性，脑中有烙印。

现只剩悉听命您所指令,
满脑瓜全身心其余无存,
脚料垃圾灰尘决不屑下。
哦,青天在上,她祸水妇人!
哦,恶魔恶贼,他笑面心毒!
我有清水账,——笔笔记入本,
面上喜吟吟,恶贼藏内里,
其他切不说,丹麦便如此。[手写。]
且叫声叔父,为你落一笔,
一句话:"再见,再见,记住我!"
我起誓。

马塞勒斯 }
霍雷肖 }　　　[自内。]殿下!殿下!

马塞勒斯 [自内。]　　　　哈姆雷特殿下!

霍雷肖 [自内。]　　　　　　上天保佑!

哈姆雷特　愿如此!

霍雷肖　[自内。]喂,喂,我的殿下!

哈姆雷特　咻哦鸟儿①,来,伙计,来。

**霍雷肖和马塞勒斯上。**

马塞勒斯　怎么样,亲王殿下?

霍雷肖　　　　　情况如何,殿下?

哈姆雷特　哦,好奇怪!

霍雷肖　　　　　好殿下,请讲讲。

哈姆雷特　不,你们会说出去。

霍雷肖　我不会,殿下,天作证。

马塞勒斯　　　　我也不,殿下。

哈姆雷特　哦,你们看,人心怎会想得出?
　　　你们可守秘密?

霍雷肖 }
马塞勒斯 }　　　　　哎,天作证,殿下。

哈姆雷特　丹麦地所有歹徒与恶棍,

---

① 此是哈姆雷特戏作放鹰人唤鹰呼叫。

　　　　最是坏水一肚。
霍雷肖　殿下，这无需鬼魂出坟墓
　　　　告诉我们。
哈姆雷特　　　　　啊，说得对，是这样，
　　　　根本无须要细说话端详。
　　　　我想与二位握手即告别，
　　　　你们请留意先去忙自己，——
　　　　每个人各有心思各有事，
　　　　实如此，——我有我愁在心里，
　　　　你们瞧，我要去祷告。
霍雷肖　您这是心乱话急躁，殿下。
哈姆雷特　诚抱歉，说话冒犯你二位；
　　　　是，真诚抱歉。
霍雷肖　　　　　　莫谈有冒犯，殿下。
哈姆雷特　不，圣巴特里克①作证，冒犯，霍雷肖，
　　　　冒犯还过份。刚才此见物，
　　　　倒是个善鬼，我须实话说。
　　　　要知道它与我所来为何事，
　　　　现在先莫管；正视你二位，
　　　　是学士，是军人，是朋友，
　　　　应允我恳切求。
霍雷肖　遵命殿下，是什么?
哈姆雷特　今晚事决不说与他人知。
霍雷肖　
马塞勒斯｝殿下，我们决不。
哈姆雷特　　　　不，要发誓。
霍雷肖　　　　　　我发誓。
　　　　殿下，我不说。
马塞勒斯　　　　我也不，殿下，我发誓。
哈姆雷特　立誓按我剑。

———————————

① Saint Patrick，385–461，英国传教士，在爱尔兰建立基督教会，为爱尔兰
　主保圣人。

马塞勒斯　　　　我们已发誓，殿下。

哈姆雷特　再来，按我剑，再发誓。

鬼魂　[自台下。]发誓吧。

哈姆雷特　啊，您！也说？您老实巴交①蹲那里？
　　来吧，——你们听见地下这朋友，——快来发誓。

霍雷肖　　　　请您说誓言，殿下。

哈姆雷特　决不将眼见一切去传言，
　　按剑发誓。

鬼魂　[自台下。]发誓。

哈姆雷特　Hic et ubique②？我们换别地。
　　来这里，好伙计。
　　再伸手按住我剑来发誓，
　　决不将耳闻信息向外泄，
　　按剑把誓立。

鬼魂　[自台下。]发誓。

哈姆雷特　着啊，地佬！鼹鼠恁快行于地？
　　钻地跑头里！再换地，好朋友。

霍雷肖　哦，日夜觅不见的奇中奇！

哈姆雷特　就当它新宾稀客迎莅临，
　　霍雷肖，天地之间多少事，
　　再哲学③也想不及，如梦奇。
　　请来吧，
　　如刚才，大家聚此是天佑，
　　别管我自己变得多怪异，
　　今后我不得不要装疯癫，
　　作狂人言谈举止违常理，
　　看见我怪模怪样请不要
　　交叉起胳臂，摇头摆脑地，
　　或在旁嘀咕，叫人起疑心：

————————

① 原文是true-penny乡下佬，实在人。

② 拉丁语："一处至百处"；意无处不在，连同换地发誓，都是从咒法家仪
　　式中传来。

③ 莎士比亚时代的"哲学"指自然哲学，即后世所说的"科学"。

"好，好，有数，" "咱心知肚明不必说，"
"要说再说了"，"行了，懂了，这就够了"，
欲言又止其中明显有暗语，
透露出我藏隐衷在心底，
这纰漏绝不可，愿天保佑，
再发誓。

鬼魂　　［自台下。］发誓。

哈姆雷特　不得安宁冤屈魂，请安息！

　　　　　　　　　　［二人吻十字剑柄三度默誓。］

好朋友，
再竭诚央求二位铭记心，
哈姆雷特我庸才，天怜惜，
向你们表示爱心和友情，
奉上帝遵旨意，不遗余力，
让我们手掩嘴，守口如瓶。
这年头，可诅咒，天地倒乱错，
我命定生逢此时立正气！
好，来，我们一起行。　　　　［同下。］


# 第二幕


第一场：波洛涅斯家中一室。
　　　波洛涅斯与雷纳多上。

波洛涅斯　给我儿这封信和钱，雷纳多。

雷纳多　　遵命，大人。

波洛涅斯　你定能聪明又伶俐，好雷纳多。
　　　未见他本人，须要先打听，
　　　他举止品行。

雷纳多　　　　　　大人，我原就有此意。

波洛涅斯　好，想得对，很好，看你咯。
　　　先打听巴黎有何丹麦人，
　　　何人何事何为生，住何处，

何人与交往，日子何景况。
不经意，旁敲侧击随便问，
试探听他们确知我儿否，
要比冲正面更易摸真情。
你装成并非直接与相熟，
不妨说认识其父与朋友，
本人仅略知。你听懂，雷纳多？
雷纳多　听懂，明白大人。
波洛涅斯　不妨说"仅知一二不熟悉，
果真他，野小子是大玩家。"
扯些假，如此这般不像话。
可是凭圣女，过分别夸张，
免得名声大扫地，须注意，
不妨讲，撒野、捣蛋、好嬉耍，
青年嘛，放荡不羁总是有，
算不得大毛病。
雷纳多　　　　　大人，说他好赌。
波洛涅斯　着啊，喝酒、斗剑、赌咒、吵架，
狎妓，不妨说些个。
雷纳多　大人，这可要坏名誉。
波洛涅斯　哪里，不会，只轻描淡写说，
适可而止不泼污滥糟践，
那别说他淫好色纵无度，
那非我本意，逢场作戏他至多。
那是倜傥逗风流无拘束，
精力旺盛窝一肚要发泄，
血气方刚要撒野羁不住，
少年狂难免有。
雷纳多　　　　　可是，好大人，——
波洛涅斯　究竟为何着你这样做？
雷纳多　　　　　啊，大人，
正要请问。
波洛涅斯　凭圣女，这便是，
本用意，我考虑略施小计。

　　　你前去说我儿一些不是，
　　　偶而谈起一般毛病他沾染。
　　　你注意，
　　　谈话者一经你撩拨试探，
　　　确曾见如你述丑行陋习，
　　　你所指劣迹斑正是小子，
　　　马上会接话茬对你抛底：
　　　称"老兄"，或"朋友"，或"先生"，
　　　反正见什么人说什么话，
　　　鉴貌辨识嘛。
雷纳多　　　　　　很好，大人。
波洛涅斯　然后，哎我说，他就，——他就，——
　　　我要说什么来着？哎呀，我刚才要说什么了，
　　　我说到哪儿了？
雷纳多　说到"接话茬"，称"朋友"，
　　　或者叫"先生"什么的。
波洛涅斯　"接上你话茬"。噢对了，凭圣女；
　　　对方如此接话："我认识这先生，
　　　昨日或某日还曾见过他，"
　　　然后，然后，如此，如此这般，
　　　正如你说，赌钱，饮酒作乐，
　　　打网球，跟人吵架；还有呢，
　　　"见他进过做卖肉生意家，"
　　　就是逛窑子，换的这叫法，
　　　你现在可知道。
　　　假话饵，钓得活鱼套真话，
　　　我们要深谋智慧达目的，
　　　迂回曲折斜刺里作试探，
　　　用的间接法探得直接话。
　　　就如此，用我教你这妙计，
　　　打探我儿情不假。懂意思？
雷纳多　大人，我懂。
波洛涅斯　上帝助你；祝顺风。
雷纳多　托福大人！

波洛涅斯　你对他观颜察色于一旁。

雷纳多　遵命，大人。

波洛涅斯　看他唱的什么调。

雷纳多　　　　　是，大人。

波洛涅斯　再见！　　　　　　　　　　　　　　　[雷纳多下。]

　　　　**莪菲利娅上。**

　　　你来啦，莪菲利娅！什么事？

莪菲利娅　哦，爸爸，爸爸，真要吓死我了！

波洛涅斯　何事惊慌？凭上帝。

莪菲利娅　禀父亲，我正在闺房做女红，

　　　哈姆雷特殿下他衣敞开，

　　　头上不戴帽脚裤尽污脏，

　　　吊袜无带落脚踝似脚镣，

　　　脸白如衬衫，膝头互磕碰，

　　　两眼呆滞望一脸显惊恐，

　　　仿佛刚从地狱才获释，

　　　来跟前，要讲恐怖在那边。

波洛涅斯　爱你爱发狂？

莪菲利娅　　　　爸爸，我不知道，

　　　只怕得心慌乱。

波洛涅斯　　　　他讲话么？

莪菲利娅　他把我手腕紧握不放松，

　　　又后退把个手臂直伸长，

　　　再举一只手遮在额眉头，

　　　瞅中我的脸细细在详察，

　　　一似要画像呆看有许久。

　　　接着将我胳膊轻摇晃，

　　　这么把头点上下有三次，

　　　长嘘深深叹凄切又悲哀，

　　　似有苦楚满肚胀要爆发、

　　　快命丧。然后松手把我放，

　　　转过身去又回头眼盯我，

　　　循退路两眼无视直茫茫，

　　　要离房目不转睛出门口，

　　　　他临去再次投我以目光。
波洛涅斯　　快，随我来，赶快去找君王，
　　　　明摆这是发花痴如疯子，
　　　　欲火旺按捺不住性骚动，
　　　　无阻挡又绝望就此胡闹。
　　　　人人激情任张狂便这样，
　　　　憾然我惆怅人性遭荼毒，
　　　　近日你曾语不逊损伤他？
莪菲利娅　　没有，好爸爸，悉遵嘱，铭记心；
　　　　拒信约，就只搪塞又拖延，
　　　　与他不来往。
波洛涅斯　　　　这就害苦他。
　　　　遗憾未有多关注、出主张、
　　　　识透真相。原怕他非善意
　　　　玩弄你，毁终身，我多疑，心惶惶！
　　　　哦苍天，到我这把年纪上，
　　　　评判事近忧远虑犹豫多，
　　　　恰比同青少年辈瞎猛撞，
　　　　难免一个样。来吧，去见王，
　　　　快报知，不得秘而不呈告，
　　　　讳酿祸不如受责也该讲。
　　　　快！　　　　　　　　　　　　　　　　　［同下。］


第二场：城堡内一屋。
　　　　国王、王后、罗森克兰兹、吉尔登斯腾
　　　　与众侍臣上。
国王　　爱卿罗森克兰兹、吉尔登斯腾！
　　　　孤已好久切望见面众爱卿，
　　　　更须有倚重，故而急匆匆，
　　　　二位召请进。谅必已闻知，
　　　　哈姆雷特丢魂灵，姑且说。
　　　　他已是彻头彻尾不像人，
　　　　里外失去他原形。问何故，
　　　　缘由丧父哀，不致恁折腾。

自己他都认不清，丧了魂，
大出孤意料，特把二位召。
你们与他自幼伴，同成长，
年少结交亲，性情密投契，
因此二位召前来特有请，
进宫小住若干时，望惠允。
你们与他做伴乐，使散心，
身心轻松好寻机知底细，
这般不正常不知患何病，
须开启，知究竟，药治好对症。

王后　二位爱卿，他一直念你们，
世上无人比二位更能近，
此事我深信。你们若允许，
慨然示我这大礼表盛情，
住一起勾留时日肯做伴，
助哀家苦盼祛除心头患，
二位来相助君王有厚谢，
永志大功臣。

罗森克兰兹　　　启禀二位陛下，
至高无上对臣下握权柄，
何旨意尽管吩咐出令状，
无须恳商。

吉尔登斯腾　　　我二人悉遵命，
将自己全奉献心甘情愿；
臣赤胆忠心诚置于足下，
任作犬马唤。

国王　谢罗森克兰兹，好吉尔登斯腾。

王后　谢吉尔登斯腾，好罗森克兰兹，
恳请你二位前去就察看，
王儿变得不成样。快，众从人，
领二位大人去哈姆雷特处。

吉尔登斯腾　上天派我们来此有作为，
使他愉快大裨益！

王后　　　　　　　哎，阿门！

　　　　　[罗森克兰兹、吉尔登斯腾与侍从数人下。]

　　波洛涅斯上。

波洛涅斯　敬爱吾王，赴挪威诸使节，

　　　　欣然回返有覆命。

国　王　你吉星，一见面便有好消息。

波洛涅斯　是吗，吾主？请相信，好主公，

　　　　我以我责恰似我之灵魂，

　　　　皆尽于上帝并吾主君王，

　　　　至诚至心——除非这区区脑壳，

　　　　追随王政鸿图不及往常

　　　　使唤灵——愿仍然善观风向

　　　　业已知，王子何因突发狂。

国　王　哦快讲，正欲知苦作思念。

波洛涅斯　请先赐二使臣前来晋谒，

　　　　我消息作果品后继此盛宴。

国　王　即由你施荣耀，引领前来。

　　　　　　　　　　　　　　　　[波洛涅斯下。]

　　　　我的甜心后，他声言已发现，

　　　　你儿子神思乱是何缘由。

王　后　我猜疑非其他，只缘此故：

　　　　其父崩，我两个急速成婚。

国　王　得，且问且听。

　　波洛涅斯引沃尔提曼德及考内利乌斯上

　　　　　　　　欢迎好朋友，

　　　　沃尔提曼德，挪威王兄如何说？

沃尔提曼德　他覆以愿望与问候最优礼，

　　　　我等一谒见，传谕即阻止

　　　　其侄把军扩；原先仅犹是

　　　　军备一举措，对付波兰人，

　　　　但经一查处，才见那确乎

　　　　针对吾御座，于此伤心透。

　　　　只因是年迈力衰体虚弱，

受侄儿欺罔，立即饬令究。
福廷布拉斯接旨便中辍，
凭王申斥听领受。至末了，
叔父面前坚立誓罚赌咒，
永不再犯渎寻衅于陛下。
挪威老王喜万分除担忧，
赏赐他三千克郎巨岁人；
军备众兵丁先前已招募，
给侄把权授转对波兰国。
另有一请求，在此有陈说：[取出文书。]
望陛下准许他们顺借道，
经越您邦疆抄近去伐仇。
安全行大军过，考虑诸多，
列呈文予细说。[呈上文书。]

国王　　　　　　喜闻情愫。
留待更宜思考时，将披阅，
事重大予回复须作考虑。
眼前事，谢二位劳苦功高，
且先去歇息，等候赴晚宴，
回家应高祝。

[沃尔提曼德和考内利乌斯同下。]

波洛涅斯　此事圆满告结束。
禀吾君与娘娘，若论细故，
臣名份如何，君威严如何，
何为日，何为夜，时间是何物，
日夜作空论时光尽蹉跎。
烦琐是歧枝，虚饰是浮夸，
智慧灵魂是简练，毋啰嗦。
总之一句话，王子成疯人。
姑妄言如此，实也此缘故，
疯疯癫癫状，不疯是什么？
就此禀告。

王后　务多实话，莫巧言令色。
波洛涅斯　娘娘，臣发誓，巧言半点无。

真可惜是事实，他已糊涂，
可惜是真事实，笨嘴拙舌
去巧言，转弯抹角臣不会，
人糊涂他变疯，臣言直说。
眼前事须探寻肇事原因，
或可说，他疯病是何来由。
疯病是结果，结果必有故；
此处生是非，是非在此处，
细思故。
臣有一小女，眼下待闺中，
女儿孝顺听从我，瞧这儿，
给我这，请观看，好琢磨。
[**读**。]"致天仙、我灵魂我偶像最最美艳女
莪菲利娅。"——
疯言狂语，"美艳"，此乃恶俗之词，
这里更有关注：
[**读**。]"愿留于她白玉酥胸，这般如许。——"

**王后**  是哈姆雷特给柬书？

**波洛涅斯**  禀娘娘，且听我照实奉闻：

[**读**。]"你可怀疑星火光，
或可怀疑日运行，
或怀疑真理撒谎，
永勿怀疑我钟情。
啊亲爱的莪菲利娅！我不善诗歌或有本领作无病之呻
吟，只因我实最爱你，噢最可心的人儿！请相信。再
见。永远属于你，最亲爱的美妞儿，只要这身躯还依
然是此人，

哈姆雷特。"

女儿顺从我，给示柬帖书，
不仅此，还将王子苦追求，
于何时，何方式，何地何处
样样都告诉我。

**国王**                你女如何
对待他苦求？

波洛涅斯　　　　　依您看为臣人牢靠?

国王　是个信誉可靠之忠诚人。

波洛涅斯　臣愿如此。此事您未料,
　　　我见升爱火破晓朝霞露,
　　　小女未来诉,早已有察觉,
　　　须向您禀告。您陛下还有
　　　您亲爱娘娘将作何想法,
　　　如若我居间书信来传递,
　　　或闭眼塞听装个无事佬,
　　　不行动,坐视二人情火烧,
　　　您怎么想? 不,我须行有道。
　　　对己之小女如此谨言教:
　　　哈姆雷特尊亲王非你可高攀,
　　　万万行不得,再三晓以理,
　　　王子来求爱,闺房门紧闭,
　　　来使不接谈,信物拒收纳,
　　　女儿尊我父教诲,心已死。
　　　王子遭摈拒,——长话简短说,——
　　　跌入悲深渊,饮食俱不进,
　　　继而夜无眠,继而形枯槁,
　　　身心不堪憔,继而神恍惚,
　　　终至变疯癫,狂态无理智;
　　　众人齐哀告。

国王　　　　　你见事属实?

王后　也许,看来也就是。

波洛涅斯　历来曾否有,——为臣倒想知,——
　　　臣禀告"事属实"无疑义,
　　　结果非事实?

国王　　　　　朕知无有。

波洛涅斯　王子非为此,宁去臣脑袋。

　　　　　　　　　　[指自己头与肩。]

　　　凡疑有情依,我皆探寻出,
　　　真因何所在,哪怕秘藏匿,
　　　地心深处埋。

国王　朕亲自检验如何？

**哈姆雷特上，手持一书，且阅且行，闻声止步，**
**未被觉察。**

波洛涅斯　可安排，小殿下闲步四钟点，
就此廊道间。

王后　　　　　确有这习惯。

波洛涅斯　值此时，放让①小女使见面，
陛下随微臣躲于帐幔后，
暗探视二人如何来相会。
王子若拒她，非为爱而癫，
我再也不把国政来襄助，
回家种地把车赶。

国王　　　　　当真一试。

**哈姆雷特上前，捧读状。**

王后　哦瞧，悲切切可怜儿看书走来。

波洛涅斯　二位陛下且暂回避，
我与他把话搭。

　　　　　　　　[国王、王后与侍从同下。]

　　　　　　哦，请恕罪，
哈姆雷特殿下好？

哈姆雷特　好，天可怜见。

波洛涅斯　您认识我否，殿下？

哈姆雷特　很知你贩鱼贩女鱼贩子②。

波洛涅斯　不是，殿下。

哈姆雷特　哦，那么但愿你是老实人。

波洛涅斯　老实人，殿下！

哈姆雷特　哦，卿家，如今这世道，老实人，万人才挑一，
特稀罕。

波洛涅斯　说得很对，殿下。

———————————

① "放让"原文loose，另有俗义"放荡"，哈姆雷特借用此语下文讥讽对
以秽言。

② "鱼贩子"，fishmonger，有鸨母意；译文添"贩鱼贩女"以显此意。

哈姆雷特    太阳孵得死狗出蛆虫，一块臭肉天神来好亲嘴①，
——你有女儿吗？

波洛涅斯    有的，殿下。

哈姆雷特    别放任叫她太阳里头走放荡，肚里想法②靠天保佑才
孕育，但不过叫你女儿肚子里头不能有孕育哦。朋友，小心
咯。

波洛涅斯    您这话儿说哪里去了嘛？[旁白。]还是老惦念着我女
儿，可见他这一上来不认识我，说我是个鱼贩子，他毛病不
是一点点，不是一点点。想我年轻那会儿，也为爱情着实折
磨得够戗，跟他差不离。且再与他说话。您在读什么呢，我
说殿下？

哈姆雷特    字，字，字。

波洛涅斯    字着实③不少，殿下？

哈姆雷特    谁跟谁找事？

波洛涅斯    我是说您读什么呢，殿下？

哈姆雷特    诽谤，卿家。这个坏蛋专事挖苦人在这儿诽谤，说
老人家长白胡须，满脸起皱纹，眼睛堆积的是厚琥珀、李树
胶，脑壳根本无脑子，腿软站不起。这一切，卿家，我是年
轻方刚深信不疑，但是如实写下来可要不太成体统。而你，
你自己，卿家，也会如我这点年纪，若是只要像只蟹，你倒
爬着回去④。

波洛涅斯    [旁白。]这疯话，倒还有点条理。您可要进里面避避
风吧，殿下？

哈姆雷特    进我坟墓里？

波洛涅斯    没错，那里头可是一点风也吹不着呢。[旁白。]他有
时候回答话里有话；往往给疯子能一语中的，通情达理倒未

---

① 此句借喻死狗都受太阳眷爱媾合生蛆，顺问可有女儿，意指也有苟且类
事否。

② 原文conception此处双关语：“想法”、“怀孕”，以下有conceive也是
“构想”、“怀孕”；译文兼出“想法”、“孕育”以示双关。

③ 原文此句用matter事情、争端，此处双关义；译文以“着实”及下句“找
事”作谐音双关。

④ 英国当时有蟹倒行之说，犹我国说蟹横行。

必能说得个贴切。我得走开，快去想出法子叫他跟我女儿相

会。我尊贵的殿下，敬请您允许我告退。

哈姆雷特　你不能，我说，拿掉我很愿意早就抛掉的东西，除开

我性命，除开我性命，除开我性命。

波洛涅斯　敬祝平安，殿下。[去。]

哈姆雷特　这许人厌唠叨老笨蛋！

　　　　罗森克兰兹和吉尔登斯腾上。

波洛涅斯　你们去找哈姆雷特殿下，他在那里。

罗森克兰兹　[向波洛涅斯。]上帝拯救你，大人！

　　　　　　　　　　　[波洛涅斯下。]

吉尔登斯腾　尊贵的殿下！

罗森克兰兹　最亲爱我殿下！

哈姆雷特　我杰出的好朋友！你好，吉尔登斯腾？

　　　　啊罗森克兰兹！好伙计，二位都好？

罗森克兰兹　地母不弃不宠儿，好坏平平。

吉尔登斯腾　好是好，恰在于不算过分好，

　　　　命运女神冠顶那珠宝轮不上。

哈姆雷特　也非她脚鞋掌？

罗森克兰兹　也不是，殿下。

哈姆雷特　那，二位待在她腰际，不上不下处。

吉尔登斯腾　正是她亲信，私底人。

哈姆雷特　待在命运女神之私处？噢，一点不错，她是个婊子。

　　　　有何新闻？

罗森克兰兹　没有，殿下。只是，这个世界已变得老实起来。

哈姆雷特　那便是已临末日。但你们这新闻不实，让我过细问

　　　　来。你们在那命运女神之手犯了什么样的案子，二位好友，

　　　　她才送你们来此坐牢？

吉尔登斯腾　坐牢，殿下？

哈姆雷特　丹麦乃监牢。

罗森克兰兹　那，这世界也便是监狱了。

哈姆雷特　可观的一所监狱。其间是许多监房、牢狱、暗牢，而

　　　　丹麦则是狱中之狱。

罗森克兰兹　我们并不以为然，殿下。

哈姆雷特　噢，那么并非对你们而言。本来嘛，世上无所谓好和

坏，只是想好则好，想坏则坏。在我，这便是牢狱一座。

罗森克兰兹　哎呀，那是您有大心念，嫌得太狭窄，不称您心意。

哈姆雷特　哦上帝，我且去关在核桃壳里，就把自己视作天地无限之王，若不是我在做些个噩梦了。

吉尔登斯腾　那噩梦可就是心念，心心念念之人本质只是梦之影。

哈姆雷特　一个梦本身就是一个影子。

罗森克兰兹　确实，我看心念之大实质却是虚无缥缈，仅是影中之影。

哈姆雷特　看来，我们乞丐倒实体是身，我们的君王与盖世英豪都是乞丐们的虚影。且到宫内去吧？我已不想谈玄论理。

罗森克兰兹 ⎫
吉尔登斯腾 ⎭ 我们来伺候您。

哈姆雷特　委实不必，我已有众仆人，不须有劳二位；实人说实话，我已给伺候得够苦。但不妨老朋友问问老实话，有何贵干叫你们来埃尔辛诺？

罗森克兰兹　来看您，殿下，非为别事。

哈姆雷特　我乞丐一个，穷得连一声谢都拿不出来，但我这儿还是该谢谢二位了。真是，我亲爱的朋友，我这一声谢还不值半个便士。莫非你们是派来的？抑或出于自己意愿？自动来此？来吧，于我不碍事。来，来，不碍事，有话尽管讲。

吉尔登斯腾　要我们讲什么，殿下？

哈姆雷特　哦，什么都行，只需中肯。二位是受派遣到此，你们的神情已招供，你们的羞惭欠缺足够的技巧将它掩饰。我知道是吾王与王后召请你二位。

罗森克兰兹　我们受召于何目的呀，殿下？

哈姆雷特　这个正是我需要请教。我来恳请二位，凭你我交友之道义，凭你我自小是莫逆，凭你我常葆这友爱情谊，且是绝非等闲之辈专事慎重提问，故此务请坦诚直率，你们是受召而来不是？

罗森克兰兹　[向吉尔登斯腾旁白。]你说呢？

哈姆雷特　[旁白。]噢，这便明白你们的用心了。若还爱我，切莫吞吐。

吉尔登斯腾　　殿下，我二人派遣来此。

哈姆雷特　　我来说你们为什么，由我讲，以免叫你们来说穿，你们对君王和王后承诺的秘密可不致羽毛脱躯体露，漏了风声。我近来，——不知什么缘故，——全失我欢乐，丢弃所有练技习惯。我心情之沉重，使这山这地在我看来只成了不毛荒秃的海岬；这皇皇华盖，这天这风，你们看昊昊苍穹高悬，华屋之颠饰着辉煌金焰，——嗨，在我看来，不过是醲齷污秽的疫瘴之地。人是多么奇妙的一件杰作！理性何等崇高！能耐之大无所不为无所不有！其形容其行止何等显耀何等典雅！其灵动如天使，其灵机如天神！不愧造化之菁英！众生之灵长！然而，对于我，人仅是尘土成精之物算得了什么？人不能叫我欢喜，不，连女人也不能；虽然，你露笑了，仿佛是在说能。

罗森克兰兹　　我的殿下，我思想里可并无这个念头。

哈姆雷特　　那，我说"人不能叫我欢喜"，你笑什么？

罗森克兰兹　　我是想到，殿下，若是您不悦于人，那么演戏也要得不到您的青睐了；我们来的路上赶过了他们戏班，他们正要到这里来，献愉悦予殿下。

哈姆雷特　　谁扮演国王，谁将受到欢迎，我要向他陛下进贡献；勇武的骑士要舞其剑，挥其盾；情郎将不会白白空望兴叹；古怪人演尽他的古怪游刃有余；小丑要逗得爱笑的笑破肚皮；娘娘必将畅所欲言，不叫无韵素体诗脱掉板眼。来者是什么戏班？①

罗森克兰兹　　就是您一直喜欢的那个戏班，城里的悲剧班。

哈姆雷特　　他们怎么作巡回演出了呢？在城里坐地登台，名利双收岂不很好？

罗森克兰兹　　想必不呆在城里也是不得已而作创新之举吧。②

哈姆雷特　　他们还同我在城里看的时候声誉一样好吗？盛况如前？

---

① 以下谈戏班子一段是影射英国当时剧坛情况。

② 此指王公贵族追逐低级趣味捧童伶班子以及成人演剧常有讽刺政事而遭当局禁止。

罗森克兰兹　不，应当说，不如以前了。

哈姆雷特　怎么？演艺退步了？

罗森克兰兹　并非。他们的功夫不减以往。只是如今，殿下，有
　　　　一班戏童子，如一群雏鹰，台上哇哇嗷叫，倒博得台下疯也
　　　　似的喝彩，时下正是当令，把些个草台，——都这样叫童伶
　　　　班，——炒得可火爆，压倒普通戏班，致使佩剑武士都怕被
　　　　写童伶戏的笔管文士所笑，不敢再光顾老戏班了。

哈姆雷特　怎么，都是些孩子？是谁组织他们来带班？如何关
　　　　饷？将来不能唱了，还能维持得下这场面？孩子总要长大，
　　　　成了一般普通演员，——这终究难免，如果演技不长进，
　　　　——他们难道不会怪罪到写剧人的头上，说是人家坏事，却
　　　　不怪自身难以为继？

罗森克兰兹　确实，双方多有吵闹不算少了，国人却不以为罪
　　　　过，助势一旁好看彼此争斗，弄到有一阵子无人出钱收买戏
　　　　剧脚本，除非剧中诗人跟戏子有热点爆发，吵到要动手。

哈姆雷特　竟会如此？

吉尔登斯腾　哦，不可开交哪。

哈姆雷特　是童伶赢了？

罗森克兰兹　嗨，孩子们赢了，我的殿下。赫丘利连肩上的那环
　　　　球也给抢了去①。

哈姆雷特　那不奇怪。比如我叔父如今当上了丹麦王，想我父
　　　　王在世那时间，向叔叔做鬼脸扮怪腔的那班人，现在都愿意
　　　　出二十、四十、五十、一百达克特金币来买他一枚小小的像
　　　　章。都是些什么东西，这其中颇有些反常的道理，要叫哲学
　　　　家来发现才好。

　　　　　　　　　　　　　　　　　　　　　　［内鸣号角。]②

吉尔登斯腾　戏子来了。

哈姆雷特　二位臣子，欢迎来此埃尔辛诺。请握手。欢迎总要
　　　　讲点欢迎的礼节，俗套，让我在形式上尽礼吧。我对伶人的

---

① 演莎士比亚剧的伦敦戏院以赫丘利Hercules大力神肩负地球的雕塑为标
　志，叫环球剧院Globe Theatre，此处意剧院也被抢走。
② 当时戏班子下乡演戏吹喇叭以示广告。

态度分寸——这方面我对你们须得说明白了，外表上——总
该做到得体才好，但要避免显得对他们比对你们还更殷勤周
到。你们二位是受欢迎的，可是我的叔父父亲和婶母母亲怕
是弄错了。

吉尔登斯腾　弄错什么，我的殿下？

哈姆雷特　我疯，只疯在风吹西北与正北，若是风从南面吹，我
还能辨得清苍鹰和苍蝇①。

**波洛涅斯上。**

波洛涅斯　祝福了，二位先生！

哈姆雷特　你听好，吉尔登斯腾，还有你，也听好，一只耳朵边
上听一个人：你们瞧见那个大娃娃，还没脱出那褪褓让哄着
呢②。

罗森克兰兹　兴许他是第二次裹褪褓，因为大家都说老人是第二
次做婴孩。

哈姆雷特　我敢预告他是来告诉我伶人之事。听着，你说得对，
足下，星期一早上，一定如此。

波洛涅斯　我的殿下，臣有消息奉告。

哈姆雷特　 我的卿家，我有消息奉告。罗西乌斯③在罗马演戏时
节，——

波洛涅斯　戏子要来了，殿下。

哈姆雷特　咄，咄！

波洛涅斯　以臣的荣誉，——

哈姆雷特　每个伶人，他们都骑驴而来，——

波洛涅斯　世上最优秀伶人，不拘演悲剧、喜剧、历史剧、田园
剧、田园喜剧、历史田园剧、历史悲剧、田园悲喜历史剧，
不分场景之三一律戏，或是无限定之诗剧，塞尼加④的悲剧

---

① 原文是hawk和handsaw，隼和手锯，只取词头及音节相似，无实际意义，
译文亦拟似。

② 仿佛是疯话，但暗指波洛涅斯是来试探。

③ Quintus Roscius Gallus，126–62BC，古罗马名演员，以后的杰出演员以其
名为称号。

④ Seneca，Lucius Annaeus，4BC–65AD，古罗马剧作家、哲学家、政治家。

　　不嫌沉重，普劳德斯①的喜剧不怕太轻松。不论依古典法度
或自由不羁的观点看，他们都是无可匹敌的大家。

哈姆雷特　　哦，耶弗他②，以色列之士师，你有多好的一件宝爱
　　呀！

波洛涅斯　　他有什么宝爱，殿下？

哈姆雷特　　噢，

　　　　　"他有闺女绝色佳，③
　　　　　疼之爱之无复加。"

波洛涅斯　　[旁白。]还在叨念我爱女。

哈姆雷特　　难道我不对，老耶弗他？

波洛涅斯　　您要是叫我耶弗他，我的殿下，我有个女儿，我爱她
　　无以复加。

哈姆雷特　　否，那倒未必。

波洛涅斯　　那么什么才算一定，我的殿下？

哈姆雷特　　哎呀，

　　　　　"命定天知道，"

　　而后，你知晓，

　　　　　"事有发生难免此一遭，"——

去查这圣歌第一句，会让你知更多；可是瞧，人来了，我话
要打住了。

**四五名伶人上。**

欢迎诸位，老板，衷心欢迎。很高兴见到各位，大家好。欢
迎，好朋友。噢，我的老朋友！自我上次见你以来，你已经
蓄须满面了，你是到丹麦来同我挑战？什么，我年轻的女爵
小情妞！圣母在上，你那万方贵仪高及天穹，比我上回见你
长出一厚靴底的高度④。求上帝，你别倒了嗓音，像一枚金

---

① Plautus，254–184BC，古罗马喜剧家；与塞尼加二人的剧作在莎士比亚时
　代的英国流传甚广。

② Jephthah，见《圣经·士师记11: 12–40》，耶弗他得上帝之助击败敌
　人，但因前有许愿致将女儿献祭。

③ 此是采自耶弗他及其女为题材的歌谣；英国诗人珀西（Thomas Percy，
　1729–1811）收入他编辑的《英诗辑古》，开创影响深广的民谣复兴运动。

④ 当时演女角的都是男童伶；女角穿木高跟靴，如一般妇女一样，此处是
　说这个童伶又长高了。

币从边缘向内里开裂，不可流通了。列位老板，个个受到欢
迎。我们马上来，如同法兰西放鹰人，眼睛所见便直扑决不
放过。我们干脆来一段台词。来，给领略一下诸位高艺。来
一段激情台词。

伶人甲　哪一段，亲爱的殿下？

哈姆雷特　我曾经听你说过一段台词，可从没见演过。就算演
　　过，也至多只有一次。我记得，那出戏，不能令众多看客青
　　睐。那个，对大众是鱼子酱，好货不识。可那是一出——我
　　得承认，还有旁人呢，他们对这种事的辨别能力比我高明得
　　多——那确是一出好戏，场面安排妥帖，而且编剧手高，平
　　和中见奇巧。我记得，有人说过，其句行之间未添佐料而使
　　内容可口。文词也并未令作者患上矫揉造作之病，只称乃是
　　个佳优的做法，如有益于身心般的甜蜜。总之是好而更好，
　　美而更美，菁华极品。那里边有一段台词是我最爱，就是
　　埃涅阿斯对狄多叙述的那一段，尤其说到普赖姆被杀的情
　　节①。要是它还活在你的记忆中，打这一行开始，——
　　让我看看，在这里，——

　　　　　　“蓬发皮洛斯，赫坎尼亚②一猛虎，”

　　——不是这样，是打“皮洛斯”开头：——

　　　　　　“蓬发皮洛斯，身披黑铠甲，
　　　　　　煞气一团乌，俟机正潜伏，
　　　　　　如藏暗夜中，木马肚里躲；
　　　　　　纹章凶色添涂抹，突兀出，
　　　　　　狞恶酷烈杀无辜，屠戮狂，
　　　　　　父母子女千家血，骇人流，
　　　　　　溅他头脚一似火，通体红；
　　　　　　街石炽，焙烤满地浓血糊，

---

① 埃涅阿斯Aeneas，希腊罗马神话中的特洛伊战争英雄，特洛伊城陷落
　　后，背父携子逃出火城，艰难跋涉至意大利，其后代建立了罗马。狄多
　　Dido，迦太基的建国女王，钟情埃尼阿斯未果而自杀。普赖姆Priam，
　　特洛伊王，在位期间发生特洛伊战争。皮洛斯Pyrrhus，希腊神阿喀琉斯
　　Achilles（除脚踵外浑身刀枪不入）之子，攻取特洛伊城，杀死国王普赖
　　姆，劫其长子遗孀做妻。
② Hyrcania，里海东南一古波斯省。

　　　　　　　　大火烈，爆燃焰光闪处处；
　　　　　　　　直奔杀向君主去，狂飙突，
　　　　　　　　浑身上下结块斑，污血干。
　　　　　　　　凶神皮洛斯，血眼冒红火，
　　　　　　　　搜索老王普赖姆。"
　　　你在这里接下去。

波洛涅斯　当上帝面说，殿下，您念得极好，好音调，好神韵。

伶人甲　　　　　　　　"普赖姆被搜出，
　　　　　　　　希腊人他抵不住；古剑锈，
　　　　　　　　臂腕不听使，一脱手掉落，
　　　　　　　　匹敌太悬殊再也举不起。
　　　　　　　　皮洛斯砍将去，失手于盛怒，
　　　　　　　　利剑迅猛挥，剑锋呼飕飕，
　　　　老王不禁风，倒地伊里姆①；
　　　　石头屋感震似有悟，殿喷火，
　　　　宫墙庭廊塌，堕地哗啦啦；
　　　　石飞皮洛斯耳朵，凭看剑闪烁，
　　　　正砍向普赖姆那老白头，
　　　　举向半空中忽然给打住；
　　　　皮洛斯站定不动似雕塑，
　　　　一尊暴君像，停手于半途，
　　　　无动作。
　　　　恰如风雨欲来有前奏，
　　　　天上寂无声，行云滞停留，
　　　　狂风悄不言，大地死静默。
　　　　哗，迅雷不及掩耳一忽闪，
　　　　天震裂，皮洛斯于住手后，
　　　　仇心激发骤，举剑重起落。
　　　　比当年，单眼巨匠②挥大锤，

---

① Ilium，特洛伊的拉丁语名。
② 罗马神话中额上单眼巨人族的一员，音译萨格洛泼斯Cyclops，负责在埃
　得纳火山下锻铸工场替天神打造兵器。

　　　　　　为战神万世坚甲迅锻造，
　　　　　　疾不过此刻皮洛斯直劈普赖姆，
　　　　　　血剑倏！
　　　　　　滚，滚，命运女神①这娼妇！
　　　　　　愿众神，将她权力剥夺掉，
　　　　　　砸她命运轮，碎辋断其辐，
　　　　　　扔圆毂辘辘滚落天山去，
　　　　　　直下鬼地狱！"

波洛涅斯　这可太长。

哈姆雷特　把这同你的胡子一起进剃头铺子去吧。请再往下念。
　　　　他爱听插科打诨，淫秽下流，要不就会打瞌睡。念吧，讲赫
　　　　古芭②。

伶人甲　"有谁，哦！谁见来裹布王后"——

哈姆雷特"裹布王后"？

波洛涅斯　哦好，"裹布王后"可是妙。

伶人甲　　"赤足快奔走，甩将满眼泪，
　　　　　　浇去灭大火，头上缠块布，
　　　　　　原先是冠冕，身已无衮服。
　　　　　　生育频，腰身瘦，权把床毯裹，
　　　　　　受惊恐慌忙之中随手搂。
　　　　　　谁见来这凄惨不免舌怨毒，
　　　　　　命运之神太作弄不赦万恶。
　　　　　　倘若是众天神亲眼目睹，
　　　　　　皮洛斯当她面恣肆残暴，
　　　　　　挥剑将其夫尸体剁成块，
　　　　　　惊得她即刻哀号身发慸——
　　　　　　除非老天对人也无情——
　　　　　　上界火燃眼也要湿漉漉，
　　　　　　众神皆哀唾。"

―――――――――

① Fortune，希腊罗马神话中的命运女神，驾骑或执摇轮子，象征命运反复
　无常。
② Hecuba，特洛伊王普赖姆之妻。

波洛涅斯　瞧，他可不变了脸色，眼泪汪汪。请你，莫再念了吧。

哈姆雷特　好吧，回头我还要请你继续余下部分。卿家大人，你可能替几位伶倌妥帖安排个歇处？你听了，将伶倌好生接待，须知他们是本时代的简史缩影。你宁可死后落个难看的墓铭，也不要生前听受他们贬斥。

波洛涅斯　殿下，臣一定按功德给予接待。

哈姆雷特　哎呀，我说，须款待才好！若依功德待之于每一个人，谁逃得掉挨一顿鞭子①？按你自己的体面与排场礼优于他们，他们越是不配，你则越显出功德无量。领他们进去吧。

波洛涅斯　各位就来吧。

哈姆雷特　随他去，朋友们。明天我们将听一场戏。

　　　　　　　　[伶人除甲外，其余随波洛涅斯下。]

　　你听了，老朋友，你们能否演"贡扎果凶案"②这出戏？

伶人甲　能，殿下。

哈姆雷特　我们明晚上要把它上演。我觉得需要自己写上十五六行一段话，插入台词，你可否背得下？

伶人甲　行啊，殿下。

哈姆雷特　好极了。跟大人去吧，仔细勿捉弄冒犯了他。

　　　　　　　　　　　　　　　　　[伶人甲下。]

　　二位好友，晚上再见。欢迎你们来到埃尔辛诺。

罗森克兰兹　好，我的殿下！

　　　　　　　　　　[罗森克兰兹与吉尔登斯腾下。]

哈姆雷特　愿上帝保佑二位！现在我一人。

　　哈，也如游民农奴我一个！

　　也真费思议，伶优来此地，

　　凭虚构犹梦中受苦受难，

　　促灵魂于自己想入非非，

　　述及她作为，心悸令变色，

---

① 1572年英国政府颁令对游民、强要饭（实为被逐农民）、非属本地贵族的伶人等可予鞭刑惩戒，哈姆雷特一再自况游民乞丐，是痛心于人世的不平，系莎士比亚在此暗讽政事。

② 莎士比亚虚拟的戏中戏。

神幽幽情恍惚，满目噙泪。
行相合动相宜，口嗓呜咽，
形意何所述？无别他缘由！
缘由赫古芭！
赫古芭何许人，他与她何故！
何值他来为她哭？他如何，
若予我心生恻隐苦与悲？
他泪水将把戏台淹没无，
骇闻说演词声震人耳鼓，
有罪者惊风，无罪者瞠目，
不知者大惑，诧异相顾呆，
生疑己耳目，手足无所措。
而我，
混蛋一个，萎蔫蔫似病鹿，
尽做白日梦，己任忘所以，
缄口混噩噩，不见我主君，
宝贵生命丢，社稷遭涂炭。
恶事若无睹，岂不成懦夫？
指我坏蛋？敲我头如破鼓？①
扯我胡髭吹我面做鬼脸？
揪我鼻戳我喉？自欺又欺人！
也是我？谁人予我此侮辱？
咄！
活该受，谁叫我忍气苟活，
深仇怨木知觉，胆小如鼠。
恬不以受辱为苦，如若不，
该由我喂肥那漫天饿鸷，
饱飨臭尸肉，血腥恶贼徒！
无耻、奸诈、淫乱、险恶歹人！
哦复仇！

---

① 敲头、扯胡吹面、揪鼻等都是对下等人的惩戒侮辱方式，哈姆雷特自
　比，意在反对。

哎也，蠢驴一头，怎算得勇！
明知父尊死于被人凶谋，
苍天地府皆唤儿须报仇，
我偏学如妓女虚情假意，
或如那臭贫嘴骂街泼妇，
贱奴婢！
呀呸！动动脑！有闻早听说，
罪恶徒来看戏台前坐定，
只看着戏台上奇情妙出，
只看得出神入化灵魂丢，
不由己内心罪恶要供述；
谋杀案不长舌无口凭说，
却还有神通显机关泄漏。
伶工演案情一如再现父，
叔叔看演戏，侄儿看叔叔，
只要他显惊恐，心病通透，
他有鬼，我有数，便有把握。
那幽灵我所见许是魔鬼，
魔鬼能化身，会把人迷惑，
趁我此时情脆弱神忧郁——
最是它好时机乘虚而入——
骗我堕地狱。是否此缘由，
假戏验真做实证见其故，
我立刻把握国王何心术。

　　　　　　　　　　　　［下。］


# 第三幕


第一场：城堡一屋内
　　国王、王后、波洛涅斯、莪菲利娅、罗森克兰
　　兹及吉尔登斯腾上。
国王　　你们极尽迂回曲折试探，

依旧探不到他灵魂内心，
这样疯癫瞎胡闹无宁日，
太平日不要过究竟为何故？

罗森克兰兹 他承认有一点精神错乱，
事实何原由不肯和盘托。

吉尔登斯腾 我们摸底细，他横竖不肯说，
每逢只引他吐露一点点，
便立刻一阵癫狂来劲儿，
一概闪避。

王后 　　　　　对你们还善意？

罗森克兰兹 绅士体面有。

吉尔登斯腾 只是很勉强，不算太自然。

罗森克兰兹 吝于多讲话，若是再三问，
回答还赏脸。

王后 　　　　　可曾有规劝，
劝他来消遣？

罗森克兰兹 娘娘，我们来路上恰巧遇
那优伶戏班，即向他宣禀，
小殿下一听闻欣然欢喜。
戏伶们现已来在宫廷前，
依我想必受命今晚要演戏，
演予观看他尽兴。

波洛涅斯 　　　　诚如是。
命我请二位陛下莅临同观赏，
听听看看去玩玩。

国王 忒甚好，实令我意满心宽，
闻得他欣欣然。
请二位更增进去怂恿他，
激起他娱乐消遣有兴致。

罗森克兰兹 遵命，陛下。

　　　　　　　　[罗森克兰兹与吉尔登斯腾下。]

国王 　　　　　格特露德爱心，你先行。
务必使哈姆雷特不发现，
巧布置设如他完全巧遇，

　　　　偶相会莪菲利娅。
　　　　她父亲随从我权充暗探，
　　　　躲藏起窥看人，不被人看见，
　　　　仔细观二人会面何情形，
　　　　看他一言一语一举一动，
　　　　断定他痛苦是否为苦恋，
　　　　煎熬生受此根由。

王后　　　　　　听从你主意。——
　　　　我须说，莪菲利娅，怀有心愿，
　　　　你美貌引得哈姆雷特发情痴，
　　　　这是他真正的病根原因；
　　　　但愿得你贤淑使他复元，
　　　　二人同礼赞。

莪菲利娅　　　　娘娘言我心愿。

　　　　　　　　　　　　　　　[王后下。]

波洛涅斯　莪菲利娅，在此且步且闲。陛下
　　　　请就避眼。[向莪菲利娅。]捧读此书，
　　　　专心于祷文，自顾于掩饰。
　　　　独行如此蒙谴责，不需怨，
　　　　证明有效验：外表装笑脸，
　　　　做作似神仙，仅是假诚恳，
　　　　内里藏鬼胎。

国王　　[旁白。]哦，言极是！
　　　　听此话我良心痛受一击！
　　　　厚脂粉涂上了娼妓脸面，
　　　　虽遮丑陋也不堪比我的
　　　　花言巧语把行为来掩盖，
　　　　哦，好重的负担！

波洛涅斯　听他来也，我们速后退，陛下。

　　　　　　　　　　　　[国王和波洛涅斯下。]

　　　　哈姆雷特上。

哈姆雷特　是活，还是不活，真是个问题：
　　　　要高贵须该是忍气吞声，
　　　　来承受这命运箭石交加，

抑或是向苦海挺身反抗，
将它了结干净？死，去长眠，
完结，若一瞑便可说了尽
心怆痛、体生受阵阵千百
皮肉痛，实乃人生之大幸，
虔求而不得。死，去长眠，
睡，或要做梦！哎，又是烦心。
一旦摆脱掉尘世苦萦缠，
死去睡眠中依旧梦频临，
却叫人踌怔，令顾虑重生，
人灾难遂变得无穷无尽。
世受鞭笞詈骂何人心甘！
骄横者鄙蔑，压迫者凌辱，
哀痛于失恋，延宕于法庭，
得势之小人，官吏之跋扈，
作践功德之辈声息无闻；
无非只匕首一柄在握，
将自我解定？负重谁堪受，
活得疲于奔命，浃背呻吟，
惟死后意难期，以此神伤。
不可见彼邦界遥远渺冥，
从未有去客归；意犹未决，
心犹不定，且暂忍现磨难，
岂不强似向未知妄投奔？
是顾忌使我等谨慎胆怯，
果断立行原是天然本色，
现蒙上忧虑病灰容一层。
本可使宏图展国运大振，
思虑无定，幽径回旋不通，
丧失立行义愤。啊，且噤声！
美人莪菲利娅！仙女，请铭记
祈祷为我赎罪孽。

莪菲利娅　　　　我的好殿下，
这一向殿下您贵体可好？

哈姆雷特　我这厢卑谢礼，好，好，好。

莪菲利娅　殿下赠纪念物我随身带，
　　　　　想已久须面见奉还于您，
　　　　　特请您此刻收回。

哈姆雷特　　　　　不，我不收；
　　　　　我未曾送何物品。

莪菲利娅　殿下您至尊，物送有名份，
　　　　　随物还附以芳言蜜语信，
　　　　　更显物贵甚。可惜芳香尽，
　　　　　赠物请回收。送者已薄情，
　　　　　受者犹自珍，重礼也看轻。
　　　　　拿去吧，殿下。

哈姆雷特　哈，哈！你贞洁否？

莪菲利娅　殿下？

哈姆雷特　你美丽吧？

莪菲利娅　殿下您何意？

哈姆雷特　要说你既贞洁又美丽，你的贞洁则不配与你的美丽相干系。

莪菲利娅　美丽，我的殿下，美丽比配贞洁便是最好，难道不是，还有更好的比配？

哈姆雷特　哦，正是。那美貌足有力将贞洁点化，迅即变淫荡，贞洁则乏力将美丽变得像他自己。这种说法从前是谬论，现时势却将它有了证明。我从前的确爱过你。

莪菲利娅　真的，殿下曾使我相信是这样。

哈姆雷特　你不该相信我。要知道美德不能嫁接到我们老朽枝干长出新枝，我们总还是脱不掉旧气质。我从前并不曾爱过你。

莪菲利娅　那我更加是受骗了。

哈姆雷特　你进修道院去吧。你何必孳生孽种？我自己不在乎什么贞洁，但我谴责自己种种不贞事，倒情愿母亲没有把我生养为好。我很骄横，好复仇，野心勃勃，作奸犯科起来呼风唤雨，却想都想不及真当它回事去兴风作浪，多得无法沾上手。像我这种人爬行苟活于天下地上，所为何来？我们都是泼皮无赖，一个都相信不得。你去进了修道院吧。你父亲在哪里？

莪菲利娅　在家里，殿下。

哈姆雷特　把门都关上，不让他出来，就叫他哪里也不去，只干蠢事。再见。

莪菲利娅　[旁白。]哦，救救他，苍天神明啊。

哈姆雷特　你若要婚嫁，我这里送此诅咒作你的嫁妆：尽管你贞操如冰清，纯洁如白雪，你总也逃不掉恶言中伤。你进修道院吧，快去，再见。否则，你一定要嫁人，就去嫁个傻瓜蛋。聪明人很明白你们要将他们变得丧尽人性。进修道院去吧，去，且须快去。再见。

莪菲利娅　[旁白。]上天众神明，将他挽救回来吧！

哈姆雷特　我有听说你们如何涂脂抹粉，听说不少。上帝给你们一张脸，你们又给自己另造一张。你们蹦蹦跳跳，扭扭捏捏，开口娇娇滴滴，嗲声嗲气，给上帝创造的众生乱起绰号别名，将放荡装作天真烂漫。得了吧，我不再多费工夫，这已害得我发疯。我说，我们再不需要结什么婚，已经结了，随他们去过便了，只除却一人①，其余则维持原状。去修道院，去吧！　[下。]

莪菲利娅　哦一代天之俊才，轰然崩坍，

　　　　这朝廷、军、学士之眼、舌、剑，

　　　　这玫瑰英华宗国之期盼，

　　　　这礼尚典范时流之明镜，

　　　　这万众钦仰，顷刻间倒塌！

　　　　而我，女中最伤心最悲哀，

　　　　蜜甜吮于他信誓乐音中，

　　　　恢弘卓绝智如今他不再，

　　　　竟似银铃破黯然嘎嘎调。

　　　　风华正茂盛辉煌一少年，

　　　　狂风猛吹折，我呀好阑珊。

　　　　鉴于已眼见，还须看再看！

　　　　**国王与波洛涅斯上。**

———————

① 暗指国王。

国王　爱！他心向不专注此方面，
　　　听言语条理伦次稍欠缺，
　　　却非癫，别有心事很明显。
　　　忧郁情别有孵窝伏胸中，
　　　实担心且疑惧孵出危害。
　　　防祸患免事端恐有不测，
　　　朕已当机立断下决心，
　　　立意速办：着他远赴英伦，
　　　去催纳久拖延朝贡晋献；
　　　值此漫游他邦海天胜景，
　　　山水风物处处观好浏览，
　　　见异思迁，闷胸得排遣，
　　　莫使他昏头脑惹事不歇，
　　　究可厌，你以为或可改变?
波洛涅斯　敢情好。不过以我之管见，
　　　推究其伤心伊始及根由，
　　　是失恋。莪菲利娅是你吧?
　　　无须你详告殿下说本原，
　　　我们已听全，陛下则请便。
　　　您若以为行，等待戏演毕，
　　　母后可应允与他单会面，
　　　许他抒情感，母子胸臆深；
　　　陛下若应允，隔墙留耳听，
　　　秘听二人谈。真情探无果，
　　　或派赴英国，或关他软禁，
　　　去从凭君高见。
国王　　　　　　诚如斯言；
　　　位重而癫，督监不可不严。

　　　　　　　　　　[同下。]

## 第二场：城堡厅堂。

　　　哈姆雷特与二三伶人上。
哈姆雷特　读此段念词，请注意，要像我刚才念给你们听的那
　　　样，从舌尖上滴溜溜滚出。但若是张嘴大嗓吼，如你们好些

人那样演法，那倒不如叫宣读告示的公差来念。也省得你的
手凌空劈来划去演拉锯，像这个样，要的是平稳和顺。当你
心情澎湃，如激流，如风暴，我都可说吧，起旋风了，你们
还是应当有节制，演得中和文静，如珠圆玉润。噢，要我的
命我也不愿意，深恶痛绝，听个戴假发混蛋装模作样大叫大
嚷，把大家一股子热情全冲散，如碎羽毛乱纷纷飞扬，把站
场看戏的①震耳欲聋。看戏，多半不懂行，看热闹，只看得
手舞足蹈的哑剧乱哄哄。这号人，我着实要叫他吃一顿鞭子
才好，竟把凶神忒蛮蛮②演过火，弄得比暴君希律还希律③。
这一点请务必要避免。

伶人甲　　我保证，殿下放心好了。

哈姆雷特　　也不可平板了，让自己心中衡量得体，做自己的导
师吧。动作符合词句，词句符合动作。切记一点，不要越出
自然分寸，不要过正。一过正，就要背离表演的目的。演戏
的目的，初始和现在，从前和眼前，都一样，等于拿一面镜
子照出自然本真，看看美德她自己的面貌，看看丑态她自己
的原形，看看人生相、社会相，他的形象和印记。表演过火
或不及，叫过犹不及，仅博外行人一笑，却叫明眼人失望。
其中，独具慧眼者的判断对你们而言，远胜过一戏院人的指
手划脚。噢，还真有伶人，我看过他们演戏，也听到人家捧
场，捧到天上去。恕我讲得不客气，他们说话不像文明人基
督徒的口齿，走步既不像基督徒也不像野蛮人异教徒，甚至
根本不是人的跨步，那样大摇大摆，这般又吼又叫。难怪我
把他们当作临时造化造错了人形。要不然，模仿人性何至于
模仿得如此恶俗。

伶人甲　　但愿我们已作相当的改进，殿下。

哈姆雷特　　哦，须全盘改掉。且叫小丑们照脚本上讲，不得擅自

---

① 早期的英国剧院一般不设座位，只供站立看戏，票价低廉，仅一先令。

② Termagant，由十字军东征传入的穆斯林神名，在早期英国戏剧中代表狂
　暴凶蛮的角色。

③ Herod，指希律一世大帝Herod I the Great，73–4BC，罗马统治时期的犹太
　国王，希律王朝创建人，统治后期凶暴残忍，下令屠戮伯利恒城男婴。
　见《圣经·马太福音2: 1–16》。

多加发挥。他们竟有人自己先会笑出来，逗那些没头脑的观众来哄笑，岂不知这时候戏里正有紧要问题需要考虑呢。小丑打岔打掉，实属愚蠢可恶，也是可惜。去吧，你们去作准备。

[伶人下。]

**波洛涅斯、罗森克兰兹和吉尔登斯腾上。**
如何，大人？吾王也会来听这戏否？

波洛涅斯　来，王后娘娘也来，就到。

哈姆雷特　命戏子快一点。

[波洛涅斯下。]

二位相帮催催他们吧？

罗森克兰兹
吉尔登斯腾　　遵命，殿下。

[罗森克兰兹与吉尔登斯腾下。]

哈姆雷特　噢！霍雷肖！

**霍雷肖上。**

霍雷肖　我来，好殿下，听候差遣。

哈姆雷特　霍雷肖，你堪数与我交谊
　　最称方正不移好朋友。

霍雷肖　哦，亲爱的殿下，——

哈姆雷特　不，并非我尽好话，
　　我岂能瞩望于你提拔我，
　　你无长物，仅有狭义热肠，
　　衣食谋？向你穷人来溜须？
　　非也，糖舌舔权势，虚伪休，
　　练就膝盖骨折节而活络，
　　长跪财门路，你可情愿么？
　　自由灵魂堂奥中寻自我，
　　有知人之明鉴，认定你为
　　金石友，两相肝胆照赤灼；
　　跌打坎坷岿然立坚如故，
　　男子汉，命运打击或照拂，
　　铭谢概无咎。有你好朋友，
　　感情理智两相称托天福，

　　　　　不听她命运女神随奏笛，
　　　　　她按指我唱曲。你我男儿
　　　　　非感情奴仆，珍贵你为挚友，
　　　　　珍藏我心窝噢心坎深窝，
　　　　　如此做。好，此话已太多。
　　　　　今晚上君王观戏付应酬，
　　　　　戏中有戏一场景我讲过，
　　　　　先父遇难出一辙情同受。
　　　　　演到节骨这当口，恳请你，
　　　　　身心灵魂全集中紧关注，
　　　　　关注我叔父，观他深藏恶。
　　　　　他若听念白，痕迹无显露，
　　　　　我们先前见无疑遇恶魔，
　　　　　自己想象全离谱太龌龊，
　　　　　如同伍尔坎①铁铺，胡乱铸。
　　　　　关键紧注视，觑眼盯住脸，
　　　　　之后你我两对证合拍否，
　　　　　好做判断有结果。

霍雷肖　　　　　　　遵命殿下。
　　　　　看他观戏情动点滴被我漏，
　　　　　眼底溜，犹遭失窃我受罚。

　　　　　　　　　　　[丹麦御驾进行曲。铜鼓声，号角鸣。]

哈姆雷特　他们已来到，我便装疯傻，
　　　　　你找地方坐。

　　　　　**国王、王后、波洛涅斯、莪菲利娅、罗森克兰兹、吉尔登斯**
　　　　　**腾及其他廷臣、御驾贵人等上，校尉等持火炬后随。**

国王　哈姆雷特贤侄，你此来可好？

哈姆雷特　味道绝对好极了，说实话。皆是石龙子佳肴美味。我
　　　　　进食空气，给空话塞饱肚皮。你拿来喂阉鸡，喂不肥②。

---

① Vulcan，罗马神话中的火与锻冶之神。
② 石龙子chameleon，阉鸡capon，均代表愚蠢；传说石龙子只吃空气，哈姆
　　雷特此处意为"即使阉鸡也不会蠢到认为吃空气能长肥"。

国王　　你在答非所问，哈姆雷特。这些话与我何干，我并无此
　　　意。

哈姆雷特　　不，现在我也不管了。[向波洛涅斯。]
　　　大人，你以前在学府演过戏，你说是？

波洛涅斯　　演过，殿下。还算得是演戏高手。

哈姆雷特　　演过什么角色？

波洛涅斯　　我演过尤利乌斯·恺撒，我在朱庇特神庙被杀，布鲁
　　　图杀了我。

哈姆雷特　　他真是"葫芦涂"鲁莽至极，杀死这般"巨比得"天
　　　大的一头大牛犊①。戏子准备好了吗？

罗森克兰兹　　好了，殿下，专等殿下吩咐。

王后　　这儿来，亲爱的哈姆雷特，坐我身边来。

哈姆雷特　　不必，好母亲，这里有金贵，吸引力更大呢。[倾倒
　　　于莪菲利娅。]

波洛涅斯　　[向国王。]啊哈！陛下，您看见吗？

哈姆雷特　　小姐，我躺在你膝头中间可好？

莪菲利娅　　不好，殿下。

哈姆雷特　　我意思，把头枕在你的膝上。

莪菲利娅　　噢，殿下。

哈姆雷特　　你想我是说胡话？

莪菲利娅　　我什么也不想，殿下。

哈姆雷特　　躺在姑娘双膝间，好主意妙不可言。

莪菲利娅　　怎么啦，殿下？

哈姆雷特　　不怎么。

莪菲利娅　　殿下真会开玩笑。

哈姆雷特　　谁，我？

莪菲利娅　　是的，殿下。

哈姆雷特　　哦上帝，我不过是个搞笑人，让你寻开心！人只管开
　　　开心心寻欢作乐，还想要做什么？你瞧，我母亲，看她多开

---

① 布鲁图Brutus（刺杀恺撒的主谋），（古罗马）朱庇特神庙Capitol，同
　brute鲁莽、残忍及capital大的、头号的，音义都有关，哈姆雷特藉此说疯
　话喻意；译文权以"葫芦涂""巨比得"谐音义。

心，我父亲，才刚死了两个钟点。

莪菲利娅　　不对哦，已经是两个月再加两个月了哎，殿下。

哈姆雷特　　这么久啊？那可不行，让魔鬼去穿素黑，我可要制一袭貂皮裘衣。老天！已死两个月，竟还没忘记？那便有希望，一位大人物死后过去半年，人家还追念。不过，圣母在上，他须得造几座教堂。否则便无人纪念他，做了五月节的柳条马①，它的墓志铭便是"为了噢，为了噢，柳条马忘掉了。"

**双簧管奏鸣。哑剧开场。**②

**一国王与王后上，互拥，情甚亲昵。王后跪地，向国王作倾吐衷肠状。国王挽王后起身，偎吻其颈项。旋偃卧于花坡。王后视其入睡，自下。继一男子上，窃取国王头上王冠，吻之；随即取出毒药灌注于国王双耳，遂下。王后上，见王已死，故作哀恸状。下毒者偕二三从人上，佯作陪王后悼哭。从人移尸下。施毒者向王后赠礼献爱。王后始若不愿，然终纳其情。**

〔众下。〕

莪菲利娅　　说的什么意思，殿下？

哈姆雷特　　圣母在上，此系鬼祟作恶，决无好事。

莪菲利娅　　也一定表示正戏的大情节。

**致开场白伶人上。**

哈姆雷特　　此人一讲，我们便晓得。戏子总不至于保守秘密，都要原本讲出来。

莪菲利娅　　他会告诉我们这表演是什么意思？

哈姆雷特　　是啊，要不你给他演什么，只要你不怕羞丑做得出，他可不害羞讲不出口哦，还得你宝门讲得你怎么怎么。

莪菲利娅　　你真坏，你真坏。我归我看戏。

伶人　　〔**开场白。**〕卑等来献丑演悲剧，
　　　　　先要向诸位把躬鞠，

---

① hobby-horse，英国古时乡村五月节日，儿童骑玩柳条马，如我国的竹马；此词也含"婊子"意，"为了噢，为了噢，柳条马忘掉了"是当时流行歌谣常被用作取笑的叠句。

② 哑剧原是道德剧，后在宫廷剧中作为穿插演出，或在丹麦演剧中作开场剧。

　　　　请海涵观看到终曲。[下。]
哈姆雷特　这算开场白，毋宁是戒指上的铭诗?
莪菲利娅　太短了，殿下。
哈姆雷特　短如女人的爱情。
　　　　**扮国王与王后二伶人上。**
伶王　日辇速驰奔三十已整年，
　　　沧海几度流地圆几番迁。
　　　明月三十打借得夜清辉，
　　　环绕这世界十二三十回。
　　　曾记何缱绻两情相眷急，
　　　天作我良缘情合来结禧。
伶后　日月经天行回转几多程，
　　　你我千百折一世不了情。
　　　恹恹迟于行竟任我愁煞，
　　　尽失你豪兴非比以前佳。
　　　懊恼于你时牵念于胸襟，
　　　慰安我君王无使不舒心。
　　　女人虽有惧情爱是本性，
　　　无有便无有有则极端行。
　　　现你知我情爱心已明证，
　　　对你爱弥深忧惧也随增。
　　　情爱沉入迷小惊也惧疑，
　　　小惊变大惧越惧情越急。
伶王　我必离你去，爱心，不会久，
　　　我觉身心已不支，力衰朽。
　　　别离后，你自留世有华美，
　　　尊荣尽享受，或许有机会，
　　　复又遇郎君——
伶后　　　　　　　哦，可别瞎说！
　　　生此意是背叛戳我心窝。
　　　我若再嫁夫必该受诅咒！
　　　二婚无异杀前夫做凶手。
哈姆雷特　[旁白。]苦艾，苦艾！
伶后　我若想再次结婚动念头，

　　　　贞爱全不顾淫欲只追求；
　　　　嬉戏与另夫床上吻抱我，
　　　　等于杀亡夫刨尸用刀剁。
伶王　我可信，你心想口实说，
　　　　只可惜，人常难兑说和做。
　　　　目的与意图只做记忆奴，
　　　　初生了不得收场结果无。
　　　　此刻高枝挂犹是青生果，
　　　　成熟于一朝不摇自坠落。
　　　　陈年老旧账忘记也难免，
　　　　自己对自己积欠不曾还。
　　　　心血来潮中狠劲发誓愿，
　　　　热情一淡薄意趣云烟散。
　　　　悲痛或欢腾发作看势猛，
　　　　顷刻即消失痕迹都不剩。
　　　　欢天喜地极，痛苦流涕继，
　　　　喜转悲悲转喜亦此亦彼。
　　　　人间事常无常不以为怪，
　　　　人之心随运转看定好坏。
　　　　爱情随时运时运随爱情？
　　　　这问题有待你我来证明。
　　　　一倒大主儿宠幸都散掉，
　　　　穷酸一发迹夙敌来友好。
　　　　自古情爱只侍奉有幸人，
　　　　不贫不寒不缺少友登门。
　　　　落泊时要去会负义之友，
　　　　翻眼珠不认人称你贼偷。
　　　　话已讲到底，回到开头来，
　　　　意愿和命运彼此多违乖。
　　　　初设想美计划往往打破，
　　　　我筹谋而结果总是相左。
　　　　你所讲决不会再次婚嫁，
　　　　只怕是我一死立刻变卦。
伶后　地不给我食天不给我光，

　　　昼夜不给我宁静与舒畅！
　　　该叫我希冀指望全废弃，
　　　度余生日夜关在暗牢里！
　　　叫我天天泪洗面无欢颜，
　　　好事变坏事处处陷危难！
　　　该叫我生生死死没安稳，
　　　　一旦做寡妇岂敢再嫁人！
哈姆雷特　且看她现在可背誓！
伶王　起誓言重了，爱妻先请回；
　　　我困倦神思昏，就此歇睡，
　　　慵懒昼即打发。[睡。]
伶后　　　　　　　愿你宁神就安睡，
　　　不幸降我二人间永不会！　　　　[下。]
哈姆雷特　母后，您觉得这戏如何？
王后　那女人表白过分，似觉得。
哈姆雷特　哦，看她必是言出有信！
国王　你听过这戏情节？并无触犯禁忌？
哈姆雷特　不，没有，玩笑而已，下毒仅是为好玩，绝无犯禁。
国王　这戏名你叫是什么？
哈姆雷特　耗子夹。哦圣母，怎么样？是打个比喻讲。此剧演的是维也纳一起凶杀奇案，贡扎果是一位大公的名，其妻叫芭普蒂丝塔。您马上就可看到，任它胡说八道好笑。不过有什么要紧？陛下和我们都是灵魂干净，与我们毫不相干；老马跑不了受伤自惊跳，跟我们可是浑身无关痛痒。
　　**伶人饰卢西安纳斯上。**
　　此人名叫卢西安纳斯，是国王的侄儿。
莪菲利娅　您赛如哑剧口述人了，殿下。
哈姆雷特　要是看见你和情人两个混混儿嬉耍那档木人戏，我也会替你们说戏讲情节。
莪菲利娅　你真不饶人，殿下，你真不饶人。
哈姆雷特　你们叫了疼，我便饶你们。
莪菲利娅　好妙也，可也糟了也。
哈姆雷特　妙也好，糟也好，你们出嫁总是要难为丈夫。开始吧，凶手，你个瘟神，别扮鬼脸了，动手！来呀，老鸹在呱呱叫报仇。

卢西安纳斯　　　　心狠手辣药灵更其巧时间，

　　　　　　　　　机会来串通，连个鬼影都不见；

　　　　　　　　　熬炼毒药深夜毒草去采集，

　　　　　　　　　巫魔黑克娣①恶咒三遍毒透力。

　　　　　　　　　你魔力发挥疾使出凶狠劲，

　　　　　　　　　顷刻间不眨眼夺掉鲜活命。

　　　　　　　　　　　　　[注毒药于睡者双耳。]

哈姆雷特　　在公苑中毒杀，为了谋王篡位。被害人，名叫贡扎果。故事原本尚存，用很美的意大利文写成。底下马上要看到凶手如何夺得贡扎果妻子的欢情。

莪菲利娅　　王上起身了。

哈姆雷特　　怎么，假戏放空炮便吓跑！

王后　陛下怎么了？

波洛涅斯　　命戏停演！

国王　给我前面带路！走！

众人　火把，火把，照路！[除哈姆雷特与霍雷肖，众人齐下。]

哈姆雷特　　啊，中箭鹿儿去淌泪，

　　　　　　未受伤的来欢跳，

　　　　　　有人警醒哦有人睡，

　　　　　　有来有去这世道。

　　　你看我，伙计，若是此后日子倒霉运气不顺遂，凭我这点本事，再头上插一大簇羽翎，开帮儿靴子缀两朵丝绢花，到戏班子里还有可能混上口饭吃吧，你说呢？

霍雷肖　　能吃上半份包银。

哈姆雷特　　吃全份，我。

　　　　　　你须知，亲爱我达门②，

　　　　　　被篡王座原是

　　　　　　归乔武③；如今当政人，

————————

① Hecate，希腊神话中的巫术魔法女神。

② Damon，罗马的传说人物，忠于朋友为生死之交。

③ Jove，即天神朱庇特。

　　　　不过、不过是——孔雀①。

霍雷肖　此处大可以押它个"臭屎"韵才好。

哈姆雷特　嗯，亲爱霍雷肖，我愿千镑重价购买那幽灵讲的话；

　　　　你看见了吧？

霍雷肖　看得很清楚，殿下。

哈姆雷特　是说到下毒的当口？

霍雷肖　我盯住他看得真切。

哈姆雷特　啊哈！奏乐！吹起两管笛子来！

　　　　如若说喜剧君王不喜爱，

　　　　那就也许当真是不愿待。

　　　　来吧，奏乐！

　　　　**罗森克兰兹和吉尔登斯腾上。**

吉尔登斯腾　亲爱的殿下，请允我说句话。

哈姆雷特　足下尽可滔滔讲大部历史。

吉尔登斯腾　殿下，君王，——

哈姆雷特　哦足下，他怎样？

吉尔登斯腾　驾返寝宫，甚感不适。

哈姆雷特　多喝了酒吧？

吉尔登斯腾　不，殿下，是上肝火。

哈姆雷特　你该速请御医，才是显出得体知理识趣。叫我前去喂

　　　　药，恐难替他清除郁结，反而更要激起他的心火。

吉尔登斯腾　亲爱我殿下，您说到哪儿去了，您这说的全不是我

　　　　本意。

哈姆雷特　好，那就恭听，请讲。

吉尔登斯腾　王后娘娘，殿下的母亲，心中极其难受，特差我来

　　　　见您。

哈姆雷特　竭诚欢迎。

吉尔登斯腾　不，我的好殿下，如此礼下不合适，只愿殿下给我

————————

① Peacock，孔雀，曾被视作淫且暴的代表；原文用了孔雀此词的寓意，但
　与诗的第二句不押韵，下文霍雷肖说该用个押韵的词，意思是要直指篡
　位者。诗的第二句尾词原文是was（is是的过去式），第四句尾词霍雷肖
　认为不该是peacock，最好应是ass：屁眼，阴户，恶兆，驴。译文添"臭
　屎"以与第二句"是"同韵。

好回话，我便传达您母后懿旨。若不然，请允立即回去，就此事毕。

哈姆雷特　足下，不可。

吉尔登斯腾　不可什么，殿下？

哈姆雷特　给你个好回答，我头脑已有病。不过，使君，凡我所能作答者，均必应命，或如你所言，是应我母亲之命。因此无须多说了，请直截了当明言。我母亲，你说，——

罗森克兰兹　那么，她是这样说，你的行为令她吃惊、奇怪。

哈姆雷特　哦，惊人的好儿子，终于连做母亲的也惊奇！那么，这位母亲惊奇之余便无下文了吗？说吧。

罗森克兰兹　她想在您就寝之前，去她私房有话谈。

哈姆雷特　悉听遵命，即令她十次做我的母亲。还有别的事没有？

罗森克兰兹　殿下，我曾蒙您垂爱于一时。

哈姆雷特　现在依然如故，凭这双巧取摸窃者①。

罗森克兰兹　我的好殿下，您如此不高兴为何原因？殿下倘若不把愁闷说给自己的朋友听，只怕是将自己无限美好的前程拒之门外要断送掉了。

哈姆雷特　使君，我晋升乏术。

罗森克兰兹　如何可能，主上不是亲口宣旨殿下为丹麦王位继承人了吗？

哈姆雷特　不错，只可惜"要等草长起，"——这句老话已成滥调②。

**若干伶人持笛上。**

噢，笛子来了！拿一管我看看。我们走一边去说吧；为何故你们总是要跑到我上风头，好像要赶我自投罗网呢③？

吉尔登斯腾　哦，我的殿下，我为尽责以至有放肆处，全因我对殿下敬爱太深之故。

---

① 指一双手，源出新入教者被教训双手不得有偷摸行为。
② 此谚语全句是：While the grass grows the horse starves。要等草长起瘦马早饿死。
③ 猎人居上风追逐猎物，猎物嗅得追猎向前逃窜而跌入预设陷阱。

哈姆雷特　我不太懂你的意思。你能吹吹这管笛子吗?

吉尔登斯腾　我不会吹，殿下。

哈姆雷特　我请你吹。

吉尔登斯腾　我真的不会吹。

哈姆雷特　我在此坚请于你。

吉尔登斯腾　我真的一点也不会吹。

哈姆雷特　吹起来跟说谎一样容易。你只须用手指往这些孔眼上一按一放，用嘴吹气，就会发出最动听的音乐。你看，就着这些孔眼。

吉尔登斯腾　可是我摆弄不来，吹不出好听的音调。我没有这个本事。

哈姆雷特　啊，现在你们看，你们把我当作一钱不值的东西！你们在摆弄我。你们像是都晓得我的笛子孔眼，你们要探出我心里的秘密，你们要从我的最低音试到我的最高音。这支小小的管子里藏得有丰富的音乐，美妙的声音，可惜你们并不能叫它开口。哦呵，该死，你们以为我比一根笛管还容易要弄？随你们叫我做什么乐器东西，你们胡乱拨弄我，可怎么也无能把我奏出调子来。

**波洛涅斯上。**

　　上帝保佑你，卿家！

波洛涅斯　殿下，娘娘要和你说话，请此刻就去。

哈姆雷特　你看见远处那朵云，形状像一峰骆驼吗?

波洛涅斯　可不是，真像是一峰骆驼。

哈姆雷特　我看它，倒像只臭鼬。

波洛涅斯　那弓背，是像一只鼬。

哈姆雷特　还好像是一条鲸鱼吧?

波洛涅斯　是很像一条鲸鱼。

哈姆雷特　那就，我马上去见母亲。[旁白。]他们愚弄我，不择手段。[大声。]我马上就会来。

波洛涅斯　我这就去禀告。[下。]

哈姆雷特　"马上"说容易。你们去，朋友们。

　　　　　　　　　　　　　　　　　　[除哈姆雷特外俱下。]

　　现时间最可怕是为深夜，

　　墓穴张大嘴地狱向人间

喷毒气；我眼下干得惨事，
喝得热血，非光天敢正视，
慢来！且先去见母亲再说。
哦我心！切不可本性迷蒙，
勿叫尼禄①夺我魂塞胸襟。
不得不心狠，却不可忤逆，
不动刀，只施嘴舌如利剑。
处此事，容我心口暂不一，
不论我言语将她多惩创，
无讳匿我只心灵求达畅。〔下。〕

## 第三场：城堡中公厅。
国王、罗森克兰兹及吉尔登斯腾上。

国王　他我不喜欢不可惯纵容
　　　闹疯癫。特此敕命准备齐，
　　　我业经拟具令状颁即刻，
　　　着你们携他同去英格兰。
　　　依我国法决不容有渎犯；
　　　廷上身边不意间频滋事，
　　　时癫狂多添乱。
吉尔登斯腾　　臣下去准备。
　　　圣上所虑无比周密英明，
　　　万千黎民百姓利害所系，
　　　生灵皆须仰赖陛下庇佑。
罗森克兰兹　凡苍生俱有本能皆牢记，
　　　加防卫必定要心机竭尽，
　　　护自身系自然趋利避害，
　　　更何况负大任众望所托
　　　邦主首席。至尊崩归西，
　　　非但死自己，恰似急旋涡，

---

① Nero，37-68AD，罗马王，初施仁政，后成暴君，弑母杀妻，焚罗马
　城，观火作乐。

周遭齐卷去。他身在山尖顶，
犹似庞轮一架高无比，
巨构轮辐纳万千小器具，
一旦轮崩塌，巨细丧失尽，
轰然一声里戛然变粉齑。
君王吾陛下从不哀声叹，
君若一叹息万众悲吟起。

国王　　请大家齐准备即刻成行，
太放肆无忌惮如今狂态，
戴铐加镣严束羁。

罗森克兰兹
吉尔登斯腾 ｝臣下不迟疑。

　　　　　　　　　　　　　[罗森克兰兹与吉尔登斯腾下。]

波洛涅斯上。

波洛涅斯　陛下，他要去母后内房，
我也去帷幔后将身隐蔽，
听真情母训子，臣具信心：
确如陛下有言无比圣明，
为娘是天性，难免心偏倚。
最妥帖娘亲之外有壁耳，
窥听珍奇。回首见，吾王尊，
时在就寝前，微臣再见王，
禀陛下闻巨细。

国王　　　　　　多谢贤卿。

　　　　　　　　　　　　　[波洛涅斯下。]

哦我犯罪孽，熏天太臭秽，
受人间最古老诅咒罗陷①，
不可祷告于神前害亲兄。
虽有愿望意志立须坚挺，
强意念径败于更强罪愆，
犹一人却把事两头兼顾，

———————

① 指《圣经·创世记4：1–16》所载该隐杀兄弟受上帝诅咒。

无所措手足不知先如何，
致两头失捡。可咒手毒辣，
将胞兄猩红血涂染满手，
上天降不得如许甘霖来
洗它个白雪一般？空怜悯，
怎不来顾些个罪丑脸面？
祷告可祈求予我双重力，
阻失足，预防在先，或事后
可助获宽宥？抬头望望天，
罪孽已过烟。哎呀怎安生，
祷告何以堪？"如我凶案犯"？
不得行也，因我仍手握
令我动杀机恶果得连连：
野心遂愿，抢王冠夺王后，
谋犯持赃重罪者岂可饶恕？
贪恶腐败流俗于这人世，
黑手镀黄金将公道排遣，
习以常见惯，贼赃作贿赂，
可将法律被买断；咄，非如天，
天无私面，不可偷天换日，
我等不得不，要将真情毕露
本性见，凶狠嘴脸难掩饰，
自证于前。如何行？怎么办？
且试忏悔，可赎罪于一万？
我不可忏悔，何补一于万？
啊处境可惨！啊灵魂玷污意！
心死意懒，越挣扎越粘，
不脱深陷！天使救我，赦免！
硬膝强屈弯，铁一般肝肠
也须软，软作乳儿肌腱嫩！
或见转机。

　　　　　　　　　　[退至一旁下跪。]

哈姆雷特上。
哈姆雷特　恰逢时，趁他正向天作祷告，

现在就干掉，叫他命了结，
得报仇怨；却回头又转意。
此贼杀我父，现将他血溅，
亡父独子我，将仇人径戮
遣上天。
哦，此乃德报，怎可算仇报！
他暴杀我父饱飨肉欲宴，
孽大发，如五月花艳火开，
孽账几多，除了天，有谁知？
须揆情度势行事于理念，
他罪恶滔天解决于眼下，
其时正在将灵魂作洗涤，
岂非销仇业便宜他过难关？
不！
收起剑另等待凶险时刻，
等他凶狂，等他醉酒泥烂，
等他纵情乱伦于床褥间，
等他赌博、诅咒、恶事干尽，
再无希望可予转圜得救，
当此将他砍，颠踬朝天，
灵魂入地狱不得再翻身，
暗无天。我母后正等闲，
这剂药只叫你恶病灾延。

[下。]

国王　[起立前行。]言出花撒天，心思还地面，
空话乱坠永不能上得天。

[下。]

第四场：王后寝宫。

**王后与波洛涅斯上。**

波洛涅斯　他就来，娘娘好生教训一顿。
警告他祸闯得无法无天，
多亏娘娘为他居间，
把上方震怒遮掩。我躲开，

　　　静旁听，峻颜厉色请尽可。

哈姆雷特　　[自内。]母亲！母亲！母亲！

王后　　　　　　　我定依你，

　　毋担心。退下，听见他已来。

　　　　　　　　　　　　　　　　[波洛涅斯藏身帷后。]

　　哈姆雷特上。

哈姆雷特　哦母亲，有何事？

王后　哈姆雷特，你对你父太有得罪。

哈姆雷特　母亲，你对我父大有得罪。

王后　罢，罢，你答话牛头不对马嘴。

哈姆雷特　得，得，你问话不辨东西南北。

王后　啊，怎得了，哈姆雷特！

哈姆雷特　到底何事？

王后　我你已忘记？

哈姆雷特　　　　　　不，我发誓，未忘。

　　你是王后，你丈夫兄弟的妻，

　　你也是，——但愿真不是！——我母亲。

王后　好，我叫嘴利的与你辩理。

哈姆雷特　别叫，别叫，请坐定，不着急。

　　别走，我要叫你照照镜子，

　　照照你心肝看看你自己。

王后　干什么？你莫非要谋害我？

　　来人啊救命！

波洛涅斯　[自帷后。]不好！救命啊救命！

哈姆雷特　[拔剑。]何人？硕鼠！去也，该死，

　　看剑！

　　　　　　　　　　　　　　　　　　[挥剑刺入帷幔。]

波洛涅斯　[自帷后。]啊，我被杀！

王后　天哪！你干下什么？

哈姆雷特　不，我不知；是君王么？

王后　啊！好不狂乱你凶暴行径！

哈姆雷特　凶暴行径！好母亲，如同弑君

　　而后嫁与他兄弟，同一行径。

王后　如弑国君！

哈姆雷特　　　　对，母后，我如此说。

　　　　　　　　　　　　　[揭帷幔见躺地的波洛涅斯。]

　　　陋劣卑鄙你个蠢材，去吧！
　　　还当是你主子，轮你活该；
　　　可晓得了，好事者多涉险。
　　　[向王后。]静坐缄口！不须扭捏手指。
　　　我此刻来要绞扭你心肝，
　　　如若你仍还有血性情意，
　　　积习尚未使你坚如铁石，
　　　未死定容不进半点人伦。

王后　我做何事，轮你来这般放肆，
　　　粗声恶气乱吆喝?

哈姆雷特　　　　　干的好事，
　　　玷污高贵贤惠腼腆貌美，
　　　使贞德假正经，真情实爱
　　　玫瑰光彩失于高额明眉，
　　　打上了烙印①一颗恶脓包，
　　　变个疮疤糜烂；婚姻信誓
　　　如同赌徒咒誓一般伪诈，
　　　哦，也如婚约中灵魂抛却，
　　　把神圣教义变成乱梦呓！
　　　天容都脸红，看浑成大地，
　　　也哀满面，如临末日大限，
　　　烦愁煞这等事。

王后　　　　　　哎也，究竟甚事，
　　　凶相毕露，没来由雷轰顶?

哈姆雷特　看这图，还有这帧，是画像，
　　　两幅画面目写真，兄弟俩。
　　　看这是眉宇间多么轩昂，
　　　太阳神鬈发，天神般面相②，

――――――――――

① 指娼妓有被额上打烙印。
② 此三行中提及四神，即太阳神海庇亮Hyperion，天神乔武Jove，战神玛尔斯Mars，神使（众神的信使）墨丘利Mercury。

战神目光四射威震八方，
风度赫赫如神使行天上，
飞来摩天峰顶适才莅降，
英姿勃发集众长于一身，
仿佛诸神祗施印记标榜，
立世间大丈夫特作彰显，
他是你旧夫王。而这厢，
现时你夫君，如同灰麦穗，
害同胞好兄长，你眼不长？
不往明媚大山上去放青，
反投嗜臭泥淖，你眼不张？
你已非是谈情说爱年纪，
欲火不盛旺，驰马可勒缰，
理智稳驾御，行事有理性，
缘何弃此适彼？岂非乖张。
耐不得要放浪，以此模样，
神经不正常。即便欲念盛，
何能如此荒唐，实难启口，
全不做抉择鉴别掂轻重。
好坏不分，许是魑魅魍魉
将你迷惘，诱你晕头转向？
有眼却无感，有感又无视，
闻听无觉无视，鼻嗅不通，
全然木知，稍感痛痒，愦闷
不致于此。
脸不红心不慌纵欲无羞？
作乱于半老遗孀难按捺，
如春焰烈，让贞德成蜡样，
烊于心火上。不需唱廉耻，
只当是眼不见疯狂淫乱，
但看霜打年岁淫火兴旺，
将理智忙皮条。

王后　　　　　　　哦哈姆雷特，勿再讲，
你转移我目光察灵魂，

　　　　　视自身内里污脏暗伤，
　　　　　清洗永不能。
哈姆雷特　　　　啊，将光阴
　　　　　消磨于体味臭汗腻床卧，
　　　　　宣淫泄欲抱污脏话肉麻，
　　　　　腐情轻狂，——
王后　　　　　　哦！勿再对我讲，
　　　　　这许话刺耳痛伤似尖刀，
　　　　　哈姆雷特吾儿，勿再讲！
哈姆雷特　　　　一个杀人狂，
　　　　　烂小人，不及你先前夫君
　　　　　千百分之一的屑小假冒王，
　　　　　贼流氓出丑怪窃国大盗，
　　　　　自架上窃得王冠与君权，
　　　　　落进他腰包！
王后　　　　　　不要再讲！
哈姆雷特　一个穿百衲衣的破烂王，——
　　　**鬼魂上。**
　　　　　上天使神张开翅膀回顾我，
　　　　　天神保佑！尊驾意欲何为？
王后　哎呀，疯也！
哈姆雷特　您莫不是来责儿误延宕，
　　　　　怪他激情淡却，时光虚掷，
　　　　　置紧张严令于不顾，是否？
　　　　　请讲！
鬼魂　不要忘！此来再访，
　　　　　砥砺你原意向几将迟钝，
　　　　　只见你母丧魂魄情惶恐；
　　　　　哦，护她与苦斗之魂，体魄
　　　　　最孱弱，易折于幻象；讲明
　　　　　于她，哈姆雷特。
哈姆雷特　　　　您怎样，亲娘？
王后　哎呀，你自己怎样，
　　　　　怎地直把眼朝着半空望，

空空如也与无人在讲话？
你眼呆望神惶遽魂魄飞，
你头发突兀起贴卧不再，
如兵丁睡梦中警号吹响，
齐刷刷直竖紧张。啊，好儿郎，
你胸襟乱烈火旺，快将歇，
且作浇水凉。你又凭空望？

哈姆雷特　望他，望他！你看他多凄怅！
望他这神情，要把仇冤申，
石头听罢也义愤要迸裂。
别望我，望得我情恍惚
方寸乱，淡忘该干是什么，
本色丢，只把眼泪代血淌。

王后　你在同谁胡乱讲？

哈姆雷特　　　　未见那一边？

王后　什么也没有，要有早看见。

哈姆雷特　也未听见人讲话？

王后　　　　　只你我讲话。

哈姆雷特　啊，看那边，他已悄然远去。
我的父，着生前一般衣装！
看他，此刻正大步离宫廷！

　　　　　　　　　　　　　　　　　[鬼魂下。]

王后　全然是你头脑凭空遐思，
情激昂患臆想入地上天，
满脑子现幻觉。

哈姆雷特　患臆想！
我脉搏同你一样跳动正常，
节奏健康舒畅。非是疯话，
绝无痴妄，不信当场可试：
我把话可重说一字无爽，
疯话则乱腔。母后，上天有慈悲，
莫自欺，给灵魂涂脂抹粉，
非你罪，倒是我警语乱讲；
切勿结痂皮厚盖于脓疮，

　　　内里照溃疡任腐恶猖獗，
　　　无视滋长；快向上帝伏罪，
　　　忏悔既往，来者犹可匡救；
　　　你切莫再施肥培壮莠草，
　　　任疯长；恕我沥胆披肝肠。
　　　物欲横流世态狂穷奢极，
　　　德行反要求恶行予见谅，
　　　哎，屈膝万请宽让行其好。

王后　哦哈姆雷特，我心被你撕两半！

哈姆雷特　啊，快把那坏的一半丢弃，
　　　留一半过好日高尚洁净。
　　　晚安；可别再上我叔父床，
　　　欠贞德，学学好样总应该。
　　　习惯是大怪，穷尽吞理性，
　　　似是魔鬼与天使各依傍，
　　　举凡平素行止美德良善，
　　　如同加衣裳，终也成平常。
　　　收敛住形相，忍得住今宵，
　　　一过起头难，下回信心强，
　　　再下回依次顺当便过了。
　　　习惯成自然性状本可改，
　　　能将恶魔都制伏或赶走，
　　　神通也广。再道声晚安无恙。
　　　何日里主赐天良你愿受，
　　　也为我祈福降。老臣这边，

　　　　　　　　　　　　　　　　　　　　　　[指波洛涅斯。]

　　　实抱憾，也属天意难违拗，
　　　以他罚我我罚他彼此伤。
　　　我执鞭必行刑授之苍天，
　　　须将他安顿，再清爽交代，
　　　伤命我承当。晚安，还要再说，
　　　我必得忍心，实出善愿望，
　　　坏事一开张，更坏随后上。
　　　更有一句话，奉母后。

王后　　　　　　　要我怎样？
哈姆雷特　并非，决不会要你怎么样。
　　　　让肥猪僭王再抱你上床，
　　　　拧你脸，叫你是他小爱鼠，
　　　　让他吻，油腻嘴臭当喷香，
　　　　用他烂手肮脏摸你粉颈，
　　　　诱得你衷肠和盘向他托，
　　　　说我压根儿没患啥疯癫，
　　　　纯系伪装，叫他但知无妨。
　　　　非贤淑聪颖知事好女王，
　　　　怎会做到私密隐藏不给
　　　　这蛤蟆、蝙蝠、公猫透露底？
　　　　你会吗？不，无须保密顾周全。
　　　　上屋顶，照寓言猴儿学人样，
　　　　鸟笼拔栓去掉杠，放飞鸟，
　　　　爬进笼试试胆量玩身手，
　　　　结果掉地上，摔脖断脊梁。
王后　儿放心。话语靠气息，
　　　　气息靠生命，我已无命吐气息，
　　　　去说你秘密。
哈姆雷特　叫我赴英伦，你知情？
王后　哎呀！
　　　　我竟忘，有此事，已经决定。
哈姆雷特　文书密封，两同学紧跟随，
　　　　毕竟我也知毒蛇有毒牙，
　　　　两人揣密旨为我开道走，
　　　　将我彀中引由他悉听凭。
　　　　他们埋地雷可要遭回报，
　　　　索性干他个狂猛也好玩。
　　　　我要在他们雷下埋深雷，
　　　　轰将他们上天去伴月亮。
　　　　哦最是妙，聪敏误狭路逢！
　　　　是此人，迫我打包放逐远。
　　　　让我来拖他臭尸扔旁屋；

母后，你睡吧。当今大谋士，
现世坏又蠢，张口祸害人，
到此已平静闭嘴终安稳。
贤卿，于此结算你一生，去吧。
晚安，母亲。

[各自下；哈姆雷特拽波洛涅斯尸。]

# 第四幕

**第一场：城堡内廷。**
　　国王、王后、罗森克兰兹和吉尔登斯腾上。
国王　看你连声长叹息，必有故，
　　　欲知其中究何意，须细说，
　　　你儿在哪里？
王后　[对罗森克兰兹和吉尔登斯腾。]二位让方便
　　　请回避片刻。

[罗森克兰兹和吉尔登斯腾下。]

　　　哦，陛下，要吓死我，今夜事！
国王　啊？格特露德，哈姆雷特怎么地？
王后　狂涛恶浪般地疯，无忌惮，
　　　疯得没收拾，无法无天地。
　　　忽听有响动，帷幔后窸窣，
　　　剑出鞘，"硕鼠！硕鼠！"惊悸喊，
　　　神经错迷离，飞手一剑去，
　　　好老人，杀于藏匿。
国王　　　　　　　啊，罪孽！
　　　我要是也在场，一起遭殃，
　　　他行动太自由，威胁全体，
　　　对我，还有你，无论对何人。
　　　唉，此血案该怎样说情由？
　　　是我难辞其咎，应有预计，
　　　早该将疯小子严厉管制，

　　　　不惜禁闭，都是我太溺宠，
　　　　未考虑最适当将他处置。
　　　　却好像身体上恶病罹患，
　　　　怕露眼竟糊涂任凭溃疡，
　　　　伤及元气。他去在了何处?
王后　　恰才他拖走手刃谋臣尸，
　　　　狂蛮一阵停，就像废金矿，
　　　　一脉纯净真金子又突现，
　　　　疯人变清醒，事悔来哭泣。
国王　　哦格特露德，来吧!
　　　　只等清晨日出映山巅，
　　　　就叫他上船走;这事糟透，
　　　　务必果敢使威严与手段，
　　　　使个圆场兜。喂，吉尔登斯腾!
　　　　**罗森克兰兹和吉尔登斯腾上。**
　　　　请二位速即再去找人手，
　　　　哈姆雷特疯闯祸，波洛涅斯已丧命，
　　　　从母后内房尸体被拖走。
　　　　去把他找回，好好与他说，
　　　　尸体送教堂，着即须速办。
　　　　　　　　　**[罗森克兰兹和吉尔登斯腾下。]**
　　　　来吧，格特露德，召集臣友，
　　　　集智慧，事故要使众周知，
　　　　取对策兜圆场:原有绸缪，
　　　　谁知来不及已生祸。谣传
　　　　如炮轰弹雨狂骤，也不怕，
　　　　都不过乱飞射，不受毁谤，
　　　　放空炮无伤你我。快来哟!
　　　　我心乱不宁须运筹帷幄。[同下。]

## 第二场:城堡宫厅。
　　　　哈姆雷特上。
哈姆雷特　　藏好无患。

罗森克兰兹
吉尔登斯腾 } [自内。]哈姆雷特！哈姆雷特殿下！

哈姆雷特 何事喧哗？谁在叫哈姆雷特？

哦！来他们。

**罗森克兰兹和吉尔登斯腾上**

罗森克兰兹 殿下，您把那尸体如何处置？

哈姆雷特 来之于土，让他归宗于土。

罗森克兰兹 请问在何处，以便抬走它，送到教堂去。

哈姆雷特 可不要以为。

罗森克兰兹 以为怎样？

哈姆雷特 以为我能保守你们的心计却不保守我自己。何况，堂堂一位君王之子，受一块海绵所质问，该如何答理？

罗森克兰兹 您把我当空海绵，殿下？

哈姆雷特 不错。我说，你海绵，吸收了国王的恩宠，受到他的赏赐，他的封爵。这样的高官到头来对君王最要卖力尽职。国君像猴儿含坚果一般，将他们含在腮帮嘴角里，先舔弄一番，最后吞下。一当他需要你们吸入的那些东西，只须把你们挤压，好，你海绵呀，又干瘪瘪的了。

罗森克兰兹 我不懂您的意思，殿下。

哈姆雷特 你不懂也好。让刻薄话儿在呆子的耳朵里睡大觉。

罗森克兰兹 殿下，您一定要告诉我们尸首在哪里，再和我们一块儿去见主上。

哈姆雷特 尸体跟君王在一起；可是君王不跟尸体在一起。君王是一件东西①——

吉尔登斯腾 一件东西，殿下！

哈姆雷特 空无所有之东西！领我去见他。狐狸躲藏起，大伙来追击②。

[同下。]

———————

① 意指克劳迪斯有王之形无王之实，其位不合法。
② 英国国教祈祷书载："人是空无所有的东西，他的日子很快消逝，有如影子。"常被用作极鄙视的骂人话，此处暗示克劳迪斯日子已不长。"狐狸躲藏起"一句是儿童游戏唱词。

第三场：城堡另一宫厅。

　　**国王及侍从上。**

国王　我已派人去叫他，找尸体，
　　　由着他恣肆天塌没救治。
　　　可我又不能严刑加他身，
　　　群氓草民均将他爱戴煞，
　　　全凭眼观花，理性不稍加，
　　　要被指责说对他罚无端，
　　　不看他罪重大。对外有交代，
　　　如此忽打发，花架做一点，
　　　周到密无瑕，推说突发病。
　　　求医效，不得不要下猛药，
　　　别无他法。

　　　**罗森克兰兹上。**

　　　　　　　怎么样，事情如何？

罗森克兰兹　尸体藏何处，特来报吾主，
　　　我们问他问不出。

国王　　　　　他自己在哪里？

罗森克兰兹　在外面，禀吾主，看住听吩咐。

国王　带上前来。

罗森克兰兹　喂，吉尔登斯腾！带殿下入来。

　　　**哈姆雷特与吉尔登斯腾上。**

国王　哦，哈姆雷特，波洛涅斯呢？

哈姆雷特　正吃晚饭。

国王　吃晚饭？在哪里？

哈姆雷特　非他吃东西的所在，而是东西吃他的地方。一大群蛆
　　　虫官僚正在开会议对付他：沃姆斯戴特：剜尸大餮：蛆虫是
　　　会餐的帝王，都来食尸大饕餮。我们养肥一切生物来养肥自
　　　己，我们喂肥自己又来喂肥蛆虫。胖国王跟瘦叫化子不过是
　　　两道不同的菜肴，盛两只盘子，放一个桌席，这就是结局。①

---

①　此处是哈姆雷特骂臣僚及国王贪婪如蛆虫，但作者藉指一事件：为制止
宗教改革判定路得为邪教徒而于1521年在日耳曼乌姆斯地方召开帝国议
会Worms Diet（"戴特"，德文：议会）；英语 worms蛆虫，diet会餐，
系与德文"沃姆斯戴特"谐音双关，译文以"剜尸大餮"权谐音义。

国王　啊呀，哎呀！

哈姆雷特　某人会用吃过国王的蛆虫来钓鱼，回头又吃吃过这条
　　虫的鱼。

国王　你此话怎讲？

哈姆雷特　并无怎讲，只是指给你一位国王可以到一个叫化子胃
　　肠里去巡游一番。

国王　波洛涅斯在哪里？

哈姆雷特　在天上。派人去找他。要是你的使臣在那边找不到
　　他，你自己到另外那一边的地方去找吧。不过，实话禀告，
　　你如果这个月里找不到他，你爬楼梯、进廊道，鼻子准能嗅
　　得到他。

国王　[向侍从数人。]到那边去找他。

哈姆雷特　他会恭候你们去找他。

　　　　　　　　　　　　　　　　　　　　[侍从数人下。]

国王　哈姆雷特，此事，为你安全计，
　　牵动我心中急，你竟妄为，
　　实担忧至极，才逼得你须
　　火速离，着你行李快打点，
　　船已安排妥帖，顺遂风向，
　　听命有侍从，万事细俱备，
　　赴英伦。

哈姆雷特　　　　赴英伦！

国王　　　　　　嗯，哈姆雷特。

哈姆雷特　　　　好吧。

国王　只要你懂得我苦心，就好。

哈姆雷特　我见有天使懂得你用心。还是，走吧，去英伦！再
　　见，亲爱的母亲。

国王　还有你心爱的父亲呢，哈姆雷特。

哈姆雷特　嗯母亲，父母是夫妻，夫妻是一体，所以，再见，我
　　母亲。好，去英伦！

　　　　　　　　　　　　　　　　　　　　　　　[下。]

国王　哄他即上船，步步随跟紧，
　　勿耽搁，催他速离于今夜，
　　快走吧！一切巨细有关事，

布置均就绪，利索请务必。

　　　　　　　　　　　[罗森克兰兹和吉尔登斯腾同下。]

英格兰国王，对你我多有①
垂顾之价值你须自明了，——
丹麦剑寒光宣昭我国威，
青一块紫一道遗你剑伤，
频频来折腰对我犹尽忠，——
勿冷漠我饬令所有文告，
全数详诏哈姆雷特立即
结果掉。英国王，遵照厉行；
他热病在炙烤侵我血径，
要你来治疗，非得知己好，
要你添运道，否则无欢笑。[下。]


**第四场：丹麦野地。**
　　**福廷布拉斯、一队长率士兵列队行进上。**
福廷布拉斯　队长，去向丹麦王替我致意，
　　　　禀告有约于前，福廷布拉斯
　　　　请许可今率队过他境内，
　　　　会合点你已知，原处不更变。
　　　　若是他陛下有事要面议，
　　　　我等可前往恭敬去拜谒，
　　　　如此你传讯。
队长　　　　　　遵命，少帅。
福廷布拉斯　慢跑前进！

　　　　　　　　　　　[福廷布拉斯与士兵下。]
　　**哈姆雷特、罗森克兰兹、吉尔登斯腾及其他上。**
哈姆雷特　请问长官，此军队是谁家？
队长　挪威王家队伍，禀王子。
哈姆雷特　长官，请问行军何说法？
队长　去进攻波兰敌国。

————————————

① 以下十一行是旁白或独白，心声对英国王所发。

哈姆雷特  统帅是何人，长官？

队长  挪威老王家侄儿福廷布拉斯。

哈姆雷特  长官，你们是进入波兰腹地，
        还只是扰其边疆？

队长  说实话，无需一点虚夸，
      我们只取它小小一地块，
      徒空名无实利，只为训诫；
      五元钱，出五元，我都不要它，
      归挪威归波兰，谁家不论，
      都别想卖出个更大地价。

哈姆雷特  那，波兰人不会据守此一地。

队长  非也，彼军严阵以待。

哈姆雷特  赔性命有两千，金饷再两万，
        何以堪如此问题一草芥。
        承平久仓廪丰实脓包酿，
        内里烂依然无恙在外表，
        死而无征象。诚谢你队长。

队长  上帝祝福您，王子。          [下。]

罗森克兰兹      殿下，登程吧？

哈姆雷特  马上来，你们请先头里走。

                            [皆下，仅留哈姆雷特。]

        所见闻事事处处责咎我，
        鞭策奋起快复仇！是人否，
        过一生至高无上只追求
        吃睡算享受？无异于牲畜。
        上帝创造人，赐予智慧脑，
        令我行事须瞻前又顾后，
        理性压大轴，怠惰慵庸去，
        任发霉成弃货。但究为何，
        愚若禽兽或怯懦心畏惧，
        对事情太过谨慎虚疑虑。
        头脑落四份，一份落智谋，
        三份落胆小，不知所为何，

日日蹉跎，空喊"须做须做"，
理由足，决心、力量、办法有，
我能做，榜样随处在催促。
看，这军兵，粮秣富，势浩荡，
小王亲挂帅，领军尚娇嫩，
但精神，天圣雄心来鼓劲，
不预计，蔑视结局将如何，
生死置度外，莫管它吉凶。
命运安危不考虑抛脑后，
哪怕一争为蛋壳；无意义，
小题不大作，胸襟大磊落，
危急关头损荣誉，草一根，
也一拼，更称伟哉大气魄。
看我如今父被杀，母玷污，
本应血沸腾，理性急火迸，
但恰似睡熟，辱没犹不知。
目睹两万军赴疆场我自羞，
仅为虚名于幻梦，尚追逐，
墓穴当床褥，前赴后继争，
豆丸之地摆战场都不够，
足容得阵亡将士作坟场？
我，决心此刻沥血计从头，
此生值几何，拼作一掷休！[下。]


**第五场：埃尔辛诺，城堡一宫厅。**
　　　**王后、霍雷肖及一侍臣上。**

王后　我不与姑娘见。
侍臣　姑娘极欲求见您，竟疯了，
　　　伤心得委实可怜。
王后　　　　　　　她想怎么？
侍臣　姑娘念叨她亡父：诉听闻，
　　　世间阴谋诡计多，捶胸哭。
　　　说鸡道狗话闪烁语吞吐，

指这指那猜不透难捉摸，
出言咄咄听者心跳扑扑。
话里藏话寻思她有蹊跷，
臆想得附会，风吹说雨落，
绘声色，眨眼挥手频点头，
叫别人精神不定说莫名，
难断意，说她不幸总不错。

霍雷肖　同她说说不妨，以免惹人
兴无中生有，助居心叵测。

王后　宣她进来吧。　　　　　[霍雷肖下。]
[旁白。]心病重我实难压定惊魂，
风吹草动便疑大难降临，
负罪人时惊疑提心吊胆，
怕泄漏越怕越不胜防范。

**霍雷肖引莪菲利娅上。**

莪菲利娅　至美丹麦王后陛下在哪里?

王后　怎么讲，莪菲利娅?

莪菲利娅　[唱。]

我怎知你真爱谁，
替你情郎找?
凭他拐杖、平底鞋，
还有贝壳帽①。

王后　哎呀，好姑娘，这歌是何意?

莪菲利娅　何意? 莫问，听便是。

[唱。]

他死已走掉，姑娘，
他死已走掉;
脚跟竖起墓石碑，
头顶青青草。

哦，呵 !

---

① 帽上缀海扇壳，是海外客朝圣者的装束，情郎也常以此装束充当朝圣者
　与情人幽会。

王后　不，可是，莪菲利娅，——

莪菲利娅　请听吧。

　　　　　　[唱。]

　　　　　　　尸衣如白雪盖山上，——

　　国王上。

王后　哎呀瞧她，夫王。

莪菲利娅　　[唱。]

　　　　　　　阵阵香铺鲜花，

　　　　　　　情人来收场入殓葬，

　　　　　　　泪落如雨下。

国王　你好，俏丽美姑娘?

莪菲利娅　很好，上帝保佑你！他们说猫头鹰原是面包房老板的
　　女儿。陛下，我们知道自己现在是什么，但不知会变成什么
　　样。愿上帝与你同餐席！①

国王　[旁白。]心里想着她父亲。

莪菲利娅　请你不必提此话。要是他们问起来你是什么意思，你
　　就这么说：

　　　　　　[唱。]

　　　　　　明天圣瓦伦廷情人节②，

　　　　　　大家都要趁早起，

　　　　　　姑娘家我来你窗前，

　　　　　　正中了你情意。

　　　　　　他起床披衣乐开怀，

　　　　　　快迎进卧房门，

　　　　　　大姑娘进屋再出来，

　　　　　　已不是处女身。

国王　俏丽的莪菲利娅！

————————

① 英国民间传说，救世主走进一家面包铺向女老板要一块面包吃，女老板
　当即给他烘烤一块面团，可是她女儿怪母亲拿的面团太大，换成了一点
　点小的小块。不料小面团经烘烤却变成了极大的大块，女儿惊讶地"咻
　咻"叫。救世主就把她变成"咻咻"叫的猫头鹰，以示警戒。"愿上帝
　与你同席"意思是不要怠慢了人家。

② Saint Valentine，2月14日，清晨男子所见的第一个女子便成他的情人。

莪菲利娅　别讲，嘿，也不用赌咒，我就唱完了：

　　　　　[唱。]

　　　　　凭上天，凭大地，哎呀，

　　　　　真不怕难为情！

　　　　　小伙子毛手又毛脚，

　　　　　可不能怪别人。

　　　　　女的说，你到手我之前，

　　　　　答应我做夫妻。

　　　　　男的推脱，说你送上门，

　　　　　上我床太容易！

国王　她这样子已有几日？

莪菲利娅　我希望一切会变好。我们须忍耐。可是一想到他们已把他埋进冷酷泥土里，我不由得不哭泣。一定要叫我哥知道这件事。我也当然要，谢谢你们好言相劝。来吧，我的马车！晚安，夫人女士们，晚安，太太小姐们，祝晚安再晚安。

　　　　　　　　　　　　　　　[下。]

国王　务请你们，好好看住跟着她。

　　　　　　　　　　　　　[霍雷肖下。]

　　　哦！太悲痛如中毒，是为她

　　　父暴卒。哦格特露德，格特露德！

　　　灾难临门祸接踵不单行，

　　　接二连三先是她父刺死，

　　　你儿之远离，乃咎由自取，

　　　自作自受。草芥臣民浑噩，

　　　真相不得知胡乱妄猜度。

　　　好波洛涅斯去世，我昏头，

　　　暗地草率入土葬，不得法。

　　　可怜莪菲利娅，痛心疾首

　　　失理性，徒具空壳如禽兽。

　　　这最后，坏中之坏最堪忧，

　　　是她哥，法兰西暗自回国，

　　　狐疑满腹深迷离重云雾。

　　　少不得饶舌鬼灌耳误导，

讲他父猝死事奇实不明，
多诽谤恶言谬语说根由，
无根由便难免口口讹传，
最终归咎我。哦，我的格特露德！
这就像霰弹炮将我围堵，
死再死，死有余辜。[内起喧哗声。]

王后　　　　　　　呀，是什么喧闹？
国王　我的校尉在哪里？把好宫门。

　　**一侍臣上。**

　　何事惊慌？

侍臣　　　　　　陛下，请暂避。
海潮呼啸涨汹涌冲堤岸，
吞海滩席卷地，却也不及
小莱厄提斯疾如飞临到。
率暴众袭卫队，自拥称王，
仿佛世界只自此方开始，
古风已忘记，旧制无人理，
箴言老话没人提不遵循。
高喊："推选莱厄提斯为吾王！"
扔帽、挥拳、呼喊，甚嚣尘上！
"拥戴莱厄提斯称王，莱厄提斯王！"

　　　　　　　　　　　[内喧哗声更高。]

王后　嗅错足迹，还呼啸狂高兴！
　　哼，想造反，丹麦狗杂种！
国王　门已被冲开。

　　**莱厄提斯执长短兵器上，后随众人。**

莱厄提斯　昏君在哪里？弟兄们，且留门外。
众人　不，我们要进来。
莱厄提斯　　　　　请大家遵我言。
众人　好吧，也行。[众人退至门外。]
莱厄提斯　谢众位，拦住门。哼，昏王你，
　　还我父亲来！
王后　　　　　　安静点，好莱厄提斯。
莱厄提斯　我浑身若有一滴血得安静，

　　　　　我便成杂种，父亲是王八，
　　　　　贞洁我母亲面额烫烙印，
　　　　　永志是娼妇。
国王　　　　　　　　究竟为什么，莱厄提斯，
　　　　　你竟叛逆猖狂嚣张于此？
　　　　　由他去，格特露德，看能动我毫厘。
　　　　　国王周身自有神圣护卫，
　　　　　叛乱者觊觎达不到目的，
　　　　　望洋兴叹施无计。告诉我，莱厄提斯，
　　　　　何事动肝火？让他去，格特露德。
　　　　　说啊，勇士。
莱厄提斯　我父亲呢？
国王　　　　　已死。
王后　　　　　与王无干。
国王　没关系，由他问。
莱厄提斯　怎么死的？休想我好欺，
　　　　　效忠，去你的！信誓，见鬼去！
　　　　　讲仁义，入它阴曹深无底，
　　　　　永劫我不怕，唯一只坚定：
　　　　　我上天入地一概都不怕，
　　　　　不管生与死只把恨记心，
　　　　　父仇报到底！
国王　　　　　　谁会要阻拦你？
莱厄提斯　除己意，世无敌；
　　　　　要说耍手段，可别小觑我，
　　　　　吹口气成大事。
国王　　　　　　好莱厄提斯，
　　　　　你父死何故，你若愿弄清，
　　　　　先确知底细，再报仇不迟，
　　　　　岂能稀里糊涂，敌友不分、
　　　　　输赢不计？
莱厄提斯　找仇家，无关他人。
国王　　　　　认清是谁否？
莱厄提斯　对父亲好友我开怀相拥，

　　　心甘愿学鹈鹕舍身哺雏鸟，
　　　以我血盛宴请。
国王　　　　　　噢，现在你说话，
　　　像个好孩子，君子有气度。
　　　你父死与本王毫无关连，
　　　我以莫大之悲痛深哀悼，
　　　相信你一定能判断是非，
　　　白日般见明晰。
众人　[自内。]让她进来。
莱厄提斯　怎么！什么声音？
　　**莪菲利娅复上。**
　　　哦激情烈焰枯焦我脑髓，
　　　滚滚苦泪要泡瞎我明眼！
　　　天在上，害你疯者得赔偿，
　　　我秤盘叫他秤杆尾翘掉。
　　　姑娘好妹子，五月香玫瑰，
　　　多甜美，也应年少多锐敏，
　　　难道成老妪风烛已残年？
　　　天性因爱才娇贵，唯娇贵，
　　　本性里将自己至珍至贵，
　　　献予至爱至最。
莪菲利娅　[唱。]
　　　　　　　他抛头光面尸抬走，
　　　　　　　嗨哟嗨哟嗨嗨咿嗨哟，
　　　　　　　泪滴如雨洒在他坟头。——
　　　再见吧，我鸽子！
莱厄提斯　若你清醒叫报仇，也不及
　　　激愤极我此刻。
莪菲利娅　[唱。]
　　　　　　　一遍一遍你要唱，
　　　　　　　还要他再唱一遍。
　　　哦，翻来覆去兜，多配称！讲的是管家坏良心，把主人家小
　　姐偷拐走。
莱厄提斯　她胡诌倒比正经话有意思。

莪菲利娅　这是迷迭香，好记忆，请你爱人啊，要牢记；这是三
　　　　　色堇，好相思。

莱厄提斯　话疯意不疯！相思和记忆正合适。

莪菲利娅　　[向克劳迪斯。]这儿有拍马茴香花给你，还有无情无
　　　　　义漏斗花；[向格特露德。]这儿有苦恨芸香花给你，留一些给
　　　　　我自己，我们也可以叫它安息日天恩草。啊，你佩带起来跟
　　　　　我不一样！这儿是骗人的雏菊花；我想给你些坚贞紫罗兰。
　　　　　可惜父亲一死，花儿全枯萎。人家说他得了个好结局，——
　　　　　　　　[唱。]
　　　　　　　　　　欢天喜地我可爱好罗宾。

莱厄提斯　忧思、苦恼、受难，无异地狱，
　　　　　在她都已化作娇爱、喜悦。

莪菲利娅　[唱。]
　　　　　　　　　　难道他已回不来？
　　　　　　　　　　难道他已回不来？
　　　　　　　　　　不，不，他死啦，
　　　　　　　　　　你也死了吧，
　　　　　　　　　　他已永远回不来。
　　　　　　　　　　一把胡须白如雪，
　　　　　　　　　　满头发如乱絮。
　　　　　　　　　　他已故，他已故，
　　　　　　　　　　咱莫悲不须哭，
　　　　　　　　　　灵魂上帝会怜恤！
　　　　　也拯救所有基督徒灵魂，我祈祷上帝。上帝与你们同在！
　　　　　　　　　　　　　　　　　　　　　　　　　　　[下。]

莱厄提斯　看见吧，上帝啊？

国王　莱厄提斯，我须得分担你悲痛，
　　　此权利谅不弃；不妨出去，
　　　有见地好朋友随你选挑，
　　　由大家断你我谁是谁非。
　　　如众人指责我间接直接
　　　对谋杀有关系，心甘情愿
　　　邦国王位连生命齐放弃，
　　　以资抵罪都给你；如若非，

你须放平和，听我有叙述，
我与你同心戮力想办法，
定满足你心意。

莱厄提斯　　　　这便可以。
我父不明不白死葬草率，
坟无战功碑，不悬徽与剑，
未行殡葬礼，仪式非正规，
上天入地悲，疑义充耳闻，
我要彻底追明白。

国王　　　　　　尽管追，
谁负得有罪，斧钺劈脑袋；
请现在随我去。[同下。]


**第六场：城堡另一宫厅。**
　　**霍雷肖与一侍从上。**

霍雷肖　是何人要见我说话？

侍从　几名水手，大人，说是有来帖奉上。

霍雷肖　允他们进来。[**侍从下。**]
真不知除哈姆雷特殿下，
这世上还有谁给我来写信。

　　**水手数人上。**

水手甲　主赐福您，大人！

霍雷肖　也愿赐福你。

水手乙　那敢情，大人，上帝仁爱。这里一封来帖给您大人，
　　——是那位前去英格兰的钦使差遣送交大人，——大人您尊
　　名霍雷肖，那便是了。

霍雷肖　[**读信。**]"霍雷肖，此信阅后，务请为来人引见君王，
　　彼欲呈王书柬。我等出海不及两日，为一武装海盗
　　船所追逐。我船行缓，被迫迎战。交手中，我跃上贼
　　船，不料彼迅疾脱离我船而去，我便孤身被擒。彼言
　　似为义盗，仁慈善待于我。然亦明白对我如此于彼自
　　身甚有益处，我须做一件事以图答谢。你将我信送达
　　君王后，便应逃命般火速回转来见我。我有话与你当
　　面交代，你听后定会大惊失色。但言语所述仍未免若

轻，事实本身却要严重许多。这几位好伙伴将带领你
来我所在之地。罗森克兰兹与吉尔登斯腾仍在驶往英伦
途中。有关彼二人，我有许多话可告与你知。祝好。

知己者哈姆雷特。"

来吧，我引你们把信呈交，
速办速了，你们带我快走，
尽早去见书柬人。

〔同下。〕

## 第七场：城堡又一宫厅。

国王与莱厄提斯上。

国王　你如今已明了本王无过，
更与我心腹推朋友以对，
你用心聪耳聆事事叙述，
害令尊非旁人知谁真凶
实图我命归。

莱厄提斯　　　　已清楚无讳，
可是告诉我何故不惩戒，
此弥天大罪凶险暴行者，
明鉴一切必虑及您安全，
应拍案行在即。

国王　　　　　　哦，须推敲两层理。
要说理两层，在你无所谓，
在我却心力交瘁。他母后
不见儿不能活，对我自己，——
算德行算灾祸，两者不计，——
她与我灵与肉，合体密切，
就好比星辰行，不离轨道，
我与她，不可分须臾。另又，
为何我不将他，诉诸公庭，
全因为众百姓，过激爱戴，
用好感文过失，将他庇佑。
犹好比魔泉水，浸木变石，
上镣铐成光环，也就势必，

我发箭，杆儿轻，不经风吹，
射不到前目标，半途折飞，
反回转损及我，掌弓自身。
莱厄提斯　如此说我爹尊无辜白死，
我妹子罹害得失魂癫疯，
她品貌今非昔，不堪回首
出类拔萃世佳丽冠绝伦，
睥睨一代奇；我仇必血洗。
国王　且睡你高枕无忧，勿以为
我等是低劣材质朽木屑，
尽人家揪胡须牵东拽西
耍儿戏。你可听消息，不许久。
我尊你父亲，也爱我自己，
因此希望你可会意足想象，——
　**一使者持书上。**
何事呈报？
使者　禀陛下，哈姆雷特来书。
这一封呈吾王，这一封给王后。
国王　哈姆雷特有书信！何人送抵？
使者　说是水手，禀吾王，人未见，
克洛迪奥交予我，他从信使手
转递来信件。
国王　　　　莱厄提斯，听我念。
你下去吧。[**使者下。**]
　　　[**读。**]"谨上书于位高权隆至尊座，兹特报知我被
光身置于你疆土之上。明日请允前往拜谒，面求鸿
恩赐禀我突兀离奇之返国原因。
　　　　　　　　　　　哈姆雷特。"
什么意思？他人都已回来？
或弄玄虚，根本无此事？
莱厄提斯　您认得笔迹？
国王　　　　是他亲笔。"光身"！
信末还附言说"一人独自"，
你能解他意？

菜厄提斯　我也迷糊，不管，他来就正好。
　　我想是机会斥骂当其面，
　　恶恨胆边起，复仇来机会：
　　"原来都是你"。
国王　　　　　　竟回来，奇事，
　　是否真如此？怎么会如此？
　　你能否听从我指挥？
菜厄提斯　　　　听陛下。
　　只要您不叫我忍气吞声。
国王　正让你平气。果然他转回，
　　从半途折归，且是决意定，
　　不愿再前往，便交他差使，
　　敦促他必从事，筹谋计策，
　　叫他落网里，不得再蹦跶，
　　死掉没声息，无风无闲议，
　　即令他生母也不识个中计，
　　只当事故死非命。
菜厄提斯　　　　　陛下，我听从驱使，
　　但愿得请陛下算计精妙，
　　叫他死在我手里。
国王　　　　　　再好也没有。
　　自你常游历众人谈起你，
　　说你怀绝技，哈姆雷特也听闻，
　　出众咸称奇，集你全才艺，
　　都不抵惹他嫉妒这一招，
　　虽说仅是一点滴据我看，
　　最是不起眼。
菜厄提斯　　　　什么才艺，陛下？
国王　比方美少年帽有缎带飞，
　　英年正当时，得体最合适，
　　轻松潇洒飘飘衣，添仪容，
　　不下我老年适穿貂裘皮，
　　颐养又神气。此前两月余，
　　有位绅士来自诺曼底，

　　　法国佬，曾是阵前敌，有领教，
　　　马背上娴射骑。来的这一位
　　　骑术神功力，更是强中强，
　　　自幼长大马鞍上，天地驰，
　　　人与马出神入化成一体。
　　　此人好了得，神仙称顶级，
　　　非我想象所能及，只惊叹，
　　　世少有，人中杰。

莱厄提斯　　　　　是诺曼人？

国王　一个诺曼底人。

莱厄提斯　那没错，是拉蒙。

国王　　　　　　　正是此人。

莱厄提斯　我与他很熟悉，全法国
　　　大名气，王冠顶珠国宝级。

国王　此人也认你艺高了不得，
　　　你身怀高超剑术，特敬佩，
　　　夸赞你没人匹敌世无双，
　　　谁交手若平抵，必叹观止，
　　　他誓言凡本国剑术大师，
　　　一遇你，忘劈刺，套路全乱
　　　没招架，眼花迷。少君须知，
　　　如此夸奖你，哈姆雷特急，
　　　着实不服气，一肚怨恨积，
　　　满脑子盼望你速速回转，
　　　他急欲一试身手比高低。
　　　到眼下，只便就，——

莱厄提斯　　　　便就怎样，吾王？

国王　敬你爹尊，莱厄提斯你当真？
　　　还不过披一张悲戚画皮，
　　　有面无心地？

莱厄提斯　　　　问这是何意？

国王　并非以为你不念父体己，
　　　须知爱心因时会而生发，
　　　事实诸多得验证有教益，

爱之火花随时间也变迁，
火花闪火焰一息亮活跃，
油尽灯枯如烛蕊如灯芯，
事有好，始终恒一却不会，
好事行渐多，有增无已时，
多过则亡重归一。想做事，
要做就该做，多想多疑虑，
生疑退堂经常见，不稀奇。
多口舌多手脚节外生枝，
这"想"字落得个望洋兴叹，
一事无成丧元气。迫眉睫，
军情急，哈姆雷特就回来，
你如何显示念父表孝心，
付诸实际？

莱厄提斯　　　　教堂候，割他喉。

国王　也是，虽圣堂，凶手不庇护，
　　报仇不阻拦。莱厄提斯，听我嘱，
　　何不躲家中，不须出屋门，
　　哈姆雷特闻知你已回返，
　　我派人夸赞你勇武无敌，
　　再翻话添油加醋诺曼人，
　　激将他忍不住挑唆寻衅，
　　与你赌输赢。生性他粗疏，
　　一向只大咧，欠缺肚心肺，
　　不检视几柄花剑已锈钝。
　　施小计你先一步易反掌，
　　利剑到手暗算他，飞剑出，
　　他呜呼，你得报父仇。

莱厄提斯　　　　好极了。
　　在剑梢，万无一失达目的，
　　涂毒药。游方卖药购膏油，
　　性剧毒，只把剑头稍蘸滴，
　　刺见血，即使皮上划细痕，
　　任你找，搜尽天下奇药草，

　　　　制妙药，休想把命救得了。
　　　　对付他，我就用此毒膏油，
　　　　涂一点，剑锋刺擦一碰皮，
　　　　管保送他命。
国王　　　　　　　我们须再细思，
　　　　考虑何时何方法最合宜，
　　　　定要周全防万一遭失算，
　　　　弄不好暴露马脚功尽弃，
　　　　就不如多想两手尽周全，
　　　　还可推出他不意另着棋，
　　　　后备更无患。且不忙！有了，
　　　　赛技你二人，隆重我嘉奖，
　　　　听好！
　　　　比剑酣，又热又渴是时机，——
　　　　务必要奋力逼至这一步，——
　　　　叫渴要喝水，我已备好酒，
　　　　药酒斟满杯供他饮一尽，
　　　　即令逃过你毒剑这一击，
　　　　我们照样达目的。听，有人来？
　　　　**王后上。**
　　　　好吗，王后吾爱妻？
王后　灾祸一桩连一桩接踵至，
　　　　你妹子水淹死，莱厄提斯！
莱厄提斯　淹死！在哪里啊？
王后　那条水溪上杨柳斜穿过，
　　　　银色叶映照清水如玻璃，
　　　　她采集奇花异草编花冠，
　　　　长颈兰、芝麻、雏菊、金凤花，
　　　　牧羊人乱取俗名不吉利，
　　　　姑娘们竟也称为"死人指"。
　　　　去那里她攀水面树桠枝，
　　　　挂花冠枝桠无情忽折断，
　　　　连花带人跌树下溪呜咽。
　　　　水潺潺平展铺开她衣裙，

美人鱼浮在水面被托起，
她口中还吟神曲唱圣歌；
好像她全无感觉心自悲，
也好像原就生长在水晶。
惟可惜，悠哉自闲不持久，
裙衣浸渐重，终因水吸足，
可怜人曼歌轻唱沉下溪，
睡在底。

莱厄提斯　　　　哎呀，她真已淹死？

王后　淹死，已淹死。

莱厄提斯　饱浸苦水可怜莪菲利娅妹，
男儿泪不轻弹，也难抑制，
流眼泪人之情，不改天性，
慢说羞也难为情不好意，
落尽泪弃绝女人气。再见，陛下。
我满肚话要火喷要爆裂，
若非泪水予浇灭。　　　　[下。]

国王　　　　　　格特露德，
我们随也去，平他气不易，
就怕他又生怒火难克制；
我们随也去。　　　　[同下。]

# 第五幕

第一场：墓园。
　　两掘墓丑角携铲锹锄上。

丑角甲　这女的故意找天恩寻短见，葬她还要用基督教仪式？

丑角乙　我告诉你葬这个姑娘要用的，得赶紧点儿把她的坟给掘好了。验尸官都已经验过，验明没错儿，可以照基督教规矩入葬。

丑角甲　那怎么成呢，除非说她跳水是为逃命，算得她"自卫"。

丑角乙　验明白了，她是逃命自卫。

丑角甲　　那可只能是"自毁"①吧，不可能是别的了。道理在这儿：我要是存心淹死自己，明摆是故意行为，行为就有三步曲：一动二做三完结。明摆着，她是存心把自己要淹死。

丑角乙　不，不，听我说，掘墓老儿，——

丑角甲　　你先听我说。这儿是水，好；这儿是人，好。若是这个人到水里去，把自己淹死，别管他有意无意，总是他自己去的，关键在这里。倘若是水淹过来把他给淹死，就是说不是他自己把自己淹死，那才是并非自己找的死，不算绝命寻短见。

丑角乙　法律这么分的？

丑角甲　　啊，凭圣处女，可不是，正是验尸官的验尸法律。

丑角乙　　你要我说句实话你听吗？如果这死的不是什么上等人家的娘们，就不配用基督教仪式来埋她了。

丑角甲　　噢，你这才是说对了。真叫人可气，大户人家阔佬连投河上吊也比基督徒小角色有更大的权利。来，我的锄头。要从家世上数典，也再没有比管园子的、挖沟的、掘墓的这三家古老的了，他们都是亚当老祖手上传下来的行业。

丑角乙　亚当老祖可是个世家君子？

丑角甲　他是开天辟地头一人装起门面挂起家徽②来。

丑角乙　啊，他是光身赤条哪来什么家伙好使！

丑角甲　　怎么，我说家徽，你说家伙，也行。可你是邪教徒？你连圣经都不懂？圣经上说"亚当掘地"，手和手臂掘地不是使"家伙"吗？我得再考你一考，这问题你要是答不上来，便得招认你自己——

丑角乙　说来听听。

丑角甲　什么人造东西比泥瓦匠、船匠、木匠造的更结实？

丑角乙　　做绞刑架的。这不，架子送终送掉千人终，还纹风不动嘛。

---

① 小丑分不清法律用词拉丁文"se defendendo自卫"和"se offendendo取攻势"的区别，译文在此权作"自卫"和"自毁"的混淆。

② arms，古时贵族必有的盾牌形家族徽记，arms也作"双臂"、"武器"解，原文这里是双关语，下句的译文以"家徽"、"家伙"权取谐音。

丑角甲　哦，瞧你还真心灵嘴快。得，说绞刑架也是好，可是到底好在哪里呢？敢情好在对付坏人干坏事。这下你就是说绞刑架比教堂还坚固了，这样说法你就犯着坏事儿了，那绞刑架对你敢情挺合适了。得了，你重新猜猜看。

丑角乙　什么人造的东西比泥瓦匠、船匠、木匠造的更坚固？

丑角甲　对呀，要是给你猜中了，放你今天歇一工。

丑角乙　凭圣处女，我有了。

丑角甲　你说。

丑角乙　唔，不成，不能说。

　　　　**哈姆雷特与霍雷肖上，立远处。**

丑角甲　不用再绞你的脑子了，你这蠢驴怎么打也跑不快。日后再有人问你这问题，只说"掘坟的"。他造的房子可以天长地久，一直可以住到世界末日。去，到老约翰店里去①，给我取一壶酒来。　　　　　　　　　　　　　　　[丑角乙下。]

丑角甲　[且掘且唱。]

　　　　　　　年轻搞恋爱，搞恋爱，

　　　　　　　只觉滋味蜜蜜甜。

　　　　　　　谈结亲，哦！这当口，咳！不实在，

　　　　　　　哈！只管苟且一时间。

哈姆雷特　这个人手上干着活心不在焉，一边掘墓穴一边还唱什么歌？

霍雷肖　手做惯的活，他不上心。

哈姆雷特　也正是，手不勤不常用也倒挺灵敏。

丑角甲　[唱。]

　　　　　　　年岁不觉转眼老，

　　　　　　　攥住老不再放，

　　　　　　　人生途程尽，回泥土，

　　　　　　　算我白活呀梦一场。

　　　　　　　　　　　　　　　　　　[抛出一骷髅。]

哈姆雷特　这骷髅也曾经有舌头，也要唱唱歌。这会儿给人一抛抛地上，倒像是世间第一凶杀犯该隐的骸骨！也可能是哪位

---

① 当年演莎士比亚戏剧的环球剧院旁边有一家"聋约翰"酒店。

政客的脑瓜，如今叫这蠢驴给随意颠腾；谁能知他当年连上
帝也要受他拨弄一番呢，是不是？

霍雷肖　　也许是呢，殿下。

哈姆雷特　　或许是位朝廷大臣，最会说"大人早！大人无恙！"
他没准也就是某某大臣，心中盘算要某大臣的马，嘴上夸赞
个不停，可不是吗？

霍雷肖　　是的，殿下。

哈姆雷特　　啊，正是，如今好，却归蛆虫娘娘享用了，下巴颏都
掉了，给掘墓人的铲子敲过来打过去。事情好一个颠倒呵，
我们不难看得透。花那么多本钱养了这许多枯骨，不过是给
人家当掷木游戏抛玩儿的吗？思想起来好不伤心也。

丑角甲　　[唱。]

　　　　　　一铁锹，一镢又一镢，

　　　　　　加一块裹尸布，

　　　　　　一掊土呵造个泥洞穴，

　　　　　　供客人好居住。

　　　　　　　　　　　　　　　　　　**[又掷出一骷髅。]**

哈姆雷特　　又是一个。谁知这骷髅他不是个讼棍？他当年巧舌
如簧，把案件黑白是非颠倒，法律肆意歪曲，那诡计善谋如
今都到哪里去了？他怎么就容忍这粗人拿铁铲把他脑壳乱捣
腾一气，竟也不去告他一状犯了凶殴罪呢？咄！这家伙生前
也许是个刮地皮大王，订地产押单，立甘结，敲罚金，抓双
保，把人家有限嗣产变成他无条件不动产，如今把他精明的
脑壳里塞得满满的是烂泥，是否就算是他的私产呢？他收买
的地皮，哪怕是双保，那些保人还有给他来作保的吗？要么
他在这穴儿一纸契约大小，什么也保不了。哈，他地契、业
据可装不进他这只匣子，他执业人自己也就一无所有了吧？

霍雷肖　　他一点也捞不到了，殿下。

哈姆雷特　　契据都是羊皮的吗？

霍雷肖　　是的，殿下，也有用小牛皮做的。

哈姆雷特　　以为契据安全可靠，这号人也只等同牛羊罢了。我去
同这一位说个话，这是什么人的坟哪，我说？

丑角甲　　是我的，先生。

　　　　　[唱。]一掊土哇！造个泥洞穴，

供客人好居住。

哈姆雷特　我看是你的，不错。因为你在里头胡乱吹①。

丑角甲　　你不在里边胡乱睡，先生，那就不是你的。我在这里头，我不胡乱睡里边，可还是我的。

哈姆雷特　你在里边尽乱吹，人在里边，就吹说是你的。这是给死人睡的，不是给你大活人睡的，你岂非是在胡乱吹嘛。

丑角甲　　这叫睁眼说瞎话，先生。胡乱说着呢，从我这儿说到你身上。

哈姆雷特　你给掘坟的此公，是何许人？

丑角甲　　哪是公的呢，先生。

哈姆雷特　那就是女人咯？

丑角甲　　男人、女人，管它的！

哈姆雷特　那是埋的何人？

丑角甲　　是个女人吧，先生，但愿让她灵魂得安息。她可是死了。

哈姆雷特　这厮，跟人说话胡搅蛮缠！我们说话可得循规蹈矩，否则一个随意，反叫他给瞎蒙扳住岔子。凭上帝，霍雷肖，这三年来我已经注意到了，这年头人都变得刁钻古怪，连乡下人都接踵而至，乡下佬的脚尖踢着了朝廷人的脚跟，踢痛脚跟冻疮。你干掘墓已有多长时间了？

丑角甲　　一年三百六十天，我干这营生，就从我们先王哈姆雷特打败福廷布拉斯那天开始。

哈姆雷特　那是多久以前的事？

丑角甲　　你不知道吗？哪个傻瓜蛋也知道呢。小哈姆雷特也就是在那一天出世的。如今可成了疯子，给送到英格兰去了。

哈姆雷特　是啊，凭圣处女，为什么要把他送到英格兰去呢？

丑角甲　　唉，还不是因为他发疯了嘛。他在那边疯病会好；就算疯病不好，在那边也就不打紧了吧。

哈姆雷特　为啥？

丑角甲　　在那边不会把他当疯子，那里的人都跟他一样是疯子。

①原文lie，用的是个同音词，意"说谎"、"躺卧"，译文权作"乱吹"、"乱睡"以近谐音。

哈姆雷特　他怎么会疯的？

丑角甲　疯得也奇呀，大伙儿都在说呢。

哈姆雷特　怎么个奇法？

丑角甲　就是神志不清了嘛，千真万确。

哈姆雷特　是什么原因呢？

丑角甲　毛病就出在这儿丹麦。我在这儿教堂听差干活儿，从孩子干到大，有三十个年头了。

哈姆雷特　一个人入土后多久才烂掉？

丑角甲　这个嘛，只要他不是没死先已烂，——你知道近来害杨梅疮死掉的尸首可不少，都是等不到埋掉先已就烂了，——只要不是先烂，大概可以拖上八九个年头。一个硝皮匠能耐得你拖上九年。

哈姆雷特　为什么硝皮匠比别人耐得住久拖？

丑角甲　你不知，少先生，他那张皮叫他自己这营生硝得棒硬挺结实呢，能好多久渗不透水。原来那水是专管泡得烂婊子养的尸首，一泡就烂。这儿有个骷髅，这骷髅土里埋了二十又三年了。

哈姆雷特　是什么人？

丑角甲　是婊子养的疯子，你猜是什么人？

哈姆雷特　不，我猜不出。

丑角甲　这个遭瘟的疯子！有一回把一大壶莱茵酒浇我一头。这骷髅，先生，是约立克的骷髅，先王的小丑，弄臣。

哈姆雷特　是他！

丑角甲　就是。

哈姆雷特　我看看。——[取骷髅。]——哎哟，可怜的约立克！从前我认识他，霍雷肖。他滑稽透顶，其乐无穷的角色。他总要背我，说有一千次也不会多。现在叫我一想起来，就心里觉得厌恶，它上头本来挂着两片嘴唇皮，亲过我不知有多少回。现在好，你的挖苦搞笑，到哪里去了？你蹦蹦跳跳呀？你哼哼唧唧唱呀？你逗得哄堂大笑的滑稽劲儿呢？现在是一丁点儿也没有了，没留点儿来嘲笑你自己这张鬼脸？你把下巴颏儿都笑脱掉，没嘴合得拢了吧？此刻你到娘娘闺阁里去，告诉她尽管往脸上脂粉涂得寸把厚，到头来也得变成这么副尊容面相；叫她对这个笑笑看。霍雷肖，请你告诉我

　　　　一件事。

霍雷肖　什么事，殿下？

哈姆雷特　你说亚历山大在地下也是这副模样吗？

霍雷肖　难免也这样。

哈姆雷特　是这付臭模样？哦！［掷下骷髅。］

霍雷肖　也是这样，殿下。

哈姆雷特　我们会重新落到何等卑贱的这下场，霍雷肖！为什么
　　　我们的想象力不随着亚历山大无上荣耀的尊贵遗骸想下去，
　　　想到会变尘土当作泥巴去塞酒桶的窟窿呢？

霍雷肖　这样想未免太远、太多虑了。

哈姆雷特　不，是实实在在的，循着他的轨迹按部就班地推导出
　　　来，是这样的：亚历山大死了，亚历山大葬了，亚历山大回
　　　入大地，复归成泥土，给人用他的泥土捏成一团泥巴，好，
　　　怎么能保得定不会用他的泥巴来堵塞啤酒桶呢？
　　　煊赫恺撒帝，一死终成泥，
　　　拿去填窟窿，堵风挡寒气；
　　　泥巴块哦曾撼世，大恐慌，
　　　现作仅防冬天冷，塞破墙！
　　　噤声！噤声！靠边，国王来了。
　　　**教士数人鱼贯而上；莪菲利娅灵柩、莱阿提斯及送葬人等随
　　　进；国王、王后等殿后。**
　　　还有王后、大臣，出殡是为谁？
　　　仪式竟匆忙？分明是斫殇，
　　　送葬死者殒命于寻短见，
　　　虽自戕，却又像颇有声望。
　　　闪一旁静自看。［与霍雷肖引退一旁。］

莱厄提斯　还有何样仪式？

哈姆雷特　　　　　是莱厄提斯，
　　　他英年俏悦，看。

教士甲　她殡葬，规章大礼得准获，
　　　死状疑，光彩铺张却通融，
　　　越教规，只因朝廷有降旨。
　　　本外埋，教堂圣地不许进，
　　　等末日，号角齐鸣终审判，

　　不祈祷，只扔瓦石她身上；
　　现破格，许她贞女享花圈，
　　满身香，照例撒花述行状，
　　予响钟，她安葬。

莱厄提斯　　岂不能再隆重？

教士甲　　　　　　只就这样。
　　我们不可亵渎葬礼圣规，
　　不可与平安死那样亡灵，
　　给她唱安魂曲。

莱厄提斯　　　　让她入土为安；
　　愿她冰清玉洁灿烂开放
　　紫罗兰！告诉你这吝僧人，
　　我妹子做得善良天使时，
　　你呼号于地狱。

哈姆雷特　　　　什么！娇娥莪菲利娅？

王后　丽花投丽人，别了！〔撒花。〕
　　你应是哈姆雷特我儿媳，
　　鲜花装点美姑娘你新床，
　　谁料想撒向你坟墓。

莱厄提斯　　　　啊！灾祸，
　　叫千万重灾祸临他头上，
　　他恶行径害你精神错乱、
　　灵慧无！且慢，先慢覆盖土，
　　让我最后再拥抱她一回。
　　　　　　　　　　〔跃入墓内。〕
　　现在死的活的都盖土吧，
　　等把平地堆成山，要超过
　　庇连山，高过奥林匹斯山，
　　青峰摩苍天。

哈姆雷特　〔上前。〕何故深哀痛，
　　如此惊天动地？语悲重，
　　天上游星立停顿听得呆，
　　有此凶闻心神怵？我来也，
　　丹麦王子哈姆雷特！〔跃入墓中。〕

莱厄提斯　　　　让魔鬼抓你魂！

　　　　　　　　　　[相与扭搏。]

哈姆雷特　你出言无德。

　　　请你快松手，莫要扼我喉；

　　　别看我不暴躁也不威慑，

　　　若逼我到头你可知好歹，

　　　头脑冷静些，快把手放开！

国王　赶快拉开二人！

王后　　　　　哈姆雷特，哈姆雷特！

众人　放手，——

霍雷肖　　　　好殿下，克怒气。

　　　　　　　　[侍从将二人解开，均自墓穴出。]

哈姆雷特　好啊，他此事，非与斗不可，

　　　直斗到双眼闭我才罢休。

王后　哦我儿！为何？

哈姆雷特　我爱我菲利娅，四万弟兄哀，

　　　全部爱加一起也抵不得

　　　我情恻。你又能为她怎样？

国王　哦，他一派疯话，莱厄提斯。

王后　上帝赐爱，忍他些个。

哈姆雷特　哼，你来说说你能做什么，

　　　号哭？打架？绝食？撕碎自个？

　　　喝干大缸醋？吞下大鳄鱼？①

　　　我不怕。你为哭丧才来这？

　　　羞辱我你便跳进她墓穴？

　　　我宁可随她一起就活埋。

　　　你能侃大山，索性再胡扯，

　　　抛掷亿万土我俩身高堆，

　　　高攀天日烧尖顶焦头额，

　　　奥萨山峰矮似瘤！你会夸，

---

① 为表示爱情的真挚、或决意等，而做出极端的行为，吞食常人不能之物尤是当时的风气。

　　　　我夸你更咋舌。

王后　　　　　　　全是疯话！

　　　　疯癫病一会儿发作一阵，

　　　　稍后就平静温良如母鸽，

　　　　孵出一双金黄色小雏鸽，

　　　　悄没声儿齐驯顺。

哈姆雷特　　　　你听好，

　　　　这样对待我究为何缘故？

　　　　我从来善待你。好吧，不谈这，

　　　　大力神我来在此要奉告，

　　　　总须见得猫要叫狗也跳。　　[下。]

国王　哦霍雷肖，快请照看他则个。

　　　　　　　　　　　　　　　　　[霍雷肖下。]

　　　[向莱厄提斯。]昨晚计议事耐住毋忘记，

　　　　就在眉睫看得见付事实。

　　　　好格特露德，派人看住你儿子。

　　　　活生生一块碑碣①立坟头，

　　　　不许久我们就要松口气，

　　　　耐心待行将动手有时机。[同下。]


## 第二场：城堡内宫廷。

　　　**哈姆雷特与霍雷肖上。**

哈姆雷特　此事到这里，再讲另一桩，

　　　　你能把听过情形记得全？

霍雷肖　殿下，全记得！

哈姆雷特　吾兄，我其时胸中战激烈，

　　　　夜无眠，卧躺愁思苦煎熬，

　　　　甚犹如镣铐加身劫船犯。

　　　　豁出干，遇事嘉许有果敢，

　　　　立杆影见该出手快出手，

　　　　心明鉴，过多思虑反延误。

────────────

① 暗指杀哈姆雷特以祭坟。

冥冥中我成败意决在天，
　　不妨大刀阔斧。

霍雷肖　　　　　　完全正确。

哈姆雷特　我起身舱房间，
　　披上海风衣，摸索于黑暗，
　　入他们卧舱，恰遂我意料，
　　包囊取探，轻转身即折返。
　　回自己舱间，我便放手脚，
　　嫌疑重无顾忌，大胆翻找，
　　擅拆开御书文件全了然——
　　啊霍雷肖，贼王奸险忒歹毒！——
　　果然严敕令，理由乱牵强，
　　丹麦英伦因攸关利与害，
　　放我不得了，纵魔于人间，
　　切切此令不得稍有迟延误，
　　不，时不待斧子也不等磨，
　　须立砍我脑袋。

霍雷肖　　　　　　竟有这事？

哈姆雷特　敕命在此，你得暇可细看。
　　现在要听后来怎么办？

霍雷肖　快讲我听。

哈姆雷特　我深陷重重罗网诡计中，——
　　脑子来不及考虑过琐碎，
　　身手便大显，——安坐我若定，
　　另拟训令，花体字走笔端；
　　我幸不全信：臣僚多成见，
　　曾视花体鄙俗流不屑写。
　　这本事几乎忘，然而兄你看，
　　孰料临到有用武正此地。
　　写什么，想听在先？

霍雷肖　　　　　　哦当然，殿下。

哈姆雷特　我另写国王严重请求书，
　　如出自本英王殷切此誓愿，
　　如王献忠心内附我称属国，

　　　　如常戴麦穗花冠和平神，
　　　　并棕榈向天葱茏亲善情，
　　　　并友好联结两邦永和睦，
　　　　如此这般情由申诉一大堆。
　　　　文一呈，情况明，立时见效，
　　　　此下书二人即刻斩无延，
　　　　概不予忏悔时。
霍雷肖　　　　印玺哪里来？
哈姆雷特　啊，也是天意成全这件事，
　　　　父亲私章我恰藏随身带，
　　　　丹麦御玺乃复刻此摹印。
　　　　文书签字盖好印折复还，
　　　　照模样万无一失放回去，
　　　　掉包计戏演完，待等明日，
　　　　明日遇强人一场海战事，
　　　　于此前你已闻。
霍雷肖　吉尔登斯腾、罗森克兰兹就此命完蛋。
哈姆雷特　吾兄鉴，他二人乃自揽美差，
　　　　我自问，情坦然，心觉无愧。
　　　　他二人，忙巴结，引火燃身，
　　　　两大敌，命争扑，势如烈火，
　　　　屑小插，中作贱，不自量力，
　　　　踏险不知深浅。
霍雷肖　　　　嗨，这叫什么王！
哈姆雷特　我如今义不容辞你请看——
　　　　父王被他弑，母后被他奸，
　　　　王位原我继，由他横篡夺，
　　　　毒谋抛弯钩，钩断我性命，
　　　　天地荼毒——不报仇何心肝？
　　　　天良何宽？若容得此奸恶，
　　　　纵横世间任溃烂灭人性，
　　　　我不遭天谴？
霍雷肖　消息很快传，传自英格兰，
　　　　出事在那边此地知结果。

哈姆雷特　　所以很紧迫，时间已不多，

　　　　　人命运只博时机在一念。

　　　　　好霍雷肖，我要说我太遗憾，

　　　　　莱厄提斯我妄自行过分。

　　　　　他心情悲愤与我同凄惨，

　　　　　应可想见，形影吊均可怜。

　　　　　也怪他浮躁，死命揪住我；

　　　　　我想与他圆转圜。

霍雷肖　　　　　　小声！有人？

　　　**奥斯里克上。**

奥斯里克　　恭迎殿下回丹麦来。

哈姆雷特　　多谢盛意，贤卿。[**旁对霍雷肖。**]可认识这只碌碌忙水苍蝇①？

霍雷肖　　[**旁对哈姆雷特。**]不认识，殿下。

哈姆雷特　　[**旁对霍雷肖。**]也算你运气好，认识他可就作孽。他有很多地皮，都是肥田沃土。一头畜生做了多头畜生的畜生王，他的料槽可以搬来与国君共享。这是只红爪老鸹，我可要说，他拥有粪土大量。②

奥斯里克　　敬爱的亲王，倘若您殿下拨冗有空，卑臣从陛下那边有件事需要向您启禀。

哈姆雷特　　我必收受，卿家，敬谨闻命。把你的帽子作正常之用，那是戴在头上的。

奥斯里克　　铭谢殿下，天很热。

哈姆雷特　　不，听我的，天很冷，刮起北风。③

奥斯里克　　有点冷漠，殿下，确实。

哈姆雷特　　可是以我的体质来说，觉得倒是十分闷热。

奥斯里克　　极为闷热，殿下，非常闷热，可以说；不过这些都不必说它。要说，亲王殿下，陛下他吩咐我来告诉您，说他在

---

① water-fly，喻无事忙、好事之徒。

② 红爪老鸹，chough，可驯养来偷钱、玩火，此处喻指不良之徒，钻营窃取，"粪土"指金钱地位。

③ 奥斯里克矫揉造作，室内本可以戴帽，他拿下不戴，哈姆雷特在调侃他卑躬屈膝之状。"与国君共享"，是讽刺他富有，就能攀上国王。

您份额上下过一大笔赌注。殿下，事情是这样，——

哈姆雷特　我请你，务必记得——

**[示意令其戴帽。]**

奥斯里克　不，殿下，我这样习惯，挺好，确实。殿下，莱厄提斯新近回国，相信我，他真是位十全十美的君子，有诸多出类拔萃的才艺，风度文雅，神气卓越。确实，说句公道话，他是上流社会的指南针和历书，大家从他身上能看到正人君子的模板；确实。

哈姆雷特　卿家，他被你恭维得天花乱坠，一无瑕疵，按这么说，要是把他的优点一一数列，会叫我们的算术都要技穷，记不过来。即便记得一二，也如一只晃荡的扁舟赶不及他的快帆。不过，称颂他于情于理，我认为他集高德大才于一身，真是旷世稀有的精英。说句确切中肯的话，欲寻觅与他相当的人物，则只有镜子里的他自己才可匹配，或是有何人想追他比肩，则只有他自己的身影能相随。

奥斯里克　您殿下说的他是千真万确。

哈姆雷特　果然如此，卿家？缘何故我们要将这位仁兄急迫吹捧如此？

奥斯里克　殿下？

霍雷肖　你自己一番话到了别人嘴里就可能听不明白，是吗？你听不懂了，大人，肯定是。

哈姆雷特　你提出那位仁兄，意欲何为？

奥斯里克　莱厄提斯吗？

霍雷肖　**[旁对哈姆雷特。]**他已囊中羞涩，所有黄金般的言辞皆已用尽。

哈姆雷特　就是说的他，贤卿。

奥斯里克　我晓得，殿下不是不明了——

哈姆雷特　你才该是明了的，贤卿。不过，当然，你明了，也未必能替我印证多少。好吧，怎么讲，卿家？

奥斯里克　您谅必明白莱厄提斯他特有的擅长——

哈姆雷特　那个我可说不上来，怕一说我摸着他底如何，就难免是表示自己有跟他一争高低的意思了。知彼务必先要知己。

奥斯里克　我的意思，殿下，是说他的一手武艺兵器了得，按照众人对他的夸奖来看，他的这一手本事无人可与相比。

哈姆雷特　他使哪般兵器？

奥斯里克　长剑、短刀。

哈姆雷特　一手兵器是这么两件。那么，也好。

奥斯里克　君王给他打了赌，拿出六匹巴巴里骏马①押赌，莱厄
　　提斯这一边，据我所知，押上六柄法兰西长剑和短刀，连同
　　附件吊带、带钩之类，一应俱全。挂条三副，煞是花俏好
　　看，没得说，跟剑柄相配极合适，挂条精致无比，实是新奇
　　细巧。

哈姆雷特　你说的挂条是什么物件？

霍雷肖　　[旁对哈姆雷特。]我看殿下您还得给个旁注加个解释方
　　才能够明白得了。

奥斯里克　挂条，回殿下，就是挂剑钩带佩饰。

哈姆雷特　假如我们腰间能挎上几尊大炮，倒是合乎这个叫法，
　　要不然就叫个吊带为好。罢了，说下去。六匹巴巴里骏马对
　　六柄法兰西宝剑，再配附件，还有三副奇异精巧的挂条，如
　　此法兰西赌注抵对丹麦赌注。这都是要"押"什么，如你所
　　说？

奥斯里克　回殿下，君王押的是，殿下与莱厄提斯交手十二个
　　回合，断定他击中你不会超过三回；断定十二回起码能胜九
　　回。如若您肯慨允，比试就可立马进行。

哈姆雷特　倘若我回一声"不"，如何？

奥斯里克　我的意思，回殿下，您应亲自登场比试。

哈姆雷特　贤卿，我只要在此大厅中走走，若是他陛下不见怪，
　　现在正是我一天里舒舒筋骨的时刻。把比试的钝剑拿来吧，
　　那位贤士果然有意，君王也仍是那个意思，我愿尽力为他博
　　此一赌。要是赢不成，我不过丢一回脸，多挨对方戳几下罢
　　了。

奥斯里克　我就一字不走，照您原话去禀奏啦？

哈姆雷特　就照我这意思去讲，贤卿，字眼上怎样耍法，随你高
　　兴便了。

奥斯里克　请记下臣对殿下的崇敬。

――――――――――

① Barbary，非洲地中海岸地名，以产良马著称。

哈姆雷特　罢了，罢了。[奥斯里克鞠躬、戴帽，下。]他自己来
　　推举也好，没有别人会替他代劳。

霍雷肖　这只旱鸭子，顶着个蛋壳跑掉了。

哈姆雷特　他吃奶都要对乳头先打躬作揖。就是这号人——这
　　种人还真不少，我知道都是这污浊时世需要的宠儿——学到
　　时下那套流行腔调，一套周旋应对的表面功夫，善于左右逢
　　源。可无非是发酵的泡沫，借以通行无阻，受到下愚上智舆
　　论一体的欢迎。可是，只要将他们吹气一试，泡沫全都要破
　　掉。

　　**一侍臣上。**

侍臣　殿下，君王陛下刚才派奥斯里克前来向您传旨，他回禀陛
　　下说您在此大厅候驾。现在又差我来问殿下，您愿意现在就
　　跟莱厄提斯比武呢，还是稍待些时间再说。

哈姆雷特　我说话便算数。就看君王是否高兴，悉听他尊便。我
　　这里已有准备。现在或者随便何时，都行，只要我像此刻一
　　样还有能耐。

侍臣　王上、王后娘娘，还有大家，都要来了。

哈姆雷特　那就正好。

侍臣　娘娘愿您在比武前对莱厄提斯态度友好。

　　　　　　　　　　　　　　　　　　　　[侍臣下。]

哈姆雷特　提醒我很好，是这样。

霍雷肖　您会要输掉这场赌，殿下。

哈姆雷特　我看未必。自从他去法兰西以后，我一直在不断练功
　　习武。我会赢他，有可能的。可是，你不知道，我此刻心里
　　是多么的难受。不过，也没事。

霍雷肖　这可不行，我的好殿下，——

哈姆雷特　没有关系的，一时之感觉。只有女人才会在乎这种心
　　里不安，困扰自己。

霍雷肖　您心里觉得不顺畅，那就不可勉强。我先去把他们阻
　　挡，不要来了，就说您精神不爽。

哈姆雷特　千万不要，我们用不着忌什么预兆。一只麻雀掉下
　　来，必是自有天意。注定现在，就不会是以后；不是以后，
　　便是现在；此时不来，以后总会要来；有备则无患。谁也不
　　能知他自己何时离开人间。趁早离开有什么相干？随它去吧。

　　　　国王、王后、莱厄提斯、奥斯里克、众侍臣及其他侍从携钝
　　　　剑等物上。
国王　　来，哈姆雷特，我来让你们拉拉手。
　　　　　　　　　　　　[牵莱厄提斯同哈姆雷特握手。]
哈姆雷特　请多原谅，吾兄，很对不起，
　　　　你是贤士，不致记恨于心。
　　　　列位周知，
　　　　你必也听闻我如何惨罹
　　　　精神苦疾。对你言行失检，
　　　　尽伤感情荣誉，惹你愤激，
　　　　特此声明全系发疯病。
　　　　哈姆雷特挑衅莱厄提斯？非也！
　　　　哈姆雷特陷迷离而智昏，
　　　　得罪莱厄提斯事不由己，
　　　　莫怪哈姆雷特，非是他存心。
　　　　咎由谁？全因缘发病之际。
　　　　哈姆雷特不过以身抵罪，
　　　　可怜他这癔病亦是己敌。
　　　　吾兄，当众列位，
　　　　我重申非存心将你开罪，
　　　　兄大度，请宽容，消气包涵，
　　　　只当我隔屋墙无意放矢，
　　　　误伤自家弟兄。
莱厄提斯　　　　　权满意，论感情，
　　　　于此事激发我气愤动机，
　　　　大仇非报不可，全系荣誉；
　　　　我一旁坚立，和谊不宜受。
　　　　必待由耆宿德懿望重说，
　　　　要我修好作罢，且援先例，
　　　　保我名誉无损及。如若非，
　　　　可暂且领受你意歉转圜，
　　　　仅此而已。
哈姆雷特　　　　　我竭诚领受，
　　　　弟兄情谊赛，钝剑给我们

　　　　相陪玩一场。

菜厄提斯　　　　好，给我一把。

哈姆雷特　我剑术不高明，菜厄提斯，没你精，

　　　　我黑夜衬托你高手明星，

　　　　更显你晶晶亮。

菜厄提斯　　　　殿下还在取笑人。

哈姆雷特　手发誓，决非。

国王　拿剑来，小奥斯里克，哈姆雷特贤侄，

　　　　你可知赌彩?

哈姆雷特　　　　回陛下，很明白，

　　　　陛下将彩注押在弱一边。

国王　不怕你输，见过你们剑术，

　　　　因他有进步，便让你几招。

菜厄提斯　这剑太过重，给换另一把。

哈姆雷特　这把我喜欢。剑都一般长?

奥斯里克　是的，好殿下。

　　　　　　　　　　　　　　　[二人准备比赛。]

国王　给我斟酒摆几杯在桌上。

　　　　哈姆雷特先击中一二回，

　　　　或等平手打出局第三回，

　　　　传令各堡垒嘉奖齐发炮;

　　　　以祝酒哈姆雷特干一杯，

　　　　还要将一颗明珠投入酒，

　　　　作比对丹麦王冠四代珠，

　　　　此珍珠更宝贵。即拿酒来;

　　　　待鼓响，号齐鸣，捷报消息，

　　　　号角向外吹，城垒迅欢动，

　　　　发炮威无比，声响震天地，

　　　　欢呼"君王为哈姆雷特干杯"！好，开始，

　　　　你们裁判官，睁眼看精准。

哈姆雷特　来吧，吾兄。

菜厄提斯　　　　来，殿下。[二人交手。]

哈姆雷特　　　　中！

菜厄提斯　　　　不！

哈姆雷特　　　　裁判！

奥斯里克　中了，明明击中一下。

莱厄提斯　　　　　好，再来。

国王　停手。酒给我。哈姆雷特，这珍珠归你，
　　祝你健康。给他这杯。

　　　　　　　　　　　　　　[内号角齐鸣，炮声轰隆。]

哈姆雷特　这回合要结束，先放一旁。
　　来。——[两人交手。]这下又中，怎么说？

莱厄提斯　碰着了，碰着了，我承认。

国王　王儿准赢。

王后　　　　　　吾儿易出汗，有点气喘。
　　给，哈姆雷特，我手巾拭儿眉额，
　　母后干杯祝贺你胜利，哈姆雷特。

哈姆雷特　谢母后！

国王　　　　　格特露德，喝不得！

王后　我来喝，陛下，夫君请允许。

　　　　　　　　　　　　[饮酒，将杯授哈姆雷特。]

国王　[旁白。]那是毒酒，来不及了，完了！

哈姆雷特　我还不敢喝，母后，等一会。

王后　来，我替你抹抹脸。

莱厄提斯　王上，我这回定击中。

国王　　　　　看来不行。

莱厄提斯　[旁白。]可就不得不昧我良心。

哈姆雷特　来，三回合，莱厄提斯，你别不经意。
　　请你劈刺使出你狠劲儿，
　　看你只把我当娃儿在游戏。

莱厄提斯　你这样说？好，来吧！[二人交手。]

奥斯里克　都不中，不分胜负。

莱厄提斯　着，击中！

　　　[莱厄提斯乘隙伤哈姆雷特；混斗中彼此夺剑而易手，哈姆
　　　　　　　　　　　雷特伤莱厄提斯。]

国王　　　　　斗气作狠拼，快拉开！

哈姆雷特　不行，再来！[王后倒地。]

奥斯里克　不好，看娘娘！

霍雷肖    两人都流血了。怎样，殿下你？

[莱厄提斯倒地。]

奥斯里克    你怎样，莱厄提斯？
莱厄提斯    哦，笨山鹬自投罗网，奥斯里克，
　　　　　我设毒计，结果报应自己。
哈姆雷特    母后怎么？
国王　　　　　　　见流血，晕倒地。
王后    不，不，这酒，酒，——哦，吾儿哈姆雷特，这酒，酒！
　　　　我喝是毒酒！[死。]
哈姆雷特    噢，阴险毒辣！咄！廷门关上！
　　　　这是谁人勾当！
莱厄提斯    你瞧，哈姆雷特，你哈姆雷特也死定。
　　　　世上无药可以把你救治，
　　　　你命已活不到半个钟点，
　　　　歹毒凶器也正握你手中，
　　　　上药开口锋利。这招毒计，
　　　　让我咎由自取，人一倒地，
　　　　再别想站起。你母亲也毒死，
　　　　我已不行，都是国王，国王罪魁祸首。
哈姆雷特    剑锋也上毒药！——
　　　　好，毒药，你也一尝！[刺国王。]
众人    反了！反了！
国王    啊！快救驾，来人，朕只受点伤。
哈姆雷特    你这乱伦、谋杀、该死奸王，
　　　　干杯这毒酒，——珍珠还偿你？

[强逼国王饮酒。]

　　　　跟我母亲去吧！[国王死。]
莱厄提斯　　　　　他应该得报应，
　　　　下毒药是他亲手所调制。
　　　　你我两恕讫，高贵哈姆雷特，
　　　　你杀我及我父，不属你罪，
　　　　我杀你，也算付兑！[死。]
哈姆雷特    上苍免你罪！我就随你走。[倒地。]
　　　　我死了，霍雷肖。再见，可悲母后！

你们脸苍白，面对直发抖，
对惨剧目瞪口呆当观众，
我若有时间，——怕死神不留情，
将魂勾，——本当对众倾诉，哦——
随它去吧。霍雷肖，我死了，
你还在，把我为此事因由，
告真相以正谬误。

霍雷肖　　　　不曾想如此；
我虽丹麦人，宁做罗马鬼，①
看酒，剩有一口。

哈姆雷特　　　　你是男子汉，
酒给我，放手，看在天，给我。

　　　　　　　　　　　[支身夺杯掷地，人重倒下。]

哦，上帝！真相未大白，霍雷肖，
我身后要留恶名被中伤！
若蒙你确从心底关爱我，
请万勿解脱一时求痛快，
世严酷只好忍气雪耻辱，
我事你诉说。　[内作远处行军鸣炮声。]
　　　　　何军阵喧嚣声？

奥斯里克　小福廷布拉斯，从波兰凯旋归，
正在向英格兰众位使臣，
行进鸣礼炮。

哈姆雷特　　　　哦，我死了，霍雷肖。
毒药已攻心即刻就绝命，
英格兰消息闻听等不及，
唯其福廷布拉斯获膺选，
我临终推举王位他承袭。
告知他巨细原委此事故，
被逼走此步——无别事须再言。[死。]

霍雷肖　尊贵心破碎，永别好王子，

---

① 古罗马人崇尚宁死不屈精神而备受称颂。

众天使飞翔歌吟请将歇。

何事鼓声来这里?〔内行军声。〕

**福廷布拉斯、英格兰诸使臣及其他人等上。**

福廷布拉斯　这景象是何处?

霍雷肖　众人欲看什么?

　　恸地骇天事,别处不须有。

福廷布拉斯　惊心动魄惨杀戮,尸枕藉,

　　死神傲睨在黑暗深地窟,

　　排何筵席需这多王侯族,

　　互仆倒在血泊?

使臣甲　　　　　惨不忍睹。

　　我英伦来使到此晚一步,

　　圣耳已息闻,无所补消息,

　　按敕令执行无误全办妥,

　　罗森克兰兹、吉尔登斯腾均予处斩,

　　如今何以聆答谢声?

霍雷肖　　　　　答谢已无有,

　　即使他命尚存,诚谢得表,

　　处决二人亦原非他敕令。

　　血溅宫廷你们到恰逢临,

　　复命由英伦,班师从波兰,

　　合聚于此间。请令将尸体,

　　放置于高台,展陈于公众。

　　迄今外界不知情,容我禀,

　　具道本末原因于众听闻:

　　听谋杀、淫乱、逆伦理耻行径,

　　听不期天网恢恢,意外报应,

　　听暗设卑鄙陷阱,血腥毒辣,

　　却不得如意成,阴错阳差

　　害人送己命。我知个中情,

　　翔实敷陈清。

福廷布拉斯　　　逢即刻面聆听,

　　高贵名望人士召莅临。

　　我这里心怀悲痛受幸运,

　　　　本土传统我有权承王位，
　　　　现情势我须得履行本分。
霍雷肖　我对此亦有原本要叙说，
　　　　他自亲口托，众人都信服。
　　　　眼前事同样急先须落实，
　　　　人心惶惶时避意气相左，
　　　　严防阴谋起祸端。
福廷布拉斯　　　命队长四人，
　　　　哈姆雷特作军魂奉高台，
　　　　按道理应由他临朝当政，
　　　　定是绝世明君。祭奠亡灵，
　　　　严列军阵行军礼以军乐
　　　　为他重凭吊。
　　　　这许死尸齐清除，如战场，
　　　　触目情景于此间大不宜。
　　　　火炮齐鸣，去传令。
　　　　　　［丧礼进行曲。军士抬尸。众随同下。旋闻炮声隆隆。］

## 《奥赛罗》简介

威尼斯公国将帅、摩尔王族贵胄奥赛罗，战功赫赫，威尼斯元老布拉班休的女儿黛丝德蒙娜是绝代佳丽，有感于他为人正直、经历坎坷英勇不凡，便拒绝众多名门的求婚，不顾种族歧视、年龄差距及父亲的反对，与他结婚。夫妻十分美满恩爱，得到威尼斯大公的赞赏。

奥赛罗的旗官伊阿戈是个恶人，他得不到升迁当副将，又嫉妒黑鬼娶得娇妻，就设计陷害。首先诱使副将卡西欧醉酒格斗伤人，被奥赛罗撤职。再怂恿他通过自己的妻子埃米利娅求见黛丝德蒙娜，求告因一时糊涂请夫人说情恢复原职。卡西欧为人忠厚，黛丝德蒙娜答应为他向丈夫求原谅。

伊阿戈故意安排让奥赛罗亲眼见卡西欧与黛丝德蒙娜两人面谈，并吻手施礼。卡西欧是个白面美男，奥赛罗因自己黑肤感自卑，但自尊心反而更强。妻子屡屡催他原谅卡西欧，他虽口上答应，却迟无行动。伊阿戈便煽惑造谣他们美女美男二人不寻常。

奥赛罗心情越来越坏，黛丝德蒙娜拿当初定情手绢替他拭额，被他一挥手就离去，手绢落地，黛丝德蒙娜追随夫君，忘拾手绢，被随侍的埃米利娅捡起。这手绢，伊阿戈极盼得手，屡次催她窃取，现正好强取要来，丢到卡西欧房内。卡西欧拾到手绢，并不知此绢来历。伊阿戈即向奥赛罗告密他们私情，赠手绢有此铁证。伊阿戈另骗人钱财，许诺对黛丝德蒙娜极存妄想的一绅士，由他做皮条准可睡得黛丝德蒙娜。并让此人黑夜中偶与卡西欧夜巡相遇格斗，他暗中对此人行刺杀，嫁祸于卡西欧。以如此等等情乱事件，刺激奥赛罗。

淳朴的黛丝德蒙娜因允诺要有信用还在为卡西欧求情。她衷心一意爱夫君，对事对人毫无戒心。奥赛罗问她要手帕；见她果然拿不出，便大怒，骂她娼妇。黛丝德蒙娜感到莫名其妙，善良得一点也没有想到事出有因须追究竟，只以为丈夫烦恼于国事。手帕失落，她问过埃米利娅拾到否，埃米利娅不知丈夫伊阿戈恶诡计，就没说拾到手帕的实情，推说不知。

伊阿戈挑唆奥赛罗起杀心。奥赛罗无法容忍奇耻大辱，就把黛丝德蒙娜掐死在床上。埃米利娅进房，听到夫人临断气在说自己是清白的。见坏事了，骂奥赛罗傻笨蛋，即揭露事实真相，手绢是她捡得给自己男人伊阿戈拿去，丢进卡西欧房里的，等等实情；卡西欧与黛丝德蒙娜完全是清白无辜的。奥赛罗疯也似的悔恨不已，戳胸自杀仆在黛丝德蒙娜身上拥吻而死。埃米利娅被伊阿戈当场刺杀。

伊阿戈欲逃，被捉住，必予严酷处死。奥赛罗家产等由布拉班休的族人继承。

# 奥赛罗
## Othello
### (1604年)

**剧中人物**

| | | |
|---|---|---|
| 威尼斯公爵 | | |
| 布拉班休 | Brabantio | 元老,黛丝德蒙娜的父亲。 |
| 格拉希安诺 | Gratiano | 布拉班休的兄弟。 |
| 洛多维科 | Lodovico | 布拉班休的下辈族人。 |
| 奥赛罗 | Othello | 摩尔贵族,威尼斯军将帅。 |
| 卡西欧 | Cassio | 奥赛罗的副将。 |
| 伊阿戈 | Iago | 奥赛罗的旗官,恶棍。 |
| 罗德里格 | Roderigo | 被愚弄的威尼斯绅士。 |
| 蒙塔诺 | Montano | 塞浦路斯总督,奥赛罗的前任。 |
| 小丑 | | 奥赛罗的家仆。 |
| 黛丝德蒙娜 | Desdemona | 奥赛罗的妻子。 |
| 埃米利娅 | Emilia | 伊阿戈之妻,黛丝德蒙娜的侍女。 |
| 比安卡 | Bianca | 追逐卡西欧的妓女。 |

塞浦路斯诸绅士、水手、军官、传令官、使者、侍从等。

**地点:第一幕威尼斯;其余各幕在塞浦路斯一海港。**

# 第一幕

**第一场:威尼斯一街道。**
　　**罗德里格与伊阿戈上。**

罗德里格　　嘿!别哄人,我才不吃你这一套,
　　　　　　你,伊阿戈,使上我的钱包,
　　　　　　就像是自己的,你该清楚。
伊阿戈　　他娘的,都是你不听我话,
　　　　　　我做梦也没想会有这事。
　　　　　　说谎不是人!
罗德里格　　你曾说你对他恨之入骨。

伊阿戈　我若不恨就不是人。城中有三大佬，
　　　　前往脱帽举荐我，做他副将。
　　　　不过老实说，我自知有身价，
　　　　那位置不折不扣我担当。
　　　　可是他，骄狂武断眼中没我人，
　　　　推三阻四一大堆老套话，
　　　　最终打回票，
　　　　拒绝举荐人，说是早定好，
　　　　"已有人我选中，充当副将。"
　　　　究是何人？
　　　　却原来只是个算账先生。
　　　　迈克尔·卡西欧，佛罗伦萨人，
　　　　这家伙终日里想抱娇妻，
　　　　从未曾上战场领过兵丁，
　　　　浑不知布战阵调兵遣将，
　　　　征战事还不如闺女懂经，
　　　　纸画符空谈兵书生之见，
　　　　披大袍文仕们胜他一筹，
　　　　无实践吹泡泡天花乱坠，
　　　　论军历无资格偏被选中，
　　　　本人我亲眼见事实俱在——
　　　　塞浦路斯、罗德斯、基督徒、
　　　　异教徒，战胜他们我有功——
　　　　谁料到账房先生占去我上风！
　　　　给他走运副将弄到手，我——
　　　　主瞎眼！——做黑摩尔的擎旗手。
罗德里格　天哪，我倒但愿做他绞刑手。
伊阿戈　嗨没办法。这该死的行伍生涯中，
　　　　要升迁靠拍马，暗中通关节，
　　　　不再按古例律逐级提拔，
　　　　一个走再个上；如今不一样，
　　　　回头看咱自己凭啥理由，
　　　　听他摩尔人！
罗德里格　　　　咱就不会听他的。

伊阿戈　哦！老弟放心，
　　　　跟随他我胸中自有主张，
　　　　不能人人当主人，也并非
　　　　个个仆人忠主人。君不见，
　　　　多少奴仆跪双膝效忠诚，
　　　　骨头贱献媚颜听凭差遣，
　　　　一头驴心甘情愿耗终身，
　　　　鞭子底下一把料到终老；
　　　　谁如此，给我朝他抽鞭子。
　　　　另外人装模样，看似也尽忠，
　　　　内心里专门只顾想自己。
　　　　主人前尽作秀敷衍门面，
　　　　靠门户占便宜口袋饱满，
　　　　头脑活心计灵自有一套，
　　　　不瞒说在下我便是一个。
　　　　罗德里格吾老弟，你属你自己，
　　　　我换摩尔人，非今伊阿戈，
　　　　决不屈从他，咱干咱自己。
　　　　凭上天，非为友情与职守，
　　　　表面跟随他，我有我目的。
　　　　如若我装模作样糊外表，
　　　　竟泄露隐藏鬼胎在心里，
　　　　无异于我心剜出捧手上，
　　　　供老鸦一见飞扑来叼走；
　　　　我面目这边那边不一样。
罗德里格　听他言一嘴空话能取胜，
　　　　也算他交大运！
伊阿戈　　　　　　　叫起她父亲，
　　　　唤醒老头不叫他有乐享，
　　　　上街去大喧哗激起他族人，
　　　　不让他自得其乐温柔乡，
　　　　快赶起群苍蝇向他骚扰，
　　　　定要他不好过得不安身，
　　　　快乐变成怒烦恼。

罗德里格　已到她父门前，我来叫喊。

伊阿戈　叫吧，惊天动地吓人哀嚎，
　　　　就好像深夜突发大火灾，
　　　　满城里大火弥天烧。

罗德里格　嗷！布拉班休，布拉班休先生！

伊阿戈　醒醒！布拉班休！捉贼！捉贼！
　　　　小心你家，你女儿，你钱包！
　　　　捉贼，捉贼！

**布拉班休自上方窗台上。**

布拉班休　干什么为何事如此喧哗？
　　　　何故来惊慌？

罗德里格　先生您一家人都在屋里？

伊阿戈　您家门可上锁？

布拉班休　　　　什么？何故问此？

伊阿戈　糟糕！大人被抢了，快穿好衣裳。
　　　　你心脏要爆炸，灵魂儿出窍，
　　　　眼下这会儿那只老黑羊，
　　　　正操你的小白羊！起来，起来！
　　　　唤醒全城酣睡人，快打钟！
　　　　要不然恶魔叫你当上外祖父。
　　　　快，快，我说。

布拉班休　　　　什么！你是疯子？

罗德里格　先生大人，您没听出我是谁？

布拉班休　没有，你是谁？

罗德里格　我是罗德里格呀。

布拉班休　　　　更加不欢迎。
　　　　我曾警告你勿上门再打扰，
　　　　我爽快告诉你想必记得，
　　　　我女儿你没门不要费心计。
　　　　你如今醉酩酊酒足饭饱，
　　　　一肚子恶作剧前来取闹，
　　　　扰我清梦。

罗德里格　先生，先生！

布拉班休　　　　你好生听了，

　　　　我脾气我权势你得小心，
　　　　就叫你后悔莫及。
罗德里格　　　　　别急，好先生。
布拉班休　说什么我遭劫？此是威尼斯，
　　　　我家屋，非处偏僻。
罗德里格　　　　　尊贵大人布拉班休，
　　　　我是真心诚意来见您。
伊阿戈　哎呀！先生，你这种人是魔鬼一驱使你就不听天主了。
　　　　我们来是好心为了你，可你把我们当流氓。你把你女儿给一
　　　　匹黑马骑去了。你快要有外孙向你嘶嘶鸣叫了，你将来有的
　　　　是马亲马戚马本家了。
布拉班休　你竟是如此下贱的东西？
伊阿戈　我是前来向你报信的人。你的女儿正与那个摩尔人干着
　　　　畜生的勾当。
布拉班休　你这下流胚！
伊阿戈　　　　　你是——是元老呢。
布拉班休　这须负责，我认识你，罗德里格。
罗德里格　先生，任何责我来负。但我请问您，
　　　　您是否心乐意已经允许，——
　　　　我看是差不离，——美丽令爱，
　　　　夜深沉静悄悄无人知晓，
　　　　交随由一奴才偷偷摸摸，
　　　　凤尾船跟船夫微服简从，
　　　　投入了摩尔人粗臂搂抱，——
　　　　若此事您点头欣然首肯，
　　　　那便是怪我们莽撞不敬；
　　　　若不知那便是您的不是，
　　　　对我们不讲理胡乱责怪。
　　　　我们是正经人知情达理。
　　　　别以为开玩笑犯您尊严，
　　　　您令爱您不知已经私奔。
　　　　我报信她荒唐斗胆忤逆，
　　　　丢名份糟蹋掉美貌前程，
　　　　随便给给了个浮浪浑人。

　　　您不信自己看看个究竟，
　　　她若在自己家安居闺楼，
　　　便惩我按律法您可随意，
　　　以欺诳请治罪。
布拉班休　　　　　喂！把火点起来！
　　　给蜡烛，叫起我全屋家人！
　　　意外事突发生真像做梦，
　　　信此事压得我气喘不过。
　　　掌灯，快！掌灯！

　　　　　　　　　　　　　　　　　　　[自楼窗退下。]

伊阿戈　　　　　再见，我务必离去。
　　　在此地不久留功成而退，
　　　若留此必传我不得脱身，
　　　反对他摩尔人对质作证。
　　　虽然有小打击找他麻烦，
　　　也未能动摇他整个地位。
　　　立大功征战于塞浦路斯，——
　　　现如今鏖战急，——军中之魂，
　　　不可得奇将才仰赖倚重，
　　　统三军找不到此外他人。
　　　我忌他切齿恨如在地狱，
　　　也考虑不得不暂顾眼前，
　　　我务必打幌子敬爱旗号，
　　　只不过虚晃晃绝非真意。
　　　你若找，他必在驿馆酒店，
　　　我与他必同在。好吧，再见。　　　　　　[下。]

　　　**布拉班休率众仆持火炬上。**
布拉班休　事确切真罪孽我儿走了。
　　　羞煞我此余生如何度过，
　　　只剩得心悲痛。哪，罗德里格，
　　　你见她在何处？哦不幸女儿！
　　　是那摩尔，你说？为父难呀！
　　　怎么知就是她？哦她骗了我，

　　　　没预料。她对你说什么？火亮些！
　　　　把人叫起来！你想二人已结婚？
罗德里格　对，我想已成婚。
布拉班休　哦老天！她怎么出得去？哦逆畜。
　　　　天下为父者，女儿心不可信，
　　　　不轻信其行动。天下骗术多，
　　　　青春女不可失身丢贞操，
　　　　受骗被糟蹋，书上读到否，
　　　　罗德里格？
罗德里格　　　　读到过，先生。
布拉班休　唤我兄弟起。哦！还不如嫁与你。
　　　　到处给我找！你们可知晓，
　　　　要把摩尔人一同来捉双？
罗德里格　捉他没问题，只要您派人，
　　　　好手来护卫一同随我去。
布拉班休　全部托付你，叫起全家人，
　　　　调遣听我的。快去拿家伙！
　　　　还叫上值夜巡官一道去，
　　　　罗德里格走，你辛苦我犒赏。[众下。]


第二场：另一街上。
　　　　奥赛罗、伊阿戈及随从等持火炬上。
伊阿戈　战事中我杀人不计其数，
　　　　仍执着讲良心不改本性。
　　　　杀人不预谋狠毒劲并无，
　　　　偶尔也用用，十之有八九，
　　　　照准肋骨下一剑送他命。
奥赛罗　也只好由他去。
伊阿戈　　　　不，他是瞎说，
　　　　说些个无耻话卑鄙龌龊，
　　　　冒犯你阁下。
　　　　我就是听不得无端谰言，
　　　　不听他不容他，只请问大人，
　　　　你们俩可已是缔结良缘？

　　　　　须注意此元老人缘极好，
　　　　　他讲话最有效影响之广
　　　　　双倍于公爵话，拆散你鸳鸯，
　　　　　搬法律抠条款不择手段，
　　　　　层层压处处挡——将你捆住——
　　　　　难逃法网。
奥赛罗　　　　　　由他去泄愤。
　　　　　经百战功勋著我尽忠于上，
　　　　　我有舌发言语反驳指控。
　　　　　殊不知夸其口亦属荣耀，
　　　　　人未知我何人不妨宣告，
　　　　　我本是帝王家出身贵胄，
　　　　　论功劳无愧于所拥威权，
　　　　　无与伦比。你须知，伊阿戈，
　　　　　若非挚爱温情黛丝德蒙娜，
　　　　　我不陷家室累，金山银海
　　　　　都不要，我只求自由自在。
　　　　　哦！你瞧那边，火光耀眼来？
伊阿戈　她父亲与众人兴师问你，
　　　　　你且避为宜。
奥赛罗　　　　　我不，让他找我。
　　　　　我人格我名誉光明磊落，
　　　　　讲得清无所惧。是他们吗？
伊阿戈　神保佑愿不是。
　　　　　**卡西欧及几名将官持火炬上。**
奥赛罗　公爵之属下并我之副将，
　　　　　祝各位晚上好！我的朋友，
　　　　　有何消息？
卡西欧　公爵大人向你致意，将军，
　　　　　要求你晤一面十万火急，
　　　　　立刻去莫迟延。
奥赛罗　　　　　何事特急你知否？
卡西欧　我猜想塞浦路斯出问题，
　　　　　事紧急火烧眉战船派遣，

　　　　　差信使十二人纷纷告急，
　　　　　就在此今晚上接踵而至，
　　　　　有大员好几位梦中叫起，
　　　　　公爵府集议事，紧缺一位你，
　　　　　你不在府中待，遍寻不见，
　　　　　三队人元老院，特派巡访，
　　　　　这才找到。
奥赛罗　　　　　　幸亏诸位遇见了，
　　　　　先容我进屋里说句话儿，
　　　　　即可同去。

　　　　　　　　　　　　　　　　　　　　　　　［下。］

卡西欧　　　　　　旗官，他何事在此？
伊阿戈　不瞒说他今夜旱地夺大船，
　　　　　抢头彩若合法享福无止境。
卡西欧　我听不明白。
伊阿戈　　　　　　他结婚了。
卡西欧　　　　　　跟谁？
　　**奥赛罗重上。**
伊阿戈　哦是跟——好，将军，就去吧？
奥赛罗　　　　　　同你去。
卡西欧　又一支队伍正寻访于你。
伊阿戈　是布拉班休，将军须小心。
　　　　　他是来者不善。
　　**布拉班休、罗德里格及若干将官持火炬、器械上。**
奥赛罗　　　　　　嗨！都站住！
罗德里格　先生，正是这摩尔。
布拉班休　　　　　拿下此贼！

　　　　　　　　　　　　　　　　　　　　　　　［双方拔剑。］

伊阿戈　你，罗德里格！过来，我单对你。
奥赛罗　明晃剑请收起露水免生锈，
　　　　　老长辈高年纪，德劭服人，
　　　　　不必动武器。
布拉班休　你恶贼！把我女儿窝藏何处？
　　　　　实可恶将她迷惑手段毒，

事清楚常情常理我判断，
必中魔锁链捆缚无自主。
原本是温柔美丽快活女，
从来是谈婚论嫁力回避，
不愿受国富美男多追求，
而如今不顾颜面与嘲讽，
竟私奔逃离监护投入你，
黑怀抱这脏东西！事可怕，
非她意，违情悖理见是非。
我不信女儿意志弱如此，
定是你兴妖作法拐骗她，
施毒药乱她方寸无心智，
事也许可想而知必如此。
我因此前来逮捕拘押你，
你是个欺世害人一蠹贼，
行妖术违法乱纪伤风化。
拿下他！敢违抗就不客气，
格杀勿论他自取！

奥赛罗　　　　　请住手。
既是您也是我其余人等，
该动手就动手我知分寸，
毋须提醒。按尊意去何处
我与你作理论？

布拉班休　　　　去大牢！适当时，
听法令开庭审按部就班
传你去问话。

奥赛罗　　　　　非要从命不可？
大公爵有要事信使差遣，
人已在我身边毋违其尊，
正面临邦国事至关重要，
带我去见他？

众将官　　　　　启禀大人，事属实。
大公爵在会议您须列席，
定有请我确信。

布拉班休　　　　　噢！公爵开会议！
　　　值此夜深！那就好，押他走，
　　　等闲不得。我这事他公爵、
　　　全体国人、我的人任何人，
　　　如同身受。不白冤心不甘，
　　　胡作非为不制止必妄行，
　　　窃国乱政奴才狂异教兴！[**众下。**]


**第三场：议事厅。**
　　　**公爵、众元老围桌坐，将官侍立。**
公爵　消息相矛盾里外不一致，
　　　令人难置信。
元老甲　　委实是前后不一致。
　　　来数信报战船一百零七艘。
公爵　我得悉是一百四十。
元老乙　　　　　我得报二百艘。
　　　这数目皆模糊不足凭信，——
　　　这一类送报告多属揣测，
　　　不确实也难免，——但确实是，
　　　土耳其舰队直驶塞浦路斯。
公爵　噢这消息是关键至关重要，
　　　稍有误我理解不必在意。
　　　我关心此要点举足轻重，
　　　足资戒惧。
水手　[**在内。**]报！报！报！
众将官　战船遣信使特来报。
　　　**一水手上。**
公爵　有何事速来报？
水手　土耳其大部队直取罗得岛。
　　　我奉安哲鲁大人命令迅即
　　　前来禀报殿下。
公爵　此异动，请见教？
元老甲　　　　　不可据此
　　　以为真，其内里实为佯攻，

声东击西。我们须考虑，
塞浦路斯之于土耳其至关重要，
远在罗得岛小岛之上，
其重点必作为主攻方向，
此一点我众人万望认清。
且防御也不及金汤罗得岛，
其攻取如吹灰一举可得。
对事实细心看条分缕析，
别以为土耳其如此愚蠢，
关键性抛脑后主次无分，
到手事不抓住劳而无功，
避安全趋危险本末倒置。

公爵　对，可确定决非攻罗得岛。

众将官　又有消息。

**一信使上。**

信使　众位大人在上，容我禀报：
奥斯曼大敌直取罗得岛，
已同后续一舰队彼此来会合。

元老甲　啊如我所料。据你看有多少？

信使　值此时正回驶三十巨舰，
回程路无掩藏明目张胆，
直扑塞浦路斯岛。大人蒙太诺，
尽忠勇卫疆土恪其职守，
致敬意情殷切嘱告于您，
万望听取他真言。

公爵　确是攻打塞浦路斯。
玛克斯·勒西科斯未驻城中？

元老甲　他现在佛罗伦萨。

公爵　速与我写信去，越快越好。

元老甲　布拉班休与摩尔勇将到！

**布拉班休、奥赛罗、伊阿戈、罗德里格及将官上。**

公爵　勇将奥赛罗我们须派你，
立刻去迎战劲敌奥斯曼。
[向布拉班休。]未见你，失迎我的好先生。

　　　　今晚正需你高见鼎相助。

布拉班休　我也来求相助。公爵在上请恕罪，

　　　　非因我职位未闻有事故，

　　　　唤我床上起不为办公务；

　　　　只因有私仇痛苦心欲裂，

　　　　悲哀如洪水决堤凶猛涌，

　　　　其势不可挡焉顾另哀愁，

　　　　我陷哀伤永不息。

公爵　　　　　　啊，出何事故？

布拉班休　为我小女！哦！小女。

公爵
元老 ｝死了？

布拉班休　　　　差不离。

　　　　儿受骗人劫走已被糟蹋。

　　　　江湖骗子施法术药迷蒙，

　　　　我小女从来品行无瑕疵，

　　　　不聋不瞎从来身正心不邪，

　　　　不惮受人惑。

公爵　无论谁下毒手行径恶劣，

　　　　你令爱受欺骗魂无主张，

　　　　你痛失心爱女可求法典，

　　　　法无情你去翻峻法条条，

　　　　按你读依法办，即便告我儿，

　　　　照严惩不贷。

布拉班休　　　　感殿下诚厚爱。

　　　　此人在，这摩尔；眼下却似乎

　　　　国事艰迫眉梢特令命他

　　　　奉召前来。

公爵
元老 ｝　　事出偶然实感抱憾。

公爵　[向奥赛罗。]肇事者竟是你，如何分说？

布拉班休　他有什么好说！

奥赛罗　列位大人，德高望重执威权，

　　　　可敬可尊明审视察秋毫。

老人家心爱女随我事属实，
我娶她已成婚确实无误，
我开罪至极顶极言如此。
我说话喜直率不善辞令，
委婉语动听话功夫欠缺。
唯有这两条臂七年膂力，
至近日已九月无所用武。
战场上营盘中最堪发挥，
世界大至大千无以评说，
只知道建奇功冲锋陷阵，
这方面无需告不必饶舌。
讲自己一私事列位垂听，
说起来听一则平常故事，
纯洁诚情爱，没下药不骗人，
根本不靠歪邪术恶魔招，
冤屈控告我运用毒手段，
到手他女儿。

布拉班休　　　　　我小女不任性，
温良恭俭让讲话脸先红，
规矩人怎么会忽然变坏，
全不顾家国名誉和年纪，
她一见就怕者她会相恋爱！
荒唐事悖常理无人相信，
要相信除非是有了毛病。
违天性反常规定要推究，
恶魔般使狡诈方可得逞。
我务必再声称他有诡秘，
定用药加符咒实施魔醉，
毒其血乱其志最终生效，
将她弄到手。

公爵　　　　　　依此说不足凭，
凭说词太空虚无有实证，
皆表面仅猜测捕风捉影，
控告他须更有真凭实据。

元老一　哪，且问奥赛罗，
　　　　你曾否用手段软硬兼施，
　　　　强逼她好姑娘屈从于你，
　　　　抑或是心对心殷殷恳请，
　　　　方赢得姑娘爱情？
奥赛罗　　　　　　我就请各位
　　　　去驿店将女士邀至来此，
　　　　见父亲当其面说我事情，
　　　　若陈情述及我卑鄙无耻，
　　　　我官位我职权一并裁撤，
　　　　不止此还宁愿任由判刑，
　　　　判决褫夺我生命。
公爵　　　　　　宣黛丝德蒙娜来此。
奥赛罗　旗官引领去，你知在何处。

　　　　　　　　　　　　　　　　　[伊阿戈及侍从下。]

　　　　等她来之前对天说真话，
　　　　血肉之躯人我认亦有罪，
　　　　尊耳来聆听实话告心声，
　　　　如何赢芳心姑娘倾慕我，
　　　　愿为心上人。
公爵　　请讲，奥赛罗。
奥赛罗　她父看重我常过府上坐，
　　　　爱听我掌故多问往昔事，
　　　　年年攻城池略地有祸福，
　　　　陈年多战事。
　　　　始自我幼年孩童岁月时，
　　　　问这又问那日日听不厌。
　　　　谈到惊险时悲惨常遭遇，
　　　　出生入死战，陆海皆疆场，
　　　　生死有机缘千钧一发间。
　　　　强敌俘获去贩作奴为生，
　　　　如何得赎身从此便远遁。
　　　　千里迢迢走途中有险情，
　　　　钻过深山洞越过大荒漠，

崖障峰巍峨高耸摩青天，
细谈历历数心潮起澎湃。
更谈食人族野蛮人吃人，
更稀奇，族名安斯罗波法基，
肩上不长头，生在膀下胳肢窝。
黛丝德蒙娜一旁听入迷，
可惜有间断去忙家务事，
手上抓紧了回头赶快来，
再来情专注句句要听清。
见她情痴迷我也暗思忖，
抓住来时机想到巧方法，
让她要求我意真情恳切，
片段串联起专为她重述，
弥补她平日只能闻点滴；
要求不减缩慨然我应允。
讲我年轻时苦难遭打击，
她胸起怦动两眼泪涟涟，
每逢故事毕长吁又短叹，
信誓言奇异闻而未所闻，
惊险经历惨无限表怜悯，
令她难想象惊天动地哀。
问有朋友否愿天来作美，
向她表爱怜转述我故事，
她将铭记心深谢此友人，
定献忠爱情；她托我找此人。
接获她示爱心花绽怒放，
她爱我千难万险苦历练，
我爱她心善同情我身世，
若说施魔法仅此一招数；
女士现已到听她作证言。
　　**黛丝德蒙娜、伊阿戈及侍从数人上。**

公爵　我想，此故事定也赢得我女儿，
好布拉班休。
木已成舟只有望好处走，

　　　　　战士能用破武器也胜似
　　　　　赤手空拳。
布拉班休　　　　　我请你听她讲，
　　　　　只要小女能承认半点真，
　　　　　若对男再怪罪让天罚我！
　　　　　过来吧贵小姐我的女儿，
　　　　　座上位诸尊贵你可看见，
　　　　　最应是何命听从？
黛丝德蒙娜　　　　父尊在上。
　　　　　我看出眼前事须分两章，
　　　　　您给我此生命兼及教养，
　　　　　此生命及教养责成于我，
　　　　　须孝敬您严父是我名分，
　　　　　我是您亲生女而他是我丈夫，
　　　　　我责任按母亲一向所示，
　　　　　她尽责丈夫您先于父亲，
　　　　　既如此我选择必须承认，
　　　　　先尽责摩尔我夫君。
布拉班休　　　　　天主佑你我收场；
　　　　　请殿下继续讨论国家事。
　　　　　我宁可收义儿强似亲生；
　　　　　好吧摩尔人，
　　　　　我这里真诚心女儿许你，
　　　　　若非你早到手我也只甘心。
　　　　　不愿许配，全为你宝贝儿，
　　　　　算幸运除了你别无孩儿，
　　　　　你私走实教我变得暴君，
　　　　　有孩儿都该铐起！我事毕，主君。
公爵　说箴言劝你我设身处地：
　　　　　作阶梯顺应势成全情人，
　　　　　也使你欢心。
　　　　　施剂药不见效终降大难，
　　　　　见最坏望以后祸为福先。
　　　　　尽哀悼过去事踪影已无，

　　　　哀不胜招新悲接踵来顾。
　　　　想如此非如此命运注定，
　　　　有忍耐抚创伤慰藉心灵。
　　　　被劫者笑对贼贼反被劫，
　　　　是自劫深自陷空自悲切。
布拉班休　土耳其径侵占塞浦路斯，
　　　　过不久笑呵呵照旧无事。
　　　　此箴言牢记者原不在乎，
　　　　所感者只在听心得安抚。
　　　　身负着此箴言还加忧愁，
　　　　偿悲哀务必要筹措忍受。
　　　　凡箴言甜又苦多有信者，
　　　　甜似蜜苦也烈模棱两可。
　　　　说是说讲是讲从不听进，
　　　　耳所闻平不了我的伤心。
　　　　现恭请您主君国事商议。
公爵　　土耳其以强大武备进犯塞浦路斯。奥赛罗，该岛上之实力
　　　　你最为清楚，虽说我们所派那边代理总督夙称干练，然而更
　　　　有力之舆论在你这边，认为由你去守卫才是万无一失。如此
　　　　看来，也只好打扰了，有损你这一身近日燕尔新装光辉，劳
　　　　你辛苦一趟艰难凶险赴此远征。
奥赛罗　各位至尊，我严酷炼习性，
　　　　铁石战场亦变得绒毯软，
　　　　柔如卧床，我自知赴艰难，
　　　　不避困苦全符合我本性。
　　　　赴汤蹈火心亦甘情亦愿，
　　　　义不容辞我力战奥斯曼。
　　　　恳请公爵有一事作安置，
　　　　心牵挂我爱妻居无定所，
　　　　须落实容栖身补充津贴，
　　　　食住衣用按身份有等级，
　　　　后顾之忧可予除免。
公爵　　　　　　　若愿意，
　　　　随父有照应。

布拉班休　　　　我可不乐意。

奥赛罗　我也不。

黛丝德蒙娜　我也不。我不愿再回府居，

　　　　惹父亲不乐意讽言冷语，

　　　　看白眼自没趣。尊贵大人，

　　　　敞心扉陈实情，恭请聆听，

　　　　求恩准望回话体谅愚衷，

　　　　以助我粗疏不文。

公爵　作何求，黛丝德蒙娜？

黛丝德蒙娜　我心爱摩尔君愿与随行，

　　　　我冒死起抗争逆反命运，

　　　　此行动宣天下我心顺遂，

　　　　高品格贵性情我事夫君。

　　　　奥赛罗其心灵得见仪容，

　　　　其勇武与光荣无与伦比，

　　　　我灵魂与命运不妄奉献。

　　　　既如此尊大人留我后方，

　　　　犹蜉蝣苟偷生隔岸观战，

　　　　我与他亲结义剥夺殆尽；

　　　　回首我长相思苦守孤身，

　　　　不见人念夫恨，允我去吧。

奥赛罗　请允其获恩准。

　　　　苦相求上天鉴为我作证，

　　　　决非因有侍候口腹之乐，

　　　　也非为热气高，——年少情旺，

　　　　此欲火我可灭，——无以诛求。

　　　　尊自由崇高洁其心相印，

　　　　有天卫良善魂勿作揣测，

　　　　恐随我赴征程军机贻误，

　　　　不，不会。如若是爱神飞翔，

　　　　性轻佻诱使我游惰丧志，

　　　　坏我事破我阵负国悖民，

　　　　贪于乐恋于昏一事无成，

　　　　主妇们除我盔取作水罐，

　　　　以所有污秽水从头到脚，
　　　　一齐来倾注我功名全废。
公爵　她去留何行止全由你们
　　　　自决定。军情急不可延误，
　　　　即投入迅行动。
元老一　你今晚就动身。
奥赛罗　　　　　　竭诚遵行。
公爵　我们要上午九点再集会。
　　　　奥赛罗，给我留下一军官，
　　　　好命他递交令状传与你，
　　　　另还有级位尊荣诸般事，
　　　　也可通知你。
奥赛罗　　　　　遵命特留我旗官。
　　　　他是个诚实可靠得力人，
　　　　我将妻信托此人来护送。
　　　　公爵另有何吩咐均由他
　　　　替我来传递。
公爵　　　　　　　便就这样。
　　　　同诸位再会吧，[向布拉班休。]我说阁下，
　　　　若美德不缺少包容完备，
　　　　你贵婿面容虽黑不损美。
元老甲　摩尔英雄再见吧！爱护黛丝德蒙娜。
布拉班休　善待她，摩尔人，用眼看着点，
　　　　她骗父难说有日把夫骗。

　　　　　　　　　　　[公爵、元老、军官等齐下。]

奥赛罗　我命保得其贞洁！正直伊阿戈，
　　　　特将黛丝德蒙娜托付你，
　　　　并邀你妻子为伴陪护她，
　　　　时相宜，你领二人紧相随。
　　　　走，黛丝德蒙娜，只剩一小时。
　　　　你我俩诉说衷肠相厮磨，
　　　　时不多，交待家事很快过。

　　　　　　　　　　　　[奥赛罗与黛丝德蒙娜下。]

罗德里格　伊阿戈！

伊阿戈　怎么说，吾老弟？

罗德里格　你说我怎么办？

伊阿戈　哦，上床睡觉去。

罗德里格　我还是跳海淹死就算了。

伊阿戈　你要是这样，我只好不再理睬你。啊，你这傻君子！

罗德里格　活受罪还要活，这才真犯傻。一死就了却烦恼，死就
　　　　是一帖良方。

伊阿戈　哦！该死，我活在这世上也有四七二十八年了。自从我
　　　　能够辨别利与害，到如今还不曾发现一个人知道如何爱惜他
　　　　自己。假如我说我为爱一只野鸡去跳海自尽，那我宁愿去变
　　　　成猴子。

罗德里格　我该怎么办？我承认这样痴心真够丢脸，可没德性，
　　　　我无力回天。

伊阿戈　德性！值个屁！我是这模样，那模样，全在我们自己手
　　　　里。我们的身子是花园，我们的意志是园丁。这样，我们要
　　　　种荨麻，种莴苣，栽薄荷，拔百里香，满园种植一种香草，
　　　　还是把整个花园花草任由丛生，随它不加治理也好，把它辛
　　　　勤耕耘也好，如何办全看我们自己的意志力。假如在我们生
　　　　活的天平上，理智和情欲两相不能保持平衡，那么我们血肉
　　　　之躯的人欲横流，就要把我们引向可怕的结局。可是我们是
　　　　有理智的，可以镇定、冷静我们情感的狂热，肉欲的放荡刺
　　　　激。你所谓的爱情，我认为也不过是那么一回事。

罗德里格　并不是那么回事。

伊阿戈　不过是性情里的淫欲，意志放纵罢了。好吧，做个男子
　　　　汉。投水自杀！抓几只猫儿狗崽扔水里淹了吧。我已经保证
　　　　过是你的朋友了，承认你我利害等于是用坚韧的缆绳捆绑在
　　　　一起了。现在正是我该为你出力之时。把钱放好在你的钱袋
　　　　里，参加这一阵打仗。装上假胡须扮丑你的本面目，我再
　　　　跟你说。把钱放在钱袋里。黛丝德蒙娜爱那个摩尔人是爱不
　　　　长久的，——把钱放进你的钱袋里，——摩尔人对她的爱也
　　　　是长不了的。她是开初一时性起的冲动，你将看到同样也是
　　　　一时性衰的崩溃。你只管把钱放进你的钱袋。这种摩尔人，
　　　　主意多得很，说变就要变，——把你口袋钱装满了，——眼
　　　　下朵颐大嚼满嘴美味，不久就成满嘴苦味。她女人一定会要

年轻的男人。摩尔的身体她受用得不满足了以后，她就会觉得是选错了人。她一定会变心，非变不可。所以把你的钱袋装满了。假如你非要把自己打入地狱，那也要选个比跳水淹死更妙的方法。你要弄钱，尽量到手钱。要是凭我这一手谋略，有如魔鬼的奸诈，去破坏这个鲁莽的蛮人和这个水性的威尼斯妇人他们虚伪脆弱的誓约，则是易如反掌，你定能将她手到拿来尽管享受。因此要弄钱。投水自尽，愚蠢，别再说了！宁可享受到快活之后给绞死，千万不要没把她弄到手就去淹死。

罗德里格　要是我照计行事，你能帮助我到底吗？

伊阿戈　我这里你尽管放心，你只管去弄钱。我一直告诉你，我还要一而再再而三告诉你，我恨死这摩尔人，我是铁了心的，你也一样恨他，让我们连手一起报复他。你让他做上乌龟，你如愿以偿，我也拍手称快。事情随时间酝酿成熟，便能瓜熟蒂落。去，把钱预备好了。这事我们明儿还谈。再会。

罗德里格　我们上午在哪里见面？

伊阿戈　在我住处。

罗德里格　我会及早来看你。

伊阿戈　行啊，再会。你听见咯，罗德里格？

罗德里格　听见什么？

伊阿戈　别再跳海，听见没有？

罗德里格　我已改变主意。我这就去把地产卖了。

伊阿戈　这就好，再见！装得满满你钱包。

　　　　　　　　　　　　　　　　　　　　［罗德里格下。］

　　　如此做叫傻瓜充我钱包；
　　　似这般同傻瓜周旋时间，
　　　似这般滥用我精明智谋，
　　　只为开心图利、恨那摩尔，
　　　外边人都猜测我事床褥，
　　　我职司被他代，未知确否；
　　　这种事起风声八九有真。
　　　先下手利用他对我不错，
　　　心怀藏有目的下他工夫。

卡西欧颇合适动动脑筋，
夺他位略施计两面三刀。
何招数怎么办？计上心来，
待稍候放谣言惑乱奥赛罗，
煽动说与他妻太过亲近，
卡西欧美男子讨人欢喜，
易启疑天生料勾引女人。
摩尔人性粗疏简单爽直，
他以为相貌忠心也憨厚。
牵他鼻缓缓地任我摆布，
笨驴一头。
有也，地狱黑夜，既定主见，
酿就这空前恶降至人间。[下。]

# 第二幕

### 第一场：塞浦路斯一海港，码头附近。
　　　　　蒙塔诺及二将官上。

蒙塔诺　从地岬能望见海上什么？

将官甲　未发现任何物只有涛涌，
　　　　天连水水连天我望未见
　　　　一片篷帆。

蒙塔诺　只觉得海风吹呼啸上岸，
　　　　从未见此狂风撼我城垒。
　　　　在海上掀狂飙凶猛肆虐，
　　　　橡木肋能承受排山倒海
　　　　浪倾覆榫不脱？风吹有消息？

将官乙　土耳其舰队散，风吹西东，
　　　　岸边站只看见水沫飞溅，
　　　　白浪蹿探头上直拍云霄，
　　　　风助威浪乘势滚滚滔天，
　　　　要浇灭大熊星北斗不移，

　　　　也连同火猎猎两名守卫。
　　　　从未有观海景心惊肉跳，
　　　　看惊涛骇浪。
蒙塔诺　　　　　　土耳其大舰队
　　　　不进港来躲避必遭沉没，
　　　　欲逃离此风暴必无可能。
　　　　**又一将官上。**
将官丙　有消息，伙伴们，战事结束。
　　　　土耳其遭风暴致命打击，
　　　　怀险念图谋恶就此将息。
　　　　威尼斯巨艨艟亲历眼见，
　　　　敌舰队破败亡。
蒙塔诺　消息确切？
将官丙　　艨艟到已靠岸，
　　　　维洛那所造船；迈克尔·卡西欧，
　　　　勇武摩尔奥赛罗他副将，
　　　　已登岸；摩尔人还在海上，
　　　　他奉命驻守此塞浦路斯。
蒙塔诺　乐闻此，不可多得好总督。
将官丙　但这卡西欧喜悦闻土耳其
　　　　损失惨，高兴之余也祝祷
　　　　摩尔人得平安，二人因是
　　　　险恶风浪遭失散。
蒙塔诺　　　　　　天佑他无恙；
　　　　我履任他麾下大将之才
　　　　治军严。走！我们一同去海边，
　　　　且看看已进港艨艟巨舰。
　　　　举眼望寻将军英雄凯旋，
　　　　盼着他奥赛罗天边出现，
　　　　望他望断天涯。
将官丙　　　　　好，看看吧，
　　　　每分钟都可能盼见人归，
　　　　充满好希望。
　　　　**卡西欧上。**

卡西欧　诚致谢英勇岛众位将士，
　　　　摩尔人大将军备受推崇，
　　　　天佑他！渡艰险平安归来，
　　　　风浪恶我与他失散不见。
蒙塔诺　他的船无事？
卡西欧　那船身坚固牢靠没问题，
　　　　那舵手万无一失好本事，
　　　　不要慌信心百倍别气馁，
　　　　大胆瞭望。
　　　　　　　　　　　[内喊声：来船喽！来船喽！来船喽！]
　　一使者上。
卡西欧　什么事？
使者　　倾城空巷全涌去海边立，
　　　　男女老幼齐声喊"来船喽！"
卡西欧　我心瞭望此来者即总督。[闻炮声。]
将官乙　礼炮施放，看起来，若非他，
　　　　也是友人。
卡西欧　　　　　请前去看究竟，
　　　　回报实情此喧闹为何人。
将官乙　遵命。[下。]
蒙塔诺　请问副将，大将军有夫人？
卡西欧　福星高照他娶得贵阁女，
　　　　超过一切美形容盛赞誉，
　　　　生花妙笔写不尽道不完
　　　　天生丽质尽造化真尤物，
　　　　不绝于倾情述。
　　　　**将官乙重上。**
　　　　　　　　怎样？是谁来了？
将官乙　一位叫伊阿戈，将军的旗官。
卡西欧　他总算一帆风顺一行人，
　　　　安稳来；狂风暴，汹涌海涛，
　　　　暴雨如注急浪高风怒号，
　　　　礁石行行暗滩藏水险恶，
　　　　时刻吞噬无辜船遭海难，

却也似怜香惜玉黛丝德蒙娜，
收起风暴允通过。
蒙塔诺　　　　　她是谁？
卡西欧　刚才所说她，帅中更主帅，
英勇无畏伊阿戈作护卫，
提前七天比预想早来到。
天佑奥赛罗神风鼓起帆，
驾驶巨舰来祝福进港湾，
黛丝德蒙娜怀抱心喜跳；
给我们沮丧士气重振奋，
焰欲绝，新生火焰重焕发，
塞浦路斯齐宽慰！
**黛丝德蒙娜、埃米利娅、伊阿戈、罗德里格**
**及侍从等上。**
　　　　　　　　哦！看哪！
船载至宝进港湾上岸来，
塞浦路斯众人等跪向前，
祝福您尊夫人！苍天神恩
在您前前后后四面八方
将您护佑！
黛丝德蒙娜　　　感谢你，英勇卡西欧，
我夫君有无消息可告诉？
卡西欧　他尚未到，我知情并不多；
他定安好，不许久也就到。
黛丝德蒙娜　哦！可我怕——你二人怎分散？
卡西欧　高天大海混交战情险恶，
我与他便失散。啊听！有船。
　　　　　　　　　[内喊：来船喽！来船喽！炮响。]
将官乙　正向着城防堡垒齐致敬，
无疑也是自己人。
卡西欧　　　　　去听消息！[将官下。]
旗官你好，欢迎；——[向埃米利娅。]欢迎，太太。
我礼数须周全，我的伊阿戈，
盼不致冒犯你心有不安，

我便只如此放肆表敬意。［吻埃米利娅。］

伊阿戈　阁下，愿其将尖嘴献给你，

犹如其利舌献给我一般，

你便够受。

黛丝德蒙娜　　　　哦！她不爱多话。

伊阿戈　其实，多话。

我要睡，她长舌说个不休，

真是的不说假；夫人面前

她烂舌藏心间稍作收敛，

舌在心里骂。

埃米利娅　你别胡说冤枉人。

伊阿戈　得，得，这种人出门花枝招，

客厅是铃铛，厨房是馋猫，

害人装圣徒，得罪变恶魔，

家事懒婆娘，一上床大戏唱。

黛丝德蒙娜　哦！胡说乱讲你诽谤。

伊阿戈　不，全是真，我否则变异端；

你们下床玩，上床把活干。

埃米利娅　你讲不出好话。

伊阿戈　　　　　不，不讲好。

黛丝德蒙娜　你若是称赞我你将怎么讲？

伊阿戈　啊好夫人，这我就为难。

我只懂挑剔，其余都不会。

黛丝德蒙娜　来请一试。派人去港口否？

伊阿戈　是的，夫人。

黛丝德蒙娜　并非我喜作乐而是故意，

排遣我心中愁便显相反。

好，看你称赞我？

伊阿戈　我正在想呢，但我的构思

却似黏雀胶离了这粗布，

连脑髓一并出，但我的诗神

倒已阵痛便降生：

女人俏而慧漂亮加聪明，

俏用慧慧用俏出奇兵。

黛丝德蒙娜　赞得好！若是她黑而慧呢？

伊阿戈　如若是黑女人富有智慧，
　　　　定会找小白脸自有匹配。

黛丝德蒙娜　太刻薄。

埃米利娅　俏可是傻，咋办？

伊阿戈　俏美人永不会尽做傻瓜，
　　　　再傻瓜也能干生得娃娃。

黛丝德蒙娜　都是些酒店里让人无聊发笑的老笑话。那么对又丑
　　　　又蠢的女人你还能称赞她什么吗？

伊阿戈　别说啥蠢又丑没得治救，
　　　　俏慧女那花头她也拿手。

黛丝德蒙娜　这真是愚蠢没治！你把最坏的赞美得最好，可你又
　　　　怎么样来赞美真正应该赞美的女人呢？一位品德高贵连十足
　　　　的恶棍也不得不要赞美的女人？

伊阿戈　美貌女不骄傲难能可贵，
　　　　善辞令不作声外秀内慧。
　　　　不缺钱和财从不事炫耀，
　　　　不任性纵所欲但说"我要"。
　　　　发起怒也有恨报复不仁，
　　　　但宁可被人负她不负人。
　　　　论智慧讲聪明不在人后，
　　　　却愿将肥鲑尾换瘦鳕头。
　　　　脑有思心有想，嘴不泄露，
　　　　遇人追后跟随，头不回顾。
　　　　有女这模样，此生也不枉，——

黛丝德蒙娜　不枉怎样？

伊阿戈　喂喂傻崽子记记油盐账。

黛丝德蒙娜　哦，这末一句最蹩脚，不成道理。别听他胡乱讲，
　　　　埃米利娅，虽说他是你丈夫。你看呢，卡西欧？这个人是不
　　　　是老是满口胡言？

卡西欧　他是随便说说的，夫人。你当他是武人，别当他是文
　　　　人，也就罢了。

伊阿戈　［旁白.]这两男女捏起手来了，很好，这就成，说悄悄
　　　　话吧。我只须张起这样一张小小的网，就能兜住卡西欧这只

大苍蝇。好，好，向她迎上笑脸去，笑。就在你殷勤献媚这
当口，我叫你掉进网里来。你说得对，好，的确没错。日后
等我这点小手腕弄掉你个副官职位，你哭也来不及，后悔不
该老是吻三根手指头。这会儿又吻起三根手指头来了，装什
么绅士派头！很好，吻得好！妙哉施礼了！就这样，行啦。
再把手指搁上嘴去了？这手指就成了灌肠筒，给你灌肠洗彻
底！[喇叭声。]

　　是摩尔人！听得出是他的号角声。

卡西欧　正是他来了。

黛丝德蒙娜　我们快去迎接他。

卡西欧　看！他过来了。

　　**奥赛罗及侍从等上。**

奥赛罗　啊我的美勇士！

黛丝德蒙娜　　　　我亲爱的奥赛罗！

奥赛罗　你比我先到此地，真令我
　　　又惊又喜。哦我心头喜悦！
　　　每次风暴后，都是如这样，
　　　有宁静，实乃无比感欣慰！
　　　便不怕任风吹得死人醒，
　　　也不怕掀恶浪海颠船高，
　　　高上奥林匹斯山，落谷底，
　　　从天跌地狱！纵然现在死，
　　　现在最幸福已感心满足，
　　　未来岂可知先享眼前福；
　　　人命运无把握。

黛丝德蒙娜　　　　命运天有禁，
　　　除非你我爱与福情意浓，
　　　情深意浓与日增！

奥赛罗　　　　　　慈悲有神明，阿门！
　　　心意尽满足语言无以表，
　　　一时无话说高兴实过望。
　　　来来来两心相撞大激励，[吻她。]
　　　我俩心心来相印！

伊阿戈　[旁白。]好！看琴乐谐调，

　　　　我会叫你们音走调弦柱松，
　　　　我声色且不动。
奥赛罗　　来吧一同进城堡。
　　　　好消息朋友们，战事已告毕，
　　　　土耳其舰队灭。本岛皆无恙?
　　　　心爱的，塞浦路斯欢迎你，
　　　　他们待我有大爱。心爱的，
　　　　我竟是语无伦次太高兴。
　　　　恳请你伊阿戈就到码头去，
　　　　取回我行李，带领船长来，
　　　　领进入城防堡垒；他人好、
　　　　品格高，有口皆碑受尊敬。
　　　　快来吧黛丝德蒙娜，我们
　　　　塞浦路斯重逢地。

　　　　　　　　　　　　　[除伊阿戈、罗德里格外均下。]

伊阿戈　　你立刻到港口来会我。你过来，你要拿点勇气出来，人
　　　　说即使懦夫在情场搏斗中也会生出本来没有的魄力。那么你
　　　　听好了，今晚副将军要在守卫处值夜。首先我必须告诉你，
　　　　黛斯德蒙娜肯定私下里跟他勾搭上了。

罗德里格　跟他！啊，不可能吧！

伊阿戈　　手指搁嘴，嘘声！好好听我讲，我来开导开导你。黛斯
　　　　德蒙娜开初对摩尔人爱得热烈，全因为听他吹些荒诞不经的
　　　　大牛，如今还会凭那种谎话爱着他？你该是明白人，可不能
　　　　这样想。她女人的眼睛要满足，瞧着他这张鬼脸心里能有快
　　　　活？肉欲在兴奋一阵过后就会生厌倦，那就得重新煽起欲
　　　　火，吊起新的口味来才行。容貌漂亮，年龄相称，举止风度
　　　　迷人，这一切摩尔人都欠缺着呢。那么，既然缺乏这些必要
　　　　条件，得不到这种种满足，便会自生委屈，觉得自己青春的
　　　　娇艳美貌非是所托，望着那个摩尔人要作呕，嫌恶他甚至惧
　　　　怕他了。这样的情况顺理成章，势必要发生。既是这样，那
　　　　么试问，除了卡西欧还会是谁更享有这艳福的便利？这个口
　　　　齿伶俐的家伙，扮出一副温文尔雅的派头，和蔼可亲，无非
　　　　要达到他淫念的目的，把她搞到手吧？哎，没有第二个人，
　　　　哎，不会有第二个人。他是个狡猾的骗人高手，能见机行

事，机会不到还能创造机会。无所不为的魔鬼！另外，这贼子长得俊俏漂亮，年纪又轻，种种令无知女人醉心的外表条件他都无一不备。一个十足的害人精！而这个女人，也正好已经瞄上了他呢。

罗德里格　我才不信黛丝德蒙娜会这样，她是好品性。

伊阿戈　好个屁！她喝的酒也是葡萄酿的，她品性好就不会爱上这摩尔人。哼，好品性！你没看见她捏住了卡西欧手心吗？你没看见？

罗德里格　看是看见的，可那不过是礼节。

伊阿戈　我举手起誓，是淫念！是动起了淫欲坏脑筋，历史戏从这儿唱开场。他们的嘴唇离得那样近，他们彼此呼吸简直要拥抱了。淫恶的念头，罗德里格！这样亲昵的行为一开场，接下去便是唱主戏，定是淫乱来收场。呸！可是，我说，听我的没错，是我把你从威尼斯带到这儿来的，今晚上你去守夜，我有办法命令让你去。卡西欧不认识你。我呆在一个地方离你不会很远，你故意找个借口去惹恼卡西欧，你高声讲话，或者不守他的规定，违反军纪，反正随你的意思见机行事捣乱他。

罗德里格　行。

伊阿戈　好，他是个脾气急躁容易被惹火的人，也许就会要打你呢。他不动手，你也要激怒他使他动手。就为这一点小摩擦，我来扩大滋事，煽动塞浦路斯守军哗变，除非把卡西欧撤职，否则别想把这一场事变平息下去。这样，你就可以在我的计划配合之下，一定早日达到你的目的，除掉你的障碍，不这样做，我们绝无希望获得成功。

罗德里格　我决定这样做了，只要真有下手的机会。

伊阿戈　那我向你保证没问题。待一会儿到城门口去等我，我现在先得去把他的行李搬上岸。回头见。

罗德里格　回头见。[下。]

伊阿戈　这卡西欧爱着她，我确信，
　　　　女的也爱他既自然也可信。
　　　　摩尔人，虽我内心诅咒他，
　　　　却是个品格不俗高贵人，
　　　　我敢说确是黛丝德蒙娜

最合适好丈夫。但我也想她，
并非完全为肉欲，——虽也负
一样大的贪女色重罪恶，——
却也为有心我要行报复：
我怀疑狂欲色鬼摩尔人，
上过我坐骑！疑惑心中起，
如灌毒五内俱焚痛难熬，
我灵魂眼前日后无安宁，
除非与他妻换妻两扯平。
恐怕办不到就叫摩尔人，
至少犯疑心横生恶嫉妒，
心病不得治精神失平衡。
如此做须令威尼斯这厮，
听指挥快马加鞭猎奇艳。
因疑卡西欧也戴我睡帽，
制服迈克尔·卡西欧入我彀，
摩尔面前诋毁他痛挞伐。
摩尔人定会感恩赏谢我，
做他个不折不扣大蠢驴。
落得他永无宁日去发疯。
好事情眼下混沌尚未明，
真面目不到实行看不清。[下。]

第二场：一街道。
　　**传令官持告示上，民众随后。**

传令官　我们尊贵勇武的奥赛罗将军有令，据最新消息确报土耳
　　　其舰队已全军覆没，着官民人等一体祝贺，或歌舞，或燃祝
　　　火，或各种欢庆娱乐，悉听各便。因除祝贺胜利之外，亦同
　　　时祝贺将军之新婚，特此将军愿公告众所周知。将军府一切
　　　门禁皆予撤除，自即刻五时起，特准人人开怀宴乐，直至夜
　　　十一时闻钟声而止。上天赐福塞浦路斯岛及我们尊贵的将军
　　　奥赛罗！

　　　　　　　　　　　　　　　　　　　　　　　　[众下。]

第三场：城堡厅堂
　　奥赛罗、黛丝德蒙娜、卡西欧及侍从等上。
奥赛罗　亲爱迈克尔，留心今晚值夜，
　　　　让我们宴庆须适可而止，
　　　　欢情勿过度为慎。
卡西欧　已晓之伊阿戈如何操持，
　　　　不过仍须我亲自作巡视
　　　　关照才是。
奥赛罗　伊阿戈可信得过。
　　　　晚安迈克尔，明日清晨时，
　　　　我有话与你说。[向黛丝德蒙娜。]来，
　　　　我亲爱的，
　　　　婚姻已成就开花待结果，
　　　　美满来日长情深你与我。
　　　　晚安。

　　　　　　　　　[奥赛罗、黛丝德蒙娜及侍从等下。]
　　伊阿戈上。
卡西欧　欢迎伊阿戈，我们去巡夜。
伊阿戈　这时间还早，副将军，十点还不到。将军遣我们就去，
　　　　是为了与黛丝德蒙娜新婚之欢。可我们也怪不得哟，他急于
　　　　要和她共度魂销之夜呢。而这女人，天王神见了也要同她嬉
　　　　乐的。
卡西欧　她是绝代佳人。
伊阿戈　并且，我敢担保，极尽风流之能事。
卡西欧　也确实，她是娇艳可爱一尤物。
伊阿戈　她那眼波儿！一波一波撩拨人，让你神魂颠倒呢。
卡西欧　很友情的眼光，我看上去很端庄稳重。
伊阿戈　她说起话来，不正是像钟声惊醒人，去爱上她吗！
卡西欧　她真是十全十美无可挑剔。
伊阿戈　好啊，享尽床上快活。来，副将军，我还有一壶酒，外
　　　　边有两位塞浦路斯哥们儿，要想为咱黑将军奥赛罗祝贺呢。
卡西欧　今晚我不奉陪了，好伊阿戈。我不爱喝酒，一向不喜欢。
　　　　一喝酒，脑子就糊涂不好使。倒希望礼仪也立新才好，创立
　　　　别样的方式和习惯来欢庆。

伊阿戈　嗳！他们朋友嘛，喝一杯吧；为你咱再喝。

卡西欧　我今晚已经喝过一杯了，就那一杯我也是特意掺了水。
　　　　你瞧，我现在这模样，一喝酒马上不行，没这能耐，不敢多
　　　　有冒失不控制点自己。

伊阿戈　朋友怎说这话！今儿是个喜乐之夜，不要扫了贵宾哥们
　　　　儿的兴致。

卡西欧　他们在哪里？

伊阿戈　在门口，你招呼他们进来。

卡西欧　我去；可真不乐意。[下。]

伊阿戈　我只须灌他喝下一杯酒，
　　　　加上他已经喝过有一杯，
　　　　他会像我的娘们那条狗，
　　　　变得不安惹是非。那蠢蛋，
　　　　罗德里格妄痴情昏天地，
　　　　尽自大祝酒黛丝德蒙娜，
　　　　猛喝干大杯，还须守夜去。
　　　　塞浦路斯三少年好气概，
　　　　藉战功不可一世性骄悍，
　　　　尚武岛上之英华与荟萃，
　　　　尽吹捧灌他们酩酊大醉
　　　　去守夜。就在这般醉鬼间，
　　　　卡西欧我使他不识好歹
　　　　肇事故激怒岛民要造反。
　　　　人已来，但愿效果如设想，
　　　　我计谋顺风顺水行通畅。

　　　　**卡西欧与蒙塔诺及将官等重上，众仆持酒随后。**

卡西欧　天主见证，他们已让我干过一杯。

蒙塔诺　说实话，只一小杯，不足一品脱；我军人实话实说。

伊阿戈　哈，来酒！
　　　　　　我碰杯响叮当叮当响，
　　　　　　我碰杯叮叮当当响，
　　　　　　当兵男子汉，
　　　　　　人世一瞬间，
　　　　　　当兵酩酊醉一场。

　　上酒，伙计们！

卡西欧　凭天主，一曲高歌唱。

伊阿戈　这支歌儿我是在英格兰学唱会的。英格兰人可是最能喝酒，都是海量。你丹麦人，你日耳曼人，你大肚子荷兰人，——喝，啊！——要比起英格兰人来，那是小巫见大巫了。

卡西欧　英格兰人都是那么能喝的吗？

伊阿戈　哈，英格兰人能把丹麦人灌得烂醉如泥；他自己连汗都还没出就把你阿尔曼①给放倒了；他还没有斟满下一杯，你荷兰人就在呕吐了。

卡西欧　祝咱们将军身体健康！

蒙塔诺　祝大将军健康！副将军，你我对干一杯。

伊阿戈　啊，可爱英格兰！

　　　　　　斯蒂芬英明好君王，
　　　　　　做条裤子要五先令，
　　　　　　花他六便士叫冤枉，
　　　　　　怪裁缝忒讲生意经。
　　　　　　君王大英名播四方，
　　　　　　你这个无名小东西，
　　　　　　虚荣娇纵要误朝纲，
　　　　　　奉劝太平点披旧衣。

　　大家喝！

卡西欧　好，这比刚才唱的还要好。

伊阿戈　你还想再听一遍？

卡西欧　不用了，我嫌他做这样的事有失他的身份。不过，天主是一切之上，有的灵魂必可得救，有的灵魂则不可得救。

伊阿戈　确实，好副将。

卡西欧　至于我个人，——对大将军并无冒犯，也无意冒犯任何大人，——我希望能有得救。

伊阿戈　我也如此希望，副将军。

卡西欧　哦，不过，你如允许，别在我之前；副将必在旗手之前得拯救。我们不提此事。我们做别的事吧。天主饶恕我们罪

————————

① Almain，日耳曼人的古名称。

过！诸公，我们不忘要务。别以为，你们各位，我已喝醉；
这位，是我旗官；这位，我右手，这位我左手。我没醉，这
会儿；我好好儿站稳着哪，清清楚楚讲着话哪。

众人　非常好。

卡西欧　瞧，非常好。那，那你们，别认为我是醉了。[下。]

蒙塔诺　各位，去城垒，走，我们去警卫。

伊阿戈　大家见这个人已经先去，
　　　　颇合适与恺撒比肩相邻
　　　　发号施令。但且看他醉态，
　　　　不差于其德性，不相上下
　　　　秋色平分，可惜哦可惜得很。
　　　　我恐怕奥赛罗误托信任，
　　　　说不定哪时间醉酒醺醺，
　　　　岛上闹翻腾。

蒙塔诺　　　　　　他是经常如此？

伊阿戈　老花头一醉方休才睡觉，
　　　　无酒给他来催眠摇摇篮，
　　　　伴得日晷转几转。

蒙塔诺　　　　　　事最好
　　　　如实禀报将军去知道，
　　　　也许尚未知也许心宽厚，
　　　　只见卡西欧长处很不少，
　　　　短处便就不计较，你说呢？

**罗德里格上。**

伊阿戈　[向他旁白。]干吗，罗德里格！
　　　　还不快跟住副将军，快去！[罗德里格下。]

蒙塔诺　高贵摩尔人也是遗憾事，
　　　　随便让副位给与这种人，
　　　　混混伪君子嗜酒成大瘾，
　　　　事情须如实速报大将军
　　　　他摩尔人。

伊阿戈　　　　　　不，为本岛我着想，
　　　　爱惜卡西欧尽力下工夫，

与他治病救人。听！什么声音？

　　　　　　　　　　　　　　［内喊"救命！救命！"］

**卡西欧追罗德里格上。**

卡西欧　你这混蛋！你这流氓！

蒙塔诺　　　　　出什么事，副将军？

卡西欧　流氓滋事须教训！

　　我要叫贼流氓领教厉害。

罗德里格　打人！

卡西欧　　　　　揍你混账！［打罗德里格。］

蒙塔诺　［拉住他。］住手，好副将。

　　且住手，有话好讲。

卡西欧　　　　　松手，阁下，

　　要不然也小心你脑袋。

蒙塔诺　　　　　瞧瞧，你醉了。

卡西欧　醉了！［二人互殴。］

伊阿戈　［向罗德里格旁白。］快去！听见吗！快去

　　喊，喊兵变。

　　　　　　　　　　　　　　［罗德里格下。］

　　住手，好副将！哦天主，二位！

　　救命，大人！守夜人反出事！

　　　　　　　　　　　　　　　　　　［钟声。］

　　什么人把钟敲？魔鬼！该死！

　　惊动全城！天主！副将军住手！

　　你从此丢尽脸面。

**奥赛罗及侍从等上。**

奥赛罗　这是怎么了？

蒙塔诺　他娘的！流血了，要杀死我！

　　　　　　　　　　　　　　［再冲刺卡西欧。］

奥赛罗　要活命，都住手！

伊阿戈　住手，你，副官！蒙塔诺阁下！

　　都忘记此何地、职守、纪律。

　　住手，不知耻！大将军有话。

奥赛罗　为何事吵闹成这等模样？

　　　　击败了土耳其，轮到自己，
　　　　同室操戈竟不如奥斯曼？
　　　　基督徒知羞耻打闹立止。
　　　　谁敢逞凶撒野轻蔑灵魂，
　　　　再动一动他便是不要命。
　　　　停敲钟！报恶讯惊吓全岛，
　　　　破坏安宁。何事吵闹，诸位？
　　　　伊阿戈心诚实愁容满面，
　　　　你忠心命你说肇事何因？
伊阿戈　我未知。刚才还是友善和气，
　　　　恰犹如是新人卿卿我我，
　　　　宽衣解带正上床，猛然间，——
　　　　似煞星骤来临夺人心智，——
　　　　拔出剑相互刺直对胸膛，
　　　　恶狠斗血淋淋；我说不上
　　　　此争斗缘何起无事生非。
　　　　我这腿还不如战时遭砍，
　　　　省今夜跑来见是非难断！
奥赛罗　你怎么，迈克尔，如此忘形？
卡西欧　请求你原谅我，难以诉说。
奥赛罗　向来谦谦君子尊贵蒙塔诺，
　　　　沉静颇稳重少年见老成，
　　　　你大名有口皆碑人关注，
　　　　盛名之下你何故以致此，
　　　　损及好名声你斯文扫地。
　　　　积名誉一生努力不容易，
　　　　为何不惜一掷于夜恶斗？
蒙塔诺　尊贵奥赛罗，我话须简约，
　　　　身受重伤我人感撑不住，
　　　　你部下伊阿戈将有禀报。
　　　　说缘起道不清莫名其妙，
　　　　今夜里我不知言行何错，
　　　　除非说爱自尊也是不妥，
　　　　遇暴力来侵犯正当防卫，

　　　　　　　也算是有罪过。

奥赛罗　　　　　　　哦我的天，
　　　　　我血涌怒上升难以按捺，
　　　　　内激情在冲击我失理性，
　　　　　牵引我向前路，我只一动
　　　　　一举手便将你们这几位
　　　　　再厉害也都丧命。告诉我
　　　　　滋生事端是何人来惹起。
　　　　　证实了事故有因祸有根，
　　　　　纵是我孪兄弟——同胎同生——
　　　　　也翻脸不留情。竟不看看
　　　　　战云城中人心惶惊未消，
　　　　　挟私仇窝内斗挑起内讧，
　　　　　于深夜在此地警卫岗哨，
　　　　　荒唐！伊阿戈，罪魁谁人？

蒙塔诺　你若碍于私交情同僚义，
　　　　　心不正言不顺不讲实话，
　　　　　不配是军人。

伊阿戈　　　　　　勿这般逼我，
　　　　　我宁可割了舌有口无言，
　　　　　也不愿伤及我迈克尔·卡西欧，
　　　　　但不过话又说回来，陈实情，
　　　　　不算有负他。故此禀将军，
　　　　　我与蒙塔诺二人谈话间，
　　　　　忽有人跑过来高喊救命，
　　　　　后追人卡西欧手举亮剑，
　　　　　追杀不舍。大将军，多亏他
　　　　　蒙塔诺大人拦住卡西欧，
　　　　　我即转身去追那逃命人。
　　　　　正担心叫喊声惊动全城，
　　　　　却不料逃命人疾步飞快，
　　　　　转眼间人不见我便折返。
　　　　　又不料闻击剑拼刺叮当，
　　　　　卡西欧凶恶煞破口大骂，

只今夜我才知闻所未闻。

我回时，——倏然见，——二人拼杀，

你一刺我一击，此情此景，

你来时已亲见喝阻二人，

除此外我未知说不上来。

不过人是人再好总难免，

得意忘形时任性误伤人，

迁怒劝架者不识好人心。

但我想卡西欧必也蒙受

逃跑人施加予奇耻大辱，

实令他忍无可忍。

奥赛罗　　　　　我知，伊阿戈，

你忠厚将事故委婉叙述，

开脱卡西欧。卡西欧我器重，

但不得再担任我的部将。

**黛丝德蒙娜侍从陪护上。**

看！连我爱妻也都被惊起，

[向卡西欧。]我且拿你举榜样。

黛丝德蒙娜　　什么事啊？

奥赛罗　已无事，亲爱的，你自安眠。

阁下伤我亲自替你敷治；

请扶走。[蒙塔诺由侍从扶下。]

伊阿戈须留心照拂全城，

受惊扰加抚慰务使安定。

来，黛丝德蒙娜，军营中，

常有事，温馨眠搅扰惊醒。

[除伊阿戈与卡西欧外，众下。]

伊阿戈　哟！伤成这样，副将？

卡西欧　哎，医药治不好了。

伊阿戈　天保佑不至于吧！

卡西欧　名誉，名誉，名誉！哦！我名誉扫地。我丧失了自身不
　　　朽的部分，留下来不过如畜生一般。我的名誉，伊阿戈，我
　　　的名誉！

伊阿戈　诚实人如我，只想到你很受了些身体创伤，那是比之损

伤名誉更叫人受不了的痛苦。名誉空洞无物，骗骗人而已。
得来往往非凭功德，失掉也就失掉，谈不上有什么不当。你
一点没有损伤名誉，除非你自己要认为是损伤了。怎么样，
伙计！有法子叫将军收回成命，他不过是一时动气。把你开
革，惩罚是履行公务并非恶意，就譬如一个人打打自己无辜
的狗，借以吓唬一下逞威的狮子罢了。去向他求求情，你会
没事的。

卡西欧　我宁愿忍受他厌恨，也不愿欺瞒他这样一位好主帅。我
是个不肖的东西，醉酒的、不检点的下属。酗酒！谰言！吵
架、吹牛、罚咒，对自己的影子胡言乱语！啊你这眼不见的
酒精灵，如果你还没有一个名号，就让我们叫你是恶魔吧！

伊阿戈　你提剑追赶的那个人是谁？他对你做了什么事？

卡西欧　我不知道。

伊阿戈　怎么不知道？

卡西欧　我记得一大堆的事，但没有一件记得清楚。吵架，可不
知吵了些什么。哦天主！人们居然会把仇敌放进他们的嘴里
去，给偷掉了自己的脑子，竟在高兴、快乐、狂欢、掌声之
中把我们自己变成了畜类。

伊阿戈　噢，可你现在很清醒，你是怎么恢复的？

卡西欧　这是酒醉的魔鬼一时高兴，让位给了怒气的魔鬼，一个
弱点紧跟着显示另一个弱点，令我痛加自责。

伊阿戈　得了，你是太过认真了，道学说教。说到今天这事，其
时间、地点和国内的现状，我衷心愿意此事没有发生。可是
既已发生了，那么为你自己的利益着想，还是速谋补救为
好。

卡西欧　我去请求他给我复职，他一定会说我是个醉鬼！我纵然
有百头怪的百张嘴来声辩，他这一句话就把我全封住了。现
在要做个清醒的人，慢慢的，会变成个傻瓜，立刻又变成个
畜生！哦奇怪！每一杯酒过量，都是受诅咒的；杯中物，是
恶魔。

伊阿戈　行了，行了。好酒原是家常好东西，就在你要饮用得
法。别再诅咒酒了。那么，好副将，我想你相信我是爱护你
的吧。

卡西欧　我深有体会这一点，足下。我醉了！

伊阿戈    你，或随便哪个活在世上的人，总不免有醉的时候，伙
      计。我来告诉你怎么办。我们大将军的老婆如今可也是将军
      哦，就这方面的事，我就可以这样说。因为他是完全倾伏拜
      倒于她，思念于她，瞩目于她，供奉她浑身上下的丽质美
      惠。你去找她，向她作尽情的忏悔，恳求她，她就会帮你说
      话让你官复原职。她天性是如此慷慨，如此善良，如此有求
      必应，如此乐善好施，以致有求于她时，她非但答应，而且
      若不是格外地尽力多于应承，则自引为遗憾。你和她丈夫之
      间的这一点裂缝，请她从中弥合，我可以拿我的全部财产打
      赌，你们交情的裂痕非但弥补，而且比以前更加牢固。
卡西欧    你替我出的这个主意倒是不错。
伊阿戈    要知道，这完全出于我的一片真诚友善之心。
卡西欧    我完全相信。明天一早我就去恳求贤德的黛丝德蒙娜替
      我讲情；若这事不能成功的话，我将对自己的命运完全绝
      望。
伊阿戈    你会成功的。晚安，副将军。我还要守夜。
卡西欧    晚安，忠诚的伊阿戈！

                                        [下。]
伊阿戈    谁人说我行事宵小之徒?
      我劝导岂非是诚实无欺，
      尽人情适途径足以再赢
      那摩尔人之心?
      此事易得手，
      黛丝德蒙娜善心总应承
      正当求，春风煦日及时雨，
      通过她好说去赢摩尔人。
      即令他背弃了受洗入教，
      全不顾赎罪誓言与信条，
      他灵魂已戴上爱情镣铐，
      凡事做不做悉听妻作主，
      妻说一他定随和不说二，
      奉妻为天主俯首唯唯诺诺。
      我指导卡西欧通幽快捷方式，
      为他好何罪之有是恶人?

地狱神！恶魔出动要犯罪，
先装出美外表迷惑世人，
就如我现唆使实心笨蛋
恳求黛丝德蒙娜转逆运，
她必向摩尔人强求说情。
我趁机灌他耳毒言恶语：
妻说情罪开脱意图肉欲，
妻越说，情越切，践履所托，
越引得摩尔人疑窦迭起。
我便将贞洁白抹成污黑，
用其身善与美，织成罗网，
将其一网打尽。
**罗德里格重上。**
　　　　　怎么样，罗德里格？
罗德里格　我在这儿给驱来赶去，不像一头追猎物的猎犬，倒像
是混混儿给使唤乱吆喝。我的钱差不多已经用完，我今晚又
挨了一顿打。难道我煞费苦心换来的就是这番皮肉教训！现
在钱囊空空如也倒是吃一堑长一智，看来还是回到威尼斯去
算了吧。
伊阿戈　你这样无耐心委实可怜！
治创伤谁不是渐次平复？
须知行事凭计谋非凭魔术，
凭计谋须等待时机成熟。
不是挺顺利？卡西欧打了你，
受点皮肉痛，可他给开革。
阳光下诸般事进展顺畅，
早开花早结果最早先熟，
耐心等待就满足。哦已是天亮。
又欢乐又忙碌时过短促，
请歇息，回到你栖宿之地。
去吧，有消息我会告诉你。
你归你去。[**罗德里格下。**]还须做两件事，
怂恿吾妻，
求主妇为卡西欧去说情，

我这边安排摩尔恰撞见，
卡西欧向他娇艳妻正求情；
眼见为实，把戏万无一失，
立刻行动，不延宕别误时。

[下。]

# 第三幕

**第一场：塞浦路斯城堡前。**
　　　卡西欧及若干乐师上。

卡西欧　乐师在此演奏，必酬谢各位辛劳。①
　　　奏短曲一支并"祝将军晨安"。[奏乐。]
　　　小丑上。

小丑　怎么，诸位乐师，你们的乐器都是嗡嗡咙咙鼻音特重似
　　　的，你们的乐器都是去过那不勒斯巷子里的咯。②

乐师一　怎么讲，先生？

小丑　我请问这是管乐器吗？

乐师一　啊，是的，先生。

小丑　那是了，怪不得都带阴户呢。

乐师一　带什么音符，先生？

小丑　啊，先生，我知道好多管乐器上都有呢。哪，师傅们，这
　　　是给你们的赏钱。将军喜欢你们的演奏，但是为表示敬爱
　　　他，请再别出声吵着他了。

乐师一　好，先生，我们不再演奏。

小丑　你们如有听不见的音乐，再奏不妨。但是听人说，将军并
　　　不是太爱听音乐。

乐师一　这种音乐我们没有，先生。

小丑　那就把笛子收进袋去吧，我要走了。走，化作烟云去吧，
　　　走吧！[乐师等下。]

――――――――――

① 当时习俗，新婚翌晨于窗前奏乐歌唱以表庆贺，领取赏钱。
② Naples方言多鼻音，此处暗指其来自烟花巷闻名之地。

卡西欧　你听见吗，我的好朋友？

小丑　不，未听见你的好朋友，只听见你。

卡西欧　请你别打趣了，一小块金币赏与你。若是将军夫人的陪
　　娘已经起身，告诉她有个叫卡西欧的请她赏光讲一句话。烦
　　劳一下行吗？

小丑　她已起身，先生，若是来这里，我便顺告知，应是可以
　　的。

卡西欧　劳驾好朋友。[小丑下。]
　　　　**伊阿戈上。**
　　　　　　　　　　巧遇你伊阿戈。

伊阿戈　难道你未睡觉？

卡西欧　没有，我们分手时，
　　天已破晓。现在我斗胆，伊阿戈，
　　托传口信给你妻，麻烦她
　　有求于贤德黛丝德蒙娜，
　　请设法得引见。

伊阿戈　　　　　立刻命她来会你。
　　我设法去将摩尔来调开，
　　使你二人谈话行事更方便，
　　格外自由。

卡西欧　你美意万分谢。[伊阿戈下。]
　　　　　　我从未遇
　　如他诚恳佛罗伦萨人。
　　　**埃米利娅上。**

埃米利娅　早安副将军！我为你深惋惜；
　　但是虽不幸，很快会好转。
　　大将军与夫人说起此事，
　　夫人说你好，摩尔回答说，
　　你伤了塞浦路斯名望人、
　　大贵戚，不得不全局考虑
　　将你开革。但他说爱护你，
　　无需他人来说情，凭他爱，
　　有机会定抓住不会错过，
　　将重新起用你。

卡西欧　　　　　　但是我求你，
　　假如事合适或者颇可行，
　　允我有方便略谈话几句，
　　单独见黛丝德蒙娜。
埃米利娅　　　　这就请进。
　　领你去地方，时间也充分，
　　尽情倾诉你苦衷。
卡西欧　　　　　我万分感激你。[同下。]

**第二场：城堡内一室。**
　　**奥赛罗、伊阿戈及绅士等上。**
奥赛罗　此信件，伊阿戈，速交舵手，
　　请他代表我致敬元老院，
　　而后我将要巡察全城堡。
　　那边来见我。
伊阿戈　　　　　定遵命我将军。
奥赛罗　诸位一起去看看此城堡？
绅士　敬谨奉陪大将军。[同下。]

**第三场：城堡前。**
　　**黛丝德蒙娜、卡西欧与埃米利娅上。**
黛丝德蒙娜　放心吧，善良卡西欧，我会
　　倾全力替你说话便是了。
埃米利娅　好夫人，会尽力；我夫也伤心，
　　视此事如自己。
黛丝德蒙娜　哦，也是诚恳人。勿疑虑，卡西欧，
　　务使我夫君与你重和好，
　　续友情一如初。
卡西欧　　　　　夫人宽厚，
　　我迈克尔·卡西欧不管何处境，
　　永不忘恩为忠仆知图报。
黛丝德蒙娜　谢谢你，我知晓你爱夫君，
　　与相知日已久确无疑义，
　　他对你不得已保持疏远，

　　　仅出于暂作权宜计。
卡西欧　　　　　但是夫人，
　　　权宜计可不宜拖延太久，
　　　就担忧生细故节外生枝，
　　　又生怕闲搁置时过境迁，
　　　我长期不在位被人取代，
　　　无服务无近侍将军忘怀。
黛丝德蒙娜　勿多顾虑，埃米利娅在此，
　　　我担保可放心官复原职，
　　　我答应须帮忙必尽努力，
　　　帮到底。我夫君将无安歇，
　　　盯住他缠住他将无安宁，
　　　上床听说教进膳便忏悔，
　　　他忙任何事我也穿插进
　　　卡西欧要求。以此可乐观，
　　　卡西欧，为你讲情人宁可死，
　　　也不会抛弃你。
　　　**奥赛罗与伊阿戈自远处上。**
埃米利娅　夫人，主君来了。
卡西欧　夫人，我告辞了。
黛丝德蒙娜　慢，别走，听我讲。
卡西欧　夫人，改日吧，我很不舒服。
　　　此时刻多有不便。
黛丝德蒙娜　也好，请听便。[**卡西欧下。**]
伊阿戈　哼！我看不惯。
奥赛罗　　　　　你说什么？
伊阿戈　没事，将军。或许——不见为好。
奥赛罗　与我妻分手的，是卡西欧？
伊阿戈　卡西欧，主君？不，哦正是，想不到；
　　　一见你过来他鬼鬼祟祟
　　　心虚似做贼。
奥赛罗　　　　　我相信就是他。
黛丝德蒙娜　哦，夫君！
　　　刚才有人在此与我求情，

　　　　　此人受你责备心情抑郁。

奥赛罗　你说是谁?

黛丝德蒙娜　哦,你副将卡西欧,求夫君,
　　　　　若我贤德尚能使你感动,
　　　　　请立刻接受他恳求谢罪。
　　　　　如果他不是真心爱戴你,
　　　　　犯错非出无心而是故意,
　　　　　我便是知人知面不知心;
　　　　　故此请召他回。

奥赛罗　现不可,亲爱黛丝德蒙娜,以后再说。

黛丝德蒙娜　是否最近?

奥赛罗　　　　　　依你亲爱的,当尽速。

黛丝德蒙娜　就在今日晚饭时?

奥赛罗　　　　　　不,今晚不行。

黛丝德蒙娜　那明日正餐时?

奥赛罗　　　　　　明日我不在家
　　　　　用膳,须营中会见众将官。

黛丝德蒙娜　那就明晚或星期二早上?
　　　　　星期二中午? 晚上? 星期三早上?
　　　　　务请你指定时间,可不能
　　　　　超过三天。他已真心悔过,
　　　　　况且他过错以常情而论,——
　　　　　算不得错,——固然战时须以
　　　　　勇将之赏罚为全军立榜样,——
　　　　　私责都不必。何时召他回?
　　　　　请说,奥赛罗,我灵魂起疑惑。
　　　　　你要我做什么我几曾吱唔、
　　　　　拒绝! 想想迈克尔·卡西欧,
　　　　　陪你来求婚,几次又三番,
　　　　　当初我对你多有不称心,
　　　　　他替你百般说好,现如今,
　　　　　挽回恁费劲! 看我要多事做。——

奥赛罗　请勿再说,允他随时可回,
　　　　　不会违拗你尊意。

黛丝德蒙娜　　　那，并非你恩典，
　　　仅如我请你戴上你手套，
　　　增添你营养，加衣保温暖，
　　　催促你为自身有益起见，
　　　去做事一般。现我有请求，
　　　借以一试你爱情之真意，
　　　却将是颇费斟酌极犯难，
　　　不敢爽快许允诺。
奥赛罗　　　　　　一定不会拒绝你。
　　　现因此也请你答应一事，
　　　我一人独处此不受缠绕。
黛丝德蒙娜　我怎不答应？好！再见，夫君。
奥赛罗　再见，我的黛丝德蒙娜，回头就来。
黛丝德蒙娜　埃米利娅，来吧，你请随意，
　　　任你怎么样我都顺随你。

　　　　　　　　　　　　　　[与埃米利娅同下。]

奥赛罗　可怜爱人儿！毁灭我灵魂，
　　　我也真爱你！若要不爱你，
　　　天昏地又黑。
伊阿戈　尊贵我主君，——
奥赛罗　　　　　怎么说，伊阿戈？
伊阿戈　迈克尔·卡西欧，你追求夫人时，
　　　知你爱情？
奥赛罗　当然，始终知情，何故问此？
伊阿戈　只想释解我心中一谜团，
　　　无碍他人。
奥赛罗　　　　　有谜团，伊阿戈？
伊阿戈　我未料他二人曾相熟识。
奥赛罗　哦，是呀，频来往我们之间。
伊阿戈　真的！
奥赛罗　是真的！你看出其中有什么？
　　　他有不诚实？
伊阿戈　诚实？主君！
奥赛罗　　　　　诚实，哦诚实！

伊阿戈　主君，也未可知。

奥赛罗　你有想法？

伊阿戈　　　　　想法，主君！

奥赛罗　　　　　想法，主君！

　　　　天哪，尽与我学舌！

　　　　似乎他心中有大怪秘密，

　　　　不吐露太吓人。你话中话，

　　　　听你说看不惯，刚才卡西欧

　　　　离开我妻时，看不惯他什么？

　　　　我可说他是全程共参谋，

　　　　在我求婚时。你惊呼"真的！"

　　　　还立时蹙额皱眉仿佛是

　　　　你心中深藏有严重秘密、

　　　　骇人听闻事。你若关爱我，

　　　　讲来一听。

伊阿戈　主君知我敬爱你。

奥赛罗　　　　　　　我想是的。

　　　　我知你赤胆忠心人正直，

　　　　言语出口掂分量有轻重。

　　　　欲言又止便使我起惊疑，

　　　　奸诈小人无实话耍惯技，

　　　　但在你正人君子匿言语，

　　　　内心深处藏秘密有流露，

　　　　你情不自禁。

伊阿戈　　　　　迈克尔·卡西欧，

　　　　要说起我敢发誓他忠诚。

奥赛罗　正合我意。

伊阿戈　　　　　人应表里合一。

　　　　如其不一便要装模作样！

奥赛罗　当然，人应表里合一。

伊阿戈　故而，我想卡西欧是诚实人。

奥赛罗　不，你话中有话。

　　　　请你对我讲你的真实思想，

　　　　尽可和盘托出所知最坏之事，

　　　用最坏之语。

伊阿戈　　　　　　好主君，原谅我，
　　　虽然我公人囿于职责所关，
　　　但奴隶有自由我也不受限，
　　　说出我所知？皆卑鄙而虚伪，
　　　那宫殿有时也藏污纳垢，
　　　能不受侵害？谁胸襟纯洁
　　　毫无不干不净坏欲念，
　　　到法律法庭面前被审判，
　　　分庭抗礼不诡辩？

奥赛罗　你在阴使损朋友，伊阿戈，
　　　明明知他遭人害，又对他
　　　充耳不闻没你事。

伊阿戈　　　　　　请你予见谅，
　　　也许是我自己小人之心
　　　度君子之腹，——我承认本性有毛病，
　　　多有捕风捉影吹毛求疵
　　　夹嫉妒，——由你判断凭智慧，
　　　莫要理会我这个多疑人。
　　　或也全是观察肤浅有片面，
　　　不值你多加关注无端上心事，
　　　更会平添你不安多是非，
　　　于我人格名誉智慧也不利，
　　　惹你知我所知。

奥赛罗　　　　　　你是何意？

伊阿戈　敬爱我主君，男女好名誉，
　　　乃是灵魂至上至珍之瑰宝；
　　　偷去钱包是废物，诚然有物
　　　也无物，昨归他今归我，
　　　实是奴才，千万人的手上过。
　　　窃我好名誉未能使贼富，
　　　倒叫我变穷苦。

奥赛罗　天哪，须知你意思。

伊阿戈　不能知，我心若在你手中，

　　　　你也不能知，心归我管束。

奥赛罗　哈！

伊阿戈　　　　　　哦！主君，须留神嫉妒心。
　　　　谁被绿眼大怪吃还耻笑，
　　　　叫你做乌龟却心安又理得！
　　　　噢原本不爱祸水妻；若是爱，
　　　　日子分秒都难过，爱而疑，
　　　　疑而爱，疑爱爱疑苦折腾！

奥赛罗　唉倒霉！

伊阿戈　穷而知足即是富，叫富足，
　　　　财富无穷却依然穷如冬，
　　　　忧心忡忡一直怕要受穷，
　　　　求苍天保佑芸芸吾众生，
　　　　解除嫉妒！

奥赛罗　　　　　　何出此言？
　　　　你以为我以嫉妒终此生，
　　　　如随月之盈亏周而复始，
　　　　猜疑不已？疑窦一生起，
　　　　立地予解决。我如变得
　　　　你所讲灵魂深处常有事，
　　　　别出心裁胡猜疑，我就变
　　　　蠢山羊。人赞我妻我不妒：
　　　　我妻美貌优雅爱交际，
　　　　口慧敏，能歌善舞奏乐器，
　　　　性娴淑，锦上添花品高贵。
　　　　我不因自惭形秽感不足，
　　　　自寻烦恼提防她有二心；
　　　　是她慧眼看中我。不，伊阿戈，
　　　　无证不起疑，起疑须有证，
　　　　一旦证据足快刀斩乱麻，
　　　　爱情与嫉妒立地同归尽。

伊阿戈　好极，既如此，现在听我的，
　　　　我对你尽忠尽责献实际，
　　　　既不得不说，便坦诚相告，

听我一叙。先莫谈拿证据，
观察你妻与卡西欧的好关系，
明睁眼，不含多心与轻信。
我不愿，开诚大肚你胸怀，
本性忠厚被欺罔任作践。
你知否，本邦风俗我熟悉，
威尼斯风流娘们做勾当，
不瞒天地只瞒老公活乌龟，
问心无愧人不知非不为。

奥赛罗　　如你所说？

伊阿戈　　她欺瞒了亲生父私嫁你，
　　　　假做畏惧你面目而颤栗，
　　　　其实最心爱。

奥赛罗　　　　　　这倒确实。

伊阿戈　　　　　　啊，这就对了。
　　　　年纪轻轻她竟装模作样，
　　　　老父眼被蒙得严严实实，
　　　　还以为是魔法。我似太冒昧，
　　　　以万分之谦卑请你见谅，
　　　　实尽忠诚至深。

奥赛罗　　　　　　我会永感你此美意。

伊阿戈　　我看出，此事甚或伤你心。

奥赛罗　　不见得，不至于。

伊阿戈　　　　　　我真怕你不悦。
　　　　但愿你细细考虑我所讲，
　　　　献我忠诚心，可是只见你，
　　　　深有感触，请勿更作引申、
　　　　得结论，也勿轻易扩大，
　　　　疑鬼疑神。

奥赛罗　　我决不。

伊阿戈　　　　　　如这样，我主君，
　　　　我讲话就要落得恶结果，
　　　　那非我本意。卡西欧我挚友——
　　　　主君，看你正激动。

奥赛罗　　　　　　不，不激动。
　　我不信黛丝德蒙娜竟不贞。
伊阿戈　愿她永贞洁！愿你永称心！
奥赛罗　但，不过，人情也有反常时，——
伊阿戈　一语中的。她与你够大胆，
　　却不喜诸多求婚同国族
　　高富贵，同肤色门当户对，
　　依常规合情合理最般配，
　　咳！竟乖情悖理有至如此，
　　淫情是习性，念头非自然。
　　但请原谅，我未必已定位
　　在指她。然而我颇有疑虑，
　　其心意过后恐怕又失悔，
　　一比她本国年少英俊们，
　　油然生荡漾心。
奥赛罗　　　　　　再见，再见。
　　若还有新发现说我知晓，
　　命你妻多察看。去吧，伊阿戈。
伊阿戈　告辞我主君。[拟退。]
奥赛罗　我何必结婚？无疑他，诚实人；
　　见闻必多，多过他已披露。
伊阿戈　[重返。]主君，我请求但愿你不必
　　过多思虑，随时间有证明。
　　卡西欧复原职固然合宜，
　　因他是能干人必能称职，
　　不过稍延时日更为妥帖。
　　你趁此可察其为人手段，
　　注意及你夫人为其复职
　　将竭尽热心肠强求说情，
　　其表现充分可见。又觉得
　　我是否多管闲事，而疑惧
　　事关重大我必得存戒心，
　　务请阁下须认她是无辜人。
奥赛罗　勿担心我有自制。

伊阿戈　这就告退。[下。]
奥赛罗　这个人好伙计极度忠诚，
　　　　也练达深通谙人情世故。
　　　　若证实她野鹰难以驯服，
　　　　系着带虽连在我的心弦，
　　　　我口哨吹一声放她生路，
　　　　随风去吧。或者我皮肤黑，
　　　　也无有纨袴子风雅谈吐，
　　　　或因为我已经上了年纪——
　　　　虽还不算老——她背弃了我，
　　　　我自取其辱。要解脱便弃绝
　　　　自作多情。哦诅咒的婚姻！
　　　　虽说娇贵尤物归于我等，
　　　　却无法支配其欲念真情。
　　　　我宁做地牢蛤蟆吸浊气，
　　　　也不甘居于爱心之角隅，
　　　　容他人尽占享。贵人淫灾，
　　　　比之卑贱者也无权幸免。
　　　　此命运如死亡不可逃避，
　　　　移情祸终临头天数早注定，
　　　　非分追情时。
　　　　　　　　　　　看！她来了。
　　　　她若不贞洁，啊！上天也自欺，
　　　　我难以置信。
　　　　**黛丝德蒙娜与埃米利娅上。**
黛丝德蒙娜　　　怎么了，亲爱的奥赛罗！
　　　　大餐已为你备齐，尊贵岛民
　　　　受你约都正在等候你入席。
奥赛罗　我失礼了。
黛丝德蒙娜　　　你说话无精打采?
　　　　人觉不适?
奥赛罗　我额头这里感觉有点疼。
黛丝德蒙娜　是吗，那是少睡眠，会好的。
　　　　给你扎扎头，不出一小时，

就会好的。
奥赛罗　　　　　　你的手绢太小。
　　　　　　　［将手绢拉去，黛丝德蒙娜遗落手绢。］
不用了，来，随你一同进去。
黛丝德蒙娜　你感觉不舒服，我很难过。
　　　　　　　　　　［奥赛罗与黛丝德蒙娜同下。］
埃米利娅　真高兴能拾到这手绢，
　　摩尔人首赠她的纪念物。
　　我那怪男人催过一百回，
　　要我偷到手。这是件珍爱物，
　　夫叫妻永远保存好，她就
　　一直随带在身旁，对着它
　　又闻又说话。我要描它花样
　　去交伊阿戈。
　　他要花样做啥用，天晓得，
　　我不知，我只知讨他欢喜。
　　伊阿戈上。
伊阿戈　喂！你一人在此作甚？
埃米利娅　先别问，我有样东西给你。
伊阿戈　给我什么东西？有啥稀奇——
埃米利娅　哼！
伊阿戈　娶了个蠢婆娘。
埃米利娅　你讲完了？你回报我什么，
　　给你这手绢？
伊阿戈　什么手绢？
埃米利娅　　　　什么手绢？
　　就是摩尔人初赠黛丝德蒙娜，
　　这一块。你屡叫我偷到手。
伊阿戈　你偷来了？
埃米利娅　不是，是她失落不小心，
　　给我碰巧在那边拾到手。
　　你瞧，这儿。
伊阿戈　　　　真棒好婆娘，给我。
埃米利娅　你要来干啥？看你着急样，

　　　　竟叫我去偷。

伊阿戈　　那不关你事！[夺手绢。]

埃米利娅　　要是没啥紧要事，还给我。
　　　　可怜好夫人手绢找不到，
　　　　可要急疯了。

伊阿戈　　别承认你知道，我有用处。
　　　　你走开。[埃米利娅下。]
　　　　把手绢我丢在卡西欧房里，
　　　　他拾到没当事轻如空气，
　　　　猜疑人握在手证据有力，
　　　　如圣书搬经典必生大事。
　　　　摩尔人中我毒已变脸色，
　　　　有异想毒发作险情环生；
　　　　毒入口初尝时不觉苦涩，
　　　　进血液渐流动渐起作用，
　　　　到时爆燃如硫磺。正说他，
　　　　瞧，他就到。
　　　　**奥赛罗上。**
　　　　　　　　　非罂粟也非曼陀罗，
　　　　满世界去找遍催眠糖浆，
　　　　永不能再让你甜蜜享有，
　　　　如昨日你安眠。

奥赛罗　　　　　哼！哼！竟负我？

伊阿戈　　哦大将军，别再牵挂那事。

奥赛罗　　去，走开！你使我如受拷刑，
　　　　我赌咒，知略微不明不白，
　　　　比受愚弄则更坏。

伊阿戈　　　　　哦，我主君！

奥赛罗　　她背我在偷情何尝有知？
　　　　我不见也不想于我无害，
　　　　我次日安睡眠自由自在，
　　　　我未见卡西欧嘴上有吻；
　　　　遭窃人未觉得偷失物件，
　　　　使不知即等于没遭盗窃。

伊阿戈　　闻你言真正遗憾。

奥赛罗　　我一直心情乐，即便营中
　　　　　全将士连工兵皆尝其香肉，
　　　　　算我蒙在鼓。哦！如今，永别了，
　　　　　永别心安宁，永别意满志！
　　　　　永别羽盔军，永别大征战，
　　　　　永别了，雄心借此成美德！
　　　　　永别军号响战马长嘶鸣，
　　　　　战鼓振雄魂军笛醒耳催，
　　　　　旌旗向前展军列齐威严，
　　　　　壮丽辉荣光伟哉大战场！
　　　　　哦还有大炮轰隆怒声吼，
　　　　　犹如天王乔武霹雳雾下死命，
　　　　　永别奥赛罗！大业告断送！

伊阿戈　　怎么可能，将军？

奥赛罗　　混账，你务必证明我爱妻
　　　　　是淫妇，必须让我眼见为实。
　　　　　否则只要我灵魂永不灭，
　　　　　叫你悔不该没投胎狗崽，
　　　　　免受我切齿恨。

伊阿戈　　　　　　　　何至于此？

奥赛罗　　我须亲眼见，至少有证实，
　　　　　证明绝无漏洞，也不模棱
　　　　　两可；否则我就要了你狗命！

伊阿戈　　尊贵主君，——

奥赛罗　　你若诽谤她同时诬蔑我，
　　　　　你就永不再祈祷，决绝弃
　　　　　悔悟心；尽罪恶，罪恶之上
　　　　　加罪恶，上天哭泣地动骇，
　　　　　深造孽，罪大恶极弥天谴，
　　　　　万劫不复。

伊阿戈　　　　　　哦主恩！上天饶恕我！
　　　　　你男子汉？有灵魂有感觉？
　　　　　天主哦，怪我多闲事，愚蠢可怜！

　　　　你天生诚实却造就罪孽。
　　　　哦这世界丑恶，丑恶世界！
　　　　哦世人，诚恳老实不安全。
　　　　感谢你给我教益，从此后，
　　　　不再为友人，好心无好报。
奥赛罗　不，且慢，你须诚实。
伊阿戈　我须聪明些，诚实是蠢材。
　　　　费尽力气不讨好。
奥赛罗　　　　　　凭天地，
　　　　我想你忠实却又不忠实。
　　　　我要证据。她名誉原本皎洁，
　　　　貌如月亮女神，现已污黑，
　　　　丑若我面。如有绳索和刀，
　　　　我想我妻贞洁竟不贞洁，
　　　　毒药，烈火或溺水急流，
　　　　我决不忍辱。愿见真相大白！
伊阿戈　我看你已气糊涂，大将军。
　　　　我真悔不该多事说与你听。
　　　　你愿真相大白？
奥赛罗　　　　　　当然！愿意。
伊阿戈　可以。但如何知真相，主君？
　　　　你要在一旁眼睁睁见她
　　　　被爬被奸？
奥赛罗　　　　　　啊该死！哦可恶！
伊阿戈　要他们当场就干，我想不易，
　　　　万难捉奸捉双；岂非造孽，
　　　　若是让人眼看同床共枕
　　　　翻云覆雨一气！那还得了？
　　　　还用我说？要活捉证据？
　　　　那绝不可能要眼见实景，
　　　　即便他们如骚羊、淫猴、
　　　　狼发情，熬不住智昏如
　　　　醉酒懵懂，也不致供观瞻。
　　　　但我说，旁证线索强有力，

　　　　　直引领你来至事实门前，
　　　　　必令你称满意，足可捏证。
奥赛罗　给我实证证明她不贞洁。
伊阿戈　我并不爱管闲事。
　　　　　但既已沾手今又甩不掉，
　　　　　激于愚忠不得不管下去。
　　　　　我与卡西欧近日曾共寝，
　　　　　因牙疼且厉害颇感烦恼，
　　　　　不能安眠。
　　　　　有种人神魂乱松懈不紧，
　　　　　睡梦中嘴透露内心隐情，
　　　　　卡西欧就是这种人。
　　　　　睡中听他说"心爱黛丝德蒙娜，
　　　　　让我俩倍小心私藏情爱！"
　　　　　接着，我主君，他紧捏我手，
　　　　　喊"哦我心爱人儿！"使劲亲嘴，
　　　　　猛吮吸似欲咬去我唇舌。
　　　　　再接着翘大腿压我胯上，
　　　　　大叹气，吻又唤，"诅咒命运，
　　　　　怎么把你给了摩尔人！"
奥赛罗　哇！可恶，可恶！
伊阿戈　　　　　别急，他是做梦。
奥赛罗　可也是，这表明事曾经验，
　　　　　是梦魇，也已然极端可疑。
伊阿戈　此一点又佐证另一疑窦，
　　　　　足以证事出有据。
奥赛罗　　　　　定将她碎尸万段。
伊阿戈　不可，须稳健，未见事实前，
　　　　　她仍然是忠贞。请告诉我，
　　　　　有一方草莓图样花手绢，
　　　　　你曾见尊夫人常捏手上？
奥赛罗　是我给她第一件情信物。
伊阿戈　这我并不知。但此手绢——
　　　　　我确系为夫人所有——今日见

　　　　卡西欧拿它抹胡子。

奥赛罗　要是那块，——

伊阿戈　　　　　　若是那块，只要真是她的，
　　　　足资证明，连同其他证据。

奥赛罗　啊！这奴才该有四万条命，
　　　　一条太渺小，不够我报复；
　　　　这下我坐实了。瞧，伊阿戈，
　　　　我满腔痴情风吹九霄云外，
　　　　去吧。
　　　　深谷地狱升起黑暗复仇！
　　　　爱情！冠冕堂皇须让位给
　　　　无情仇恨。挺胸膛鼓胀起
　　　　毒蛇毒舌毒满腔！

伊阿戈　　　　　　还须镇静。

奥赛罗　啊！仇血仇！

伊阿戈　镇静，我说，你主意还会变。

奥赛罗　决不，伊阿戈，就像那黑海，
　　　　湍流急寒水程汹涌向前，
　　　　永不见回潮返，径泻直入
　　　　马尔马拉海达达尼尔峡。
　　　　一如我满腔血仇满脑恨，
　　　　勇往直前，义无反顾，永不
　　　　退潮入情爱。直到大仇报，
　　　　出我恶气。[**跪地**。]苍天在上明鉴，
　　　　立我誓言，不雪奇耻大辱，
　　　　不为人在世间。

伊阿戈　　　　　　先慢起来。[**跪地**。]
　　　　鉴证哦，你上天日月常明！
　　　　再加我这四周土水气火！
　　　　鉴证哦，伊阿戈赤胆忠心，
　　　　肝脑涂地，为遭人损的你
　　　　奥赛罗供驱使效犬马力，
　　　　尽忠服从到底义无反顾，
　　　　流血捐躯死不足惜。

奥赛罗　　　　　　受你忠爱，
　　无需空口谢，慷慨只接受，
　　现这里即授命有事相烦，
　　以示履行：三日内，听你报，
　　卡西欧已离世间。
伊阿戈　吾友必死，只就凭你指示；
　　但女的要活。
奥赛罗　叫她进地狱，淫妇！哦该死！
　　来，跟随我走。我这就要去，
　　想出个速死法子结果她，
　　美貌妖孽。现在命你当我副将。
伊阿戈　我永远是你忠仆。[同下。]

### 第四场：城堡内一室。

　　黛丝德蒙娜、埃米利娅及小丑上。
黛丝德蒙娜　你可知道，小哥，卡西欧副将军家在哪儿?
小丑　我可不敢说他"假"在哪儿。
黛丝德蒙娜　什么，你说?
小丑　他是一位军人，说军人假，假军人，小心挨刀。
黛丝德蒙娜　别瞎扯，他住在何处?
小丑　告诉你他住处，等于告诉你我"假"在哪里。
黛丝德蒙娜　乱七八糟，胡扯什么!
小丑　我不知他住哪儿，我要安排一住处，说他"假"在这儿，
　　"假"在那儿，那就是我存心说"假"了。
黛丝德蒙娜　你打听打听他的住处，没有听说过?
小丑　我要满世界去查问他，那就是去盘问，寻答案。
黛丝德蒙娜　把他找到，叫他到这儿来，告诉他，他的事已向将
　　军说妥了，可望一切顺利。
小丑　做这个，倒还算是人脑子办得了的事儿，因此上我这里不
　　妨一试。[下。]
黛丝德蒙娜　我的手绢掉哪儿啦，埃米利娅?
埃米利娅　我不晓得，夫人。
黛丝德蒙娜　相信我，我宁可丢失钱包，
　　满袋金币，还好尊爱摩尔君，

人忠厚心坦诚并无嫉妒情。

若卑鄙逢小人势必坏事，

足令他疑鬼疑神。

埃米利娅　　　　他不嫉妒么？

黛丝德蒙娜　他吗？想必他故乡那太阳，

将嫉妒晒化了。

埃米利娅　　　　瞧！他来了。

黛丝德蒙娜　他不召回卡西欧，我便就

不让他走。

**奥赛罗上。**

你可好，我夫君？

奥赛罗　好，好夫人。[旁白。]啊！装假也痛苦。

你好，黛丝德蒙娜？

黛丝德蒙娜　　　很好，回夫君。

奥赛罗　把手给我。这手很湿润，夫人。

黛丝德蒙娜　因为年未老，心也无忧愁。

奥赛罗　它表明，情意慷慨心思活。

热、热又湿，你这手须收敛，

不放任，多持斋戒与祈祷，

虔诚苦修行严谨律守己。

因此间有一年少发汗鬼，

有企图谋不轨。这只好手

甚坦率。

黛丝德蒙娜　　　恰如你夫君言，

是这手把我心捧献与你。

奥赛罗　好手真慷慨。旧时心给手，

如今门第新有手而无心。

黛丝德蒙娜　不说这。只问你答应事。

奥赛罗　答应啥，宝贝？

黛丝德蒙娜　已派人去命卡西欧来见你。

奥赛罗　我伤风涕泪流煞是难过，

你手绢我一用。

黛丝德蒙娜　　　给，夫君。

奥赛罗　我给你那一块？

黛丝德蒙娜　　　　那块没带身边。

奥赛罗　没带？

黛丝德蒙娜　　　　真的没有带。

奥赛罗　　　　　　很不该。
　　　　那块手绢，
　　　　是埃及女人赠送我母亲，
　　　　她是一女巫善察人内心，
　　　　叮嘱我母亲带好在身边，
　　　　便得百媚生降伏我父亲，
　　　　保拥专爱房。一旦若失去，
　　　　或以礼送人，在我父眼里，
　　　　日益生厌恶，心思要转移，
　　　　觅新欢。母亲临终给予我，
　　　　遗言叮咛我来日娶妻时，
　　　　给新妇。我遵嘱赠你宝贝藏，
　　　　珍惜要爱护如同你眼睛。
　　　　倘遗失或送人必临大灾祸，
　　　　后果重没得比。

黛丝德蒙娜　　　　会有这事？

奥赛罗　果真是。手绢缕织有法术，
　　　　远古时行程一世女先知，
　　　　绕日转总计年数二百回，
　　　　大灵感织入此绢获预言，
　　　　吐丝蚕魔法有术得仙气，
　　　　此手绢特浸染木乃伊中
　　　　处女心炼玉液。

黛丝德蒙娜　当真！果真？

奥赛罗　完全是真，故而务必小心。

黛丝德蒙娜　那就但愿我从未见过这手绢！

奥赛罗　啊！为何？

黛丝德蒙娜　你说话竟何故惊异急迫？

奥赛罗　你丢了？没了？讲，还是找不着？

黛丝德蒙娜　上天保佑！

奥赛罗　　　　　　你说？

黛丝德蒙娜　没有丢，如果丢了又怎样？

奥赛罗　啥？

黛丝德蒙娜　我是说我没丢。

奥赛罗　　　　　拿来我看。

黛丝德蒙娜　当然，可以，先生，但现在不。

　　　这是计，推托我，不允恳求；

　　　请你让卡西欧立复原职。

奥赛罗　拿手绢来，我的心犯疑了。

黛丝德蒙娜　想想吧！

　　　你不再更会有合适人才。

奥赛罗　拿手绢来！

黛丝德蒙娜　　　求你，卡西欧怎么办。

奥赛罗　手绢拿来！

黛丝德蒙娜　　　他这人全身心

　　　忠爱你，也是你一手提拔，

　　　与你共患难，——

奥赛罗　拿手绢来！

黛丝德蒙娜　　　凭心论你不该。

奥赛罗　滚开！[下。]

埃米利娅　这人是犯疑心了？

黛丝德蒙娜　从未见他这副样。

　　　看来这手绢颇有蹊跷事，

　　　我丢失必降临莫大之不幸。

埃米利娅　只一两年看不清人面目。

　　　男人是胃口我们是食物，

　　　他们饿了吃我们，撑多了，

　　　吐我们。你瞧！卡西欧和我男人。

　　　**伊阿戈同卡西欧上。**

伊阿戈　别无好办法，得靠她出力。

　　　啊，着啊！好运气，快去求求她。

黛丝德蒙娜　你好卡西欧！现在怎么样？

卡西欧　夫人，前次所求，敬乞夫人

　　　你鼎力给相助。夫人美意

　　　让我可重见天日我得以

再复出，望垂顾允我在麾下
尽心尽力，事不宜再延宕。
倘若我获罪至大不可恕，
以往我劳绩、现在深忏悔、
未来有决心将功赎罪，
都不能博取宽宥与垂青，
则就明晓之对我也有益，
从此就死心只就管自己，
另把途径寻命运求诸神
予我恩赐。

黛丝德蒙娜　　　哎呀！直心肠卡西欧！
我请求如奏乐调未起音，
夫君似已非我夫君，他面貌
随脾气忽有变，不识是何人。
天使齐帮我使命亦神圣，
我说得唇焦舌燥尚无用，
我已成他不悦性情之目的，
嫌我言不逊。务请你耐心，
我尽全力为你事，必胜过
为自己，有信心务请你相信。

伊阿戈　将军生气啦？

黛丝德蒙娜　　　他刚走开。
瞧模样他神气可暴躁。

伊阿戈　他生气么？我曾见开大炮，
轰隆隆把他士兵轰上天，
又如同恶魔将其亲兄弟
手足齐轰走。他真个生气么？
敢情有大事，我这就速见他。
如其真动气，这内中有缘故。

黛丝德蒙娜　请你速去。[伊阿戈下。]必有国家大事，
威尼斯抑或在塞浦路斯，
恐发现酿阴谋疑似之迹，
使他神错意乱。遇有大事，
发作于小事，是男人似天性，

虽他们善能处大事。譬如,
一个指有伤痛便会牵连
全身肢体反应感觉不好过。
不,男人我们不可视如神,
也不可要求男人始终是
新婚郎温存相敬。我真浑,
埃米利娅,刚才——盲目冲撞——
是我心不正错怪他凶横,
我须自省无异于作伪证,
将他平白来诬陷。

埃米利娅　求上天,但愿如你猜国家事,
并非坏念头,不是嫉妒心,
将你怀疑。

黛丝德蒙娜　我从来不曾有令他生疑处!

埃米利娅　疑心鬼可是难说善罢休,
他们并非有缘由生疑忌,
只为嫉妒而嫉妒,大魔怪
捕风捉影凭空生凭空来。

黛丝德蒙娜　愿上天不使奥赛罗心入魔。

埃米利娅　夫人,阿门!

黛丝德蒙娜　我去找他,卡西欧,你这里
且走走。他若心境好我便
提请求,必倾全力事促成。

卡西欧　刻骨铭心谢夫人。

　　　　　　　　　　[黛丝德蒙娜与埃米利娅同下。]

　　比安卡上。

比安卡　你好,我的卡西欧!

卡西欧　　　　　你出门有事?
你好么,我可心的比安卡?
真的,爱心,我正要去看你呢。

比安卡　我也正好要找你,卡西欧,
怎么,一星期没来?七天七夜?
八个二十又八时?不见我
意中人。陪日暑无聊八十倍,

　　叫人好不恼恨！
卡西欧　　　　　原谅我，比安卡，
　　这一阵我心事如压铅重，
　　我改日一定会挪出时间，
　　加倍奉陪你，爱心比安卡。

［授以黛丝德蒙娜的手绢。］

　　请描这花样。
比安卡　　　　　哦卡西欧，哪来的？
　　新相好赠送你这信物，
　　怪不得久不见让我好苦，
　　原来这样！好，好！
卡西欧　　　　　咄，小妇人！
　　魔嘴里的猜忌话，收回去，
　　哪里来哪里去，吃醋什么，
　　哪有新相好，何来纪念物，
　　不，实话说，比安卡。
比安卡　　　　　那，是谁的？
卡西欧　我不知，心爱的，捡到在房中，
　　绣花我喜欢，还没人来寻，——
　　会来找的，——我先把样描下来，
　　你拿去照描绘，暂先离开。
比安卡　离开！为啥？
卡西欧　我这里有公事听候将军；
　　事有不合宜我也不愿意，
　　有你在伴给他见。
比安卡　　　　　干吗不好？
卡西欧　决非我不爱你。
比安卡　　　　　你就是不爱我。
　　跟你说我要你送我一程，
　　还要说好今晚上就见面。
卡西欧　我只能稍陪你走上一会，
　　眼下真有事，不久会见你。
比安卡　行吧，也不好硬要勉强你。

［同下。］

# 第四幕

第一场：塞浦路斯城堡前。
　　　奥赛罗与伊阿戈上。

伊阿戈　你这样想吗？

奥赛罗　　　　　这样想，伊阿戈！

伊阿戈　　　　什么！
　　　暗中接吻了？

奥赛罗　　　　　一个非礼之吻。

伊阿戈　或与男的脱光衣共枕寝
　　　一个多钟头，她不起乱念？

奥赛罗　赤身共寝，伊阿戈，无乱念？
　　　系对恶魔自欺欺人之伪善，
　　　即使本身规矩却出此勾当，
　　　恶魔骗两规矩人，两人骗天主。

伊阿戈　如果二人不乱，小过可恕。
　　　要是我给我妻一块手绢，——

奥赛罗　便怎样？

伊阿戈　便是她的，主君，既是她的，
　　　她便，我想，可送给任何人。

奥赛罗　她那贞操也是属于她的，
　　　她可送人？

伊阿戈　贞操乃是一品质，看不见，
　　　说有贞操者往往无贞操。
　　　至于那手绢嘛，——

奥赛罗　天哪，愿我把它忘得一干二净。——
　　　你一说，——哦！回到我记忆里来，
　　　如乌鸦盘旋于瘟病凶屋，
　　　不祥之兆，——他得了我手绢。

伊阿戈　啊，便怎样？

奥赛罗　　　　　那可大不妙。

伊阿戈　　　　那，
　　　我若说眼见他阴损你呢？

他也学坏料，做了还要说，
讲如何女人身上下功夫，
或娘们自动煽情来颠倒，
上下得手意满足口难噤，
吹嘘开心。

奥赛罗　　　　　他真是说了么？

伊阿戈　真说起，但是主君你须知，
说后赌咒不曾说。

奥赛罗　　　　　他怎么说？

伊阿戈　他说还做——就不知是不是。

奥赛罗　做什么？

伊阿戈　睡——

奥赛罗　　　　　同她？

伊阿戈　　　　　同她，上她身，干起事。

奥赛罗　和她睡觉！上她身！说是，上了她，伤了她，这话岂非
毁伤她！和她睡，该杀！手绢，——供认，——手绢！承认
了，罪有应得，绞死他。先吊起，然后才会招供。我在发抖
了。人本性，倘无外力影响，便不会被感情的阴影笼罩。并
非空口说言词引起我震撼。呸！耳面厮磨，唇嘴交接。可能
有这等事？——招认！——手绢！——哦恶魔！[晕倒。]

伊阿戈　发作了，
我药起效！耳既软蠢材入圈套，
几多贞洁娴淑娘们就此
蒙受了不白冤。哦我主君！
叫你主君奥赛罗！

　　　　　**卡西欧上。**

　　　　　　　　哎呀，卡西欧！

卡西欧　怎么回事？

伊阿戈　我主君发癫痫就此晕厥过去；
这是第二次发作，昨天也发过。

卡西欧　揉揉他的太阳穴。

伊阿戈　　　　　不，别动；
任昏睡，保持安静不惊扰，
以免他口吐白沫渐转变，

　　更发疯狂癫痫。看，他动了！
　　你且暂退一会，待他很快
　　醒来恢复神志，即会离开。
　　我瞅这空儿有话与你谈。

　　　　　　　　　[卡西欧下。]

　　你好吗，将军？头角没跌痛吧？

奥赛罗　　你挖苦我？

伊阿戈　　　　　　挖苦你！不，天在上。
　　愿你大丈夫承得恶命运。

奥赛罗　　头上出绿角，怪物一畜类。

伊阿戈　　畜类者大有人在，城中人众多，
　　多的是体面绿怪物。

奥赛罗　　他已承认了？

伊阿戈　　　　　　先生好汉子；
　　君不见须眉结婚落羁伴，
　　几许不与你一般。千万人，
　　睡床头，不知他人来睡过，
　　信誓旦旦他专有，你还算好呢！
　　哦这地狱恨，魔鬼大笑柄！
　　嬉乐床头吻淫妇，还以为
　　她是清清白白贞洁女。不，
　　睁眼看，看清应该将她怎处置。

奥赛罗　　啊！聪明人，你不赖。

伊阿戈　　　　　　请你暂离一会。
　　你藏起，心宁勿躁你细听。
　　你方才在此地昏厥之时，——
　　以你身份何必动大肝火，——
　　卡西欧来这里，被我打发走，
　　对你一时晕托词已搪塞，
　　请他稍时再来，我正有话谈，
　　一口他应承。你只管隐藏起，
　　你看他得意忘形讥讽笑，
　　你看他原形毕露那嘴脸，
　　我叫他原原本本事重述：

　　　　　尊夫人共美事，何处、如何、
　　　　　次数、多久、何时他做过、
　　　　　还要做。注意只看要忍耐，
　　　　　不然我只好说你炮筒子，
　　　　　毫无丈夫气概。
奥赛罗　　　　　　你听了，伊阿戈！
　　　　　我必将极能忍耐，你会见。
　　　　　但——你听吗？——可狠心。
伊阿戈　　　　　再好没有。
　　　　　只须等时机。请先作暂避？

　　　　　　　　　　　　　　　　[奥赛罗退避一旁。]

　　　　　现在我向卡西欧问起比安卡。
　　　　　她是个卖笑卖身滥妓女，
　　　　　以皮肉赚衣食，她贱中贱，
　　　　　竟钟情卡西欧，娼界气数！
　　　　　骗得众人却最终受骗于一人，
　　　　　他，一听到是她，忍俊不禁，
　　　　　要放声大笑。果然他来到。
　　　　　**卡西欧上。**
　　　　　他一笑，奥赛罗便要疯了。
　　　　　嫉妒冲昏头妄想必横生，
　　　　　可怜卡西欧嬉笑轻狂态，
　　　　　人头颠倒。你好啊，副将军？
卡西欧　你如此称呼我，徒增懊恼，
　　　　　损名折杀人也。
伊阿戈　恳求黛丝德蒙娜，你定如意。
　　　　[低声。]噢，此事比安卡可效力，
　　　　　你定马到成功！
卡西欧　　　　　　哎呀！小女子！
奥赛罗　看！他已经在笑了！
伊阿戈　未见女人如此爱男人。
卡西欧　哎呀，可怜妞她爱我。
奥赛罗　竟毫不否认；笑的那个得意。
伊阿戈　你听说过吗，卡西欧？

奥赛罗　　　　　　　现在他要求他
　　重新说一遍，好啊，说来听听。

伊阿戈　她跟人家说你要迎娶她，
　　你真有此意？

卡西欧　哈，哈，哈！

奥赛罗　你得胜了，罗马人①？赢进了？

卡西欧　我娶她！会吗？娶个娼妓？我请你，别把我看得这么
　　扁，扁得连常识都没有了，别那么想歪路子好吧！哈，哈
　　哈！

奥赛罗　着，着，着，着呀，他们笑，他们赢了。

伊阿戈　真的，都在说你要娶她呢。

卡西欧　你别乱讲。

伊阿戈　我乱讲我就不是人。

奥赛罗　你算赢我了吗？好。

卡西欧　那是她自己单方面放话，她自己一厢情愿我要娶她，是
　　她自己痴心妄想，我可从来没有答应她。

奥赛罗　伊阿戈向我打手势。现在他讲故事了。

卡西欧　她刚才还在这里，我走到哪里她跟到哪里。那天我在海
　　滨和几个威尼斯人讲话，这娘们又追来了，就这么，一下子
　　用手勾住了我的脖子，——

奥赛罗　叫"哦亲爱的卡西欧"！想必这么叫吧，看那个架势，
　　肯定要这么喊了。

卡西欧　搂住我，依着我，朝我哭，对我拉拉扯扯。哈哈哈！

奥赛罗　现在讲她怎么把他拉到我卧房里。哦！我见你那鼻子，
　　可没见有狗，不然我定拿你鼻子喂狗吃了。

卡西欧　哦，我得离开她，断掉关系。

伊阿戈　天哪！看，那儿她来了。

卡西欧　换了一番，一只腺臭鼬！要命，抹了香粉。

　　**比安卡上。**

　　你这么老盯住我什么意思？

比安卡　叫魔鬼和他老娘盯住你！你刚才给我的那块手帕是什么

───────────

① 胜利凯旋式为罗马典礼，此即代表胜利者。

意思？我真是个大傻瓜接了手，就得要描花样。花样倒是真好看，你竟会在你房里捡到，说什么不知是谁丢下的呢！这是哪个骚娘们的纪念品，倒要叫我来描花样！给，拿去给你的那个相好去，不管你哪儿弄来的，我可不描这花样。

卡西欧　干吗，我说爱心比安卡！干吗，干吗！

奥赛罗　天哪，就是我的那块手绢啊！

比安卡　今晚你来吃晚饭，要来。要不来，等着看我下回来请你。

[下。]

伊阿戈　追她，去追她。

卡西欧　行，我得追她去，不然她要满街上去胡说八道。

伊阿戈　你去吃晚饭？

卡西欧　是，非去不可。

伊阿戈　好，我抽空看你去。我很想和你谈谈呢。

卡西欧　请过来，一定来吧？

伊阿戈　行，一言为定。[卡西欧下。]

奥赛罗　[上前。]我得怎样宰了他，伊阿戈？

伊阿戈　你见到了吧，造孽，笑得好欢？

奥赛罗　啊！伊阿戈！

伊阿戈　你看见那手绢了吧？

奥赛罗　那是我的么？

伊阿戈　你的，我以这只手赌咒。看见他怎么欣赏你那痴心的夫人！把手绢都给了他，他却把手绢去给了一个娼妓。

奥赛罗　我要杀人，杀他个九年方解恨。好女人！
　　　　美女人！一个甜蜜心爱女人！

伊阿戈　不，你一定要忘了才好。

奥赛罗　啊！让她溃烂，烂死，进地狱，就今夜。不能让她再活了。不，我的心已经变成石头。我捶胸，心不痛，倒痛了我的手。啊！世上没有比她更可爱的尤物，她本应当同君王共寝，命君王去做事。

伊阿戈　不，你这样没有用。

奥赛罗　吊死她！我说她是什么我就还报她什么。她的针线活是这样精巧！音乐令人心旷神怡！哦，她唱起歌来野熊都听得驯服。她智慧丰颖，悟性弥高。

伊阿戈　越是这样她越坏。

奥赛罗　啊，更是千倍，千倍地坏！而且，性情是何等温柔！

伊阿戈　是呀，太温柔了。

奥赛罗　不光是，那是肯定。——但可惜她了，伊阿戈！啊！伊
阿戈，可惜她了，伊阿戈！

伊阿戈　你这样怜惜她的罪过，不如特许她放任吧，只要你不介
意，当然更不关别人的事。

奥赛罗　我要把她剁成肉泥；叫我做乌龟！

伊阿戈　啊！她太肮脏了。

奥赛罗　私通我的部下！

伊阿戈　那就更加肮脏。

奥赛罗　给我毒药，伊阿戈，今天晚上。我不跟她多费口舌，免
得她的肉体和美貌又要惑乱我的决心。就今夜，伊阿戈。

伊阿戈　不要下毒药，掐死她在床上，就在那张给她玷污的床上。

奥赛罗　好，好，公正处置，大快人心。非常之好。

伊阿戈　至于卡西欧，交给我处置他，午夜之前你必能听到消息。

奥赛罗　再好没有。[内喇叭声。]
那是什么号声？

伊阿戈　想必威尼斯有事，是洛多维科公爵所派，看，你夫人也
随来。

**洛多维科、黛丝德蒙娜及侍卫等上。**

洛多维科　天主保佑你，尊将军！

奥赛罗　　　　　　衷心祝福大人。

洛多维科　威尼斯公爵、元老向你致意。
　　　　　　　　　　　　　　　　[取信交奥赛罗。]

奥赛罗　特此敬吻诸位大人尊函。
　　　　　　　　　　　　　　　[拆信展阅。]

黛丝德蒙娜　是什么消息，吾兄洛多维科？

伊阿戈　本人颇觉高兴见先生你，欢迎来此塞浦路斯。

洛多维科　谢谢你，副将军卡西欧可好？

伊阿戈　他健在，大人。

黛丝德蒙娜　他与我夫君间徒生裂隙，愿假吾兄你手作弥合。

奥赛罗　你确有把握？

黛丝德蒙娜　夫君？

奥赛罗　[读信。]如荷同意，务乞照办为要——

洛多维科　他未应承，正忙看信。将军和卡西欧之间有甚不和?

黛丝德蒙娜　真是不幸，我则尽我之力予调和，因我颇可惜卡西
　　欧。

奥赛罗　天打雷劈!

黛丝德蒙娜　　夫君?

奥赛罗　　　你不懂么?

黛丝德蒙娜　怎么!他生气了?

洛多维科　或许是信激怒他。
　　据我想他们要调他回去，
　　命令卡西欧接任他指挥。

黛丝德蒙娜　太好了，我真高兴。

奥赛罗　　　高兴!

黛丝德蒙娜　　夫君?

奥赛罗　我高兴你发昏。

黛丝德蒙娜　　干吗，我的奥赛罗?

奥赛罗　妖孽![打她。]

黛丝德蒙娜　　为何无故打我!

洛多维科　将军，威尼斯不相信你这样，
　　虽我发誓亲眼见，不像话。
　　快赔不是，她哭了。

奥赛罗　　　哦妖孽，妖魔!
　　土地受女人泪若可怀孕，
　　她落下每滴泪都生鳄鱼。
　　你给我滚!

黛丝德蒙娜　　我不在此惹你生气。[欲走。]

洛多维科　看她，多柔顺娴淑。
　　我请求你，将军，请她回来。

奥赛罗　夫人!

黛丝德蒙娜　　夫君?

奥赛罗　　　要与她说什么，大人?

洛多维科　谁，我，将军?

奥赛罗　啊，是你要我叫她回来，
　　大人，她能去而来来而去，
　　反复无常。她还哭，大人，哭，

　　她还温顺，如你说的，她娴淑，
　　很娴淑。由你尽管去流泪，
　　这个事，大人，——哦，还真会装腔！——
　　我奉命调回。你给我滚开。
　　待会我找你。大人，我遵命，
　　就回威尼斯。去！给我滚开！

［黛丝德蒙娜下。］

　　卡西欧接替我，今晚，大人，
　　那就我请你一起来用晚餐。
　　欢迎大人来塞浦路斯。山羊、猴子！

［下。］

洛多维科　这就是高贵摩尔人，元老院
　　同声赞德才双全么？高贵品性
　　喜怒不动声色么？坚实美德
　　决不为狂射滥击飞矢石
　　所破损穿透么？
伊阿戈　　　　　他已大变。
洛多维科　他神志清醒否？头脑有病？
伊阿戈　他就这个样，我也难说得准。
　　他本是怎样，就该怎样；可不是，
　　愿老天让他怎样！
洛多维科　　　　荒唐！打妻子！
伊阿戈　这确实不像话，不过但愿
　　再不会更糟糕！
洛多维科　经常打么？
　　还是看信函激起他发火，
　　仅初犯此过失？
伊阿戈　　　　　　哎呀，哎呀！
　　我须讲忠心，不宜背地里
　　搬弄是非。你留心观察看他，
　　他自己有言行说明一切，
　　免了我多嘴舌。你跟住他，
　　看他还要做什么。
洛多维科　他竟是如此人，令我失望。［同下。］

第二场：城堡内一室。
　　奥赛罗与埃米利娅上。

奥赛罗　那你什么也没见？

埃米利娅　听都没听见，想都没想过。

奥赛罗　不过，你看见卡西欧和她在一起。

埃米利娅　这个事我看没什么不对，
　　　　　听谈话字字句句都真切。

奥赛罗　哦，不曾说悄悄话？

埃米利娅　　　　从未有，主君。

奥赛罗　也没把你支走开？

埃米利娅　　　　没有过。

奥赛罗　支你给她拿把扇，手套，面纱，没有？

埃米利娅　从来没有，主君。

奥赛罗　这就奇了。

埃米利娅　主君，我用灵魂保证她贞洁，
　　　　　你猜疑快去掉，别污良心。
　　　　　坏蛋撺掇你胡乱想，老天
　　　　　报应他遭诅咒如同毒蛇！①
　　　　　连她都是不贞洁不忠实，
　　　　　那天下再无男人有幸福，
　　　　　妻子再干净都像被造谣，
　　　　　肮脏不可闻。

奥赛罗　　　　　把她给叫来，去。［埃米利娅下。］
　　　　　她讲得动听。这种拉皮条的，
　　　　　无不是长利嘴。淫妇狡诈，
　　　　　藏一肚滥污秽恶浊秘密；
　　　　　可也曾见她跪祷做做戏。
　　　　　埃米利娅偕黛丝德蒙娜上。

黛丝德蒙娜　夫君，有何吩咐？

奥赛罗　　　　　我的爱，过来。

---

① 典出《圣经·创世记3：14》，天主对作恶的蛇说："你必受诅咒比一切
　的牲畜野兽更甚……"

黛丝德蒙娜　你想做什么？

奥赛罗　　　　　我看看你眼睛，
　　望着我脸。

黛丝德蒙娜　　　动什么怪念头？

奥赛罗　[向埃米利娅。]托你事看着点，姐儿，
　　让狗男女在里面关上门，
　　有人来你就咳嗽"哼"一声，
　　你老吃老做老营生，好，去。

　　　　　　　　　　　　　　　[埃米利娅下。]

黛丝德蒙娜　跪地来求你，你话甚意思？
　　我看出充满怒气你话里，
　　何故生气？

奥赛罗　哦，你何人啊？

黛丝德蒙娜　　　你的妻，忠心不二
　　你妻呀，夫君。

奥赛罗　　　　　来，发誓下地狱！
　　只怕你貌若天使，魔鬼都
　　不敢捉你，所以要双重誓，
　　发誓你贞洁。①

黛丝德蒙娜　　　上天明鉴我贞洁。

奥赛罗　上天明知你淫邪如地狱。

黛丝德蒙娜　对谁，夫君？同谁？我有何淫？

奥赛罗　啊！黛丝德蒙娜，去，去，去吧！

黛丝德蒙娜　啊，悲哀之日！——你何故哭泣？
　　我之故你流泪，请问夫君？
　　若怀疑是我父促成下令
　　撤你职，也不要迁怒于我。
　　你若与他相决裂，我也不免
　　父女情遭反目。

奥赛罗　　　　　如若是天意，

───────────

① 指她其实不贞洁；双重誓，再伪誓自己贞洁就要罪加一等，可被魔鬼捉
　入地狱了。

　　　　要罚我遭苦难如雨倾盆，
　　　　千般痛万般耻劈头降临，
　　　　把我浸苦渊中及至唇边，
　　　　我人身受羁押动不得希望绝，
　　　　尚寻觅心灵中得有一隅
　　　　可忍耐。而如今，哦！却使我
　　　　成世人讥嘲讽众矢之的，
　　　　千夫指万人骂无可逃遁，
　　　　不得已也容忍忍而再忍。
　　　　但你心是我心归宿之地，
　　　　我生死全系于你的忠心，
　　　　我生命活水流你是源泉，
　　　　源泉干我也枯无以存身！
　　　　或留作污水塘蛤蟆在此
　　　　乱交滥下卵！天堂花容变色吧！
　　　　冷眼看，唇红齿白美天使，
　　　　却狰狞如地狱！

黛丝德蒙娜　　诚希望我夫君尊重我贞洁。

奥赛罗　　贞洁！洁如夏天肉铺飞苍蝇，
　　　　产卵交尾一起行。你毒草！
　　　　如此美艳无比芳香扑鼻
　　　　闻见就生疼，但愿你不曾生于世。

黛丝德蒙娜　　哎呀！我莫名其妙犯何罪?

奥赛罗　　洁白纸一张，美好书一本，
　　　　可写"娼妓"二字否? 犯何罪！
　　　　犯娼妇！你这千人骑万人跨！
　　　　我若说出你丑事，我两颊
　　　　红得变成大焚炉，廉耻心
　　　　送入烧，烧得乌有。犯何罪！
　　　　天公臭掩鼻，月亮羞闭眼，
　　　　风淫一路吻万物也停息，
　　　　难为情躲进岩洞不出声，
　　　　也不愿来听闻。犯何罪！
　　　　无耻滥淫妇！

黛丝德蒙娜　　　　苍天鉴，你侮辱我！

奥赛罗　你还不是淫妇？

黛丝德蒙娜　　　　不是，我是基督徒。

　　　全一如洁身自好事夫君，

　　　不容人非礼点触我体肤，

　　　不可称我作淫妇，决不许可。

奥赛罗　可是娼妓？

黛丝德蒙娜　不，我是可救人。

奥赛罗　想可得救？

黛丝德蒙娜　哦！上天饶恕我们！

奥赛罗　　　　　　那便敬请原谅。

　　　我把你看成是威尼斯滥娼妇，

　　　嫁给了奥赛罗。你，看门姐儿，

　　　不配守侍大圣彼得天堂门，

　　　只守得地狱门！

　　　**埃米利娅重上。**

　　　　　　　　你，你，唉你！

　　　好事已完了，给你望风钱，

　　　只请你守口如瓶闭锁门。[下。]

埃米利娅　啊！这将爷搞些个啥名堂？

　　　你怎么，夫人？怎么啦，我的好夫人？

黛丝德蒙娜　我是，很困倦。

埃米利娅　好夫人，主君他怎么回事？

黛丝德蒙娜　说谁？

埃米利娅　啊，主君呀，夫人。

黛丝德蒙娜　你主君，谁？

埃米利娅　　　　你丈夫呀，好夫人。

黛丝德蒙娜　我没丈夫，别说了，埃米利娅。

　　　我不能哭，我也无话可答，

　　　只除了流眼泪。请你，今晚，

　　　将我新婚褥子铺床上。再请

　　　你丈夫来此一回。

埃米利娅　　　　　真是出鬼变故！[下。]

黛丝德蒙娜　遇上了这对待是我活该。

　　　　我何事犯他忌突发脾气，

　　　　值得他无事生非不肯歇？

　　　　**埃米利娅偕伊阿戈重上。**

伊阿戈　你有什么吩咐，夫人？你怎么啦？

黛丝德蒙娜　说也难。知凡大人管小孩，

　　　　循善诱疾言厉色也不免。

　　　　他原可这样施教说实在，

　　　　受责也就如小孩。

伊阿戈　　　　　　是什么事，夫人？

埃米利娅　哎呀！伊阿戈，将军骂人娼妇呀！

　　　　破口骂骂夫人这么难听，

　　　　谁能忍受得了！

黛丝德蒙娜　我是这名么，伊阿戈？

伊阿戈　　　　　　什么名，尊夫人？

黛丝德蒙娜　她说的将军骂我那名称。

埃米利娅　骂娼妇。哪个要饭的醉酒，

　　　　也不把自己姘头这样称呼。

伊阿戈　为何缘故？

黛丝德蒙娜　我不知道。我绝不是那种人。

伊阿戈　不要哭，天可怜见，不要哭！

埃米利娅　夫人拒绝那么多高贵姻缘，

　　　　违背父亲、亲友、背井离乡，

　　　　来被骂娼妇？他真活见鬼！

黛丝德蒙娜　只怪我命里该受。

伊阿戈　　　　　　岂有此理，

　　　　他怎么就这样了？

黛丝德蒙娜　　　　只有天知道。

埃米利娅　我宁愿绞死，若不是有恶贼，

　　　　没事找事暗地拍马捣鬼，

　　　　为要向上爬造谣陷害人，

　　　　内中非是这缘故就吊死我。

伊阿戈　嗳！哪有这种人，不可能的。

黛丝德蒙娜　真有这个人，上天饶恕他！

埃米利娅　绞索饶恕他，地狱魔啃他骨！

　　　　干吗是娼妇？跟谁姘头了？
　　　　地点？时间？谁见了？证据呢？
　　　　这摩尔定给滥小人骗昏头，
　　　　卑鄙龌龊十恶不赦，这种人。
　　　　啊！老天拎他到光天化日下，
　　　　狗东西剥光他衣裳，好人
　　　　人人手执鞭，万人来鞭打，
　　　　打到东来打到西！
伊阿戈　　　　　　嚷嚷什么！
埃米利娅　呸！咒死这种人。那个恶棍，
　　　　也骗你，里外颠倒昏你头，
　　　　竟起疑我跟摩尔有私通。
伊阿戈　蠢货，去你的。
黛丝德蒙娜　　　哦，好伊阿戈，
　　　　我如何再赢得夫君欢心？
　　　　好朋友去劝他，上天光明，
　　　　我不知何故丧情。跪地说，
　　　　我若曾二心违逆他爱情，
　　　　是言词是行为以致闪念，
　　　　或眼睛或耳朵任何感觉，
　　　　喜悦于除他外另有其人，
　　　　尽现在及过去以致将来，
　　　　不管他嫌恶我弃如敝屣，
　　　　我若是也回他反目无情，
　　　　就罚我今永世无幸福！绝情、
　　　　冷峻，他绝情可毁我生命，
　　　　但无损我情操丝毫。说娼妇，
　　　　出此话我全身不寒而栗，
　　　　此勾当此尊号为我不耻，
　　　　荣华满天下我也不得诱。
伊阿戈　你请放心，他不过一时脾气，
　　　　国家多事也令他易生烦恼，
　　　　故与你来怄气。
黛丝德蒙娜　　　若并非其他，——

伊阿戈　决不会，我担保。[喇叭声。]

　　　听！晚餐号声已经在响起，

　　　威尼斯使者正在等用餐，

　　　进去吧，勿哭，一切会好的。

[黛丝德蒙娜与埃米利娅同下。]

　　**罗德里格上。**

　　你好，罗德里格！

罗德里格　我没见你坦率诚心对待我。

伊阿戈　你这话从何说起？

罗德里格　你是每天在想方设法把我搪塞过去，伊阿戈。看上去你还是在设障碍阻挠我呢，不是提供方便达到我的目的。我可不能再忍受下去了，我傻瓜似的吃了不少苦，决不能心甘情愿。

伊阿戈　你听我说好不好，罗德里格？

罗德里格　你，我已经听够了。你说的跟做的完全两码事。

伊阿戈　你这话就不公道了。

罗德里格　是实在话，一点没冤枉你。我都把钱花光了，没见一点儿苗头。我这里给你拿走的珠宝，让你去献给黛丝德蒙娜，若是去勾引个圣修女也足够早就到手了。你告诉我她已经接受了，回话说有希望，可以放心，很有好感，马上见面，可是根本毫无动静。

伊阿戈　好，这就很好了嘛。

罗德里格　很好！好个屁！我可不能就这么认了，老兄！哪里有什么好！我举这手赌咒，你是在忽悠人，我开始感觉到上当受骗了。

伊阿戈　就是好嘛。

罗德里格　跟你说了不好嘛。我这就自己去找黛丝德蒙娜，要是她不干，把珠宝还来也就算，最多我赔个罪，不再动她脑筋追求她。要不然，跟你挑明了，跟你没个完。

伊阿戈　你讲完了？

罗德里格　得，别的不用讲，只再讲，我说得到就做得到。

伊阿戈　好，现在我看出你有骨气。就凭这会儿就让我不可小觑你，非是以前了。把你手给我，罗德里格。你怪罪我，不能说没有道理。可是我也得跟你把话讲明了，你的事我是拿出全身解数在给你办呢。

罗德里格　可没见事实啊。

伊阿戈　我承认还没事实，所以说你怀疑也是不无道理。但是罗德里格，你要是真有种的话，这我现在倒是比以前更相信了，我是说有决心、勇气、魄力，今晚上就拿出来。如果你明晚还享受不上黛丝德蒙娜，你就把我给除了，别活现世了，任你用什么方法手段。

罗德里格　好，怎么干？说来听听，行吗？

伊阿戈　先生，威尼斯特来命令卡西欧接替奥赛罗位置。

罗德里格　真的吗？那么说，奥赛罗
　　　　　同黛丝德蒙娜要回威尼斯。

伊阿戈　哦不！他调去毛里塔尼亚，带娇妻黛丝德蒙娜一起同去，除非这儿出点事，叫他耽搁走不成。最好的办法，是把卡西欧干掉。

罗德里格　你怎么想要干掉他？

伊阿戈　啊，不能叫他接替奥赛罗，
　　　　　就任位置；砸碎他脑袋！

罗德里格　你这是要我去干？

伊阿戈　对。你不敢干，不这样干，你的好事就不成。他今晚跟一个妓女吃晚饭，我也要去那边找他。他还不知道他鸿运高照升官的事。你守着候住他，——我设法让他十二点、一点这时间出来，——你截住他，定要利索把他干了。我会跟上来助你一臂之力。他在我们两个人手里，必死无疑。来，别站着发呆，这就跟我走。我会让你明白，非要弄死他不可，他不死你别想成全你的事。现在晚饭时间到了，夜里时间过得快，赶紧吧。

罗德里格　待我进一步了解这其中道理。

伊阿戈　你听了一定中你意。[同下。]


第三场：城堡内又一室。

　　　奥赛罗、洛多维科、黛丝德蒙娜、埃米利娅及侍从等上。

洛多维科　我请大人就在此止步。

奥赛罗　哦！请原谅，走走步对我有益。

洛多维科　夫人，晚安，敬谢夫人盛情。

黛丝德蒙娜　大驾光临，不胜荣幸。

奥赛罗　　　　　　请行，大人？

　　　哦！黛丝德蒙娜，——

黛丝德蒙娜　夫君？

奥赛罗　　你这就去睡吧，我马上就回来。关照侍女们也都去睡
　　　吧，不要忘记。

黛丝德蒙娜　知道了，夫君。

　　　　　　　　　　　　［奥赛罗、洛多维科与侍从们下。］

埃米利娅　现在怎样？他看来温和些了。

黛丝德蒙娜　他说他一会儿就会回来。

　　　他叫我一个人先去睡觉，

　　　关照不用你陪伴。

埃米利娅　　　　不要我！

黛丝德蒙娜　是他关照，所以，埃米利娅，

　　　去把睡衣拿给我，你去吧。

　　　现在都别违拗他。

埃米利娅　我愿你从未认识他。

黛丝德蒙娜　不要这样。我爱他出于真诚，

　　　虽然他固执、暴躁、发脾气，——

　　　请给我取下别针，——珍贵宝饰物。

埃米利娅　你吩咐铺被褥我已铺好。

黛丝德蒙娜　这就很好！我们心多冥顽。

　　　如我先你去，请裹我尸身，

　　　用一条这床单。

埃米利娅　　　　瞧你说啥！

黛丝德蒙娜　我母亲有侍女名叫芭芭拉，

　　　她爱情不曾料情人发疯病，

　　　她被弃她唱起一曲"杨柳歌"，

　　　是旧曲却正说中她薄命，

　　　哼着歌她死去。这歌在今晚，

　　　萦回我心头思绪千千万，

　　　我不禁侧首一边唱起歌，

　　　如同可怜芭芭拉。请你快些。

埃米利娅　我去给你拿晨衣？

黛丝德蒙娜　　　　不用。请解别针。
　　　这洛多维科是个体面人。
埃米利娅　很俊的美男子。
黛丝德蒙娜　很会说话。
埃米利娅　我知道威尼斯有一个女子，情愿赤了脚步行到巴勒斯
　　　坦去只为了吻一下他的下嘴唇。
黛丝德蒙娜　　　　无花果树下可怜人儿坐叹气，
　　　　　　　　只歌唱青杨柳。
　　　　　　　　她手儿按胸脯，低头靠着膝。
　　　　　　　　杨柳，杨柳，唱杨柳，
　　　　　　　　清清水身边流，尽诉她悲苦。
　　　　　　　　杨柳，杨柳，唱杨柳。
　　　　　　　　她苦泪滴滴流，石头也变酥。——
　　　你就放着。——
　　　　　　　　杨柳，杨柳，唱杨柳。
　　　你赶紧些，他要来了。——
　　　　　　　　只歌唱青杨柳做得我花冠。
　　　　　　　　莫要怪罪他，他侮慢我情愿，——
　　　不，下一句不是。听！谁敲门了？
埃米利娅　　　　是风吹。
黛丝德蒙娜　　　　我讲郎负心汉，他是怎么言？
　　　　　　　　杨柳，杨柳，唱杨柳。
　　　　　　　　我在外搞女人，你归你偷汉。
　　　好，你去吧，晚安。我在眼跳。
　　　预兆要哭吧？
埃米利娅　　　　那有什么相干。
黛丝德蒙娜　我听说是这样。哦男人，男人！
　　　你真相信么，你说，埃米利娅，
　　　真有女人那么辱没丈夫，
　　　那么荒唐？
埃米利娅　　　　有这样的，当然有。
黛丝德蒙娜　拥有全世界你干这事么？
埃米利娅　怎么，你不干？
黛丝德蒙娜　不，高光天有明鉴！

埃米利娅　　　　光天化日之下我也不干，
　　要干就只干暗底下。
黛丝德蒙娜　拥有全世界你干这事么？
埃米利娅　世界之大无奇不有，大代价，
　　小罪不稀奇。
黛丝德蒙娜　　　我才不信你会做。
埃米利娅　不说假，我想我会做。做完以后再补救得了。不过话
　　说回来，要是为了一只和合戒，几尺细麻布，几件衣服，几
　　条裙子，几只帽子，这种小恩小惠，叫我干那个事，我当然
　　不愿意。要是有满世界的财富，让男人都能做得皇帝了，叫
　　他先当回乌龟也值得。谁不愿干？我就是下炼狱也要冒一冒
　　险。
黛丝德蒙娜　遭天罚，为要贪世界财富，
　　我犯此罪。
埃米利娅　嗨，罪过不过是世人眼中的罪过，你辛苦一下世界都
　　赔给你了，罪过就不过是你自己世界内的事了，你赶快加以
　　纠正就得了呗。
黛丝德蒙娜　我真不信会有如此妇人。
埃米利娅　有，论打都不止，有的是哦。她们玩下来的种儿遍布
　　全世界咯。
　　　　但我说守妇道丈夫有关，
　　　　失节事他男人不尽责任，
　　　　属我宝却倾注她人股间，
　　　　或然间起醋意雷霆勃发，
　　　　投暗室幽禁闭动手就打，
　　　　花粉钱小支应吝啬苛刻。
　　　　我女性富情感天生美德，
　　　　但也有复仇心务须知晓。
　　　　为人妻为人夫知痛关痒，
　　　　观美丑闻香臭酸甜苦辣，
　　　　男女识都一样；他男心活
　　　　觅新欢将我弃逢场作戏？
　　　　想必是情意浓情有可原？
　　　　想也是情难抑人非草木？

同在理我女身岂可无情！
情欲炽求欢切，岂让须眉！
由此见善待，我须给正告，
我若坏，全在他先行教导。
黛丝德蒙娜　晚安，晚安，愿上天教我警惕，
勿以恶效恶，驱恶自策励！

[同下。]

# 第五幕

**第一场：塞浦路斯一街道。**
　　伊阿戈与罗德里格上。
伊阿戈　柱后面，站这边，他会就来，
即将剑拔出鞘狠命一击，
干净麻利别怕，我在你身边。
成败在此一举，切记切记，
坚定你决心坚而又坚。
罗德里格　靠我近点，万一我要失手。
伊阿戈　在这儿，你身边；大胆若定。

[退后。]

罗德里格　这件事在于我并非心切，
只不过他理由倒也动听，
挺一剑死一人如此而已。
伊阿戈　我挑唆小脓包触其心境，
使激怒，这一下无论死谁，
卡西欧还是他，或同归于尽，
对于我都有利。罗德里格活，
他要我赔偿他巨款金银，
系当初我骗他充当馈赠，
赠与黛丝德蒙娜，
这不行。若是卡西欧不死，
每日里他倜傥风度翩翩，

反衬我丑相露，那摩尔人

将我话告知他我便危险，

不，非要他死不可。听，他来也。

**卡西欧上。**

罗德里格　辨得脚步必是他。呔，去吧！

[出剑刺卡西欧。]

卡西欧　猛一剑险致我死于非命，

我内穿厚铠甲人未预料；

且试我回一剑。

[拔剑刺伤罗德里格。]

罗德里格　　　啊！我找死！

[伊阿戈从后出，刺卡西欧，伤其腿，逃下。]

卡西欧　腿中剑！来人哪！有刺客！有刺客！

[倒地。]

**奥赛罗上，在远处。**

奥赛罗　卡西欧声音。伊阿戈有信义。

罗德里格　啊！我恶果自食。

奥赛罗　　　　一点不错。

卡西欧　哦，快来人，灯火！医生！

奥赛罗　是他。哦，伊阿戈信义勇士！

你为朋友雪恨奋不顾身，

予我教益；贱妇你情郎终死，

你也临末日。娼妇，我来也！

已从我心熄灭你媚眼妖艳，

淫污之床不惜就作淫血溅！

[下。]

**洛多维科与格拉希安诺上。**

卡西欧　喂呀！巡夜人哪？杀人，杀人啦！

格拉希安诺　大事不好，喊叫声如此可怕。

卡西欧　救人哪！

洛多维科　听！

罗德里格　哦，恶人恶果！

洛多维科　两三个人呢，凶夜出大事，

要不有诡诈，不叫多些人

应声前去看究竟，太危险。

罗德里格　有人吗？流血不止我要死。

洛多维科　听！

**伊阿戈举火重上。**

格拉希安诺　有人过来，举火持剑穿衬衫。

伊阿戈　那边什么人？谁喊叫杀人了？

洛多维科　我们不知道。

伊阿戈　　　　　有人喊没听见？

卡西欧　这儿，这儿！天哪，救救我。

伊阿戈　　　　　出什么事？

格拉希安诺　奥赛罗的旗官吧，我看是。

洛多维科　正是他，没错，勇敢的义士。

伊阿戈　你何人，在此尽发凄惨叫？

卡西欧　伊阿戈？我毁了，遭人暗算了！

　　快来救我。

伊阿戈　噢是副将！有歹人好大胆？

卡西欧　我见有一人在此并不远，

　　谅他逃不掉。

伊阿戈　　　　　哦歹人好险恶！

　　[向洛多维科与格拉希安诺。]你们是做什么？

　　过来，帮帮忙。

罗德里格　来救我呀！

卡西欧　　　　　一个就是他。

伊阿戈　噢行凶恶奴！歹人！[刺罗德里格。]

罗德里格　天杀伊阿戈！没人性恶狗！

伊阿戈　暗地杀人！行凶恶人哪里去了？

　　全城多安静！哦，杀人！杀人！

　　你们什么人？好人还是坏人？

洛多维科　你自己看，认识嘛。

伊阿戈　洛多维科大人？

洛多维科　正是，足下。

伊阿戈　恕我失礼。这是卡西欧，被人所伤。

格拉希安诺　卡西欧！

伊阿戈　怎么啦，兄弟。

卡西欧　腿砍断了。

伊阿戈　　　　　　哎呀天杀的，
　　照个亮，来，脱衬衫给包扎。
　　**比安卡上。**

比安卡　出什么事啦？是谁在叫喊？

伊阿戈　是他在叫！

比安卡　哦卡西欧！爱心卡西欧！
　　哦卡西欧！卡西欧！卡西欧！

伊阿戈　哼臭名娼妇！卡西欧，你怀疑
　　会是谁对你下得这毒手？

卡西欧　不知道。

格拉希安诺　见你这个样子真难过；我正要找你。

伊阿戈　借我一根袜带。好！用把椅子，
　　才好把他抬走！

比安卡　哎呀！他晕过去了！卡西欧，卡西欧，
　　卡西欧。

伊阿戈　两位大人，我怀疑这贱货，
　　也是这起阴谋内一同党。
　　你忍着点，好卡西欧，来，来，
　　借个亮。大家认得这脸吗？
　　啊！我朋友兼亲爱老同乡，
　　罗德里格？嗯，对，没错，天哪！罗德里格。

格拉希安诺　噢！威尼斯的？

伊阿戈　就是他。大人您认识他？

格拉希安诺　　认识！啊！

伊阿戈　格拉希安诺大人？请原谅，
　　此血案竟让我礼貌不周，
　　以致我大失敬。

格拉希安诺　　　很高兴见到你。

伊阿戈　觉得怎样，卡西欧？来椅子，椅子！

格拉希安诺　罗德里格！[抬上椅。]

伊阿戈　他，他，是他——正合适！这椅子，
　　帮忙人小心点把他抬走。
　　我去把将军的医官叫来。[向比安卡。]你，

　　　　姐儿，不劳费心。遇凶杀，卡西欧，
　　　　我好友，你二人有何恩仇？
卡西欧　根本没仇。这人我不认识。
伊阿戈　[**向比安卡。**]哦！你脸发白？快，抬走，
　　　　别在露天——

　　　　　　　　　　　　　[**卡西欧与罗德里格被抬走。**]

　　　　大人请留。看你脸苍白，姐儿？——
　　　　诸位见她眼神多么惊慌？
　　　　嘿，等着瞧，还有事更明了。
　　　　看住她，请诸位，留神注意点，
　　　　看见吧，先生们？罪恶自显露，
　　　　无需有口舌说。
　　　　**埃米利娅上。**
埃米利娅　哎呀！什么事？出什么事啦，啊？
伊阿戈　卡西欧在此深夜被人害，
　　　　罗德里格伙同凶手干，都已逃，
　　　　罗德里格死，他也很危险。
埃米利娅　哎呀！好先生，哎呀！好卡西欧！
伊阿戈　嫖娼恶果！埃米利娅你去问，
　　　　卡西欧他晚饭是在哪里吃。
　　　　怎么？你一听问就发抖！
比安卡　他就在我家吃，我才不发抖。
伊阿戈　噢！果真是！我命你跟我走。
埃米利娅　呸！不要脸，你娼妇！
比安卡　我不是娼妇，不准你骂我。
　　　　你干净，我，也干净。
埃米利娅　　　　　配和我比！呸！狗屁！
伊阿戈　请大人一起去看看卡西欧，
　　　　走，姐儿，还有事要你讲实话。
　　　　你速速去城堡，埃米利娅，
　　　　报主君与夫人发生事故，
　　　　你就先去吧？[**旁白。**]大事在今晚，
　　　　不成功就失败情系一线。

　　　　　　　　　　　　　　　　　[**众下。**]

第二场：城堡内一卧室。黛丝德蒙娜睡卧在床，亮一盏灯。
　　奥赛罗上。
奥赛罗　　大义凛然凛然大义我灵魂，
　　　　　不与你说名分晶莹星辰！
　　　　　凭大义我不愿令她见血，
　　　　　也不破她肌肤洁白如雪，
　　　　　如香膏如凝脂细腻滑嫩，
　　　　　她必死免媚害天下男人。
　　　　　熄灯火再熄灭另有一盏，
　　　　　掐灭你焰融融明光使者，
　　　　　我可再恢复你依然光辉，
　　　　　如若我要反悔。但你光灭，
　　　　　你恶性仍如此精妙绝伦，
　　　　　我不知何处请普罗米修斯，
　　　　　重点燃你光焰。我摘蔷薇，
　　　　　就不再还与它荣欣更生，
　　　　　它必枯萎。我吻它在枝头，[吻她。]
　　　　　哦芳香沁肺腑，简直就要
　　　　　阻正义折其剑！再吻，又吻。
　　　　　你死后仍这样我既杀你
　　　　　又爱你；再吻你，这最后一次。
　　　　　偌销魂，偌惨痛，我要哭泣。
　　　　　眼流泪，泪眼惨，悲哀亦神圣，
　　　　　既罚者又爱者。她醒了。
黛丝德蒙娜　　你吗？奥赛罗？
奥赛罗　　　　　　我，黛丝德蒙娜。
黛丝德蒙娜　　你也就睡吧，夫君？
奥赛罗　　祈祷没有，黛丝德蒙娜？
黛丝德蒙娜　　　　祈祷过了，夫君。
奥赛罗　　你若是自觉得有何罪恶，
　　　　　尚未求上天主给予宽恕，
　　　　　快祈求恩赦吧。
黛丝德蒙娜　　啊夫君，你何故竟出此言？
奥赛罗　　祈祷吧快捷些，我在等你。

　　　　　无准备之灵魂不予杀灭，

　　　　　不，是天禁！我不杀灭你灵魂。

黛丝德蒙娜　你说要杀人？

奥赛罗　　　　　是，正是。

黛丝德蒙娜　　　求上天

　　　　　赐恩慈予我！

奥赛罗　　　　　　阿门！心愿如此。

黛丝德蒙娜　你既这么说，我求你不杀我。

奥赛罗　嗯！

黛丝德蒙娜　你可是满含杀机恶煞人，

　　　　　凶眼转，我不知何怕之有，

　　　　　我自觉问心无愧；可也怕。

奥赛罗　想想你罪恶。

黛丝德蒙娜　　　除非爱你是罪恶。

奥赛罗　好，你为此必死。

黛丝德蒙娜　因爱情杀我生命违天理；

　　　　　哎呀呀你为何啮咬嘴唇？

　　　　　血腥念起震撼你颤全身，

　　　　　恶凶兆，我但只希望、希望

　　　　　非我惹，怒迸发。

奥赛罗　　　　　闭口，不作声！

黛丝德蒙娜　听从你，系为何事？

奥赛罗　那手绢我最爱，赠爱与你，

　　　　　你给卡西欧。

黛丝德蒙娜　　　没有，凭生命和灵魂！

　　　　　叫他来当面对证。

奥赛罗　　　　当心，甜爱魂，

　　　　　不可发伪誓；你临死还伪誓！

黛丝德蒙娜　不，我不能死！

奥赛罗　　　　　必死，立刻。

　　　　　必坦白你肆意所犯之罪，

　　　　　即便你发誓件件都否认，

　　　　　也不解我撕心裂肺之痛恨，

　　　　　我沉吟认定你必死。

黛丝德蒙娜　天主定会怜悯我！

奥赛罗　　　　　我说，阿门。

黛丝德蒙娜　你也该心怜悯，我此生从未曾
　　　　亏负于你，和他卡西欧绝无事，
　　　　我与他不超越上天所允，
　　　　绝无私情，更未给纪念品。

奥赛罗　天作证我亲眼见手绢捏他手，
　　　　哦伪誓妇！坚令我铁石心，
　　　　我横心所要行不计不惜
　　　　称谋杀。也原想权作献祭
　　　　我眼见那手帕。

黛丝德蒙娜　　　他自拾到，
　　　　我从未给过他。命他来此地，
　　　　责令他陈实情。

奥赛罗　　　　　他已招供。

黛丝德蒙娜　什么，夫君？

奥赛罗　他已享有你。

黛丝德蒙娜　　　什么？通奸？

奥赛罗　嗯。

黛丝德蒙娜　　　他不会这样说。

奥赛罗　　　　不，他已闭嘴。
　　　　信义伊阿戈业已解决掉。

黛丝德蒙娜　啊！我所怕成事实！他死了？

奥赛罗　他头发根根都是命，我大仇
　　　　有胃口齐吞进。

黛丝德蒙娜　哎呀！他遭陷害连我被毁。

奥赛罗　呔！娼妇！你当我面竟哭他？

黛丝德蒙娜　哦！赶我走，夫君，不要杀我！

奥赛罗　呔，娼妇！

黛丝德蒙娜　容我过今夜，明日我再死！

奥赛罗　休想，敢违抗，——

黛丝德蒙娜　再等半小时！

奥赛罗　　　　既须做不等待。

黛丝德蒙娜　那让我再做祈祷！

奥赛罗　太晚了。[扼她喉。]

埃米利娅　[在内。]将军，将军！怎么了！将军，将军！

奥赛罗　还有响声音？没死？还没死？

　　我虽残忍却也毕竟不忍，

　　情不忍看你迁延受痛苦，

　　罢，罢。

埃米利娅　[在内。]怎么啦，将军，我的将军！

奥赛罗　　　　什么人？

埃米利娅　[在内。]啊！好将军，我有话对你说！

奥赛罗　是埃米利娅，等一等。她已死。

　　她也许来报卡西欧死了。

　　还有声响，哦，不再动了？

　　静若坟墓。让她进来？妥否？

　　似觉又在动了。不，如何才好？

　　她要进来定与我妻讲话，

　　我妻！我妻！何妻？我已无妻。

　　哦，难受至极！哦，沉重时刻！

　　我想现在日月必要蚀晦，

　　大地见此惨象惊骇莫名，

　　尽自目瞪口呆。

埃米利娅　　　[在内。]我求您啦，

　　有话来禀报。哦！我的好将军。

奥赛罗　我忘了你：好，进来，埃米利娅！

　　慢着，我就来，让我拉上床幔。

　　你来此？[开门。]

　　**埃米利娅上。**

　　这时间你有何事？

埃米利娅　哦！我的将军，杀人啦，那边！

奥赛罗　噢！现在！

埃米利娅　　　　刚才，将军。

奥赛罗　这真是月亮出轨歪了道，

　　运行得离地球太过靠近，

使人发疯。①

埃米利娅　将军，卡西欧杀了个威尼斯后生，
　　　　名叫罗德里格。

奥赛罗　　　　　　罗德里格杀了！
　　　　卡西欧也杀了？

埃米利娅　不，卡西欧没被杀。

奥赛罗　卡西欧没给杀！谋划慌了腔，
　　　　痛快复仇走了调。

黛丝德蒙娜　哦！冤枉，死得冤枉。

埃米利娅　　　　　哎呀！什么呼声？

奥赛罗　什么？没啥！

埃米利娅　不对呀！是夫人的声音。
　　　　救人！救人啊！哦夫人，再说话！
　　　　好黛丝德蒙娜！啊！好夫人！说话！

黛丝德蒙娜　我死得好冤哪！

埃米利娅　啊！是谁下的毒手？

黛丝德蒙娜　没有谁，我自己，永别了。
　　　　替我祝夫君好，哦！永别了！[死。]

奥赛罗　啊，怎么她被害了？

埃米利娅　　　　　哎呀！谁干的？

奥赛罗　你听到她说她自己，不是我。

埃米利娅　她这么说，可我得讲真相。

奥赛罗　她下烈火地狱了还说谎；
　　　　是我杀死她。

埃米利娅　　　　　哼！她更加是天使，
　　　　你更加是黑魔鬼！

奥赛罗　她自甘堕落，竟做起娼妇。

埃米利娅　你诬蔑她，你才是真恶鬼。

奥赛罗　是她水性杨花。

埃米利娅　　　　　你是鬼火乱烧，
　　　　诬她不洁。啊！她是上天仙子。

———————

① 西方传说人发疯与月亮的月象有关。

奥赛罗　私通卡西欧，不信问你丈夫。
　　哦，出此手段实乃我极端，
　　我无确切理由我必打入
　　地狱最底层。你丈夫详知一切。
埃米利娅　我男人！
奥赛罗　你丈夫。
埃米利娅　说她不忠于婚姻？
奥赛罗　是同卡西欧。假如她忠贞，
　　即便老天另给我一世界，
　　全部是用绿宝石精铸造，
　　我也不愿将她换。
埃米利娅　我男人！
奥赛罗　是的，都由他告诉我；
　　他是诚实人最是容不得
　　偷鸡摸狗肮脏事。
埃米利娅　　　　我男人！
奥赛罗　你妇人何必来多讲？就是你丈夫。
埃米利娅　噢夫人！奸恶把爱情来欺瞒，
　　是我夫竟说她不贞！
奥赛罗　　　　　正是他，妇人，
　　我说是你丈夫你听不懂么？
　　我朋友你丈夫诚实伊阿戈。
埃米利娅　要是他这样说，昧心说谎话，
　　叫他坏心眼一天烂一天！
　　女人也昏头嫁臭货不值钱！
奥赛罗　嘿！
埃米利娅　　　　你使恶吧，
　　你卑劣行为上天决不容，
　　你不配享有她。
奥赛罗　　　　当心你利嘴！
埃米利娅　你使恶要害我不及我对你
　　力半分。哦蠢恶！你这傻恶！
　　笨无知如泥巴。干下这等事，——
　　你拔剑我不怕，叫你知道，

我宁丢二十命。救命！救命！
摩尔杀夫人啦！杀人、杀人啦！
**蒙塔诺、格拉希阿诺、伊阿戈及从人上。**

蒙塔诺　出什么事？怎么了，将军？

埃米利娅　啊！你来了伊阿戈？你倒好，
让人家凶杀人算你头上！

格拉希安诺　出什么事了？

埃米利娅　你还算汉子，揭穿这恶人，
他说是你讲他妻烂污货，
我知道你不会，不是恶人，
快说，气死我也！

伊阿戈　我说的是看法，别的没啥，
他曾亲眼见才是真不假。

埃米利娅　是你跟他说他妻不规矩？

伊阿戈　说过。

埃米利娅　你说谎，龌龊卑鄙大谎言，
凭我良心，你是恶毒谎言。
私通卡西欧！是你说，她同卡西欧？

伊阿戈　是同卡西欧。没你事，别嚼舌。

埃米利娅　偏要讲，我要讲出全真相。
我的夫人给谋杀在床上！

众人　啊！上天不容！

埃米利娅　原来你诬告造成大谋杀。

奥赛罗　各位不必惊慌，确有其事。

格拉希安诺　这可奇啊！

蒙塔诺　竟有此事！

埃米利娅　　　　恶毒！恶毒！恶毒出诡计！
我想起来，想到闻到哦诡计！
我早就怀疑；我痛不欲生，
啊！恶毒害人诡计！

伊阿戈　啊！你疯了？给我滚，回家去。

埃米利娅　大人听了，要许我把话讲，
本该听从他，现在拒不听，
伊阿戈，我宁愿永不回家。

奥赛罗　啊！啊！啊！［仆倒床上。］

埃米利娅　　　　啊！你哭叫去吧，
　　　　你杀的她，最纯洁最可爱
　　　　从来没见过。

奥赛罗　　　　　　啊！她淫荡。
　　　　我几已认不出叔父。您侄女
　　　　躺在床，我刚才手扼窒死，
　　　　我自知出此手凶狠惨痛。

格拉希安诺　可怜黛丝德蒙娜！幸而你父
　　　　已故世，你婚事令他心碎，
　　　　可怜悲恸精神萎催老死，
　　　　若在世见此情状要发疯，
　　　　咒天地善心绝望逐天使，
　　　　要将灵魂来摈弃。

奥赛罗　诚可怜，伊阿戈他全知情，
　　　　她与卡西欧无耻有勾搭，
　　　　做过无数回，卡西欧也供认。
　　　　她煽情通奸辛劳有酬报，
　　　　将我初与恋定情一信物，
　　　　转赠他，是我眼见在他手。
　　　　我父赠我母一手绢永存物，
　　　　无价珍贵纪念品。

埃米利娅　哦天哪！啊天神可鉴！

伊阿戈　　　　　　你，闭嘴！

埃米利娅　我讲，要讲！封我嘴，先生？办不到！
　　　　我就如北风劲吹偏要讲。
　　　　纵是天上神地上人地下鬼，
　　　　一齐来骂我，我照讲不误。

伊阿戈　蠢货，回家去！

埃米利娅　　　　我偏不。［伊阿戈拔剑欲刺埃米利娅。］

格拉希安诺　　　呔！
　　　　你敢对妇人动剑？

埃米利娅　哦这般愚蠢摩尔人，啥手绢，
　　　　那是我正好拾到给丈夫。

他曾经一再催我这手绢
偷到手；小物件看似倒有
急不可待大用场。

伊阿戈　　　　臭嘴娼妇！

埃米利娅　夫人给卡西欧！不！我捡的，
是我给的我丈夫。

伊阿戈　　　　贱人撒谎。

埃米利娅　对天发誓，不，不撒谎，大人！
杀人傻蛋！这么个傻笨蛋，
怎配得好夫人？

奥赛罗　　　　上天没有石头吗，
来作霹雳打？好个滥小人！

　　　　　　　　　　[奔扑伊阿戈，蒙塔诺缴下奥赛罗手中剑；
　　　　　　　　　　伊阿戈刺埃米利娅，逃下。]

格拉希安诺　女人倒下了，他竟杀他妻。

埃米利娅　啊，哦！把我抬夫人身旁躺。

格拉希安诺　他杀妻，逃跑了。

蒙塔诺　这奸险恶棍。你拿这把剑，
我刚从摩尔手上夺下来，
你，把守门外，不许他出去，
不听便杀。我去追那恶棍，
万恶贼奴才。

　　　　　　　　　　　　[蒙塔诺与格拉希安诺下。]

奥赛罗　　　　我已称不得勇武，
已失正直何必还存虚荣，
不足道者都可解除我剑，
听由之吧。

埃米利娅　　　你的歌是预兆，夫人？
能听见我吗？我要像天鹅，
唱着歌人死去：——①
　　　　杨柳，杨柳，杨柳。

————————
① 传说天鹅于死前歌唱。

纯洁她爱你，狠心你摩尔，

我讲真话灵魂享天福，

已讲我所知，可死了，死了。[死。]

奥赛罗　我还有一备械在此室内，

西班牙名宝剑冰泉淬炼，

哦！就在此。叔父，允我出来。

格拉希安诺　[在内。]你敢以身试法必付代价，

你手无寸铁识时务为佳。

奥赛罗　有话都好说，不妨进来谈。

不然我徒手也能搏一番。

**格拉希安诺重上。**

格拉希安诺　怎么说？

奥赛罗　　　　　您瞧！我有柄利剑，

没有军人腰佩过比之它

更好宝剑。想当年，握在手，

剑锋指一路去所向披靡，

凭我一臂独挡你二十倍

今日之军。可惜啊，空夸口，

谁能主宰其命运？看自己，

今非昔比。您别怕，虽看我

利剑在握，我命途已到头，

航程终目标见结局面临。

您胆怯欲后退？徒劳而不必。

今只需灯草指奥赛罗胸膛，

他便怯退。奥赛罗何去从？

苦命女！再让我看你面貌，

惨白似衬衣！终审判再相逢，

你面色足撵我灵魂出天堂，

叫魔鬼捉我去。冰凉，冰凉，

我爱妻冰清玉洁！

哦，奴才可咒。鞭逐我，魔鬼！

睹天仙之芳容，我不配！

狂风刮硫磺烧！把我丢进

沸汤深渊去永远受煎煮。
黛丝德蒙娜黛丝德蒙娜，
死了！啊！啊！

**洛多维科、蒙塔诺、卡西欧坐着抬椅及军官等押伊阿戈上。**

洛多维科　莽撞又不幸之人在哪里？

奥赛罗　曾叫奥赛罗者，我，在这里。

洛多维科　毒蛇呢？把这恶魔带上来！

奥赛罗　我看他脚，有传说趾分叉，
　　　　便是真恶魔，我杀他不死。

[刺伤伊阿戈。]

洛多维科　将他剑夺下。

伊阿戈　　　　　流血，大人，我可没死。

奥赛罗　我毫无遗憾，我让他还活；
　　　　现在依我看死倒是幸福。

洛多维科　啊你奥赛罗！原是很好人，
　　　　竟倒在恶奴才诡计中，
　　　　该何言把你说！

奥赛罗　　　　　听便吧。
　　　　为名誉杀人犯您不妨说，
　　　　我非为仇恨，全只为名誉。

洛多维科　这奸徒已供认部分奸谋，
　　　　你与他共谋刺杀卡西欧？

奥赛罗　是。

卡西欧　亲爱上将军，我从未得罪你。

奥赛罗　我已经事清楚，谨求你宽恕。
　　　　现请你问这个人样实恶鬼，
　　　　何故谋害我灵魂和肉体？

伊阿戈　别再问我，你想知你已知，
　　　　从此以后我不再说一字。

洛多维科　哦！不祈祷了？

格拉希安诺　　　严刑之下必开口。

奥赛罗　哼，不说何妨！

洛多维科　足下想必许多事尚未知，

　　　　　这里一封信，是从被杀人
　　　　　罗德里格口袋里所搜得，
　　　　　还有一封。一封信里说，
　　　　　杀掉卡西欧，责成归由
　　　　　罗德里格来动手。
奥赛罗　啊，恶贼！
卡西欧　　　　　伤天害理狗贼子！
洛多维科　还有另一封满纸发怨言，
　　　　　也搜自他口袋。据看来，
　　　　　罗德里格要送信这恶贼
　　　　　伊阿戈，也是巧正好他来到，
　　　　　给他消气安抚了。
奥赛罗　　　　　啊好恶毒这奸贼！
　　　　　我妻之物那手绢，卡西欧，
　　　　　怎会在你手?
卡西欧　　　　　我在我房偶拾到。
　　　　　他自己就刚才均已承认，
　　　　　是计谋他故意丢我房里，
　　　　　以遂其害人心。
奥赛罗　　　　　我蠢！蠢！蠢！
卡西欧　罗德里格除此外在信中
　　　　　怪罪伊阿戈趁在值夜时，
　　　　　唆使他袭扰我挑起事端，
　　　　　我受屈被免职。垂死挣扎
　　　　　他供说，伊阿戈主使其事，
　　　　　伊阿戈剑夺其命。
洛多维科　你必须离此屋随我们走，
　　　　　你职位与军权均被裁撤，
　　　　　卡西欧接管辖塞浦路斯。
　　　　　恶奴才必令他酷刑备尝，
　　　　　造人孽轮自己凌迟连延，
　　　　　速死不成。你收监在当即，
　　　　　直有待情上达罪责周知，

威尼斯下判决。来人，押走。

奥赛罗　　且慢，走之前，听我一二言。

我为国建功劳大家知晓，

此话且免说。我只求具文时，

于本案不幸事据实陈情，

我此人何面目无需文饰，

也请勿为泄恨着意罗织。

请叙他虽钟情只敏不慧，

无戒备有忌心，一旦疑忌起，

生嫉妒趋极端不可自制；

粗鄙如印第安不识珍珠贵，

贵于其部族富，一任抛弃。

男儿泪不轻弹从来坚硬，

此番是伤感尽苦泪涟涟，

甚犹如阿拉伯胶滴沥沥。

请记下再一句，阿勒坡之地，

裹包头土耳其谤我威尼斯，

凶狠辱国人，我奋起执其喉，

教训这行割礼的狗崽子，

就此一击。

[自刺。]

洛多维科　　啊血染结局！

格拉希安诺　　　　话语已枉然。

奥赛罗　　杀你前我吻你；也只如此。

[倒于黛丝德蒙娜身上。]

杀自己死于一吻。[死。]

卡西欧　　就怕此结局，只想他手空械；

光明磊落人！

洛多维科　　　　　[对伊阿戈。]啊斯巴达恶犬！

凶甚于痛苦、饥饿与大海，

睁你眼看一床浴血尸身，

你恶行此杰作惨不忍睹，

遮盖吧。此房产，格拉希安诺，

你接收，摩尔人全部家产，
理应是归属你。总督大人，
这魔鬼奸恶贼如何处置，
何时、何地、何刑罚，哦！凭定夺。
我即刻登船赶去禀吾主，
沉痛事沉痛心沉痛陈述。

　　　　　　　　　　　　　　　［众下。］

# 后 记

    本书得以顺利出版，我要衷心感谢复旦大学李荫华教授的热心推荐，上海外语教育出版社孙玉社长的大力支持，以及李振荣先生在编辑、出版本书过程中所付出的辛劳。

译者，2020年4月，上海。